中国现当代文学作品选

第四版 上卷 1917—1949

钱谷融 ◎ 主编

华东师范大学出版社
·上海·

图书在版编目(CIP)数据

中国现当代文学作品选. 上卷 / 钱谷融主编. —4版. —上海：华东师范大学出版社,2020
ISBN 978-7-5760-0235-5

Ⅰ.①中… Ⅱ.①钱… Ⅲ.①中国文学—现代文学—作品综合集—高等学校—教材②中国文学—当代文学—作品综合集—高等学校—教材 Ⅳ.①I216.1

中国版本图书馆CIP数据核字(2020)第132896号

中国现当代文学作品选(上卷)(1917—1949)
(第四版)

主　　编	钱谷融
责任编辑	张　婧
审读编辑	吴飞燕
责任校对	王丽平
装帧设计	俞　越

出版发行	华东师范大学出版社
社　　址	上海市中山北路3663号 邮编 200062
网　　址	www.ecnupress.com.cn
电　　话	021-60821666 行政传真 021-62572105
客服电话	021-62865537 门市(邮购)电话 021-62869887
地　　址	上海市中山北路3663号华东师范大学校内先锋路口
网　　店	http://hdsdcbs.tmall.com/

印　刷　者	上海市崇明县裕安印刷厂
开　　本	787毫米×1092毫米 16开
印　　张	33.5
字　　数	790千字
版　　次	2020年8月第1版
印　　次	2025年7月第12次
书　　号	ISBN 978-7-5760-0235-5
定　　价	68.00元

出版人 王 焰

(如发现本版图书有印订质量问题,请寄回本社客服中心调换或电话021-62865537联系)

编委会 （按姓氏笔画为序）

王　尧（苏州大学）	张　均（中山大学）
王晓明（上海大学）	张清华（北京师范大学）
毛　尖（华东师范大学）	陈子善（华东师范大学）
文贵良（华东师范大学）	范智红（中国社会科学院文学研究所）
刘复生（海南大学）	罗　岗（华东师范大学）
汤逸宗（华东师范大学）	郑家建（福建师范大学）
许子东（香港岭南大学）	郜元宝（复旦大学）
孙先科（河南大学）	格　非（清华大学）
杨　扬（上海戏剧学院）	倪文尖（华东师范大学）
杨剑龙（上海师范大学）	殷国明（华东师范大学）
吴　俊（上海交通大学）	郭春林（重庆大学）
吴小美（兰州大学）	黄发有（山东大学）
吴义勤（中国作家协会）	黄修己（中山大学）
吴秀明（浙江大学）	董丽敏（上海师范大学）
吴晓东（北京大学）	程光炜（中国人民大学）
汪文顶（福建师范大学）	谭桂林（湖南大学）

出版说明

一、党的二十大报告提出："以中国式现代化全面推进中华民族伟大复兴。"中国现当代文学从发生至今，其重要主题、主要价值立场和基本情感结构始终都在感知、回应、探索着"中国"与"现代化"这两个概念，而中国现当代文学作品正呈现了其中的文学想象世界，讲述了独特而现代的"中国故事"。

二、本书是全国高等学校中文专业中国现当代文学课程的教材，共二卷。上卷选收中国现代文学作品（1917—1949），下卷选收中国当代文学作品（1949—2009）。分体裁按发表（或写作）时间先后为顺序，但一个作家同一体裁的作品则相对集中，以便于教学。

三、本书所选篇目，都是"五四"以来各个时期各种流派风格的优秀作品或代表性作品。通过教学，使学生提高分析、鉴赏中国现当代文学作品的能力，了解中国现当代文学的基本面貌。考虑到本书篇幅不宜过大，有些流派的作品尚难一一照顾到，多幕戏剧只能选收其中一幕或作存目，长篇小说、长篇叙事诗、较长的中篇小说一般作存目处理。

四、本书所选篇目，都采用最初发表或最初出版的版本，以显示历史原貌。其中有些作品，作者后来作过修改，在思想和艺术上都比最初发表时有所提高。有些作者希望采用修改后的版本，但为了体例一致，只能请作者谅解。基于这一原则，如郭沫若的《凤凰涅槃》，采用了发表于1920年1月30日至31日《时事新报·学灯》的最早版本，其中的"凤凰更生歌"虽嫌拖沓，亦一仍其旧。选入的台湾作家的作品，目前直接取最早版本存在困难，故于文末除标明最早发表处外，又标明本文选自何处。又，本书的注，也都是最初发表时作者的原注。一般说，经过修改的作品，在各大学图书馆里不难找到，教师在讲课时，可视需要，比较最早版本和修改后的版本的异同。

五、本书选目曾经过编委会的多次讨论。选目若有不当之处，敬请各方批评指正。

目 录

小 说

狂人日记	鲁　迅	3
阿Q正传	鲁　迅	8
在酒楼上	鲁　迅	27
伤逝(存目)	鲁　迅	
铸剑	鲁　迅	32
沉沦	郁达夫	42
迟桂花(存目)	郁达夫	
缀网劳蛛	许地山	60
海滨故人(存目)	庐　隐	
酒后	凌叔华	70
潘先生在难中	叶绍钧	73
竹林的故事	冯文炳	83
桥(存目)	废　名	
拜堂	台静农	86
莎菲女士的日记	丁　玲	89
夜	丁　玲	109
太阳照在桑乾河上(存目)	丁　玲	
为奴隶的母亲	柔　石	113
春蚕	茅　盾	126
子夜(存目)	茅　盾	
上海的狐步舞	穆时英	138
春阳	施蛰存	144
边城	沈从文	149
长河(存目)	沈从文	
啼笑姻缘(存目)	张恨水	
家(存目)	巴　金	

寒夜(存目)	巴　金	
山峡中	艾　芜	191
九十九度中	林徽因	200
箓竹山房	吴组缃	210
八月的乡村(存目)	萧　军	
断魂枪	老　舍	214
骆驼祥子(存目)	老　舍	
鹭鸶湖的忧郁	端木蕻良	218
死水微澜(存目)	李劼人	
风萧萧(存目)	徐　訏	
华威先生	张天翼	224
在其香居茶馆里	沙　汀	228
呼兰河传(存目)	萧　红	
小城三月	萧　红	237
受苦人	孔　厥	249
北望园的春天	骆宾基	253
小二黑结婚	赵树理	266
李有才板话(存目)	赵树理	
封锁	张爱玲	274
金锁记	张爱玲	280
倾城之恋(存目)	张爱玲	
识字班	孙　犁	301
荷花淀	孙　犁	305
伍子胥(存目)	冯　至	
财主的儿女们(存目)	路　翎	
果园城	师　陀	309
围城(存目)	钱钟书	
暴风骤雨(存目)	周立波	

诗　歌

小河	周作人	319
一颗遭劫的星	胡　适	321

地球,我的母亲!	郭沫若	321
凤凰涅槃	郭沫若	323
教我如何不想她	刘半农	329
繁星(十、七一、一三一)	冰 心	330
春水(三三、一三四)	冰 心	330
蕙的风	汪静之	331
秋晚的江上	刘大白	331
死水	闻一多	331
奇迹	闻一多	332
沙扬娜拉(十八)	徐志摩	333
偶然	徐志摩	333
再别康桥	徐志摩	333
弃妇	李金发	334
采莲曲	朱 湘	335
我是一条小河	冯 至	336
十四行诗(十八、二一)	冯 至	336
雨巷	戴望舒	337
寻梦者	戴望舒	338
我用残损的手掌	戴望舒	338
别了,哥哥	殷 夫	339
预言	何其芳	340
我想谈说种种纯洁的事情	何其芳	341
难民	臧克家	341
老马	臧克家	342
大堰河——我的保姆	艾 青	342
雪落在中国的土地上	艾 青	344
手推车	艾 青	346
我爱这土地	艾 青	346
断章	卞之琳	347
白螺壳	卞之琳	347
生活	蒲 风	348
宝马(存目)	孙毓棠	

中国底春天在号召着全人类	田 间	348
泥土	鲁 藜	349
赞美	穆 旦	349
诗八首	穆 旦	350
王贵与李香香(存目)	李 季	
山	杜运燮	352
发票贴在印花上	袁水拍	352
孤岛	阿 垅	353
金黄的稻束	郑 敏	354
珠和觅珠人	陈敬容	354
山中所见——一棵树	辛 笛	355
最初的蜜	杭约赫	355

散 文

青春	李大钊	359
饿乡纪程(存目)	瞿秋白	
藕与莼菜	叶绍钧	364
寄小读者(通讯七)	冰 心	365
桨声灯影里的秦淮河	朱自清	367
桨声灯影里的秦淮河	俞平伯	371
影的告别	鲁 迅	374
灯下漫笔	鲁 迅	375
二丑艺术	鲁 迅	378
阿金	鲁 迅	379
病后杂谈	鲁 迅	381
翡冷翠山居闲话	徐志摩	386
我所知道的康桥	徐志摩	387
祝土匪	林语堂	392
乌篷船	周作人	394
《扬鞭集》序	周作人	395
闭户读书论	周作人	396
给我的孩子们	丰子恺	397

栈桥灯影	苏雪林	399
卖豆腐的哨子	茅盾	401
谈"流浪汉"	梁遇春	401
钓台的春昼	郁达夫	408
塞纳河畔的无名少女	冯至	412
"慢慢走,欣赏啊!"	朱光潜	414
门	叶公超	418
白马湖之冬	夏丏尊	419
鸭窠围的夜	沈从文	420
墓	何其芳	423
中国的西北角(存目)	范长江	
话故都	吴伯箫	426
鹰之歌	丽尼	428
包身工(存目)	夏衍	
山之子	李广田	430
谈交友	钱钟书	434
苏州拾梦记	柯灵	438
回忆鲁迅先生(存目)	萧红	
晋东南麦色青青(存目)	卞之琳	
囚绿记	陆蠡	441
雅舍	梁实秋	442
蛇与塔	聂绀弩	444
爱尔克的灯光	巴金	444
我的母亲	老舍	446
清苦	王了一	449
更衣记	张爱玲	450
简论市侩主义	冯雪峰	455

戏 剧

一只马蜂	丁西林	461
回春之曲(存目)	田汉	
五奎桥(存目)	洪深	

这不过是春天(存目) …………………………………… 李健吾

雷雨(存目) …………………………………………… 曹　禺

北京人(第三幕) …………………………………… 曹　禺　**471**

上海屋檐下(第二幕) ……………………………… 夏　衍　**503**

屈原(第五幕　第二景) …………………………… 郭沫若　**516**

白毛女(存目) ……………………………… 贺敬之　丁　毅执笔

狂人日记

鲁 迅

某君昆仲,今隐其名,皆余昔日在中学校时良友;分隔多年,消息渐阙。日前偶闻其一大病;适归故乡,迂道往访,则仅晤一人,言病者其弟也。劳君远道来视,然已早愈,赴某地候补矣。因大笑,出示日记二册,谓可见当日病状,不妨献诸旧友。持归阅一过,知所患盖"迫害狂"之类。语颇错杂无伦次,又多荒唐之言;亦不著月日,惟墨色字体不一,知非一时所书。间亦有略具联络者,今撮录一篇,以供医家研究。记中语误,一字不易;惟人名虽皆村人,不为世间所知,无关大体,然亦悉易去。至于书名,则本人愈后所题,不复改也。七年四月二日识。

一

今天晚上,很好的月光。

我不见他,已是三十多年;今天见了,精神分外爽快。才知道以前的三十多年,全是发昏;然而须十分小心。不然,那赵家的狗,何以看我两眼呢?

我怕得有理。

二

今天全没月光,我知道不妙。早上小心出门,赵贵翁的眼色便怪:似乎怕我,似乎想害我。还有七八个人,交头接耳的议论我,又怕我看见。一路上的人,都是如此。其中最凶的一个人,张着嘴,对我笑了一笑;我便从头直冷到脚跟,晓得他们布置,都已妥当了。

我可不怕,仍旧走我的路。前面一伙小孩子,也在那里议论我;眼色也同赵贵翁一样,脸色也都铁青。我想我同小孩子有什么仇,他也这样。忍不住大声说,"你告诉我!"他们可就跑了。

我想:我同赵贵翁有什么仇,同路上的人又有什么仇;只有廿年以前,把古久先生的陈年流水簿子,踹了一脚,古久先生很不高兴。赵贵翁虽然不认识他,一定也听到风声,代抱不平;约定路上的人,同我作冤对。但是小孩子呢?那时候,他们还没有出世,何以今天也睁着怪眼睛,似乎怕我,似乎想害我。这真教我怕,教我纳罕而且伤心。

我明白了。这是他们娘老子教的!

三

晚上总是睡不着。凡事须得研究,才会明白。

他们——也有给知县打枷过的,也有给绅士掌过嘴的,也有衙役占了他妻子的,也有老子娘被债主逼死的;他们那时候的脸色,全没有昨天这么怕,也没有这么凶。

最奇怪的是昨天街上的那个女人,打他儿子,嘴里说道,"老子呀!我要咬你几口才出气!"他眼睛却看着我。我出了一惊,遮掩不住;那青面獠牙的一伙人,便都哄笑起来。陈老五赶上前,硬把我拖回家中了。

拖我回家,家里的人都装作不认识我;他们的眼色,也全同别人一样。进了书房,便反扣上门,宛然是关了一只鸡鸭。这一件事,越教我猜不出底细。

前几天,狼子村的佃户来告荒,对我大哥说,他们村里的一个大恶人,给大家打死了;几个人便挖出他的心肝来,用油煎炒了吃,可以壮壮胆子。我插了一句嘴,佃户和大哥便都看我几眼。今天才晓得他们的眼光,全同外面的那伙人一模一样。

想起来,我从顶上直冷到脚跟。

他们会吃人,就未必不会吃我。

你看那女人"咬你几口"的话,和一伙青面獠牙人的笑,和前天佃户的话,明明是暗号。我看出他话中全是毒,笑中全是刀。他们的牙齿,全是白厉厉的排着,这就是吃人的家伙。

照我自己想,虽然不是恶人,自从踹了古家的簿子,可就难说了。他们似乎别有心思,我全猜不出。况且他们一翻脸,便说人是恶人。我还记得大哥教我做论,无论怎样好人,翻他几句,他便打上几个圈;原谅坏人几句,他便说"翻天妙手,与众不同"。我那里猜得到他们的心思,究竟怎样;况且是要吃的时候。

凡事总须研究,才会明白。古来时常吃人,我也还记得,可是不甚清楚。我翻开历史一查,这历史没有年代,歪歪斜斜的每叶上都写着"仁义道德"几个字。我横竖睡不着,仔细看了半夜,才从字缝里看出字来,满本都写着两个字是"吃人"!

书上写着这许多字,佃户说了这许多话,却都笑吟吟的睁着怪眼睛看我。

我也是人,他们想要吃我了!

四

早上,我静坐了一会。陈老五送进饭来,一碗菜,一碗蒸鱼;这鱼的眼睛,白而且硬,张着嘴,同那一伙想吃人的人一样。吃了几筷,滑溜溜的不知是鱼是人,便把他兜肚连肠的吐出。

我说,"老五,对大哥说,我闷得慌,想到园里走走。"老五不答应,走了;停一会,可就来开了门。

我也不动,研究他们如何摆布我;知道他们一定不肯放松。果然!我大哥引了一个老头子,慢慢走来;他满眼凶光,怕我看出,只是低头向着地,从眼镜横边暗暗看我。大哥说,"今天你仿佛很好。"我说,"是的。"大哥说,"今天请何先生来,给你诊一诊。"我说,"可以!"其实我岂不知道这老头子是刽子手扮的!无非借了看脉这名目,揣一揣肥瘠:因这功劳,也分一片肉吃。我也不怕;虽然不吃人,胆子却比他们还壮。伸出两个拳头,看他如何下手。老头子坐着,闭了眼睛,摸了好一会,呆了好一会;便张开他鬼眼睛说,"不要乱想。静静的养几天,就好了。"

不要乱想,静静的养!养肥了,他们是自然可以多吃;我有什么好处,怎么会"好了"?他们这群人,又想吃人,又是鬼鬼祟祟,想法子遮掩,不敢直捷下手,真要令我笑死。我忍不住,便放声大笑起来,十分快活。自己晓得这笑声里面,有的是义勇和正气。老头子和大哥,都失了色,被我这勇气正气镇压住了。

但是我有勇气,他们便越想吃我,沾光一点这勇气。老头子跨出门,走不多远,便低声对大哥说道,"赶紧吃罢!"大哥点点头。原来也有你!这一件大发见,虽似意外,也在意中:合伙吃我的人,便是我的哥哥!

吃人的是我哥哥!

我是吃人的人的兄弟!

我自己被人吃了,可仍然是吃人的人的兄弟!

五

这几天是退一步想:假使那老头子不是刽子手扮的,真是医生,也仍然是吃人的人。他们的祖师李时珍做的"本草什么"上,明明写着人肉可以煎吃;他还能说自己不吃人么?

至于我家大哥,也毫不冤枉他。他对我讲书的时候,亲口说过可以"易子而食";又一回偶然议论起一个不好的人,他便说不但该杀,还当"食肉寝皮"。我那时年纪还小,心跳了好半天。前天狼子村佃户来说吃心肝的事,他也毫不奇怪,不住的点头。可见心思是同从前一样狠。既然可以"易子而食",便什么都易得,什么人都吃得。我从前单听他讲道理,也胡涂过去;现在晓得他讲道理的时候,不但唇边还抹着人油,而且心里满装着吃人的意思。

六

黑漆漆的,不知是日是夜。赵家的狗又叫起来了。

狮子似的凶心,兔子的怯弱,狐狸的狡猾,……

七

我晓得他们的方法,直捷杀了,是不肯的,而且也不敢,怕有祸祟。所以他们大家连络,布满了罗网,逼我自戕。试看前几天街上男女的样子,和这几天我大哥的作为,便足可悟出八九分了。最好是解下腰带,挂在梁上,自己紧紧勒死;他们没有杀人的罪名,又偿了心愿,自然都欢天喜地的发出一种呜呜咽咽的笑声。否则惊吓忧愁死了,虽则略瘦,也还可以首肯几下。

他们是只会吃死肉的!——记得什么书上说,有一种东西,叫"海乙那"的,眼光和样子都很难看;时常吃死肉,连极大的骨头,都细细嚼烂,咽下肚子去,想起来也教人害怕。"海乙那"是狼的亲眷,狼是狗的本家。前天赵家的狗,看我几眼,可见他也同谋,早已接洽。老头子眼看着地,岂能瞒得我过。

最可怜的是我的大哥,他也是人,何以毫不害怕;而且合伙吃我呢?还是历来惯了,不以为非呢?还是丧了良心,明知故犯呢?

我诅咒吃人的人,先从他起头;要劝转吃人的人,也先从他下手。

八

其实这种道理,到了现在,他们也该早已懂得,……

忽然来了一个人;年纪不过二十左右,相貌是不很看得清楚,满面笑容,对了我点头,他的笑也不像真笑。我便问他,"吃人的事,对么?"他仍然笑着说,"不是荒年,怎么会吃人。"我立刻就晓得,他也是一伙,喜欢吃人的;便自勇气百倍,偏要问他。

"对么?"

"这等事问他什么。你真会……说笑话。……今天天气很好。"

天气是好,月色也很亮了。可是我要问你,"对么?"

他不以为然了。含含胡胡的答道,"不……"

"不对?他们何以竟吃?!"

"没有的事……"

"没有的事?狼子村现吃;还有书上都写着,通红斩新!"

他便变了脸,铁一般青。睁着眼说,"有许有的,这是从来如此……"

"从来如此,便对么?"

"我不同你讲这些道理;总之你不该说,你说便是你错!"

我直跳起来,张开眼,这人便不见了。全身出了一大片汗。他的年纪,比我大哥小得远,居然也是一伙;这一定是他娘老子先教的。还怕已经教给他儿子了;所以连小孩子,也都恶狠狠的看我。

九

自己想吃人,又怕被别人吃了,都用着疑心极深的眼光,面面相觑。……

去了这心思,放心做事走路吃饭睡觉,何等舒服。这只是一条门槛,一个关头。他们可是父子兄弟夫妇朋友师生仇敌和各不相识的人,都结成一伙,互相劝勉,互相牵掣,死也不肯跨过这一步。

十

大清早,去寻我大哥;他立在堂门外看天,我便走到他背后,拦住门,格外沉静,格外和气的对他说,

"大哥,我有话告诉你。"

"你说就是,"他赶紧回过脸来,点点头。

"我只有几句话,可是说不出来。大哥,大约当初野蛮的人,都吃过一点人。后来因为心思不同,有的不吃人了,一味要好,便变了人,变了真的人。有的却还吃,——也同虫子一样,有的变了鱼鸟猴子,一直变到人。有的不要好,至今还是虫子。这吃人的人比不吃人的人,何等惭愧。怕比虫子的惭愧猴子,还差得很远很远。

"易牙蒸了他儿子,给桀纣吃,还是一直从前的事。谁晓得从盘古开辟天地以后,一直吃到易牙的儿子;从易牙的儿子,一直吃到徐锡林;从徐锡林,又一直吃到狼子村捉住的人。去年城里杀了犯人,还有一个生痨病的人,用馒头蘸血舐。

"他们要吃我,你一个人,原也无法可想;然而又何必去入伙。吃人的人,什么事做不出;他们会吃我,也会吃你,一伙里面,也会自吃。但只要转一步,只要立刻改了,也就人人太平。虽然从

来如此,我们今天也可以格外要好,说是不能!大哥,我相信你能说,前天佃户要减租,你说过不能。"

当初,他还只是冷笑,随后眼光便凶狠起来,一到说破他们的隐情,那就满脸都变成青色了。大门外立着一伙人,赵贵翁和他的狗,也在里面,都探头探脑的挨进来。有的是看不出面貌,似乎用布蒙着;有的是仍旧青面獠牙,抿着嘴笑。我认识他们是一伙,都是吃人的人。可是也晓得他们心思很不一样,一种是以为从来如此,应该吃的;一种是知道不该吃,可是仍然要吃,又怕别人说破他,所以听了我的话,越发气愤不过,可是抿着嘴冷笑。

这时候,大哥也忽然显出凶相,高声喝道,

"都出去!疯子有什么好看!"

这时候,我又懂得一件他们的巧妙了。他们岂但不肯改,而且早已布置;预备下一个疯子的名目罩上我。将来吃了,不但太平无事,怕还会有人见情。佃户说的大家吃了一个恶人,正是这方法。这是他们的老谱!

陈老五也气愤愤的直走进来。如何按得住我的口,我偏要对这伙人说,

"你们可以改了,从真心改起!要晓得将来容不得吃人的人,活在世上。

"你们要不改,自己也会吃尽。即使生得多,也会给真的人除灭了,同猎人打完狼子一样!——同虫子一样!"

那一伙人,都被陈老五赶走了。大哥也不知那里去了。陈老五劝我回屋子里去。屋里面全是黑沉沉的。横梁和椽子都在头上发抖;抖了一会,就大起来,堆在我身上。

万分沉重,动弹不得;他的意思是要我死。我晓得他的沉重是假的,便挣扎出来,出了一身汗。可是偏要说,

"你们立刻改了,从真心改起!你们要晓得将来是容不得吃人的人,……"

十一

太阳也不出,门也不开,日日是两顿饭。

我捏起筷子,便想起我大哥;晓得妹子死掉的缘故,也全在他。那时我妹子才五岁,可爱可怜的样子,还在眼前。母亲哭个不住,他却劝母亲不要哭;大约因为自己吃了,哭起来不免有点过意不去。如果还能过意不去,……

妹子是被大哥吃了,母亲知道没有,我可不得而知。

母亲想也知道;不过哭的时候,却并没有说明,大约也以为应当的了。记得我四五岁时,坐在堂前乘凉,大哥说爷娘生病,做儿子的须割下一片肉来,煮熟了请他吃,才算好人;母亲也没有说不行。一片吃得,整个的自然也吃得。但是那天的哭法,现在想起来,实在还教人伤心,这真是奇极的事!

十二

不能想了。

四千年来时时吃人的地方,今天才明白,我也在其中混了多年;大哥正管着家务,妹子恰恰死

了,他未必不和在饭菜里,暗暗给我们吃。

我未必无意之中,不吃了我妹子的几片肉,现在也轮到我自己,……

有了四千年吃人履历的我,当初虽然不知道,现在明白,难见真的人!

十三

没有吃过人的孩子,或者还有?

救救孩子……

一九一八年四月

(原载 1918 年 5 月《新青年》第 4 卷第 5 号)

阿 Q 正传

鲁 迅

第一章 序

  我要给阿 Q 做正传,已经不止一两年了。但一面要做,一面又往回想,这足见我不是一个"立言"的人,因为从来不朽之笔,须传不朽之人,于是人以文传,文以人传——究竟谁靠谁传,渐渐的不甚了然起来,而终于归结到传阿 Q,仿佛思想里有鬼似的。

  然而要做这一篇速朽的文章,才下笔,便感到万分的困难了。第一是文章的名目。孔子曰,"名不正则言不顺"。这原是应该极注意的。传的名目很繁多:列传,自传,内传,外传,别传,家传,小传……,而可惜都不合。"列传"么,这一篇并非和许多阔人排在"正史"里;"自传"么,我又并非就是阿 Q。说是"外传","内传"在那里呢?倘用"内传",阿 Q 又决不是神仙。"别传"呢,阿 Q 实在未曾有大总统上谕宣付国史馆立"本传"——虽说英国正史上并无"博徒列传",而文豪迭更司也做过《博徒别传》这一部书,但文豪则可,在我辈却不可的。其次是"家传",则我既不知与阿 Q 是否同宗,也未曾受他子孙的拜托;或"小传",则阿 Q 又更无别的"大传"了。总而言之,这一篇也便是"本传",但从我的文章着想,因为文体卑下,是"引车卖浆者流"所用的话,所以不敢僭称,便从不入三教九流的小说家所谓"闲话休题言归正传"这一句套话里,取出"正传"两个字来,作为名目,即使与古人所撰《书法正传》的"正传"字面上很相混,也顾不得了。

  第二,立传的通例,开首大抵该是"某,字某,某地人也",而我并不知道阿 Q 姓什么。有一回,他似乎是姓赵,但第二日便模糊了。那是赵太爷的儿子进了秀才的时候,锣声镗镗的报到村里来,阿 Q 正喝了两碗黄酒,便手舞足蹈的说,这于他也很光采,因为他和赵太爷原来是本家,细细的排起来他还比秀才长三辈呢。其时几个旁听人倒也肃然的有些起敬了。那知道第二天,地保便叫阿 Q 到赵太爷家里去;太爷一见,满脸溅朱,喝道:

  "阿 Q,你这浑小子! 你说我是你的本家么?"

  阿 Q 不开口。

赵太爷愈看愈生气了，抢进几步说："你敢胡说！我怎么会有你这样的本家？你姓赵么？"

阿Q不开口，想往后退了；赵太爷跳过去，给了他一个嘴巴。

"你怎么会姓赵！——你那里配姓赵！"

阿Q并没有抗辩他确凿姓赵，只用手摸着左颊，和地保退出去了；外面又被地保训斥了一番，谢了地保二百文酒钱。知道的人都说阿Q太荒唐，自己去招打；他大约未必姓赵，即使真姓赵，有赵太爷在这里，也不该如此胡说的。此后便再没有人提起他的氏族来，所以我终于不知道阿Q究竟什么姓。

第三，我又不知道阿Q的名字是怎么写的。他活着的时候，人都叫他阿Quei，死了以后，便没有一个人再叫阿Quei了，那里还会有"著之竹帛"的事。若论"著之竹帛"，这篇文章要算第一次，所以先遇着了这第一个难关。我曾经仔细想：阿Quei，阿桂还是阿贵呢？倘使他号叫月亭，或者在八月间做过生日，那一定是阿桂了；而他既没有号——也许有号，只是没有人知道他，——又未尝散过生日征文的帖子：写作阿桂，是武断的。又倘若他有一位老兄或令弟叫阿富，那一定是阿贵了；而他又只是一个人：写作阿贵，也没有佐证的。其余音Quei的偏僻字样，更加凑不上了。先前，我也曾问过赵太爷的儿子茂才先生，谁料博雅如此公，竟也茫然，但据结论说，是因为陈独秀办了《新青年》提倡洋字，所以国粹沦亡，无可查考了。我的最后的手段，只有托一个同乡去查阿Q犯事的案卷，八个月之后才有回信，说案卷里并无与阿Quei的声音相近的人。我虽不知道是真没有，还是没有查，然而也再没有别的方法了。生怕注音字母还未通行，只好用了"洋字"，照英国流行的拼法写他为阿Quei，略作阿Q。这近于盲从《新青年》，自己也很抱歉，但茂才公尚且不知，我还有什么好办法呢。

第四，是阿Q的籍贯了。倘他姓赵，则据现在好称郡望的老例，可以照《郡名百家姓》上的注解，说是"陇西天水人也"，但可惜这姓是不甚可靠的，因此籍贯也就有些决不定。他虽然多住未庄，然而也常常宿在别处，不能说是未庄人，即使说是"未庄人也"，也仍然有乖史法的。

我所聊以自慰的，是还有一个"阿"字非常正确，绝无附会假借的缺点，颇可以就正于通人。至于其余，却都非浅学所能穿凿，只希望有"历史癖与考据癖"的胡适之先生的门人们，将来或者能够寻出许多新端绪来，但是我这《阿Q正传》到那时却又怕早经消灭了。

以上可以算是序。

第二章　优胜记略

阿Q不独是姓名籍贯有些渺茫，连他先前的"行状"也渺茫。因为未庄的人们之于阿Q，只要他帮忙，只拿他玩笑，从来没有留心他的"行状"的。而阿Q自己也不说，独有和别人口角的时候，间或瞪着眼睛道：

"我们先前——比你阔的多啦！你算是什么东西！"

阿Q没有家，住在未庄的土谷祠里；也没有固定的职业，只给人家做短工，割麦便割麦，舂米便舂米，撑船便撑船。工作略长久时，他也或住在临时主人的家里，但一完就走了。所以，人们忙碌的时候，也还记起阿Q来，然而记起的是做工，并不是"行状"；一闲空，连阿Q都早忘却，更不必说"行状"了。只是有一回，有一个老头子颂扬说："阿Q真能做！"这时阿Q赤着膊，懒洋洋的瘦伶仃的正在他面前,别人也摸不着这话是真心还是讥笑,然而阿 Q 很喜欢。

阿 Q 又很自尊,所有未庄的居民,全不在他眼睛里,甚而至于对于两位"文童"也有以为不值一笑的神情。夫文童者,将来恐怕要变秀才者也;赵太爷钱太爷大受居民的尊敬,除有钱之外,就因为都是文童的爹爹,而阿 Q 在精神上独不表格外的崇奉,他想:我的儿子会阔得多啦!加以进了几回城,阿 Q 自然更自负,然而他又很鄙薄城里人,譬如用三尺长三寸宽的木板做成的凳子,未庄叫"长凳",他也叫"长凳",城里人却叫"条凳",他想:这是错的,可笑!油煎大头鱼,未庄都加上半寸长的葱叶,城里却加上切细的葱丝,他想:这也是错的,可笑!然而未庄人真是不见世面的可笑的乡下人呵,他们没有见过城里的煎鱼!

阿 Q "先前阔",见识高,而且"真能做",本来几乎是一个"完人"了,但可惜他体质上还有一些缺点。最恼人的是在他头皮上,颇有几处不知起于何时的癞疮疤。这虽然也在他身上,而看阿 Q 的意思,倒也似乎以为不足贵的,因为他讳说"癞"以及一切近于"赖"的音,后来推而广之,"光"也讳,"亮"也讳,再后来,连"灯""烛"都讳了。一犯讳,不问有心与无心,阿 Q 便全疤通红的发起怒来,估量了对手,口讷的他便骂,气力小的他便打;然而不知怎么一回事,总还是阿 Q 吃亏的时候多。于是他渐渐的变换了方针,大抵改为怒目而视了。

谁知道阿 Q 采用怒目主义之后,未庄的闲人们便愈喜欢玩笑他。一见面,他们便假作吃惊的说:

"哙,亮起来了。"

阿 Q 照例的发了怒,他怒目而视了。

"原来有保险灯在这里!"他们并不怕。

阿 Q 没有法,只得另外想出报复的话来:

"你还不配……"这时候,又仿佛在他头上的是一种高尚的光荣的癞头疮,并非平常的癞头疮了;但上文说过,阿 Q 是有见识的,他立刻知道和"犯忌"有点抵触,便不再往底下说。

闲人还不完,只撩他,于是终而至于打。阿 Q 在形式上打败了,被人揪住黄辫子,在壁上碰了四五个响头,闲人这才心满意足的得胜的走了,阿 Q 站了一刻,心里想,"我总算被儿子打了,现在的世界真不像样……"于是也心满意足的得胜的走了。

阿 Q 想在心里的,后来每每说出口来,所以凡有和阿 Q 玩笑的人们,几乎全知道他有这一种精神上的胜利法,此后每逢揪住他黄辫子的时候,人就先一着对他说:

"阿 Q,这不是儿子打老子,是人打畜生。自己说:人打畜生!"

阿 Q 两只手都捏住了自己的辫根,歪着头,说道:

"打虫豸,好不好?我是虫豸——还不放么?"

但虽然是虫豸,闲人也并不放,仍旧在就近什么地方给他碰了五六个响头,这才心满意足的得胜的走了,他以为阿 Q 这回可遭了瘟。然而不到十秒钟,阿 Q 也心满意足的得胜的走了,他觉得他是第一个能够自轻自贱的人,除了"自轻自贱"不算外,余下的就是"第一个"。状元不也是"第一个"么?"你算是什么东西"呢?!

阿 Q 以如是等等妙法克服怨敌之后,便愉快的跑到酒店里喝几碗酒,又和别人调笑一通,口角一通,又得了胜,愉快的回到土谷祠,放倒头睡着了。假使有钱,他便去押牌宝,一堆人蹲在地

面上,阿Q即汗流满面的夹在这中间,声音他最响:

"青龙四百!"

"咳——开——啦!"桩家揭开盒子盖,也是汗流满面的唱。"天门啦——角回啦——!人和穿堂空在那里啦——!阿Q的铜钱拿过来——!"

"穿堂一百——一百五十!"

阿Q的钱便在这样的歌吟之下,渐渐的输入别个汗流满面的人物的腰间。他终于只好挤出堆外,站在后面看,替别人着急,一直到散场,然后恋恋的回到土谷祠,第二天,肿着眼睛去工作。

但真所谓"塞翁失马安知非福"罢,阿Q不幸而赢了一回,他倒几乎失败了。

这是未庄赛神的晚上。这晚上照例有一台戏,戏台左近,也照例有许多的赌摊。做戏的锣鼓,在阿Q耳朵里仿佛在十里之外;他只听得桩家的歌唱了。他赢而又赢,铜钱变成角洋,角洋变成大洋,大洋又成了叠。他兴高采烈得非常:

"天门两块!"

他不知道谁和谁为什么打起架来了。骂声打声脚步声,昏头昏脑的一大阵,他才爬起来,赌摊不见了,人们也不见了,身上有几处很似乎有些痛,似乎也挨了几拳几脚似的,几个人诧异的对他看。他如有所失的走进土谷祠,定一定神,知道他的一堆洋钱不见了。赶赛会的赌摊多不是本村人,还到那里去寻根柢呢?

很白很亮的一堆洋钱!而且是他的——现在不见了!说是算被儿子拿去了罢,总还是忽忽不乐;说自己是虫豸罢,也还是忽忽不乐:他这回才有些感到失败的苦痛了。

但他立刻转败为胜了。他擎起右手,用力的在自己脸上连打了两个嘴巴,热剌剌的有些痛;打完之后,便心平气和起来,似乎打的是自己,被打的是别一个自己,不久也就仿佛是自己打了别个一般,——虽然还有些热剌剌,——心满意足的得胜的躺下了。

他睡着了。

第三章　续优胜记略

然而阿Q虽然常优胜,却直待蒙赵太爷打他嘴巴之后,这才出了名。

他付过地保二百文酒钱,愤愤的躺下了,后来想:"现在的世界太不成话,儿子打老子……"于是忽而想到赵太爷的威风,而现在是他的儿子了,便自己也渐渐的得意起来,爬起身,唱着《小孤孀上坟》到酒店去。这时候,他又觉得赵太爷高人一等了。

说也奇怪,从此之后,果然大家也仿佛格外尊敬他。这在阿Q,或者以为因为他是赵太爷的父亲,而其实也不然。未庄通例,倘如阿七打阿八,或者李四打张三,向来本不算一件事,必须与一位名人如赵太爷者相关,这才载上他们的口碑。一上口碑,则打的既有名,被打的也就托庇有了名。至于错在阿Q,那自然是不必说。所以者何?就因为赵太爷是不会错的。但他既然错,为什么大家又仿佛格外尊敬他呢?这可难解,穿凿起来说,或者因为阿Q说是赵太爷的本家,虽然挨了打,大家也还怕有些真,总不如尊敬一些稳当。否则,也如孔庙里的太牢一般,虽然与猪羊一样,同是畜生,但既经圣人下箸,先儒们便不敢妄动了。

阿Q此后倒得意了许多年。

有一年的春天，他醉醺醺的在街上走，在墙根的日光下，看见王胡在那里赤着膊捉虱子，他忽然觉得身上也痒起来了。这王胡，又癞又胡，别人都叫他王癞胡，阿Q却删去了一个癞字，然而非常渺视他。阿Q的意思，以为癞是不足为奇的，只有这一部络腮胡子，实在太新奇，令人看不上眼。他于是并排坐下去了。倘是别的闲人们，阿Q本不敢大意坐下去。但这王胡旁边，他有什么怕呢？老实说：他肯坐下去，简直还是抬举他。

阿Q也脱下破夹袄来，翻检了一回，不知道因为新洗呢还是因为粗心，许多工夫，只捉到三四个。他看那王胡，却是一个又一个，两个又三个，只放在嘴里毕毕剥剥的响。

阿Q最初是失望，后来却不平了：看不上眼的王胡尚且那么多，自己倒反这样少，这是怎样的大失体统的事呵！他很想寻一两个大的，然而竟没有，好容易才捉到一个中的，恨恨的塞在厚嘴唇里，狠命一咬，劈的一声，又不及王胡响。

他癞疮疤块块通红了，将衣服摔在地上，吐一口唾沫，说：

"这毛虫！"

"癞皮狗，你骂谁？"王胡轻蔑的抬起眼来说。

阿Q近来虽然比较的受人尊敬，自己也更高傲些，但那些打惯的闲人们见面还胆怯，独有这回却非常武勇了。这样满脸胡子的东西，也敢出言无状么？

"谁认便骂谁！"他站起来，两手叉在腰间说。

"你的骨头痒么？"王胡也站起来，披上衣服说。

阿Q以为他要逃了，抢进去就是一拳。这拳头还未达到身上，已经被他抓住了，只一拉，阿Q踉踉跄跄的跌进去，立刻又被王胡扭住了辫子，要拉到墙上照例去碰头。

"'君子动口不动手'！"阿Q歪着头说。

王胡似乎不是君子，并不理会，一连给他碰了五下，又用力的一推，至于阿Q跌出六尺多远，这才满足的去了。

在阿Q的记忆上，这大约要算是生平第一件的屈辱，因为王胡以络腮胡子的缺点，向来只被他奚落，从没有奚落他，更不必说动手了。而他现在竟动手，很意外，难道真如市上所说，皇帝已经停了考，不要秀才和举人了，因此赵家减了威风，因此他们也便小觑了他么？

阿Q无可适从的站着。

远远的走来了一个人，他的对头又到了。这也是阿Q最厌恶的一个人，就是钱太爷的大儿子。他先前跑上城里去进洋学堂，不知怎么又跑到东洋去了，半年之后他回到家里来，腿也直了，辫子也不见了，他的母亲大哭了十几场，他的老婆跳了三回井。后来，他的母亲到处说，"这辫子是被坏人灌醉了酒剪去的。本来可以做大官，现在只好等留长再说了。"然而阿Q不肯信，偏称他"假洋鬼子"，也叫作"里通外国的人"，一见他，一定在肚子里暗暗的咒骂。

阿Q尤其"深恶而痛绝之"的，是他的一条假辫子。辫子而至于假，就是没有了做人的资格；他的老婆不跳第四回井，也不是好女人。

这"假洋鬼子"近来了。

"秃儿。驴……"阿Q历来本只在肚子里骂，没有出过声，这回因为正气忿，因为要报仇，便不由的轻轻的说出来了。

不料这秃儿却拿着一支黄漆的棍子——就是阿Q所谓哭丧棒——大踏步走了过来。阿Q在这刹那,便知道大约要打了,赶紧抽紧筋骨,耸了肩膀等候着,果然,拍的一声,似乎确凿打在自己头上了。

"我说他!"阿Q指着近旁的一个孩子,分辩说。

拍!拍拍!

在阿Q的记忆上,这大约要算是生平第二件的屈辱。幸而拍拍的响了之后,于他倒似乎完结了一件事,反而觉得轻松些,而且"忘却"这一件祖传的宝贝也发生了效力,他慢慢的走,将到酒店门口,早已有些高兴了。

但对面走来了静修庵里的小尼姑。阿Q便在平时,看见伊也一定要唾骂,而况在屈辱之后呢?他于是发生了回忆,又发生了敌忾了。

"我不知道我今天为什么这样晦气,原来就因为见了你!"他想。

他迎上去,大声的吐一口唾沫:

"咳,呸!"

小尼姑全不睬,低了头只是走。阿Q走近伊身旁,突然伸出手去摩着伊新剃的头皮,呆笑着,说:

"秃儿!快回去,和尚等着你……"

"你怎么动手动脚……"尼姑满脸通红的说,一面赶快走。

酒店里的人大笑了。阿Q看见自己的勋业得了赏识,便愈加兴高采烈起来:

"和尚动得,我动不得?"他扭住伊的面颊。

酒店里的人大笑了。阿Q更得意,而且为满足那些赏鉴家起见,再用力的一拧,才放手。

他这一战,早忘却了王胡,也忘却了假洋鬼子,似乎对于今天的一切"晦气"都报了仇;而且奇怪,又仿佛全身比拍拍的响了之后更轻松,飘飘然的似乎要飞去了。

"这断子绝孙的阿Q!"远远地听得小尼姑的带哭的声音。

"哈哈哈!"阿Q十分得意的笑。

"哈哈哈!"酒店里的人也九分得意的笑。

第四章 恋爱的悲剧

有人说:有些胜利者,愿意敌手如虎,如鹰,他才感得胜利的欢喜;假使如羊,如小鸡,他便反觉得胜利的无聊。又有些胜利者,当克服一切之后,看见死的死了,降的降了,"臣诚惶诚恐死罪死罪",他于是没有了敌人,没有了对手,没有了朋友,只有自己在上,一个,孤另另,凄凉,寂寞,便反而感到了胜利的悲哀。然而我们的阿Q却没有这样乏,他是永远得意的:这或者也是中国精神文明冠于全球的一个证据了。

看哪,他飘飘然的似乎要飞去了!

然而这一次的胜利,却又使他有些异样。他飘飘然的飞了大半天,飘进土谷祠,照例应该躺下便打鼾。谁知道这一晚,他很不容易合眼,他觉得自己的大拇指和第二指有点古怪:仿佛比平常滑腻些。不知道是小尼姑的脸上有一点滑腻的东西粘在他指上,还是他的指头在小尼姑脸上磨得滑腻了？……

"断子绝孙的阿 Q！"

阿 Q 的耳朵里又听到这句话。他想：不错，应该有一个女人，断子绝孙便没有人供一碗饭，……应该有一个女人。夫"不孝有三无后为大"，而"若敖之鬼馁而"，也是一件人生的大哀，所以他那思想，其实是样样合于圣经贤传的，只可惜后来有些"不能收其放心"了。

"女人，女人！……"他想。

"……和尚动得……女人，女人！……女人！"他又想。

我们不能知道这晚上阿 Q 在什么时候才打鼾。但大约他从此总觉得指头有些滑腻，所以他从此总有些飘飘然；"女……"他想。

即此一端，我们便可以知道女人是害人的东西。

中国的男人，本来大半都可以做圣贤，可惜全被女人毁掉了。商是妲己闹亡的；周是褒姒弄坏的；秦……虽然史无明文，我们也假定他因为女人，大约未必十分错；而董卓可是的确给貂蝉害死了。

阿 Q 本来也是正人，我们虽然不知道他曾蒙什么明师指授过，但他对于"男女之大防"却历来非常严；也很有排斥异端——如小尼姑及假洋鬼子之类——的正气。他的学说是：凡尼姑，一定与和尚私通；一个女人在外面走，一定想引诱野男人；一男一女在那里讲话，一定要有勾当了。为惩治他们起见，所以他往往怒目而视，或者大声说几句"诛心"话，或者在冷僻处，便从后面掷一块小石头。

谁知道他将到"而立"之年，竟被小尼姑害得飘飘然了。这飘飘然的精神，在礼教上是不应该有的，——所以女人真可恶，假使小尼姑的脸上不滑腻，阿 Q 便不至于被蛊，又假使小尼姑的脸上盖一层布，阿 Q 便也不至于被蛊了，——他五六年前，曾在戏台下的人丛中拧过一个女人的大腿，但因为隔一层裤，所以此后并不飘飘然，——而小尼姑并不然，这也足见异端之可恶。

"女……"阿 Q 想。

他对于以为"一定想引诱野男人"的女人，时常留心看，然而伊并不对他笑。他对于和他讲话的女人，也时常留心听，然而伊又并不提起关于什么勾当的话来。哦，这也是女人可恶之一节：伊们全都要装"假正经"的。

这一天，阿 Q 在赵太爷家里舂了一天米，吃过晚饭，便坐在厨房里吸旱烟。倘在别家，吃过晚饭本可以回去的了，但赵府上晚饭早，虽说定例不准掌灯，一吃完便睡觉，然而偶然也有一些例外：其一，是赵大爷未进秀才的时候，准其点灯读文章；其二，便是阿 Q 来做短工的时候，准其点灯舂米。因为这一条例外，所以阿 Q 在动手舂米之前，还坐在厨房里吸旱烟。

吴妈，是赵太爷家里唯一的女仆，洗完了碗碟，也就在长凳上坐下了，而且和阿 Q 谈闲天：

"太太两天没有吃饭哩，因为老爷要买一个小的……"

"女人……吴妈……这小孤孀……"阿 Q 想。

"我们的少奶奶是八月里要生孩子了……"

"女人……"阿 Q 想。

阿 Q 放下烟管，站了起来。

"我们的少奶奶……"吴妈还唠叨说。

"我和你困觉,我和你困觉!"阿Q忽然抢上去,对伊跪下了。

一刹时中很寂然。

"阿呀!"吴妈楞了一息,突然发抖,大叫着往外跑,且跑且嚷,似乎后来带哭了。

阿Q对了墙壁跪着也发楞,于是两手扶着空板凳,慢慢的站起来,仿佛觉得有些糟。他这时确也有些忐忑了,慌张的将烟管插在裤带上,就想去舂米。蓬的一声,头上着了很粗的一下,他急忙回转身去,那秀才便拿了一支大竹杠站在他面前。

"你反了,……你这……"

大竹杠又向他劈下来了。阿Q两手去抱头,拍的正打在指节上,这可很有一些痛。他冲出厨房门,仿佛背上又着了一下似的。

"忘八蛋!"秀才在后面用了官话这样骂。

阿Q奔入舂米场,一个人站着,还觉得指头痛,还记得"忘八蛋",因为这话是未庄的乡下人从来不用,专是见过官府的阔人用的,所以格外怕,而印象也格外深。但这时,他那"女……"的思想却也没有了。而且打骂之后,似乎一件事也已经收束,倒反觉得一无挂碍似的,便动手去舂米。舂了一会,他热起来了,又歇了手脱衣服。

脱下衣服的时候,他听得外面很热闹,阿Q生平本来最爱看热闹,便即寻声走出去了。寻声渐渐的寻到赵太爷的内院里,虽然在昏黄中,却辨得出许多人,赵府一家连两日不吃饭的太太也在内,还有间壁的邹七嫂,真正本家的赵白眼,赵司晨。

少奶奶正拖着吴妈走出下房来,一面说:

"你到外面来,……不要躲在自己房里想……"

"谁不知道你正经,……短见是万万寻不得的。"邹七嫂也从旁说。

吴妈只是哭,夹些话,却不甚听得分明。

阿Q想:"哼,有趣,这小孤孀不知道闹着什么玩意儿了?"他想打听,走近赵司晨的身边。这时他猛然间看见赵大爷向他奔来,而且手里捏着一支大竹杠。他看见这一支大竹杠,便猛然间悟到自己曾经被打,和这一场热闹似乎有点相关。他翻身便走,想逃回舂米场,不图这支竹杠阻了他的去路,于是他又翻身便走,自然而然的走出后门,不多工夫,已在土谷祠内了。

阿Q坐了一会,皮肤有些起粟,他觉得冷了,因为虽在春季,而夜间颇有余寒,尚不宜于赤膊。他也记得布衫留在赵家,但倘若去取,又深怕秀才的竹杠。然而地保进来了。

"阿Q,你的妈妈的!你连赵家的用人都调戏起来,简直是造反。害得我晚上没有觉睡,你的妈妈的!……"

如是云云的教训了一通,阿Q自然没有话。临末,因为在晚上,应该送地保加倍酒钱四百文,阿Q正没有现钱,便用一顶毡帽做抵押,并且订定了五条件:

一　明天用红烛——要一斤重的——一对,香一封,到赵府上去赔罪。

二　赵府上请道士祓除缢鬼,费用由阿Q负担。

三　阿Q从此不准踏进赵府的门槛。

四　吴妈此后倘有不测,惟阿Q是问。

五　阿Q不准再去索取工钱和布衫。

阿Q自然都答应了，可惜没有钱。幸而已经春天，棉被可以无用，便质了二千大钱，履行条约。赤膊磕头之后，居然还剩几文，他也不再赎毡帽，统统喝了酒了。但赵家也并不烧香点烛，因为太太拜佛的时候可以用，留着了。那破布衫是大半做了少奶奶八月间生下来的孩子的衬尿布，那小半破烂的便都做了吴妈的鞋底。

第五章　生计问题

阿Q礼毕之后，仍旧回到土谷祠，太阳下去了，渐渐觉得世上有些古怪。他仔细一想，终于省悟过来：其原因盖在自己的赤膊。他记得破夹袄还在，便披在身上，躺倒了，待张开眼睛，原来太阳又已经照在西墙上头了。他坐起身，一面说道，"妈妈的……"

他起来之后，也仍旧在街上逛，虽然不比赤膊之有切肤之痛，却又渐渐的觉得世上有些古怪了。仿佛从这一天起，未庄的女人们忽然都怕了羞，伊们一见阿Q走来，便个个躲进门里去。甚而至于将近五十岁的邹七嫂，也跟着别人乱钻，而且将十一岁的女儿都叫进去了。阿Q很以为奇，而且想："这些东西忽然都学起小姐模样来了。这娼妇们……"

但他更觉得世上有些古怪，却是许多日以后的事。其一，酒店不肯赊欠了；其二，管土谷祠的老头子说些废话，似乎叫他走；其三，他虽然记不清多少日，但确乎有许多日，没有一个人来叫他做短工。酒店不赊，熬着也罢了；老头子催他走，噜苏一通也算了；只是没有人来叫他做短工，却使阿Q肚子饿：这委实是一件非常"妈妈的"的事情。

阿Q忍不下去了，他只好到老主顾的家里去探问，——但独不许踏进赵府的门槛，——然而情形也异样：一定走出一个男人来，现了十分烦厌的相貌，像回复乞丐一般的摇手道：

"没有没有！你出去！"

阿Q愈觉得稀奇了。他想，这些人家向来少不了要帮忙，不至于现在忽然都无事，这总该有些蹊跷在里面了。他留心打听，才知道他们有事都去叫小Don。这小D，是一个穷小子，又瘦又乏，在阿Q的眼睛里，位置是在王胡之下的，谁料这小子竟谋了他的饭碗去。所以阿Q这一气，更与平常不同，当气愤愤的走着的时候，忽然将手一扬，唱道：

"我手执钢鞭将你打！……"

几天之后，他竟在钱府的照壁前遇见了小D。"仇人相见分外眼明"，阿Q便迎上去，小D也站住了。

"畜生！"阿Q怒目而视的说，嘴角上飞出唾沫来。

"我是虫豸，好么？……"小D说。

这谦逊反使阿Q更加愤怒起来，但他手里没有钢鞭，于是只得扑上去，伸手去拔小D的辫子。小D一手护住了自己的辫根，一手也来拔阿Q的辫子，阿Q便也将空着的一只手护住了自己的辫根。从先前的阿Q看来，小D本来是不足齿数的，但他近来挨了饿，又瘦又乏已经不下于小D，所以便成了势均力敌的现象，四只手拔着两颗头，都弯了腰，在钱家粉墙上映出一个蓝色的虹形，至于半点钟之久了。

"好了，好了！"看的人们说，大约是解劝的。

"好,好!"看的人们说,不知道是解劝,是颂扬,还是煽动。

然而他们都不听。阿Q进三步,小D便退三步,都站着;小D进三步,阿Q便退三步,又都站着。大约半点钟,——未庄少有自鸣钟,所以很难说,或者二十分,——他们的头发里便都冒烟,额上便都流汗,阿Q的手放松了,在同一瞬间,小D的手也正放松了,同时直起,同时退开,都挤出人丛去。

"记着罢,妈妈的……"阿Q回过头去说。

"妈妈的,记着罢……"小D也回过头来说。

这一场"龙虎斗"似乎并无胜败,也不知道看的人可满足,都没有发什么议论,而阿Q却仍然没有人来叫他做短工。

有一日很温和,微风拂拂的颇有些夏意,阿Q却觉得寒冷起来,但这还可担当,第一倒是肚子饿。棉被,毡帽,布衫,早已没有了,其次就卖了棉袄;现在有裤子,却万不可脱的;有破夹袄,又除了送人做鞋底之外,决定卖不出钱。他早想在路上拾得一注钱,但至今还没有见;他想在自己的破屋里忽然寻到一注钱,慌张的四顾,但屋内是空虚而且了然。于是他决计出门求食去了。

他在路上走着要"求食",看见熟识的酒店,看见熟识的馒头,但他都走过了,不但没有暂停,而且并不想要。他所求的不是这类东西了;他求的是什么东西,他自己不知道。

未庄本不是大村镇,不多时便走尽了。村外多是水田,满眼是新秧的嫩绿,夹着几个圆形的活动的黑点,便是耕田的农夫。阿Q并不赏鉴这田家乐,却只是走,因为他直觉的知道这与他的"求食"之道是很辽远的。但他终于走到静修庵的墙外了。

庵周围也是水田,粉墙突出在新绿里,后面的低土墙里是菜园。阿Q迟疑了一会,四面一看,并没有人。他便爬上这矮墙去,扯着何首乌藤,但泥土仍然簌簌的掉,阿Q的脚也索索的抖;终于攀着桑树枝,跳到里面了。里面真是郁郁葱葱,但似乎并没有黄酒馒头,以及此外可吃的之类。靠西墙是竹丛,下面许多笋,只可惜都是并未煮熟的,还有油菜早经结子,芥菜已将开花,小白菜也很老了。

阿Q仿佛文童落第似的觉得很冤屈,他慢慢走近园门去,忽而非常惊喜了,这分明是一畦老萝卜。他于是蹲下便拔,而门口突然伸出一个很圆的头来,又即缩回去了,这分明是小尼姑。小尼姑之流是阿Q本来视若草芥的,但世事须"退一步想",所以他便赶紧拔起四个萝卜,拧下青叶,兜在大襟里。然而老尼姑已经出来了。

"阿弥陀佛,阿Q,你怎么跳进园里来偷萝卜!……阿呀,罪过呵,阿唷,阿弥陀佛!……"

"我什么时候跳进你的园里来偷萝卜?"阿Q且看且走的说。

"现在……这不是?"老尼姑指着他的衣兜。

"这是你的?你能叫得他答应你么?你……"

阿Q没有说完话,拔步便跑;追来的是一匹很肥大的黑狗。这本来在前门的,不知怎的到后园来了。黑狗哼而且追,已经要咬着阿Q的腿,幸而从衣兜里落下一个萝卜来,那狗给一吓,略略一停,阿Q已经爬上桑树,跨到土墙,连人和萝卜都滚出墙外面了。只剩着黑狗还在对着桑树嗥,老尼姑念着佛。

阿Q怕尼姑又放出黑狗来,拾起萝卜便走,沿路又捡了几块小石头,但黑狗却并不再出现。

阿Q于是抛了石块,一面走一面吃,而且想道,这里也没有什么东西寻,不如进城去……

待三个萝卜吃完时,他已经打定了进城的主意了。

第六章　从中兴到末路

在未庄再看见阿Q出现的时候,是刚过了这年的中秋。人们都惊异,说是阿Q回来了,于是又回上去想道,他先前那里去了呢？阿Q前几回的上城,大抵早就兴高采烈的对人说,但这一次却并不,所以也没有一个人留心到。他或者也曾告诉过管土谷祠的老头子,然而未庄老例,只有赵太爷钱太爷和秀才大爷上城才算一件事。假洋鬼子尚且不足数,何况是阿Q：因此老头子也就不替他宣传,而未庄的社会上也就无从知道了。

但阿Q这回的回来,却与先前大不同,确乎很值得惊异。天色将黑,他睡眼蒙胧的在酒店门前出现了,他走近柜台,从腰间伸出手来,满把是银的和铜的,在柜上一扔说,"现钱！打酒来！"穿的是新夹袄,看去腰间还挂着一个大搭连,沉钿钿的将裤带坠成了很弯很弯的弧线。未庄老例,看见略有些醒目的人物,是与其慢也宁敬的,现在虽然明知道是阿Q,但因为和破夹袄的阿Q有些两样了,古人云,"士别三日便当刮目相待",所以堂倌,掌柜,酒客,路人,便自然显出一种疑而且敬的形态来。掌柜既先之以点头,又继之以谈话：

"嚯,阿Q,你回来了！"

"回来了。"

"发财发财,你是——在……"

"上城去了！"

这一件新闻,第二天便传遍了全未庄。人人都愿意知道现钱和新夹袄的阿Q的中兴史,所以在酒店里,茶馆里,庙檐下,便渐渐的探听出来了。这结果,是阿Q得了新敬畏。

据阿Q说,他是在举人老爷家里帮忙。这一节,听的人都肃然了。这老爷本姓白,但因为合城里只有他一个举人,所以不必再冠姓,说起举人来就是他。这也不独在未庄是如此,便是一百里方圆之内也都如此,人们几乎多以为他的姓名就叫举人老爷的了。在这人的府上帮忙,那当然是可敬的。但据阿Q又说,他却不高兴再帮忙了,因为这举人老爷实在太"妈妈的"了。这一节,听的人都叹息而且快意,因为阿Q本不配在举人老爷家里帮忙,而不帮忙是可惜的。

据阿Q说,他的回来,似乎也由于不满意城里人,这就在他们将长凳称为条凳,而且煎鱼用葱丝,加以最近观察所得的缺点,是女人的走路也扭得不很好。然而也偶有大可佩服的地方,即如未庄的乡下人不过打三十二张的竹牌,只有假洋鬼子能够叉"麻酱",城里却连小乌龟子都叉得精熟的。什么假洋鬼子,只要放在城里的十几岁的小乌龟子的手里,也就立刻是"小鬼见阎王"。这一节,听的人都赧然了。

"你们可看见过杀头么？"阿Q说,"咳,好看。杀革命党。唉,好看好看,……"他摇摇头,将唾沫飞在正对面的赵司晨的脸上。这一节,听的人都凛然了。但阿Q又四面一看,忽然扬起右手,照着伸长脖子听得出神的王胡的后项窝上直劈下去道：

"嚓！"

王胡惊得一跳,同时电光石火似的赶快缩了头,而听的人又都悚然而且欣然了。从此王胡瘟头疯脑的许多日,并且再不敢走近阿Q的身边;别的人也一样。

阿Q这时在未庄人眼睛里的地位,虽不敢说超过赵太爷,但谓之差不多,大约也就没有什么语病的了。

然而不多久,这阿Q的大名忽又传遍了未庄的闺中。虽然未庄只有钱赵两姓是大屋,此外十之九都是浅闺,但闺中究竟是闺中,所以也算得一件神异。女人们见面时一定说,邹七嫂在阿Q那里买了一条蓝绸裙,旧固然是旧的,但只化了九角钱。还有赵白眼的母亲,——一说是赵司晨的母亲,待考,——也买了一件孩子穿的大红洋纱衫,七成新,只用三百大钱九二串。于是伊们都眼巴巴的想见阿Q,缺绸裙的想问他买绸裙,要洋纱衫的想问他买洋纱衫,不但见了不逃避,有时阿Q已经走过了,也还要追上去叫住他,问道:

"阿Q,你还有绸裙么?没有?纱衫也要的,有罢?"

后来这终于从浅闺传进深闺里去了。因为邹七嫂得意之余,将伊的绸裙请赵太太去鉴赏,赵太太又告诉了赵太爷而且着实恭维了一番。赵太爷便在晚饭桌上,和秀才大爷讨论,以为阿Q实在有些古怪,我们门窗应该小心些;但他的东西,不知道可还有什么可买,也许有点好东西罢。加以赵太太也正想买一件价廉物美的皮背心。于是家族决议,便托邹七嫂即刻去寻阿Q,而且为此新辟了第三种的例外:这晚上也姑且特准点油灯。

油灯干了不少了,阿Q还不到。赵府的全眷都很焦急,打着呵欠,或恨阿Q太飘忽,或怨邹七嫂不上紧。赵太太还怕他因为春天的条件不敢来,而赵太爷以为不足虑:因为这是"我"去叫他的。果然,到底赵太爷有见识,阿Q终于跟着邹七嫂进来了。

"他只说没有没有,我说你自己当面说去,他还要说,我说……"邹七嫂气喘吁吁的走着说。

"太爷!"阿Q似笑非笑的叫了一声,在檐下站住了。

"阿Q,听说你在外面发财,"赵太爷踱开去,眼睛打量着他的全身,一面说。"那很好,那很好的。这个,……听说你有些旧东西,……可以都拿来看一看,……这也并不是别的,因为我倒要……"

"我对邹七嫂说过了。都完了。"

"完了?"赵太爷不觉失声的说,"那里会完得这样快呢?"

"那是朋友的,本来不多。他们买了些,……"

"总该还有一点罢。"

"现在,只剩了一张门幕了。"

"就拿门幕来看看罢。"赵太太慌忙说。

"那么,明天拿来就是,"赵太爷却不甚热心了。"阿Q,你以后有什么东西的时候,你尽先送来给我们看,……"

"价钱决不会比别家出得少!"秀才说。秀才娘子忙一瞥阿Q的脸,看他感动了没有。

"我要一件皮背心。"赵太太说。

阿Q虽然答应着,却懒洋洋的出去了,也不知道他是否放在心上。这使赵太爷很失望,气愤而且担心,至于停止了打呵欠。秀才对于阿Q的态度也很不平,于是说,这忘八蛋要提防,或者竟不如吩咐地保,不许他住在未庄。但赵太爷以为不然,说这也怕要结怨,况且做这路生意的大概是"老鹰不吃窝下食",本村倒不必担心的;只要自己夜里警醒点就是了。秀才听了这"庭训",非常之以为然,便即刻撤消了驱逐阿Q的提议,而且叮嘱邹七嫂,请伊万不要向人提起这一段话。

但第二日,邹七嫂便将那蓝裙去染了皂,又将阿Q可疑之点传扬出去了,可是确没有提起秀才要驱逐他这一节。然而这已经于阿Q很不利。最先,地保寻上门了,取了他的门幕去,阿Q说是赵太太要看的,而地保也不还,并且要议定每月的孝敬钱。其次,是村人对于他的敬畏忽而变相了,虽然还不敢来放肆,却很有远避的神情,而这神情和先前的防他来"嚓"的时候又不同,颇混着"敬而远之"的分子了。

只有一班闲人们却还要寻根究底的去探阿Q的底细。阿Q也并不讳饰,傲然的说出他的经验来。从此他们才知道,他不过是一个小脚色,不但不能上墙,并且不能进洞,只站在洞外接东西。有一夜,他刚才接到一个包,正手再进去,不一会,只听得里面大嚷起来,他便赶紧跑,连夜爬出城,逃回未庄来了,从此不敢再去做。然而这故事却于阿Q更不利,村人对于阿Q的"敬而远之"者,本因为怕结怨,谁料他不过是一个不敢再偷的偷儿呢?这实在是"斯亦不足畏也矣"。

第七章 革 命

宣统三年九月十四日——即阿Q将搭连卖给赵白眼的这一天——三更四点,有一只大乌篷船到了赵府上的河埠头。这船从黑魆魆中荡来,乡下人睡得熟,都没有知道;出去时将近黎明,却很有几个看见的了。据探头探脑的调查来的结果,知道那竟是举人老爷的船!

那船便将大不安载给了未庄,不到正午,全村的人心就很摇动。船的使命,赵家本来是很秘密的,但茶坊酒肆里却都说,革命党要进城,举人老爷到我们乡下来逃难了。惟有邹七嫂不以为然,说那不过是几口破衣箱,举人老爷想来寄存的,却已被赵太爷回复转去。其实举人老爷和赵秀才素不相能,在理本不能有"共患难"的情谊,况且邹七嫂又和赵家是邻居,见闻较为切近,所以大概该是伊对的。

然而谣言很旺盛,说举人老爷虽然似乎没有亲到,却有一封长信,和赵家排了"转折亲"。赵太爷肚里一轮,觉得于他总不会有坏处,便将箱子留下了,现就塞在太太的床底下。至于革命党,有的说是便在这一夜进了城,个个白盔白甲:穿着崇正皇帝的素。

阿Q的耳朵里,本来早听到过革命党这一句话,今年又亲眼见过杀掉革命党。但他有一种不知从那里来的意见,以为革命党便是造反,造反便是与他为难,所以一向是"深恶而痛绝之"的。殊不料这却使百里闻名的举人老爷有这样怕,于是他未免也有些"神往"了,况且未庄的一群鸟男女的慌张的神情,也使阿Q更快意。

"革命也好罢,"阿Q想,"革这伙妈妈的命,太可恶!太可恨!……便是我,也要投降革命党了。"

阿Q近来用度窘,大约略略有些不平;加以午间喝了两碗空肚酒,愈加醉得快,一面想一面走,便又飘飘然起来。不知怎么一来,忽而似乎革命党便是自己,未庄人却都是他的俘虏了。他得意之余,禁不住大声的嚷道:

"造反了!造反了!"

未庄人都用了惊惧的眼光对他看。这一种可怜的眼光,是阿Q从来没有见过的,一见之下,

又使他舒服得如六月里喝了雪水。他更加高兴的走而且喊道:

"好,……我要什么就是什么,我欢喜谁就是谁。

得得,锵锵!

悔不该,酒醉错斩了郑贤弟,

悔不该,呀呀呀……

得得,锵锵,得,锵令锵!

我手执钢鞭将你打……"

赵府上的两位男人和两个真本家,也正站在大门口论革命。阿Q没有见,昂了头直唱过去。

"得得,……"

"老Q,"赵太爷怯怯的迎着低声的叫。

"锵锵,"阿Q料不到他的名字会和"老"字联结起来,以为是一句别的话,与己无干,只是唱。"得,锵,锵令锵,锵!"

"老Q。"

"悔不该……"

"阿Q!"秀才只得直呼其名了。

阿Q这才站住,歪着头问道,"什么?"

"老Q,……现在……"赵太爷却又没话,"现在……发财么?"

"发财?自然。要什么就是什么……"

"阿……Q哥,像我们这样穷朋友是不要紧的……"赵白眼惴惴的说,似乎想探革命党的口风。

"穷朋友?你总比我有钱。"阿Q说着自去了。

大家都怃然,没有话。赵太爷父子回家,晚上商量到点灯。赵白眼回家,便从腰间扯下搭连来,交给他女人藏在箱底里。

阿Q飘飘然的飞了一通,回到土谷祠,酒已经醒透了。这晚上,管祠的老头子也意外的和气,请他喝茶;阿Q便向他要了两个饼,吃完之后,又要了一支点过的四两烛和一个树烛台,点起来,独自躺在自己的小屋里。他说不出的新鲜而且高兴,烛火像元夜似的闪闪的跳,他的思想也迸跳起来了:

"造反?有趣,……来了一阵白盔白甲的革命党,都拿着板刀,钢鞭,炸弹,洋炮,三尖两刃刀,钩镰枪,走过土谷祠,叫道,'阿Q!同去同去!'于是一同去。……

"这时未庄的一伙鸟男女才好笑哩,跪下叫道,'阿Q,饶命!'谁听他!第一个该死的是小D和赵太爷,还有秀才,还有假洋鬼子,……留几条么?王胡本来还可留,但也不要了。……

"东西,……直走进去打开箱子来:元宝,洋钱,洋纱衫,……秀才娘子的一张宁式床先搬到土谷祠,此外便摆了钱家的桌椅,——或者也就用赵家的罢。自己是不动手的了,叫小D来搬,要搬得快,搬得不快打嘴巴。……

"赵司晨的妹子真丑。邹七嫂的女儿过几年再说。假洋鬼子的老婆会和没有辫子的男人睡觉,吓,不是好东西!秀才的老婆是眼胞上有疤的。……吴妈长久不见了,不知道在那里,——可惜脚太大。"

阿Q没有想得十分停当,已经发了鼾声,四两烛还只点去了小半寸,红焰焰的光照着他张开的嘴。

"荷荷!"阿Q忽而大叫起来,抬了头仓皇的四顾,待到看见四两烛,却又倒头睡去了。

第二天他起得很迟,走出街上看时,样样都照旧。他也仍然肚饿,他想着,想不起什么来;但他忽而似乎有了主意了,慢慢的跨开步,有意无意的走到静修庵。

庵和春天时节一样静,白的墙壁和漆黑的门。他想了一想,前去打门,一只狗在里面叫。他急急拾了几块断砖,再上去较为用力的打,打到黑门上生出许多麻点的时候,才听得有人来开门。

阿Q连忙捏好砖头,摆开马步,准备和黑狗来开战。但庵门只开了一条缝,并无黑狗从中冲出,望进去只有一个老尼姑。

"你又来什么事?"伊大吃一惊的说。

"革命了……你知道?……"阿Q说得很含胡。

"革命革命,革过一革的,……你们要革得我们怎么样呢?"老尼姑两眼通红的说。

"什么?……"阿Q诧异了。

"你不知道,他们已经来革过了!"

"谁?……"阿Q更其诧异了。

"那秀才和洋鬼子!"

阿Q很出意外,不由的一错愕;老尼姑见他失了锐气,便飞速的关了门,阿Q再推时,牢不可开,再打时,没有回答了。

那还是上午的事。赵秀才消息灵,一知道革命党已在夜间进城,便将辫子盘在顶上,一早去拜访那历来也不相能的钱洋鬼子。这是"咸与维新"的时候了,所以他们便谈得很投机,立刻成了情投意合的同志,也相约去革命。他们想而又想,才想出静修庵里有一块"皇帝万岁万万岁"的龙牌,是应该赶紧革掉的,于是又立刻同到庵里去革命。因为老尼姑来阻挡,说了三句话,他们便将伊当作满政府,在头上很给了不少的棍子和栗凿。尼姑待他们走后,定了神来检点,龙牌固然已经碎在地上了,而且又不见了观音娘娘座前的一个宣德炉。

这事阿Q后来才知道。他颇悔自己睡着,但也深怪他们不来招呼他。他又退一步想道:

"难道他们还没有知道我已经投降了革命党么?"

第八章　不准革命

未庄的人心日见其安静了。据传来的消息,知道革命党虽然进了城,倒还没有什么大异样。知县大老爷还是原官,不过改称了什么,而且举人老爷也做了什么——这些名目,未庄人都说不明白——官,带兵的也还是先前的老把总。只有一件可怕的事是另有几个不好的革命党夹在里面捣乱,第二天便动手剪辫子,听说那邻村的航船七斤便着了道儿,弄得不像人样子了。但这却还不算大恐怖,因为未庄人本来少上城,即使偶有想进城的,也就立刻变了计,碰不着这危险。阿Q本也想进城去寻他的老朋友,一得这消息,也只得作罢了。

但未庄也不能说是无改革。几天之后,将辫子盘在顶上的逐渐增加起来了,早经说过,最先自然是茂才公，其次便是赵司晨和赵白眼，后来是阿Q。倘在夏天，大家将辫子盘在头顶上或者打一个结，本不算什么稀奇事，但现在是暮秋，所以这"秋行夏令"的情形，在盘辫家不能不说是万分的英断，而在未庄也不能说无关于改革了。

赵司晨脑后空荡荡的走来，看见的人大嚷说，

"嚄，革命党来了！"

阿Q听到了很羡慕。他虽然早知道秀才盘辫的大新闻，但总没有想到自己可以照样做，现在看见赵司晨也如此，才有了学样的意思，定下实行的决心。他用一支竹筷将辫子盘在头顶上，迟疑多时，这才放胆的走去。

他在街上走，人也看他，然而不说什么话，阿Q当初很不快，后来便很不平。他近来很容易闹脾气了；其实他的生活，倒也并不比造反之前反艰难，人见他也客气，店铺也不说要现钱。而阿Q总觉得自己太失意：既然革了命，不应该只是这样的。况且有一回看见小D，愈使他气破肚皮了。

小D也将辫子盘在头顶上了，而且也居然用一支竹筷。阿Q万料不到他也敢这样做，自己也决不准他这样做！小D是什么东西呢？他很想即刻揪住他，拗断他的竹筷，放下他的辫子，并且批他几个嘴巴，聊且惩罚他忘了生辰八字，也敢来做革命党的罪。但他终于饶放了，单是怒目而视的吐一口唾沫道"呸！"

这几日里，进城去的只有一个假洋鬼子。赵秀才本也想靠着寄存箱子的渊源，亲身去拜访举人老爷的，但因为有剪辫的危险，所以也就中止了。他写了一封"黄伞格"的信，托假洋鬼子带上城，而且托他给自己绍介绍介，去进自由党。假洋鬼子回来时，向秀才讨还了四块洋钱，秀才便有一块银桃子挂在大襟上了；未庄人都惊服，说这是柿油党的顶子，抵得一个翰林；赵太爷因此也骤然大阔，远过于他儿子初隽秀才的时候，所以目空一切，见了阿Q，也就很有些不放在眼里。

阿Q正在不平，又时时刻刻感着冷落，一听得这银桃子的传说，他立即悟出自己之所以冷落的原因了：要革命，单说投降，是不行的；盘上辫子，也不行的；第一着仍然要和革命党去结识。他生平所知道的革命党只有两个，城里的一个早已"嚓"的杀掉了，现在只剩了一个假洋鬼子。他除却赶紧去和假洋鬼子商量之外，再没有别的道路了。

钱府的大门正开着，阿Q便怯怯的蹩进去。他一到里面，很吃了惊，只见假洋鬼子正站在院子的中央，一身乌黑的大约是洋衣，身上也挂着一块银桃子，手里是阿Q曾经领教过的棍子，已经留到一尺多长的辫子都拆开了披在肩背上，蓬头散发的像一个刘海仙。对面挺直的站着赵白眼和三个闲人，正在必恭必敬的听说话。

阿Q轻轻的走近了，站在赵白眼的背后，心里想招呼，却不知道怎么说才好：叫他假洋鬼子固然是不行的了，洋人也不妥，革命党也不妥，或者就应该叫洋先生了罢。

洋先生却没有见他，因为白着眼睛讲得正起劲：

"我是性急的，所以我们见面，我总是说：洪哥！我们动手罢！他却总说道No！——这是洋话，你们不懂的。否则早已成功了。然而这正是他做事小心的地方。他再三再四的请我上湖北，我还没有肯。谁愿意在这小县城里做事情。……"

"唔，……这个……"阿Q候他略停，终于用十二分的勇气开口了，但不知道因为什么，又并不叫他洋先生。

听着说话的四个人都吃惊的回顾他。洋先生也才看见：

"什么？"

"我……"

"出去！"

"我要投……"

"滚出去！"洋先生扬起哭丧棒来了。

赵白眼和闲人们便都吆喝道："先生叫你滚出去，你还不听么！"

阿Q将手向头上一遮，不自觉的逃出门外；洋先生倒也没有追。他快跑了六十多步，这才慢慢的走，于是心里便涌起了忧愁：洋先生不准他革命，他再没有别的路；从此决不能望有白盔白甲的人来叫他，他所有的抱负，志向，希望，前程，全被一笔勾销了。至于闲人们传扬开去，给小D王胡等辈笑话，倒是还在其次的事。

他似乎从来没有经验过这样的无聊。他对于自己的盘辫子，仿佛也觉得无意味，要侮蔑；为报仇起见，很想立刻放下辫子来，但也没有竟放。他游到夜间，赊了两碗酒，喝下肚去，渐渐的高兴起来了，思想里才又出现白盔白甲的碎片。

有一天，他照例的混到夜深，待酒店要关门，才踱回土谷祠去。

拍，吧……！

他忽而听得一种异样的声音，又不是爆竹。阿Q本来是爱看热闹，爱管闲事的，便在暗中直寻过去。似乎前面有些脚步声；他正听，猛然间一个人从对面逃来了。阿Q一看见，便赶紧翻身跟着逃。那人转弯，阿Q也转弯，既转弯，那人站住了，阿Q也站住。他看后面并无什么，看那人便是小D。

"什么？"阿Q不平起来了。

"赵……赵家遭抢了！"小D气喘吁吁的说。

阿Q的心怦怦的跳了。小D说了便走；阿Q却逃而又停的两三回。但他究竟是做过"这路生意"的人，格外胆大，于是蹩出路角，仔细的听，似乎有些嚷嚷，又仔细的看，似乎许多白盔白甲的人，络绎的将箱子抬出了，器具抬出了，秀才娘子的宁式床也抬出了，但是不分明，他还想上前，两只脚却没有动。

这一夜没有月，未庄在黑暗里很寂静，寂静到像羲皇时候一般太平。阿Q站着看到自己发烦，也似乎还是先前一样，在那里来来往往的搬，箱子抬出了，器具抬出了，秀才娘子的宁式床也抬出了，……抬得他自己有些不信他的眼睛了。但他决计不再上前，却回到自己的祠里去了。

土谷祠里更漆黑；他关好大门，摸进自己的屋子里。他躺了好一会，这才定了神，而且发出关于自己的思想来：白盔白甲的人明明到了，并不来打招呼，搬了许多好东西，又没有自己的份，——这全是假洋鬼子可恶，不准我造反，否则，这次何至于没有我的份呢？阿Q越想越气，终于禁不住满心痛恨起来，毒毒的点一点头："不准我造反，只准你造反？妈妈的假洋鬼子，——好，你造反！造反是杀头的罪名呵，我总要告一状，看你抓进县里去杀头，——满门抄斩，——嚓！嚓！"

第九章　大团圆

　　赵家遭抢之后,未庄人大抵很快意而且恐慌,阿Q也很快意而且恐慌。但四天之后,阿Q在半夜里忽被抓进县城里去了。那时恰是暗夜,一队兵,一队团丁,一队警察,五个侦探,悄悄地到了未庄,乘昏暗围住土谷祠,正对门架好机关枪;然而阿Q不冲出。许多时没有动静,把总焦急起来了,悬了二十千的赏,才有两个团丁冒了险,踰垣进去,里应外合,一拥而入,将阿Q抓出来;直待擒出祠外面的机关枪左近,他才有些清醒了。

　　到进城,已经是正午,阿Q见自己被搀进一所破衙门,转了五六个弯,便推在一间小屋里。他刚刚一跄踉,那用整株的木料做成的栅栏门便跟着他的脚跟阖上了,其余的三面都是墙壁,仔细看时,屋角上还有两个人。

　　阿Q虽然有些忐忑,却并不很苦闷,因为他那土谷祠里的卧室,也并没有比这间屋子更高明。那两个也仿佛是乡下人,渐渐和他兜搭起来了,一个说是举人老爷要追他祖父欠下来的陈租,一个不知道为了什么事。他们问阿Q,阿Q爽利的答道,"因为我想造反。"

　　他下半天便又被抓出栅栏门去了,到得大堂,上面坐着一个满头剃得精光的老头子。阿Q疑心他是和尚,但看见下面站着一排兵,两旁又站着十几个长衫人物,也有满头剃得精光像这老头子的,也有将一尺来长的头发披在背后像那假洋鬼子的,都是一脸横肉,怒目而视的看他;他便知道这人一定有些来历,膝关节立刻自然而然的宽松,便跪了下去了。

　　"站着说!不要跪!"长衫人物都吆喝说。

　　阿Q虽然似乎懂得,但总觉得站不住,身不由己的蹲了下去,而且终于趁势改为跪下了。

　　"奴隶性!……"长衫人物又鄙夷似的说,但也没有叫他起来。

　　"你从实招来罢,免得吃苦。我早都知道了。招了可以放你。"那光头的老头子看定了阿Q的脸,沉静的清楚的说。

　　"招罢!"长衫人物也大声说。

　　"我本来要……来投……"阿Q胡里胡涂的想了一通,这才断断续续的说。

　　"那么,为什么不来的呢?"老头子和气的问。

　　"假洋鬼子不准我!"

　　"胡说!此刻说,也迟了。现在你的同党在那里?"

　　"什么?……"

　　"那一晚打劫赵家的一伙人。"

　　"他们没有来叫我。他们自己搬走了。"阿Q提起来便愤愤。

　　"走到那里去了呢?说出来便放你了。"老头子更和气了。

　　"我不知道,……他们没有来叫我……"

　　然而老头子使了一个眼色,阿Q便又被抓进栅栏门里了。他第二次抓出栅栏门,是第二天的上午。

　　大堂的情形都照旧。上面仍然坐着光头的老头子,阿Q也仍然下了跪。

　　老头子和气的问道,"你还有什么话说么?"

阿Q一想，没有话，便回答说，"没有。"

于是一个长衫人物拿了一张纸，并一支笔送到阿Q的面前，要将笔塞在他手里。阿Q这时很吃惊，几乎"魂飞魄散"了：因为他的手和笔相关，这回是初次。他正不知怎样拿；那人却又指着一处地方教他画花押。

"我……我……不认得字。"阿Q一把抓住了笔，惶恐而且惭愧的说。

"那么，便宜你，画一个圆圈！"

阿Q要画圆圈了，那手捏着笔却只是抖。于是那人替他将纸铺在地上，阿Q伏下去，使尽了平生的力画圆圈。他生怕被人笑话，立志要画得圆，但这可恶的笔不但很沉重，并且不听话，刚刚一抖一抖的几乎要合缝，却又向外一耸，画成瓜子模样了。

阿Q正羞愧自己画得不圆，那人却不计较，早已擎了纸笔去，许多人又将他第二次抓进栅栏门。

他第二次进了栅栏，倒也并不十分懊恼。他以为人生天地之间，大约本来有时要抓进抓出，有时要在纸上画圆圈的，惟有圈而不圆，却是他"行状"上的一个污点。但不多时也就释然了，他想：孙子才画得很圆的圆圈呢。于是他睡着了。

然而这一夜，举人老爷反而不能睡：他和把总呕了气了。举人老爷主张第一要追赃，把总主张第一要示众。把总近来很不将举人老爷放在眼里了，拍案打凳的说道，"惩一儆百！你看，我做革命党还不上二十天，抢案就是十几件，全不破案，我的面子在那里？破了案，你又来迂。不成！这是我管的！"举人老爷窘急了，然而还坚持，说是倘若不追赃，他便立刻辞了帮办民政的职务。而把总却道，"请便罢！"于是举人老爷在这一夜竟没有睡，但幸而第二天倒也没有辞。

阿Q第三次抓出栅栏门的时候，便是举人老爷睡不着的那一夜的明天的上午了。他到了大堂，上面还坐着照例的光头老头子；阿Q也照例的下了跪。

老头子很和气的问道，"你还有什么话么？"

阿Q一想，没有话，便回答说，"没有。"

许多长衫和短衫人物，忽然给他穿上一件洋布的白背心，上面有些黑字。阿Q很气苦：因为这很像是带孝，而带孝是晦气的。然而同时他的两手反缚了，同时又被一直抓出衙门外去了。

阿Q被抬上了一辆没有篷的车，几个短衣人物也和他同坐在一处。这车立刻走动了，前面是一班背着洋炮的兵们和团丁，两旁是许多张着嘴的看客，后面怎样，阿Q没有见。但他突然觉到了：这岂不是去杀头么？他一急，两眼发黑，耳朵里喤的一声，似乎发昏了。然而他又没有全发昏，有时虽然着急，有时却也泰然；他意思之间，似乎觉得人生天地间，大约本来有时也未免要杀头的。

他还认得路，于是有些诧异了：怎么不向着法场走呢？他不知道这是在游街，在示众。但即使知道也一样，他不过便以为人生天地间，大约本来有时也未免要游街要示众罢了。

他省悟了，这是绕到法场去的路，这一定是"嚓"的去杀头。他惘惘的向左右看，全跟着马蚁似的人，而在无意中，却在路旁的人丛中发见了一个吴妈。很久违，伊原来在城里做工了。阿Q忽然很羞愧自己没志气：竟没有唱几句戏。他的思想仿佛旋风似的在脑里一回旋：《小孤孀上坟》欠堂皇，《龙虎斗》里的"悔不该……"也太乏，还是"手执钢鞭将你打"罢。他同时想将手一扬，才记得这两手原来都捆着,于是"手执钢鞭"也不唱了。

"过了二十年又是一个……"阿Q在百忙中,"无师自通"的说出半句从来不说的话。

"好!!!"从人丛里,便发出豺狼的嗥叫一般的声音来。

车子不住的前行,阿Q在喝采声中,轮转眼睛去看吴妈,似乎伊一向并没有见他,却只是出神的看着兵们背上的洋炮。

阿Q于是再看那些喝采的人们。

这刹那中,他的思想又仿佛旋风似的在脑里一回旋了。四年之前,他曾在山脚下遇见一只饿狼,永是不近不远的跟定他,要吃他的肉。他那时吓得几乎要死,幸而手里有一柄斫柴刀,才得仗这壮了胆,支持到未庄;可是永远记得那狼眼睛,又凶又怯,闪闪的像两颗鬼火,似乎远远的来穿透了他的皮肉。而这回他又看见从来没有见过的更可怕的眼睛了,又钝又锋利,不但已经咀嚼了他的话,并且还要咀嚼他皮肉以外的东西,永是不远不近的跟他走。

这些眼睛们似乎连成一气,已经在那里咬他的灵魂。

"救命,……"

然而阿Q没有说。他早就两眼发黑,耳朵里嗡的一声,觉得全身仿佛微尘似的迸散了。

至于当时的影响,最大的倒反在举人老爷,因为终于没有追赃,他全家都号咷了。其次是赵府,非特秀才因为上城去报官,被不好的革命党剪了辫子,而且又破费了二十千的赏钱,所以全家也号咷了。从这一天以来,他们便渐渐的都发生了遗老的气味。

至于舆论,在未庄是无异议,自然都说阿Q坏,被枪毙便是他的坏的证据;不坏又何至于被枪毙呢?而城里的舆论却不佳,他们多半不满足,以为枪毙并无杀头这般好看;而且那是怎样的一个可笑的死囚呵,游了那么久的街,竟没有唱一句戏:他们白跟一趟了。

一九二一年十二月

(原载《晨报副刊》,自1921年12月4日起至1922年2月12日止,每周或隔周刊登一次)

在酒楼上

鲁 迅

我从北地向东南旅行,绕道访了我的家乡,就到S城。这城离我的故乡不过三十里,坐了小船,小半天可到,我曾在这里的学校里当过一年的教员。深冬雪后,风景凄清,懒散和怀旧的心绪联结起来,我竟暂寓在S城的洛思旅馆里了;这旅馆是先前所没有的。城圈本不大,寻访了几个以为可以会见的旧同事,一个也不在,早不知散到那里去了;经过学校的门口,也改换了名称和模样,于我很生疏。不到两个时辰,我的意兴早已索然,颇悔此来为多事了。

我所住的旅馆是租房不卖饭的,饭菜必须另外叫来,但又无味,入口如嚼泥土。窗外只有渍痕斑驳的墙壁,帖着枯死的莓苔;上面是铅色的天,白皑皑的绝无精采,而且微雪又飞舞起来了。我午餐本没有饱,又没有可以消遣的事情,便很自然的想到先前有一家很熟识的小酒楼,叫一石居的,算来离旅馆并不远。我于是立即锁了房门,出街向那酒楼去。其实也无非想姑且逃避客中的无聊,并不专为买醉。一石居是在的,狭小阴湿的店面和破旧的招牌都依旧;但从掌柜以至堂倌却已没有一个熟人,我在这一石居中也完全成了生客。然而我终于跨上那走熟的屋角的扶梯去了,由此径到小楼上。上面也依然是五张小板桌;独有原是木棂的后窗却换嵌了玻璃。

"一斤绍酒。——菜?十个油豆腐,辣酱要多!"

我一面说给跟我上来的堂倌听,一面向后窗走,就在靠窗的一张桌旁坐下了。楼上"空空如也",任我拣得最好的坐位:可以眺望楼下的废园。这园大概是不属于酒家的,我先前也曾眺望过许多回,有时也在雪天里。但现在从惯于北方的眼睛看来,却很值得惊异了:几株老梅竟斗雪开着满树的繁花,仿佛毫不以深冬为意;倒塌的亭子边还有一株山茶树,从暗绿的密叶里显出十几朵红花来,赫赫的在雪中明得如火,愤怒而且傲慢,如蔑视游人的甘心于远行。我这时又忽地想到这里积雪的滋润,著物不去,晶莹有光,不比朔雪的粉一般干,大风一吹,便飞得满空如烟雾。……

"客人,酒。……"

堂倌懒懒的说着,放下杯,筷,酒壶和碗碟,酒到了。我转脸向了板桌,排好器具,斟出酒来。觉得北方固不是我的旧乡,但南来又只能算一个客子,无论那边的干雪怎样纷飞,这里的柔雪又怎样的依恋,于我都没有什么关系了。我略带些哀愁,然而很舒服的呷一口酒。酒味很纯正;油豆腐也煮得十分好;可惜辣酱太淡薄,本来S城人是不懂得吃辣的。

大概是因为正在下午的缘故罢,这虽说是酒楼,却毫无酒楼气,我已经喝下三杯酒去了,而我以外还是四张空板桌。我看着废园,渐渐的感到孤独,但又不愿有别的酒客上来。偶然听得楼梯上脚步响,便不由的有些懊恼,待到看见是堂倌,才又安心了,这样的又喝了两杯酒。

我想,这回定是酒客了,因为听得那脚步声比堂倌的要缓得多。约略料他走完了楼梯的时候,我便害怕似的抬头去看这无干的同伴,同时也就吃惊的站起来。我竟不料在这里意外的遇见朋友了,——假如他现在还许我称他为朋友。那上来的分明是我的旧同窗,也是做教员时代的旧同事,面貌虽然颇有些改变,但一见也就认识,独有行动却变得格外迂缓,很不像当年敏捷精悍的吕纬甫了。

"阿,——纬甫,是你么?我万想不到会在这里遇见你。"

"阿阿,是你?我也万想不到……"

我就邀他同坐,但他似乎略略踌躇之后,方才坐下来。我起先很以为奇,接着便有些悲伤,而且不快了。细看他相貌,也还是乱蓬蓬的须发;苍白的长方脸,然而衰瘦了。精神很沉静,或者却是颓唐;又浓又黑的眉毛底下的眼睛也失了精采,但当他缓缓的四顾的时候,却对废园忽地闪出我在学校时代常常看见的射人的光来。

"我们,"我高兴的,然而颇不自然的说,"我们这一别,怕有十年了罢。我早知道你在济南,可是实在懒得太难,终于没有写一封信。……"

"彼此都一样。可是现在我在太原了,已经两年多,和我的母亲。我回来接她的时候,知道你早搬走了,搬得很干净。"

"你在太原做什么呢?"我问。

"教书,在一个同乡的家里。"

"这以前呢?"

"这以前么?"他从衣袋里掏出一支烟卷来,点了火衔在嘴里,看着喷出的烟雾,沉思似的说,"无非做了些无聊的事情,等于什么也没有做。"

他也问我别后的景况;我一面告诉他一个大概,一面叫堂倌先取杯筷来,使他先喝着我的酒,然后再去添二斤。其间还点菜,我们先前原是毫不客气的,但此刻却推让起来了,终于说不清那一样是谁点的,就从堂倌的口头报告上指定了四样菜:茴香豆,冻肉,油豆腐,青鱼干。

"我一回来,就想到我可笑。"他一手擎着烟卷,一只手扶着酒杯,似笑非笑的向我说。"我在少年时,看见蜂子或蝇子停在一个地方,给什么来一吓,即刻飞去了,但是飞了一个小圈子,便又回来停在原地点,便以为这实在很可笑,也可怜。可不料现在我自己也飞回来了,不过绕了一点小圈子。又不料你也回来了。你不能飞得更远些么?"

"这难说,大约也不外乎绕点小圈子罢。"我也似笑非笑的说。"但是你为什么飞回来的呢?"

"也还是为了无聊的事。"他一口喝干了一杯酒,吸几口烟,眼睛略为张大了。"无聊的。——但是我们就谈谈罢。"

堂倌搬上新添的酒菜来,排满了一桌,楼上又添了烟气和油豆腐的热气,仿佛热闹起来了;楼外的雪也越加纷纷的下。

"你也许本来知道,"他接着说,"我曾经有一个小兄弟,是三岁上死掉的,就葬在这乡下。我连他的模样都记不清楚了,但听母亲说,是一个很可爱念的孩子,和我也很相投,至今她提起来还似乎要下泪。今年春天,一个堂兄就来了一封信,说他的坟边已经渐渐的浸了水,不久怕要陷入河里去了,须得赶紧去设法。母亲一知道就很着急,几乎几夜睡不着,——她又自己能看信的。然而我能有什么法子呢?没有钱,没有工夫:当时什么法也没有。

"一直挨到现在,趁着年假的闲空,我才得回南给他来迁葬。"他又喝干一杯酒,看着窗外,说,"这在那边那里能如此呢?积雪里会有花,雪地下会不冻。就在前天,我在城里买了一口小棺材,——因为我豫料那地下的应该早已朽烂了,——带着棉絮和被褥,雇了四个土工,下乡迁葬去。我当时忽而很高兴,愿意掘一回坟,愿意一见我那曾经和我很亲睦的小兄弟的骨殖:这些事我生平都没有经历过。到得坟地,果然,河水只是咬进来,离坟已不到二尺远。可怜的坟,两年没有培土,也平下去了。我站在雪中,决然的指着他对土工说,'掘开来!'我实在是一个庸人,我这时觉得我的声音有些希奇,这命令也是一个在我一生中最为伟大的命令。但土工们却毫不骇怪,就动手掘下去了。待到掘着圹穴,我便过去看,果然,棺木已经快要烂尽了,只剩下一堆木丝和小木片。我的心颤动着,自去拨开这些,很小心的,要看一看我的小兄弟。然而出乎意外!被褥,衣服,骨骼,什么也没有。我想,这些都消尽了,向来听说最难烂的是头发,也许还有罢。我便伏下去,在该是枕头所在的泥土里仔仔细细的看,也没有。踪影全无!"

我忽而看见他眼圈微红了,但立即知道是有了酒意。他总不很吃菜,单是把酒不停的喝,早喝了一斤多,神情和举动都活泼起来,渐近于先前所见的吕纬甫了。我叫堂倌再添二斤酒,然后回转身，也拿着酒杯，正对面默默的听着。

"其实，这本已可以不必再迁，只要平了土，卖掉棺材，就此完事了的。我去卖棺材虽然有些离奇，但只要价钱极便宜，原铺子就许要，至少总可以捞回几文酒钱来。但我不这样，我仍然铺好被褥，用棉花裹了些他先前身体所在的地方的泥土，包起来，装在新棺材里，运到我父亲埋着的坟地上，在他坟旁埋掉了。因为外面用砖椁，昨天又忙了我大半天：监工。但这样总算完结了一件事，足够去骗骗我的母亲，使她安心些。——阿阿，你这样的看我，你怪我何以和先前太不相同了么？是的，我也还记得我们同到城隍庙里去拔掉神像的胡子的时候，连日议论些改革中国的方法以至于打起来的时候。但我现在就是这样了，敷敷衍衍，模模胡胡。我有时自己也想到，倘若先前的朋友看见我，怕会不认我做朋友了。——然而我现在就是这样。"

他又掏出一支烟卷来，衔在嘴里，点了火。

"看你的神情，你似乎还有些期望我，——我现在自然麻木得多了，但是有些事也还看得出。这使我很感激，然而也使我很不安：怕我终于辜负了至今还对我怀着好意的老朋友。……"他忽而停住了，吸几口烟，才又慢慢的说，"正在今天，刚在我到这一石居来之前，也就做了一件无聊事，然而也是我自己愿意做的。我先前的东边的邻居叫长富，是一个船户。他有一个女儿叫阿顺，你那时到我家里来，也许见过的，但你一定没有留心，因为那时她还小。后来她也长得并不好看，不过是平常的瘦瘦的瓜子脸，黄脸皮；独有眼睛非常大，睫毛也很长，眼白又青得如夜的晴天，而且是北方的无风的晴天，这里的就没有那么明净了。她很能干，十多岁没了母亲，招呼两个小弟妹都靠她；又得服侍父亲，事事都周到；也经济，家计倒渐渐的稳当起来了。邻居几乎没有一个不夸奖她，连长富也时常说些感激的话。这一次我动身回来的时候，我的母亲又记得她了，老年人记性真长久。她说她曾经知道顺姑因为看见谁的头上戴着红的剪绒花，自己也想有一朵，弄不到，哭了，哭了小半夜，就挨了她父亲的一顿打，后来眼眶还红肿了两三天。这种剪绒花是外省的东西，S城里尚且买不出，她那里想得到手呢？趁我这一次回南的便，便叫我买两朵去送她。

"我对于这差使倒并不以为烦厌，反而很喜欢；为阿顺，我实在还有些愿意出力的意思的。前年，我回来接我母亲的时候，有一天，长富正在家，不知怎的我和他闲谈起来了。他便要请我吃点心，荞麦粉，并且告诉我所加的是白糖。你想，家里能有白糖的船户，可见决不是一个穷船户了，所以他也吃得很阔绰。我被劝不过，答应了，但要求只要用小碗。他也很识世故，便嘱咐阿顺说，'他们文人，是不会吃东西的。你就用小碗，多加糖！'然而等到调好端来的时候，仍然使我吃一吓，是一大碗，足够我吃一天。但是和长富吃的一碗比起来，我的也确乎算小碗。我生平没有吃过荞麦粉，这回一尝，实在不可口，却是非常甜。我漫然的吃了几口，就想不吃了，然而无意中，忽然间看见阿顺远远的站在屋角里，就使我立刻消失了放下碗筷的勇气。我看她的神情，是害怕而且希望，大约怕自己调得不好，愿我们吃得有味。我知道如果剩下大半碗来，一定要使她很失望，而且很抱歉。我于是同时决心，放开喉咙灌下去了，几乎吃得和长富一样快。我由此才知道硬吃的苦痛，我只记得还做孩子时候的吃尽一碗拌着驱除蛔虫药粉的沙糖才有这样难。然而我毫不抱怨，因为她过来收拾空碗时候的忍着的得意的笑容，已尽够赔偿我的苦痛而有余了。所以我这一夜虽然饱胀得睡不稳，又做了一大串恶梦，也还是祝赞她一生幸福，愿世界为她变好。然而这些意思也不过是我的那些旧日的梦的痕迹，即刻就自笑，接着也就忘却了。

"我先前并不知道她曾经为了一朵剪绒花挨打,但因为母亲一说起,便也记得了荞麦粉的事,意外的勤快起来了。我先在太原城里搜求了一遍,都没有;一直到济南……"

窗外沙沙的一阵声响,许多积雪从被他压弯了的一枝山茶树上滑下去了,树枝笔挺的伸直,更显出乌油油的肥叶和血红的花来。天空的铅色来得更浓;小鸟雀啾唧的叫着,大概黄昏将近,地面又全罩了雪,寻不出什么食粮,都赶早回巢来休息了。

"一直到了济南,"他向窗外看了一回,转身喝干一杯酒,又吸几口烟,接着说。"我才买到剪绒花。我也不知道使她挨打的是不是这一种,总之是绒做的罢了。我也不知道她喜欢深色还是浅色,就买了一朵大红的,一朵粉红的,都带到这里来。

"就是今天午后,我一吃完饭,便去看长富,我为此特地耽搁了一天。他的家倒还在,只是看去很有些晦气色了,但这恐怕不过是我自己的感觉。他的儿子和第二个女儿——阿昭,都站在门口,大了。阿昭长得全不像她姊姊,简直像一个鬼,但是看见我走向她家,便飞奔的逃进屋里去。我就问那小子,知道长富不在家。'你的大姊呢?'他立刻瞪起眼睛,连声问我寻她什么事,而且恶狠狠的似乎就要扑过来,咬我。我支吾着退走了,我现在是敷敷衍衍……

"你不知道,我可是比先前更怕去访人了。因为我已经深知道自己之讨厌,连自己也讨厌,又何必明知故犯的去使人暗暗地不快呢?然而这回的差使是不能不办妥的,所以想了一想,终于回到就在斜对门的柴店里。店主的母亲,老发奶奶,倒也还在,而且也还认识我,居然将我邀进店里坐去了。我们寒暄几句之后,我就说明了回到S城和寻长富的缘故。不料她叹息说:

"'可惜顺姑没有福气戴这剪绒花了。'

"她于是详细的告诉我,说是'大约从去年春天以来,她就见得黄瘦,后来忽而常常下泪了,问她缘故又不说;有时还整夜的哭,哭得长富也忍不住生气,骂她年纪大了,发了疯。可是一到秋初,起先不过小伤风,终于躺倒了,从此就起不来。直到咽气的前几天,才肯对长富说,她早就像她母亲一样,不时的吐红和流夜汗。但是瞒着,怕他因此要担心。有一夜,她的伯伯长庚又来硬借钱,——这是常有的事,——她不给,长庚就冷笑着说:你不要骄气,你的男人比我还不如!她从此就发了愁,又怕差,不好问,只好哭。长富赶紧将她的男人怎样的挣气的话说给她听,那里还来得及?况且她也不信,反而说:好在我已经这样,什么也不要紧了。'

"她还说,'如果她的男人真比长庚不如,那就真可怕呵!比不上一个偷鸡贼,那是什么东西呢?然而他来送殓的时候,我是亲眼看见他的,衣服很干净,人也体面;还眼泪汪汪的说,自己撑了半世小船,苦熬苦省的积起钱来聘了一个女人,偏偏又死掉了。可见他实在是一个好人,长庚说的全是诳。只可惜顺姑竟会相信那样的贼骨头的诳话,白送了性命。——但这也不能去怪谁,只能怪顺姑自己没有这一份好福气。'

"那倒也罢,我的事情又完了。但是带在身边的两朵剪绒花怎么办呢?好,我就托她送了阿昭。这阿昭一见我就飞跑,大约将我当作一只狼或是什么,我实在不愿意去送她。——但是我也就送她了,对母亲只要说阿顺见了喜欢的了不得就是。这些无聊的事算什么?只要模模胡胡。模模胡胡的过了新年,仍旧教我的'子曰诗云'去。"

"你教的是'子曰诗云'么?"我觉得奇异,便问。

"自然。你还以为教的是ABCD么?我先是两个学生,一个读《诗经》,一个读《孟子》。新近又添了一个,女的,读《女儿经》。连算学也不教,不是我不教,他们不要教。"

"我实在料不到你倒去教这类的书,……"

"他们的老子要他们读这些;我是别人,无乎不可的。这些无聊的事算什么?只要随随便便,……"

他满脸已经通红,似乎很有些醉,但眼光却又消沉下去了。我微微的叹息,一时没有话可说。楼梯上一阵乱响,拥上几个酒客来:当头的是矮子,拥肿的圆脸;第二个是长的,在脸上很惹眼的显出一个红鼻子;此后还有人,一叠连的走得小楼都发抖。我转眼去看吕纬甫,他也正转眼来看我,我就叫堂倌算酒账。

"你借此还可以支持生活么?"我一面准备走,一面问。

"是的。——我每月有二十元,也不大能够敷衍。"

"那么,你以后豫备怎么办呢?"

"以后?——我不知道。你看我们那时豫想的事可有一件如意?我现在什么也不知道,连明天怎样也不知道,连后一分……"

堂倌送上账来,交给我;他也不像初到时候的谦虚了,只向我看了一眼,便吸烟,听凭我付了账。

我们一同走出店门,他所住的旅馆和我的方向正相反,就在门口分别了。我独自向着自己的旅馆走,寒风和雪片扑在脸上,倒觉得很爽快。见天色已是黄昏,和屋宇和街道都织在密雪的纯白而不定的罗网里。

一九二四年二月一六日

(原载 1924 年 5 月 10 日上海《小说月报》第 15 卷第 5 号)

铸剑*

鲁　迅

一

眉间尺刚和他的母亲睡下,老鼠便出来咬锅盖,使他听得发烦。他轻轻地叱了几声,最初还有些效验,后来是简直不理他了,格支格支地径自咬。他又不敢大声赶,怕惊醒了白天做得劳乏,晚上一躺就睡着了的母亲。

许多时光之后,平静了;他也想睡去。忽然,扑通一声,惊得他又睁开眼。同时听到沙沙地响,是爪子抓着瓦器的声音。

"好!该死!"他想着,心地非常高兴,一面就轻轻地坐起来。

---

* 本篇最初发表于 1927 年 4 月 25 日、5 月 10 日《莽原》半月刊第二卷八、九期,原题为《眉间尺》。1932 年编入《自选集》时改为《铸剑》。(编者注)

他跨下床,借着月光走向门背后,摸到钻火家伙,点上松明,向水瓮里一照。果然,一匹很大的老鼠落在那里面了;但是,存水已经不多,爬不出来,只沿着水瓮内壁,抓着,团团地转圈子。

"活该!"他一想到夜夜咬家具,闹得他不能安稳睡觉的便是它们,很觉得畅快。他将松明插在土墙的小孔里,赏玩着;然而那圆睁的小眼睛,又使他发生了憎恨,伸手抽出一根芦柴,将它直按水底去。过了一会,才放手,那老鼠也随着浮了上来,还是抓着瓮壁转圈子。只是抓劲已经没有先前似的有力,眼睛也淹在水里面,单露出一点尖尖的通红的小鼻子,咻咻地急促地喘气。

他近来很有点不大喜欢红鼻子的人。但这回见了这尖尖的小红鼻子,却忽然觉得它可怜了,就又用那芦柴,伸到它的肚下去。老鼠抓着,歇了一回力,便沿着芦干爬了上来。待到他看见全身,——湿淋淋的黑毛,大的肚子,蚯蚓似的尾巴,——便又觉得可恨可憎得很,慌忙将芦柴一抖,扑通一声,老鼠又落在水瓮里,他接着就用芦柴在它头上捣了几下,叫它赶快沈下去。

换了六回松明之后,那老鼠已经不能动弹,不过沈浮在水中间,有时还向水面微微一跳。眉间尺又觉得很可怜,随即折断芦柴,好容易将它夹了出来,放在地面上。老鼠先是丝毫不动,后来才有一点呼吸;又许多时,四只脚运动了,一翻身,似乎要站起来逃走。这使眉间尺大吃一惊,不觉提起左脚,一脚踏下去。只听得吱的一声,他蹲下去仔细看时,只见口角上微有鲜血,大概是死掉了。

他又觉得很可怜,仿佛自己作了大恶似的,非常难受。他蹲着,呆看着,站不起来。

"尺儿,你在做什么?"他的母亲已经醒来了,在床上问。

"老鼠……。"他慌忙站起,回转身去,却只答了两个字。

"是的,老鼠。这我知道。可是你在做什么?杀它呢,还是在救它?"

他没有回答。松明烧尽了;他默默地立在暗中,渐看见月光的皎洁。

"唉!"他的母亲叹息说,"一交子时,你就是十六岁了,性情还是那样,不冷不热地,一点也不变。看来,你的父亲的仇是没有人报的了。"

他看见他的母亲坐在灰白色的月影中,仿佛身体都在颤动;低微的声音里,含着无限的悲哀,使他冷得毛骨悚然,而一转眼间,又觉得热血在全身中忽然腾沸。

"父亲的仇?父亲有什么仇呢?"他前进几步,惊急地问。

"有的。还要你去报。我早想告诉你的了;只因为你太小,没有说。现在你已经成人了,却还是那样的性情。这教我怎么办呢?你似的性情,能行大事的么?"

"能。说罢,母亲。我要改过……。"

"自然。我也只得说。你必须改过……。那么,走过来罢。"

他走过去;他的母亲端坐在床上,在暗白的月影里,两眼发出闪闪的光芒。

"听哪!"她严肃地说,"你的父亲原是一个铸剑的名工,天下第一。他的工具,我早已都卖掉了来救了穷了,你已经看不见一点遗迹;但他是一个世上无二的铸剑的名工。二十年前,王妃生下了一块铁,听说是抱了一回铁柱之后受孕的,是一块纯青透明的铁。大王知道是异宝,便决计用来铸一把剑,想用它保国,用它杀敌,用它防身。不幸你的父亲那时偏偏入了选,便将铁捧回家里来,日日夜夜地锻炼,费了整三年的精神,炼成两把剑。

"当最末次开炉的那一日,是怎样地骇人的景象呵!哗拉拉地腾上一道白气的时候,地面也觉得动摇。那白气到天半便变成白云，罩住了这处所，渐渐现出绯红颜色，映得一切都如桃花。我家的漆黑的炉子里，是躺着通红的两把剑。你父亲用井华水慢慢地滴下去，那剑嘶嘶地吼着，慢慢转成青色了。这样地七日七夜，就看不见了剑，仔细看时，却还在炉底里，纯青的，透明的，正像两条冰。

"大欢喜的光采，便从你父亲的眼睛里四射出来；他取起剑，拂拭着，拂拭着。然而悲惨的皱纹，却也从他的眉头和嘴角出现了。他将那两把剑分装在两个匣子里。

"'你只要看这几天的景象，就知道无论是谁，都知剑已炼就的了。'他悄悄地对我说。'一到明天，我必须去献给大王。但献剑一天，也就是我命尽的日子。怕我们从此要长别了。'

"'你……。'我很骇异，猜不透他的意思，不知怎么说的好。我只是这样地说：'你这回有了这么大的功劳……。'

"'唉！你怎知道呢！'他说。'大王是向来善于猜疑，又极残忍的。这回我给他炼成了世间无二的剑，他一定要杀掉我，免我再去给别人炼剑，来和他匹敌，或者超过他。'

"我掉泪了。

"'你不要悲哀。这是无法逃避的。眼泪决不能洗掉运命。我可是早已有准备在这里了！'他的眼里忽然发出电火似的光芒，将一个剑匣放在我膝上。'这是雄剑。'他说。'你收着。明天，我只将这雌剑献给大王去。倘若我一去竟不回来了呢，那是我一定不再在人间了。你不是怀孕已经五六个月了么？不要悲哀；待生了孩子，好好地抚养。一到成人之后，你便交给他这雄剑，教他砍在大王的颈子上，给我报仇！'"

"那天父亲回来了没有呢？"眉间尺赶紧问。

"没有回来！"她冷静地说。"我四处打听，也杳无消息。后来听得人说，第一个用血来饲你父亲自己炼成的剑的人，就是他自己——你的父亲。还怕他鬼魂作怪，将他的身首分埋在前门和后苑了！"

眉间尺忽然全身都如烧着猛火，自己觉得每一枝毛发上都仿佛闪出火星来。他的双拳，在暗中捏得格格地作响。

他的母亲站起了，揭去床头的木板，下床点了松明，到门背后取过一把锄，交给眉间尺道："掘下去！"

眉间尺心跳着，但很沈静一锄一锄轻轻地掘下去。掘出来的都是黄土，约到五尺多深，土色有些不同了，似乎是烂掉的材木。

"看罢！要小心！"他的母亲说。

眉间尺伏在掘开的洞穴旁边，伸手下去，谨慎小心地撮开烂树，待到指尖一冷，有如触着冰雪的时候，那纯青透明的剑也出现了。他看清了剑靶，捏着，提了出来。

窗外的星月和屋里的松明似乎都骤然失了光辉，惟有青光充塞宇内。那剑便溶在这青光中，看去好像一无所有。眉间尺凝神细视，这才仿佛看见长五尺余，却并不见得怎样锋利，剑口反而有些浑圆，正如一片韭叶。

"你从此要改变你的优柔的性情，用这剑报仇去！"他的母亲说。

"我已经改变了我的优柔的性情，要用这剑报仇去！"

"但愿如此。你穿了青衣,背上这剑,衣剑一色,谁也看不分明的。衣服我已经做在这里,明天就上你的路去罢。不要记念我!"她向床后的破衣箱一指,说。

眉间尺取出新衣,试去一穿,长短正很合式。他便重行叠好,裹了剑,放在枕边,沈静地躺下。他觉自己已经改变了优柔的性情;他决心要并无心事一般,倒头便睡,清晨醒来,毫不改变常态,从容地去寻他不共戴天的仇雠。

但他醒着。他翻来覆去,总想坐起来。他听到他母亲的失望的轻轻的长叹。他听到最初的鸡鸣;他知道已交子时,自己是上了十六岁了。

二

当眉间尺肿着眼眶,头也不回的跨出门外,穿着青衣,背着青剑,迈开大步,径奔城中的时候,东方还没有露出阳光。杉树林的每一片叶尖,都挂着露珠,其中隐藏着夜气。但是,待到走到树林的那一头,露珠里却闪出各样的光辉,渐渐幻成晓色了。远望前面,便依稀看见灰黑色的城墙和雉堞。

和挑葱卖菜的一同混入城里,街市上已经很热闹。男人们一排一排的呆站着;女人们也时时从门里探出头来。她们大半也肿着眼眶;蓬着头;黄黄的脸,连脂粉也不及涂抹。

眉间尺豫觉到将有巨变降临,他们便都是焦躁而忍耐地等候着这巨变的。

他径自向前走;一个孩子突然跑过来,几乎碰着他背上的剑尖,使他吓出了一身汗。转出北方,离王宫不远,人们就挤得密密层层,都伸着脖子。人丛中还有女人和孩子哭嚷的声音。他怕那看不见的雄剑伤了人,不敢挤进去;然而人们却又在背后拥上来。他只得宛转地退避;面前只看见人们的背脊和伸长的脖子。

忽然,前面的人们都陆续跪倒了;远远地有两匹马并着跑过来。此后是拿着木棍,戈,刀,弓弩,旌旗的武人,走得满路黄尘滚滚。又来了一辆四匹马拉的大车,上面坐着一队人,有的打钟击鼓,有的嘴上吹着不知道叫什么名目的劳什子。此后又是车,里面的人都穿画衣,不是老头子,便是矮胖子,个个满脸油汗。接着又是一队拿着刀枪剑戟的骑士。跪着的人们便都伏下去了。这时眉间尺正看见一辆黄盖的大车驰来,正中坐着一个画衣的胖子,花白胡子,小脑袋;腰间还依稀看见佩着和他背上一样的青剑。

他不觉全身一冷,但立刻又灼热起来,像是猛火焚烧着。他一面伸手向肩头捏住剑柄,一面提起脚,便从伏着的人们的脖子的空处跨出去。

但他只走得五六步,就跌了一个倒栽葱,因为有人突然捏住了他的一只脚。这一跌又正压在一个干瘪脸的少年身上;他正怕剑尖伤了他,吃惊地起来看的时候,肋下就挨了很重的两拳。他也不暇计较,再望路上,不但黄盖车已经走过,连拥护的骑士也过去了一大阵了。

路旁的一切人们也都爬起来。干瘪脸的少年却还扭住了眉间尺的衣领,不肯放手,说被他压坏了贵重的丹田,必须保险,倘若不到八十岁便死掉了,就得抵命。闲人们又即刻围上来,呆看着,但谁也不开口;后来有人从旁笑骂了几句,却全是附和干瘪脸少年的。眉间尺遇到了这样的敌人,真是怒不得,笑不得,只觉得无聊,却又脱身不得。这样地经过了煮熟一锅小米的时光,眉间尺早已焦躁得浑身发火,看的人却仍不见减,还是津津有味似的。

前面的人圈子动摇了，挤进一个黑色的人来，黑须黑眼睛，瘦得如铁。他并不言语，只向眉间尺冷冷地一笑，一面举手轻轻地一拨干瘪脸少年的下巴，并且看定了他的脸。那少年也向他看了一会，不觉慢慢地松了手，溜走了；那人也就溜走了；看的人们也都无聊地走散。只有几个人还来问眉间尺的年纪，住址，家里可有姊姊。眉间尺都不理他们。

他向南走着；心里想，城市中这么热闹，容易误伤，还不如在南门外等候他回来，给父亲报仇罢，那地方是地旷人稀，实在很便于施展。这时满城都议论着国王的游山，仪仗，威严，自己得见国王的荣耀，以及俯伏得怎么低，应该采作国民的模范等等，很像蜜蜂的排衙。直至将近南门，这才渐渐地冷静。

他走出城外，坐在一株大桑树下，取出两个馒头来充了饥；吃着的时候忽然记起母亲来，不觉眼鼻一酸，然而此后倒也没有什么。周围是一步一步地静下去了，他至于很分明地听到自己的呼吸。

天色愈暗，他也愈不安，尽目力望看前方，毫不见有国王回来的影子。上城卖菜的村人，一个个挑着空担出城回家去了。

人迹绝了许久之后，忽然从城里闪出那一个黑色的人来。

"走罢，眉间尺！国王在捉你了！"他说，声音好像鸱鸮。

眉间尺浑身一颤，中了魔似的，立即跟着他走；后来是飞奔。他站定了喘息许多时，才明白已经到了杉树林边。后面远处有银白的条纹，是月亮已从那边出现；前面却仅有两点磷火一般的那黑色人的眼光。

"你怎么认识我？……"他极其惶骇地问。

"哈哈！我一向认识你。"那人的声音说。"我知道你背着雄剑，要给你的父亲报仇，我也知道你报不成。岂但报不成；今天已经有人告密，你的仇人早从东门还宫，下令捕拿你了。"

眉间尺不觉伤心起来。

"唉唉，母亲的叹息是无怪的。"他低声说。

"但她只知道一半。她不知道我要给你报仇。"

"你么？你肯给我报仇么，义士？"

"阿，你不要用这称呼来冤枉我。"

"那么，你同情于我们孤儿寡妇？……"

"唉，孩子，你再不要提这些受了污辱的名称。"他严冷地说，"仗义，同情，那些东西，先前曾经干净过，现在却都成了放鬼债的资本。我的心里全没有你所谓的那些。我只不过要给你报仇！"

"好。但你怎么给我报仇呢？"

"只要你给我两件东西。"两粒磷火下的声音说。"那两件么？你听着：一是你的剑，二是你的头！"

眉间尺虽然觉得奇怪，有些狐疑，却并不吃惊。他一时开不得口。

"你不要疑心我将骗取你的性命和宝贝。"暗中的声音又严冷地说。"这事全由你。你信我，我便去；你不信，我便住。"

"但你为什么给我去报仇的呢？你认识我的父亲么？"

"我一向认识你的父亲,也如一向认识你一样。但我要报仇,却并不为此。聪明的孩子,告诉你罢。你还不知道么,我怎么地善于报仇。你的就是我的;他也就是我。我的魂灵上是有这么多的,人我所加的伤,我已经憎恶了我自己!"

暗中的声音刚刚停止,眉间尺便举手向肩头抽取青色的剑,顺手从后项窝向前一削,头颅坠在地面的青苔上,一面将剑交给黑色人。

"呵呵!"他一手接剑,一手捏着头发,提起眉间尺的头来,对着那热的死掉的嘴唇,接吻两次,并且冷冷地尖利地笑。

笑声即刻散布在杉树林中,深处随着有一群磷火似的眼光闪动,倏忽临近,听到咻咻的饿狼的喘息。第一口撕尽了眉间尺的青衣,第二口便身体全都不见了,血痕也顷刻舔尽,只微微听得咀嚼骨头的声音。

最先头的一匹大狼就向黑色人扑过来。他用青剑一挥,狼头便坠在地面的青苔上。别的狼们第一口撕尽了它的皮,第二口便身体全都不见了,血痕也顷刻舔尽,只微微听得咀嚼骨头的声音。

他已经擎起地上的青衣,包了眉间尺的头,和青剑都背在背脊上,回转身,在暗中向王城扬长地走去。

狼们站定了,耸着肩,伸出舌头,咻咻地喘着,放着绿的眼光看他扬长地走。

他在暗中向王城扬长地走去,发出尖利的声音唱着歌:——

哈哈爱兮爱乎爱乎!

爱青剑兮一个仇人自屠。

夥颐连翩兮多少一夫。

一夫爱青剑兮呜呼不孤。

头换头兮两个仇人自屠。

一夫则无兮爱乎呜呼!

爱乎呜呼兮呜呼阿呼,

阿呼呜呼兮呜呼呜呼!

三

游山并不能使国王觉得有趣;加上了路上将有刺客的密报,更使他扫兴而还。那夜他很生气,说是连第九个妃子的头发,也没有昨天那样的黑得好看了。幸而她撒娇坐在他的御膝上,特别扭了七十多回,这才使龙眉之间的皱纹渐渐地舒展。

午后,国王一起身,就又有些不高兴,待到用过午膳,简直现出怒容来。

"唉唉!无聊!"他打一个大呵欠之后,高声说。

上自王后,下至弄臣,看见这情形,都不觉手足无措。白须老臣的讲道,矮胖侏儒的打诨,王是早已听厌的了;近来便是走索,缘竿,抛丸,倒立,吞刀吐火等等奇妙的把戏,也都看得毫无意味。他常常要发怒;一发怒,便按着青剑,总想寻点小错处,杀掉几个人。

偷空在宫外闲游的两个小宦官,刚刚回来,一看见宫里面大家的愁苦的情形,便知道又是照

例的祸事临头了。一个便吓得面如土色;一个却像是大有把握一般,不慌不忙,跑到国王的面前,俯伏着,说道:

"奴才刚才访得一个异人,很有异术,可以给大王解闷,因此特来奏闻。"

"什么!?"王说。他的话是一向很短的。

"那是一个黑瘦的,乞丐似的男子。穿一身青衣,背着一个圆圆的青包裹;嘴里唱着胡诌的歌。人问他。他说善于玩把戏,空前绝后,举世无双,人们从来就没有看见过;一见之后,便即解烦释闷,天下太平。但大家要他玩,他却又不肯。说是第一须有一条金龙,第二须有一个金鼎。……"

"金龙?我是的。金鼎?我有。"

"奴才也正是这样想。……"

"传进来!"

话声未绝,四个武士便跟着那小宦官疾趋而出。上自王后,下至弄臣,个个喜形于色。他们都愿意这把戏玩得解愁释闷,天下太平;即使玩不成,这回也有了那乞丐似的黑瘦男子来受祸,他们只要能挨到传了进来的时候就好了。

并不要许多工夫,就望见六个人向金阶趋进。先头是宦官,后面是四个武士,中间夹着一个黑色人。待到近来时,那人的衣服却是青的,须眉头发都黑;瘦得颧骨,眼圈骨,眉棱骨都高高地突出来。他恭敬地跪着俯伏下去时,果然看见背上有一个圆圆的小包袱,青色布,上面还画上一些暗红色的花纹。

"奏来!"王暴躁地说。他见他家伙简单,以为他未必会玩什么好把戏。

"臣名叫宴之敖者;生长汶汶乡。少无职业;晚遇明师,教臣把戏,是一个孩子的头。这把戏一个人玩不起来,必须在金龙之前,摆一个金鼎,注满清水,用兽炭煎熬。于是放下孩子的头去,一到水沸,这头便随波上下,跳舞百端,且发妙音,欢喜歌唱。这歌舞为一人所见,便解愁释闷,为万民所见,便天下太平。"

"玩来!"王大声命令说。

并不要许多工夫,一个煮牛的大金鼎便摆在殿外,注满水,下面堆了兽炭,点起火来。那黑色人站在旁边,见炭火一红,便解下包袱,打开,两手捧出孩子的头来,高高举起。那头是秀眉长眼,皓齿红唇;脸带笑容;头发蓬松,正如青烟一阵。黑色人捧着向四面转了一圈,便伸手擎到鼎上,动着嘴唇说了几句不知什么话,随即将手一松,只听得扑通一声,坠入水里去了。水花同时溅起,足有五尺多高,此后是一切平静。

许多工夫,还无动静。国王首先暴躁起来,接着是王后和妃子,大臣,宦官们也都有些焦急,矮胖的侏儒们则已经开始冷笑了。王一见他们的冷笑,便觉得自己受愚,回顾武士,想命令他们就将那欺君的莠民掷入牛鼎里去煮杀。

但同时就听得水沸声;炭火也正旺,映着那黑色人变成红黑,如铁的烧到微红。王刚又回过脸来,他也已经伸起两手向天,眼光向着无物,舞蹈着,忽地发出尖利的声音唱起歌来:

哈哈爱兮爱乎爱乎!

爱兮血兮兮谁乎独无。

民萌冥行兮一夫壶卢。
彼用百头颅,千头颅兮用万头颅!
我用一头颅兮而无万夫。
爱一头颅兮血乎呜呼!
血乎呜呼兮呜呼阿呼,
阿呼呜呼兮呜呼呜呼!

随着歌声,水就从鼎口涌起,上尖下广,像一坐小山,但自水尖至鼎底,不住地回旋运动。那头即随水上上下下,转着圈子,一面又滴溜溜自己翻筋斗,人们还可以隐约看见他玩得高兴的笑容。过了些时,突然变了逆水的游泳,打旋子夹着穿梭,激得水花向四面飞溅,满庭洒下一阵热雨来。一个侏儒忽然叫了一声,用手摸着自己的鼻子。他不幸被热水烫了一下,又不耐痛,终于免不得出声叫苦了。

黑色人的歌声才停,那头也就在水中央停住,面向王殿,颜色转成端庄。这样的有十余瞬息之久,才慢慢地上下抖动;从抖动加速而为起伏的游泳,但不很快,态度很雍容。绕着水边一高一低地游了三匝,忽然睁大眼睛,漆黑的眼珠显得格外精采,同时也开口唱起歌来:

王泽流兮浩洋洋;
克服怨敌,怨敌克服兮,赫兮强!
宇宙有穷止兮万寿无疆。
幸我来也兮青其光!
青其光兮永不相忘。
异处异处兮堂哉皇!
堂哉皇哉兮嗳嗳唷,
嗟来归来,嗟来陪来兮青其光!

头忽然升到水的尖端停住;翻了几个筋斗之后,上下升降起来,眼珠向着左右瞥视,十分秀媚,嘴里仍然唱着歌:

阿呼呜呼兮呜呼呜呼,
爱乎呜呼兮呜呼阿呼!
血一头颅兮爱乎呜呼。
我用一头颅兮而无万夫!
彼用百头颅,千头颅……

唱到这里,是沉下去的时候,但不再浮上来了;歌词也不能辨别。涌起的水,也随着歌声的微弱,渐渐低落,像退潮一般,终至到鼎口以下,在远处什么也看不见。

"怎了?"等了一会,王不耐烦地问。

"大王,"那黑色人半跪着说。"他正在鼎底里作最神奇的团圆舞,不临近是看不见的。臣也没有法术使他上来,因为作团圆舞必须在鼎底里。"

王站起身,跨下金阶,冒着炎热立在鼎边,探头去看。只见水平如镜,那头仰面躺在水中间,两眼正看着他的脸。待到王的眼光射到他脸上时,他便嫣然一笑。这一笑使王觉得似曾相识,却又一时记不起是谁来。刚在惊疑,黑色人已经擎出了背着的青色的剑,只一挥,闪电般从后项窝直劈下去,扑通一声,王的头就落在鼎里了。

仇人相见,本来格外眼明,况且是相逢狭路。王头刚到水面,眉间尺的头便迎上来,狠命在他耳轮上咬了一口。鼎水即刻沸涌,澎湃有声;两头即在水中死战。约有二十回合,王头受了五个伤,眉间尺的头上却有七处。王又狡猾,总是设法绕到他的敌人的后面去。眉间尺偶一疏忽,终于被他咬住了后项窝,无法转身。这一回王的头可是咬定不放了,他只是连连蚕食进去;连鼎外面也仿佛听到孩子的失声叫痛的声音。

上自王后,下至弄臣,骇得凝结着的神色也应声活动起来,似乎感到暗无天日的悲哀,皮肤上都一粒一粒地起粟;然而又夹着秘密的欢喜,瞪了眼,像是等候着什么似的。

黑色人也仿佛有些惊慌,但是面不改色。他从从容容地伸开那捏着看不见的青剑的臂膊,如一段枯枝;伸长颈子,如在细看鼎底。臂膊忽然一弯,青剑便蓦地从他后面劈下,剑到头落,坠入鼎中,澎的一声,雪白的水花向着空中同时四射。

他的头一入水,即刻直奔王头,一口咬住了王的鼻子,几乎要咬下来。王忍不住叫一声"阿唷",将嘴一张,眉间尺的头就乘机挣脱了,一转脸倒将王的下巴下死劲咬住。他们不但都不放,还用全力上下一撕,撕得王头再也合不上嘴。于是他们就如饿鸡啄米一般,一顿乱咬,咬得王头眼歪鼻塌,满脸鳞伤。先前还会在鼎里面四处乱滚,后来只能躺着呻吟,到底是一声不响,只有出气,没有进气了。

黑色人和眉间尺的头也慢慢地住了嘴,离开王头,沿鼎壁游了一匝,看他可是装死还是真死。待到知道了王头确已断气,便四目相视,微微一笑,随即合上眼睛,仰面向天,沉到水底里去了。

四

烟消火灭;水波不兴。特别的寂静倒使殿上殿下的人们警醒。他们中的一个首先叫了一声,大家也立刻叠连惊叫起来;一个迈开腿向金鼎走去,大家便争先恐后地拥上去了。有挤在后面的,只能从人脖子的空隙间向里面窥探。

热气还炙得人脸上发烧。鼎里的水却一平如镜,上面浮着一层油,照出许多人脸孔:王后,王妃,武士,老臣,侏儒,太监。……

"阿呀,天哪!咱们大王的头还在里面哪,唉唉唉!"第六个妃子忽然发狂似的哭嚷起来。

上自王后,下至弄臣,也都恍然大悟,仓皇散开,急得手足无措,各自转了四五个圈子。一个最有谋略的老臣独又上前,伸手向鼎边一摸,然而浑身一抖,立刻缩了回来,伸出两个指头,放在口边吹个不住。

大家定了定神,便在殿门外商议打捞办法。约略费去了煮熟三锅小米的工夫,总算得到一种结果,是:到大厨房去调集了铁丝勺子,命武士协力捞起来。

器具不久就调集了,铁丝勺,漏勺,金盘,擦桌布,都放在鼎旁边。武士们便揎起衣袖,有用铁丝勺的,有用漏勺的,一齐恭行打捞。有勺子相触的声音,有勺子刮着金鼎的声音;水是随着勺子的搅动而旋绕着。好一会,一个武士的脸色忽而很端庄了,极小心地两手慢慢举起了勺子,水滴从勺孔中珠子一般漏下,勺里面便显出雪白的头骨来。大家惊叫了一声;他便将头骨倒在金盘里。

"阿呀！我的大王呀！"王后，妃子，老臣，以至太监之类，都放声哭起来。但不久就陆续停止了，因为武士又捞起了一个同样头骨。

他们泪眼模胡地四顾，只见武士们满脸油汗，还在打捞。此后捞出来的是一团糟的白头发和黑头发；还有几勺很短的东西，似乎是白胡须和黑胡须。此后又是一个头骨。此后是三枝簪。

直到鼎里面只剩下清汤，才始住手；将捞出的物件分盛了三金盘：一盘头骨，一盘须发，一盘簪。

"咱们大王只有一个头。那一个是咱们大王的呢？"第九个妃子焦急地问。

"是呵……。"老臣们都面面相觑。

"如果皮肉没有煮烂，那就容易辨别了。"一个侏儒跪着说。

大家只得平心静气，去细看那头骨，但是黑白大小，都差不多，连那孩子的头，也无从分辨。王后说王的右额上有一个疤，是做太子时候跌伤的，怕骨上也有痕迹。果然，侏儒在一个头骨上发见了；大家正在欢喜的时候，另外的一个侏儒却又在较黄的头骨的右额上看出相仿的瘢痕来。

"我有法子。"第三个王妃得意地说，"咱们大王的龙准是很高的。"

太监们即刻动手研究鼻准骨，有一个确也似乎比较地高，但究竟相差无几；最可惜的是右额上却并无跌伤的瘢痕。

"况且，"老臣们向太监说，"大王的后枕骨是这么尖的么？"

"奴才们向来就没有留心看过大王的后枕骨……。"

王后和妃子们也各自回想起来，有的说是尖的，有的说是平的。叫梳头太监来问的时候，却一句话也不说。

当夜便开了一个王公大臣会议，想决定那一个是王的头，但结果还同白天一样。并且连须发也发生了问题。白的自然是王的，然而因为花白，所以黑的也很难处置。讨论了小半夜，只将几根红色的胡子选出；接着因为第九个王妃抗议，说她确曾看见王有几根通黄的胡子，现在怎么能知道决没有一根红的呢。于是也只好重行归并，作为疑案了。

到后半夜，是毫无结果。大家却居然一面打呵欠，一面继续讨论，直到第二次鸡鸣，这才决定了一个最慎重妥善的办法，是：只能将三个头骨都和王的身体放在金棺里落葬。

七天之后是落葬的日期，合城很热闹。城里的人民，远处的人民，都奔来瞻仰国王的"大出丧"。天一亮，道上已经挤满了男男女女；中间还夹着许多祭桌。待到上午，清道的骑士才缓辔而来。又过了不少工夫，才看见仪仗，什么旌旗，木棍，戈戟，弓弩，黄钺之类；此后是四辆鼓吹车。再后面是黄盖随着路的不平而起伏着，并且渐渐近来了，于是现出灵车，上载金棺，棺里面藏着三个头和一个身体。

百姓都跪下去，祭桌便一列一列地在人丛中出现。几个义民很忠愤，咽着泪，怕那两个大逆无道的逆贼的魂灵，此时也和王一同享受祭礼，然而也无法可施。

此后是王后和许多王妃的车。百姓看她们，她们也看百姓，但哭着。此后是大臣，太监，侏儒等辈，都装着哀戚的颜色。只是百姓已经不看他们，连行列也挤得乱七八遭，不成样子了。

(原载 1927 年 4 月 25 日、5 月 10 日《莽原》半月刊第 2 卷第 8、9 两期)

沉沦

郁达夫

一

他近来觉得孤冷得可怜。

他的早熟的性情,竟把他挤到与世人绝不相容的境地去,世人与他的中间介在的那一道屏障,愈筑愈高了。

天气一天一天的清凉起来,他的学校开学之后,已经快半个月了。那一天正是九月的二十二日。

晴天一碧,万里无云,终古常新的皎日,依旧在她的轨道上,一程一程的在那里行走。从南方吹来的微风,同醒酒的琼浆一般,带着一种香气,一阵阵的拂上面来。在黄苍未熟的稻田中间,在弯曲同白线似的乡间的官道上面,他一个人手里捧了一本六寸长的Wordsworth的诗集,尽在那里缓缓的独步。在这大平原内,四面并无人影;不知从何处飞来的一声两声的远吠声,悠悠扬扬的传到他耳膜上来。他眼睛离开了书,同做梦似的向有犬吠声的地方看去,但看见了一丛杂树,几处人家,同鱼鳞似的屋瓦上,有一层薄薄的蜃气楼,同轻纱似的,在那里飘荡。

"Oh, you serene gossamer! You beautiful gossamer!"

这样的叫了一声,他的眼睛里就涌出了两行清泪来,他自己也不知道是什么缘故。

呆呆的看了好久,他忽然觉得背上有一阵紫色的气息吹来,息索的一响,道旁的一枝小草,竟把他的梦境打破了。他回转头来一看,那枝小草还是颠摇不已,一阵带着紫罗兰气息的和风,温微微的喷到他那苍白的脸上来。在这清和的早秋的世界里,在这澄清透明的以太中,他的身体觉得同陶醉似的酥软起来。他好像是睡在慈母怀里的样子。他好像是梦到了桃花源里的样子。他好像是在南欧的海岸,躺在情人膝上,在那里贪午睡的样子。

他看看四边,觉得周围的草木,都在那里对他微笑。看看苍空,觉得悠久无穷的大自然,微微的在那里点头。一动也不动的向天看了一会,他觉得天空中,有一群小天神,背上插着了翅膀,肩上挂着了弓箭,在那里跳舞。他觉得乐极了,便不知不觉开了口,自言自语的说:

"这里就是你的避难所。世间的一般庸人都在那里妒忌你,轻笑你,愚弄你;只有这大自然,这终古常新的苍空皎日,这晚夏的微风,这初秋的清气,还是你的朋友,还是你的慈母,还是你的情人,你也不必再到世上去与那些轻薄的男女共处去,你就在这大自然的怀里,这纯朴的乡间终老了吧。"

这样的说了一遍,他觉得自家可怜起来,好像有万千哀怨,横亘在胸中,一口说不出来的样子。含了一双清泪,他的眼睛又看到他手里的书上去。

Behold her, single in the field,
You solitary Highland lass!
Reaping and singing by herself;

Stop here, or gently pass!

Alone she cuts, and binds the grain,

And sings a melancholy strain;

Oh, listen! for the vale profound is overflowing with the sound.

看了这一节之后,他又忽然翻过一张来,脱头脱脑的看到那第三节去。

Will no one tell me what she sings?

Perhaps the plaintive numbers flow

For old, unhappy far-off things,

And battle long ago:

Or is it some more humble lay,

Familiar matter of today?

Some natural sorrow, loss, or pain,

That has been and may be again!

这也是他近来的一种习惯,看书的时候,并没有次序的。几百页的大书,更可不必说了,就是几十页的小册子,如爱美生的《自然论》(Emerson's "On Nature"),沙罗的《逍遥游》(Thoreau's "Excursion")之类,也没有完完全全从头至尾的读完一篇过。当他起初翻开一册书来看的时候,读了四行五行或一页二页,他每被那一本书感动,恨不得要一口气把那一本书吞下肚子里去的样子,到读了三页四页之后,他又生起一种怜惜的心来,他心里似乎说:

"像这样的奇书,不应该一口气就把它念完,要留着细细儿的咀嚼才好。一下子就念完了之后,我的热望也就不得不消灭,那时候我就没有好望,没有梦想了,怎么使得呢?"

他的脑里虽然有这样的想头,其实他的心里早有一些儿厌倦起来,到了这时候,他总把那本书收过一边,不再看下去。过几天或者过几个钟头之后,他又用了满腔的热忱,同初读那一本书的时候一样的,去读另外的书去;几日前或者几点钟前那样的感动他的那一本书,就不得不被他遗忘了。

放大了声音把渭迟渥斯的那两节诗读了一遍之后,他忽然想把这一首诗用中国文翻译出来。

《孤寂的高原刈稻者》

他想想看,The Solitary Highland Reaper 诗题只有如此的译法。

你看那个女孩儿,她只一个人在田里,

你看那边的那个高原的女孩儿,她只一个人冷清清地!

她一边刈稻,一边在那儿唱着不已:

她忽儿停了,忽而又过去了,轻盈体态,风光细腻!

她一个人,刈了,又重把稻儿捆起,

她唱的山歌,颇有些儿悲凉的情味:

听呀听呀! 这幽谷深深,

全充满了她的歌唱的清音。

有人能说否,她唱的究是什么?

或者她那万千的痴话,
是唱着前代的哀歌,
或者是前朝的战事,千兵万马;
或者是些坊间的俗曲,
便是目前的家常闲说?
或者是些天然的哀怨,必然的丧苦,自然的悲楚,
这些事虽是过去的回思,将来想亦必有人指诉。

他一口气译了出来之后,忽又觉得无聊起来,便自嘲自骂的说:

"这算是什么东西呀,岂不同教会里的赞美歌一样的乏味么?英国诗是英国诗,中国诗是中国诗,又何必译来对去呢!"

这样的说了一句,他不知不觉便微微儿的笑起来。向四边一看,太阳已经打斜了;大平原的彼岸,西边的地平线上,有一座高山,浮在那里,饱受了一天残照,山的周围酝酿成一层朦朦胧胧的岚气,反射出一种紫不紫红不红的颜色来。

他正在那里出神呆看的时候,喀的咳嗽了一声,他的背后忽然来了一个农夫。回头一看,他就把他脸上的笑容改装了一副忧郁的面色,好像他的笑容是怕被人看见的样子。

二

他的忧郁症愈闹愈甚了。

他觉得学校里的教科书,味同嚼蜡,毫无半点生趣。天气清朗的时候,他每捧了一本爱读的文学书,跑到人迹罕至的山腰水畔,去贪那孤寂的深味去。在万籁俱寂的瞬间,在天水相映的地方,他看看草木虫鱼,看看白云碧落,便觉得自家是一个孤高傲世的贤人,一个超然独立的隐者。有时在山中遇着一个农夫,他便把自己当作了 Zaratustra,把 Zaratustra 所说的话,也在心里对那农夫讲了。他的 megalomania 也同他的 hypochondria 成了正比例,一天一天的增加起来。他竟有连接四五天不上学校去听讲的时候。

有时候到学校里去,他每觉得众人都在那里凝视他的样子。他避来避去想避他的同学,然而无论到了什么地方,他的同学的眼光,总好像怀了恶意,射在他的背脊上面。

上课的时候,他虽然坐在全班学生的中间,然而总觉得孤独得很;在稠人广众之中,感得的这种孤独,倒比一个人在冷清的地方,感得的那种孤独,还更难受。看看他的同学,一个个都是兴高采烈的在那里听先生的讲义,只有他一个人身体虽然坐在讲堂里头,心想却同飞云逝电一般,在那里作无边无际的空想。

好容易下课的钟声响了!先生退去之后,他的同学说笑的说笑,谈天的谈天,个个都同春来的燕雀似的,在那里作乐;只有他一个人锁了愁眉,舌根好像被千钧的巨石锤住的样子,兀的不作一声。他也很希望他的同学来对他讲些闲话,然而他的同学却都自家管自家的去寻欢作乐去,一见了他那一副愁容,没有一个不抱头奔散的,因此他愈加怨他的同学了。

"他们都是日本人,他们都是我的仇敌,我总有一天来复仇,我总要复他们的仇。"

一到了悲愤的时候,他总这样的想的,然而到了安静之后,他又不得不嘲骂自家说:

"他们都是日本人,他们对你当然是没有同情的,因为你想得他们的同情,所以你怨他们,这岂不是你自家的错误么?"

他的同学中的好事者,有时候也有人来向他说笑的,他心里虽然非常感激,想同那一个人谈几句知心的话,然而口中总说不出什么话来;所以有几个解他的意的人,也不得不同他疏远了。

他的同学日本人在那里欢笑的时候,他总疑他们是在那里笑他,他就一霎时的红起脸来。他们在那里谈天的时候,若有偶然看他一眼的人,他又忽然红起脸来,以为他们是在那里讲他。他同他同学中间的距离,一天一天的远背起来,他的同学都以为他是爱孤独的人,所以谁也不敢来近他的身。

有一天放课之后,他挟了书包,回到他的旅馆里来,有三个日本学生系同他同路的。将要到他寄寓的旅馆的时候,前面忽然来了两个穿红裙的女学生。在这一区市外的地方,从没有女学生看见的,所以他一见了这两个女子,呼吸就紧缩起来。他们四个人同那两个女子擦过的时候,他的三个日本人的同学都问她们说:

"你们上哪儿去?"

那两个女学生就作起娇声来回答说:

"不知道!"

"不知道!"

那三个日本学生都高笑起来,好像是很得意的样子;只有他一个人似乎是他自家同她们讲了话似的,害了羞,匆匆跑回旅馆里来。进了他自家的房,把书包用力的向席上一丢,他就在席上躺下了。他的胸前还在那里乱跳,用了一只手枕着头,一只手按着胸口,他便自嘲自骂的说:

"你这卑怯者!

"你既然怕羞,何以又要后悔?

"既要后悔,何以当时你又没有那样的胆量?不同她们去讲一句话?

"Oh, coward, coward!"

说到这里,他忽然想起刚才那两个女学生的眼波来了。

那两双活泼泼的眼睛!

那两双眼睛里,确有惊喜的意思含在里头。然而再仔细想了一想,他又忽然叫起来说:

"呆人呆人!他们虽有意思,与你有什么相干?他们所送的秋波,不是单送给那三个日本人的么?唉!唉!她已经知道了,已经知道我是支那人了,否则她们何以不来看我一眼呢!复仇复仇,我总要复她们的仇。"

说到这里,他那火热的颊上忽然滚了几颗冰冷的眼泪下来。他是伤心到极点了。这一天晚上,他记的日记说:

我何苦要到日本来,我何苦要求学问。既然到了日本,那自然不得不被他们日本人轻侮的。中国呀中国!你怎么不富强起来,我不能再隐忍过去了。

故乡岂不有明媚的山河,故乡岂不有如花的美女?我何苦要到这东海的岛国里来!

到日本来倒也罢了,我何苦又要进这该死的高等学校。他们留了五个月学回去的人,岂不在那里享荣华安乐么?这五六年的岁月,教我怎么能挨得过去。受尽了千辛万苦,积了十数年的学识,我回国去,难道定能比他们来胡闹的留学生更强么?

人生百岁,年少的时候,只有七八年的光景,这最纯最美的七八年,我就不得不在这无情的岛国里虚度过去,可怜我今年已经是二十一了。

槁木的二十一岁!

死灰的二十一岁!

我真还不如变了矿物质的好,我大约没有开花的日子了。

知识我也不要,名誉我也不要,我只要一个安慰我体谅我的"心"。一副白热的心肠!从这一副心肠里生出来的同情!从同情而来的爱情!

我所要求的就是爱情!

若有一个美人,能理解我的苦楚,她要我死,我也肯的。

若有一个妇人,无论她是美是丑,能真心真意的爱我,我也愿意为她死的。

我所要求的就是异性的爱情!

苍天呀苍天,我并不要知识,我并不要名誉,我也不要那些无用的金钱,你若能赐我一个伊甸园内的"伊扶",使她的肉体与心灵,全归我有,我就心满意足了。

三

他的故乡,是富春江上的一个小市,去杭州水程不过八九十里。这一条江水,发源安徽,贯流全浙,江形曲折,风景常新,唐朝有一个诗人赞这条江水说"一川如画"。他十四岁的时候,请了一位先生写了这四个字,贴在他的书斋里,因为他的书斋的小窗,是朝着江面的。虽则这书斋结构不大,然而风雨晦明,春秋朝夕的风景,也还抵得过滕王高阁。在这小小的书斋里过了十几个春秋,他才跟了他的哥哥到日本来留学。

他三岁的时候就丧了父亲,那时候他家里困苦得不堪。好容易他长兄在日本W大学卒了业,回到北京,考了一个进士,分发在法部当差,不上两年,武昌的革命起来了。那时候他已在县立小学堂卒了业,正在那里换来换去的换中学堂。他家里的人都怪他无恒性,说他的心思太活;然而依他自己讲来,他以为他一个人同别的学生不同,不能按部就班的同他们同在一处求学的。所以他进了K府中学之后,不上半年又忽然转到H府中学来;在H府中学住了三个月,革命就起来了。H府中学停学之后,他依旧只能回到他那小小的书斋里来。第二年的春天,正是他十七岁的时候,他就进了大学的预科。这大学是在杭州城外,本来是美国长老会捐钱创办的,所以学校里浸润了一种专制的弊风,学生的自由,几乎被压缩得同针眼儿一般的小。礼拜三的晚上有什么祈祷会,礼拜日非但不准出去游玩,并且在家里看别的书也不准,除了唱赞美诗祈祷之外,只许看新旧约书。每天早晨从九点钟到九点二十分,定要去做礼拜,不去做礼拜,就要扣分数记过。他虽然非常爱那学校近旁的山水景物,然而他的心里,总有些反抗的意思,因为他是一个爱自由的人,对那些迷信的管束,怎么也不甘心服从。住不上半年,那大学里的厨子,托了校长的势,竟打起学生来。学生中间有几个不服的,便去告诉校长,校长反说学生不是。他看看这些情形,实在是太无道理了,就立刻去告了退,仍复回家,到那小小的书斋里去。那时候已经是六月初了。

在家里住了三个多月,秋风吹到富春江上,两岸的绿树,就快凋落的时候,他又坐了帆船,下富春江,上杭州去。恰好那时候石牌楼的 W 中学正在那里招插班生,他进去见了校长 M 氏,把他的经历说给了 M 氏夫妻听,M 氏就许他插入最高的班里去。这 W 中学原来也是一个教会学校,校长 M 氏,也是一个糊涂的美国宣教师,他看看这学校的内容倒比 H 大学不如了。与一位很卑鄙的教务长——原来这一位先生就是 H 大学的卒业生——闹了一场,第二年的春天,他就出来了。出了 W 中学,他看看杭州的学校,都不能如他的意,所以他就打算不再进别的学校去。

正是这个时候,他的长兄也在北京被人排斥了。原来他的长兄为人正直得很,在部里办事,铁面无私,并且比一般部内的人物又多了一些学识,所以部内上下,都忌惮他。有一天某次长的私人,来问他要一个位置,他执意不肯,因此次长就同他闹起意见来,过了几天他就辞了部里的职,改到司法界去做司法官去了。他的二兄那时候正在绍兴军队里作军官,这一位二兄军人习气颇深,挥金如土,专喜结交侠少。他们弟兄三人,到这时候都不能如意之所为,所以那一小市镇里的闲人都说他们的风水破了。

他回家之后,便镇日镇夜的蛰居在他那小小的书斋里。他父祖及他长兄所藏的书籍,就作了他的良师益友。他的日记上面,一天一天的记起诗来。有时候他也用了华丽的文章做起小说来,小说里就把他自己当作了一个多情的勇士,把他邻近的一家寡妇的两个女儿,当作了贵族的苗裔,把他故乡的风物,全编作了田园的清景;有兴的时候,他还把他自家的小说,用单纯的外国文翻译起来;他的幻想,愈演愈大了,他的忧郁病的根苗,大约也就在这时候培养成功的。

在家里住了半年,到了七月中旬,他接到他长兄的来信说:

"院内近有派予赴日本考察司法事务之意,予已许院长以东行,大约此事不日可见命令。渡日之先,拟返里小住。三弟居家,断非上策,此次当偕伊赴日本也。"

他接到了这一封信之后,心中日日盼他长兄南来,到了九月下旬,他的兄嫂才自北京到家。住了一月,他就同他的长兄长嫂同到日本去了。

到了日本之后,他的 dreams of the romantic age 尚未醒悟,模模糊糊的过了半载,他就考入了东京第一高等学校。这正是他十九岁的秋天。

第一高等学校将开学的时候,他的长兄接到了院长的命令,要他回家。他的长兄便把他寄托在一家日本人的家里,几天之后,他的长兄长嫂和他的新生的侄女儿就回国去了。

东京的第一高等学校里有一班预备班,是为中国学生特设的。

在这预科里预备一年,卒业之后,才能入各地高等学校的正科,与日本学生同学。他考入预科的时候,本来填的是文科,后来将在预科卒业的时候,他的长兄定要他改到医科去,他当时亦没有什么主见,就听了他长兄的话把文科改了。

预科卒业之后,他听说 N 市的高等学校是最新的,并且 N 市是日本产美人的地方,所以他就要求到 N 市的高等学校去。

四

他的二十岁的八月二十九日的晚上,他一个人从东京的中央车站乘了夜行车到 N 市去。

那一天大约刚是旧历的初三四的样子,同天鹅绒似的又蓝又紫的天空里,洒满了一天星斗。半痕新月,斜挂在西天角上,却似仙女的蛾眉,未加翠黛的样子。他一个人靠着了三等车的车窗,默默的在那里数窗外人家的灯火。火车在暗黑的夜气中间,一程一程的进去,那大都市的星星灯火,也一点一点的朦胧起来,他的胸中忽然生了万千哀感,他的眼睛里就忽然觉得热起来了。

"Sentimental, too sentimental!"

这样的叫了一声,把眼睛揩了一下,他反而自家笑起自家来。

"你也没有情人留在东京,你也没有弟兄知己住在东京,你的眼泪究竟是为谁洒的呀!或者是对于你过去的生活的伤感,或者是对你二年间的生活的余情,然而你平时不是说不爱东京的么?"

"唉,一年人住岂无情。"

"黄莺住久浑相识,欲别频啼四五声!"

胡思乱想的寻思了一会,他又忽然想到初次赴新大陆去的清教徒的身上去。

"那些十字架下的流人,离开他故乡海岸的时候,大约也是悲壮淋漓,同我一样的。"

火车过了横滨,他的感情方才渐渐儿的平静起来。呆呆的坐了一忽,他就取了一张明信片出来,垫在海涅(Heine)的诗集上,用铅笔写了一首诗寄他东京的朋友。

蛾眉月上柳梢初,又向天涯别故居,
四壁旗亭争赌酒,六街灯火远随车,
乱离年少无多泪,行李家贫只旧书。
夜后芦根秋水长,凭君南浦觅双鱼。

在朦胧的电灯光里,静悄悄的坐了一会,他又把海涅的诗集翻开来看了。

Lebet Wohl, ihr glatten Saele,
Glatte Herren, glatte Frauen!
Auf die Berge Will ich steigen,
Lachend auf euch niederschauen!

  Heine's Harzreise

浮薄的尘寰,
无情的男女,
你看那隐隐的青山,
我欲乘风飞去,
且住且住,
我将从那绝顶的高峰,
笑看你终归何处。

单调的轮声,一声声连连续续的飞到他的耳膜上来,不上三十分钟他竟被这催眠的车轮声引诱到梦幻的仙境里去了。

早晨五点钟的时候,天空渐渐儿的明亮起来。在车窗里向外一望,他只见一线青天还被夜色包住在那里。探头出去一看,一层薄雾,笼罩着一幅天然的画图,他心里想了一想:

"原来今天又是清秋的好天气,我的福分真可算不薄了。"

过了一个钟头,火车就到了N市的停车场。

下了火车,在车站上遇见了一个日本学生;他看看那学生的制帽上也有两条白线,便知道他也是高等学校的学生。他走上前去,对那学生脱了一脱帽,问他说:

"第X高等学校是在什么地方的?"

那学生回答说:

"我们一路去吧。"

他就跟了那学生跑出火车站来,在火车站的前头,乘了电车。

早晨还早得很,N市的店家都还未曾起来。他同那日本学生坐了电车,经过了几条冷清的街巷,就在鹤舞公园前面下了车。他问那日本学生说:

"学校还远得很么?"

"还有二里多路。"

穿过了公园,走到稻田中间的细路上的时候,他看看太阳已经起来了。稻上的露滴,还同明珠似的挂在那里。前面有一丛树林,树林阴里,疏疏落落的看得见几椽农舍。有两三条烟囱筒子,突出在农舍的上面,隐隐约约的浮在清晨的空气里。一缕两缕的青烟,同炉香似的在那里浮动,他知道农家已在那里炊早饭了。

到学校近边的一家旅馆去一问,他一礼拜前头寄出的几件行李,早已经到在那里。原来那一家人家是住过中国留学生的,所以主人待他也很殷勤。在那一家旅馆里住下了之后,他觉得前途好像有许多欢乐在那里等他的样子。

他的前途的希望,在第一天的晚上,就不得不被目前的实情嘲弄了。原来他的故里,也是一个小小的市镇。到了东京之后,在人山人海的中间,他虽然时常觉得孤独,然而东京的都市生活,同他幼时的习惯尚无十分龃龉的地方。如今到了这N市的乡下之后,他的旅馆,是一家孤立的人家,四面并无邻舍,左首门外便是一条如发的大道,前后都是稻田,西面是一方池水,并且因为学校还没有开课,别的学生还没有到来,这一间宽旷的旅馆里,只住了他一个客人。白天倒还可以支吾过去,一到了晚上,他开窗一望,四面都是沉沉的黑影,并且因N市的附近是一大平原,所以望眼连天,四面并无遮障之处,远远里有一点灯火,明灭无常,森然有些鬼气。天花板里,又有许多虫鼠,息栗索落的在那里争食。窗外有几株梧桐,微风动叶,咄咄的响得不已,因为他住在二层楼上,所以梧桐的叶战声,近在他的耳边。他觉得害怕起来,几乎要哭出来了。他对于都市的怀乡病(Nostalgia)从未有比那一晚更甚的。

学校开了课,他朋友也渐渐儿的多起来。感受性非常强烈的他的性情,也同天空大地丛林野水融和了。不上半年,他竟变成了一个大自然的宠儿,一刻也离不了那天然的野趣了。

他的学校是在N市外,刚才说过N市的附近是一个大平原,所以四边的地平线,界限广大得很。那时候日本的工业还没有十分发达,人口也还没有增加得同目下一样,所以他的学校的近边,还多是丛林空地,小阜低冈。除了几家与学生做买卖的文房具店及菜馆之外,附近并没有居民。荒野的人间,只有几家为学生设的旅馆,同晓天的星影似的,散缀在麦田瓜地的中央。晚饭毕后,披了黑呢的缦斗(斗篷),拿了爱读的书,在迟迟不落的夕照中间,散步逍遥,是非常快乐的。他的田园趣味,大约也是在这 Idyllic Wanderings 的中间养成的。

在生活竞争不十分猛烈,逍遥自在,同中古时代一样的时候;在风气纯良,不与市井小人同处,清闲雅淡的地方;过日子正如做梦一样。他到了 N 市之后,转瞬之间,已经有半年多了。

　　熏风日夜的吹来,草色渐渐儿的绿起来。旅馆近旁麦田里的麦穗,也一寸一寸的长起来了。草木虫鱼都化育起来,他的从始祖传来的苦闷也一日一日的增长起来,他每天早晨,在被窝里犯的罪恶,也一次一次的加起来了。

　　他本来是一个非常爱高尚洁净的人,然而一到了这邪念发生的时候,他的智力也无用了,他的良心也麻痹了,他从小服膺的"身体发肤不敢毁伤"的圣训,也不能顾全了。他犯了罪之后,每深自痛悔,切齿的说,下次总不再犯了,然而到了第二天的那个时候,种种幻想,又活泼泼的到他的眼前来。他平时所看见的"伊扶"的遗类,都赤裸裸的来引诱他。中年以后的妇人的形体,在他的脑里,比处女更有挑发他情动的地方。他苦闷一场,恶斗一场,终究不得不做她们的俘虏。这样的一次成了两次,两次之后,就成了习惯了。他犯罪之后,每到图书馆里去翻出医书来看,医书上都千篇一律的说,于身体最有害的就是这一种犯罪。从此之后,他的恐惧心也一天一天的增加起来了。有一天他不知道从什么地方得来的消息,好像是一本书上说,俄国近代文学的创设者 Gogol 也犯这一宗病,他到死竟没有改过来,他想到了郭歌里,心里就宽了一宽,因为这《死了的灵魂》的著者,也是同他一样的。然而这不过自家对自家的宽慰而已,他的胸里,总有一种非常的忧虑存在那里。

　　因为他是非常爱洁净的,所以他每天总要去洗澡一次,因为他是非常爱惜身体的,所以他每天总要去吃几个生鸡子和牛乳;然而他去洗澡或吃牛乳鸡子的时候,他总觉得惭愧得很,因为这都是他的犯罪的证据。

　　他觉得身体一天一天的衰弱起来,记忆力也一天一天的减退了。他又渐渐儿的生了一种怕见人面的心思,见了妇人女子的时候,他觉得更加难受。学校的教科书,他渐渐的嫌恶起来,法国自然派的小说,和中国那几本有名的诲淫小说,他念了又念,几乎记熟了。

　　有时候他忽然做出一首好诗来,他自家便喜欢得非常,以为他的脑力还没有破坏。那时候他每对着自家起誓说:

　　"我的脑力还可以使得,还能做得出这样的诗,我以后决不再犯罪了。过去的事实是没法,我以后总不再犯罪了。若从此自新,我的脑力,还是很可以的。"

　　然而一到了紧迫的时候,他的誓言又忘了。

　　每礼拜四五,或每月的二十六七的时候,他索性尽意的贪起欢来。他的心里想,自下礼拜一或下月初一起,我总不犯罪了。有时候正合到礼拜六或月底的晚上,去剃头洗澡去,以为这就是改过自新的记号,然而过几天他又不得不吃鸡子和牛乳了。

　　他的自责心同恐惧心,竟一日也不使他安闲,他的忧郁症也从此厉害起来了。这样的状态继续了一二个月,他的学校里就放了暑假。暑假的两个月内,他受的苦闷,更甚于平时;到了学校开课的时候,他的两颊的颧骨更高起来,他的青灰色的眼窝更大起来,他的一双灵活的瞳人,变了同死鱼的眼睛一样了。

五

　　秋天又到了。浩浩的苍空,一天一天的高起来。他的旅馆旁边的稻田,都带起黄金色来。朝夕的凉风，同刀也似的刺到人的心骨里去，大约秋冬的佳日，来也不远了。

一礼拜前的有一天午后，他拿了一本 Wordsworth 的诗集，在田塍路上逍遥漫步了半天。从那一天以后，他的循环性的忧郁症，尚未离他的身过。前几天在路上遇着的那两个女学生，常在他的脑里，不使他安静，想起那一天的事情，他还是一个人要红起脸来。

他近来无论上什么地方去，总觉得有坐立难安的样子。他上学校去的时候，觉得他的日本同学都似在那里排斥他。他的几个中国同学，也许久不去寻访了，因为去寻访了回来，他心里反觉得空虚。因为他的几个中国同学，怎么也不能理解他的心理。他去寻访的时候，总想得些同情回来的，然而到了那里，谈了几句之后，他又不得不自悔寻访错了。有时候和朋友讲得投机，他就任了一时的热意，把他内外的生活都对朋友讲了出来，然而到了归途，他又自悔失言，心理的责备，倒反比不去访友的时候，更加厉害。他的几个中国朋友，因此都说他是染了神经病了。他听了这话之后，对了那几个中国同学，也同对日本学生一样，起了一种复仇的心。他同他的几个中国同学，一日一日的疏远起来。嗣后虽在路上，或在学校里遇见的时候，他同那几个中国同学，也不点头招呼。中国留学生开会的时候，他当然是不去出席的。因此他同他的几个同胞，竟宛然成了两家仇敌。

他的中国同学的里边，也有一个很奇怪的人，因为他自家的结婚有些道德上的罪恶，所以他专喜讲人家的丑事，以掩己之不善，说他是神经病，也是这一位同学说的。

他交游离绝之后，孤冷得几乎到将死的地步，幸而他住的旅馆里，还有一个主人的女儿，可以牵引他的心，否则他真只能自杀了。他旅馆的主人的女儿，今年正是十七岁，长方的脸儿，眼睛大得很，笑起来的时候，面上有两颗笑靥，嘴里有一颗金牙看得出来，因为她自家觉得她自家的笑容是非常可爱，所以她平时常在那里弄笑。

他心里虽然非常爱她，然而她送饭来或来替他铺被的时候，他总装出一种兀不可犯的样子来。他心里虽想对她讲几句话，然而一见了她，他总不能开口。她进他房里来的时候，他的呼吸竟急促到吐气不出的地步。他在她的面前实在是受苦不起了，所以近来她进他的房里来的时候，他每不得不跑出房外去。然而他思慕她的心情，却一天一天的浓厚起来。有一天礼拜六的晚上，旅馆里的学生，都上 N 市去行乐去了。他因为经济困难，所以吃了晚饭，上西面池上去走了一回，就回到旅舍里来枯坐。

回家来坐了一会，他觉得那空旷的二层楼上，只有他一个人在家。静悄悄的坐了半响，坐得不耐烦起来的时候，他又想跑出外面去。然而要跑出外面去，不得不由主人的房门口经过，因为主人和他女儿的房，就在大门的边上。他记得刚才进来的时候，主人和他的女儿正在那里吃饭。他一想到经过她面前的时候的苦楚，就把跑出外面去的心思丢了。

拿出了一本 G.Gissing 的小说来读了三四页之后，静寂的空气里，忽然传了几声刹刹的泼水声音过来。他静静儿的听了一听，呼吸又一霎时的急了起来，面色也涨红了。迟疑了一会，他就轻轻的开了房门，拖鞋也不拖，幽脚幽手的走下扶梯去。轻轻的开了便所的门，他尽兀自的站在便所的玻璃窗口偷看。原来他旅馆里的浴室，就在便所的间壁，从便所的玻璃窗里看去，浴室里的动静了了可见。他起初以为看一看就可以走的，然而到了一看之后，他竟同被钉子钉住的一样，动也不能动了。

那一双雪样的乳峰！

那一双肥白的大腿！

这全身的曲线！

呼气也不呼,仔仔细细的看了一会,他面上的筋肉,都发起痉挛来了。愈看愈颤得厉害,他那发颤的前额部竟同玻璃窗冲击了一下。被蒸气包住的那赤裸裸的"伊扶"便发了娇声问说：

"是谁呀？……"

他一声也不响,急忙跳出了便所,就三脚两步的跑上楼上去了。

他跑到了房里,面上同火烧的一样,口也干渴了。一边他自家打自家的嘴巴,一边就把他的被窝拿出来睡了。他在被窝里翻来覆去,总睡不着,便立起了两耳,听起楼下的动静来。他听听泼水的声音也息了,浴室的门开了之后,他听见她的脚步声好像是走上楼来的样子,用被包着了头,他心里的耳朵明明告诉他说：

"她已经立在门外了。"

他觉得全身的血液,都在往上奔注的样子。心里怕得非常,羞得非常,也喜欢得非常。然而若有人问他,他无论如何,总不肯承认说,这时候他是喜欢的。

他屏住了气息,尖着了两耳听了一会,觉得门外并无动静,又故意咳嗽了一声,门外亦无声响。他正在那里疑惑的时候,忽听见她的声音,在楼下同她的父亲在那里说话。他手里捏了一把冷汗,拼命想听出她的话来,然而无论如何总听不清楚。停了一会,她的父亲高声笑了起来,他把被蒙头的一罩,咬紧了牙齿说：

"她告诉了他了！她告诉了他了！"

这一天的晚上他一睡也不曾睡着。第二天的早晨,天亮的时候,他就惊心吊胆的走下楼来。洗了手面,刷了牙,趁主人和他的女儿还没有起来之先,他就同逃也似的出了那个旅馆,跑到外面来。

官道上的沙尘,染了朝露,还未曾干着。太阳已经起来了。他不问皂白,便一直的往东走去。远远有一个农夫,拖了一车野菜慢慢的走来。那农民同他擦过的时候,忽然对他说：

"你早啊！"

他倒惊了一跳,那清瘦的脸上,又起了一层红潮,胸前又乱跳起来,他心里想：

"难道这农夫也知道了么？"

无头无脑的跑了好久,他回转头来看看他的学校,已经远得很了,举头看看,太阳也升高了。他摸摸表看,那银饼大的表,也不在身边。从太阳的角度看起来,大约已经是九点钟前后的样子。他虽然觉得饥饿得很,然而无论如何,总不愿意再回到那旅馆里去,同主人和他的女儿相见。想去买些零食充一充饥,然而他摸摸自家的袋看,袋里只剩了一角二分钱在那里。他到一家乡下的杂货店内,尽那一角二分钱,买了些零碎的食物,想去寻一处无人看见的地方去吃。走到了一处两路交叉的十字路口,他朝南的一望,只见与他的去路横交的那一条自北趋南的路上,行人稀少得很。那一条路是向南的斜低下去的,两面更有高壁在那里,他知道这路是从一条小山中开辟出来的。他刚才走来的那条大道,便是这山的岭脊,十字路当作了中心,与岭脊上的那条大道相交的横路,是两边低斜下去的。在十字路口迟疑了一会,他就取了那一条向南斜下的路走去。走尽

了两面的高壁,他的去路就穿入大平原去,直通到彼岸的市内。平原的彼岸有一簇深林,划在碧空的心里,他心里想,

"这大约就是 A 神宫了。"

他走尽了两面的高壁,向左手斜面上一望,见沿高壁的那山面上有一道女墙,围住着几间茅舍,茅舍的门上悬着了"香雪海"三字的一方匾额。他离开了正路,走上几步,到那女墙的门前,顺手的向门一推,那两扇柴门竟自开了。他就随随便便的踏了进去。门内有一条曲径,自门口通过了斜面,直达到山上去。曲径的两旁,有许多苍老的梅树种在那里,他知道这就是梅林了。顺了那一条曲径,往北的从斜面上走到山顶的时候,一片同图画似的平地,展开在他的眼前。这园自从山脚上起,跨有朝南的半山斜面,同顶上的一块平地,布置得非常幽雅。

山顶平地的西面是千仞的绝壁,与隔岸的绝壁相对峙,两壁的中间,便是他刚走过的那一条自北趋南的通路。背临着了那绝壁,有一间楼屋,几间平屋造在那里。因为这几间屋,门窗都闭在那里,他所以知道这定是为梅花开日,卖酒食用的。楼屋的前面,有一块草地,草地中间,有几方白石,围成了一个花园,圈子里,卧着一枝老梅,那草地的南尽头,山顶的平地正要向南斜下去的地方,有一块石碑立在那里,系记这梅林的历史的。他在碑前的草地上坐下之后,就把买来的零食拿出来吃了。

吃了之后,他兀兀的在草地上坐了一会。四面并无人声,远远的树枝上,时有一声两声的鸟鸣声飞来。他仰起头来看看澄清的碧落,同那皎洁的日轮,觉得四面的树枝房屋,小草飞禽,都一样的在和平的太阳光里,受大自然的化育。他那昨天晚上的犯罪的记忆,正同远海的帆影一般,不知消失到哪里去了。

这梅林的平地上和斜面上,叉来叉去的曲径很多。他站起来走来走去的走了一会,方晓得斜面上梅树的中间,更有一间平屋造在那里。从这一间房屋往东的走去几步,有眼古井,埋在松叶堆中。他摇摇井上的唧筒看,呷呷的响了几声,却抽不起水来。他心里想:

"这园大约只有梅花开的时候,开放一下,平时总没有人住的。"

想到这里他又自言自语的说:

"既然空在这里,我何妨去问园主人去借住借住。"

想定了主意,他就跑下山来,打算去寻园主人去。他将走到门口的时候,恰好遇见了一个五十来岁的农夫走进园来。他对那农夫道歉之后,就问他说:

"这园是谁的,你可知道?"

"这园是我经管的。"

"你住在什么地方的?"

"我住在路的那面。"

一边这样的说,一边那农民指着通路两边的一间小屋给他看。他向西一看,果然在两边的高壁尽头的地方,有一间小屋在那里。他点了点头,又问说:

"你可以把园内的那间楼屋租给我住住么?"

"可是可以的,你只一个人么?"

"我只一个人。"

"那你可不必搬来的。"

"这是什么缘故呢?"

"你们学校里的学生,已经有几次搬来过了,大约都因为冷静不过,住不上十天,就搬走的。"

"我可同别人不同,你但能租给我,我是不怕冷静的。"

"这样哪里有不租的道理,你想什么时候搬来?"

"就是今天午后吧。"

"可以的,可以的。"

"请你就替我扫一扫干净,免得搬来之后着忙。"

"可以可以。再会!"

"再会!"

六

搬进了山上梅园之后,他的忧郁症(Hypochondria)又变起形状来了。

他同他的北京的长兄,为了一些儿细事,竟生起龃龉来。他发了一封长长的信,寄到北京,同他的长兄绝了交。

那一封信发出之后,他呆呆的在楼前草地上想了许多时候。他自家想想看,他便是世界上最不幸的人了。其实这一次的决裂,是发始于他的。同室操戈,事更甚于他姓之相争,自此之后,他恨他的长兄竟同蛇蝎一样。他被他人欺侮的时候,每把他长兄拿出来作比:

"自家的弟兄,尚且如此,何况他人呢!"

他每达到这一个结论的时候,必尽把他长兄待他苛刻的事情,细细回想出来。把各种过去的事迹,列举出来之后,就把他长兄判决是一个恶人,他自家是一个善人。他又把自家的好处列举出来,把他所受的苦处,夸大的细数起来。他证明得自家是一个世界上最苦的人的时候,他的眼泪就同瀑布似的流下来。他在那里哭的时候,空中好像有一种柔和的声音在对他说:

"啊呀,哭的是你么? 那真是冤屈了你了。像你这样的善人,受世人的那样的虐待,这可真是冤屈了你了。罢了罢了,这也是天命,你别再哭了,怕伤害了你的身体!"

他心里一听到这一种声音,就舒畅起来。他觉得悲苦的中间,也有无穷的甘味在那里。

他因为想复他长兄的仇,所以就把所学的医科丢弃了,改入文科里去。他的意思,以为医科是他长兄要他改的,仍旧改回文科,就是对他长兄宣战的一种明示。并且他由医科改入文科,在高等学校须迟卒业一年。他心里想,迟卒业一年,就是早死一岁,你若因此迟了一年,就到死可以对你长兄含一种敌意。因为他恐怕一二年之后,他们兄弟两人的感情,仍旧要和好起来;所以这一次的转科,便是帮他永久敌视他长兄的一个手段。

气候渐渐儿的寒冷起来,他搬上山来之后,已经有一个月了。几日来天气阴郁,灰色的层云,天天挂在空中。寒冷的北风吹来的时候,梅林的树叶,每息索索的飞掉下来。

初搬来的时候,他卖了些旧书,买了许多炊饭的器具,自家烧了一个月饭,因为天冷了,他也懒得烧了。他每天的伙食,就一切包给了山脚下的园丁家包办,所以他近来只同退院的闲僧一样,除了怨人骂己之外,更没别的事情了。

有一天早晨,他侵早的起来,把朝东的窗门开了之后,他看见前面的地平线上有几缕红云,在那里浮荡。东天半角,反照出一种银红的灰色。因为昨天下了一天微雨,所以他看了这清新的旭日,比平日更添了几分欢喜。他走到山的斜面上,从那古井里汲了水,洗了手面之后,觉得满身的气力,一霎时都回复了转来的样子。他便跑上楼去,拿了一本黄仲则的诗集下来,一边高声朗读,一边尽在那梅林的曲径里,跑来跑去的跑圈子。不多一会,太阳起来了。

从他住的山顶向南方看去,眼下看得出一大平原。平原里的稻田,都尚未收割起。金黄的谷色,以绀碧的天空作了背景,反映着一天太阳的晨光,那风景正同看密来(Millet)的田园清画一般。他觉得自家好像已经变了几千年前的原始基督教徒的样子,对了这自然的默示,他不觉笑起自家的气量狭小起来。

"饶赦了!饶赦了!你们世人得罪于我的地方,我都饶赦了你们吧,来,你们来,都来同我讲和吧!"

手里拿着了那一本诗集,眼里浮着了两泓清泪,正对了那平原的秋色,呆呆的立在那里想这些事情的时候,他忽听见他的近边,有两人在那里低声的说:

"今晚上你一定要来的哩!"

这分明是男子的声音。

"我是非常想来的,但是恐怕……"

他听了这娇滴滴的女子的声音之后,好像是被电气贯穿了的样子,觉得自家的血液循环都停止了。原来他的身边有一丛长大的苇草生在那里,他立在苇草的右面,那一对男女,大约是在苇草的左面,所以他们两个还不晓得隔着苇草,有人站在那里。那男人又说:

"你心真好,请你今晚来吧,我们到如今还没在被窝里睡过觉。"

"……"

他忽然听见两人的嘴唇,灼灼的好像在那里吮吸的样子。他同偷了食的野狗一样,就惊心吊胆的把身子屈倒去听了。

"你去死吧,你去死吧,你怎么会下流到这样的地步!"

他心里虽然如此的在那里痛骂自己,然而他那一双尖着的耳朵,却一言半语也不愿意遗漏,用了全副精神在那里听着。

地上的落叶索息索息的响了一下。

解衣带的声音。

男人嘶嘶的吐了几口气。

舌尖吮吸的声音。

女人半轻半重,断断续续的说:

"你!……你!……你快……快××吧。……别……别……别被人……被人看见了。"

他的面色,一霎时的变了灰色了。他的眼睛同火也似的红了起来。他的上腭骨同下腭骨呷呷的发起颤来。他再也站不住了。他想跑开去,但是他的两只脚,总不听他的话。他苦闷了一场,听听两人出去了之后,就同落水的猫狗一样,回到楼上房里去,拿出被窝来睡了。

七

　　他饭也不吃,一直在被窝里睡到午后四点钟的时候才起来。那时候夕阳洒满了远近。平原的彼岸的树林里,有一带苍烟,悠悠扬扬的笼罩在那里。他跟跟跄跄的走下了山,上了那一条自北趋南的大道,穿过了那平原,无头无绪的尽是向南的走去。走尽了平原,他已经到了神宫前的电车停留处了。那时候恰好从南面有一乘电车到来,他不知不觉就跳了上去,既不知道他究竟为什么要乘电车,也不知道这电车是往什么地方去的。

　　走了十五六分钟,电车停了,开车的教他换车,他就换了一乘车。走了二三十分钟,电车又停了,他听见说是终点了,他就走了下来。他的面前就是筑港了。

　　前面一片汪洋的大海,横在午后的太阳光里,在那里微笑。超海而南有一发青山,隐隐的浮在透明的空气里。西边是一脉长堤,直驰到海湾的心里去。堤外有一处灯台,同巨人似的,立在那里。几艘空船和几只舢板,轻轻的在系着的地方浮荡。海中近岸的地方,有许多浮标,饱受了斜阳,红红的浮在那里。远处风来,带着几句单调的话声,既听不清楚是什么话,也不知道是从哪里来的。

　　他在岸边上走来走去走了一会,忽听见那一边传过了一阵击磬的声来。他跑过去一看,原来是为唤渡船而发的。他立了一会,看有一只小火轮从对岸过来了。跟着了一个四五十岁的工人,他也进了那只小火轮去坐下了。

　　渡到东岸之后,上前走了几步,他看见靠岸有一家大庄子在那里。大门开得很大,庭内的假山花草,布置得楚楚可爱。他不问是非,就蹀了进去。走不上几步,他忽听得前面家中有女人的娇声叫他说:

　　"请进来呀!"

　　他不觉惊了一下,就呆呆的站住了。他心里想:

　　"这大约就是卖酒食的人家,但是我听见说,这样的地方,总有妓女在那里的。"

　　一想到这里,他的精神就抖擞起来,好像是一桶冷水浇上身来的样子。他的面色立时变了。要想进去又不能进去,要想出来又不得出来;可怜他那同兔儿似的小胆,同猿猴似的淫心,竟把他陷到一个大大的难境里去了。

　　"进来呀!请进来呀!"里面又娇滴滴的叫了起来,带着笑声。

　　"可恶东西,你们竟敢欺我胆小么?"

　　这样的怒了一下,他的面色更同火也似的烧了起来。咬紧了牙齿,把脚在地上轻轻的蹬了一蹬,他就捏了两个拳头,向前进去,好像是对了那几个年轻的侍女宣战的样子。但是他那青一阵红一阵的面色,和他的面上的微微儿在那里震动的筋肉,总隐藏不去。他走到那几个侍女的面前的时候,几乎要同小孩似的哭出来了。

　　"请上来!"

　　"请上来!"

　　他硬了头皮,跟了一个十七八岁的侍女走上楼去,那时候他的精神已经有些镇静下来了。走了几步,经过一条暗暗的夹道的时候,一阵恼人的花粉香气,同日本女人特有的一种肉的香味,和头发上的香油气息合作了一处,哼的扑上他的鼻孔来。他立刻觉得头晕起来,眼睛里看见了几颗火星,向后边跌也似的退了一步。他再定睛一看,只见他的前面黑暗暗的中间,有一长圆形的女人的粉面,堆着了微笑,在那里问他说:

"你!你还是上靠海的地方去呢?还是怎样?"

他觉得女人口里吐出来的气息,也热和和的喷上他的面来。他不知不觉把这气息深深的吸了一口。他的意识,感觉到他这行为的时候,他的面色又立刻红了起来。他不得已只能含含糊糊的答应她说:

"上靠海的房间里去。"

进了一间靠海的小房间,那侍女便问他要什么菜。他就回答说:

"随便拿几样来吧。"

"酒要不要?"

"要的。"

那侍女出去之后,他就站起来推开了纸窗,从外边放了一阵空气进来。因为房里的空气,沉浊得很,他刚才在夹道中闻过的那一阵女人的香味,还剩在那里,现在实在是被这一阵气味压迫不过了。

一湾大海,静静的浮在他的面前。外边好像是起了微风的样子,一片一片的海浪,受了阳光的返照,同金鱼的鱼鳞似的,在那里微动。他立在窗前看了一会,低声的吟了一句诗出来:

"夕阳红上海边楼。"

他向西一望,见太阳离西南的地平线只有一丈多高了。呆呆的看了一会,他的心思怎么也离不开刚才的那个侍女。她的口里的头上的面上的和身体上的那一种香味,怎么也不容他的心思去想别的东西。他才知道他想吟诗的心是假的,想女人的肉体的心是真的了。

停了一会,那侍女把酒菜搬了进来,跪坐在他的面前,亲亲热热的替他上酒。他心里想仔仔细细的看她一看,把他的心里的苦闷都告诉了她,然而他的眼睛怎么也不敢平视她一眼,他的舌根怎么也不能摇动一摇动。他不过同哑子一样,偷看看她那搁在膝上一双纤嫩的白手,同衣缝里露出来的一条粉红的围裙角。

原来日本的妇人都不穿裤子,身上贴肉只围着一条短短的围裙。外边就是一件长袖的衣服,衣服上也没有钮扣,腰里只缚着一条一尺多宽的带子,后面结着一个方结。她们走路的时候,前面的衣服每一步一步的掀开来,所以红色的围裙,同肥白的腿肉,每能偷看。这是日本女子特别的美处;他在路上遇见女子的时候,注意的就是这些地方。他切齿的痛骂自己,畜生!狗贼!卑怯的人!也便是这个时候。

他看了那侍女的围裙角,心里便乱跳起来。愈想同她说话,他愈觉得讲不出话来。大约那侍女是看得不耐烦起来了,便轻轻的问他说:

"你府上是什么地方?"

一听了这一句话,他那清瘦苍白的面上,又起了一层红色;含含糊糊的回答了一声,他呐呐的总说不出清晰的回话来。可怜他又站在断头台上了。

原来日本人轻视中国人,同我们轻视猪狗一样。日本人都叫中国人作"支那人",这"支那人"三字,在日本,比我们骂人的"贱贼"还更难听,如今在一个如花的少女前头,他不得不自认说"我是支那人"了。

"中国呀中国,你怎么不强大起来!"

他全身发起抖来,他的眼泪又快滚下来了。

那侍女看他发颤发得厉害,就想让他一个人在那里喝酒,好教他把精神安镇安镇,所以对他说:

"酒就快没有了,我再去拿一瓶来吧。"

停了一会他听得那侍女的脚步声又走上楼来。他认为她是上他这里来的,所以就把衣服整了一整,姿势改了一改。但是他被她欺骗了。她原来是领了两三个另外的客人,上间壁的那一间房间里去的。那两三个客人都在那里对那侍女取笑,那侍女也娇滴滴的说:

"别胡闹了,间壁还有客人在那里。"

他听了就立刻发起怒来。他心里骂他们说:

"狗才!俗物!你们都敢来欺侮我么?复仇复仇,我总要复你们的仇。世间哪里有真心的女子!那侍女的负心东西,你竟敢把我丢么?罢了罢了,我再也不爱女人了,我再也不爱女人了。我就爱我的祖国,我就把我的祖国当作了情人吧。"

他马上就想跑回去发愤用功。但是他的心里,却很羡慕那间壁的几个俗物。他的心里,还有一处地方在那里盼望那个侍女再回到他这里来。

他按住了怒,默默的喝干了几杯酒,觉得身上热起来。打开了窗门,他看太阳就快要下山去了。又连饮了几杯,他觉得他面前的海景都朦胧起来。西面堤外的灯台的黑影,长大了许多。一层茫茫的薄雾,把海天融混作了一处。在这一层浑沌不明的薄纱影里,西方的将落不落的太阳,好像在那里惜别的样子。他看了一会,不知道是什么缘故,只觉得好笑,呵呵的笑了一回,他用手擦擦自家那火热的双颊,便自言自语的说:

"醉了醉了!"

那侍女果然进来了。见他红了脸,立在窗口在那里痴笑,便问他说:

"窗开了这样大,你不冷的么?"

"不冷不冷,这样好的落照,谁舍得不看呢?"

"你真是一个诗人呀!酒拿来了。"

"诗人!我本来是一个诗人。你去把纸笔拿了来,我马上写首诗给你看看。"

那侍女出去了之后,他自家觉得奇怪起来。他心里想:

"我怎么会变了这样大胆的?"

痛饮了几杯新拿来的热酒,他更觉得快活起来,又禁不得呵呵笑了一阵。他听见间壁房间里的那几个俗物,高声的唱起日本歌来,他也放大了嗓子唱着说:

醉拍阑干酒意寒,江湖寥落又冬残,

剧怜鹦鹉中州骨,未拜长沙太傅官,

一饭千金图报易,几人五噫出关难,

茫茫烟水回头望,也为神州泪暗弹。

高声的念了几遍,他就在席上醉倒了。

八

　　一醉醒来,他看看自家睡在一条红绸的被里,被上有一种奇怪的香气。这一间房间也不很大,但已不是白天的那一间房间了。房中挂着一盏十烛光的电灯,枕头边上摆着了一壶茶,两只杯子。他倒了二三杯茶,喝了之后,就跟跟跄跄的走到房外去。他开了门,恰好白天的那侍女也跑过来了。她问他说:

　　"你!你醒了么?"

　　他点了一点头,笑微微的回答说:

　　"醒了。便所是在什么地方的?"

　　"我领你去吧。"

　　他就跟了她去。他走过日间的那条夹道的时候,电灯点得明亮得很。远近有许多歌唱的声音,三弦的声音,大笑的声音传到他的耳朵里来。白天的情节,他都想出来了。一想到酒醉之后,他对那侍女说的那些话的时候,他觉得面上又发起烧来。

　　从厕所回到房里之后,他问那侍女说:

　　"这被是你的么?"

　　侍女笑着说:

　　"是的。"

　　"现在是什么时候了?"

　　"大约是八点四五十分的样子。"

　　"你去开了账来吧!"

　　"是。"

　　他付清了账,又拿了一张纸币给那侍女,他的手不觉微颤起来。那侍女说:

　　"我是不要的。"

　　他知道她是嫌少了。他的面色又涨红了,袋里摸来摸去,只有一张纸币了,他就拿了出来给她说:

　　"你别嫌少了,请你收了吧。"

　　他的手震动得更加厉害,他的话声也颤动起来了。那侍女对他看了一眼,就低声的说:

　　"谢谢!"

　　他一直的跑下了楼,套上了皮鞋,就走到外面来。

　　外面冷得非常,这一天大约是旧历的初八九的样子。半轮寒月,高挂在天空的左半边。淡青的圆形天盖里,也有几点疏星,散在那里。

　　他在海边上走了一回,看看远岸的渔灯,同鬼火似的在那里招引他。细浪中间,映着了银色的月光,好像是山鬼的眼波,在那里开闭的样子,不知是什么道理,他忽想跳入海里去死了。

　　他摸摸身边看,乘电车的钱也没有了。想想白天的事情看,他又不得不痛骂自己。

　　"我怎么会走上那样的地方去的?我已经变了一个最下等的人了。悔也无及,悔也无及。我就在这里死了吧。我所求的爱情,大约是求不到的了。没有爱情的生涯,岂不同死灰一样么?唉,这干燥的生涯,这干燥的生涯,世上的人又都在那里仇视我,欺侮我,连我自家的亲弟兄,自家的手足,都在那里排挤我到这世界外去。我将何以为生,我又何必生存在这多苦的世界里呢!"

想到这里,他的眼泪就连连续续的滴了下来。他那灰白的面色,竟同死人没有分别了。他也不举起手来揩揩眼泪,月光射到他的面上,两条泪线,倒变了叶上的朝露一样放起光来。他回转头来,看看他自家的那又瘦又长的影子,就觉得心痛起来。

"可怜你这清影,跟了我二十一年,如今这大海就是你的葬身地了。我的身子,虽然被人家欺辱,我可不该累你也瘦弱到这步田地的。影子呀影子,你饶了我吧!"

他向西面一看,那灯台的光,一霎变了红一霎变了绿的在那里尽它的本职。那绿的光射到海面上的时候,海面就现出一条淡青的路来。再向西天一看,他只见西方青苍苍的天底下,有一颗明星,在那里摇动。

"那一颗摇摇不定的明星的底下,就是我的故国,也就是我的生地。我在那一颗星的底下,也曾送过十八个秋冬,我的乡土呵,我如今再也不能见你的面了。"

他一边走着,一边尽在那里自伤自悼的想这些伤心的哀话。走了一会,再向那西方的明星看了一眼,他的眼泪便同骤雨似的落下来了。他觉得四边的景物,都模糊起来。把眼泪揩了一下,立住了脚,长叹了一声,他便断断续续地说:

"祖国呀祖国!我的死是你害我的!

"你快富起来!强起来吧!

"你还有许多儿女在那里受苦呢!"

一九二一年五月九日改作

(选自《沉沦》,1921年10月15日泰东图书局初版)

缀网劳蛛

许地山

"我像蜘蛛,
　　命运就是我底网。"
我把网结好,
　　还住在中央。

呀,我底网甚时节受了损伤!
　　这一坏,教我怎地生长?
生的巨灵说:"补缀补缀罢,
　　世间没有一个不破的网。"

我再结网时,

要结在玳瑁梁栋
　　　　珠玑帘栊；
或结在断井颓垣
　　荒烟蔓草中呢？
生的巨灵按手在我头上说：
　　"自己选择去罢，
　　你所在的地方无不兴隆、亨通。"
虽然，我再结的网还是像从前那么脆弱，
　　敌不过外力冲撞；
我网底形式还要像从前那么整齐——
　　平行的丝连成八角、十二角的形状吗？
他把"生的万花筒"交给我，说：
"望里看罢，
　　你爱怎样，就结成怎样。"

呀，万花筒里等等的形状和颜色
　　仍与从前没有什么差别！
求你再把第二个给我，
　　我好谨慎地选择。
"咄咄！贪得而无智的小虫！
　　自而今回溯到濛鸿，
　　　　从没有人说过里面有个形式与前相同。
去罢，生的结构都由这几十颗'彩琉璃屑'幻成种种，
　　不必再看第二个生的万花筒。"

　　那晚上底月色格外明朗，只是不时来些微风把满园底花影移动得不歇地作响。素光从椰叶下来，正射在尚洁和她底客人史夫人身上。她们二人底容貌，在这时候自然不能认得十分清楚，但是二人对谈的声音却像幽谷底回响，没有一点模糊。

　　周围的东西都沈默着，像要让她们密谈一般：树上底鸟儿把喙插在翅膀底下；草里底虫儿也不敢做声；就是尚洁身边那只玉狸，也当主人所发的声音为催眠歌，只管鼩鼩地沈睡着。她用纤手抚着玉狸，目光注在她底客人身上，懒懒地说："夺魁嫂子，外间的闲话是听不得的。这事我全不计较——我虽不信定命的说法，然而事情怎样来，我就怎样对付，毋庸在事前预先谋定什么方法。"

　　她底客人听了这场冷静的话，心里很是着急，说："你对于自己底前程太不注意了！若是一个人没有长久的顾虑，就免不了遇着危险，外人底话虽不足信，可是你得把你底态度显示得明了一点，教人不疑惑你才是。"

尚洁索性把玉狸抱在怀里,低着头,只管摩弄。一会儿,她才冷笑了一声,说:"吓吓,夺魁嫂子,你底话差了,危险不是顾虑所能闪避的。后一小时的事情,我们也不敢说准知道,那里能顾到三四个月、三两年那么长久吗?你能保我待一会不遇着危险,能保我今夜里睡得平安么?纵使我准知道今晚上会遇着危险,现在的谋虑也未必来得及。我们都在云雾里走,离身二三尺以外,谁还能知道前途的光景呢?经里说:'不要为明日自夸,因为一日要生何事,你尚且不能知道。'这句话,你忘了么?……唉,我们都是从渺茫中来,在渺茫中住,望渺茫中去。若是怕在这条云封雾锁的生命路程里走动,莫如止住你底脚步;若是你有漫游的兴趣,纵然前途和四围的光景暧昧,不能使你赏心快意,你也是要走的。横竖是往前走,顾虑什么?

"我们从前的事,也许你和一般侨寓此地的人都不十分知道。我不愿意破坏自己底名誉,也不忍教他出丑。你既是要我把态度显示出来,我就得略把前事说一点给你听,可是要求你暂时守这个秘密。

"论理,我也不是他底……"

史夫人没等她说完,早把身子挺起来,作很惊讶的样子,回头用焦急的声音说:"什么?这又奇怪了!"

"这倒不是怪事,且听我说下去。你听这一点,就知道我底全意思了。我本是人家底童养媳,一向就不曾和人行过婚礼——那就是说,夫妇底名分,在我身上用不着。当时,我并不是爱他,不过要仗着他底帮助,救我脱出残暴的婆家。走到这个地方,依着时势的境遇,使我不能不认他为夫……"

"原来你们底家有这样特别的历史。……那么,你对于长孙先生可以说没有精神的关系,不过是不自然的结合罢了。"

尚洁庄重地回答说:"你底意思是说我们没有爱情么?诚然,我从不曾在别人身上用过一点男女底爱情;别人给我的,我也不曾辨别过那是真的,这是假的。夫妇,不过是名义上的事;爱与不爱,只能稍微影响一点精神底生活,和家庭底组织是毫无关系的。

"他怎样想法子要奉承我,凡认识我的人都觉得出来。然而我却没有领他底情,因为他从没有把自己底行为检点一下。他底嗜好多,脾气坏,是你所知道的。我一到会堂去,每听到人家说我是长孙可望底妻子,就非常的惭愧。我常想着从不自爱的人所给的爱情都是假的。

"我虽然不爱他,然而家里的事,我认为应当替他做的,我也乐意去做。因为家庭是公的,爱情是私的。我们两人底关系,实在就是这样。外人说我和谭先生的事,全是不对的。我底家庭已经成为这样,我又怎能把它破坏呢?"

史夫人说:"我现在才看出你们底真相,我也回去告诉史先生,教他不要多信闲话。我知道你是好人,是一个纯良的女子,神必保佑你。"说着,用手轻轻地拍一拍尚洁底肩膀,就站立起来告辞。

尚洁陪她在花阴底下走着,一面说:"我很愿意你把这事底原委单说给史先生知道。至于外间传说我和谭先生有秘密的关系,说我是淫妇,我都不介意。连他也好几天不回来啦。我估量他是为这事生气,可是我并不辩白。世上没有一个人能够把真心拿出来给人家看;纵然能够拿出来,人家也看不明白,那么,我又何必多费唇舌呢?人对于一件事情一存了成见,就不容易把真相观察出来。凡是人都有成见,同一件事,必会生出歧异的评判,这也是难怪的。我不管人家怎样批评我,也不管他怎样疑惑我,我只求自己无愧,对得住天上底星辰和地下底蝼蚁便了。你放心罢,等到事情临到我身上,我自有方法对付。我底意思就是这样,若是有工夫,改天再谈罢。"

她送客人出门,就把玉狸抱到自己房里。那时已经不早,月光从窗户进来,歇在椅桌、枕席之上,把房里的东西染得和铅制的一般。她伸手向床边按了一按铃子,须臾,女佣妥娘就上来。她问:"佩荷姑娘睡了么?"妥娘在门边回答说:"早就睡了。消夜已预备好了,端上来不?"她说着,顺手把电灯拧着,一时满屋里都著上颜色了。

在灯光之下,才看见尚洁斜倚在床上。流动的眼睛,软润的颔颊,玉葱似的鼻,柳叶似的眉,桃绽似的唇,衬着蓬乱的头发……凡形体上各样的美都凑合在她头上。她底身体,修短也很合度。从她口里发出来的声音,都合音节,就是不懂音乐的人,一听了她底话语,也能得着许多默感。她见妥娘把灯拧亮了,就说:"把它拧灭了吧。光太强了,更不舒服。方才我也忘了留史夫人在这里消夜。我不觉得十分饥饿,不必端上来,你们可以自己方便去。把东西收拾清楚,随着给我点一枝洋烛上来。"

妥娘遵从她底命令,立刻把灯灭了,接着说:"相公今晚上也许又不回来,可以把大门扣上吗?"

"是,我想他永远不回来了。你们吃完,就把门关好,各自歇息去罢,夜很深了。"

尚洁独坐在那间充满月亮的房里,桌上一枝洋烛已燃过三分之二,轻风频拂火焰,眼看那枝发光的小东西要泪尽了。她于是起来,把烛火移到屋角一个窗户前头的小几上。那里有一个软垫,几上搁几本经典和祈祷文。她每夜睡前的功课就是跪在那垫上默记三两节经句,或是诵几句祷词。别的事情,也许她会忘记,惟独这圣事是她所不敢忽略的。她跪在那里冥想了许久,睁眼一看,火光已不知道在什么时候从烛台上逃走了。

她立起来,把卧具整理妥当,就躺下睡觉。可是她怎能睡着呢?呀,月亮也循着宾客底礼,不敢相扰,慢慢地辞了她,走到园里和它底花草朋友、木石知交周旋去了!

月亮虽然辞去,她还不转眼地望着窗外的天空,像要诉她心中底秘密一般。她正在床上辗来转去,忽听园里"嚯哗"一声,响得很厉害。她起来,走到窗边,往外一望,但见一重一重的树影和夜雾把园里盖得非常严密,教她看不见什么。于是她蹑步下楼,唤醒妥娘,命她到园里去察看那怪声底出处。妥娘自己一个人那里敢出去;她走到门房把团哥叫醒,央他一同到围墙边察一察。团哥也就起来了。

妥娘去不多会,便进来回话。她笑着说:"你猜是什么呢?原来是一个蹇运的窃贼摔倒在我们底墙根。他底腿已摔坏了,脑袋也撞伤了,流得满地都是血,动也动不得了。团哥拿着一枝荆条正在抽他哪。"

尚洁听了,一霎时前所有的恐怖情绪一时尽变为慈祥的心意。她等不得回答妥娘,便跑到墙根。团哥还在那里,"你这该死的东西……不知厉害的坏种!……"一句一鞭,打骂得很高兴。尚洁一到,就止住他,还命他和妥娘把受伤的贼扛到屋里来。她吩咐让他躺在贵妃榻上。仆人们都显出不愿意的样子,因为他们想着一个贼人不应该受这么好的待遇。

尚洁看出他们底意思,便说:"一个人走到做贼的地步是最可怜悯的,若是你们不得着好机会,也许……"她说到这里,觉得有点失言,教她底佣人听了不舒服。就改过一句说话:"若是你们明白他底境遇,也许会体贴他。我见了一个受伤的人,无论如何,总得救护的。你们常常听见'救苦救难'的话,遇着忧患的时候,有时也会脱口地说出来,为何不从'他是苦难人'那方面体贴他呢?你们不要怕他底血沾脏了那垫子,尽管扶他躺下罢。"团哥只得扶他躺下,口里沈吟地说:"我们还得为他请医生去吗?"

"且慢,你把灯移近一点,待我来看一看。救伤的事,我还在行。妥娘,你上楼去把我们那个'常备药箱'捧下来。"又对团哥说:"你去倒一盆清水来罢。"

仆人都遵命各自干事去了。那贼虽闭着眼,方才尚洁所说的话,却能听得分明。他心里底感激可使他自忘是个罪人,反觉他是世界里一个最能得人爱惜的青年。这样的待遇,也许就是他生平第一次得着的。他呻吟了一下,用低沈的声音说:"慈悲的太太,菩萨保佑慈悲的太太!"

那人底太阳边受了一伤很重,腿部倒不十分厉害。她用药棉蘸水轻轻地把伤处周围的血迹涤净,再用绷带裹好。等到事情做得清楚,天早已亮了。

她正转身要上楼去换衣服,蓦听得外面敲门的声很急,就止步问说:"谁这么早就来敲门呢?"

"是警察罢。"

妥娘提起这四个字,教她很着急。她说:"谁去告诉警察呢?"那贼躺在贵妃榻上,一听见警察要来,恨不能立刻起来跪在地上求恩。但这样的行动已从他那双劳倦的眼睛表白出来了。尚洁跑到他跟前,安慰他说:"我没有叫人去报警察……"正说到这里,那从门外来的脚步已经踏进来。

来的并不是警察,却是这家底主人长孙可望。他见尚洁穿着一件睡衣站在那里和一个躺着的男子说话,心里底无明业火已从身上八万四千个毛孔里发射出来。他第一句就问:"那人是谁?"

这个问实在教尚洁不容易回答,因为她从不曾问过那受伤者的名字,也不便说他是贼。

"他……他是受伤的人……"

可望不等说完,便拉住她底手,说:"你办的事,我早已知道。我这几天不回来,正要侦察你底动静,今天可给我撞见了。我何尝辜负你呢?……一同上去罢,我们可以慢慢地谈。"不由分说,拉着她就往上跑。

妥娘在旁边,看得情急,就大声嚷着:"他是贼!"

"我是贼,我是贼!"那可怜的人也嚷了两声。可望只对着他冷笑,说:"我明知道你是贼。不必报名,你且歇一歇罢。"

一到卧房里,可望就说:"我且问你,我有什么对你不起的地方?你要入学堂,我便立刻送你去;要到礼拜堂听道,我便特地为你预备车马。现在你有学问了,也入教了;我且问你,学堂教你这样做,教堂教你这样做么?"

他底话意是要诘问她为什么变心,因为他许久就听见人说尚洁嫌他鄙陋不文,要离弃他去嫁给一个姓谭的。夜间的事,他一概不知,他进门一看尚洁底神色,老以为她所做的是一段爱情把戏。在尚洁方面,以为他是不喜欢她这样待遇窃贼。她底慈悲性情是上天所赋的,她也觉得这样办,于自己底信仰和所受的教育没有冲突,就回答说:"是的,学堂教我这样做,教会也教我这样做。你敢是……"

"是吗?"可望喝了一声,猛将怀中小刀取出来向尚洁底肩膀上一击。这不幸的妇人立时倒在地上,那玉白的面庞已像渍在胭脂膏里一样。

她不说什么,但用一种沈静的和无抵抗的态度,就足以感动那愚顽的凶手。可望当此情景,心中恐怖的情绪已把凶猛的怒气克服了。他不再有什么动作,只站在一边出神。他看尚洁动也不动一下,估量她是死了;那时,他觉得自己底罪恶压住他,不许再逗留在那里,便溜烟似地望外跑。

妥娘见他跑了,知道楼上必有事故,就赶紧上来。她看尚洁那样子,不由得"啊,天公!"喊了一声,一面上去,要把她搀扶起来。尚洁这时,眼睛略略睁开,像要对她说什么,只是说不出。她指着肩膀示意,妥娘才看见一把小刀插在她肩上。妥娘底手便即酥软,周身发抖,待要扶她,也没有气力了。她含泪对着主妇说:"容我去请医生罢。"

"史……史……"妥娘知道她是要请史夫人来,便回答说:"好,我也去请史夫人来。"她教团哥看门,自己雇一辆车找救星去了。

医生把尚洁扶到床上,慢慢施行手术;赶到史夫人来时,所有的事情都弄清楚啦。医生对史夫人说:"长孙夫人底伤不甚要紧,保养一两个星期便可复元。幸而那刀从肩胛骨外面脱出来,没有伤到肺叶——那两个创口是不要紧的。"

医生辞去以后,史夫人便坐在床沿用法子安慰她。这时,尚洁底精神稍微恢复,就对她底知交说:"我不能多说话,只求你把底下那个受伤的人先送到公医院去;其余的,待我好了再给你说。……唉,我底嫂子,我现在不能离开你,你这几天得和我同在一块儿住。"

史夫人一进门就不明白底下为什么躺着一个受伤的男子。妥娘去时,也没有对她详细地说。她看见尚洁这个样子,又不便往下问。但尚洁底颖悟性从不会被刀所伤,她早明白史夫人猜不透这个闷葫芦,就说:"我现在没有气力给你细说,你可以向妥娘打听去。就要速速去办,若是他回来,便要害了他底性命。"

史夫人照她所吩咐的去做;回来,就陪着她在房里,没有回家。那四岁的女孩佩荷更不知道这是怎么一回事,还是啼啼笑笑,过她底平安日子。

一个星期,两个星期,在她病中嘿嘿地过去。她也渐次复元了。她想许久没有到园里去,就央求史夫人扶着她慢慢走出来。她们穿过那晚上谈话的柳荫,来到园边一个小亭下,就歇在那里。她们坐的地方满开了玫瑰,那清静温香的景色委实可以消灭一切忧闷和病害。

"我已忘了我们这里有这些好花,待一会,可以折几枝带回屋里。"

"你且歇歇,我为你选择几枝罢。"史夫人说时,便起来折花。尚洁见她脚下有一朵很大的花,就指着说:"你看,你脚下有一朵很大、很好看的,为什么不把它摘下?"

史夫人低头一看,用手把花提起来,便叹了一口气。

"怎么啦?"

史夫人说:"这花不好。"因为那花只剩地上那一半,还有一边是被虫伤了。她怕说出伤字,要伤尚洁底心,所以这样回答。但尚洁看的明明是一朵好花,直教递过来给她看。

"夺魁嫂,你说它不好么?我在此中找出道理咧!这花虽然被虫伤了一半,还开得这么好看,可见人底命运也是如此——若不把他底生命完全夺去,虽然不完全,也可以得着生活上一部分的美满,你以为如何呢?"

史夫人知道她连想到自己底事情上头,只回答说:"那是当然的,命运底偃蹇和亨通,于我们底生活没有多大关系。"

谈话之间,妥娘领着史夺魁先生进来。他向尚洁和他底妻子问过好,便坐在她们对面一张凳上。史夫人不管她丈夫要说什么,头一句就问:"事情怎么解决呢?"

史先生说:"我正是为这事情来给长孙夫人一个信。昨天在会堂里有一个很激烈的纷争,因为有些人说可望底举动是长孙夫人迫他做成的,应当剥夺她赴圣筵的权利。我和我奉真牧师在席间极力申辩,终归无效。"他望着尚洁说:"圣筵赴与不赴也不要紧。因为我们底信仰决不能为仪式所束缚;我们底行为,只求对得起良心就算了。"

"因为我没有把那可怜的人交给警察,便责罚我么?"

史先生摇头说:"不,不,现在的问题不在那事上头。前天可望寄一封长信到会里,说到你怎样对他不住,怎样想弃绝他去嫁给别人。他对于你和某人、某人往来的地点、时间都说出来。且说,他不愿意再见你底面;若不与你离婚,他永不回家。信他所说的人很多,我们怎样申辩也挽不过来。我们虽然知道事实不是如此,可是不能找出什么凭据来证明。我现在正要告诉你,若是要到法庭去的话,我可以帮你底忙。这里不像我们祖国,公庭上没有女人说话的地位。况且他底买卖起先都是你拿资本出来;要离异时,照法律,最少总得把财产分一半给你。……像这样的男子,不要他也罢了。"

尚洁说:"那事实现在不必分辩,我早已对嫂子说明了。会里因为信条底缘故,说我底行为不合道理,便禁止我赴圣筵——这是他们所信的,我有什么可说的呢!"她说到末一句,声音便低下了。她底颜色很像为同会底人误解她和误解道理惋惜。

"唉,同一样道理,为何信仰的人会不一样?"

她听了史先生这话,便兴奋起来,说:"这何必问?你不常听见人说:'水是一样,牛喝了便成乳汁,蛇喝了便成毒液'吗?我管保我所得能化为乳汁,那能干涉人家所得的变成毒液呢?若是到法庭去的话,倒也不必。我本没有正式和他行过婚礼,自毋须乎在法庭上公布离婚。若说他不愿意再见我底面,我尽可以搬出去。财产是生活的赘瘤,不要也罢,和他争什么?……他赐给我的恩惠已是不少,留着给他……"

"可是你一把财产全部让给他,你立刻就不能生活。还有佩荷呢?"

尚洁沈吟半晌便说:"不妨,我私下也曾积聚些少,只不能支持到一年罢了。但不论如何,我总得自己挣扎。至于佩荷……"她又沈思了一会,才续下去说:"好罢,看他底意思怎样,若是他愿意把那孩子留住,我也不和他争。我自己一个人离开这里就是。"

他们夫妇两人深知道尚洁底性情,知道她很有主意,用不着别人指导。并且她在无论什么事情上头都用一种宗教底精神去安排。她底态度常显出十分冷静和沈毅,做出来的事,有时超乎常人意料之外。

史先生深信她能够解决自己将来的生活,一听了她底话,便不再说什么,只略略把眉头皱了一下而已。史夫人在这两三个星期间,也很为她费了些筹划。他们有一所别业在土华地方,早就想教尚洁到那里去养病;到现在她才开口说:"尚洁妹子,我知道你一定有更好的主意,不过你底身体还不甚复原,不能立刻出去做什么事情,何不到我们底别庄里静养一下,过几个月再行打算?"史先生接着对他妻子说:"这也好。只怕路途远一点,由海船去,最快也得两天才可以到。但我们都是惯于出门的人,海涛底颠簸当然不能制服我们。若是要去的话,你可以陪着去,省得寂寞了长孙夫人。"

尚洁也想找一个静养的地方,不意他们夫妇那么仗义,所以不待踌躇便应许了。她不愿意为自己底缘故教别人麻烦,因此不让史夫人跟着前去。她说:"寂寞的生活是我尝惯的。史嫂子在家里也有许多当办的事情,那里能够和我同行?还是我自己去好一点。我很感谢你们二位底高谊,要怎样表示我底谢忱,我却不懂得;就是懂,也不能表示得万分之一。我只说一声'感激莫名'便了。史先生,烦你再去问他要怎样处置佩荷,等这事弄清楚,我便要动身。"她说着,就从方才摘下的玫瑰中间选出一朵好看的递给史先生,教他插在胸前底钮门上。不久,史先生也就起立告辞,替她办交涉去了。

土华在马来半岛底西岸,地方虽然不大,风景倒还幽致。那海里出的珠宝不少,所以住在那里的多半是搜宝之客。尚洁住的地方就在海边一丛棕林里。在她底门外,不时看见采珠底船往来于金的塔尖和银的浪头之间。这采珠底工夫赐给她许多教训。因为她这几个月来常想着人生就同入海采珠一样;整天冒险入海里去,要得着多少,得着什么,采珠者一点把握也没有。但是这个感想决不会妨害她底生命。她见那些人每天迷蒙蒙地搜求,不久就理会她在世间的历程也和采珠底工作一样。要得着多少,得着什么,虽然不在她底权能之下,可是她每天总得入海一遭,因为她底本分就是如此。

她对于前途不但没有一点灰心,且要更加奋勉。可望虽是剥夺她们母女的关系,不许佩荷跟着她,然而她仍不忍弃掉她底责任,每月要托人暗地里把吃的用的送到故家去给她女儿。

她现在已变主妇底地位为一个珠商底记室了。住在那里的人,都说她是人家底弃妇,就看轻她,所以她所交游的都是珠船里的工人。那班没有思想的男子在休息的时候,便因着她底姿色争来找她开心。但她底威仪常是调伏这班人的邪念,教他们转过心来承认她是他们底师保。

她一连三年,除干她底正事以外,就是教她那班朋友说几句英吉利语,念些少经文,知道些小常识。在她底团体里使令、供养,无不如意。若说过快活日子,能像她这样,也就不劣了。

虽然如此,她还是有缺陷的。社会地位,没有她底分;家庭生活,也没有她底分;我们想想,她心里到底有什么感觉?前一项,于她是不甚重要的;后一项,可就缭乱她底衷肠了!史夫人虽常寄信给她,然而她不见信则已,一见了信,那种说不出来的伤感就加增千百倍。

她一想起她底家庭,每要在树林里徘徊,树上底蛸蟟常要幻成她女儿底声音对她说:"母思儿耶?思母儿耶?"这本不是奇迹,因为发声者无情,听音者有意;她不但对于那些小虫底声音是这样,即如一切的声音和颜色,偶一触着她底感官,便幻成她底家庭了。

她坐在林下,遥望着无涯的波浪,一度一度地掀到岸边,常觉得她底女儿踏着浪花踊跃而来,这也不止一次了。那天,她又坐在那里,手拿着一张佩荷底小照,那是史夫人最近给她寄来的。她翻来翻去地看,看得眼昏了。她猛一抬头,又得着常时所现的异象。她看见一个人携着她底女儿从海边上来,穿过林樾,一直走到跟前。那人说:"长孙夫人,许久不见,贵体康健啊!我领你底女儿来找你哪。"

尚洁此时，展一展眼睛，才理会果然是史先生携着佩荷找她来。她不等回答史先生底话，便上前用力搂住佩荷；她底哭声从她爱心的深密处殷雷似地震发出来。佩荷因为不认得她，害怕起来，也放声哭了一场。史先生不知道感触了什么，也在旁边只尽管擦眼泪。

这三种不同情绪的哭泣止了以后，尚洁就呜咽地问史先生说："我实在喜欢。想不到你会来探望我，更想不到佩荷也能来！……"她要问的话很多，一时摸不着头绪。只搂定佩荷，眼看着史先生出神。

史先生很庄重地说："夫人，我给你报好消息来了。"

"好消息？"

"你且镇定一下，等我细细地告诉你。我们一得着这消息，我底妻子就教我和佩荷一同来找你。这奇事，我们以前都不知道，到前十几天才听见我奉真牧师说的。我牧师自那年为你底事卸职后，他底生活，你已经知道了。"

"是，我知道。他不是白天做裁缝匠，晚间还做制饼师吗？我信得过，神必要帮助他，因为神底儿子说：'为义受逼迫的人是有福的。'他底事业还顺利吗？"

"倒没有什么过不去的地方。他不但日夜劳动，在合宜的时候，还到处去传福音哪。他现在不用这样地吃苦，因为他底老教会看他底行为，请他回国仍旧当牧师去，在前一个星期已经动身了。"

"是吗！谢谢神！他必不能长久地受苦。"

"就是因为我牧师回国的事，我才能到这里来。你知道长孙先生也受了他底感化么？这事详细地说起来，倒是一种神迹。我现在来，也是为告诉你这件事。

"前几天，长孙先生忽然到我家里找我。他一向就和我们很生疏，好几年也不过访一次，所以这次的来，教我们很诧异。他第一句就问你底近况如何，且诉说他底懊悔。他说这反悔是忽然的，是我牧师警醒他的。现在我就将他底话，照样地说一遍给你听——

"'在这两三年间，我牧师常来找我谈话，有时也请我到他底面包房里去听他讲道。我和他来往那么些次，就觉得他是我底好师傅。我每有难决的事情或疑虑的问题，都去请教他。我自前年生事，二人分离以后，每疑惑尚洁官底操守，又常听见家里佣人思念她的话，心里就十分懊悔。但我总想着，男人说话将军箭，事已做出，那里还有脸皮收回来？本是打算给它一个错到底的。然而日子越久，我就越觉得不对。到我牧师要走，最末次命我去领教训的时候，讲了一章经，教我很受感动。散会后，他对我说，他盼望我做的是请尚洁官回来。他又念《马可福音》十章给我听，我自得着那教训以后，越觉得我很卑鄙、凶残、淫秽，很对不住她。现在要求你先把佩荷带去见她，盼望她为女儿的缘故赦免我。你们可以先走，我随后也要亲自前往。'

"他说懊悔的话很多，我也不能细说了。等他来时，容他自己对你细说罢。我很奇怪我牧师对于这事，以前一点也没有对我说过，到要走时，才略提一提；反教他来到我那里去，这不是神迹吗？"

尚洁听了这一席话，却没有显出特别愉悦的神色，只说："我底行为本不求人知道，也不是为要得人家的怜恤和赞美；人家怎样待我，我就怎样受，从来是不计较的。别人伤害我，我还饶恕，何况是他呢？他知道自己底卤莽，是一件极可喜的事。——你愿意到我屋里去看一看吗？我们一同走走罢。"

他们一面走,一面谈。史先生问起她在这里的事业如何,她不愿意把所经历的种种苦处尽说出来,只说:"我来这里,几年的工夫也不算浪费,因为我已找着了许多失掉的珠子了!那些灵性的珠子,自然不如入海去探求那么容易,然而我竟能得着二三十颗。此外,没有什么可以告诉你。"

尚洁把她底事情结束停当,等可望不来,打算要和史先生一同回去。正要到珠船里和她底朋友们告辞,在路上就遇见可望跟着一个本地人从对面来。她认得是可望,就堆着笑容,抢前几步去迎他,说:"可望君,平安哪!"可望一见她,也就深深地行了一个敬礼,说:"可敬的妇人,我所做的一切事都是伤害我底身体,和你我二人底感情,此后我再不敢了。我知道我多多地得罪你,实在不配再见你底面,盼望你不要把我底过失记在心中。今天来到这里,为的是要表明我悔改底行为;还要请你回去管理一切所有的。你现在要到那里去呢?我想你可以和史先生先行动身,我随后回来。"

尚洁见他那番诚恳的态度,比起从前,简直是两个人,心里自然满是愉快,且暗自谢她底神在他身上所显的奇迹。她说:"呀!往事如梦中之烟,早已在虚幻里消散了,何必重行提起呢?凡人都不可积聚日间的怨恨、怒气和一切伤心的事到夜里,何况是隔了好几年的事?请你把那些事情搁在脑后罢。我本想到船里去,向我那班同工底人辞行。你怎样不和我们一起回去,还有别的事情要办么?史先生现时在他底别业——就是我住的地方——我们一同到那里去罢,待一会,再出来辞行。"

"不必,不必。你可以去你的,我自己去找他就可以。因为我还有些正当的事情要办。恐怕不能和你们一同回去;什么事,以后我才教你知道。"

"那么,你教这土人领你去罢,从这里走不远就是。我先到船里,回头再和你细谈。再见哪!"

她从土华回来,先住在史先生家里,意思是要等可望来到,一同搬回她底旧房子去。谁知等了好几天,也不见他底影。她才知道可望在土华所说的话意有所含蓄。可是他到那里去呢?去干什么呢?她正想着,史先生拿了一封信进来对她说:"夫人,你不必等可望了,明后天就搬回去罢。他寄给我这一封信说,他有许多对不起你的地方,都是出于激烈的爱情所致,因他爱你的缘故,所以伤了你。现在他要把从前邪恶的行为和暴躁的脾气改过来,且要偿还你这几年来所受的苦楚,故不得不暂时离开你。他已经到槟榔屿了。他不直接写信给你的缘故,是怕你伤心,故此写给我,教我好安慰你;他还说从前一切的产业都是你的,他不应独自霸占了许久,要求你尽量地享用,直等到他回来。

"这样看来,不如你先搬回去,我这里派人去找他回来如何?唉,想不到他一会儿就能悔改到这步田地!"

她遇事本来很沈静,史先生说时,她底颜色从不曾显出什么变态,只说:"为爱情么?为爱而离开我么?这是当然的,爱情本如极利的斧子,用来剥削命运常比用来整理命运的时候多一些。他既然规定他自己底行程,又何必费工夫去寻找他呢?我是没有成见的,事情怎样来,我怎样对付就是。"

尚洁搬回来那天,可巧下了一点雨,好像上天使园里的花木特地沐浴得很妍净来迎接它们底旧主人一样。她进门时,妥娘正在整理厅堂,一见她来,便嚷着:"奶奶,你回来了!我们很想念你哪!你底房间乱得很,等我把各样东西安排好再上去。先到花园去看看罢,你手植各样的花木都长大了。后面那棵释迦头长得像罗伞一样,结果也不少,去看看罢。史夫人早和佩荷姑娘来了,她们现时也在园里。"

她和妥娘说了几句话,便到园里。一拐弯,就看见史夫人和佩荷坐在树荫底下一张凳上——那就是几年前,她要被刺那夜,和史夫人坐着谈话的地方。她走来,又和史夫人并肩坐在那里。史夫人说来说去,无非是安慰她的话。她像不信自己这样的命运不甚好,也不信史夫人用定命论底解释来安慰她,就可以使她满足。然而她一时不能说出合宜的话,教史夫人明白她心中毫无忧郁在内。她无意中一抬头,看见佩荷拿着树枝把结在玫瑰花上一个蜘蛛网撩破了一大部分。她注神许久,就想出一个意思来。

她说:"呀,我给这个比喻,你就明白我底意思。

"我像蜘蛛,命运就是我底网。蜘蛛把一切有毒无毒的昆虫吃入肚里,回头把网组织起来。它第一次放出来的游丝,不晓得要被风吹到多么远;可是等到粘着别的东西的时候;它底网便成了。

"它不晓得那网什么时候会破,和怎样破法。一旦破了,它还暂时安安然然地藏起来;等有机会再结一个好的。

"它底破网留在树梢上,还不失为一个网。太阳从上头照下来,把各条细丝映成七色;有时粘上些少水珠,更显得灿烂可爱。

"人和他底命运,又何尝不是这样?所有的网都是自己组织得来,或完或缺,只能听其自然罢了。"

史夫人还要说时,妥娘来说屋子已收拾好了,请她们进去看看。于是,她们一面谈,一面离开那里。

园里没人,寂静了许久。方才那只蜘蛛悄悄地从叶底出来,向着网底破裂处,一步一步,慢慢补缀。它补这个干什么?因为它是蜘蛛,不得不如此!

(原载1922年2月10日《小说月报》第13卷第2号)

酒后

凌叔华

夜深客散了。客厅中大椅上醉倒一个三十多岁的男子,酣然沉睡;火炉旁坐着一对青年夫妇,面上都挂着酒晕,在那儿切切细语;室中充满了沉寂甜美的空气。那个女子忽站起来道:

"我们俩真大意,子仪睡在那里,也不曾给他盖上点。等我拿块毛毯来,你和他盖上罢。把那边电灯都灭了罢,免得照住他的眼,睡的不舒服。"

"让我去拿罢。"男的赶紧站起来说。

女子并不答言,转身已把毯子抱来,说:

"轻轻的给他脱了鞋子罢。把毯子打开,盖着他的肩膀和脚,让他舒舒服服的睡觉。"她看着那男子与那睡着的人脱了鞋,盖好了毯子,又说道:

"我们还是坐在这里罢。他一会儿醒了一定要茶要水的。他刚才说他不回家了,这里的大椅比他家的床还舒服多呢。"她说着又坐下,"咳!他的家庭也真没味儿,他真可怜。"

男子仍旧傍他妻子坐着,室中只余一盏带穗的小电灯,很是昏暗;壁炉的火,发出那橘红色柔光射在他俩的笑容上;几株盆梅,因屋子里温度高,大放温馨甜醉的香味。那男子望着他的妻子,眯着眼含笑道:

"采苕,我也醉了。"

"你不是说你没喝多少酒吗?"女子微笑说。

"我不是酒醉,我是被这些环境弄醉了。……我的眼、鼻、耳、口——灵魂都醉了……,我的心更醉了——你摸摸它跳的多么快!"他说着便靠紧采苕那边坐。

采苕似笑非笑的看一看他,随后却望着那睡倒的人,说:

"你还不认账喝醉了呢。你听听你自己又把那些耳、鼻、口、目、灵魂、心等等字眼全数的搬出来了。只是你的脸不像子仪那样红,他今天可真醉了。"

男子似乎没听见他的妻子说什么,仍旧眯着醉眼,拉着她的手,说:

"亲爱的,叫我怎样能不整个人醉起来呢?如此人儿,如此良宵,如此幽美的屋子,都让我享到!平常在这样一间美好舒服的房子坐着,看着样样东西都是我心上人儿布置过的,已经使我心醉,我远远的望见你来,我的心便摇摇无主了。现在我眼前坐着的是天仙,住的是纯美之宫,耳中听的,就是我灵府的雅乐,鼻子闻到的——销魂的香泽,别说梅花玫瑰的甜馨比不上,就拿荷花的味儿比,亦嫌带些荷叶的苦味呢。我的口——才刚尝了我心上人儿特出心裁做的佳味,——哦,我还可以尝那似花香非花香,似糖甜非糖甜,似酒甘非……。"

"够了,够了,你真醉了,好好的又扯上这些小说式的话来逗我。说话小点声音罢,看吵醒子仪。"

他拿他夫人的手热烈的嗅了几嗅,又抬头望着她道:

"你也有点醉罢?这腮上薄薄的酒晕,什么花比得上这可爱的颜色呢?——桃花?我嫌她太俗。牡丹?太艳。菊花?太冷。梅花?也太瘦。都比不上。"说着他又靠过一些,"呀——不用讲别的!就拿这两道眉来说罢,什么东西比得上呢?拿远山比——我嫌她太淡;蛾眉,太弯;柳叶,太直;新月,太寒。都不对。眉的美真不亚于眼的美,为什么平时人总说不到眉呢?"

采苕今晚似乎不像平常那样,把永璋说的话,一个个字都饮下心坎中去,她的眼时时望着那睡倒的人,至此方用话止住永璋道:

"我的头今晚也昏昏的。我喝了酒不爱说话,你却滔滔不绝,不觉得渴吗?"

永璋余兴未尽,摇摇头还接续说:

"采苕,我说真话,眉的美也是很要紧的。可是平常初次见面的,看不到眉的好丑,这须在静夜相对的时候,才觉得到呢。唉!你的眉,真是出奇的好看!"

"永璋,我不理你了,你尽是拿我开玩笑。"她微耸双眉说着,转过身去背着永璋。

"我那里敢?"他急忙分辩,用手轻轻扳转采苕来。"我现在赞美大自然打发这样一个仙子下凡,让我供奉亲近,我诚心供奉还来不及,那里敢开玩笑……我相信一个人外表真美的,心灵也一定会美。比如你的心灵,那一时不给我愉快,让我赞美。就这屋子说,那一样不是经你的手动使才被人赞美的。若是有人拿一个王位来换,不用说我这个爱人,就是这屋里东西,我一定送他进疯人院去。"

采苕此时似乎听而不闻的样子,带些酒意的枕她的头在永璋的肩上,望着那边睡倒的人。永璋仍接续说:

"哦!大后天便是新年,我可以孝敬你一点什么东西?你给我这许多的荣耀和幸福,就今晚说一通晚,也讲不出百分之一来。亲爱的,快告诉我,你想要一样什么东西?不要顾惜钱。你想要的东西,花钱我是最高兴的。"

采苕听了,想了一想,后来仍望着那睡倒的人。此时子仪正睡的沉酣,两颊红的像浸了胭脂一般,那双充满神秘思想的眼,很舒适的微微闭着;两道乌黑的眉,很清楚的直向鬓角分列;他的嘴,平日常充满了诙谐和议论的,此时正弯弯的轻轻的合着,腮边盈盈带着浅笑;这样子实在平常采苕没有看见过。他的容仪平时都是非常恭谨斯文,永没像过酒后这样温润优美。采苕怔怔的望了一回,脸上忽然热起来,她答说:

"我什么也不要,我只要你答应我一样东西……只要一秒钟。"

"请快点说,"永璋很高兴的说:"我的东西都是你的一样。别说一秒钟,千万年都可以的。"

"我要——我有些不好意思说。"

"不要紧。"

"他……。"

"他一定不会醒的,你放心说罢。"

"我,我只想闻一闻他的脸,你许不许?"

"真的吗,采苕?"

"真的!实在真的!"

"真的?那怎么行?……你今晚也喝醉了罢?"

"没有喝醉,我没有喝醉。我说给你听,我为什么发生这样要求,你就会得答应我了。我自从认识子仪就非常钦佩他;他的举止容仪,他的言谈笔墨,他的待人接物,都是时时使我倾心的。因为他是有了妻子的人,我永远没敢露过半句爱慕他的话。他处在一个很不如意的家庭,我是可怜他。"

"他对我很赞你,很羡慕我。因为羡慕我的人太多了,我也没理会。我也知道你很钦佩他,不过不知道你这样倾心。"

"小点声音。让我说完我的心事——我天生有一种爱好文墨的奇怪脾气,你是知道的,见了十分奇妙的文章,都想到作者的丰仪,文笔美妙的,他的丰采言语却不一定美好,只有他——实在使我倾心的,咳,他那一样都好……我向来不敢对人提过这话,恐怕俗人误会。今天他酒后的言语风采,都更使我心醉。我想到他家中烦闷情况——一个毫没有情感的女人,一些只知道伸手要钱的不相干的姊娘叔父,又不由得动了深切的怜惜。……他真可怜……亲爱的,他这样一个高尚优美的人,没有人会怜爱他,真是憾事!"

"哦!所以你要去 KISS 他,采苕?"

"唔,也因为刚才我愈看他,愈动了我深切的不可制止的怜惜情感,我才觉得不舒服,如果我不能表示出来。"她紧紧的拉住永璋的手道:"你一定得答应我。"

永璋面上现出很为难态度,仍含笑答道:

"采苕,你另想一个要求可以吗？我不能答应你……"采苕不等他说完,便截住他的话道：

"我相信你是最爱我的,为什么竟不能答允我这要求？……就是子仪,你也非常爱他……"

"亲爱的,你真是喝醉了。夫妻的爱和朋友的爱是不同的呀！可是,我也不明白为什么我很喜欢你同我一样的爱我的朋友,却不能允许你去和他接吻。"永璋连忙分说。

"我没有喝醉,真没醉。"采苕急急说道："你得答应我,只要去 KISS 他一秒钟,我便心下舒服了。你难道还信不过我吗？"她看着永璋。

永璋看她非常坚决的神气,答道：

"信不过你是没有的话,只是我觉得我不能答应你这个要求。"

"既然不是不信得过我,你为什么不答应我？"她站起来很恳切的说。

"你真的非去 KISS 他不可吗？"

"是的,我总不能舒服,如果我不能去 KISS 他一次。"

"好吧！"永璋很果决的说。

她站起来走了两走,忽然又回来拉永璋道：

"你陪我走过去。"

"我坐在这边等你,不是一样,怕什么,得要人陪？"

"不,你得陪我去。"

"我不能陪你去。况且,我如果陪了你去,好像我不大信任你似的,你想想对不对？"

她不答的走去,忽然又站住说：

"我心跳的厉害,你不要走开。"

"好,我答应了在这边陪你的。"

"我去了,"她说完便轻轻的走向子仪睡倒的大椅边去,愈走近,子仪的面目愈现清楚,采苕心跳的速度愈增。及至她走到大椅前,她的心跳度数竟因繁密而增声响。她此时脸上奇热,心内奇跳,怔怔的看住子仪,一会儿她脸上热退了,心内亦猛然停止了强密的跳。她便三步并两步的走回永璋身前,一语不发,低头坐下。永璋看着她急问道：

"怎么了,采苕？"

"没什么,我不要 KISS 他了。"

（原载 1924 年 12 月《现代评论》第 1 卷第 5 期）

潘先生在难中

叶绍钧

一

车站里挤满了人,各有各的心事,都现出异样的神色,脚夫的两手插在号衣的袋里,睡着一般地站着；他们知道可以得到特别收入的时间离得还远,也犯不着老早放出精神来。空气沉闷得很,人们略微感到呼吸的受压迫,大概快要下雨了。电灯亮了一歇了,仿佛比平时昏黄一点,望去好像一切的人物都在雾里梦里。

揭示处的黑漆板上标明西来的快车须迟到四点钟。这个报告在几点钟以前早就教人家看熟了,现在便同风化了的戏单一样,没有一个人再望它一眼。像这种报告,在这一个礼拜里,几乎每天每趟的行车都有:所以本来是难得的事情,大家也习以为当然了。

不知几多人心系着的来车居然到了,闷闷的一个车站就一变而为扰扰的境界。来客的安心,候客者的快意,以及脚夫的小小发财,我们且都不提。单讲一位从让里来的潘先生。他当火车没有驶进站场之先,早已调排得十分周妥:他领头,右手提着个黑漆皮包,左手牵着个七岁的孩子;七岁的孩子牵着他的哥哥(今年九岁),哥哥又牵着他的母亲,潘师母。潘先生说人多照顾不齐,这么牵着,首尾一气,犹如一条蛇,什么地方都好钻了。他又屡次叮嘱,教大家握得紧紧,切勿放手;尚恐大家万一忘了,又屡次摇荡他的左手,意思是教把这警告打电报一般一站站递过去。

首尾一气诚然不错,可是也不能全乎没有弊端。火车将停时,所有的客人和东西都要涌向车门,潘先生一家的一条蛇是有点尾大不掉了。他用黑漆皮包做前锋,胸腹部用力,向前抵,居然进展到距车门只两个窗洞的地位。但是他的七岁的孩子还在距车门四个窗洞的地方,被挤在好些客人和坐椅的中间,一动不能动;两臂一前一后,伸得很长,前后的牵引力都很大,似乎快要把臂膊拉去了的样子。他急得直喊,"阿!我的臂膊!我的臂膊!"

一些客人听见了带哭的喊声,方才知道腰下挤着个孩子;留心一看,见他们四个人一串,手联手牵着。一个客人呵斥道,"赶快放手;要不然,把孩子拉做两半了!"

"怎么弄的,孩子不抱在手里!"又一个客人鄙夷的声气自语,他一方面仍注意在攫得向前进行的机会。

"不,"潘先生心想他们的话不对的,牵着自有牵着的妙用;再转一念,妙用岂是人人能够了解的,向他们辩白,也不过徒劳唇舌,不如省些精神罢:就把以下的话咽了下去。而七岁的孩子还是"臂膊!臂膊!"喊着,潘先生前进后退都没有希望,只得自己失约先放了手。随即惊惶地发命令道,"你们看着我!你们看着我!"

车轮一顿,在轨道上立定了;车门里弹出去似地跳下许多的人。潘先生觉得前头松动了些;但是后面的力量突然增加,他的脚作不得一点主,只得向前推移;要回转头来招呼自己的队伍,也不得自由,于是对着前头的人的后脑叫喊,"你们跟着我!你们跟着我!"

他居然从车门里被弹出来了。旋转身子看,后面没有他的儿子同夫人。心知他们还挤在车中,守住车门老等总是稳当的办法。又下来了百多人,方才看见脚踏上人丛中现出七岁的孩子的上半身,承着电灯光,面目作哭泣的形相。他走前去,几次被跳下来的客人冲回,才用左臂把孩子抱了下来。再等了一歇,潘师母同九岁的孩子也下来了;她吁吁地呼着气,连喊"阿唷,阿唷",凄然的眼光相着潘先生的脸,似乎乞求抚慰的孩子。

潘先生到底镇定,看见自己的队伍全下来了,重又发命令道,"我们仍旧同刚才这样联起来。你们看月台上的人这么多,收票处又挤得厉害,不是联着,就要走散了!"

七岁的孩子觉得害怕,拦住他的膝头说,"爸爸,抱。"

"没用的东西!"潘先生颇有点愤怒,但随即耐住,蹲下身子把孩子抱了起来。同时关照大的孩子拉着他的长衫的后幅,一手要紧紧牵着母亲,因为他自己一只手也没得空了。

潘师母向来不曾受过这样的困累,好容易下了车,却还有可怕的拥挤在前头,不禁发怨道,"早知道这样子,宁可死在家里,再也不要逃难的了!"

"悔什么!"潘先生一半发气,一半又觉得怜惜。"到了这里,懊悔也是没用。并且,性命到底安全了。走罢,当心脚下。"于是四个一串向人丛中蹒跚地移过去。

一阵的拥挤,潘先生如在梦里似的,出了收票处的隘口。他仿佛急流里的一滴水滴,没有回旋侧向的余地,只有顺着大众的势,脚不点地地走。一会儿,已经出了车站的铁栅栏,跨过了电车轨道,来到水门汀的旁路上。慌忙地回转身来,只见数不清的给电灯光耀得发白的面孔以及数不清的提箱与包裹,一齐向自己这边涌来,忽然觉得长衫后幅上的小手没有了,不知什么时候放了的;心头怅惘到不可说,只无意识地把身子乱转。转了几回,一丝影踪也没有。家破人亡之感立时袭进他的心门,禁不住渗出两滴眼泪来,望出去电灯人形都有点模糊了。

幸而抱着的孩子眼光敏锐,他瞥见母亲的疏疏的额发,便认识了,举起手来指点道,"妈妈,那边。"

潘先生一喜;但是还有点不大相信,眼睛凑近孩子的衣衫擦了擦,然后望去。搜寻了一歇,果然看见他的夫人呆鼠一般在人丛中瞎撞,前面护着那大的孩子:他们还没有跨过电车轨道呢。他便向前迎上去,连喊着"阿大",把他们引到刚才站定的旁路上。于是放下手中的孩子,舒畅地吐一口气,一手抹着脸上的汗说,"现在好了!"的确好了,只要跨出那一道铁栅栏,就有人保着险,什么兵火焚掠都遭逢不到;而已经散失的一妻一子,又幸福得很,一寻即着:岂不是四条性命,一个皮包,都从毁灭和危难的当中捡了回来么?岂不是"现在好了?"

"黄包车!"潘先生很入调地喊着。

车夫们听见了,一齐拉着车围拢来。问他到什么地方。

他昂起一点头,似乎增加好几分威严。伸出两个指头扬着说,"只消两辆!两辆!"他想了一想,续说,"十个铜子,四马路,去的就去!"这分明表示他是个"老上海"。

辩论了好一会,终于讲定十二铜子一辆。潘师母带着大的孩子坐一辆,潘先生带着小的孩子同黑漆皮包坐一辆。

车夫刚欲拔脚前奔,一个背枪的印度巡捕一臂在前面一横,只得缩住了。小的孩子看这个人的形相可怕,不由得回过脸来,贴着父亲的胸际。

潘先生领悟了,连忙解释道,"不要害怕,那就是印度巡捕,你看他的红包头。我们因为本地没有他,所以要逃到这里来;他背着枪保护我们。他的胡子很好玩的,你可以看一看,同罗汉的胡子一个样子。"

孩子总觉得怕,便是同罗汉一样的胡子也不想看。直到听见哨哨的声音,才从侧边斜睨过去,只见很亮很亮的一个房间一闪就过去了;那边一家家都是花花灿灿的,都点得亮亮:他于是不再贴着父亲的胸际。

到了四马路,一连问了八九家旅馆,都大大的写着客满的牌子;而且一望而知情商也没有用,因为客堂里都搭起床铺,可知确实是住满了。最后到一家也标着客满,但是一个伙计懒懒地开口道,"找房间么?"

"是找房间,这里还有么?"一缕安慰的心直透潘先生的周身,仿佛到了家的样子。

"有是有一间,客人刚刚搬走,他自己租了房子了。你先生若是迟来一刻,说不定就没有了。"

"那一间就是我们住好了。"他放了小的孩子,回身去扶下夫人同大的孩子来,说,"我们总算运气好,居然有房间住了!"随即付车钱,慷慨地照原价加上一个铜子;他相信运气好的时候多给人一些好处,以后好的运气会续续而来的。但是车夫偏不知足,说跟着他们回来回去走了许多时,非加上五个铜子不可。结果旅馆里的伙计出来调停,潘先生又多破费了四个铜子。

这房间就在楼下,有一个床,一盏电灯,一桌,两椅,此外就只有烟雾一般的一间的空气了。潘先生一家跟着茶房走进去时,立刻闻到刺鼻的油腥味,中间又混着阵阵的尿臭。潘先生不快地自语道,"讨厌的气味!"随听见隔壁有食料投下油锅的声音,才知道原是一间厨房。再一思想,气味虽讨厌,究比吃枪子睡露天好多了;也就觉得没有什么,舒舒泰泰在一张椅子上坐下。

"用晚饭吧?"茶房摆下皮包回头问。

"我要吃火腿汤淘饭,"小的孩子咬着指头说。

潘师母马上对他看个白眼,凛然说,"火腿汤淘饭!是逃难呢,有得吃就好了。还要这样那样点戏!"

大的孩子也不懂看看风色,央着潘先生说,"今天到上海了,你可给我吃大菜。"

潘师母竟然发怒了,她回头呵斥道,"你们都是没有心肝的,只配什么也没得吃,活活地饿……"

潘先生有点儿窘,却作没事的样子说,"小孩子懂得什么。"便分付茶房道,"我们在路上吃了东西了,现在只消来两客蛋炒饭。"

茶房似答非答地一点头就走,刚出房门,潘先生又把他喊回来道,"带一斤绍兴,一毛钱熏鱼来。"

茶房的脚声听不见了,潘先生舒快地对着潘师母道,"这一刻该得乐一乐,喝一杯了。你想,从兵祸凶险的地方,来到这绝无其事的境界,第一件可乐。刚才你们忽然离开了我,找了半天找不见,真把我急得要死了;倒是阿二乖觉(他说着,把阿二拖在身边,一手轻轻地拍着),他一眼便看见了你,于是我迎上来,这是第二件可乐。乐哉乐哉,陶陶酌一杯。"他作举杯就口的样子,迷迷地笑着。

潘师母不响,她正想着家里呢。细软的虽然已经带在皮包里以及寄到教堂里去了,但是留下的东西究竟还不少。不知王妈倒底可靠不可靠;又不知隔壁那家穷人家曾不曾知晓他们一家统出来了,只剩个王妈在家里看守;又不知王妈睡觉时,要不要忘记关上一扇门或是一扇窗。她又想起院子里的三只母鸡,没有做完的阿二的裤子,厨房的一碗白燜鸭……真同通了电一般,一刻之间,种种的事情都涌上心头,觉得异样地不舒服;便叹口气道,"不知弄到怎样呢!"

两个孩子都怀着失望的心情,茫昧地觉得这样的上海没有平时父母嘴里的上海来得好玩而有味。

疏疏的雨点从窗外洒进来,潘先生站起来说,"果真下雨了,幸亏在这一刻下,"就把窗关上。突然看见本来给窗子掩没的旅客须知单,他便想起一件顶紧要的事情,一眼不眨地直注着那单子看。

"不折不扣,两块!"他惊讶地喊。回转头时,眼珠瞪视着潘师母,一段舌头从嘴里伸了出来。

二

明天早上,走廊中茶房们正蜷在几条长凳上熟睡,狭得只有一条的天井上面很少有晨光透下来,几许房间里的电灯还是昏黄地亮着。但是潘先生夫妇两个已经在那里谈话了;两个孩子希望今天的上海或许比昨晚的好一点,也醒了一歇了,只因父母教他们再睡一会,所以还躺在床上,彼此呵痒为戏。

"我说你一定不要回去,"潘师母焦心地说。"这报纸上的话知道它靠得住靠不住。既然千难万难地逃了出来,那有立刻又回去的道理!"

"料是我早先也料到的。顾局长的脾气就是一点不肯马虎。'地方上又没有战事,学自然照常要开的,'这句话确然是他的声口。这个通信员我也认识,就是教育局里的职员,又那里会靠不住?回去是一定要回去的。"

"你要晓得,回去危险呢!"潘师母凄然地说。"说不定三天两天他们就会打到我们那地方去,你就回去开学,有什么学生来念书?就是不打到我们那地方,将来教育局长怪你为什么不开学时,你也有话回答。你只要问他,到底性命要紧还是学堂要紧?他也是一条性命,想来决不会对你过不去。"

"你懂得什么!"潘先生颇怀着鄙薄的意思。"这种话只配躲在家里,伏在床角里,由你这种女人去说;你道我们也说得出口的么!你切不要拦阻我(这时候他已转为抚慰的声调),回去是一定要回去的;但是决定没有一点危险,我自有保全自己的法子。而且(他自喜心思的灵捷,微微笑着),你不是很不放心家里的东西么?我回去了,就可以自己照看,你也能定心定意住在这里了。等到时局平定了;我马上来接你们回去。"

潘师母知道丈夫的回去是万无挽回的了。回去能得照看东西固然很好;但是风声这样地紧,一去之后,犹如珠子抛在海里,谁保得定必能捞回来呢!生离死别的哀感涌上她的心头,再不敢正眼看她的丈夫,眼泪早在眼角边偷偷地想跑出来了。她又立刻想起这不大吉利,现在并没有什么不好的事情,怎能凄惨地流起泪来。于是勉强忍住,聊作自慰的请求道,"那么你去看看情形,假使教育局长并没有照常开学这句话,如还来得及,你就趁了今天下午的车来,不然,趁了明天的早车来。你要知道(她到底忍不住,一滴眼泪落在手背,立刻在衫子上擦去了),我不放心呢!"

潘先生心里也着实有点烦乱,局长的意思照常开学,自己万无主张暂缓开学之理,回去当然是天经地义,但是又怎么放得下这里!看他夫人这样的依依之情,决计一走,未免太没有恩义。又况一个女人两个孩子都是很懦弱的,一无依傍,寄住在外边,怎能断言决没有意外?他这样想时,不禁深深地发恨:恨这人那人调兵遣将,预备作战,恨教育局长主张照常开课,又恨自己没有个已经成年,可以帮助一臂的儿子。

但是他究竟不比女人,他更从利害远近种种方面着想,觉得回去终于是天经地义。便把恼恨搁在一旁,脸上也不露一毫形色,顺着夫人的口气点头道,"假若打听明白局长并没有这意思,依你的话,就趁了下午的车来。"

两个孩子约略听得回去和再来的话,小的就伏在床沿作娇道,"我也要回去。"

"我同爸爸妈妈回去,剩下你独个住在这里,"大的孩子扮着鬼脸说。

小的听着,便迫紧喉咙喊作啼哭的腔调,小手擦着眉眼的部分,但眼睛里实在没有眼泪。

"你们都跟着妈妈留在这里,"潘先生提高了声音说。"再不许胡闹了,好好儿起来待吃早饭罢。"说罢,又嘱咐了潘师母几句,径出雇车,赶往车站。

模糊地听得行人在那里说铁路已断火车不开的话,潘先生想,"火车如果不开,倒死了我的心,就是立刻免职也只得由他了。"同时又觉得这消息很使他失望;因想他若是运气好,未必会逢到这等失望的事,那么行人的话也未必可靠。欲决此疑,只希望车夫三步并作一步跑。

他的运气诚然不坏,赶到车站一看,并没有火车不开的通告;揭示处只标明夜车要迟四点钟才到,这一刻还没有到呢。买票处绝不拥挤,时时有一两个人前去买票。聚在站中的人却不少,一半是候客的,一半是为看看来的,也有带着照相器具的,专等夜车到时摄取车站拥挤的情形,好作将来风云变幻史的一页。行李房满满地堆着箱子铺盖,各色各样,几乎碰到铅皮的屋面。

他心中似乎很安慰,又似乎有点儿怅惘,顿了一顿,终于前去买了张三等票,就走入车厢里坐着。晴明的阳光照得一车通亮,温温地不嫌燠热;坐位很宽舒,就是勉强要躺躺也可以。他想,"这是难得逢到的。倘若心里没有事,真是趟愉快的旅行呢。"

这趟车一路耽搁,听候军人的命令,等待兵车的通过。直到抵达让里,已是下午三点过了。潘先生下了车,急忙赶到家,看见大门紧紧关着,心便一定,原来昨天再四叮嘱王妈的就是这一件。

扣了十几下,王妈方才把门开了。一见潘先生,出惊地说,"怎么,先生回来了!不用逃难了么?"

潘先生含糊回答了她;奔进里面四周一看,便开了房门的锁,闯进去上下左右打量着。没有变更,一点没有变更,什么都同昨天一样。于是他吊起的一半心放下来了。还有一半心没放下,便又锁上房门,回身出门;吩咐王妈道,"你照旧好好把门关上了。"

王妈摸不清头绪,关了门进去只是思索。她想主人们一定就住在本地,恐怕她也要跟了去,所以骗她说逃到上海去。"不然,怎么先生又回来了?奶奶同两个孩子不一同来,又躲在什么地方呢?但是,他们为什么不让我跟了去?这自然嫌得人多了不好。——他们一定就住在那洋人的红房子里,那些兵都讲通的,打起仗来不打那红房子。——其实就是老实告诉我,要我跟了去,我也不高兴呢。我在这里一点也不怕;如果打仗打到这里来,横竖我的老衣早做好了。"她随即想起甥女儿送她的一双绣花鞋真好看,穿了这鞋子上西方,阎王一定另眼相看;于是她感到一种微妙的舒快,不复想那主人究竟在那里的问题。

潘先生出门,就去访那当通信员的教育局职员,问他局长究竟有没有照常开学的意思。那人回答道,"怎么没有?他还说有一些教员只顾逃难,不顾职务,这就是表示教育的事业,不配他们干的;乘此淘汰一下也是好处。"潘先生听了,仿佛觉得一凛;但又赞赏自己的有主意,决定回来到底是不错的。一口气奔到自己的学校里,提起笔来就草送给学生家属的通告。意思是说兵乱虽然可虑,子弟的教育犹如布帛菽粟,是一天一刻不可废离的,现在暑假期满,我校照常开学。从前欧洲大战的时候,他们天空里布着御防炸弹的网,下面学校里却依然在那里上课:这种非常的精神,我们应当不让他们专美于前。希望家长们能够体谅这一层意思,如无其事地依旧把子弟送来:这不但是家庭和学校的益处,实也是地方和国家的荣誉。

他起完这草,往复看了三遍,觉得再没有可以增损,局长看见了,至少也得说一声"先得我心"。便得意地誊上蜡纸,又自己动手印刷了百多张,命校役向一个个学生家里送去。公事算是完毕了,开始想到私事:既要开学,上海是去不成了,他们母子三个住在旅馆里怎么弄得下去!但也没有办法,惟有教他们一切留意,安心住着。于是蘸着刚才的残墨写寄与夫人的信。

明天,他从茶馆里得到确实的信息,铁路真个不通了!他心头突然一沉,似乎觉得最亲热的一妻两儿忽地乘风飘去,飘得很远,几至于渺茫。没精没采地踱到学校里,校役回报昨天的使命道,"昨天出去派通告,有二十多家是关上大门的,打也打不开,只好从门缝里插了进去。有三十多家只有用人在家里,主人逃到上海去了,孩子当然跟着去,不一定几时才能回来念书。其余的都说知道了;有的又说性命还保不定安全,读书的事情再说罢。"

"哦,知道了。"潘先生并不留心在这些上边,更深的忧虑正萦绕于心曲。抽完了一支香烟以后,应走的路途决定了,便赶到红十字会分会的办事处。

他缴纳会费愿做会员;又宣言自己的学校房屋还宽阔,也愿意作为妇女收容所,到万一的时候收容妇女。这是慈善的举措,当然受热诚的欢迎,更兼潘先生本来是体面的大家知道的人物。办事处就给他红十字的旗子,好在学校门前张起来;又给他红十字的徽章,标明这是红十字会的一员。

潘先生接旗子和徽章在手,如捧着救命的神符,心头起一种神秘的快慰。"现在什么都安全了!但是……"想到这里,便笑向办事处的职员道,"多给我一面旗,几个徽章罢?"他的理由是学校还有个侧门,也得张一面旗,而徽章这东西不很大,恐怕偶尔遗失了,不如多拿几个备在那里。

办事员同他说笑话,这些东西又不好吃的,拿着玩也没什么意思,多拿几份仍旧只作一个会员,不如不要多拿罢。但是终于依他的话给了他。

两面红十字旗立刻在新秋的轻风中招展着;可是学校的侧门上并没有,原来移到潘先生家的大门上去了。一枚红十字徽章早已跳上潘先生的衣襟,闪耀着慈善庄严的光,给与潘先生一种新的勇气。其余几枚呢,潘先生重重包裹着,藏在贴身小衫的一个口袋里。他想,"一个是她的,一个是阿大的,一个是阿二的。"虽然他们离处在那渺茫难接的上海,但是仿佛给他们加保了一重稳当可靠的险,他们也就各各增加一种新的勇气。

三

碧庄地方两军开火了!

让里的人家很少有开门的,店铺自然更不用说,路上时时有兵士经过。他们快要开拔到前方去,觉得最高的权威附灵在自己的身上,什么东西都不在眼里,只要高兴提起脚来踏,总可踏做泥团踏做粉。这就来了拉夫的事情:恐怕被拉的人乘隙脱逃,便用长绳一个联一个缚着臂膊,几个弟兄在前,几个弟兄在后,一串一串牵着走。因此,大家对于出门这事都觉得危惧,万不得已时,也只从小巷僻路走,甚至佩有红十字徽章如潘先生之辈,也不免怀着戒心,不敢大模大样地踱来踱去。于是让里的街道见得清静且宽阔起来了。

上海的报纸好几天没有来。本地的军事机关却常常有前方的战报公布出来，无非是些"敌军大败,我军进攻若干里"的话。街头巷口贴出一张新鲜的来时,慢慢聚集,也有好些人注目看着。但大家看罢以后依然不能定心,好似这布告的背后还伏着许多的话,于是怅怅地各自散了,眉头照旧皱着。

这几天潘先生无聊极了。最难堪的,自然是妻儿的远离,而且不通消息,而且似乎有永远难通的朕兆。次之便是自身的问题,"碧庄冲过来只一百多里路,这徽章虽说有用处,可是没有人写过笔据,万一没用,又向谁去说话？——枪子炮弹劫掠放火都是真家伙,不是耍的,到底要多打听多走门路才行。"他于是这里那里探听前方的消息,只要这消息与外间传说的不同,便觉得真实的分数越多,即根据着盘算对于自身的利害。街上如其有一个人神色仓皇急忙行走时,他便突地一惊,以为这个人一定探得确实而又可怕的消息了；只因与他不相识,"什么！"就在喉际咽住了。

红十字会派人在前方办理救护的事情,常有人附着兵车回来,要打听消息自然最可靠了。潘先生虽然是个会员,却不常到办事处去探听,以为这样就对公众表示胆怯,很不好意思。然而红十字会究竟是可以得到真消息的机关,舍此他求未免有点傻,于是每天傍晚,到姓吴的办事员家里打听去。姓吴的告诉他没有什么,或者说前方抵住在那里,他才透了口气回家。

这一天傍晚,潘先生又到姓吴的家里；等了好久,姓吴的才从外面走进来。

"没有什么罢？"潘先生急切地问。"照布告上说,昨天正向对方总攻击呢。"

"不行,"姓吴的忧愁地说；但随即咽住了,捻着唇边仅有的几根二三分长的髭须。

"什么！"潘先生心头突地跳起来,周身有种拘牵不自由的感觉。

姓吴的悄悄地回答,似乎防着人家偷听了去的样子,"确实的消息,正安（距碧庄八里的一个镇）今天早上失守了！"

"啊！"潘先生发狂似地喊出来。顿了一顿,回身就走,一壁说道,"我回去了！"

路上的电灯似乎特别昏暗,背后又仿佛有人追赶着的样子,惴惴地,歪斜的急步赶到了家,叮嘱王妈道,"你关着门就可安睡,我今夜有事,不回来住了。"他看见衣橱里有件绉纱的旧棉袍,当时没有收拾在寄出去的箱子里,丢了也可惜；又有孩子的几件布夹衫,仔细看实在还可以穿穿；又有潘师母的一条旧绸裙,她不一定舍得便不要它：便胡乱包在一起,提着出门。

"车！车！福星街红房子,一毛钱。"

"那里有一毛钱的？"车夫懒懒地说。"你看这几天路上有几辆车？不是拼死寻饭吃的,早就躲起来了。随你要不要,三毛钱。"

"就是三毛钱,"潘先生迎上去,跨上脚踏坐稳了,"你也得依着我,跑得快一点？"

"潘先生,你到那里去？"一个姓黄的同业在途中瞥见了他,立定了问。

"哦,先生,到那边……"潘先生失措地回答,也不辨这是谁的声音；忽然想起回答他实是多事,——车轮滚得绝快,那个人决不至于赶上来再问,——便缩住了。

红房子里早已住满了人,大部是十天以前就搬来的,儿啼人语,灯火这边那边亮着,颇有点热闹的气象。主人翁相见之后,说,"这里实在没有余屋了。但是先生的东西都寄在这里,却也不好拒绝。刚才有几位匆忙地赶来,也因不好拒绝,权且把一间做饭吃的厢房给他们安顿。现在去同他们商量,总可以多插你先生一个。

"商量商量总可以,"潘先生到了家一般地安慰。"况且在这么的时候。我也不预备睡觉,随便坐坐就得了。"

他提着包裹跨进厢房的当儿,疑惑自己受惊太厉害了,眼睛生了翳,因而引起错觉。但是闭了一闭再张开来时,所见依然如前,这靠窗坐着,在那里同对面的人谈话,上唇翘起两笔浓须的,不就是教育局长么?

他顿时踌躇起来,已跨进去的一只脚想要缩出来,又似乎不大好。那局长也望见了他,尴尬的脸上故作笑容说,"潘先生,你来了,进来坐坐。"主人翁听了,知道他们是相识的,转身自去。

"局长先在这里了。还方便罢,再容一个人?"

"我们只三个人,当然还可以容你。我们带着席子;好在天气不很凉,可以轮流躺着歇歇。"

潘先生觉得今晚的局长特别可亲,全不同平日那副庄严的神态,便忘形地直跨进去说,"那么不客气,就要陪三位先生过一夜了。"

这厢房不很宽阔。地上铺着一张席,一个戴眼镜的中年人坐在上面,略微有疲倦的神色,但绝无欲睡的意思。锅灶等东西贴着一壁。靠窗一排摆着三只凳子,局长坐一只,头发梳得很光的二十多岁的人,局长的表弟,坐一只,一只空着。那边的墙角有一只柳条箱,三个衣包,大概就是三位先生带来的,仅仅这些,房里已没有空地了。电灯的光本来很弱,又蒙上了一层灰尘,照得房里的人物都昏黯模糊。

潘先生也把衣包摆在那边的墙角,与三位的东西合伙。回过来谦逊地坐上那只空凳子。局长给他介绍了自己的同伴,随说,"你也听到了正安的消息么?"

"是呀,正安。正安失守,碧庄未必靠得住呢。"

"大概这方面对于南路很疏忽,正安失守,便是明证。那方面从正安袭取碧庄是最便当的,说不定此刻已被他们得手了。要是这样,不堪设想!"

"要是这样,这里非糜烂不可!"

"但是,这方面的杜统帅不是庸碌无能的人,他是著名善于用兵的,大约见得到这一层,总有方法抵挡得住。也许就此反守为攻,势如破竹,直捣那方面的巢穴呢。"

"但得这样,战事便收场了,那就好了!——我们办学的就可以开起学来,照常进行。"

局长一听到办学,立刻感得自己的尊严,捻着浓须叹道,"别的不要讲,这一场战争,大大小小的学生吃亏不小呢!"他把坐在这间小厢房里的局促不舒的感觉遗忘了,仿佛堂皇地坐在教育局的办公室里。

坐在席上的中年人仰起头来含恨似地说,"那方面的朱统帅实在可恶!这方面打过去,他抵抗些什么,——他没有不终于吃败仗的。他若肯漂亮点儿让了,战事早就没有了。"

"他是傻子,"局长的表弟顺着说,"不到尽头不肯死心的。只是连累了我们,这当儿坐在这又暗又窄的房间里。"他带着玩笑的神气。

潘先生却想念起远在上海的妻儿来了。他不知他们可安好,不知他们出了什么乱子没有,不知他们此刻已经睡了不曾,抓既抓不到,想像也极模糊;因想自己的被累要算最深重了,凄然望着窗外的小院子默不作声。

"不知到底怎样呢!"他又转想到那个可怕的消息以及意料所及的危险,不自主地吐露了这一句。

"难说,"局长表示富有经验的样子说。"用兵全在趁一个机,机是刻刻变化的,也许竟不被我们所料,此刻已……所以我们……"他对着中年人一笑。

中年人,局长的表弟同潘先生三个已经领会这一笑的意味;人家想坐在这地方总不至于有什么,也各安慰地一笑。

小院子里长满了草,是蚊虫同各种小虫的安适的国土。厢房里灯光亮着,它们齐向那里飞去。四位怀着惊恐的先生就够受用了;扑头扑面的全是那些小东西,蚊虫突然一针,痛得直跳起来。又时时停语侧耳,惶惶地听外边有没有枪声或人众的喧哗。睡眠当然是无望了,只实做了局长所说的轮流躺着歇歇。

明天清晨,潘先生的眼球上添了几缕红丝;风吹过来,觉得身上很冷。他急欲知道外面的情形,独个闪出红房子的大门。路上同平时的早晨一样,街犬竖起了尾巴高兴地这头那头望,偶尔走过一两个睡眼惺忪的人。他走过去,转入又一条街,也不听见什么特别的风声。回想昨夜的匆忙情形,不禁心里好笑。但是再转一念,又觉得实在并无可笑,小心一点总比冒险好。

二十余天之后,战事停止了。大众点头自慰道,"这就好了!只要不打仗,什么都平安了!"但是潘先生还不大满意,铁路还没有通,不能就把避居上海的妻儿接回来。信是来过两封了,但简略得很,比较不看更教他想念。他又恨自己到底没有先见之明;不然,这一笔冤枉的逃难费可以省下,又免得几十天的孤单。

他知道教育局里一定要提到开学的事情了,便前去打听,跨进招待室,看见局里的几个职员在那里裁纸磨墨,像是办喜事的样子。

一个职员喊出来道,"巧得很,潘先生来了!你写得一手好颜字,这个差就请你当了罢。"

"这么大的字,非得潘先生写不可。"其余几个人附和着。

"写什么东西?我完全茫然。"

"我们这里正筹备欢迎杜统帅凯旋的事务。车站的两头要搭起对对的四个彩牌坊,让统帅的花车在中间通过。现在要写的就是牌坊上的几个字。"

"我那里配写这上边的字。"

"当仁不让,""一致推举,"几个人一哄地说;笔杆便送到潘先生的手里。

潘先生觉得这当儿很有点滋味,接了笔便在墨盆里蘸墨汁。凝想一下,提起笔来在蜡笺上一并排写"功高岳牧"四个大字。第二张写的是"威镇东南"。又写第三张,是"德隆恩溥"。——他写到"溥"字,仿佛觉得许多的影片,拉夫,开炮,烧房屋,淫妇人,菜色的男女,腐烂的死尸,在眼前一闪。

旁边看写字的一个人赞叹说,"这一句更见恳切。字也越来越好了。"

"看他对上一句什么,"又一个说。

一九二四,一一,二七

(原载 1925 年 1 月 10 日《小说月报》第 16 卷第 1 号)

竹林的故事

冯文炳

出城一条河,过河西走,坝脚下有一簇竹林,竹林里露出一重茅屋,茅屋两边都是菜园:十二年前,他们的主人是一个很和气的汉子,大家呼他老程。

那时我们是专门请一位先生在祠堂里讲《了凡纲鉴》,为得拣到这菜园来割菜,因而结识了老程。老程有一个小姑娘,非常的害羞而又爱笑,我们以后就藉了割菜来逗她玩笑,我们起初不知道她的名字,问她,她笑而不答,有一回见了老程呼"阿三",我才挽住她的手:"哈哈,三姑娘!"我们从此就呼她三姑娘。从名字看来,三姑娘应该还有姊妹或兄弟,然而我们除掉她的爸爸同妈妈,实在没有看见别的谁。

一天我们的先生不在家,我们大家聚在门口掷瓦片,老程家的捏着香纸走我们面前过去,不一刻又望见她转来,——不笔直的循走原路,勉强带笑的弯近我们:"先生!替我看看这签。"我们围着念菩萨的绝句,问道,"你求的是什么呢?"她对我们诉一大串,我们才知道她的阿三头上本来还有两个姑娘,而现在只要让她有这一个,不再三朝两病的就好了。

老程除了种菜,也还打鱼卖。四五月间,霪雨之后,河里满河山水,他照例拿着摇网走到河边的一个草墩上,——这墩也就是老程家的洗衣裳的地方,因为太阳射不到这来,一边一棵树交荫着成一座天然的凉棚。水涨了,搓衣的石头沈在河底,剩现绿团团的坡,刚刚高过水面,老程老像乘着划船一般站在上面把摇网朝水里兜来兜去;倘若兜着了,那就不移地的转过身倒在挖就了的荡里,——三姑娘的小小的手掌,这时跟着她的欢跃的叫声热闹起来,一直等到碰跳碰跳好容易给捉住了,才又坐下草地望着爸爸。

流水潺潺,摇网从水里探起,一滴滴的水点打在水上,浸在水当中的枝条也冲击着查查作响。三姑娘渐渐把爸爸站在那里都忘掉了,只是不住的抠土,嘴里还低声的歌唱;头毛低到眼边,才把脑壳一扬,不觉也就瞥到那滔滔水流上的一堆白沫,顿时兴奋起来,然而立刻不见了,偏头又给树叶子遮住了,——使得眼光回复到爸爸的身上,是突然一声"阿呀!"这回是一尾大鱼!而妈妈也沿坝走来,说盐钵里的盐怕还够不了一餐饭。

老程由街转头,茅屋顶上正在冒烟,叱咤一声,躲在园里吃菜的猪飞奔的跑,——三姑娘也就出来了,老程从荷包里掏出一把大红头绳:"阿三,这个打辫好吗?"三姑娘抢在手上,一面还接下酒壶,奔向灶角里去。"留到端午扎艾呵,别糟塌了!"姑娘这样答应着,随即把酒壶伸到灶孔烫。三姑娘到房里去了一会又出来,见了妈妈抽筷子,便赶快拿出杯子——家里只有这一个,老是归三姑娘照管——站着脚送在桌上,然而老程终于还是要亲自朝中间挪一挪,然后又取出壶来。"爸爸喝酒,我吃豆腐干!"老程实在用不着下酒的菜,对着三姑娘慢慢的喝了。

三姑娘八岁的时候,就能够代替妈妈洗衣。然而绿团团的坡上,从此也不见老程的踪迹了,——这只要看竹林的那边河坝倾斜成一块平坦的上面,高耸着一个不毛的同教书先生(自然不是我们的先生)用的戒方一般模样的土堆,堆前竖着三四根只有杪梢还没有斩去的枝丫吊着被雨粘住的纸幡残片的竹竿,就可以知道是什么意义。

老程家的已经是四十岁的婆婆,就在平常,穿的衣服也都是青蓝大布,现在不过系鞋的带子也不用那水红颜色的罢了,所以并不现得十分异样。独有三姑娘的黑地绿花鞋是尖头蒙上一层白布,虽然更现得好看,却叫人见了也同三姑娘自己一样懒懒的没有话可说了。

然而那也并非是长久的情形。母子都是那样勤敏,家事的兴旺,正如这块小天地,春天来了,林里的竹子园里的菜,都一天一天的绿得可爱。老程的死却正相反,一天比一天淡漠起来,只有鹞鹰在屋头上打圈子,妈妈呼喊女儿道,"去,去看坦里放的鸡娃",三姑娘才走到竹林那边,知道这里睡的是爸爸了。到后来青草铺平了一切,连曾经有个爸爸这件事实几乎也没有了。

正二月间城里赛龙灯,大街小巷,真是人山人海。最多的还要算邻近各村上的女人,她们像一阵旋风,大大小小牵成一串从这街冲到那街,街上的汉子也藉这个机会去撞一撞她们的奶。然而能够看得见三姑娘同三姑娘的妈妈吗?不,一回也没有看见!锣鼓喧天,惊不了她母子两个,正如惊不了栖在竹林的雀子。鸡上埘的时候,比这里更西也是住在坝下的堂嫂子们顺便也邀请一声"三姐",三姑娘总是微笑的推辞。妈妈则极力鼓励着一路去,三姑娘送客到坝上,也跟着出来,看到底攀缠着走了不;然而别人的渐渐走得远了,自己的不还是影子一般的依在身边吗?

三姑娘的拒绝,本是很自然的,妈妈的神情反而有点莫明其妙了!用询问的眼光朝妈妈脸上一瞄,——却也正在瞄过来,于是又掉头望着嫂子们走去的方向:

"有什么可看?成群打阵,好像是发了疯的!"

这话本来想使妈妈热闹起来,而妈妈依然是无精打采沈着面孔。河里没有水,平沙一片,现得这坝从远远看来是蜿蜒着的一条蛇,站在上面的人,更小同一颗黑子了。由这里望过去,半圆形的城门,也低斜得快要同地面合成了一起;木桥俨然是画中见过的,而往来蠕动都在沙滩;在坝上分明数得清楚,及至到了沙滩,一转眼就失了心目中的标记,只觉得一簇簇的仿佛是远山上的树林罢了。至于咭咭的喧声,却比站在近旁更能入耳,虽然听不着说的是什么,听者的心早被他牵引了去了。竹林里也同平常一样,雀子在奏他们的晚歌,然而对于听惯了的人只能够增加静寂。

打破这静寂的终于还是妈妈:

"阿三!我就是死了也不怕猫跳!你老这样守着我,到底……"

妈妈不作声,三姑娘抱歉似的不安,突然来了这埋怨,刚才的事倒好像给一阵风赶跑了,增长了一番力气娇恼着:

"到底!这也什么到底不到底!我不欢喜玩!"

三姑娘同妈妈间的争吵,其原因都出在自己的过于乖巧,比如每天清早起来,把房里的家具抹得干净,妈妈却说,"乡户人家呵,要这样?"偶然一出门做客,只对着镜子把散在额上的头毛梳理一梳理,妈妈却硬从盒子里拿出一枝花来。现在站在坝上,眶子里的眼泪快要迸出来了,妈妈才不作声。这时节难为的是妈妈了,皱着眉头不转睛的望,而三姑娘老不抬头!待到点燃了案上的灯,才知道已经走进了茅屋,这其间的时刻竟是在梦中过去了。

灯光下也立刻照见了三姑娘,拿一束稻草,一菜篮适才饭后同妈妈在园里割回的白菜,坐下板凳三棵捆成一把。

"妈妈,这比以前大得多了! 两棵怕就有一斤。"

妈妈那想到屋里还放着明天早晨要卖的菜呢? 三姑娘本不依恃妈妈的帮忙,妈妈终于不出声的叹一口气伴着三姑娘捆了。

三姑娘不上街看灯,然而当年背在爸爸的背上是看过了多少次的,所以听了敲在城里响在城外的锣鼓,能够在记忆中画出是怎样的情境来。"再是上东门,再是在衙门口领赏,……"忖着声音所来的地方自言自语的这样猜。妈妈正在做嫂子的时候,也是一样的欢喜赶热闹,那情境也许比三姑娘更记得清白,然而对于三姑娘的仿佛亲临一般的高兴,只是无意的吐出来几声"是",——这几乎要使得三姑娘稀奇得伸起腰来了:"刚才还催我去玩哩!"

三姑娘实在是站起来了,一二三四的点着把数,然后又一把把的摆在菜篮,以便于明天一大早挑上街去卖。

见了三姑娘活泼泼的肩上一担菜,一定要奇怪,昨夜晚为什么那样没出息,不在火烛之下现一现那黑然而美的瓜子模样的面庞的呢? 不,——倘若奇怪,只有自己的妈妈。人一见了三姑娘挑菜,就只有三姑娘同三姑娘的菜,其余的什么也不记得,一因为耽误了一刻,三姑娘的菜就买不到手;三姑娘的白菜原是这样好,隔夜没有浸水,煮起来比别人的多,吃起来比别人的甜了。

我在祠堂里足足住了六年之久,三姑娘最后留给我的印象,也就在卖菜这一件事。

三姑娘这时已经是十二三岁的姑娘,因为是暑天,穿的是竹布单衣,颜色淡得同月色一般,——这自然是旧的了,然而倘若是新的,怕没有这样合式,不过这也不能够说定,因为我们从没有看见三姑娘穿过新衣:总之三姑娘是好看罢了。三姑娘在我们的眼睛里同我们的先生一样熟,所不同的,我们一望见先生就往里跑,望见三姑娘都不知不觉的站在那里笑。然而三姑娘是这样淑静,愈走近我们,我们的热闹便愈是消灭下去,等到我们从她的篮里拣起菜来,又从自己的荷包里掏出了铜子,简直是犯了罪孽似的觉得这太对不起三姑娘了。而三姑娘始终是很习惯的,接下铜子又把菜篮肩上。

一天三姑娘是卖青椒。这是青椒出世还不久,我们大家商议买四两来煮鱼吃,——鲜青椒煮鲜鱼,是再好吃没有的。三姑娘在用秤称,我们都高兴的了不得,有的说买鲫鱼,有的说鲫鱼还不及鳊鱼。其中有一位是最会说笑的,向着三姑娘道:

"三姑娘,你多称一两,回头我们的饭熟了,你也来吃,好不好呢?"

三姑娘笑了:

"吃先生们的一餐饭使不得? 难道就要我出东西?"

我们大家也都笑了;不提防三姑娘果然从篮子里抓起一把掷在原来称就了的堆里。

"三姑娘是不吃我们的饭的,妈妈在家里等吃饭。我们没有什么谢三姑娘,只望三姑娘将来碰一个好姑爷。"

我这样说。然而三姑娘也就赶跑了。

从此我没有见到三姑娘。到今年,我远道回家过清明,阴雾天气,打算去郊外看烧香,走到坝上,远远望见竹林,我的记忆又好像一塘春水,被微风吹起波皱了。正在徘徊,从竹林上坝的小径,走来两个妇人,一个站住了,前面的一个且走且回应,而我即刻认定了是三姑娘!

"我的三姐,就有这样忙,端午中秋接不来,为得先人来了饭也不吃!"

再没有别的声息：三姑娘的鞋踏着沙土。我急于要走过竹林看看，然而也暂时面对流水，让三姑娘低头过去。

一九二四年十月作
（原载 1925 年 2 月 16 日《语丝》第 14 期）

拜堂

台静农

黄昏的时候，汪二将蓝布夹小袄托蒋大的屋里人①当了四百大钱。拿了这些钱一气跑到吴三元的杂货店，一屁股坐在柜台前破旧的大椅上，椅子被坐得格格地响。

"那里来，老二？"吴家二掌柜问。

"从家里来。你给我请三股香，数二十张黄表。"

"弄什么呢？"

"人家下书子②，托我买的。"

"那么不要蜡烛吗？"

"他妈的，将蜡烛忘了，那么就给我拿一对蜡烛罢。"

吴家二掌柜将香表蜡烛裹在一起，算了账，付了钱。汪二在回家的路上走着，心里默默地想：同嫂子拜堂成亲，世上虽然有，总不算好事。哥哥死了才一年，就这样了，真有些对不住。转而想，要不是嫂子天天催，也就可以不用磕头③，糊里糊涂地算了。不过她说得也有理：肚子眼看一天大似一天，要是生了一男半女，到底算谁的呢？不如率性磕了头，遮遮羞，反正人家是笑话了。

走到家，将香纸放在泥砌的供桌上。嫂子坐在门口迎着亮上鞋。

"都齐备了么？"她停了针向着汪二问。

"都齐备了，香，烛，黄表。"汪二蹲在地上，一面答，一面擦了火柴吸起旱烟来。

"为什么不买炮呢？"

"你怕人家不晓得么，还要放炮！"

"那么你不放炮，就能将人家瞒住了？"她深深地叹了一口气。"既然丢了丑，总得图个吉利，将来日子长，要过活的。我想哈④要买两张灯红纸，将窗户糊糊。"

"俺爹可用告诉他呢？"

"告诉他作什么？死多活少的，他也管不了这些，他天天只晓得问人要钱灌酒。"她愤愤地说。"夜里哈少不掉牵亲⑤的，我想找赵二的家里同田大娘，你去同她两个说一声。"

---

① 屋里人即内人。
② 下书子即过婚书。
③ 磕头即拜堂。
④ 哈作还解。
⑤ 牵亲即傧相。

"我不去,不好意思的。"

"哼,"她向他重重地看了一眼。"要讲意思,就不该作这样丢脸的事!"她冷悄地说。

这时候,汪二的父亲缓缓地回来了。右手提了小酒壶,左手端着一个白碗,碗里放着小块豆腐。他将酒壶放在供桌上,看见了那包香纸,于是不高兴地说:

"妈的,买这些东西作什么?"

汪二不理他,仍旧吸烟。

"又是许你妈的什么愿,一点本事都没有,许愿就能保佑你发财了?"

汪二还是不理他。他找了一双筷子,慢慢地在拌豆腐,预备下酒。全室都沉默了,除了筷子捣碗声,汪二的吸旱烟声,和汪大嫂的上鞋声。

镇上已经打了二更,人们大半都睡了,全镇归于静默。

她趁着夜静,提了篾编的小灯笼,悄悄地往田大娘那里去。才走到田家荻柴门的时候,已听着屋里纺线的声音,她知道田大娘还没有睡。

"大娘,你开开门。哈在纺线呢。"她站在门外说。

"是汪大嫂么? 在那里来呢,二更都打了?"田大娘早已停止了纺线,开开门,一面向她招呼。

她坐在田大娘纺线的小椅上,半晌没有说话,田大娘很奇怪,也不好问。终于她说了:

"大娘,我有点事……就是……"她未说出又停住了。"真是丑事,现在同汪二这样了。大娘,真是丑事,如今有了四个月的胎了。"她头是深深地低着,声音也随之低微。"我不恨我的命该受苦,只恨汪大丢了我,使我孤零零地,又没有婆婆,只这一个死多活少的公公。……我好几回就想上吊死去,……"

"嗳,汪大嫂你怎么这样说! 小家小户守什么? 况且又没有个牵头①;就是大家的少奶奶,又有几个能守得住的?"

"现在真没有脸见人……"她的声音有些哽咽了。

"是不是想打算出门呢? 本来应该出门,找个不缺吃不缺喝的人家。"

"不呀,汪二说不如磕个头,我想也只有这一条路。我来就是想找大娘你去。"

"要我牵亲么?"

"说到牵亲,真丢脸,不过要拜天地,总得要旁人的;要是不恭不敬地也不好,将来日子长,哈要过活的。"

"那么,总得哈要找一个人,我一个也不大好。"

"是的,我想找赵二嫂。"

"对啦,她很相宜,我们一阵去。"田大娘说着,在房里摸了一件半旧的老蓝布褂穿了。

这深夜的静寂的帷幕,将大地紧紧地包围着,人们都酣卧在梦乡里,谁也不知道大地上有这么两个女人,依着这小小的灯笼的微光,在这漆黑的帷幕中走动。

渐渐地走到了,不见赵二嫂屋里的灯光,也听不见房内有什么声音,知道她们是早已睡了。

"赵二嫂,你睡了么?"田大娘悄悄地走到窗户外说。

---

① 牵头指儿女。

"是谁呀?"赵二嫂丈夫的口音。

"是田大娘么?"赵二嫂接着问。

"是的,二嫂你开开门,有话跟你说。"

赵二嫂将门开开,汪大嫂就便上前招呼:

"二嫂已经睡了,又麻烦你开门。"

"怎么,你两个吗,这夜黑头①从那里来呢?"赵二嫂很惊奇地问。"你俩请到屋里坐,我来点灯。"

"不用,不用,你来我跟你说!"田大娘一把拉了她到门口一棵柳树的底下,低声地说了她们的来意。结果赵二嫂说:

"我去,我去,等我换件裤子。"

少顷,她们三个一起在这黑的路上缓缓走着了,灯笼残烛的微光,更加黯弱。柳条迎着夜风摇摆,荻柴莎莎地响,好像幽灵出现在黑夜中的一种阴森的可怕,顿时使这三个女人不禁地感觉着恐怖的侵袭。汪大嫂更是胆小,几乎全身战栗得要叫起来了。

到了汪大嫂家以后,烛已熄灭,只剩了烛烬上一点火星了。汪二将茶已煮好,正在等着;汪大嫂端了茶敬奉这两位来客。赵二嫂于是问:

"什么时候拜堂呢?"

"就是半夜子时罢,我想。"田大娘说。

"你两位看着罢,要是子时,就到了,马上要打三更的。"汪二说。

"那么,你就净净手,烧香罢。"赵二嫂说着,忽然看见汪大嫂还穿着孝。"你这白鞋怎么成,有黑鞋么?"

"有的,今天下晚才赶着上起来的。"她说了,便到房里换鞋去了。

"扎头绳也要换大红的,要是有花,哈要戴几朵。"田大娘一面说着,一面到了房里帮着她去打扮。

汪二将香烛都已烧着,黄表预备好了。供桌检得干干净净的。于是轻轻地跑到东边墙外半间破屋里,看看他的爹爹是不是睡熟了,听在打鼾,倒放下心。

赵二嫂因为没有红毡子,不得已将汪大嫂床上破席子拿出铺在地上。汪二也穿了一件蓝布大褂,将过年的洋缎小帽戴上,帽上小红结,系了几条水红线;因为没有红丝线,就用几条棉线替代了。汪大嫂也穿戴得周周正正地同了田大娘走出来。

烛光映着陈旧褪色的天地牌,两人恭敬地站在席上,顿时显出庄严和寂静。

"站好了,男左女右,我来烧黄表。"田大娘说着,向前将表对着烛焰燃起,又回到汪大嫂身边。

"磕罢,天地三个头。"赵二嫂说。

汪大嫂本来是经过一次的,也倒不用人扶持;听赵二嫂说了以后,却静静地和汪二磕了三个头。

---

① 夜黑头即黑夜。

"祖宗三个头。"

汪大嫂和汪二,仍旧静静地磕了三个头。

"爹爹呢,请来,磕一个头。"

"爹爹睡了,不要惊动罢,他的脾气又不好。"汪二低声说。

"好罢,那就给他老人家磕一个堆着罢。"

"再给阴间的妈妈磕一个。"

"哈有……给阴间的哥哥也磕一个。"

忽而汪大嫂的眼泪扑的落下地了,全身是颤动和抽搐;汪二也木然地站着,颜色变得可怕。全室中的情调,顿成了阴森惨淡。双烛的光辉,竟黯了下去,大家都张皇失措了。终于田大娘说:

"总得图个吉利,将来哈要过活的!"

汪大嫂不得已,忍住了眼泪,同了汪二,又呆呆地磕了一个头。

第二天清晨,汪二的爹爹,提了小酒壶,买了一个油条,坐在茶馆里。

"给你老头道喜呀,老二安了家①。"推车的吴三说。

"道他妈的喜,俺不问他妈的这些屁事!"汪二的爹爹愤然地说。"以前我叫汪二将这小寡妇卖了,凑个生意本。他妈的,他不听,居然他俩个弄起来了!"

"也好。不然,老二到那里安家去,这个年头?"拎画眉笼的齐二爷庄重地说。

"好在肥水不落外人田。"好像摆花生摊的小金从后面这样说。

汪二的爹爹没有听见,低着头还是默默地喝他的酒。

一九二七年六月六日

(原载 1927 年 6 月 10 日《莽原》第 2 卷第 11 期)

莎菲女士的日记

丁 玲

十二月二十四

今天又刮风!天还没亮,就被风刮醒了。伙计又跑进来生炉。我知道,这是怎样都不能再睡得着了的。我也知道,不起来,便会头昏。睡在被窝里是太爱想到一些奇奇怪怪的事上去。医生说顶好能多睡,多吃,莫看书,莫想事,偏这就不能,夜晚总得到两三点才能睡着,天不亮又醒了。像这样刮风天,真不能不令人想到许多使人焦躁的事。并且一刮风,就不能出去玩,关在屋子里没有书看,还能做些什么!一个人能呆呆的坐着,等时间的过去吗?我是每天都在等着,挨着,只想这冬天快点过去;天气一暖和我咳嗽总可好些,那时要回南便回南,要进学校便进学校,但这冬

---

① 安了家即娶了妻子。

天可太长了。

太阳照到纸窗上时,我是在煨第三次的牛奶。昨天煨了四次。次数虽煨得多,却不定是要吃,这只不过是一个人在刮风天为免除烦恼的养气法子。这固然可以混去一小点时间,但有时却又不能不令人更加生气,所以上星期整整的有七天没玩它,不过在没有想出别的法子时,是又不能不借重它来像一个老年人耐心着消磨时间。

报来了,便看报,顺着次序看那大号字标题的国内新闻,然后又看国外要闻,本埠琐闻……把教育界,党化教育,经济界,九六公债盘价……全看完,还要再去温习一次昨天前天已看熟了的那些招男女,编级新生的广告,那些为分家产起诉的启事,连那些什么六〇六,百灵机,美容药水,开明戏,真光电影……都熟习了过后才懒懒的丢开报纸。自然,有时是会发现点新的广告,但也除不了是些绸缎铺五年六年纪念的减价,恕讣不周的讣闻之类。

报看完,想不出能找点什么事做,只好一人坐在火炉旁生气。气的事,也是天天气惯了的。天天一听到从窗外走廊上传来的那些住客们喊伙计的声音,便头痛。那声音真是又粗,又大,又嗄,又单调:"伙计,开壶!"或是"脸水,伙计!"这是谁也可以想象出来的一种难听的声音。还有,那楼下电话也是不断的有人在那电机旁大声的说话。没有一些声息时,又会感到寂沉沉的可怕,尤其是那四堵粉垩的墙。它们呆呆的把你眼睛挡住,无论你坐在那方:逃到床上躺着吧,那同样的白垩的天花板,便沉沉的把你压住。真找不出一件能令人不生嫌厌的心的;如同那麻脸伙计,那有抹布味的饭菜,那扫不干净的窗格上的沙土,那洗脸台上的镜子——这是一面可以把你的脸拖到一尺多长的镜子,不过只要你肯稍微一偏你的头,那你的脸又会扁的使你自己也害怕……这都是可以令人生气了又生气。也许这只我一人如是。但我却宁肯能找到些新的不快活,不满足;只是新的,无论好坏,似乎都隔得我太远了。

吃过午饭,苇弟便来了。我一听到他那特有的急遽的皮鞋声已从走廊的那端传来时,我的心似乎便从一种窒息中透出一口气来的感到舒适。但我却不会表示,所以当苇弟进来时,我只能默默的望着他;他反以为我又在烦恼,握紧我一双手,"姊姊,姊姊,"那样不断的叫着。我,我自然笑了!我笑的什么呢,我知道!在那两颗只望到我眼睛下面的跳动的眸子中,我准懂得那收藏的眼帘下面,不愿给人知道的是些什么东西!这是有多么久了,你,苇弟,你在爱我!但他捉住过我吗?自然,我是不能负一点责,一个女人是应当这样。其实,我算够忠厚了;我不相信会有第二个女人这样不捉弄他的,并且我还在确确实实的可怜他,竟有时忍不住想去指点他:"苇弟,你不可以换个方法吗?这样是只能反使我不高兴的……"对的,假使苇弟能够再聪明一点,我是可以比较喜欢他些,但他却只能如此忠实的去表现他的真挚!

苇弟看见我笑了,便很满足。跳过床头去脱大氅,还脱下他那顶大皮帽来。假使他这时再掉过头来望我一下,我想他一定可以从我的眼睛里得些不快活去。为什么他不可以再多的懂得我些呢?

我总愿意有那末一个人能了解我得清清楚楚的。如若不懂得我,我要那些爱,那些体贴做什么!偏偏我的父亲,我的姊姊,我的朋友都能如此盲目的爱惜我,我真不知他们所爱惜我的是些什么;爱我的骄纵,爱我的脾气,爱我的肺病吗?有时我为这些生气,伤心,但他们却都更容让我,更爱我,说一些错到更能使我想打他们的一些安慰话。我真愿意在这种时候会有人懂得我,便骂我，我也可以快乐而骄傲了。

没有人来理我，看我，我是会想念人家，或恼恨人家，但有人来后，我不觉的又会给人一些难堪，这也是无法的事。近来为要磨炼自己，常常话到口边便咽住，怕又在无意中竟刺着了别人的隐处，虽说是开玩笑。因为如此，所以这是可以想象出来的，我是拿一种什么样的心情在陪苇弟坐。但苇弟若站起身来喊走时，我是又会因怕寂寞而感到怅惘，而恨起他来。这个，苇弟是早就知道了的，所以他一直到晚上十点钟才回去。不过我却不骗人，并不骗自己，我清白，苇弟不走，不特于他没有益处，反只能让我更觉得他太容易支使，或竟更可怜他的太不会爱的技巧了。

十二月二十八

今天我请毓芳同云霖看电影。毓芳却邀了剑如来。我气得只想哭，但我却纵声的笑了。剑如，她是够多么可以损害我自尊之心的；我因为她的容貌，举止，无一不像我幼时所最投洽的一个朋友，所以我竟不觉的时常在追随她，她又特意给了我许多敢于亲近她的勇气，但后来，我却遭受了一种不可忍耐的待遇，无论什么时候想起，我都会痛恨我那过去的，已不可追悔的无赖行为：在一个星期中我曾足足的给了她八封长信，而未曾给人理睬过。毓芳真不知想的那一股劲，明知我已不愿再剔起从前的事，却故意要邀着她来，像有心要挑逗我的愤恨一样，我真气了。

我的笑，毓芳和云霖是不会留意这有什么变异，但剑如，她是能感觉得；可是她会装，装糊涂，同我毫无芥蒂的说话。我预备骂她几句，不过话只到口边便想到我为自己定下的戒条。并且做得太认真，怕越令人得意。所以我又忍下心去同她们玩。

到真光时，还很早，在门口又遇着一群同乡的小姐们，我真厌恶那些惯做的笑靥，我不去理她们，并且我无缘无故的生气到那许多去看电影的人。我乘毓芳同她们说到热闹中，我丢下我所请的客，悄悄回来了。

除了我自己，是没有人会原谅我的。谁也在批评我，谁也不知道我在人前所忍受的一些人们给我的感触。别人说我怪僻，他们哪里知道我却时常在讨人好，讨人欢喜，不过人们太不肯鼓励我去说那太违我心的话，常常给我机会，让我反省到我自己的行为，让我离人们却更远了。

夜深时，全公寓都静静的，我躺在床上好久了。我清清白白的想透了一些事，我还能伤心什么呢？

十二月二十九

一早毓芳就来电话。毓芳是好人，她不会扯谎，大约剑如是真病。毓芳说，起病是为我，要我去，剑如将向我解释。毓芳错了，剑如也错了，莎菲不是欢喜听人解释的人。根本我就否认宇宙间要解释。朋友们好，便好；合不来时，给别人点苦头吃，也是正大光明的事。我还以为我够大量，太没报复人了。剑如既为我病，我倒快活，我不会拒绝听别人为我而病的消息。并且剑如病，还可以减少点我从前自怨自艾的烦恼。

我真不知应怎样才能分析出我自己来。有时为一朵被风吹散了的白云，会感到一种渺茫的，不可捉摸的难过，但看到一个二十多的男子（苇弟其实还大我四岁）把眼泪一颗一颗掉到我手背时，却像野人一样的在得意的笑了。苇弟是从东城买了许多信纸信封来我这里玩，为了他很快乐,在笑,我便故意去捉弄,看到他哭了,我却快意起来,并且说:"请珍重点你的眼泪吧,不要以为姊姊是像别的女人一样脆弱得受不起一颗眼泪……""还要哭,请你转家去哭,我看见眼泪就讨厌……"自然,他不走,不分辩,不负气,只蜷在椅角边老老实实无声的去流那不知从哪里得来的那末多的眼泪。我,自然也意够了,是又会惭愧起来,于是用着姊姊的态度去喊他洗脸,抚摩他的头发。他镶着泪珠又笑了。

在一个老实人面前,我是已尽自己的残酷天性去磨折了他,但当他走后,我真又想能抓回他来,只请求他一句:"我知道自己的罪过,请不要再爱这样一个不配承受那真挚的爱的女人了吧!"

一月一号

我不知道那些热闹的人们是怎样的过年法,我是只在牛奶中加了一个鸡子,鸡子还是昨天苇弟拿来的,一共是二十个,昨天煨了七个茶卤蛋,剩下的十三个,大约总够我两星期来吃它。若吃午饭时,苇弟会来,则一定有两个罐头的希望。我真希望他来。因为想到苇弟来,所以我便上单牌楼去买了四盒糖,两包点心,一篓橘子和苹果,是预备他来时给他吃的。我是准断定在今天只有他才能来。

但午饭吃过了,苇弟却没来。

我一共写了五封信,都是用前几天苇弟买来的好纸好笔。但我想能接得几个美丽的画片,却不能。连几个最爱弄这个玩艺儿的姊姊们都把我这应得的一份儿忘了。不得画片,不希罕,单单只忘了我,却是可气的事。不过为了自己从不曾给人拜过一次年,算了,这也是应该的。

晚饭还是我一人独吃。我烦恼透了。

夜晚毓芳云霖却来了,还引来一个高个儿少年,我只想他们才真算幸福;毓芳有云霖爱她,她满意,他也满意。幸福不是在有爱人,是在两人都无更大的欲望,商商量量平平和和的过日子。自然,也有人将不屑于这平庸,但那只是另外那人的,却与我的毓芳无关。

毓芳是好人,因为她有云霖,所以她"愿天下有情人皆成眷属"。她去年曾替玛丽作过一次恋爱婚姻介绍者。她又希望我能同苇弟好。因此她一来便问苇弟。但她却和云霖及那高个儿把我给苇弟买的东西吃完了。

那高个儿可真漂亮,这是我第一次感觉到男人的美上面,从来我是没有留心到。只以为一个男人的本行是在会说话,会看眼色,会小心就够了。今天我看了这高个儿,才懂得男人是另铸有一种高贵的模型,我看出那衬在他面前的云霖显得多么委琐,多么呆拙,……我真要可怜云霖,假使他知道了他在这大人前所衬出的不幸时,他将怎样伤心他那些所有的粗丑的眼神,举止。我更不知当毓芳拿着这一高一矮的男人相比时,是会起一种什么情感!

他,这生人,我将怎样去形容他的美呢?固然,他的颀长的身躯,白嫩的面庞,薄薄的小嘴唇,柔软的头发,都足以闪耀人的眼睛,但他却还另外有一种说不出,捉不到的风仪来煽动你的心。如同,当我请问他的名字时,他是会用那种我想不到的不急遽的态度,递过那只擎有名片的手来。我抬起头去,呀,我看见那两个鲜红的,嫩腻的,深深凹进的嘴角了。我能告诉人吗?我是用一种小儿要糖果的心情在望着那惹人的两个小东西。但我知道在这个社会里面是不会准许任我去取得我所要的来满足我的冲动,我的欲望,无论这是于人并不损害的事;所以我只得忍耐着,低下头

去,默默的去念那名片上的字:

"凌吉士,新加坡……"

凌吉士,他是能那样毫无拘束的在我这儿谈笑,像是在一个很熟的朋友处,难道我能说他这是有意来捉弄一个胆小的人?我是为要强迫的去拒绝引诱,从不敢把眼光抬平去一望那可爱慕的火炉的一角。并且害得两只从不知羞惭的破烂拖鞋,也逼着我不准走到桌前的灯光处。我并且生气我自己:怎么我只会那样拘束,不调皮的在应对,平日看不起别人的交际法,今天才知道自己是还只能显得又呆,又傻气。唉,他一定以为我是一个乡下才出来的姑娘了!

云霖同毓芳两人看见我木木的,以为我不欢喜这生人,常常去打断他的说话,不久带着他又走了。这个我也能感激他们的好意吗,我望着那一高两矮的影子在楼下院子中消失时,我真不愿再回到这留得有那人的靴印,那人的声音,和那人吃剩的饼屑的屋子。

一月三号

这两夜通宵通宵的咳嗽。对于药,简直就不会有信仰,药与病不是已毫无关系吗?我明明已厌烦了那苦水,但却又按时去吃它,假使连药也不吃,我更能拿什么来希望我的病呢!神要人忍耐着生活,便安排许多痛苦在死的前面,使人不敢走拢死去。我呢,我是更为了我这短促的不久的生,所以我越求生的利害,不是我怕死,是我总觉得我还没享有得我生的一切。我要,我要使我快乐。无论在白天,在夜晚,我都是在梦想可以使我没有什么遗憾在我死的时候的一些事情。我想我能睡在一间极精致的卧房的睡榻上,有我的姊姊们跪在榻前的熊皮毡子上为我祈祷,父亲悄悄的朝着窗外叹息,我读着许多封从那些爱我的人儿们寄来的长信,朋友们都记念我,流着忠实的眼泪……我迫切的需要这人间的感情,想占有许多不可能的东西。但人们给我的是什么呢?整整又两天,又一人幽囚在公寓里,没有一个人来,也没有一封信来,我躺在床上咳嗽,坐在火炉旁咳嗽,走到桌子前也咳嗽,还想念这些可恨的人们……其实是还收到一封信的,不过这除了更加我一些不快外,也只不过是加我不快。这是在一年前曾骚扰过我的一个安徽粗壮男人所寄来,我没看完就扯了。我真肉麻那满纸的"爱呀爱的"!我厌恨我不喜欢的人们的苋献……

我,我能说得出我真实的需要,是些什么呢?

一月四号

事情不知错到什么地方去了。我为什么会想到搬家,并且在糊里糊涂中欺骗了云霖,好像扯谎也是本能一样,所以在今天能毫不费力的便使用了。假使云霖知道了莎菲也会哄骗他。他不知应如何伤心;莎菲是他们那样爱惜的一个小妹妹。自然我不是安心的,并且我现在在后悔。但我能决定吗,搬呢,还是不搬?

我是不能不向我自己说:"你是在想念那高个儿的影子呢!"是的,这几天几夜我是无时不神往到那些足以诱惑我的。为什么他不在这几天中单独来会我呢?他应当知道他是不该让我如此的去思慕他。他应当来看我,说他也想念我才对。假使他来,我是不会拒绝听听他所说的一些爱慕我的话,我还将令他知道我所要的是些什么。但他却不来。我估定这像传奇中的事是难实现了。难道我去找他吗?一个女人这样放肆,是不会得好结果的。何况我还要别人能尊敬我呢。

我想不出好法子来，只好先去到云霖处试一试，所以吃过午饭，我便冒风向东城去。

云霖是京都大学的学生，他的住房便租在一家间于京都大学一院和二院之间青年胡同里。我到他那里时，幸好他没出去，毓芳也没来。云霖当然很诧异我在大风天出来，我说是到德国医院看病，顺便来这里。他也就毫不疑惑的，又来问我的病状，我却把话头故意引到那天晚上。不费一点气力，我便已打探得那人儿是住在第四寄宿舍，位置是在京都大学二院隔壁的。不久，我于是又叹起气来，我用了许多言辞把在西城公寓里的生活，描摹得怎样的寂寞，黯淡。我又扯谎，说我唯一只想能贴近毓芳（我已知道毓芳已预备搬来云霖处）。我要求云霖同我往近处找房。云霖是当然高兴这差事，不会迟疑的。

在找房的时候，凑巧竟碰着了凌吉士。他也陪着我们。我真高兴，高兴使我胆大了，我狠狠的望了他几次，他没有觉得，他问我的病，我说全好了，他不信似的在笑。

我看上一间又低，又小，又霉的东房，这是在云霖的隔壁一家叫大元的公寓里。他和云霖都说太湿，我却执意要在第二天便搬来，理由是那边太使我厌倦，而我急切的又要依着毓芳。云霖无法，也就答应了。还说好第二天一早他和毓芳便过来替我帮忙。

我能告诉人，我单单选上这房子的用意吗？它是位置在第四寄宿舍和云霖住所之间的。

他不曾向我告别，所以我又转云霖处，我尽所有的大胆在谈笑。我把他什么细小处都审视遍了。我觉得都有我嘴唇放上去的需要。他不会也想到我是在打量他，盘算他吗？后来我特意说我想请他替我补英文，云霖笑，他听后却受窘了，不好意思的在含含糊糊的回答，于是我向心里说，这还不是一个坏蛋呢，那样高大的一个男人却还会红脸。因此我的狂热更炎炽了。但我不愿让人懂得我，看得我太容易，所以我就驱遣我自己，很早的就回来了。

现在仔细一想，我唯恐我的任性，将把我送到更坏的地方去，暂时且住在这有洋炉的房里吧，难道我能说得上我是爱上了那南洋人吗？我还一丝一毫都不知道他呢。什么那嘴唇，那眉梢，那眼角，那指尖……多无意识！这并不是一个人所应须的，我着魔了，会想到那上面。我决计不搬，一心一意来养病。

我决定了。我懊悔，我懊悔我白天所做的一些不是，一个正经女人所做不出来的。

一月六号

都奇怪我，听说我搬了家，南城的金，英，西城的江，周，都来到我这低湿的小房里。我笑着，有时在床上打滚，她们都说我越小孩气了，我更大笑起来，我只想告诉她们我想的是什么。下午苇弟也来了。苇弟最不快活我搬家，因为我未曾同他商量，并且离他更远了。他见着云霖时，竟不理他，云霖摸不着他为什么生气，望着他，他却更板起脸孔，我好笑，我向自己说："可怜，冤枉他了，一个好人！"

毓芳不再向我说剑如。她决定两三天便搬来云霖处，因为她觉得我既这样想傍着她住，她不能让我一人寂寂寞寞的住在这里。她和云霖待我更比以前亲热。

一月十号

这几天我都见着凌吉士，但我从没同他多说过几句话，我是决不先提到补英文事。我看见他一天要两次的往云霖处跑,我发笑,我准断定他以前一定不会同云霖如此亲密的。我没有一次邀请他来我那儿去玩,虽说他问了几次搬了家如何,我都装出不懂的样儿笑一下便算回答。我是把所有的心计都放在这上面用,好像同着什么东西搏斗一样。我要着那样东西,我还不愿去取得,我务必想方设计的让他自己送来。是的,我了解我自己,不过是一个女性十足的女人,女人是只把心思放到她要征服的男人们身上。我要占有他,我要他无条件的献上他的心,跪求我赐给他的吻呢。我简直癫了,反反复复的只想着我所要施行的手段的步骤,我简直癫了!

毓芳云霖看不出我的兴奋来,只说我病快好了。我也正不愿他们知道,说我病好,我就假装着高兴。

一月十二

毓芳已搬来,云霖却又搬走了。宇宙间竟会生出这样一对人来,为怕生小孩,便不肯住在一起。我猜想他们是连自己也不敢断定:当两人抱在一床时是不会另外又干出些别的事来,所以只好预先防范,不给那肉体接触的机会。至于那单独在一房时的拥抱和亲嘴,是不会发生危险,所以悄悄来表演几次,便不在禁止之列。我忍不住嘲笑他了,这禁欲主义者!为什么会不需要拥抱那爱人的裸露的身体?为什么要压制住这爱的表现?为什么在两人还没睡在一个被窝里以前,会想到那些不相干足以担心的事?我不相信恋爱是如此的理智,如此的科学!

他俩不生气我的嘲笑,他俩还骄傲着他们的纯洁,而笑我小孩气呢。我体会得出他们的心情,但我不能解释宇宙间所发生的许许多多奇怪的事。

这夜我在云霖处(现在要说毓芳处了)坐到夜晚十点钟才回来,说了许多关于鬼怪的故事。

鬼怪这东西,我是在一点点大的时候,坐在姨妈怀里听姨爹讲《聊斋》是常事,并且一到夜里就爱听,至于怕,又是另外一件不愿告人的。因为一说怕,准就听不成,姨爹便会踱过对面书房去,小孩就不准下床了。到进了学校,又从先生口里得知点科学常识,为了信服我们那位周麻子二先生,所以连书本也信服,从此鬼怪,便不屑于害怕了。近来人是更在长高长大,说起来,总是否认有鬼怪的,但鸡栗却不肯因为不信便不出来,毛孔一个个也会空起的。不过每次同人一说到鬼怪时,别人是不知道我正在想抛开些说到别的闲话上去,为的怕夜里一个人睡在被窝里时想到死去了的姨爹姨妈就伤心。

回来时,我看到那黑魆魆的小胡同,真有点胆悸。我想,假使在哪个角落里露出一个大黄脸,或伸来一只毛手,又是在这样像冻住了的冷巷里,我不会以为是意外。但看到身边的这高大汉子(凌吉士),做镖手,大约总可靠,所以当毓芳问我时,我只答应"不怕,不怕"。

云霖也同我们出来,他回他的新房子去,他向南,我们向北,所以只走了三四步,便听不清那橡皮的鞋底在泥板上发出的声音。

他伸来一只手,拢住了我的腰:

"莎菲,你一定怕哟!"

我想挣,但挣不掉。

我的头停在他的胁前,我想,如若在亮处,看起来,我会像个什么东西,被挟在比我高一个头还多的人的腕中。

我把身一蹲,便窜出来了,他也松了手陪我站在大门边打门。

小胡同里是黑极了,但他的眼睛是望到何处,我却能很清楚的看见。心微微有点跳,等着开门。

"莎菲,你怕哟!"

门闩已在响,是伙计在问谁。我朝他说:

"再——"

他猛的却握住我的手,我也无力再说下去。

伙计看到我身后的大人,露着诧异。

到单独只剩两人在一房时,我的大胆,已经是变得又毫无用处了。想故意说几句客套话,也不会,只说:"请坐吧!"自己便去洗脸。

鬼怪的事,已不知忘掉到什么地方去了。

"莎菲!你还高兴读英文吗?"他忽然问。

这是他来找我,提头到英文,自然他未必欢喜白白牺牲时间去替人补课,这意思,在一个二十岁的女人面前,怎能瞒过,我笑了(这是只在心里笑)。我说:

"蠢得很,怕读不好,丢人。"

他不说话,把我桌上摆的一张照片拿来玩弄着,这照片是我姊姊的一个刚满一岁的女儿的。

我洗完脸,坐在桌子那头。

他望望我,便又去望那小女孩,然后又望我。是的,这小女孩长的真像我,于是我问他:

"好玩吗?你说像我不像?"

"她,谁呀!"显然,这声音就表示着非常之认真。

"你说可爱不可爱?"

他只追问着是谁。

忽的,我明白了他的意思,我又想扯谎了。

"我的,"于是我把像片抢过来吻着。

他信了。我竟愚弄了他,我得意我的不诚实。

这得意,似乎便能减少他的妩媚,他的英爽。要是不,为什么当他显出那天真的诧愕时,我会忽略了他那眼睛,我会忘掉了他那嘴唇?否则,这得意一定将冷淡下我的热情来。

然而当他走后,我却懊悔了。那不是明明安放着许多机会吗?我只要在他按住我手的当儿,另做出一种眼色,让他懂得他是不会遭拒绝,那他一定可以还做出一些比较大胆的事。这种两性间的大胆,我想只要不厌烦那人,是也会像把肉体来融化了的感到快乐,是无疑。但我为什么要给人一些严厉,一些端庄呢?唉,我搬到这破房子里来,到底为的是些什么呢?

一月十五

近来我是不算寂寞了,白天便在隔壁玩,晚上又有一个新鲜的朋友陪我谈话。但我的病却越深了。这真不能不令我灰心,我要什么呢,什么也于我无益。难道我有所眷恋吗?一切又是多么的可笑,但死却不期然的会让我一想到便伤心。每次看见那克利大夫的脸色,我便想:是的,我懂得,你尽管说吧,是不是我已没希望了?但我却拿笑代替了我的哭。谁能知道我在夜深流出的眼泪的分量!

几夜,凌吉士都接着接着来,他告人说是在替我补英文,云霖问我,我只好不答应。晚上我拿一本"Poor People"放在他面前,他真个便教起我来。我只好又把书丢开,我说:"以后你不要再向人说在替我补英文吧,我病,谁也不会相信这事的。"他赶忙便说:"莎菲,我不可以等你病好些就教你吗?莎菲,只要你喜欢。"

这新朋友似乎是来得如此够人爱,但我却不知怎的,反而懒于注意到这些事。我每夜看到他丝毫得不着高兴的出去,心里总觉得有点歉疚;我只好在他穿大氅的当儿向他说道:"原谅我吧,我是有病!"他会错了我的意思,以为我同他客气。"病有什么要紧呢,我是不怕传染的。"后来我仔细一想,也许这话是另含得有别的意思。我真不敢断定人的所作所为是像可以想象出来的那样单纯。

一月十六

今天接到蕴姊从上海来的信,更把我引到百无可望的境地。我哪里还能找得几句话去安慰她呢?她信里说:"我的生命,我的爱,都于我无益了……"那她是更不必需要到我的安慰,我为她而流的眼泪了。唉!但从她信中,我可以揣想得出她婚后的生活,虽说她未肯明明的表白出来。神为什么要去捉弄这些在爱中的人儿?蕴姊是最神经质,最热情的人,自然她是更受不住那渐渐的冷淡,那已遮饰不住的虚情……我想要蕴姊来北京,不过这是做得到的吗?这还是疑问。

苇弟来的时候,我把蕴姊的信给他看:他真难过,因为那使我蕴姊感到生之无趣的人,不幸便是苇弟的哥哥。于是我又向他说了我许多新得的"人生哲学"的意义;他又尽他唯一的本能在哭。我只是很冷静的去看他怎样使眼睛变红,怎样拿手去擦干,并且我在他那些举动中,加上许多残酷的解释,我未曾想到在人世中,他是一个例外的老实人,不久,我一个人悄悄的跑出去了。

为要躲避一切的熟人,深夜我才独自从冷寂寂的公园里转来,我不知怎样的度过那些时间,我只想:"多无意义啊!倒不如早死了干净……"

一月十七

我想:也许我是发狂了!假使是真发狂,我倒愿意。我想,能够得到那地步,我总可以不会再感这人生的麻烦了吧……

足足有半年为病而禁绝了的酒,今天又开始痛饮了。明明看到那吐出来的是比酒还红的血,但我心却像有什么别的东西主宰一样,似乎这酒便可在今晚致死我一样,我是不愿再去细想到那些纠纠葛葛的事……

一月十八

现在我还睡在这床上,但不久就将与这屋分别了,也许是永别,我断得定我还有那样能再亲我这枕头,这棉被……的幸福吗?毓芳,云霖,苇弟,金,夏,都保守着一种沉默围绕着我坐着,焦急的等着天明了好送我进医院去。我是在他们忧愁的低语中醒来的,我不愿说话,我细想昨天下午的事,我闻到屋子中所遗留下来的酒气和腥气,才觉得心是正在剧烈的痛,于是眼泪便汹涌了。

因了他们的沉默,因了他们脸上所显现出来的凄惨和黯淡,我似乎感到这便是我死的预兆。假设我便如此长睡不醒了呢,是不是他们也将是如此的沉默的围绕着我僵硬的尸体？他们看见我醒了,便都走拢来问我。这时我真感到了那可怕的死别！我握着他们,仔细望着他们每个的脸,似乎要将这记忆永远保存着。他们便都把眼泪滴到我手上,好像觉得我就要长远的离开他们而走向死之国一样。尤其是苇弟,哭得现出丑的脸。唉,我想:朋友呵,请给我一点快乐吧……于是我反而笑了。我请他们替我清理一下东西,他们便在床铺底下拖出那口大藤箱来,在箱子里有几捆花手绢的小包,我说:"这我要的,随着我进'协和'吧。"他们便递给我,我又给他们看,原来都满满是信札,我又向他们笑:"这,你们的也在内！"他们才似乎也快乐些了。苇弟又忙着从抽屉里递给我一本照片,是要我也带去的样子,我更笑了。这里面有七八张是苇弟的单像。我又特容许了苇弟接吻在我手上,并握着我的手在他脸上摩擦,于是这屋子才不至于像真的有个僵尸停着的一样。天光这时也慢慢显出了鱼肚白。他们又忙乱了,慌着在各处找洋车。

于是我病院的生活便开始了。

三月四号

接蕴姊死电是二十天以前的事,而我的病却又一天有希望一天了。所以在一号又由送我进院的几人把我送转公寓来,房子已打扫得干干净净。又因为怕我冷,特生了一个小小的洋炉。我真不知应怎样才能表示我的感谢,尤其是苇弟和毓芳。金和周又在我这儿住了两夜才走,都充当我的看护,我是每日都躺着,简直舒服得不像住公寓,同在家里也差不了什么了！毓芳还决定再陪我住几天,等天气还暖和点便替我上西山去找房子,我便好专心去养病,我也真想能离开北京,可恨阳历三月了,还如是之冷！毓芳硬要住在这儿,我也不好十分拒绝,所以前两天为金和周搭的一个小铺又不能撤了。

近来在病院却把我自己的心又医转了,这实实在在却是这些朋友们的温情把它又重暖了起来,又觉得这宇宙还充满着爱呢。尤其是凌吉士,当他走到医院去看我时,我便觉得很骄傲,我想他那种风仪才够去看一个在病院女友的病,并且我也懂得,那些看护妇都在羡慕着我呢。有一天,那个很漂亮的密司杨问我:

"那高个儿,是你的什么人呢？"

"朋友！"我是忽略了她问的无礼。

"同乡吗？"

"不,他是南洋的华侨。"

"那末是同学？"

"也不是。"

于是她狡滑的笑了,"就仅是朋友吗？"

自然,我可以不必脸红,并且还可以警训她几句,但我却惭愧了。她看到我闭着眼装要睡的狼狈样儿,便很得意的笑着走去。后来我一直都恼着她。并且为了躲避麻烦,有人问起苇弟时,我便扯谎说是我的哥哥。有一个同周很好的小伙子,我便说是同乡,或是亲戚的乱扯。

当毓芳上课去后,我一人留在房里时,我就去翻在一月多中所收到的信,我又很快活,很满足,还有许多人在记念我呢。我是需要别人记念的,总觉得能多得点好意就好。父亲是更不必说,又寄了一张像来,只是白头发似乎又多了几根。姊姊们都好,可惜就为小孩们忙得很,不能多替我写信。

信还没看完,凌吉士又来了。我想站起来,但他却把我按住。他握着我的手时,我快活得真想哭了。我说:

"你想没想到我又会回转这屋子呢?"

他只瞅着那侧面的小铺,表示一种不高兴的样子,于是我告诉他从前的那两位客已走了,这是特为毓芳预备的。

他听了便向我说他今晚不愿再来,怕毓芳会厌烦他。于是我心里更充满乐意了,"难道你就不怕我厌烦吗?"

他坐在床头更长篇的述说他这一月多中的生活,还怎样和云霖冲突,闹意见,因为他赞成我早些出院,而云霖执着说不能出来。毓芳也附着云霖,他懂得他认识我的时间太少,说话自然不会起影响,所以以后他都不管这事了,并且在院中一和云霖碰见,自己便先回来了。

我懂得他的意思,但我却装着说:"你还说云霖,不是云霖我还不会出院呢,住在里面真舒服多了。"于是我又看见他默默的把头掉到一边去,不答应我的话。

他算着毓芳快来时,便走了,还悄悄告诉我说等明天再来。果然,不久毓芳便回来了。毓芳不会问,我也不告她,并且她为我的病,不愿同我多说话,怕我费神,我更乐得借此可以多去想些另外的小闲事。

三月六号

当毓芳上课去后,把我一人撂在房里时,我便会想起这所谓男女间的怪事;其实,在这上面,不是我爱自夸,我所受的训练,至少也有我几个朋友们的相加或相乘,但近来我却非常之不能了解了。当独自同着那高个儿时,我的心便会跳起来,又是羞惭,又是害怕,而他呢,他只是那样随便的坐着,类乎天真的讲他过去的历史,有时是握着我的手,但这也不过是非常之自然,然而我的手便不会很安静的被握在那大手中,是慢慢的会发烧。并且一当他站起身预备走时,不由的我心便慌张了,好像我将跌入那可怕的不安中,于是我钉着他看,真说不清那眼光是求怜,还是怨恨;但他却忽略了我这眼光,偶尔懂得了也只说:"毓芳要来了哟!"我应当怎样说呢? 他是在怕毓芳!自然,我也曾不愿有人知道我暗地一人所想的一些不近情理的事,不过近来我又感得我有别人了解我感情的必要;几次我向毓芳含糊的说起我的心境,她还是只那样忠实的替我盖被子,留心到我的药,我真不能不有点烦闷了。

三月八号

毓芳已搬回去,苇弟却又想代替那看护的差事。我知道,如若苇弟来,一定比毓芳还好,夜晚若想茶吃时,总不至于因听到那浓睡中的鼾声而不愿扰搅人而又把头缩进被窝点算了;但我自然拒绝他这好意,他又固执着,我只好说:"你在这里,我有许多不方便,并且病呢,也好了。"他还要证明间壁的屋子是空着,他可以住间壁;我正在无法时,凌吉士却来了,我以为他们还不认识,而凌吉士已握着苇弟的手,说是在医院已见过两次。苇弟只冷冷的不理他,我笑着向凌吉士说:"这是我的弟弟,小孩子,不懂交际,你常来同他玩吧。"苇弟真的变成了小孩子,丧着脸站起身就走了。我因为有人在面前,便感得不快,也只好掩藏住,并且觉得有点对凌吉士不住,但他却毫没介意,反问我:"不是他姓白吗,怎会变成你的弟弟?"于是我笑了:"那末你是只准姓凌的人叫你做哥哥弟弟的!"于是他也笑了。

近来青年人在一处时,便老喜欢研究到这一个"爱"字,虽说有时我也似乎懂得点,不过终究还是不很说得清。至于男女间的一些小动作,似乎我又太看得明白了。也许便是因为我懂得了这些小动作,而于"爱"才反迷糊,才没有勇气鼓吹恋爱,才不敢相信自己还是一个纯粹的够人爱的小女子,并且才会怀疑到世人所谓的"爱",以及我所接受的"爱"……

在我刚稍微有点懂事的时候,便给爱我的人把我苦够了,给许多无事的人以诬蔑我,凌辱我的机会,以至我顶亲密的小伴侣们也疏远了。后来又为了爱的胁迫,使我害怕得离开了我的学校。以后,人虽说一天天大了,但总常常感到那些无味的纠缠,因此有时不特怀疑到所谓"爱",竟会不屑于这种亲密。苇弟他说他爱我,为什么他只会常常给我一些难过呢?譬如今晚,他又来了,来了便哭,并且似乎带了很浓的兴致来哭一样,无论我说:"你怎么了,说呀!""我求你,说话呀,苇弟!……"他都不理会。这是从未有的事,我尽我的脑力也猜想不出他所骤遭的这灾祸。我应当把不幸朝哪一方去揣测呢?后来,大约他是哭够了,于是才大声说:"我不喜欢他!""这又是谁欺侮了你呢,这样大嚷大闹的!""我不喜欢那高个子!那同你好的!"哦,我这才知道原来还是怄我的气。我不觉得会笑了。这种无味的嫉妒,这种自私的占有,便是所谓爱吗?我发笑,而这笑,自然不会安慰到那有野心的男人的。并且因了我不屑的态度,更激起他那不可抑制的怒气。我看着他那放亮的眼光,我以为他要噬人了,我想:"来吧!"但他却又低下头去哭了,还揩着眼泪,踉跄的又走出去。

这种表示,也许是称为狂热的、真率的爱的表现吧,但苇弟却毫不加思索地来使用在我面前,自然是只会失败;并不是我愿意别人虚伪点,做作点在爱上,我只觉得想靠这种小孩般举动来打动我的心,是全无用。或者这因为我的心是生来便如此硬;那我之种种不惬于人意而得来烦恼和伤心,也是应该的。

苇弟一走,自自然然我把我自己的心意去揣摩,去仔细回忆到那一种温柔的,大方的,坦白而又多情的态度上去,光这态度已够人欣赏得像吃醉一般的感到那融融的蜜意,于是我拿了一张画片,写了几个字,命伙计即刻送到第四寄宿舍去。

三月九号

我看见安安闲闲坐在我房里的凌吉士,不禁又可怜到苇弟,我祝祷世人不要像我一样,忽略了蔑视了那可贵的真诚,而把自己陷到那不可拔的渺茫的悲境里;我更愿有那末一个真诚纯洁的女郎去饱领苇弟的爱,并填实苇弟所感得的空虚啊!

三月十三

好几天又不提笔,不知还是因为我心情不好,或是找不出所谓的情绪。我只知道,从昨天来我是更只想哭了。别人看到我哭,便以为我在想家,想到病,看见我笑呢,又以为我快乐了,还欣庆着这健康的光芒……但所谓朋友皆如是,我能告谁以我的不屑流泪,而又无力笑出的痴呆心境?并且因我看清了自己在人间的种种不愿舍弃的热望以及每次追求而得来的懊丧,所以连自己也不愿再同情这未能悟澈所引起的伤心。更哪能捉住一管笔去详细写出自怨和自恨呢!

是的,我好像又在发牢骚了。但这只是隐忍着在心头而反复向自己说,似乎还无碍。因为我并未曾有过那种胆量,给人看我的蹙紧眉头,和听我的叹气,虽说人们早已无条件的赠送过我以"狷傲""怪僻"等等好字眼。其实,我并不是要发牢骚,我只想哭,想有那末一个人来让我倒在他怀里哭,并告诉他:"我又糟蹋我自己了!"不过谁能了解我,抱我,抚慰我呢?是以我只能在笑声中咽住"我又糟蹋我自己了"的哭声。

我到底又为了什么呢,这真好难说!自然我是未曾有过一刻私自承认我是爱恋上那高个儿了的,但他之在我的心心念念中怎地又蕴蓄着一种分析不清的意义。虽说他那颀长的身躯,嫩玫瑰般的脸庞,柔软的眼波,惹人的嘴角,是可以诱惑许多爱美的女子,并以他那娇贵的态度倾倒那些还有情爱的。但我岂肯为了这些无意识的引诱而迷恋到一个十足的南洋人!真的,在他最近的谈话中,我懂得了他的可怜的思想;他需要的是什么?是金钱,是在客厅中能应酬他买卖中朋友们的年青太太,是几个穿得很标致的白胖儿子。他的爱情是什么?是拿金钱在妓院中,去挥霍而得来的一时肉感的享受,和坐在软软的沙发上,拥着香喷喷的肉体,嘴抽着烟卷,同朋友们任意谈笑,还把左腿迭压在右膝上;不高兴时,便拉倒,回到家里老婆那里去。热心于演讲辩论会,网球比赛,留学哈佛,做外交官,公使大臣,或继承父亲的职业,做橡树生意,成资本家……这便是他的志趣!他除了不满于他父亲未曾给他过多的钱以外,便什么都是可使他在一夜不会做梦的睡觉;如有,便也只是嫌北京好看的女人太少,让他有时也会厌腻起游艺园,戏场,电影院,公园来……唉,我能说什么呢?当我明白了那使我爱慕的一个高贵的美型里,是安置着如此的一个卑劣灵魂,并且无缘无故还接受过他的许多亲密,这亲密自然是还值不了在他从妓院中挥霍里剩余下的一半多!想起那落在我发际的吻来,真又使我悔恨到想哭了!我岂不是把我献给他任他来玩弄我来比拟到卖笑的姊妹中去!然而这又都只能把责备来加上我自己使我更难受的,因为假设只要我自己肯,肯把严厉的拒绝放到我眸子中去,我敢相信他不会那样大胆,并且我也敢相信他之所以不会那样大胆,是由于他还未曾有过那恋爱的火焰燃炽,……唉!我应该怎样来诅咒我自己了!

三月十四

这是爱吗,也许要爱才具有如此的魔力,不是,为什么一个人的思想会变幻得如此不可测!当我睡去的时候,我看不起那美人,但刚从梦里醒来,一揉开睡眼,便又思念那市侩了。我想:他今天会来吗?什么时候呢,早晨,过午,晚上?于是我跳下床来,急忙忙的洗脸,铺床,还把昨夜丢在地下的一本大书捡起,不住的在边缘处摸索着,这是凌吉士昨夜遗忘在这儿的一本《威尔逊演讲录》。

三月十四晚上

我是有如此一个美的梦想,这梦想是凌吉士所给我的。然而同时又为他而破灭。所以我因了他才能满饮着青春的醇酒,在爱情的微笑中度过了清晨;但因了他,我认识了"人生"这玩艺,而灰心而又想到死;至于痛恨到自己甘于堕落,所招来的,简直只是最轻的刑罚! 真的,有时我为愿保存我所爱的,我竟想到"我有不有力去杀死一个人呢?"

我想遍了,我觉得为了保存我的美梦,为了免除使我生活的力一天天减少,顶好是即刻上西山去,但毓芳告诉我,说她所托找房子的那位住在西山的朋友还没有回信来,我又怎好再去询问或催促呢?不过我决心了,我决心让那高小子来尝一尝我的不柔顺,不近情理的倨傲和侮弄。

三月十七

那天晚上苇弟赌着气回去,今天又小小心心的自己来和解,我不觉笑了。并感到他的可爱。如若一个女人只要能找到一个忠实的男伴,做一身的归宿,我想谁也没有我苇弟可靠。我笑问:"苇弟,还恨姊姊不呢?"于是他羞惭的说:"不敢。姊姊,你了解我吧!我是除了希冀你不会摈弃我以外不敢有别的念头的。一切只要你好,你快乐就够了!"这还不真挚吗?这还不动人吗?比起那白脸庞红嘴唇的如何?但是后来我说:"苇弟,你好,你将来一定是一切都会很满你意的。"他却露出凄然的一笑。"永世也不会!——但愿如你所说……"这又是什么呢?又是给我难受一下!我恨不得跪在他面前求他只赐我以弟弟或朋友的爱吧!单单为了我的自私,我愿我少些纠葛,多快乐点。苇弟爱我,并会说那样好听的话,但他忽略了:第一他应当真的减少他的热望,第二他也应隐藏起他的爱来。我为了这一个老实男人,所感到无能的抱歉,真也够受的了。

三月十八

我又托夏在替我往西山找房了。

三月十九

凌吉士居然已几日不来我这里了。自然,我不会打扮,不会应酬,不会治理家事,我有肺病,无钱,他来我这里做什么!我本无须乎要他来,但他真的不来了却又更令我伤心,更证实他以前的轻薄。难道他也是如苇弟一样老实,当他看到我写给他的字条:"我有病,请不要再来扰我,"就信为是真话,竟不敢违背,而果真不来么?这又使我只想再见他一面,到底审看一下这高大的怪物是怎样的在觑看我。

三月二十

今天我往云霖处跑了三次,都未曾遇见我想见的人,似乎云霖也有点疑惑,所以他问我这几天见着凌吉士没有。我只好又怅怅的跑回来。我实在焦烦得很,我敢自己欺自己说我这几日没有思念到他吗?

晚上七点钟的时候,毓芳和云霖来邀我到京都大学第三院去听英语辩论会,并且乙组的组长便是凌吉士。我一听到这消息,心就立刻碰碰的跳起来。我只得拿病来推辞了这善意的邀请。我这无用的弱者,我没有胆量去承受那激动,我还是希望我能不见着他。不过在他俩走时,我却又请他俩致意到凌吉士,说我问候他。唉,这又是多无意识啊!

三月二十一

在我刚吃过鸡子牛奶,一种熟习的叩门声便响着,在纸格上还印上一个颀长的黑影。我只想跳过去开门,但不知为一种什么情感所支使,我咽着气,低下头去了。

"莎菲,起来没有?"这声音是如此柔嫩令我一听到会想哭。

为了知道我已坐在椅子上吗,为了知道我无能发气和拒绝吗,他轻轻的托开门便走进来了。我不敢仰起我湿润的眼皮来。

"病好些没有,刚起来吗?"

我答不出一句话。

"你真在生我的气啊。莎菲,你厌烦我,我只好走了。莎菲!"

他走,于我自然很合适,但我又猛然抬起头拿眼光止住了他开门的手。

谁说他不是一个坏蛋呢,他懂得了。他敢于把我的双手握得紧紧的。他说:

"莎菲,你捉弄我了。每天我走你门前过,都不敢进来,不是云霖告我说你不会生我气,那我今天还不敢来。你,莎菲,你厌烦我不呢?"

谁都可以体会得出来,假使他这时敢于拥抱住我,狂乱的吻我,我一定会倒在他手腕上哭了出来:"我爱你呵!我爱你呵!"但他却如此的冷淡,冷淡得我又恨他了。然而我心里又在想:"来呀,抱我,我要接吻在你脸上咧!"自然,他依旧还握着我的手,把眼光紧钉在我脸上,然而我搜遍了,在他的各种表示中,我得不着我所等待于他的赐与。为什么他仅仅只懂得我的无用,我的可轻侮,而不够了解他之在我心中所占的是一种怎样的地位!我恨不得用脚尖踢出他去,不过我又为了另一种情绪所支配,我向他摇了头,表示是不厌烦他的来到。

于是我又很柔顺的接受了他许多浅薄的情意,听他说着那些使他津津有回味的卑劣享乐,以及"赚钱和花钱"的人生意义。并承他暗示我许多做女人的本分。这些又使我看不起他,暗骂他,嘲笑他,我拿我的拳头,隐隐痛击我的心,但当他扬扬地走出我房时,我受逼得又想哭了,因为我压制住我那狂热的欲念,我未曾请求他多留一会儿。

唉,他走了!

三月二十一夜

在去年这时候,我过的是一种什么生活!为了有蕴姊千依百顺的疼我,我便装病躺在床上不肯起来。为了想受蕴姊抚摩我,便因那着急无以安慰我而流泪的滋味,我伏在桌上想到一些小不满意的事而哼哼唧唧的哭。便有时因在整日静寂的沉思里得了点哀戚,但这种淡淡的凄凉,却更令我舍不得去扰乱这情调,似乎在这里面我也可以味出一缕甜意一样的。至于在夜深了的法国公园,听躺在草地上的蕴姊唱《牡丹亭》,那又是更不愿想到的事了。假使她不会被神捉弄般的去爱上那苍白脸色的男人,她一定不会死去的这样快,我当然不会一人漂流到北京,无亲无爱的在病中挣扎,虽说有几个朋友,他们也很体恤我,但在我所感应得出的我和他们的关系能和蕴姊的爱在一个天平上相称吗?想起蕴姊,我是真应当像从前在蕴姊面前撒娇一样的纵声大哭,不过这一年来,因为多懂得了一些事,虽说时时想哭却又咽住了,怕让人知道了厌烦。近来呢,我更是不知为了什么只能焦急,而想得点空间去思虑一下我所做的,我所想的,关于我的身体,我的名誉,我的前途的好处和歹处的时间也没有,整天把紊乱的脑筋只放到一个我不愿想到的去处,因为便是我想逃避的,所以越把我弄成焦烦苦恼得不堪言说!但我除了说"死了也活该!"是不能再希冀什么了。我能求得一些同情和慰藉吗?然而我们似乎在向人乞怜了。

晚饭一吃过,毓芳便和云霖来我这儿坐,到九点我还不肯放他俩走。我知道,毓芳碍住面子只好又坐下来,云霖借口要预备明天的课执意一人走回去了。于是我隐隐的向毓芳吐露我近来所感得的窘状。我只想她能懂得这事并且能硬自作主来把我的生活改变一下,做我自己所不能胜任的。但她完全把话听到反面去了,她忠实的告诫我:"莎菲,我觉得你太不老实,自然你不是有意,你可太不留心你的眼波了。你要知道,凌吉士他们比不得在上海同我们玩耍的那群孩子,他们很少机会同女人接近,受不起一点好意的,你不要令他将来感到失望和痛苦。我知道,你哪里会爱到他呢?"这错误是不是又该归到我,假设我不想求助于她而向她饶舌,是不是她不会说出这更令我生气,更令我伤心的话来?我噎着气又笑了:"芳姊,不要把我说得太坏了吓!"

毓芳愿意留下住一夜时,我又赶着她走了。

像那些才女们,因得了一点点不很受用,便能"我是多愁善感呀","悲哀呀我的心……""……"做出许多新旧的诗。我呢,没出息的,白白被这些诗境困着,连想以哭代替诗句来表现一下我的情感的搏斗都不能。光在这上面,为了不如人,也应撩开一切去努力做人才对,便还退一千步说,为了自己的热闹,得一群浅薄眼光之赞颂,我总也不该不拿起笔或枪来。真的便把自己陷到比死还难忍的苦境里,单单为了那男人的柔发,红唇……?

我又梦想到欧洲中古的骑士风度,这拿来比拟是不会有错,如其是有人看到凌吉士过的。他又能把那东方特长的温柔保留着。神把什么好的,都慨然赐给他了,但神为什么不再给他一点聪明呢?他还不懂得真的爱情呢,他确是不懂得,虽说他有了妻(今夜毓芳告我的),虽说他,曾在新加坡乘着脚踏车追赶坐洋车的女人,因而恋爱过一小段时间,虽说他曾在"韩家潭"住过夜。但他真得到一个女人的爱过么?他爱过一个女人么?我敢说不曾!

一种奇怪的思想又在我脑中燃炽了。我决定来教教这大学生。这宇宙并不是像他所懂的那样简单的啊!

三月二十二

在心的忙乱中,我勉强竟写了这些日记了。早先是因为蕴姊写信来要,再三再四的,我只好开始来写。现在是蕴姊又死了好久,我还舍不得不继续下去,心想便为了蕴姊在世时所谆谆向我说的一些话而便永远写下去做纪念蕴姊也好。所以无论我那样不愿提笔也只得胡乱画下一页半页的字来。本来是睡了的,但望到挂在壁上蕴姊的像,忍不住又爬起为免掉想念蕴姊的难受而提笔了。自然,这日记,我总是觉得除了蕴姊我不愿给任何人看。第一是因为这是特为了蕴姊要知道我的生活而记下的一些琐琐碎碎的事,二来我也怕别人给一些理智的面孔给我看,好更刺透我的心;似乎我自己也会因了别人所尊崇的道德而真的也感到像犯了罪一样的难受。所以这黑皮的小本子我是许久以来都安放在枕头底下的垫被的下层。今天不幸我却违背我的初意了,然而也是不得已,虽说似乎是出于毫未思考,原因是苇弟近来非常误解我,以致常常使得他自己不安,而又常常波及我。我相信在我平日的一举一动中,我都很能表示出我的态度来。为什么他懂不了我的意思呢?难道我能直捷的说明,和阻止他的爱吗?我常常想,假设这不是苇弟而是另外一人,我将会知道应怎样处置是最合法的。偏偏又是如此能令我忍不下心去的一个好人!我无法了,我只好把我的日记给他看,让他知道他之在我的心里是怎样的无希望,并知道我是如何凉薄的反反复复的不足爱的女人。假设苇弟知道我,我自然是会将他当做我唯一可诉心肺的朋友,我会热诚的拥着他同他接吻。我将替他愿望那世界上最可爱,最美的女人……日记,苇弟是看过一遍,又一遍了,虽说他曾经哭过,但态度非常镇静,是出我意料之外的。我说:

"懂得了姊姊吗?"

他点头。

"相信姊姊吗?"

"关于哪方面的?"

于是我懂得那点头的意义。谁能懂得我呢,便能懂得了这只能表现我万分之一的日记,也只能令我看到这有限的而伤心哟!何况,希求人了解,而以想方设计用文字来反复说明的日记给人看,已够是多么可伤心的事!并且,后来苇弟还怕我以为他未曾懂得我,于是不住的说:

"你爱他!你爱他!我不配你!"

我真想一赌气扯了这日记。我能说我没有糟蹋这日记吗?我只好向苇弟说:"我要睡了,明天再来吧。"

在人里面,真不必求什么!这不是顶可怕的吗?假设蕴姊在,看见我这日记,我知道,她是会抱着我哭:"莎菲,我的莎菲!我为什么不再变得伟大点,让我的莎菲不至于这样苦啊……"但蕴姊已死了,我拿着这日记应怎样的来痛哭才对!

三月二十三

凌吉士向我说:"莎菲!你真是一个奇怪的女子。"我了解这并不是懂得了我的什么而说出的一句赞叹。他所以为奇怪的,无非是看见我的破烂了的手套,搜不出香水的抽屉,无缘无故扯碎了新棉袍,保存着一些旧的小玩具,……还有什么?听见些不常的笑声,至于别的,他便无能去体会了,我也从未向他说过一句我自己的话。譬如他说:"我以后要努力赚钱呀,"我便笑;他说到邀起几个朋友在公园追着女学生时,"莎菲,那真有趣,"我也笑。自然,他所说的奇怪,只是一种在他习惯上不常的奇怪。并且我也很伤心,我无能使他了解我而敬重我。我是什么也不希求了,除了往西山去。我想到我过去的一切妄想,我好笑!

三月二十四

一当他单独在我面前时,我觑着那脸庞,聆着那音乐般的声音,我心便在忍受那感情的鞭打!为什么不扑过去吻住他的嘴唇,他的眉梢,他的……无论什么地方?真的,有时话都到口边了:"我的王!准许我亲一下吧!"但又受理智,不,我就从没有过理智,是受另一种自尊的情感所裁制而又咽住了。唉!无论他的思想是怎样坏,而他使我如此癫狂的动情,是曾有过而无疑,那我为什么不承认我是爱上了他咧?并且,我敢断定,假使他能把我紧紧的拥抱着,让我吻遍他全身,然后他把我丢下海去,丢下火去,我都会快乐的闭着目等待那可以永久保藏我那爱情的死的来到。唉!我竟爱他了,我要他给我一个好好的死就够了……

三月二十四夜深

我决心了。我为拯救我自己被一种色的诱惑而堕落,我明早便会到夏那儿去,以免看见了凌吉士又痛苦,这痛苦已缠缚我如是之久了!

三月二十六

为了一种纠缠而去,但又遭逢着另一种纠缠,使我不得不又急速的转来了。在我去夏那儿的第二天,剑如便也去了。虽说她是看另一人去的,但使我很感到不快活。夜晚,她大发其对感情的一种新近所获得的议论,隐隐的含着讥刺向我,我默然。为不愿让她更得意,我睁着眼,睡在夏的床上等到了天明,我才又忍着气转来……

毓芳告诉我,说西山房子已找好了,并且又另外替我邀了一个女伴,也是养病的,而这女伴同毓芳又算是一个很好的朋友。听到这消息,应该是很欢喜吧,但我刚刚在眉头舒展了一点喜色,而一种黯然的凄凉便罩上了。虽说我从小便离开家,在外面混,但都有我的亲戚朋友随着我,这次上西山,固然说起来离城只有几十里,但在我,一个活了二十岁的人,开始一人跑到陌生的地方去,还是第一次,假使我竟无声无息的死在那山上,谁是第一个发现我死尸?我能担保我不会死在那里吗?也许别人会笑我担忧到这些小事,而我却真的哭过,当我问毓芳舍不舍得我时,而毓芳却笑,笑我问小孩话,说是这一点点路有什么舍不得,直到毓芳准许了我每礼拜上山一次,我才不好意思的揩干眼泪。

下午我到苇弟那儿去,苇弟也说他一礼拜上山一次,填毓芳不去的空日。

回来已夜了,我一人寂寂寞寞的在收拾东西,想到我要离开北京的这些朋友们,我又哭了。但一想到朋友们都未曾向我流泪,我又擦去我脸上的泪痕。我是将一人寂寂寞寞的又离开这古城了。

在寂寞里,我又想到凌吉士了,其实,话不是这样说,凌吉士简直不能说"想起","又想起",完全是整天都在系念到他,只能说:"又来讲我的凌吉士吧。"这几天我故意造成的离别,在我是不可计的损失,我本想放松了他,而我把他捏得更紧了。我既不能把他从我心里压根儿拔去,我为什么要躲避着不见他的面呢?这真使我懊恼,我不能便如此同他离别,这样寂寂寞寞的走上西山……

三月二十七

一早毓芳便上西山去了,去替我布置房子,说好明天我便去。我为她这番盛情,我应怎样去找得那些没有的字来表示我的感谢。我本想再呆一天在城里,便也不好说出了。

我正焦急的时候,凌吉士才来,我握紧他双手,他说:

"莎菲!几天没见你了!"

我很愿意在这时我能哭得出来,抱着他哭,但眼泪只能噙在眼里,我只好又笑了。他听见明天我要上山时,他显出的那惊诧和一种嗟叹,又很安慰到我,于是我真的笑了。他见到我笑便把我的手反捏得紧紧的,紧得使我生痛。他怨恨似的说:

"你笑!你笑!"

这痛,是我从未有过的舒适,好像心里也正锥下去一个什么东西,我很想倒下他的手腕去,而这时苇弟却来了。

苇弟知道我恨他来,而他偏不走。我向着凌吉士使眼色,我说:"这点钟有课吧?"于是我送凌吉士出来。他问我明早什么时候走,我告他;我问他还来不来呢,他说回头便来,于是我望着他快乐了,我忘了他是怎样的可鄙人格,和美的相貌了,这时他在我的眼里,是一个传奇中的情人。哈,莎菲有了一个情人了!……

三月二十七晚

自从我赶走苇弟到这时已是整整五个钟头了。在这五点钟里,我应怎样才想得出一个恰合的名字来称呼他?像热锅上的蚂蚁在这小房子里不安的坐下,又躺下,又站起,又跑到门缝边瞧,但是——他一定不来了,他一定不来了,于是我又想哭,哭我走得这样凄凉,北京城就没有一个人陪我一哭吗?是的,我是应该离开这冷酷的北京的,为什么我要舍不得这板床,这油腻的书桌,这三条腿的椅子……是的,明早我就要走了,北京的朋友们不会再腻烦莎菲的病。为了朋友们轻快的舒适,莎菲便为朋友们死在西山也是该的!但都能如此的让莎菲一人得不着一点热情孤孤寂寂的上山去,想来莎菲便不死,也不会有损害或激动于人心吧……不想了!不想!有什么可想的?假使莎菲不如此贪心在攫取感情,那莎菲不是便很可满足于那些眉目间的同情了吗?……

关于朋友,我不说了。我知道永世也不会使莎菲感到满足这人间的友谊的!

但我能满足些什么呢?凌吉士答应我来,而这时已晚上九点了。纵是他来了,我便会很快乐吗?他会给我所需要的吗?……

想起他不来,我又该痛恨我自己了!在很早的从前,我懂得对付那一种男人便应用那一种态度,而到现在在反蠢了。当我问他还来不来时,我怎能显露出那希求的眼光,在一个漂亮人面前,是不应老实,让人瞧不起……但我爱他,为什么我要使用技巧?我不能直接向他表明我的爱吗?并且我觉得只要于人无损,便吻人一百下,为什么便不可以被准许呢?

他既答应来,而又失信,显见得是在戏弄我。朋友,留点好意在莎菲走时,总不至于像是一种损失吧。

今夜我简直狂了。语言,文字是怎样在这时显得无用!我心像被许多小老鼠啃着一样,又像一盆火在心里燃烧,我想把什么东西都摔破,又想冒着夜气在外面乱跑去,我无法制止我狂热的感情的激荡,我便躺在这热情的针毡上,反过去也刺着,翻过来也刺着,似乎我又是在油锅里听到那油沸的响声,感到浑身的灼热……为什么我不跑出去呢?我等着一种渺茫的无意义的希望到来!哈……想到那红唇,我又癫了!假使这希望是可能的话——我独自又忍不住笑,我再三再四反复问我自己:"爱他吗?"我更笑了。莎菲不会傻到如此地步去爱上那南洋人。难道因了我不承认我的爱,便不可以被人准许做一点儿于人也无损的事?

假使今夜他竟不来，我怎能甘心便恝然上西山去……

唉！九点半了！

九点四十分了！

三月二十八晨三时

莎菲生活在世上，所要人们的了解她体会她的心太热烈太恳切了，所以长远的沉溺在失望的苦恼中，但除了自己，谁能够知道她所流出的眼泪的分量？

在这本日记里，与其说是莎菲生活的一段记录，不如直接算为莎菲眼泪的每一个点滴，是在莎菲心上，才觉得更切实。然而这本日记现在是要收束了，因为莎菲已无需乎此——用眼泪来泄愤和安慰，这原因是对于一切，都觉得无意识，流泪更是这无意识的极深的表白。可是在这最后一页的日记上，莎菲应该用快乐的心情来庆祝，她是从最大的那失望中，蓦然得到了满足，这满足似乎要使人快乐得到死才对。但是我，我只从那满足中感到胜利，从这胜利中得到凄凉，而更深的认识我自己的可怜处，可笑处，因此把我这几月来所萦萦于梦想的一点"美"反飘渺了，——这个美便是那高个儿的丰仪！

我应该怎样来解释呢？一个完全癫狂于男人仪表上的女人的心理！自然我不会爱他，他不会爱，很容易说明，就是在他丰仪的里面是躲着一个何等卑丑的灵魂！可是我又倾慕他，思念他，甚至于没有他，我就失掉一切生活意义的保障了；并且我常常想，假使有那末一日，我和他的嘴唇合拢来，密密的，那我的身体就从这心的狂笑中瓦解去，也愿意。其实，单单能获得骑士一般的那人儿的温柔的一抚摩，随便他的手尖触到我身上的任何部分，因此就牺牲一切，我也肯。

我应当发癫，因为像这些幻想中的异迹，梦似的，终于毫无困难的都给我得到了。但是从这中间，我所感得的是我所想象的那些会醉我灵魂的幸福么？不啊！

当他——凌吉士——在晚间十点钟来到的时候，开始向我嗫嚅的表白，说他是如何的在想我……还使我心动过好几次；但不久我看到他那被情欲在燃烧的眼睛，我就害怕了。于是从他那卑劣的思想中所发出的更丑的誓语，又振起我的自尊心来！假使他把这串浅薄肉麻的情话去对别个女人说，一定是很动听的，可以得一个所谓的爱的心吧。但他却向我，就由这些话语的力，把我推得隔他更远了。唉，可怜的男子！神既然赋予你这样的一副美形，却又暗暗的捉弄你，把那样一个毫不相称的灵魂放到你人生的顶上！你以为我所希望的是"家庭"吗？我所喜欢的是"金钱"吗？我所骄傲的是"地位"吗？"你，在我面前，是显得多么可怜的一个男子啊！"我真要为他不幸而痛哭，然而他依样把眼光镇住我脸上，是被情欲之火燃烧得如何的怕人！倘若他只限于肉感的满足，那末他倒可以用他的色来摧残我的心；但他却哭声的向我说："莎菲，你信我，我是不会负你的！"啊，可怜的人！他还不知道在他面前的这女人，是用如何的轻蔑去可怜他的使用这些做作，这些话！我竟忍不住而笑出声来，说他也知道爱，会爱我，这只是近于开玩笑！那情欲之火的巢穴——那两只灼闪的眼睛，不正在宣布他除了可鄙的浅薄的需要，别的一切都不知道么？

"喂，聪明一点，走开吧，'韩家潭'那个地方才是你寻乐的场所！"我既然认清他，我就应该这样说，教这个人类中最劣种的人儿滚开去。然而，虽说我暗暗地在嘲笑他，但当他大胆地贸然伸开手臂来拥抱我时，我竟又忘记了一切，我临时失掉了我所有的一些自尊和骄傲，我是完全被那仅有的一副好丰仪迷住了,在我心中,我只想,"紧些!多抱我一会儿吧,明早我便走了!"假使我那时还有一点自制力,我该会想到他的美形以外的那东西,而把他像一块石头般,丢到房外去。

唉!我能用什么言语或心情来痛悔?他,凌吉士,这样一个可鄙的人,吻我了!我静静默默的承受着!但那时,在一个温润的软热的东西放到我脸上,我心中得到的是些什么呢?我不能像别的女人一样会晕倒在她那爱人的臂膀里!我是张大着眼睛望他,我想:"我胜利了!我胜利了!"因为他所以使我迷恋的那东西,在吻我时,我已知道是如何的滋味——我同时鄙夷我自己了!于是我忽然伤心起来,我把他用力推开,我哭了。

他也许忽略了我的眼泪,以为他的嘴唇是给我如何的温软,如何的嫩腻,是把我的心融醉到发迷的状态里吧,所以他又挨我坐着,继续的说了许多所谓爱情表白的肉麻话。

"何必把你那令人惋惜处暴露得无余呢?"我真这样的又可怜起他来。

我说:"不要乱想吧,说不定明天我便死去了!"

他听着,谁知道他对于这话是得到怎样的感触?他又吻我,但我躲开了,于是那嘴唇便落到我手上……

我决心了,因为这时我有的是充足的清晰的脑力,我要他走,他带点抱怨颜色,缠着我。我想,"为什么你也是这样傻劲呢?"他于是直挨到夜十二点半钟才走。

他走后,我想起适间的事情,我就用所有的力量,来痛击我的心!为什么呢,给一个如此我看不起的男人接吻?既不爱他,还嘲笑他,又让他来拥抱?真的,单凭了一种骑士般的风度,就能使我堕落到如此地步么?

总之,我是给我自己糟蹋了,凡一个人的仇敌就是自己,我的天,这有什么法子去报复而偿还一切的损失?

好在在这宇宙间,我的生命只是我自己的玩品,我已浪费得尽够了,那末因这一番经历而使我更陷到极深的悲境里去,似乎也不成一个重大的事件。

但是我不愿留在北京,西山更不愿去了,我决计搭车南下,在无人认识的地方,浪费我生命的余剩;因此我的心从伤痛中又兴奋起来,我狂笑的怜惜我自己:

"悄悄地活下来,悄悄地死去,呵,我可怜你,莎菲!"

(原载 1928 年 2 月 10 日《小说月报》第 19 卷第 2 号)

夜

丁 玲

一

羊群已经赶进了院子,赵家的大姑娘还坐在她自己的窑门口捺鞋帮,不时扭转着她的头,垂在两边肩上的银丝耳环,便很厉害的摇幌。羊群推挤着朝栏里冲去,几只没有出外的小羊跳蹦着,被撞在一边,叫起来了。

钻聚在这边窑里炕上的几个选举委员会的委员便陆续从窗口跳了出来。他们刚结束了会议,然而却还在叮咛些什么。捺着鞋帮的清子便又扭转过来,露出一副粘腻的,又分不清是否含着轻蔑的一种笑容。

被很多问题弄得疲乏了的委员们,望了望天色,蓝色的炊烟已经从窑顶上的烟突里吐出来而为风吹往四方,他们只好又重新决定赶到前边的庄子去吃饭,因为在这晚上还要布置第二天的第一行政村的选举大会。然而已经三四天没有回家的指导员却意外的被准许回家。区委员的副书记曾为他向大家说了一阵牧畜是很重要的等等的话。他的唯一的牛就在这两天要生产,而他的老婆是只能烧烧三顿饭的一个四十多岁了的女人。

招待员从扫着石磨的老婆身边赶了出来:"已经派好了饭呢。怎的又走了呢?家里婆姨烧的饭香些么?"他抓住年轻的代理乡长的手,乡长在年下刚娶了一个才十五岁长得很漂亮的妻子,因此,常常会被别人善意的拿来取笑着。

站在大门口看对山盛开的桃花的又是那发育得很好的清子。长的黑的发辫上扎着粉红的绒绳。从黑坎肩的两边伸出条纹花布袖子的臂膀,高高的举起,撑在门柱上边。十六岁的姑娘,长得这样高大,什么不够法定的年龄,是应该嫁人了的啊!

在桥头上分了手。大家都朝南走,只有何华明独自往北向着回家的路上。他还看见那倚在门边的粗大姑娘,无言的眺望着辽远的地方。一个很奇异的感觉,来到他心上,把他适才在会议上弄得很糊涂了的许多问题全赶走了。他似乎很高兴,跨着轻快的步子,吹起口哨来。然而却又忽然停住,他几乎说出声音来的那么自语了:

"这妇女就是落后,连一个多月的冬学都动员不去的,活该是地主的女儿,他妈的,他赵培基有钱,把女儿当宝贝养到这样大还不嫁人……"

他有意的摇了一下头,让那留着的短发拂着他的耳壳,接着便把它抹到后脑去,像抹着一层看不见的烦人的思绪,于是他也眺望起四周来。天已经快黑了。在远远的两山之间,停着厚重的锭青色的云块,那上边有几缕淡黄色的水波似的光,很迅速的又是在看不见的情形中变幻着,山的颜色和轮廓都也模糊成一片,只给人一种沉郁之感,而人又会多想起一些什么来的。比较明亮的西边山上,人还跟在牛的后边,在松的田地里走来走去。也有背着犁,把牛从山坡上赶回家去的。只有这作为指导员的他已让土地荒着。二十天来,为着这乡的什么选举,回家的次数就更少,简直没有上过一次山。相反的,就是当他每次回家之后听到的抱怨和唠叨也就更多。

其实每当他看见别人在田地里辛劳着的时候,他就要想着自己那几块等着他去种的土地,而且意识到在最近无论怎样都还不能离开的工作,总是说不出的一种痛楚。假如有什么人关切的问着他,他便把话拉开去。他在人面前说笑,谈问题,做报告,而且在村民选举大会的时候,还被人拉出来跳秧歌舞,唱迷胡,他有被全乡的人所最熟稔的和欢迎的嗓子,然而他不愿同人说到他的荒着的田地,他只盼望着这选举工作一结束,他便好上山去,那土地,那泥土的气息,那强烈的阳光,那伴他的牛都在呼唤着他,同他的生命都不能分离开来的。

转到后沟的时候,已经全黑下来了,靠着几十年的来来去去,和习惯了在黑处的视觉,他仍旧走的很快。而思绪也很快的转着。他是有很久的历史,很多可纪念的事同这条凶险、幽僻的深沟一道写着的。当他还小的时候,他在这里为了追一条麂子跑到有丛林的地带去而遇见豹的危险故事。他也曾离开过这里,挟着一个小包卷去入赘在老婆的家中,那时他才廿岁,她虽说已经三十二岁了,可是即使现在他也不能在回忆中搜出一个难看的印象。不久,他又牵了驮着老婆的小驴回来了。什么地方埋葬过他的一岁的儿子,和什么地方是安睡着他四岁女儿的尸体,无论在怎样的深夜他都能看见。而且有一年多他们在这沟里简直只能在夜晚才能动作。那个小队长不就是被打死在那棵大榆树边的么?那时他正在赤卫队。他自从做了指导员以来常常弄得很晚才回家,而这些过去的印象带着一些甜蜜,辛酸,和兴奋来抚慰着这个被很多艰深的政治问题和工作的繁难弄得头昏了的他,因此他对于这孤独的夜行,虽说还不能说养成为一种爱好,但却实在是并不讨厌的。

两边全是很高的山,越走树林越多,汩汩的响着的水流,有时在左,有时在右。在被山遮成很窄的一条天上,有些很冷静的星星,眨着眼来望他。微微的南风,在身后斜吹过来,总带着一些熟习的却也分不清是什么的香味。远远的狗在叫了,有一两颗黄色的灯光在暗处。他的小村是贫穷的,几乎是这乡里最穷的小村,然而他爱它,只要他看见那堆在张家窑外边的柴堆,也就是村子最外边的一堆柴,他就格外有一种亲切的感觉。而他常常还以为骄傲的是在这只有二十家人家中却有廿八个是更亲密的同志,共产党的党员。

当他走上那宽坦的斜坡路,就走得更快了,他奇怪为什么这半天他几乎完全把他的牛忘记了。他焦急的要立刻明白这个问题。生过了呢,还是没有?平安无事呢,还是坏了?而在平日闲空时曾幻想过的一条小牛,同它母亲一模一样却是喜欢跳蹦的那影子倒完全没有了。他急急的便爬到了家,朝着关牛的地方奔去。

二

第二次从牛的住处回来后,老婆已经把炕上收拾好,而她自己却仍坐在灶门前,并不打算睡。她凝视着他,忍着什么,不说话。但他却在她脸上的每条皱纹里,看出都埋伏得有风暴。习惯使他明白,除了披上衣,赶快出门是不能避免的。然而时间已经很晚了,加上他的牛……他嫌恶的看着她已开始露顶的前脑,但为了省去一场风波便只好不去理她,而且在他躺下去时便说:"唉,实在热!"他这样说,也不过表示他的不愿意吵架。希望那女人会因为他疲乏而饶了他。

然而有一滴什么东西落在地下了,女人在哭,先是一颗两颗的,后来眼泪便在脸上开了许多条河流不断的流着。微弱的麻油灯,照在那满是灰尘的黄发上,那托着腮颊的一只瘦手在灯下也就显出怕人的苍白。她轻轻的埋怨着自己,而且咀咒:

"你是应该死的了,你的命就是这样坏的呀!活该有这末一个老汉,吃不上穿不上是你的命嘛……"

他不愿说什么,心里又惦着牛,便把身子朝窑外躺着。他心里想:"这老怪物,简直不是个'物质基础',牛还会养仔,她是个什么东西,一个不会下蛋的母鸡。"什么是"物质基础"呢,他不懂,但他明白那意思,就是说那老东西已经不会再生娃的了,这是从这区党委副书记那里听来的新名词。

他们两人都极希望再有个孩子。他需要一个帮手,她一想到她没有一个靠山就伤心,可是他们却更不和气,她骂他不挣钱不顾家,他骂她落后,拖尾巴,自从他做了这乡的指导员以后,他们便更难以和好,像有着解不开的仇恨。

以前他们也吵架的,但使她更难过的是他越来越厉害的沉默。好像他的脾气变得好了,而她的更坏,但她感觉得他离去的更远,她毫不能把握住他。她要的是安适的生活,而他到底要什么呢,她不懂,简直是荒唐。更其令她伤心的,是她明白她老了,而他年青,她不能满足他,引不起他丝毫的兴趣。

她哭得更厉害,捶打着什么,大声咒骂,她希望能激怒他。而他却平静的躺着,用着最大的力量压住自己的嫌厌,一个坏念头便不觉的又来了:

"把几块地给了她,咱也不要人烧饭。做个光身汉,这窑,这锅灶,这碗碗盏盏全给她,我拿一付铺盖,三两件衣服,横竖没娃,她有土地,家具,她可以抚养个儿子,咱就……"仿佛感觉到一种独身的轻松,翻了一个身,一只暖烘烘的猫正睡在他侧边,被他一打,躬着身子走了一步又躺下了。这猫被养了三年,是只灰色的猫。他并不喜欢别的猫,然而却很喜欢这只灰猫,每当他受苦回家后,它便偎在他身边,躺在热炕上等着老婆把饭烧好了拿上来。

老婆还在生气,他担心她失错把她旁边孵豆芽的缸打破,他是很欢喜吃豆芽的。但他却不愿说话,他又翻过身去。脚又触到炕角上的篓子,那里边罩了一窠新生的小鸡,因为被惊,便啾啾的叫了起来。

"知道我身体不成,总是'难活',连一点忙都不帮,草也是我铡的,牛要生仔,也不管……"她好像已经站了起来,他怕她跑过来,便一溜下炕,往院子里去了。他心里却还在赌气的说:"牛,小牛都给你。"

半个月亮倒挂在那面山顶上边,照得院子有半边亮。一只狗躺在院当中,看见他便站起来走过一边去。他信脚又到了牛栏边,槽里还剩下很多的草。牛躺在暗处,轻轻的喷着鼻子,"妈的,为什么还不生呢!"便焦急的想起明天的会。

他刚要离开牛栏的时候,一个人影横过来,轻声的问着:"你的牛生仔了没有?"这人一手托着草筐,一手撑在牛栏的门上,挡住他出来的路。

"是你,侯桂英。"他嗄声的说了。心不觉的跳得快了起来。

侯桂英是他间壁的青联主任的妻子,丈夫才十八岁,而二十三岁了的她却总不欢喜,她曾提出过离婚。她是妇联会的委员,现已被提为参议会的候选人。

这是第三次还是第四次了,当他晚上起来喂牲口时,她也跟着来喂,而且总跟过来说几句话,即使白天见了,她也总是眯着她那单眼皮的长眼笑。他讨厌她,恨她,有时就恨不得抓过来把她撕开,把她压碎。

月亮光落在剪了的发上,落在敞开的脖子上,牙齿轻轻的咬着嘴唇,她望着他。他也呆立在那里。

"你……"

他感到一个可怕的东西在自己身上生长出来了,他几乎要去做一件吓人的事,他可以什么都不怕的。但忽然另一个东西压住了他,他截断了她说道:

"不行的,侯桂英,你快要做议员了,咱们都是干部,要受批评的。"于是推开了她,头也不回的,走进自己的窑里去。老婆已经坐到炕上,好像还在流眼泪。

"唉!"他长长的抽了一口气,躺到了炕上。

像经过一件大事后的那么有着应有的镇静,像想着别人的事件似的想着适才的事。他觉得很满意。于是他喊他的老婆:"睡吧,牛还没有养仔呢,怕要到明天。"

老婆看见他在说话了,便停止了哭泣,吹熄了灯。

"这老家伙终是不成的,好,就让她烧烧饭吧。闹离婚印象不好。"

然而院子里的鸡叫了。老婆已脱了衣服,躺在他侧边,她唠叨的问着:"明天还要出去么?什么开不完的会……"

"牛是又怕要侍候不成了……"但他已经没有很多时间来想牛的事,他须要睡眠,他阖着眼,努力去找瞌睡,却只见一些会场,一些群众,而且听到什么"宣传工作不够啰,农村落后呀,妇女工作等于零……"等等的话。他一想到这里,就免不了烦燥,如何能把农村弄好呢,这里没有做工作的人呀。他自己是个什么呢,他什么也不懂。他没有住过学,不识字,他连儿子都没有一个,而现在他做了乡指导员,他明天还要报告开会意义……"第一,要发扬民主才能抗战胜利;第二,三三制就是……"

窗户纸在慢慢变白,间壁已经有人起身了。而何华明却刚刚沉入在半睡眠状态中,黄瘦的老婆已经睡熟了,有一个眼泪嵌在那凹下去了的眼角上。猫又睡在更侧边,沉沉的打着鼾。映在曙光里的这窑洞倒也显得很温暖很甜适。

天渐渐的大亮了。

(原载 1941 年 6 月 10 日、11 日《解放日报》)

为奴隶的母亲

柔 石

她底丈夫是一个皮贩,就是收集乡间各猎户底兽皮和牛皮,贩到大埠上出卖的人。但有时也兼做点农作,芒种的时节,便帮人家插秧,他能将每行插得非常直,假如有五人同在一个水田内,他们一定叫他站在第一个做标准。然而境况总是不佳,债是年年积起来了。他大约就因为境况的不佳,烟也吸了,酒也喝了,钱也赌起来了。这样,竟使他变做一个非常凶狠而暴躁的男子,但也就更贫穷下去,连小小的移借,别人也不敢答应了。

在穷底结果的病以后,全身便变成枯黄色,脸孔黄的和小铜鼓一样,连眼白也黄了。别人说他是黄胆病,孩子们也就叫他"黄胖"了。有一天,他向他底妻说:

"再也没有办法了,这样下去,连小锅子也都卖去了。我想,还是从你底身上设法罢。你跟着我挨饿,有什么办法呢?"

"我底身上?……"

他底妻坐在灶后,怀里抱着她底刚满三周的男小孩——孩子还在啜着奶,她讷讷地低声地问。

"你,是呀,"她底丈夫病后的无力的声音,"我已经将你出典了……"

"什么呀?"他底妻几乎昏去似的。

屋内是稍稍静寂了一息。他气喘着说:

"三天前,王狼来坐讨了半天的债回去以后,我也跟着他去,走到了九亩潭边,我很不想要做人了。但是坐在那株爬上去一纵身就可落在潭里的树下,想来想去,总没有力气跳了。猫头鹰在耳朵边不住地啭,我底心被它叫寒起来,我只得回转身,但在路上,遇见了沈家婆,她问我,晚也晚了,在外做什么。我就告诉她,请她代我借一笔款,或向什么人家的小姐借些衣服或首饰去暂时当一当,免得王狼底狼一般的绿眼睛天天在家里闪烁。可是沈家婆向我笑道:

"'你还将妻养在家里做什么呢,你自己黄也黄到这个地步了?'

"我低着头站在她面前没有答,她又说:

"'儿子呢,你只有一个了,舍不得。但妻——'

"我当时想:'莫非叫我卖去妻了么?'

"而她继续道:

"'但妻——虽然是结发的,穷了,也没有法。还养在家里做什么呢?'

"这样,她就直说出:'有一个秀才,因为没有儿子,年纪已五十岁了,想买一个妾;又因他底大妻不允许,只准他典一个,典三年或五年,叫我物色相当的女人:年纪约三十岁左右,养过两三个儿子的,人要沉默老实,又肯做事,还要对他底大妻肯低眉下首。这次是秀才娘子向我说的,假如条件合,肯出八十元或一百元的身价。我代她寻了好几天,总没有相当的女人。'她说:现在碰到我,想起了你来,样样都对的。当时问我底意见怎样,我一边掉了几滴泪,一边却被她催的答应她了。"

说到这里,他垂下头,声音很低弱,停止了。他底妻简直痴似的,话一句没有。又静寂了一息,他继续说:

"昨天,沈家婆到过秀才底家里,她说秀才很高兴,秀才娘子也喜欢,钱是一百元,年数呢,假如三年养不出儿子,是五年。沈家婆并将日子也拣定了——本月十八,五天后。今天,她写典契去了。"

这时,他底妻简直连腑脏都颤抖,吞吐着问:

"你为什么早不对我说?"

"昨天在你底面前旋了三个圈子,可是对你说不出。不过我仔细想,除出将你底身子设法外,再也没有办法了。"

"决定了么?"妇人战着牙齿问。

"只待典契写好。"

"倒霉的事情呀,我! ——一点也没有别的方法了么? 春宝底爸呀!"

春宝是她怀里的孩子底名字。

"倒霉,我也想到过,可是穷了,我们又不肯死,有什么办法? 今年,我怕连插秧也不能插了。"

"你也想到过春宝么? 春宝还只有五岁,没有娘,他怎么好呢?"

"我领他便了。本来是断了奶的孩子。"

他似乎渐渐发怒了。也就走出门外去了。她,却呜呜咽咽地哭起来。

这时,在她过去的回忆里,却想起恰恰一年前的事:那时她生下了一个女儿,她简直如死去一般地卧在床上。死还是整个的,她却肢体分作四碎与五裂。刚落地的女婴,在地上的干草堆上叫:"呱呀,呱呀"声音很重的,手脚揪缩。脐带绕在她底身上,胎盘落在一边,她很想挣扎起来给她洗好,可是她底头昂起来,身子凝滞在床上。这样,她看见她底丈夫,这个凶狠的男子,飞红着脸,提了一桶沸水到女婴的旁边。她简直用了她一生底最后的力向他喊:"慢!慢……"但这个病前极凶狠的男子,没有一分钟商量的余地,也不答半句话,就将"呱呀,呱呀,"声音很重地在叫着的女儿,刚出世的新生命,用他底粗暴的两手捧起来,如屠户捧将杀的小羊一般,扑通,投下在沸水里了!除出沸水的溅声和皮肉吸收沸水的嘶声以外,女孩一声也不喊——她疑问地想,为什么也不重重地哭一声呢?竟这样不响地愿意冤枉死去么?啊!——她转念,那是因为她自己当时昏过去的缘故,她当时剜去了心一般地昏去了。

想到这里,似乎泪竟干涸了。"唉!苦命呀!"她低低地叹息了一声。这时春宝拔去了奶头,向他底母亲的脸上看,一边叫:

"妈妈!妈妈!"

在她将离别底前一晚,她拣了房子底最黑暗处坐着。一盏油灯点在灶前,萤火那么的光亮。她,手里抱着春宝,将她底头贴在他底头发上。她底思想似乎浮漂在极远,可是她自己捉摸不定远在哪里。于是慢慢地跑回来,跑到眼前,跑到她底孩子底身上。她向她底孩子低声叫:

"春宝,宝宝!"

"妈妈,"孩子含着奶头答。

"妈妈明天要去了……"

"唔"孩子似不十分懂得,本能地将头钻进他母亲底胸膛。

"妈妈不回来了,三年内不能回来了!"

她擦一擦眼睛,孩子放松口子问:

"妈妈哪里去呢?庙里么?"

"不是,三十里路外,一家姓李的。"

"我也去。"

"宝宝去不得的。"

"呃!"孩子反抗地,又吸着并不多的奶。

"你跟爸爸在家里,爸爸会照料宝宝的:同宝宝睡,也带宝宝玩,你听爸爸底话好了。过三年……"她没有说完,孩子要哭似地说:

"爸爸要打我的!"

"爸爸不再打你了,"同时用她底左手抚摸着孩子底右额,在这上,有他父亲在杀死他刚生下的妹妹后第三天,用锄柄敲他,肿起而又平复了的伤痕。

她似要还想对孩子说话,她底丈夫踏进门了。他走到她底面前,一只手放在袋里,掏取着什么,一边说:

"钱已经拿来七十元了。还有三十元要等你到了后十天付。"

停了一息说:"也答应轿子来接。"

又停了一息:"也答应轿夫一早吃好早饭来。"

这样,他离开了她,又向门外走出去了。

这一晚,她和她底丈夫都没有吃晚饭。

第二天,春雨竟滴滴渐渐地落着。

轿是一早就到了。可是这妇人,她却一夜不曾睡。她先将春宝底几件破衣服都修补好;春将完了,夏将到了,可是她,连孩子冬天用的破烂棉袄都拿出来,移交给他底父亲——实在,他已经在床上睡去了。以后,她坐在他底旁边,想对他说几句话,可是长夜是迟延着过去,她底话一句也说不出,而且,她大着胆向他叫了几声,发了几个听不清楚的音,声音在他底耳外,她也就睡下不说了。

等她朦朦胧胧地刚离开思索将要睡去,春宝又醒了。他就推叫他底母亲,要起来。以后当她给他穿衣服的时候,向他说:

"宝宝好好地在家里,不要哭,免得你爸爸打你。以后妈妈常买糖果来,买给宝宝吃,宝宝不要哭。"

而小孩子竟不知道悲哀是什么一回事,张大口子"唉,唉,"地唱起来了。她在他底唇边吻了一吻,又说:

"不要唱,你爸爸被你唱醒了。"

轿夫坐在门首的板凳上,抽着旱烟,说着他们自己要听的话。一息,邻村的沈家婆也赶到了。一个老妇人,熟悉世故的媒婆,一进门,就拍拍她身上的雨点,向他们说:

"下雨了,下雨了,这是你们家里此后会有滋长的预兆。"

老妇人忙碌似地在屋内旋了几个圈,对孩子底父亲说了几句话,意思是讨酬报。因为这件契约之能订的如此顺利而合算,实在是她底力量。

"说实在话,春宝底爸呀,再加五十元,那老头子可以买一房妾了。"她说。

于是又转向催促她——妇人却抱着春宝,这时坐着不动。老妇人声音很高地:

"轿夫要赶到他们家里吃中饭的,你快些预备走呀!"

可是妇人向她瞧了一瞧,似乎说:

"我实在不愿离开呢!让我饿死在这里罢!"

声音是在她底喉下,可是媒婆懂得了,走近到她前面,迷迷地向她笑说:

"你真是一个不懂事的丫头,黄胖还有什么东西给你呢?那边真是一份有吃有剩的人家,两百多亩田,经济很宽裕,房子是自己底,也雇着长工养着牛。大娘底性子是极好的,对人非常客气,每次看见人总给人一些吃的东西。那老头子——实在并不老,脸是很白白的,也没有留胡子,因为读了书,背有些偻偻的,斯文的模样。可是也不必多说,你一走下轿就看见的,我是一个从不说谎的媒婆。"

妇人拭一拭泪,极轻地:

"春宝……我怎么能抛开他呢!"

"不用想到春宝了,"老妇人一手放在她底肩上,脸凑近她和春宝。"有五岁了,古人说:'三周四岁离娘身',可以离开你了。只要你底肚子争气些,到那边,也养下一二个来,万事都好了。"

轿夫也在门首催起身了,他们噜苏着说:

"又不是新娘子,啼啼哭哭的。"

这样,老妇人将春宝从她底怀里拉去,一边说:

"春宝让我带去罢。"

小小的孩子也哭了,手脚乱舞的,可是老妇人终于给他拉到小门外去。当妇人走进轿门的时候,向他们说:

"带进屋里来罢,外边有雨呢。"

她底丈夫用手支着头坐着,一动没有动,而且也没有话。

两村的相隔有三十里路,可是轿夫的第二次将轿子放下肩,就到了。春天的细雨,从轿子底布篷里飘进,吹湿了她底衣衫。一个脸孔肥肥的,两眼很有心计的约摸五十四五岁的老妇人来迎她,她想:这当然是大娘了。可是只向她满面羞涩地看一看,并没有叫。她很亲昵似地将她牵上阶沿,一个长长的瘦瘦的而面孔圆细的男子就从房里走出来。他向新来的少妇,仔细地瞧了瞧,堆出满脸的笑容来,向她问:

"这么早就到了么?可是打湿你底衣裳了。"

而那位老妇人,却简直没有顾到他底说话,也向她问:

"还有什么在轿里么?"

"没有什么了,"少妇答。

几位邻舍的妇人站在大门外,探头张望的;可是她们走进屋里面了。

她自己也不知道这究竟为什么,她底心老是挂念着她底旧的家,掉不下她的春宝。这是真实而明显的,她应庆祝这将开始的三年的生活——这个家庭,和她所典给他的丈夫,都比曾经过去的要好,秀才确是一个温良和善的人,讲话是那么地低声,连大娘,实在也是一个出乎意料之外的妇人,她底态度之殷勤,和滔滔的一席话:说她和她丈夫底过去的生活之经过,从美满而漂亮的结婚生活起,一直到现在,中间的三十年。她曾做过一次的产,十五六年以前了,养下一个男孩子,据她说,是一个极美丽又极聪明的婴儿,可是不到十个月,竟患了天花死去了。这样,以后就没有再养过第二个。在她底意思中,似乎——似乎——早就叫她底丈夫娶一房妾。可是他,不知是爱她呢,还是没有相当的人——这一层她并没有说清楚;于是,就一直到现在。这样,竟说得这个具着朴素的心地的她,一时酸,一时苦,一时甜上心头,一时又咸的压下去了。最后,这个老妇人并将她底希望也向她说出来了。她底脸是娇红的,可是老妇人说:

"你是养过三四个孩子的女人了,当然,你是知道什么的,你一定知道的还比我多。"

这样,她说着走开了。

当晚,秀才也将家里底种种情形告诉她,实际,不过是向她夸耀或求媚罢了。她坐在一张橱子的旁边,这样的红的木橱,是她旧的家所没有的,她眼睛白晃晃地瞧着它。秀才也就坐到橱子

底面前来,问她:

"你叫什么名字呢?"

她没有答,也并不笑,站起来,走到床底前面,秀才也跟到床底旁边,更笑地问她:

"怕羞么?哈,你想你底丈夫么?哈,哈,现在我是你底丈夫了。"声音是轻轻的,又用手去牵着她底袖子。"不要愁罢!你也想你底孩子的,是不是?不过——"

他没有说完,却又哈的笑了一声,他自己脱去他外面的长衫了。

她可以听见房外的大娘底声音在高声地骂着什么人,她一时听不出在骂谁,骂烧饭的女仆,又好像骂她自己,可是因为她底怨恨,仿佛又是为她而发的。秀才在床上叫道:

"睡罢,她常是这么噜噜苏苏的。她以前很爱那个长工,因为长工要和烧饭的黄妈多说话,她却常要骂黄妈的。"

日子是一天天地过去了。旧的家,渐渐地在她底脑子里疏远了,而眼前,却一步步地亲近她使她熟悉。虽则,春宝底哭声有时竟在她底耳朵边响,梦中,她也几次地遇到过他。可是梦是一个比一个缥缈,眼前的事务是一天比一天繁多。她知道这个老妇人是猜忌多心的,外表虽则对她还算大方,可是她底嫉妒的心是和侦探一样,监视着秀才对她的一举一动。有时,秀才从外面回来,先遇见了她而同她说话,老妇人就疑心有什么特别的东西买给她了,非在当晚,将秀才叫到她自己底房内去,狠狠地训斥一番不可。"你给狐狸迷着了么?""你应该称一称你自己底老骨头是多少重!"像这样的话,她耳闻到不止一次了。这样以后,她望见秀才从外面回来而旁边没有她坐着的时候,就非得急忙避开不可。即使她在旁边,有时也该让开一些,但这种动作,她要做的非常自然,而且不能让旁人看出,否则,她又要向她发怒,说是她有意要在旁人的前面暴露她大娘底丑恶。而且以后,竟将家里的许多杂务都堆积在她底身上,同一个女仆那么样。她还算是聪明的,有时老妇人底换下来的衣服放着,她也给她拿去洗了,虽然她说:

"我底衣服怎么要你洗呢?就是你自己底衣服,也可叫黄妈洗的。"可是接着说:

"妹妹呀,你最好到猪栏里去看一看,那两只猪为什么这样喁喁叫的,或者因为没有吃饱罢,黄妈总是不肯给它们吃饱的。"

八个月了,那年冬天,她底胃却起了变化:老是不想吃饭,想吃新鲜的面,番薯等。但番薯或面吃了两餐,又不想吃,又想吃馄饨,多吃又要呕。而且还想吃南瓜和梅子——这是六月里的东西,真稀奇,向哪里去找呢?秀才是知道在这个变化中所带来的预告了。他镇日地笑微微,能找到的东西,总忙着给她找来。他亲身给她到街上去买橘子,又托便人买了金柑来。他在廊沿下走来走去,口里念念有词的,不知说什么。他看她和黄妈磨过年的粉,但还没有磨了三升,就向她叫:"歇一歇罢,长工也好磨的,年糕是人人要吃的。"

有时在夜里,人家谈着话,他却独自拿了一盏灯,在灯下,读起《诗经》来了:

关关雎鸠,

在河之洲,

窈窕淑女,

君子好逑——

这时长工向他问:

"先生,你又不去考举人,还读它做什么呢?"

他却摸一摸没有胡子的口边,怡悦地说道:

"是呀,你也知道人生底快乐么?所谓:'洞房花烛夜,金榜挂名时。'你也知道这两句话底意思么?这是人生底最快乐的两件事呀!可是我对于这两件事都过去了,我却还有比这两件更快乐的事呢?"

这样,除出他底两个妻以外,其余的人们都大笑了。

这些事,在老妇人眼睛里是看得非常气恼了。她起初闻到她底受孕也欢喜,以后看见秀才的这样奉承她,她却怨恨她自己肚子底不会还债了。有一次,次年三月了,这妇人因为身体感觉不舒服,头有些痛,睡了三天。秀才呢,也愿她歇息歇息,更不时地问她要什么,而老妇人却着实地发怒了。她说她装娇,噜噜苏苏地也说了三天。她先是恶意地讥嘲她:说是一到秀才底家里就高贵起来了,什么腰酸呀,头痛呀,姨太太的架子也都摆出来了;以前在她自己底家里,她不相信她有这样的娇养,恐怕竟和街头的母狗一样,肚子里有着一肚皮的小狗,临产了,还要到处地奔求着食物。现在呢,因为"老东西"——这是秀才的妻叫秀才的名字——趋奉了她,就装着娇滴滴的样子了。

"儿子",她有一次在厨房里对黄妈说,"谁没有养过呀?我也曾怀过十个月的孕,不相信有这么的难受。而且,此刻的儿子,还在'阎罗王的簿里',谁保的定生出来不是一只癞虾蟆呢?也等到真的'鸟儿'从洞里钻出来看见了,才可在我底面前显威风,摆架子,此刻,不过是一块血的猫头鹰,就这么的装腔,也显得太早一点!"

当晚这妇人没有吃晚饭,这时她已经睡了,听了这一番婉转的冷嘲与热骂,她呜呜咽咽地低声哭泣了。秀才也带衣服坐在床上,听到浑身透着冷汗,发起抖来。他很想扣好衣服,重新走起来,去打她一顿,抓住她底头发狠狠地打她一顿,泄泄他一肚皮的气。但不知怎样,似乎没有力量,连指也颤动,臂也酸软了,一边轻轻地叹息着说:

"唉,一向实在太对她好了。结婚了三十年,没有打过她一掌,简直连指甲都没有弹到她底皮肤上过,所以今日,竟和娘娘一般地难惹了。"

同时,他爬过到床底那端,她底身边,向她耳语说:

"不要哭罢,不要哭罢,随她吠去好了!她是阉过的母鸡,看见别人的孵卵是难受的。假如你这一次真能养出一个男孩子来,我当送你两样宝贝——我的一只青玉的戒指,一只白玉的……"

他没有说完,可是他忍不住听下门外的他底大妻底喋喋的讥笑的声音,他急忙地脱去衣服,将头钻进被窝里去,凑向她底胸膛,一边说:

"我有白玉的……"

肚子一天天地膨胀的如斗那么大,老妇人终究也将产婆雇定了,而且在别人的面前,竟拿起花布来做婴儿用的衣服。

酷热的暑天到了尽头,旧历的六月,他们在希望的眼中过去了。秋开始,凉风也拂拂地在乡镇上吹送。于是有一天,这全家的人们都到了希望底最高潮,屋里底空气完全地骚动起来。秀才底心更是异常地紧张,他在天井上不断地徘徊,手里捧着一本历书,好似要读它背诵那么地念去——"戊辰","甲戌","壬寅之年",老是反复地轻轻地说着。有时他底焦急的眼光向一间关了窗的房子望去——在这间房子内是有产母底低声呻吟的声音；有时他向天上望一望被云笼罩着的太阳，于是又走向房门口，向站在房门内的黄妈问：

"此刻如何？"

黄妈不住地点着头不做声响，一息，答：

"快下来了，快下来了。"

于是他又捧了那本历书，在廊下徘徊起来。

这样的情形，一直继续到黄昏底青烟在地面起来，灯火一盏盏的如春天的野花般在屋内开起，婴儿才落地了，是一个男的。婴儿底声音是很重地在屋内叫，秀才却坐在屋角里，几乎快乐到流出眼泪来了。全家的人都没有心思吃晚饭，在平淡的晚餐席上，秀才底大妻向佣人们说道：

"暂时瞒一瞒罢，给小猫头避避晦气；假如别人问起，也答养一个女的好了。"

他们都微笑地点点头。

一个月以后，婴儿底白嫩的小脸孔，已在秋天的阳光里照耀了。这个少妇给他哺着奶，邻舍的妇人围着他们瞧，有的称赞婴儿底鼻子好，有的称赞婴儿底口子好，有的称赞婴儿底两耳好；更有的称赞婴儿母亲，也比以前好，白而且壮了。老妇人却正和老祖母那么地吩咐着，保护着，这时开始说：

"够了，不要弄他哭了。"

关于孩子底名字，秀才是煞费苦心地想着，但总想不出一个相当的字来。据老妇人底意见，还是从"长命富贵"或"福禄寿喜"里拣一个字，最好还是"寿"字或与"寿"同意义的字，如"其颐"，"彭祖"等。但秀才不同意，以为太通俗，人云亦云的名字。于是翻开了《易经》，《书经》，向这里面找，但找了半月，一月，还没有恰贴的字。在他底意思：以为在这个名字内，一边要祝福孩子，一边要包含他底老而得子底蕴义，所以竟不容易找。这一天，他一边抱着三个月的婴儿，一边又向书里找名字，戴着一副眼镜，将书递到灯底旁边去。婴儿底母亲呆呆地坐在房内底一边，不知思想着什么，却忽然开口说道：

"我想，还是叫他'秋宝'罢。"屋内的人们底几对眼睛都转向她，注意地静听着："他不是生在秋天吗？秋天的宝贝——还是叫他'秋宝'罢。"

秀才立刻接着说道：

"是呀，我真极费心思了。我年过半百，实在到了人生的秋期；孩子也正养在秋天；'秋'是万物成熟的季节，秋宝，实在是一个很好的名字呀！而且《书经》里没有么？'乃亦有秋'，我真乃亦有'秋'了！"

接着，又称赞了一通婴儿底母亲；说是呆读书实在无用，聪明是天生的。这些话，说的这妇人连坐着都觉着局促不安，垂下头，苦笑地又含泪地想：

"我不过因春宝想到罢了。"

秋宝是天天成长的非常可爱地离不开他底母亲了。他有出奇的大的眼睛，对陌生人是不倦地注视地瞧着,但对他底母亲,却远远地一眼就知道了。他整天地抓住了他底母亲,虽则秀才是比她还爱他,但不喜欢父亲;秀才底大妻呢,表面也爱他,似爱她自己亲生的儿子一样,但在婴儿底大眼睛里,却看她似陌生人,也用奇怪的不倦的视法。可是他的执住他底母亲愈紧,而他底母亲的离开这家的日子也愈近了。春天底口子咬住了冬天底尾巴;而夏天底脚又常是紧随着在春天底身后的;这样,谁都将孩子底母亲底三年快到的问题横放在心头上。

秀才呢,因为爱子的关系,首先向他底大妻提出来了:他愿意再拿出一百元钱,将她永远买下来。可是他底大妻底回答是:

"你要买她,那先给我药死罢!"

秀才听到这句话,气的只向鼻孔放出气,许久没有说;以后,他反而做着笑脸地:

"你想想孩子没有娘……"

老妇人也尖利地冷笑地说:

"我不好算是他底娘么?"

在孩子底母亲的心呢,却正矛盾着这两种的冲突了:一边,她底脑里老是有"三年"这两个字,三年是容易过去的,于是她底生活便变做在秀才底家里底佣人似的了。而且想象中的春宝,也同眼前的秋宝一样活泼可爱,她既舍不得秋宝,怎么就能舍得掉春宝呢?可是另一边,她实在愿意永远在这新的家里住下去,她想,春宝的爸爸不是一个长寿的人,他底病一定是在三五年之内要将他带走到不可知的异国里去的,于是,她便要求她底第二个丈夫,将春宝也领过来,这样,春宝也在她底眼前。

有时,她倦坐在房外的廊沿下,初夏的阳光,异常地能令人昏朦地起幻想,秋宝睡在她底怀里,含着她底乳,可是她觉得仿佛春宝同时也站在她底旁边,她伸出手去也想将春宝抱近来,她还要对他们兄弟两人说几句话,可是身边是空空的。

在身边的较远的门口,却站着这位脸孔慈善而眼睛凶毒的老妇人,目光注视着她。这样,她也恍恍惚惚地敏悟:"还是早些脱离罢,她简直探子一样地监视着我了。"可是忽然怀内的孩子一叫,她却又什么也没有的只剩着眼前的事实来支配她了。

以后,秀才又将计划修改了一些:他想叫沈家婆来,叫她向秋宝底母亲底前夫去说,他愿否再拿进三十元——最多是五十元,将妻续典三年给秀才。秀才对他底大妻说:

"要是秋宝到五岁,是可以离开娘了。"

他底大妻正是手里捻着念佛珠,一边在念着"南无阿弥陀佛",一边答:

"她家里也还有前儿在,你也应放她和她底结发夫妇团聚一下罢。"

秀才低着头,断断续续地仍然这样说:

"你想想秋宝两岁就没有娘……"

可是老妇人放下念佛珠说:

"我会养的,我会管理他的,你怕我谋害了他么?"

秀才一听到末一句话,就拔步走开了。老妇人仍在后面说:

"这个儿子是帮我生的,秋宝是我底;绝种虽然是绝了你家底种,可是我却仍然吃着你家底餐饭。你真被迷了,老昏了,一点也不会想了。你还有几年好活,却要拼命拉她在身边?双连牌位,我是不愿意坐的！"

老妇人似乎还有许多刻毒的锐利的话，可是秀才走远开听不见了。

在夏天，婴儿底头上生了一个疮，有时身体稍稍发些热，于是这位老妇人就到处地问菩萨，求佛药，给婴儿敷在疮上，或灌下肚里，婴儿底母亲觉得并不十分要紧，反而使这样小小的生命哭成一身的汗珠，她不愿意，或将吃了几口的药暗地里拿去倒掉了。于是这位老妇人就高声叹息，向秀才说：

"你看，她竟一点也不介意他底病，还说孩子是并不怎样瘦下去。爱在心里的是深的；专疼表面是假的。"

这样，妇人只有暗自挥泪，秀才也不说什么话了。

秋宝一周纪念的时候，这家热闹地排了一天的酒筵，客人也到了三四十，有的送衣服，有的送面，有的送银制的狮子，给婴儿挂在胸前的，有的送镀金的寿星老头儿，给孩子钉在帽上的，许多礼物，都在客人底袖子里带来了。他们祝福着婴儿的飞黄腾达，赞颂着婴儿的长寿永生；主人底脸孔，竟是荣光照耀着，有如落日的云霞反映着在他底颊上似的。

可是在这天，正当他们筵席将举行的黄昏时，来了一个客，从朦胧的暮光中向他们底天井走进，人们都注意他：一个憔悴异常的乡人，衣服补衲的，头发很长，在他底腋下，挟着一个纸包。主人骇异地迎上前去，问他是哪里人，他口吃似地答了，主人一时糊涂的，但立刻明白了，就是那个皮贩。主人更轻轻地说：

"你为什么也送东西来呢？你真不必的呀！"

来客胆怯地向四周看看，一边答说：

"要，要的……我来祝祝这个宝贝长寿千……"

他似没有说完，一边将腋下的纸包打开来了，手指颤动地打开了两三重的纸，于是拿出四只铜制镀银的字，一方寸那么大，是"寿比南山"四字。

秀才底大娘走来了，向他仔细一看，似乎不大高兴。秀才却将他招待到席上，客人们互相私语着。

两点钟的酒与肉，将人们弄得胡乱与狂热了：他们高声猜着拳，用大碗盛着酒互相比赛，闹得似乎房子都被震动了。只有那个皮贩，他虽然也喝了两杯酒，可是仍然坐着不动，客人们也不招呼他。等到兴尽了，于是各人草草地吃了一碗饭，互祝着好话，从两两三三的灯笼光影中，走散了。

而皮贩，却吃到最后，佣人来收拾羹碗了，他才离开了桌，走到廊下的黑暗处。在那里，他遇见了他底被典的妻。

"你也来做什么呢？"妇人问，语气是非常凄惨的。

"我哪里又愿意来，因为没有法子。"

"那末你为什么来的这样晚？"

"我哪里来买礼物的钱呀？！奔跑了一上午，哀求了一上午，又到城里买礼物，走得乏了，饿了，也迟了。"

妇人接着问：

"春宝呢?"

男子沉吟了一息答:

"所以,我是为春宝来的。……"

"为春宝来的?"妇人惊异地回音似地问。

男人慢慢地说:

"从夏天来,春宝是瘦的异样了。到秋天,竟病起来了。我又哪里有钱给他请医生吃药,所以现在,病是更厉害了!再不想法救救他,眼见得要死了!"静寂了一刻,继续说:"现在,我是向你来借钱的……"

这时妇人底胸膛内,简直似有四五只猫在抓她,咬她,咀嚼着她底心脏一样。她恨不得哭出来,但在人们个个向秋宝祝颂的日子,她又怎么好跟在人们底声音后面叫哭呢?她吞下她底眼泪,向她底丈夫说:

"我又哪里有钱呢?我在这里,每月只给我两角钱的零用,我自己又哪里要用什么,悉数补在孩子底身上了。现在,怎么好呢?"

他们一时没有话,以后,妇人又问:

"此刻有什么人照顾着春宝呢?"

"托了一个邻舍。今晚,我仍旧想回家,我就要走了。"

他一边说着,一边揩着泪。女的同时哽咽着说:

"你等一下罢,我向他去借借看。"

她就走开了。

三天以后的一天晚上,秀才忽然问这妇人道:

"我给你的那只青玉戒指呢?"

"在那天夜里,给了他了。给了他拿去当了。"

"没有借你五块钱么?"秀才愤怒地。

妇人低着头停了一息答:

"五块钱怎么够呢!"

秀才接着叹息说:

"总是前夫和前儿好,无论我对你怎么样!本来我很想再留你两年的,现在,你还是到明春就走罢!"

女人简直连泪也没有地呆着了。

几天后,他还向她那么地说:

"那只戒指是宝贝,我给你是要你传给秋宝的,谁知你一下就拿去当了!幸得她不知道,要是知道了,有三个月好闹了!"

妇人是一天天地黄瘦了。没有精采的光芒在她底眼睛里起来,而讥笑与冷骂的声音又充塞在她底耳内了。她是时常记念着她底春宝的病的,探听着有没有从她底本乡来的朋友,也探听着有没有向她底本乡去的便客,她很想得到一个关于"春宝的身体已复原"的消息,可是消息总没有;她也想借两元钱或买些糖果去,方便的客人又没有,她不时地抱着秋宝在门首过去一些的大路边,眼睛望着来和去的路。这种情形却很使秀才底大妻不舒服了,她时常对秀才说:

"她哪里愿意在这里呢,她是极想早些飞回去的。"

有几夜,她抱着秋宝在睡梦中突然喊起来,秋宝也被吓醒,哭起来了。秀才就追逼地问:

"你为什么?你为什么?"

可是女人拍着秋宝,口子哼哼的没有答。秀才继续说:

"梦着你底前儿死了么,那么地喊?连我都被你叫醒了。"

女人急忙地一边答:

"不,不……好像我底前面有一圹坟呢!"

秀才没有再讲话,而悲哀的幻象更在女人底前面展现开来,她要走向这坟去。

冬末了,催离别的小鸟,已经到她底窗前不住地叫了。先是孩子断了奶,又叫道士们来给孩子度了一个关,于是孩子和他亲生的母亲的别离——永远的别离的运命就被决定了。

这一天,黄妈先悄悄地向秀才底大妻说:

"叫一顶轿子送她去么?"

秀才底大妻还是手里捻着念佛珠说:

"走走好罢,到那边轿钱是那边付的,她又哪里有钱呢,听说她底亲夫连饭也没得吃,她不必摆阔了。路也不算远,我也是曾经走过三四十里路的人,她底脚比我大,半天可以到了。"

这天早晨当她给秋宝穿衣服的时候,她底泪如溪水那么地流下,孩子向她叫:"婶婶,婶婶,"——因为老妇人要他叫她自己是"妈妈",只准叫她是"婶婶"——她向他咽咽地答应。她很想对他说几句话,意思是:

"别了,我底亲爱的儿子呀!你底妈妈待你是好的,你将来也好好地待还她罢,永远不要再记念我了!"

可是她无论怎样也说不出。她也知道一周半的孩子是不会了解的。

秀才悄悄地走向她,从她背后的腋下伸进手来,在他底手内是十枚双毫角子,一边轻轻说:

"拿去罢,这两块钱。"

妇人扣好孩子底钮扣,就将角子塞在怀内的衣袋里。

老妇人又进来了,注意着秀才走出去的背后,又向妇人说:

"秋宝给我抱去罢,免得你走时他哭。"

妇人不做声响,可是秋宝总不愿意,用手不住地拍在老妇人底脸上。于是老妇人生气地又说:

"那末你同他去吃早饭去罢,吃了早饭交给我。"

黄妈拼命地劝她多吃饭,一边说:

"半月来你就这样了,你真比来的时候还瘦了。你没有去照照镜子。今天,吃一碗下去罢,你还要走三十里路呢。"

她只不关紧要地说了一句:

"你对我真好!"

但是太阳是升的非常高了，一个很好的天气，秋宝还是不肯离开他底母亲，老妇人便狠狠地将他从她底怀里夺去，秋宝用小小的脚踢在老妇人底肚子上，用小小的拳头搔住她底头发，高声呼喊她。妇人在后面说：

"让我吃了中饭去罢。"

老妇人却转过头，汹汹地答：

"赶快打起你底包袱去罢，早晚总有一次的！"

孩子底哭声便在她底耳内渐渐远去了。

打包裹的时候，耳内是听着孩子底哭声。黄妈在旁边，一边劝慰着她，一边却看她打进什么去。终于，她挟着一只旧的包裹走了。

她离开他底大门时，听见她底秋宝的哭声；可是慢慢地远远地走了三里路了，还听见她底秋宝的哭声。

暖和的太阳所照耀的路，在她底面前竟和天一样无穷止地长。当她走到一条河边的时候，她很想停止她底那么无力的脚步，向明澈可以照见她自己底身子的水底跳下去了。但在水边坐了一会之后，她还得依前去的方向，移动她自己底影子。

太阳已经过午了，一个村里的一个年老的乡人告诉她，路还有十五里，于是她向那个老人说：

"伯伯，请你代我就近叫一顶轿子罢，我是走不回去了！"

"你是有病的么？"老人问。

"是的。"

她那时坐在村口的凉亭里面。

"你从哪里来？"

妇人静默了一时答：

"我是向那里去的；早晨我以为自己会走的。"

老人怜悯地也没有多说话，就给她找了两位轿夫，一顶没篷的轿。因为那是下秧的时节。

下午三四时的样子，一条狭窄而污秽的乡村小街上，抬过了一顶没篷的轿子，轿里躺着一个脸色枯萎如同一张干瘪的黄菜叶那么的中年妇人，两眼朦胧地颓唐地闭着。嘴里的呼吸只有微弱地吐出。街上的人们个个睁着惊异的目光，怜悯地凝视着过去。一群孩子们，争噪地跟在轿后，好像一件奇异的事情落到这沉寂的小村镇里来了。

春宝也是跟在轿后的孩子们中底一个，他还在似赶猪那么地哗着轿走，可是当轿子一转一个弯，却是向他底家里去的路，他却伸直了两手而奇怪了，等到轿子到了他家里的门口，他简直呆似地远远地站在前面，背靠在一株柱子上，面向着轿，其余的孩子们胆怯地围在轿的两边。妇人走出来了，她昏迷的眼睛还认不清站在前面的，穿着褴褛的衣服，头发蓬乱的，身子和三年前一样的短小，那个八岁的孩子是她底春宝。突然，她哭出来地高叫了：

"春宝呀！"

一群孩子们，个个无意地吃了一惊，而春宝简直吓的躲进屋里他父亲那里去了。

妇人在灰暗的屋内坐了许久许久，她和她底丈夫都没有一句话。夜色降落了，他下垂的头昂起来，向她说：

"烧饭吃罢!"

妇人就不得已地站起来,向屋角上旋转了一周,一点也没有气力地对她丈夫说:

"米缸内是空空的……"

男人冷笑了一声,答说:

"你真在大人家底家里生活过了!米,盛在那只香烟盒子内。"

当天晚上,男子向他底儿子说:

"春宝,跟你底娘去睡!"

而春宝却靠在灶边哭起来了。他底母亲走近他,一边叫:

"春宝,春宝!"

可是当她底手去抚摸他底时候,他又躲闪开了。男子加上说:

"会生疏得那么快,一顿打呢!"

她眼睁睁地睡在一张龌龊的狭板床上,春宝陌生似的睡在她底身边。在她底已经麻木的脑内,仿佛秋宝肥白可爱地在她身边挣动着,她伸出两手想去抱,可是身边是春宝。这时,春宝睡着了,转了一个身,他底母亲紧紧地将他抱住,而孩子却从微弱的鼾声中,脸伏在她底胸膛上,两手抚摩着她底两乳。

沉静而寒冷的死一般的长夜,似无限地拖延着,拖延着……

一九三〇年一月二十日

(原载 1930 年 3 月 1 日《萌芽》第 1 卷第 3 期)

春蚕

茅 盾

一

老通宝坐在"塘路"边的一块石头上,长旱烟管斜摆在他身边。"清明"节后的太阳已经很有力量,老通宝背脊上热烘烘地,像背着一盆火。"塘路"上拉纤的快班船上的绍兴人只穿了一件蓝布单衫,敞开了大襟,弯着身子拉,额角上黄豆大的汗粒落到地下。

看着人家那样辛苦的劳动,老通宝觉得身上更加热了;热的有点儿发痒。他还穿着那件过冬的破棉袄,他的夹袄还在当铺里,却不防才得"清明"边,天就那么热。

"真是天也变了!"

老通宝心里说,就吐一口浓厚的唾沫。在他面前那条"官河"内,水是绿油油的,来往的船也不多,镜子一样的水面这里那里起了几道皱纹或是小小的涡旋,那时候,倒影在水里的泥岸和岸边成排的桑树,都晃乱成灰暗的一片。可是不会很长久的。渐渐儿那些树影又在水面上显现,一弯一曲地蠕动,像是醉汉,再过一会儿,终于站定了,依然是很清晰的倒影。那拳头模样的桠枝顶都已经簇生着小手指儿那么大的嫩绿叶。这密密层层的桑树,沿着那"官河"一直望去,好像没有尽头。田里现在还只有干裂的泥块,这一带,现在是桑树的势力!在老通宝背后,也是大片的桑林,矮矮的,静穆的,在热烘烘的太阳光下,似乎那"桑拳"上的嫩绿叶过一秒钟就会大一些。

离老通宝坐处不远,一所灰白色的楼房蹲在"塘路"边,那是茧厂。十多天前驻扎过军队,现在那边田里留着几条短短的战壕。那时都说东洋兵要打进来,镇上有钱人都逃光了;现在兵队又开走了,那座茧厂依旧空关在那里,等候春茧上市的时候再热闹一番。老通宝也听得镇上小陈老爷的儿子——陈大少爷说过,今年上海不太平,丝厂都关门,恐怕这里的茧厂也不能开;但老通宝是不肯相信的。他活了六十岁,反乱年头也经过好几个,从没见过绿油油的桑叶白养在树上等到成了"枯叶"去喂羊吃;除非是"蚕花"不熟,但那是老天爷的"权柄",谁又能够未卜先知?

"才得清明边,天就那么热!"

老通宝看着那些桑拳上怒茁的小绿叶儿,心里又这么想,同时有几分惊异,有几分快活。他记得自己还是二十多岁少壮的时候,有一年也是"清明"边就得穿夹,后来就是"蚕花二十四分",自己也就在这一年成了家。那时,他家正在"发";他的父亲像一头老牛似的,什么都懂得,什么都做得;便是他那创家立业的祖父,虽说在长毛窝里吃过苦头,却也愈老愈硬朗。那时候,老陈老爷去世不久,小陈老爷还没抽上鸦片烟,"陈老爷家"也不是现在那么不像样的。老通宝相信自己一家和"陈老爷家"虽则一边是高门大户,而一边不过是种田人,然而两家的运命好像是一条线儿牵着。不但"长毛造反"那时候,老通宝的祖父和陈老爷同被长毛掳去,同在长毛窝里混上了六七年,不但他们俩同时从长毛营盘里逃了出来,而且偷得了长毛的许多金元宝——人家到现在还是这么说;并且老陈老爷做丝生意"发"起来的时候,老通宝家养蚕也是年年都好,十年中间挣得了二十亩的稻田和十多亩的桑地,还有三开间两进的一座平屋。这时候,老通宝家在东村庄上被人人所妒羡,也正像"陈老爷家"在镇上是数一数二的大户人家。可是以后,两家都不行了;老通宝现在已经没有自己的田地,反欠出三百多块钱的债,"陈老爷家"也早已完结。人家都说"长毛鬼"在阴间告了一状,阎罗王追还"陈老爷家"的金元宝横财,所以败的这么快。这个,老通宝也有几分相信:不是鬼使神差,好端端的小陈老爷怎么会抽上了鸦片烟?

可是老通宝死也想不明白为什么"陈老爷家"的"败"会牵动到他家。他确实知道自己家并没得过长毛的横财。虽则听死了的老头子说,好像那老祖父逃出长毛营盘的时候,不巧撞着了一个巡路的小长毛,当时没法,只好杀了他,——这是一个"结"!然而从老通宝懂事以来,他们家替这小长毛鬼拜忏念佛烧纸锭,记不清有多少次了。这个小冤魂,理应早投凡胎。老通宝虽然不很记得祖父是怎样"做人",但父亲的勤俭忠厚,他是亲眼看见的;他自己也是规矩人,他的儿子阿四,儿媳四大娘,都是勤俭的。就是小儿子阿多年纪轻,有几分"不知苦辣",可是毛头小伙子,大都这么着,算不得"败家相"!

老通宝抬起他那焦黄的皱脸,苦恼地望着他面前的那条河,河里的船,以及两岸的桑地。一切都和他二十多岁时差不了多少,然而"世界"到底变了。他自己家也要常常把杂粮当饭吃一天,而且又欠出了三百多块钱的债。

呜!呜,呜,呜,——

汽笛叫声突然从那边远远的河身的弯曲地方传了来。就在那边,蹲着又一个茧厂,远望去隐约可见那整齐的石"帮岸"。一条柴油引擎的小轮船很威严地从那茧厂后驶出来,拖着三条大船,迎面向老通宝来了。满河平静的水立刻激起泼剌剌的波浪，一齐向两旁的泥岸卷过来。一条乡下"赤膊船"赶快拢岸，船上人揪住了泥岸上的树根，船和人都好像在那里打秋千。轧轧轧的轮机声和洋油臭，飞散在这和平的绿的田野。老通宝满脸恨意，看着这小轮船来，看着它过去，直到又转一个弯，呜呜呜地又叫了几声，就看不见。老通宝向来仇恨小轮船这一类洋鬼子的东西！他从没见过洋鬼子，可是他从他的父亲嘴里知道老陈老爷见过洋鬼子：红眉毛，绿眼睛，走路时两条腿是直的。并且老陈老爷也是很恨洋鬼子，常常说"铜钿都被洋鬼子骗去了"。老通宝看见老陈老爷的时候，不过八九岁，——现在他所记得的关于老陈老爷的一切都是听来的，可是他想起了"铜钿都被洋鬼子骗去了"这句话，就仿佛看见了老陈老爷捋着胡子摇头的神气。

洋鬼子怎样就骗了钱去，老通宝不很明白。但他很相信老陈老爷的话一定不错。并且他自己也明明看到自从镇上有了洋纱，洋布，洋油，——这一类洋货，而且河里更有了小火轮船以后，他自己田里生出来的东西就一天一天不值钱，而镇上的东西却一天一天贵起来。他父亲留下来的一份家产就这么变小，变做没有，而且现在负了债。老通宝恨洋鬼子不是没有理由的！他这坚定的主张，在村坊上很有名。五年前，有人告诉他：朝代又改了，新朝代是要"打倒"洋鬼子的。老通宝不相信。为的他上镇去看见那新到的喊着"打倒洋鬼子"的年轻人们都穿了洋鬼子衣服。他想来这伙年轻人一定私通洋鬼子，却故意来骗乡下人。后来果然就不喊"打倒洋鬼子"了，而且镇上的东西更加一天一天贵起来，派到乡下人身上的捐税也更加多起来。老通宝深信这都是串通了洋鬼子干的。

然而更使老通宝去年几乎气成病的，是茧子也是洋种的卖得好价钱；洋种的茧子，一担要贵上十多块钱。素来和儿媳总还和睦的老通宝，在这件事上可就吵了架。儿媳四大娘去年就要养洋种的蚕。小儿子跟他嫂嫂是一路，那阿四虽然嘴里不多说，心里也是要洋种的。老通宝拗不过他们，末了只好让步。现在他家里有的五张蚕种，就是土种四张，洋种一张。

"世界真是越变越坏！过几年他们连桑叶都要洋种了！我活得厌了！"

老通宝看着那些桑树，心里说，拿起身边的长旱烟管恨恨地敲着脚边的泥块。太阳现在正当他头顶，他的影子落在泥地上，短短地像一段乌焦木头，还穿着破棉袄的他，觉得浑身燥热起来了。他解开了大襟上的钮扣，又抓着衣角扇了几下，站起来回家去。

那一片桑树背后就是稻田。现在大部分是匀整的半翻着的燥裂的泥块。偶尔也有种了杂粮的，那黄金一般的菜花散出强烈的香味。那边远远地一簇房屋，就是老通宝他们住了三代的村坊，现在那些屋上都袅起了白的炊烟。

老通宝从桑林里走出来，到田塍上，转身又望那一片爆着嫩绿的桑树。忽然那边田里跳跃着来了一个十来岁的男孩子，远远地就喊道：

"阿爹！妈等你吃中饭呢！"

"哦——"

老通宝知道是孙子小宝，随口应着，还是望着那一片桑林。才只得"清明"边，桑叶尖儿就抽得那么小指头儿似的，他一生就只见过两次。今年的蚕花，光景是好年成。三张蚕种，该可以采多少茧子呢？只要不像去年，他家的债也许可以拔还一些罢。

小宝已经跑到他阿爹的身边了，也仰着脸看那绿绒似的桑拳头；忽然他跳起来拍着手唱道：

"清明削口,看蚕娘娘拍手!"①

老通宝的皱脸上露出笑容来了。他觉得这是一个好兆头。他把手放在小宝的"和尚头"上摩着,他的被穷苦弄麻木了的老心里勃然又生出新的希望来了。

二

天气继续暖和,太阳光催开了那些桑拳头上的小手指儿模样的嫩叶,现在都有小小的手掌那么大了。老通宝他们那村庄四周围的桑林似乎发长得更好,远望去像一片绿锦平铺在密密层层灰白色矮矮的篱笆上。"希望"在老通宝和一般农民们的心里一点一点一天一天强大。蚕事的动员令也在各方面发动了。藏在柴房里一年之久的养蚕用具都拿出来洗刷修补。那条穿村而过的小溪旁边,蠕动着村里的女人和孩子,工作着,嚷着,笑着。

这些女人和孩子们都不是十分健康的脸色,——从今年开春起,他们都只吃个半饱;他们身上穿的,也只是些破旧的衣服。实在他们的情形比叫花子好不了多少。然而他们的精神都很不差。他们有很大的忍耐力,又有很大的幻想。虽然他们都负了天天在增大的债,可是他们那简单的头脑老是这么想:只要蚕花熟,就好了!他们想象到一个月以后那些绿油油的桑叶就会变成雪白的茧子,于是又变成丁丁当当响的洋钱,他们虽然肚子里饿得咕咕地叫,却也忍不住要笑。

这些女人中间也就有老通宝的媳妇四大娘和那个十二岁的小宝。这娘儿两个已经洗好了那些"团匾"和"蚕箪"②,坐在小溪边的石头上撩起布衫角揩脸上的汗水。

"四阿嫂!你们今年也看(养)洋种么?"

小溪对岸的一群女人中间有一个二十岁左右的姑娘隔溪喊过来了。四大娘认得是隔溪的对门邻舍陆福庆的妹子六宝。四大娘立刻把她的浓眉毛一挺,好像正想找人吵架似的嚷了起来:

"不要来问我!阿爹做主呢!——小宝的阿爹死不肯,只看了一张洋种!老糊涂的听得带一个洋字就好像见了七世冤家!洋钱,也是洋,他倒又要了!"

小溪旁那些女人们听得笑起来了。这时候有一个壮健的小伙子正从对岸的陆家稻场上走过,跑到溪边,跨上了那横在溪面用四根木头并排做成的雏形的"桥"。四大娘一眼看见,就丢开了"洋种"问题,高声喊道:

"多多弟!来帮我搬东西罢!这些匾,浸湿了,就像死狗一样重!"

小伙子阿多也不开口,走过来拿起五六只"团匾",湿漉漉地顶在头上,却空着一双手,划桨似的荡着,就走了。这个阿多高兴起来时,什么事都肯做,碰到同村的女人们叫他帮忙拿什么重家伙,或是下溪去捞什么,他都肯;可是今天他大概有点不高兴,所以只顶了五六只"团匾"去,却空着一双手。那些女人们看着他戴了那特别大箬帽似的一叠"匾",袅着腰,学镇上女人的样子走着,又都笑起来了,老通宝家紧邻的李根生的老婆荷花一边笑,一边叫道:

"喂,多多头!回来!也替我带一点儿去!"

---

① 这是老通宝所在那一带乡村里关于"蚕事"的一种歌谣式的成语。所谓"削口",指桑叶抽发如指;"清明削口"谓清明边桑叶已抽放如许大也。"看"是方言,意同"饲"或"育"。全句谓清明边桑叶开绽则熟年可卜,故蚕妇拍手而喜。

② 老通宝乡里称那圆桌面那样大、极像一个盘的竹器为"团匾";又一种略小而底部编成六角形网状的,称为"箪",方言读如"踏";蚕初收蚁时,在"箪"中养育,呼为"蚕箪",那是糊了纸的;这种纸通称"糊箪纸"。

"叫我一声好听的,我就给你拿。"

阿多也笑着回答,仍然走。转眼间就到了他家的廊下,就把头上的"团匾"放在廊檐口。

"那么,叫你一声干儿子!"

荷花说着就大声的笑起来,她那出众的白净然而扁得作怪的脸上看去就好像只有一张大嘴和眯紧了好像两条线一般的细眼睛。她原是镇上人家的婢女,嫁给那不声不响整天苦着脸的半老头子李根生还不满半年,可是她的爱和男子们胡调已经在村中很有名。

"不要脸的!"

忽然对岸那群女人中间有人轻声骂了一句。荷花的那对细眼睛立刻睁大了,怒声嚷道:

"骂哪一个?有本事,当面骂,不要躲!"

"你管得我?棺材横头踢一脚,死人肚里自得知:我就骂那不要脸的骚货!"

隔溪立刻回骂过来了,这就是那六宝,又一位村里有名淘气的大姑娘。

于是对骂之下,两边又泼水。爱闹的女人也夹在中间帮这边帮那边。小孩子们笑着狂呼。四大娘是老成的,提起她的"蚕箪",喊着小宝,自回家去。阿多站在廊下看着笑。他知道为什么六宝要跟荷花吵架;他看着那"辣货"六宝挨骂,倒觉得很高兴。

老通宝掮着一架"蚕台"①从屋子里出来。这三棱形家伙的木梗子有几条给白蚂蚁蛀过了,怕的不牢,须得修补一下。看见阿多站在那里笑嘻嘻地望着外边的女人们吵架,老通宝的脸色就板起来了。他这"多多头"的小儿子不老成,他知道。尤其使他不高兴的,是多多也和紧邻的荷花说说笑笑。"那母狗是白虎星,惹上了她就得败家,"——老通宝时常这样警戒他的小儿子。

"阿多!空手看野景么?阿四在后边扎'缀头'②,你去帮他!"

老通宝像一匹疯狗似的咆哮着,火红的眼睛一直盯住了阿多的身体,直到阿多走进屋里去,看不见了,老通宝方才提过那"蚕台"来反复审察,慢慢地动手修补。木匠生活,老通宝早年是会的;但近来他老了,手指头没有劲,他修了一会儿,抬起头来喘气,又望望屋里挂在竹竿上的三张蚕种。

四大娘就在廊檐口糊"蚕箪"。去年他们为的想省几百文钱,是买了旧报纸来糊的。老通宝直到现在还说是因为用了报纸——不惜字纸,所以去年他们的蚕花不好。今年是特地全家少吃一餐饭,省下钱来买了"糊箪纸"来了。四大娘把那鹅黄色坚韧的纸儿糊得很平贴,然后又照品字式糊上三张小小的花纸——那是跟"糊箪纸"一块儿买来的,一张印的花色是"聚宝盆",另两张都是手执尖角旗的人儿骑在马上,据说是"蚕花太子"。

"四大娘!你爸爸做中人借来三十块钱,就只买了二十担叶。后天米又吃完了,怎么办?"

老通宝气喘喘地从他的工作里抬起头来,望着四大娘。那三十块钱是二分半的月息。总算有四大娘的父亲张财发做中人,那债主也就是张财发的东家"做好事",这才只要了二分半的月息。条件是蚕事完后本利归清。

四大娘把糊好了的"蚕箪"放在太阳底下晒,好像生气似的说:

---

① "蚕台"是三棱式可以折起来的木架子,像三张梯连在一处的家伙;中分七八格,每格可放一团匾。
② "缀头"也是方言,是稻草扎的,蚕在上面做茧子。

"都买了叶！又像去年那样多下来——"

"什么话！你倒先来发利市了！年年像去年么？自家只有十来担叶；五张布子（蚕种），十来担叶够么？"

"噢，噢；你总是不错的！我只晓得有米烧饭，没米饿肚子！"

四大娘气哄哄地回答；为了那"洋种"问题，她到现在常要和老通宝抬杠。

老通宝气得脸都紫了。两个人就此再没有一句话。

但是"收蚕"的时期一天一天逼近了。这二三十人家的小村落突然呈现了一种大紧张，大决心，大奋斗，同时又是大希望。人们似乎连肚子饿都忘记了。老通宝他们家东借一点，西赊一点，居然也一天一天过着来。也不仅老通宝他们，村里哪一家有两三斗米放在家里呀！去年秋收固然还好，可是地主，债主，正税，杂捐，一层一层地剥削来，早就完了。现在他们唯一的指望就是春蚕，一切临时借贷都是指明在这"春蚕收成"中偿还。

他们都怀着十分希望又十分恐惧的心情来准备这春蚕的大搏战！

"谷雨"节一天近一天了。村里二三十人家的"布子"都隐隐现出绿色来。女人们在稻场上碰见时，都匆忙地带着焦灼而快乐的口气互相告诉道：

"六宝家快要'窝种'①了呀！"

"荷花说她家明天就要'窝'了。有这么快！"

"黄道士去测一字，今年的青叶要贵到四洋！"

四大娘看自家的五张"布子"。不对！那黑芝麻似的一片细点子还是黑沉沉，不见绿影。她的丈夫阿四拿到亮处去细看，也找不出几点"绿"来。四大娘很着急。

"你就先'窝'起来罢！这余杭种，作兴是慢一点的。"

阿四看着他老婆，勉强自家宽慰。四大娘堵起了嘴巴不回答。

老通宝哭丧着干皱的老脸，没说什么，心里却觉得不妙。

幸而再过了一天，四大娘再细心看那"布子"时，哈，有几处转成绿色了！而且绿的很有光彩。四大娘立刻告诉了丈夫，告诉了老通宝，多多头，也告诉了她的儿子小宝。她就把那些布子贴肉揾在胸前，抱着吃奶的婴孩似的静静儿坐着，动也不敢多动了。夜间，她抱着那五张"布子"到被窝里，把阿四赶去和多多头做一床。那"布子"上密密麻麻的蚕子儿贴着肉，怪痒痒的；四大娘很快活，又有点儿害怕，她第一次怀孕时胎儿在肚子里动，她也是那样半惊半喜的！

全家都是惴惴不安地又很兴奋地等候"收蚕"。只有多多头例外。他说：今年蚕花一定好，可是想发财却是命里不曾来。老通宝骂他多嘴，他还是要说。

蚕房早已收拾好了。"窝种"的第二天，老通宝拿一个大蒜头涂上一些泥，放在蚕房的墙脚边；这也是年年的惯例，但今番老通宝更加虔诚，手也抖了。去年他们"卜"②的非常灵验。可是去年那"灵验"，现在老通宝想也不敢想。

---

① "窝种"也是老通宝乡里的习惯：蚕种转成绿色后就得把来贴肉揾着，约三四天后，蚕蚁孵出，就可以"收蚕"。这工作是女人做的。"窝"是方言，意即"揾"也。

② 用大蒜头来"卜"蚕花好否，是老通宝乡里的迷信。收蚕前两三天，以大蒜涂泥置蚕房中，至收蚕那天拿来看，蒜叶多主蚕熟，少则不熟。

现在这村里家家都在"窝种"了。稻场上和小溪边顿时少了那些女人们的踪迹。一个"戒严令"也在无形中颁布了：乡农们即使平日是最好的,也不往来；人客来冲了蚕神不是玩的！他们至多在稻场上低声交谈一二句就走开。这是个"神圣"的季节。

老通宝家的五张布子上也有些"乌娘"①蠕蠕地动了。于是全家的空气,突然紧张。那正是"谷雨"前一日。四大娘料来可以挨过了"谷雨"节那一天②。布子不须再"窝"了,很小心地放在"蚕房"里。老通宝偷眼看一下那个躺在墙脚边的大蒜头,他心里就一跳。那大蒜头上还只有一两茎绿芽！老通宝不敢再看,心里祷祝后天正午会有更多更多的绿芽。

终于"收蚕"的日子到了。四大娘心神不定地淘米烧饭,时时看饭锅上的热气有没有直冲上来。老通宝拿出预先买了来的香烛点起来,恭恭敬敬放在灶君神位前。阿四和阿多去到田里采野花。小小宝帮着把灯芯草剪成细末子,又把采来的野花揉碎。一切都准备齐全了时,太阳也近午刻了,饭锅上水蒸气嘟嘟地直冲,四大娘立刻跳了起来,把"蚕花"③和一对鹅毛插在发髻上,就到"蚕房"里。老通宝拿着秤杆,阿四拿了那揉碎的野花片儿和灯芯草碎末。四大娘揭开"布子",就从阿四手里拿过那野花碎片和灯芯草末子撒在"布子"上,又接过老通宝手里的秤杆来,将"布子"挽在秤杆上,于是拔下发髻上的鹅毛在"布子"上轻轻儿拂；野花片,灯芯草末子,连同"乌娘",都拂在那"蚕筐"里了。一张,两张,……都拂过了；最后一张是洋种,那就收在另一个"蚕筐"里。末了,四大娘又拔下发髻上那朵"蚕花",跟鹅毛一块插在"蚕筐"的边儿上。

这是一个隆重的仪式！千百年相传的仪式！那好比是誓师典礼,以后就要开始了一个月光景的和恶劣的天气和恶运以及和不知什么的连日连夜无休息的大决战！

"乌娘"在"蚕筐"里蠕动,样子非常强健；那黑色也是很正路的。四大娘和老通宝他们都放心地松一口气了。但当老通宝悄悄地把那个"命运"的大蒜头拿起来看时,他的脸色立刻变了！大蒜头上还只得三四茎嫩芽！天哪！难道又同去年一样？

三

然而那"命运"的大蒜头这次竟不灵验。老通宝家的蚕非常好！虽然头眠二眠的时候连天阴雨,气候是比"清明"边似乎还要冷一点,可是那些"宝宝"都很强健。

村里别人家的"宝宝"也都不差。紧张的快乐弥漫了全村庄,似那小溪里琮琮的流水也像是朗朗的笑声了。只有荷花家是例外。她们家看了一张"布子",可是"出火"④只称得二十斤；"大眠"快边,人们还看见那不声不响晦气色的丈夫根生倾弃了三"蚕筐"在那小溪里。

这一件事,使得全村的妇人对于荷花家特别"戒严"。她们特地避路,不从荷花的门前走,远远的看见了荷花或是她那不声不响丈夫的影儿就赶快躲开；这些幸运的人儿惟恐看了荷花他们一眼或是交谈半句话就传染了晦气来！

老通宝严禁他的小儿子多多头跟荷花说话。——"你再跟那东西多嘴,我就告你忤逆！"老通

---

① 老通宝乡间称初生的蚕蚁为"乌娘"；这也是方言。
② 老通宝乡里的习惯,"收蚕"——即蚕蚁,须得避过"谷雨"那一天,或上或下都可以,但不能正在"谷雨"那一天。什么理由,不可知道。
③ "蚕花"是一种纸花,预先买下来的。这些迷信的仪式,各处小有不同。
④ "出火"也是方言,是指"二眠"以后的"三眠"；因为"眠"时特别短,所以叫"出火"。

宝站在廊檐外高声大气喊,故意要叫荷花他们听得。

小小宝也受到严厉的嘱咐,不许跑到荷花家的门前,不许和他们说话。

阿多像一个聋子似的不理睬老头子那早早夜夜的唠叨,他心里却在暗笑。全家就只有他不大相信那些鬼禁忌。可是他也没有跟荷花说话,他忙都忙不过来。

"大眠"捉了毛三百斤,老通宝全家连十二岁的小宝也在内,都是两日两夜没有合眼。蚕是少见的好,活了六十岁的老通宝记得只有两次是同样的,一次就是他成家的那年,又一次是阿四出世那一年。"大眠"以后的"宝宝"第一天就吃了七担叶,个个是生青滚壮,然而老通宝全家都瘦了一圈,失眠的眼睛上布满了红丝。

谁也料得到这些"宝宝"上山前还得吃多少叶。老通宝和儿子阿四商量了:

"陈大少爷借不出,还是再求财发的东家罢?"

"地头上还有十担叶,够一天。"

阿四回答,他委实是支撑不住了,他的一双眼皮像有几百斤重,只想合下来。老通宝却不耐烦了,怒声喝道:

"说什么梦话! 刚吃了两天老蚕呢。明天不算,还得吃三天,还要三十担叶,三十担!"

这时外边稻场上忽然人声喧闹,阿多押了新发来的五担叶来了。于是老通宝和阿四的谈话打断,都出去"捋叶"。四大娘也慌忙从蚕房里钻出来。隔溪陆家养的蚕不多,那大姑娘六宝抽得出工夫,也来帮忙了。那时星光满天,微微有点风,村前村后都断断续续传来了吆喝和欢笑,中间有一个粗暴的声音嚷道:

"叶行情飞涨了! 今天下午镇上开到四洋一担!"

老通宝偏偏听得了,心里急得什么似的。四块钱一担,三十担可要一百二十块呢,他哪来这许多钱! 但是想到茧子总可以采五百多斤,就算五十块钱一百斤,也有这么二百五,他又心里一宽。那边"捋叶"的人堆里忽然又有一个小小的声音说:

"听说东路不大好,看来叶价钱涨不到多少的!"

老通宝认得这声音是陆家的六宝。这使他心里又一宽。

那六宝是和阿多同站在一个筐子边"捋叶"。在半明半暗的星光下,她和阿多靠得很近。忽然她觉得在那"杠条"①的隐蔽下,有一只手在她大腿上拧了一把。好像知道是谁拧的,她忍住了不笑,也不声张。蓦地那手又在她胸前摸了一把,六宝直跳起来,出惊地喊了一声:

"嗳哟!"

"什么事?"

同在那筐子边捋叶的四大娘问了,抬起头来。六宝觉得自己脸上热烘烘了,她偷偷地瞪了阿多一眼,就赶快低下头,很快地捋叶,一面回答:

"没有什么。想来是毛毛虫刺了我一下。"

阿多咬住了嘴唇暗笑。虽然在这半个月来也是半饱而且少睡,也瘦了许多了,他的精神可还是很饱满。老通宝那种忧愁,他是永远没有的。他永不相信靠一次蚕花好或是田里熟,他们就可

---

① "杠条"也是方言,指那些带叶的桑树枝条。通常采叶是连枝条剪下来的。

以还清了债再有自己的田;他知道单靠勤俭工作,即使做到背脊骨折断也是不能翻身的。但是他仍旧很高兴地工作着,他觉得这也是一种快活,正像和六宝调情一样。

第二天早上,老通宝就到镇里去想法借钱来买叶。临走前,他和四大娘商量好,决定把他家那块出产十五担叶的桑地去抵押。这是他家最后的产业。

叶又买来了三十担。第一批的十担发来时,那些壮健的"宝宝"已经饿了半点钟了。"宝宝"们尖出了小嘴巴,向左向右乱晃,四大娘看得心酸。叶铺了上去,立刻蚕房里充满着萨萨萨的响声,人们说话也不大听得清。不多一会儿,那些"团匾"里立刻又全见白了,于是又铺上厚厚的一层叶。人们单是"上叶"也就忙得透不过气来。但这是最后五分钟了。再得两天,"宝宝"可以上山。人们把剩余的精力榨出来拼死命干。

阿多虽然接连三日三夜没有睡,却还不见怎么倦。那一夜,就由他一个人在"蚕房"里守那上半夜,好让老通宝以及阿四夫妇都去歇一歇。那是个好月夜,稍稍有点冷。蚕房里蒸了一个小小的火。阿多守到二更过,上了第二次的叶,就蹲在那个"火"旁边听那些"宝宝"萨萨萨地吃叶。渐渐儿他的眼皮合上了。恍惚听得有门响,阿多的眼皮一跳,睁开眼来看了看,就又合上了。他耳朵里还听得萨萨萨的声音和屑索屑索的怪声。猛然一个跟跄,他的头在自己膝头上磕了一下,他惊醒过来,恰就听得蚕房的芦帘拍叉一声响,似乎还看见有人影一闪。阿多立刻跳起来,到外面一看,门是开着,月光下稻场上有一个人正走向溪边去。阿多飞也似跳出去,还没看清那人是谁,已经把那人抓过来摔在地下。他断定了这是一个贼。

"多多头!打死我也不怨你,只求你不要说出来!"

是荷花的声音,阿多听真了时不禁浑身的汗毛都竖了起来。月光下他又看见那扁得作怪的白脸儿上一对细圆的眼睛定定地看住了他。可是恐怖的意思那眼睛里也没有。阿多哼了一声,就问道:

"你偷什么?"

"我偷你们的宝宝!"

"放到哪里去了?"

"我扔到溪里去了!"

阿多现在也变了脸色。他这才知道这女人的恶意是要冲克他家的"宝宝"。

"你真心毒呀!我们家和你们可没有冤仇!"

"没有么?有的,有的!我家自管蚕花不好,可并没害了谁,你们都是好的!你们怎么把我当作白老虎,远远地望见我就别转了脸?你们不把我当人看待!"

那妇人说着就爬了起来,脸上的神气比什么都可怕。阿多瞅着那妇人好半晌,这才说道:

"我不打你,走你的罢!"

阿多头也不回的跑回家去,仍在"蚕房"里守着。他完全没有睡意了。他看那些"宝宝",都是好好的。他并没想到荷花可恨或可怜,然而他不能忘记荷花那一番话;他觉到人和人中间有什么地方是永远弄不对的,可是他不能够明白想出来是什么地方,或是为什么。再过一会儿,他就什么都忘记了。"宝宝"是强健的,像有魔法似的吃了又吃,永远不会饱!

以后直到东方快打白了时,没有发生事故。老通宝和四大娘来替换阿多了,他们拿那些渐渐身体发白而变短了的"宝宝"在亮处照着,看是"有没有通"。他们的心被快活胀大了。但是太阳出山时四大娘到溪边汲水,却看见六宝满脸严重地跑过来悄悄地问道:

"昨夜二更过,三更不到,我远远地看见那骚货从你们家跑出来,阿多跟在后面,他们站在这里说了半天话呢!四阿嫂!你们怎么不管事呀?"

四大娘的脸色立刻变了,一句话也没说,提了水桶就回家去,先对丈夫说了,再对老通宝说。这东西竟偷进人家"蚕房"来了,那还了得!老通宝气得直跺脚,马上叫了阿多来查问。但是阿多不承认,说六宝是做梦见鬼。老通宝又去找六宝询问。六宝是一口咬定了看见的。老通宝没有主意,回家去看那"宝宝",仍然是很健康,瞧不出一些败相来。

但是老通宝他们满心的欢喜却被这件事打消了。他们相信六宝的话不会毫无根据。他们唯一的希望是那骚货或者只在廊檐口和阿多鬼混了一阵。

"可是那大蒜头上的苗却当真只有三四茎呀!"

老通宝自心里这么想,觉得前途只是阴暗。可不是,吃了许多叶去,一直落来都很好,然而上了山却干僵了的事,也是常有的。不过老通宝无论如何不敢想到这上头去;他以为即使是肚子里想,也是不吉利。

四

"宝宝"都上山了,老通宝他们还是捏着一把汗。他们钱都花光了,精力也绞尽了,可是有没有报酬呢,到此时还没有把握。虽则如此,他们还是硬着头皮去干。"山棚"下爇了火,老通宝和阿四他们伛着腰慢慢地从这边蹲到那边,又从那边蹲到这边。他们听得山棚上有些屑屑索索的细声音①,他们就忍不住想笑,过一会儿又不听得了,他们的心就重甸甸地往下沉了。这样地,心是焦灼着,却不敢向山棚上望。偶或他们仰着的脸上淋到了一滴蚕尿②,虽然觉得有点难过,他们心里却快活;他们巴不得多淋一些。

阿多早已偷偷地挑开"山棚"外围着的芦帘望过几次了。小小宝看见,就扭住了阿多,问"宝宝"有没有做茧子。阿多伸出舌头做一个鬼脸,不回答。

"上山"后三天,息火了。四大娘再也忍不住,也偷偷地挑开芦帘角看了一眼,她的心立刻卜卜地跳了。那是一片雪白,几乎连"缀头"都瞧不见;那是四大娘有生以来从没有见过的"好蚕花"呀!老通宝全家立刻充满了欢笑。现在他们一颗心定下来了!"宝宝"们有良心,四洋一担的叶不是白吃的;他们全家一个月的忍饿失眠总算不冤枉,天老爷有眼睛!

同样的欢笑声在村里到处都起来了。今年蚕花娘娘保佑这小小的村子。二三十人家都可以采到七八分,老通宝家更是比众不同,估量来总可以采一个十二三分。

小溪边和稻场上现在又充满了女人和孩子们。这些人都比一个月前瘦了许多,眼眶陷进了,嗓子也发沙,然而都很快活兴奋。她们嘈嘈地谈论那一个月内的"奋斗"时,她们的眼前便时时现出一堆堆雪白的洋钱,她们那快乐的心里便时时闪过了这样的盘算:夹衣和夏衣都在当铺里,这

---

① 蚕在山棚上受到热,就往"缀头"上爬,所以有屑索屑索的声音。这是蚕要做茧的第一步手续。爬不上去的,不是健康的蚕,多半不能作茧。

② 据说蚕在作茧以前必撒一泡尿,而这尿是黄色的。

可先得赎出来；过端阳节也许可以吃一条黄鱼。

那晚上荷花和阿多的把戏也是她们谈话的资料。六宝见了人就宣传荷花的"不要脸，送上门去！"男人们听了就粗暴地笑着，女人们念一声佛，骂一句，又说老通宝家总算幸气，没有犯克，那是菩萨保佑，祖宗有灵！

接着是家家都"浪山头"了，各家的至亲好友都来"望山头"①。老通宝的亲家张财发带了小儿子阿九特地从镇上来到村里。他们带来的礼物，是软糕，线粉，梅子，枇杷，也有咸鱼。小小宝快活得好像雪天的小狗。

"通宝，你是卖茧子呢，还是自家做丝？"

张老头子拉老通宝到小溪边一棵杨柳树下坐了，这么悄悄地问。这张老头子张财发是出名"会寻快活"的人，他从镇上城隍庙前露天的"说书场"听来了一肚子的疙瘩东西；尤其烂熟的，是"十八路反王，七十二处烟尘"，程咬金卖柴扒，贩私盐出身，瓦岗寨做反王的《隋唐演义》。他向来说话"没正经"，老通宝是知道的；所以现在听得问是卖茧子或者自家做丝，老通宝并没把这话看重，只随口回答道：

"自然卖茧子。"

张老头子却拍着大腿叹一口气。忽然他站了起来，用手指着村外那一片秃头桑林后面耸露出来的茧厂的风火墙说道：

"通宝！茧子是采了，那些茧厂的大门还关得紧洞洞呢！今年茧厂不开秤！——十八路反王早已下凡，李世民还没出世；世界不太平！今年茧厂关门，不做生意！"

老通宝忍不住笑了，他不肯相信。他怎么能够相信呢？难道那"五步一岗"似的比露天毛坑还要多的茧厂会一齐都关了门不做生意？况且听说和东洋人也已"讲拢"，不打仗了，茧厂里驻的兵早已开走。

张老头子也换了话，东拉西扯讲镇里的"新闻"，夹着许多"说书场"上听来的什么秦叔宝，程咬金。最后，他代他的东家催那三十块钱的债，为的他是"中人"。

然而老通宝到底有点不放心。他赶快跑出村去，看看"塘路"上最近的两个茧厂，果然大门紧闭，不见半个人；照往年说，此时应该早已摆开了柜台，挂起了一排乌亮亮的大秤。

老通宝心里也着慌了，但是回家去看见了那些雪白发光很厚实硬古古的茧子，他又忍不住嘻开了嘴。上好的茧子！会没有人要，他不相信。并且他还要忙着采茧，还要"谢蚕花利市"②，他渐渐不把茧厂的事放在心上了。

可是村里的空气一天一天不同了。才得笑了几声的人们现在又都是满脸的愁云。各处茧厂都没开门的消息陆续从镇上传来，从"塘路"上传来。往年这时候，"收茧人"像走马灯似的在村里巡回，今年没见半个"收茧人"，却换替着来了债主和催粮的差役。请债主们就收了茧子罢，债主们板起面孔不理。

---

① "浪山头"在息火后一日举行，那时蚕已成茧，山棚四周的芦帘撤去。"浪"是"亮出来"的意思。"望山头"是来探望"山头"，有慰问祝颂的意思。"望山头"的礼物也有定规。

② 老通宝乡里的风俗。"大眠"以后得拜一次"利市"，采茧以后，又是一次。经济窘的人家只举行"谢蚕花利市"，"拜利市"也是方言，意即"谢神"。

全村子都是嚷骂,诅咒,和失望的叹息！人们做梦也不会想到今年"蚕花"好了,他们的日子却比往年更加困难。这在他们是一个青天的霹雳！并且愈是像老通宝他们家似的,蚕愈养得多,愈好,就愈加困难,——"真正世界变了！"老通宝捶胸跺脚地没有办法。然而茧子是不能搁久了的,总得赶快想法：不是卖出去,就是自家做丝。村里有几家已经把多年不用的丝车拿出来修理,打算自家把茧做成了丝再说。六宝家也打算这么办。老通宝便也和儿子媳妇商量道：

"不卖茧子了,自家做丝！什么卖茧子,本来是洋鬼子行出来的！"

"我们有四百多斤茧子呢,你打算摆几部丝车呀！"

四大娘首先反对了。她这话是不错的。五百斤的茧子可不算少,自家做丝万万干不了。请帮手么？那又得花钱。阿四是和他老婆一条心。阿多抱怨老头子打错了主意,他说：

"早依了我的话,扣住自己的十五担叶,只看一张洋种,多么好！"

老通宝气得说不出话来。

终于一线希望忽又来了。同村的黄道士不知从哪里得的消息,说是无锡脚下的茧厂还是照常收茧。黄道士也是一样的种田人,并非吃十方的"道士",向来和老通宝最说得来。于是老通宝去找那黄道士详细问过以后,便又和儿子阿四商量把茧子弄到无锡脚下去卖。老通宝虎起了脸,像吵架似的嚷道：

"水路去有三十多九①呢！来回得六天！他妈的！简直是充军！可是你有别的办法么？茧子当不得饭吃,蚕前的债又逼紧来！"

阿四也同意了。他们去借了一条赤膊船,买了几张芦席,赶那几天正是好晴,又带了阿多。他们这卖茧子的"远征军"就此出发。

五天以后,他们果然回来了；但不是空船,船里还有一筐茧子没有卖出。原来那三十多九水路远的茧厂挑剔得非常苛刻：洋种茧一担只值三十五元,土种茧一担二十元,薄茧不要。老通宝他们的茧子虽然是上好的货色,却也被茧厂里挑剩了那么一筐,不肯收买。老通宝他们实卖得一百十一块钱,除去路上盘川,就剩了整整的一百元,不够偿还买青叶所借的债！老通宝路上气得生病了,两个儿子扶他到家。

打回来的八九十斤茧子,四大娘只好自家做丝了。她到六宝家借了丝车,又忙了五六天。家里米又吃完了。叫阿四拿那丝上镇里去卖,没有人要；上当铺当铺也不收。说了多少好话,总算把清明前当在那里的一石米换了出来。

就是这么着,因为春蚕熟,老通宝一村的人都增加了债！老通宝家为的养了五张布子的蚕,又采了十多分的好茧子,就此白赔上十五担叶的桑地和三十块钱的债！一个月光景的忍饥熬夜还不算！

1932 年 11 月 1 日

(原载 1932 年 11 月《现代》第 2 卷第 1 期)

---

① 老通宝乡间计算路程都以"九"计；"一九"就是九里。"十九"是九十里,"三十多九"就是三十多个"九里"。

上海的狐步舞(一个断片)

穆时英

上海。造在地狱上面的天堂！

沪西,大月亮爬在天边,照着大原野。浅灰的原野,铺上银灰的月光,再嵌着深灰的树影和村庄的一大堆一大堆的影子。原野上,铁轨画着弧线,沿着天空直伸到那边儿的水平线下去。

林肯路。(在这儿,道德给践在脚下,罪恶给高高地捧在脑袋上面。)

拎着饭篮,独自个儿在那儿走着,一只手放在裤袋里,看着自家儿嘴里出来的热气慢慢儿的飘到蔚蓝的夜色里去。

三个穿黑绸长褂,外面罩着黑大褂的人影一闪。三张在呢帽底下只瞧得见鼻子和下巴的脸遮在他前面。

"慢着走,朋友！"

"有话尽说。朋友！"

"咱们冤有头,债有主,今儿不是咱们有什么跟你过不去,各为各的主子,咱们也要吃口饭,回头您老别怨咱们不够朋友。明年今儿是你的周年,记着！"

"笑话了！咱也不是那么不够朋友的——"一扔饭篮,一手抓住那人的枪,就是一拳过去。

碰！手放了,人倒下去,按着肚子。碰！又是一枪。

"好小子！有种！"

"咱们这辈子再会了,朋友！"

"黑绸长裙"把呢帽一推,叫搁在脑勺上,穿过铁路,不见了。

"救命！"爬了几步。

"救命！"又爬了几步。

嘟的吼了一声儿,一道弧灯的光从水平线底下伸了出来。铁轨隆隆地响着,铁轨上的枕木像蜈蚣似地在光线里向前爬去,电杆木显了出来,马上又隐没在黑暗里边,一列"上海特别快"突着肚子,达达达,用着狐步舞的拍,含着颗夜明珠,龙似地跑了过去,绕着那条弧线。又张着嘴吼了一声儿,一道黑烟直拖到尾巴那儿,弧灯的光线钻到地平线下,一回儿便不见了。

又静了下来。

铁道交通门前,交错着汽车的弧灯的光线,管交通门的倒拿着红绿旗,拉开了那白脸红嘴唇,带了红宝石耳坠子的交通门。马上,汽车就跟着门飞了过去,一长串。

上了白漆的街树的腿,电杆木的腿,一切静物的腿……revue①似地,把擦满了粉的大腿交叉地伸出来的姑娘们……白漆的腿的行列。沿着那条静悄的大路,从住宅的窗里,都会的眼珠子似

---

① revue：法语,轻歌舞剧。

地,透过了窗纱,偷溜了出来淡红的,紫的,绿的,处处的灯光。

汽车在一座别墅式的小洋房前停了,叭叭的拉着喇叭。刘有德先生的西瓜皮帽上的珊瑚结子从车门里探了出来,黑毛葛背心上两只小口袋里挂着的金表链上面的几个小金镑丁当地笑着,把他送出车外,送到这屋子里。他把半段雪茄扔在门外,走到客室里,刚坐下,楼梯的地毯上响着轻捷的鞋跟声,嗒嗒地。

"回来了吗?"活泼的笑声,一位在年龄上是他的媳妇,在法律上是他的妻子的夫人跑了进来,扯着他的鼻子道。"快!给我签张三千块钱的支票。"

"上礼拜那些钱又用完了吗?"

不说话,把手里的一叠账交给他,便拉他的蓝缎袍的大袖子往书房里跑,把笔送到他手里。

"我说……"

"你说什么?"堵着小红嘴。

瞧了她一眼便签了。她就低下脑袋把小嘴凑到他大嘴上。"晚饭你独自个儿吃吧,我和小德要出去。"便笑着跑了出去,碰的阖上门。他掏出手帕来往嘴上一擦,麻纱手帕上印着 tangee。倒像我的女儿呢,成天的缠着要钱。

"爹!"

一抬脑袋,小德不知多咱溜了进来,站在他旁边,见了猫的耗子似的。

"你怎么又回来啦?"

"姨娘打电话叫我回来的。"

"干吗?"

"拿钱。"

刘有德先生心里好笑,这娘儿俩真有他们的。

"她怎么会叫你回来问我要钱? 她不会要不成?"

"是我要钱。姨娘叫我伴她去玩。"

忽然门开了,"你有现钱没有?"刘颜蓉珠又跑了进来。

"只有……"

一只刚用过蔻丹的小手早就伸到他口袋里把皮夹拿了出来! 红润的指甲数着钞票:一五,一十,二十……三百。"五十留给你,多的我拿去了。多给你晚上又得不回来。"做了个媚眼,拉了她法律上的儿子就走。

儿子是衣架子,成天地读着给 gigolo① 看的时装杂志,把烫得有粗大明朗的折纹的裤子穿到身上,领带打得在中间留了个涡,拉着母亲的胳膊坐到车上。

上了白漆的街树的腿,电杆木的腿,一切静物的腿……revue 似地,把擦满了粉的大腿交叉地伸出来的姑娘们……白漆腿的行列。沿着那条静悄的大路,从住宅区的窗里,都会的眼珠子似地,透过了窗纱,偷溜了出来淡红的,紫的,绿的,处女的灯光。

开着一九三二的新别克,却一个心儿想一九八零年的恋爱方式。深秋的晚风吹来,吹动了儿

---

① gigolo:英语,靠女人倒贴而生活的男子。

子的领子,母亲的头发,全有点儿觉得凉。法律上的母亲偎在儿子的怀里道:

"可惜你是我的儿子。"嘻嘻地笑着。

儿子在父亲吻过的母亲的小嘴上吻了一下,差点儿把车开到行人道上去啦。

Neon light① 伸着颜色的手指在蓝墨水似的夜空里写着大字。一个英国绅士站在前面,穿了红的燕尾服,挟着手杖,那么精神抖擞地在散步。脚下写着:"Johnny Walker:Still Going Strong."② 路旁一小块草地上展开了地产公司的乌托邦,上面一个抽吉士牌的美国人看着,像在说:"可惜这是小人国的乌托邦;那片大草原里还放不下我的一只脚呢?"

汽车前显出个人的影子,喇叭吼了一声儿,那人回过脑袋来一瞧,就从车轮前溜到行人道上去了。

"蓉珠,我们上哪去?"

"随便那个 cabaret③ 里去闹个新鲜吧;礼查,大华我全玩腻了。"

跑马厅屋顶上,风针上的金马向着红月亮撒开了四蹄。在那片大草地的四周泛滥着光的海,罪恶的海浪,慕尔堂浸在黑暗里,跪着,在替这些下地狱的男女祈祷,大世界的塔尖拒绝了忏悔,骄傲地瞧着这位迂牧师,放射着一圈圈的灯光。

蔚蓝的黄昏笼罩着全场,一只 saxophone④ 正伸长了脖子,张着大嘴,呜呜地冲着他们嚷。当中那片光滑的地板上,飘动的裙子,飘动的袍角,精致的鞋跟,鞋跟,鞋跟,鞋跟,鞋跟。蓬松的头发和男子的脸。男子的衬衫的白领和女子的笑脸。伸着的胳膊,翡翠坠子拖到肩上。整齐的圆桌子的队伍,椅子却是零乱的。暗角上站着白衣侍者。酒味,香水味,英腿蛋的气味,烟味……独身者坐在角隅里拿黑咖啡刺激着自家儿的神经。

舞着,华尔滋的旋律绕着他们的腿,他们的脚站在华尔滋旋律上飘飘地,飘飘地。

儿子凑在母亲的耳朵旁说:"有许多话是一定要跳着华尔滋才能说的,你是顶好的华尔滋的舞侣——可是,蓉珠,我爱你呢!"

觉得在轻轻地吻着鬓脚,母亲躲在儿子的怀里,低低的笑。

一个冒充法国绅士的比利时珠宝掮客,凑在电影明星殷芙蓉的耳朵旁说:"你嘴上的笑是会使天下的女子妒忌的——可是,我爱你呢!"

觉得轻轻地在吻着鬓脚,便躲在怀里低低地笑,忽然看见手指上多了一只钻戒。

珠宝掮客看见了刘颜蓉珠,在殷芙蓉的肩上跟她点了点脑袋,笑了一笑。小德回过身来瞧见了殷芙蓉也 gigolo 地把眉毛扬了一下。

舞着,华尔滋的旋律绕着他们的腿,他们的脚践在华尔滋上面,飘飘地,飘飘地。

珠宝掮客凑在刘颜蓉珠的耳朵旁,悄悄地说:"你嘴上的笑是会使天下的女子妒忌的——可是,我爱你呢!"

觉得轻轻地在吻着鬓脚,便躲在怀里低低地笑,把唇上的胭脂印到白衬衫上面。

---

① Neon light:英语,霓虹灯。
② Johnny Walker:一种有名的威士忌品牌,尊尼获加;Still Going Strong:越来越强壮。这条广告含有两层意思:一是喝尊尼获加威士忌,会使你越来越强壮;二是尊尼获加威士忌越来越棒。
③ cabaret:英语,(有舞蹈、音乐等表演的)餐馆。
④ saxophone:英语,萨克斯管。

小德凑在殷芙蓉的耳朵旁,悄悄地说:"有许多话是一定要跳着华尔滋才能说的,你是顶好的华尔滋的舞侣——可是,芙蓉,我爱你呢!"

觉得在轻轻地吻着鬓脚,便躲在怀里,低低地笑。

独身者坐在角隅里拿黑咖啡刺激着自家儿的神经。酒味,香水味,英腿蛋的气味,烟味……暗角上站着白衣侍者。椅子是凌乱的,可是整齐的圆桌上的队伍。翡翠坠子拖到肩上,伸着的胳膊。女子的笑脸和男子的衬衫的白领。男子的脸和蓬松的头发。精致的鞋跟,鞋跟,鞋跟,鞋跟,鞋跟。飘荡的袍角,飘荡的裙子,当中是一片光滑的地板。呜呜地冲着人家嚷,那只 saxophone 伸长了脖子,张着大嘴。蔚蓝的黄昏笼罩着全场。

推开了玻璃门,这纤弱的幻景就打破了。跑下扶梯,两溜黄包车停在街旁,拉车的分班站着,中间留了一道门灯光照着的路,争着"Ricksha"奥斯汀孩车,爱山克水,福特,别克跑车,别克小九,八汽缸,六汽缸……大月亮红着脸踽蹒跚地走上跑马厅的大草原上来了。街角卖《大美晚报》的用卖大饼油条的嗓子嚷:

"Evening Post!"①

电车当当地驶进布满了大减价的广告旗和招牌的危险地带去。脚踏车挤在电车的旁边瞧着也可怜。坐在黄包车上的水兵挤簇着醉眼,瞧准了拉车的屁股踹了一脚便哈哈地笑了。红的交通灯,绿的交通灯,交通灯的柱子和印度巡捕一同地垂直在地上。交通灯一闪,便涌着人的潮,车的潮。这许多人,全像没了脑袋的苍蝇似的! 一个 fashion model② 穿了她铺子里的衣服来冒充贵妇人。电梯用十五秒钟一次的速度,把人货物似地抛到屋顶花园去。女秘书站在绸缎铺的橱窗外面瞧着全丝面的法国 crepé③,想起了经理的刮得刀痕苍然的嘴上的笑劲儿,主义者和党人挟了一大包传单踱过去,心里想,如果给抓住了便在这里演说一番。蓝眼珠的姑娘穿了窄裙,黑眼珠的姑娘穿了长旗袍儿,腿股间有相同的媚态。

街旁,一片空地里,竖起了金字塔似的高木架,粗壮的木腿插在泥里,顶上装了盏弧灯,倒照下来,照到底下每一条横木板上的人。这些人吆喝着:"嗳嗳呀!"几百丈高的木架顶上的木桩直坠下来,碰! 把三抱粗的大木柱撞到泥里去。四角上全装着弧灯,强烈的光探照着这片空地。空地里:横一道,竖一道的沟,钢骨,瓦砾堆。人扛着大木柱在沟里走,拖着悠长的影子。在前面的脚一滑,摔倒了,木柱压到脊梁上。脊梁断了,嘴里哇的一口血……弧灯……碰! 木桩顺着木架又溜了上去……光着身子在煤屑路滚铜子的孩子……大木架顶上的弧灯在夜空里像月亮……捡煤渣的媳妇……月亮有两个……月亮叫天狗吞了——月亮没有了。

死尸给搬了开去。空地里:横一道,竖一道的沟,钢骨,瓦砾,还有一堆他的血。在血上,铺上了士敏土,造起了钢骨,新的饭店造起来了! 新的舞场造起来了! 新的旅馆造起来了! 把他的力气,把他的血,把他的生命压在底下,正和别的旅馆一样地,和刘有德先生刚在跨进去的华东饭店一样地。

华东饭店里——

二楼:白漆房间,古铜色的雅片香味,麻雀牌,《四郎探母》,《长三骂淌白小娼妇》,古龙香水和

---

① Evening Post:英语,晚报。
② fashion model:英语,时装模特。
③ crepé:法语,绉绸(纱)。

淫欲味,白衣侍者,娼妓掮客,绑票匪,阴谋和诡计,白俄浪人……

三楼:白漆房间,古铜色的雅片香味,麻雀牌,《四郎探母》,《长三骂淌白小娼妇》,古龙香水和淫欲味,白衣侍者,娼妓掮客,绑票匪,阴谋和诡计,白俄浪人……

四楼:白漆房间,古铜色的雅片香味,麻雀牌,《四郎探母》,《长三骂淌白小娼妇》,古龙香水和淫欲味,白衣侍者,娼妓掮客,绑票匪,阴谋和诡计,白俄浪人……

电梯把他吐在四楼,刘有德先生哼着《四郎探母》踏进了一间响有骨牌声的房间,点上了茄立克,写了张局票,不一回,他也坐到桌旁,把一张中风,用熟练的手法,怕碰伤了它似地抓了进,一面却:"怎么一张好的也抓不进来,"一副老抹牌的脸,一面却细心地听着因为不束胸而被人家叫做沙利文面包的宝月老八的话:"对不起,刘大少,还得出条子,等回儿抹完了牌请过来坐。"

"到我们家坐坐去哪!"站在街角,只瞧得见黑眼珠子的石灰脸,躲在建筑物的阴影里,向来往的人喊着,拍卖行的伙计似地;老鸨尾巴似的拖在后边儿。

"到我们家坐坐去哪!"那张瘪嘴说着,故意去碰在一个扁脸身上。扁脸笑,瞧了一瞧,指着自家儿的鼻子,探着脑袋:"好寡老,碰大爷?"

"年纪轻轻,朋友要紧!"瘪嘴也笑。

"想不到我这印度小白脸儿今儿倒也给人家瞧上例。"手往她脸上一抹,又走了。

旁边一个长头发不刮胡须的作家正在瞧着好笑,心里想到了一个题目:第二回巡礼——都市黑暗面检阅 sonata[①];忽然瞧见那瘪嘴的眼光扫到自家儿脸上来了,马上就慌慌张张的往前跑。

石灰脸躲在阴影里,老鸨尾巴似地拖在后边儿——躲在阴影里的石灰脸,石灰脸,石灰脸……

(作家心里想:)

第一回巡礼赌场第二回巡礼街头娼妓第三回巡礼舞场第四回巡礼再说《东方杂志》《小说月报》《文艺月刊》第一句就写大马路北京路野鸡交易所……不行——

有人拉了拉他的袖子:"先生!"一看是个老婆儿装着苦脸,抬起脑袋望着他。

"干吗?"

"请您给我看封信。"

"信在哪儿?"

"请您跟我到家里去拿,就在这胡同里边。"

便跟着走。

中国的悲剧这里边一定有小说资料一九三一年是我的年代了《东方小说》《北斗》每月一篇单行本日译本俄译本各国译本都出版诺贝尔奖金又伟大又发财……

拐进了一条小胡同,暗得什么都看不见。

"你家在哪儿?"

"就在这儿,不远儿,先生。请您看封信。"

胡同的那边儿有一支黄路灯,灯下是个女人低着脑袋站在那儿。老婆儿忽然又装着苦脸,扯

[①] sonata:奏鸣曲。

着他的袖子道:"先生,这是我的媳妇,信在她那儿。"走到女人那地方儿,女人还不抬起脑袋来。老婆儿说:"先生,这是我的媳妇。我的儿子是机器匠,偷了人家东西,给抓进去了,可怜咱们娘儿们四天没吃东西啦。"

（可不是吗那么好的题材技术不成问题她讲出来的话意识一定正确的不怕人家再说我人道主义咧……）

"先生,可怜儿的,你给几个钱,我叫媳妇陪你一晚上,救救咱们两条命!"

作家愕住了。那女人抬起脑袋来,两条影子拖在瘦腮帮儿上,嘴角浮出笑劲儿来。

嘴角浮出笑劲儿来。冒充法国绅士的比利时珠宝掮客凑在刘颜蓉珠的耳朵旁,悄悄地说:"你嘴上的笑是会使天下的女子妒忌的——喝一杯吧。"

在高脚玻璃杯上,刘颜蓉珠的两只眼珠子笑着。

在别克里,那两只浸透了 cocktail① 的眼珠子,从外套的皮领上笑着。

在华懋饭店的走廊里,那两只浸透了 cocktail 的眼珠子,从披散的头发边上笑着。

在电梯上,那两只眼珠子在紫眼皮下笑着。

在华懋饭店七层楼上一间房间里,那两只眼珠子,在焦红的腮帮儿上笑着。

珠宝掮客在自家儿的鼻子底下发现了那对笑着的眼珠子。

笑着的眼珠子!

白的床巾!

喘着气……

喘着气动也不动地躺在床上。

床巾:溶了的雪。

"组织个国际俱乐部吧!"猛的得了这么个好主意,一面淌着细汗。

淌着汗,在静寂的街上,拉着醉水手往酒排间跑。街上,巡捕也没有了,那么静,像个死了的城市。水手的皮鞋搁到拉车的脊梁盖儿上面,哑嗓子在大建筑物的墙上响着:

啦得儿……啦得—

　啦得儿

　　啦得……

拉车的脸上,汗冒着;拉车的心里,金洋钱滚着,飞滚着。醉水手猛的跳了下来,跌到两扇玻璃门后边儿去啦。

"Hello, Master! Master!"②

那么地嚷着追到门边。印度巡捕把手里的棒冲着他一扬,笑声从门缝里挤出来,酒香从门缝里挤出来,Jazz 从门缝里挤出来……拉车的拉了车杠,摆在他前面的是十二月的江风,一个冷月,一条大建筑物中间的深巷。给扔在欢乐外面,他也不想到自杀,只"妈妈的"骂了一声儿,又往生活里走去了。

---

① cocktail:英语,鸡尾酒。
② "Hello, Master! Master!":英语,"喂！老爷！老爷！"

空去了这辆黄包车,街上只有月光啦。月光照着半边街,还有半边街浸在黑暗里边,这黑暗里边蹲着那家酒排,酒排的脑门上一盏灯是青的,青光底下站着个化石似的印度巡捕。开着门又关着门,鹦鹉似的说着:

"Good——bye,Sir."

从玻璃门里走出个年轻人来,胳膊肘上挂着条手杖。他从灯光下走到黑暗里,又从黑暗里走到月光下面,太息了一下,悉悉地向前走去,想到了睡在别人床上的恋人,他走到江边,站在栏杆旁边发怔。

东方的天上,太阳光,金色的眼珠子似地在乌云里睁开了。

在浦东,一声男子的最高音:

"嗳……呀……嗳……"

直飞上半天,和第一线的太阳光碰在一起,接着便来了雄伟的合唱。睡熟了的建筑物站了起来,抬着脑袋,卸了灰色的睡衣,江水又哗啦哗啦的往东流,工厂的汽笛也吼着。

歌唱着新的生命,夜总会里的人们的命运!

醒回来了,上海!

上海,造在地狱上的天堂。

(选自《公墓》,1933年6月现代书局初版)

春阳

施蛰存

婵阿姨把保管箱锁上了,走出库门,看见那个年轻的行员正在对着她瞧,她心里一动,不由的回过头去向那一排一排整整齐齐的保管箱看了一眼,可是她已经认不得哪一只是三〇五号了。她望怀里一掏,刚才提出来的一百五十四元六角的息金好好地在内衣袋里。于是她走出了上海银行大门。

好天气,太阳那么大。这是她今天第一次感觉到的。不错,她一早从昆山乘火车来,一下火车,就跳上黄包车,到银行。她除了起床的时候曾经揭开窗帘看下不下雨之外,实在没有留心过天气。可是今天这天气着实好,近半个月来,老是那么样的风风雨雨的没得看见过好天气,今天却满街满屋的暖太阳了。到底是春天了,一晴就暖和。她把围在衣领上的毛绒围巾放松了一下。

这二月半旬的,好久不照到上海来的太阳,你别忽略了,倒真有一些魅力呢。倘若是像前两日一样的阴沉天气,当她从玻璃的旋转门中出来,一阵冷风扑上脸,她准是把一角围巾掩着嘴,雇一辆黄包车直到北火车站,在待车室里老等下午三点钟开的列车回昆山去。今天扑脸上的乃是一股热气,一片晃眼的亮,这使她平空添出许多兴致。她摸出十年前的爱尔琴金表来。十二点还差十分。这样早。还好在马路上走走呢。

于是,昆山的婵阿姨,一个儿走到了春阳和煦的上海的南京路上。来来往往的女人男人,都穿得那么样轻,那么样美丽,又那么样小玲玲的,这使她感觉到自己底绒线围巾和驼绒旗袍的累赘。早知天会这样热,可就穿了那件雁翎绉衬绒旗袍来了。她心里划算着,手却把那绒线围巾除下来,折叠了搭在手腕上。

什么店铺都在大廉价。婵阿姨看看绸缎,看看瓷器,又看看各式各样的化妆品,丝袜和糖果饼干。她想买一点吗?不会的,这一点点力她定是有的。没有必需,她不会买什么东西。要不然,假如她舍得随便花钱,她怎么会牺牲了一生的幸福,肯抱牌位做亲呢?

她一路走,一路看。从江西路口走到三友实业社,已经过午时了。她觉得热,额角上有些汗。袋里一摸,早上出来没带着手帕。这时,她觉得有必需了。她走进三友实业社去买了一条毛巾手帕,带便在椅子上坐坐,歇歇力。

她隔着玻璃橱窗望出去,人真多,来来去去的不断。他们都不像觉得累,一两步就闪过了,走得快。愈看人家矫健,愈感觉到自己的孱弱了,她抹着汗,懒得立起来,她害怕走出门去,将怎样挤进这些人的狂流中去呢?

到这时,她才第一次奇怪起来:为什么,论年纪也还不过三十五岁,何以这样的不济呢?在昆山的时候,天天上大街,可并不觉得累,一到上海,走不了一条马路,立刻就像个老年人了。这是为什么?她这样想着,同时就埋怨着自己,不应该高兴逛马路玩,那是毫无意思的。

于是她勉强起身,挨出门。她想到先施公司对面那家点心店里去吃一碗面,当中饭。吃了面就雇黄包车到北火车站。可是,你得明白,这是婵阿姨刚才挨出三友实业社的那扇玻璃门时候的主意。要是她真的累得走不动,她也真的会去吃了面上火车的。意料不到的却是,当她望永安公司那边走了几步路,忽然地让她觉得身上又恢复了一种好像是久已消失了的精力,让她混合在许多呈着喜悦的容颜的年轻人底狂流中,一样轻快地走……走。

什么东西让她得到这样重要的改变?这春日的太阳光,无疑的。它不仅改变了她底体质,简直还改变了她底思想。真的,一阵很骚动的对于自己的反抗心骤然在她胸中灼热起来。为什么到上海来不玩一玩呢?做人一世,没钱的人没办法,眼巴巴地要挨着到上海来玩一趟,现在,有的是钱,虽然还要做两个月家用,可是就使花完了,大不了再去提出一百块来。况且,算它住一夜的话,也用不了一二十块钱。人有的时候得看破些,天气这样好!

天气这样好,眼前一切都着着明亮和活跃的气象。每一辆汽车刷过一道崭新的喷漆的光,每一扇玻璃橱上闪耀着各方面投射来的晶莹的光,远处摩天大厦底圆瓴形或方形的屋顶上辉煌着金碧的光,只有那先施公司对面的点心店,好像被阳光忘记了似的,呈现着一种抑郁的烟煤的颜色。

何必如此刻苦呢?舒舒服服地吃一顿饭。婵阿姨不想吃面了。但她想不出应当到什么地方去吃饭。她预备叫两个菜,两个上海菜,当然不要昆山吃惯了的东西,但价钱,至多两元,花两块钱吃一顿中饭,已经是很费的了,可是上海却说不来,也许两个菜得卖三块四块。这就是她不敢闯进任何一家没有经验的餐馆的理由。

她站在路角上,想,想。在西门的一个馆子里,她曾经吃过一顿饭,可是那太远了。其次,四马路,她记得也有一家;再有,不错,冠生园,就在大马路。她不记得有没有走过,但在她记忆中,似乎冠生园是最适宜的了,虽则稍微有点憎嫌那儿的饭太硬。她思索了一下,仿佛记得冠生园是已经走过了,她怪自己一路没有留心。

　　婵阿姨在冠生园楼上拣了个座位,垫子软软的,当然比坐在三友实业社舒服。侍者送上茶来,顺便递了张菜单给她。这使她稍微有一点窘,因为她虽然认得字,可并不会点菜。她费了十分钟,给自己斟酌了两个菜,一共一块钱。她很满意,因为她知道在这样华丽的菜馆里,是很不容易节省的。

　　她饮着茶,一个人占据了四个人底座位。她想趁这空暇打算一下,吃过饭到什么地方去呢?今天要不要回昆山去?倘若不回去的话,那么,今晚住到什么地方去?惠中旅馆,像前年有一天因为银行封关而不得不住一夜那情形一样吗?再说,玩,怎样玩?她都委决不下。

　　一溜眼,看见旁座的圆桌子上坐着一男一女,和一个孩子。似乎是一个小家庭呢?但女的好像比男的年长得多。她大概也有三十四五岁了吧?婵阿姨刚才感觉到一种获得了同僚似的欢喜,但差不多是同时的,一种常常沉潜在她心里而不敢升腾起来的烦闷又冲破了她底欢喜的面具。这是因为在她底餐桌上,除了她自己之外,更没有第二个人。丈夫?孩子?

　　十二三年前,婵阿姨底未婚夫忽然在吉期以前七十五天死了。他是一个拥有三千亩田的大地主底独子,他底死,也就是这许多地产失去了继承人。那时候,婵阿姨是个康健的小姐,她有着人家所称赞为"卓见"的美德,经过了二日二夜的考虑之后,她决定抱牌位做亲而获得了这大宗财产底合法的继承权。

　　她当时相信自己有这样大的牺牲精神,但现在,随着年岁底增长,她逐渐地愈加不相信她何以会有这样的勇气来了。翁姑故世了,一大注产业都归她掌管了,但这有什么用处呢?她忘记了当时牺牲一切幸福以获得这产业的时候,究竟有没有想到这份产业对于她将有多大的好处?族中人的虎视眈眈,去指望她死后好公分她底产业,她也不会有一个血统的继承人。算什么呢?她实在只是一宗巨产底暂时的经营人罢了。

　　虽则她有时很觉悟到这种情形,她却还不肯浪费她底财产,在她是以为既然牺牲了毕生的幸福以获得此产业,那么惟有刻意保持着这产业,才比较的是实惠的。否则,假如她自己花完了,她底牺牲岂不更是徒然的吗?这就是她始终吝啬着的缘故。

　　但是,对于那被牺牲了的幸福,在她现在的衡量中,却比从前的估价更高了。一年一年地阅历下来,所有的女伴都嫁了丈夫,有了儿女,成了家。即使有贫困的,但她们都另外有一种愉快足够抵偿经济生活底悲苦。而这种愉快,她是永远艳羡着,但永远没有尝味过,没有!

　　有时,当一种极罕有的勇气奔放起来,她会想:丢掉这些财富而去结婚罢。但她一揽起镜子来,看见了萎黄的一个容颜,或是想象出了族中人底诽笑和讽刺底投射,她也就沉郁下去了。

　　她感觉到寂寞,但她再没有更大的勇气,牺牲现有的一切,以冲破这寂寞的氛围。

　　她凝看着。旁边的座位上,一个年轻的漂亮的丈夫,一个兴高采烈的妻子,一个活泼的五六岁的孩子。她们商量吃什么菜肴。她们谈话。她们互相看着笑。他们好像是在自己家里。当然,他们并不怪婵阿姨这样沉醉地耽视着。

　　直等到侍者把菜肴端上来,才阻断了婵阿姨底视线。她看看对面,一个空的座位。玻璃的桌面上,陈列着一副碗筷,一副,不是三副。她觉得有点难堪。她怀疑那妻子是在看着她。她以为我是何等样人呢?她看得出我是个死了的未婚夫底妻子吗?不仅是她看着,那丈夫也注目着我啊。他看得出我并不比他妻子年纪大吗?还有,那孩子,他那双小眼睛也在看着我吗?他看出来,以为我像一个母亲吗?假如我来抚养他,他会不会有这样活泼呢?

她呆看着坚硬的饭颗,不敢再溜眼到旁边去了。她怕接触那三双眼睛,她怕接触了那三双眼睛之后,它们会立刻给她一个否决的回答。

她于是看见一只文雅的手握着一束报纸。她抬起头来,看见一个人站在她桌子边。他好像找不到座位,想在她对面那空位上坐。但他迟疑着。终于,他没有坐,走了过去。

她目送着他走到里间去,不知道心里该怎么想。如果他终于坐下在她对面,和她同桌子吃饭呢?那也没有什么不可以。在上海,这是普通的事。就使他坐下,向她微笑,点点头,似曾相识地攀谈起来,也未尝不是坦白的事。可是,假如他真的坐下来,假如他真的攀谈起来,会有怎样的结局啊,今天?

这里,她又沉思着,为什么他对了她看了一眼之后,才果决地不坐下来了呢?他是不是本想坐下来,因为对于她有什么不满意而翻然变计了吗?但愿他是简单地因为她是一个女客,觉得不大方便,所以不坐下来的。但愿他是一个腼腆的人!

婵阿姨找一面镜子,但没有如愿。她从盆子里捡起一块蒸气洗过的手巾,揩着脸,却又后悔早晨没有擦粉。到上海来,擦一点粉是需要的。倘若今天不回昆山去,就得在到惠中旅馆之前,先去买一盒粉,横竖家里的粉也快完了。

在旅馆里梳洗之后,出来,到那里去呢?也许,也许他——她稍微侧转身去,远远地看见那有一双文雅的手的中年男子已经独坐在一只圆玻璃桌边,他正在看报。他为什么独自个呢?也许他会得高兴说:

——小姐,他会得这样称呼吗?我奉陪你去看影戏,好不好?

可是,不知道今天有什么好看的戏,停会儿还得买一份报。他现在在看什么?影戏广告?我可以去借过来看一看吗?假如他坐在这里,假如他坐在这里看……

——先生,借一张登载影戏广告的报纸,可以吗?

——哦,可以的,可以的,小姐预备去看影戏吗?……

——小姐贵姓?

——哦,敝姓张,我是在上海银行做事的。……

这样,一切都会很好地进行了。在上海。这样好的天气。没有遇到一个熟人。婵阿姨冥想有一位新交的男朋友陪着她在马路上走,手挽着手。和暖的太阳照在他们相并的肩上,让她觉得通身的轻快。

可是,为什么他在上海银行做事?婵阿姨再溜眼看他一下,不,他的确不是那个管理保管库的行员。那行员是还要年轻,面相还要和气,风度也比较的洒落得多。他不是那人。

一想起那年轻的行员,婵阿姨就特别清晰地看见了他站在保管库门边凝看她的神情。那是一道好像要说出话来的眼光,一个跃跃欲动的嘴唇,一副充满着热情的脸。他老是在门边看着,这使她有点烦乱,她曾经觉得不好意思摸摸索索地多费时间,所以匆匆地锁了抽屉就出来了。她记得上一次来开保管箱的时候,那个年老的行员并不这样仔细地看着她的。

当她走出那狭窄的库门的时候,她记得她曾回过头去看一眼。但这并不单为了不放心那保管箱,好像这里边还有点避免他那注意的凝视的作用。她的确觉得,当她在他身边挨过的时候,他底下领曾经碰着了她底头发。非但如此,她还疑心她底肩膀也曾经碰着他底胸脯的。

但为什么当时没有勇气抬头看他一眼呢?

婵阿姨底自己约束不住的遐想,使她憧憬于那上海银行底保管库了。为什么不多勾留一会呢?为什么那样匆急地锁了抽屉呢?那样地手忙脚乱,不错,究竟有没有把钥匙锁上呀?她不禁伸手到里衣袋去一摸,那小小的钥匙在着。但她恍惚觉得这是开了抽屉就放进袋里去的,没有再用它来锁上过。没有,绝对的没有锁上,不然,为什么她记忆中没有这动作啊?没有把保管箱锁上?真的?这是何等重要的事!

她立刻付了账。走出冠生园,在路角上,她招呼一辆黄包车:

——江西路,上海银行。

在管理保管库事情的行员办公的那柜台外,她招呼着:

——喂,我要开开保管箱。

那年轻的行员,他正在抽着纸烟和别一个行员说话,回转头来问:

——几号?

他立刻呈现了一种诧异的神气,这好像说:又是你,上午来开了一次,下午又要开了,多忙?可是这诧异的神气并不在他脸上停留得很长久,行长陈光甫常常告诫他底职员:对待主顾要客气,办事不怕麻烦。所以,当婵阿姨取出她底钥匙来,告诉了他三百零五号之后,他就检取了同号码的副钥匙,殷勤地伺候她到保管库里去。

三百零五号保管箱,她审察了一下,好好地锁着。她沉吟着,既然好好地锁着,似乎不必再开吧?

——怎么,要开吗?那行员拈弄着钥匙问。

——不用开了。我因为忘记了刚才有没有锁上,所以来看看。她觉得有点歉厌地回答。

于是他笑了。一个和气的,年轻的银行职员对她微笑着,并且对她看着。他是多么可亲啊!假如在冠生园的话,他一定会坐下在她对面的。但现在,在银行底保管库里,他会怎样呢?

她被他看着。她期待着。她有点窘,但是欢喜。他会怎样呢?他亲切地说:

——放心罢,即使不锁,也不要紧的,太太。

什么?太太?太太!他称她为太太!愤怒和被侮辱了的感情奔涌在她眼睛里,她要哭了。她装着苦笑。当然,他是不会发觉的,他也许以为她是羞赧。她一扭身,走了。

在库门外,她看见一个艳服的女人。

——啊,密司陈,开保管箱吗?钥匙拿了没有?

她听见他在背后问,更亲切地。

她正走在这女人身旁。她看了她一眼。密司陈,密司!

于是她走出了上海银行大门。一阵冷。眼前阴沉沉地,天色又变坏了。西北风。好像还要下雨。她迟疑了一下,终于披上了围巾:

——黄包车,北站!

在车上,她掏出时表来看。两点十分,还赶得上三点钟的快车。在藏起那时表的时候,她从衣袋里带出了冠生园的发票。她困难地,但是专心地核算着:菜,茶,白饭,堂彩,付两块钱,找出六角,还有几个铜元呢?

(选自《善女人行品》,1933 年 11 月良友图书印刷公司初版)

边城

沈从文

一

  由四川过湖南去,靠东有一条官路。这官路将近湘西边境上一个地方名为"茶峒"的小山城时,有一小溪,溪边有座白色小塔,塔下住了一户单独的人家。这人家只一个老人,一个女孩子,一只黄狗。

  小溪流下去,绕山岨流,约三里就将汇入茶峒的大河,人若过溪越小山走去,则只一里路就到了茶峒城边。溪流如弓背,山路如弓弦,故远近有了差异。小溪宽约廿丈,长年水皆静静的,河床为大片石头作成,故水即或深到一篙不能落底,却清澈透明,河中游鱼来去皆可以计数。小溪既为川湘来往孔道,限于财力不能搭桥,就安排了一只方头渡船,一次连人带马,约可以载二十位,人数多时则反复来去。渡船头竖了一枝小小竹竿,挂着一个可以活动的铁环,溪岸两端水面牵了一段废缆,有人过渡时,就把铁环挂在废缆上,船上人则引手攀缘那横缆,慢慢的把船牵过对岸去。船将拢岸了,管理这渡船的,一面口中嚷着"慢点慢点",一面自己霍的跃上了岸,拉着铁环,于是人货牛马全上了岸,翻过小山不见。渡头既为公家所有,故过渡的不必出钱,有人心中不安,抓了一把钱掷到船板上时,管渡船的必一一拾取,仍然塞到那人手心里去,俨然吵嘴时的认真神气,"我有了口粮,三斗米,七百钱,够了!谁要这个?!"

  但不成,不管如何还是有人把钱的。管船人也为了心安起见,便把钱托人到茶峒去买茶叶和草烟,把茶峒出产的上等草烟,挂在自己腰边,过渡的谁需要这东西皆慷慨奉赠,估计那远路人对于身边草烟引起了相当的注意,便把一小束草烟扎到那人包袱上去,一面说,"不吸这个吗,这好的,这妙的,送人也很合式!"茶叶则在六月里放进大缸里去,用开水泡好,给过路人解渴。

  管理这渡船的,就是住在塔下的那个老人。活了七十年,从二十岁起便守在这小溪边,五十年来不知把船来去渡了若干人。年纪虽那么老了,本应当休息了,但天不许他休息,他仿佛便不能够同这一分生活离开。他从不思索自己的职务对于本人的意义,只是静静的在那里很忠实的生存下去。代替了天,使他在日头升起时,感到生活的力量,当日头落下时,又不至于思量与日头同时死去的,是那个伴在他身旁的女孩子,他唯一的朋友为渡船与黄狗,唯一的亲人便只那个女孩子。

  女孩子的母亲,老船夫的独生女,十五年前同一个茶峒军人,很秘密的背着那忠厚爸爸发生了暧昧关系。有了小孩子后,屯戍军士便想约了她一同向下游逃去。但从逃走的行为上看来,一个违悖了军人的责任,一个却必得离开孤独的父亲。经过一番考虑后,军人见她无远走勇气,自已也不便毁去作军人的名誉,就心想一同去生既无法聚首,一同去死当无人可以阻拦,首先服了毒。事情业已为作渡船夫的父亲知道,父亲却不加上一个有分量的字,只作为并不听到过这样事情一样,仍然把日子过下去,女儿一面怀了羞惭一面却怀了怜悯,仍守在父亲身边,把腹中小孩生下后,却吃了许多冷水死去了。在一种奇迹中这遗孤居然已长大成人,一转眼间便十三岁了。为了住处两山多篁竹,翠色逼人而来,故老船夫随便为这可怜的孤雏拾取了一个近身的名字,叫作"翠翠"。

翠翠在风日里长养着,故把皮肤变得黑黑的,触目为青山绿水,故眸子清明如水晶。自然既长养她且教育她,故天真活泼,处处如一只小兽物。人又那么乖,如山头黄麂一样,从不想到残忍事情,从不发愁,从不动气。遇陌生人对她有所注意时,把光光的眼睛瞅着那陌生人,作成随时皆可举步逃入深山的神气,但明白了人无机心后,就又从从容容在水边玩耍。

老船夫不论晴雨,皆守在船头,有人过渡时,便略弯著腰,两手缘引了竹缆,把船横渡过小溪。有时倦了,躺在临溪大石上睡着了,人喊过渡,翠翠不让祖父起身,就跳下船去,很敏捷的替祖父把路人渡过溪,一切皆溜刷在行,从不误事。有时又同祖父黄狗一同在船上,过渡时与祖父一同动手做,船将近岸边,祖父正向客人招呼:"慢点,慢点,"那只狗便口衔绳子,最先一跃而上,且俨然尽职似的,把船绳紧衔着拖船拢岸。

风日清和的天气,无人过渡,镇日长间,祖父同翠翠便坐在门前大岩石上晒天阳,或把一段木头从高处向水中抛去,嗾身边黄狗从岩石高处跃下,把木头衔回来。或翠翠与黄狗皆张着耳朵,听祖父说给城中些多年以前的战争故事。或祖父同翠翠两人,各把小竹作成的竖笛,逗在嘴边吹着迎亲送女的曲子,过渡人来了,老船夫放下了竹管,独自跟到船边去,横溪渡人,在岩上的一个,见船开动时,于是锐声喊着:

"爷爷,爷爷,你听我吹你唱!"

爷爷到溪中央很快乐的唱起来,哑哑的声音同竹管声,振荡在寂静空气里,溪中仿佛也热闹了一些。实则歌声的来复,反而使一切更寂静一些。

有时过渡的是从川东过茶峒的小牛,是羊群,是新娘子的花轿,翠翠必争着作渡船夫,站在船头,懒懒的攀引缆索,让船缓缓的过去,牛羊花轿上岸后,翠翠必跟着走,站到小山头,目送这些东西走很远了,方回到船上,把船牵回家的岸边。且独自低低的学小羊叫着,学母牛叫着。

茶峒山城只隔渡头一里路,买油买盐时,或逢年过节祖父得喝一杯酒时,祖父不上城,黄狗就伴同翠翠入城里去,备办一切东西。到了买杂货的铺子里,有大把的粉条,大缸的白糖,有炮仗,有红蜡烛,莫不给翠翠很深的印象,回到祖父身边,总把这些东西说个半天。那里河边还有许多船,比起渡船来全大得多,有趣味得多,翠翠也不容易忘记。

二

茶峒地方凭水依山筑城,近山的一面,城墙如一条长蛇,缘山爬去。临水一面则在城外河边留出余地设码头,湾泊小小篷船,船下行时运桐油青盐,染色的桔子。上行则运棉花,棉纱,以及布匹杂货同海味。贯串各个码头有一条河街,人家房子多一半着陆,一半在水,(因为余地有限,那些房子莫不设吊脚楼。)河中涨了春水,到水进街后,河街上人家,便各用长长的梯子,一端搭在屋檐口,一端搭在城墙上,人人皆爬着嚷着,带了包袱,铺盖,米缸,渡进城里去,水退时,便又从城门口出城。水若特别猛一些,沿河的吊脚楼,必有一处两处为水冲去,大家皆在城头上呆望着,受损失的也同样呆望着,对于所受的损失仿佛无话可说,与在自然安排下其他不幸来时相似。涨水时在城上还可望着骤然展宽的河面,流水浩浩荡荡,随同山水从上流浮沉而来的有房子牛羊同大树。于是在水势较缓处,税关趸船前面便常常有人驾了小船,一见河心浮沉而来的是一匹牲畜,一段小木,或一只空船;船上有一个妇人或一个小孩哭喊的声音,便急急的把船桨去,在下游一些迎着了那个目的物,把它用绳系定,再向岸边桨去。这些勇敢的人,也爱利,也仗义,同一般当地人相似。不拘救人救物,却同样在一种愉快冒险行为中,做得敏捷勇敢,使人喝彩不已。

那条河水便是历史上知名的酉水,新名字叫作白河。白河到辰州与沅水汇流后,便略显浑浊,有出山泉水的意思。若溯流而上,则三丈五丈的深潭皆清澈见底。深潭中为白日所映照,河底小小白石子,与有花纹的石子,皆明明白白,水中游鱼来去,皆如浮在空气里。两岸多高山,山中多可以造纸的细竹,长年作深翠颜色,逼人眼目。近水人家多在桃杏花里,春天时只需注意,凡有桃花处必有人家,凡有人家处必可沽酒。夏天则晒晾在日光下耀目的紫花布衣裤,可以作为人家所在的旗帜。秋冬来时,房屋在悬崖上的,滨水的,无不朗然入目,黄泥的墙,乌黑的瓦,位置则总永远那么妥帖,且与四围环境极其调和,使人迎面得到的印象,非常愉快。一个对于诗歌图画稍有兴味的旅客,在这小河中,蜷伏于一只小船上,作三十天的旅行,必不至于感到厌烦,正因为处处有奇迹,自然的大胆处与精巧处,无一处不使人神往倾心。

白河的源流,从四川边境而来,故凡从白河上行的小船,春水发时可以直达川属的秀山。但属于湖南境界的,则茶峒为最后一个水码头。这条河水的河面,在茶峒时虽宽约半里,当秋冬之际水落时,河床流水处还不到二十丈,其余皆一滩青石。小船到此后,既无从上行,故凡川东的进出口货物,皆由这地方落水起岸。出口货物俱由脚夫用杉木扁担压在肩膊上挑抬而来,入口货物也莫不从这地方成束成担的用人力搬去。

这地方城中只一营由昔年绿营屯丁改编而成的戍兵,及五百家左右的住户。(这些住户中,除了一部分拥有了些山田同油坊,或放账屯油,屯米,屯棉纱的小资本家外,其余多数皆为当年屯戍来此有军籍的人家。)地方还有个厘金局,办事机关在城外河街下面小庙里,局长则住在城里。一营兵士驻在老参将衙门,除了号兵每天上城吹号玩使人知道这里驻有军队以外,兵士皆仿佛并不存在。冬天的白日里,到城里去,便只见各处人家门前皆晾晒有衣服同青菜,红薯多带藤悬挂在屋檐下,用棕衣作成的口袋,装满了栗子榛子,也多悬挂在檐口下。各处有大小鸡叫着玩着。间或有什么男子,占据在自己屋前门限上锯木,或用斧头劈树,把劈好的柴堆到敞坪里去如宝塔,又或可以见到几个妇人,穿了浆洗得极硬的蓝布衣裳,挂着白布围裙,在日光下一面说话一面作事,一切总永远那么静寂,所有人民每个日子仿佛皆在这种寂寞里过去。一分安静增加了人对于"人事"的思索力,在这小城中生存的,各人也一定皆各在分定一份日子里,怀了对于人事的爱憎有所期待著。但这些人想些什么,谁知道。住在城中较高处的,站在门前便可以眺望对河以及河中的景致,船来时,速速的就可以从对河滩上看著无数纤夫,那些纤夫也有从下游地方,带了细点心洋糖之类,拢岸时却拿进城中来换钱的。船来时,小孩子的想像,当在那些拉船人方面。大人呢,孵一巢小鸡,养两只猪,托下行船夫带两丈官青布回来,或一坛好酱油,一个双料的美孚灯罩回来,便占去了大部分作主妇的心了。

这小城里虽那么安静和平,但地方既为川东商业交易一个接头处,故城外小小河街,却不同了一点。也有商人落脚的客店,坐镇不动的理发馆。此外饭店,杂货铺,油行,盐栈,花衣庄,莫不各有一种地位,装点了这条河街。还有卖船上檀木活车竹缆与罐锅铺子,介绍水手的吃码头饭人家。小饭店门前,常有煎得焦黄的鲤鱼豆腐,身上装饰了红辣椒丝,卧在钵头里,钵旁大竹筒里插着大把红筷子,不拘谁个愿意花点钱,这人就可以傍了门前的长案坐下来,抽出一双筷子到手上,那边一个眉毛扯得极细,脸上擦了白粉的妇人,就走过来问:"要甜酒要烧酒?"男子火焰高一点的,谐趣的,对内掌柜有点意思的,必装成生气似的说:"吃甜酒?又不是小孩,还问人吃甜酒!"那么,酽洌的烧酒,从大瓮里用木滤子舀出,倒进土碗里,即刻就来到身边案桌上了。杂货铺卖美孚油,及点美孚油的洋灯,与香灯纸张。油行屯桐油。盐栈堆火井出的青盐。花衣庄则有白棉纱,大布,棉花,以及包头的黑绉绸出卖。卖船上用物的,百物罗列,无所不备,且间或有重至百斤以外的铁锚,搁在门外路旁,等候主顾问价,专以介绍水手为事业,吃水码头的人,在河街的家中,则终日门敞开着,常有穿青羽缎马褂的船主与毛手毛脚的水手进出,地方茶馆却不卖茶,不是烟馆又可以抽烟。来到这里的,虽说所谈的是船上生意经,然而船只像上下划船拉纤人大都有一定规矩,不必作数目上讨论。他们来到这里大多数倒是在"联欢"。以龙头管事作中心,谈论点本地时事,两省商务上情形,以及下游的"新事"。邀会的,集款大多数皆在此地,爬骰子看点数多少轮作会首时,也常常在此举行。真真成为他们生意经的,倒只是买卖船只,买卖媳妇。

大都市随了商务发达而产生的某种寄食者,因为商人的需要,水手的需要,这小小边城的河街,也居然有那么一群人,聚集在一些有吊脚楼的人家里。这种妇人不是从附近乡下弄来,便是随同川军来湘流落后的妇人,穿了假洋绸的衣服,印花漂布的裤子,把眉毛扯得成一条细线,大大的发髻上敷了香味极浓俗的油类,白日里无事,便坐在门口做鞋子,或靠在临河窗口上看水手起货,听水手爬桅子唱歌。到了晚上,则轮流的接待商人同水手,切切实实尽一个妓女的义务。

由于边地的风俗淳朴,便是作妓女,也永远那么浑厚,遇不相熟的人,做生意时虽得先交钱,再关门,人既相熟后,钱便在可有可无之间了。妓女多靠四川商人维持生活,但恩情所结,则多在水手方面。感情好的,互相咬着嘴唇咬着颈脖发了誓,约好了"分手后各人皆不许胡闹",四十天或五十天,在船上的浮着的那一个,同在岸上的这一个,便皆呆着打发这一堆日子,尽把自己的心紧紧缚着远远的一个人。尤其是妇人,痴到无可形容,男子不回来,做梦时,就总常常梦船拢了岸,一个人摇摇荡荡的从船跳板到了岸上,直向身边跑来。或日中有了疑心,则梦里必见男子在桅上向另一方面唱歌,却不理会自己。性格弱一点儿的,继着就在梦里投河吞鸦片烟,强一点儿的则必手执菜刀,直向那水手奔去。他们生活虽那么同一般社会疏远,但是眼泪与欢乐,在一种爱憎得失间,揉进了这些人生活里时,也便同另外一片土地另外一些人相似,全个身心为那点爱憎所浸透,见寒作热,忘了一切。稍微不同处,不过是这些人更真切一点,也更近于胡涂一点罢了。

短期的包定,长期的嫁娶,一时间的关门,这些关于一个女人身体上的交易,由于民情的淳朴,身当其事的不觉得如何下流可耻,旁观者也就从不用读书人的观念加以指摘与轻视。这些人重义轻利,守信自约,即是娼妓,也常常较之知羞耻的城市中人还更可信任。

掌水码头的名叫顺顺,一个前清时便在营伍中混过日子来的人物,革命时在著名的陆军四十九标,做个什长。同样作什长的,有因革命成了伟人名人的,有杀头碎尸的,他却带着少年喜事得来的脚疯痛,回到了家乡,把所积蓄的一点钱,买了一条八桨白木船,租给一个穷船主代人装货,在茶峒与辰州之间来往。气运好,半年之内船皆不坏事,于是他从所赚的钱上,又讨了一个略有产业的白脸黑发小寡妇。数年后,这河上他就有了八只船,一个妻子,两个儿子了。

但这个大方洒脱的人,事业虽十分顺手,却因欢喜交朋结友,慷慨而又能济人之急,便不能同贩油商人一样大大发作起来。自己既在粮子里混过日子,明白出门人的甘苦,理解失意人的心情,故凡因船失事破产的船家,过路的退伍兵士,游学文人,凡到了这个地方,闻名求助的莫不尽力帮助。一面从水上赚来的钱,一面就这样散去,故吃水上饭的人,皆十分尊敬这个人。这人虽跛了一腿,走路难得其平,为人却公正无私。水面上各事原极其简单,一切皆为一个习惯所支配,谁个船碰了头,谁个船妨害了别一个人别一只船的利益,皆照例有习惯方法来解决。惟运用这种习惯规矩,排调一切的,必需一个高年硕德的中心人物。民国八年左右时,那原来一个人死去了,顺顺便作了这样一个代替者。那时他还只五十岁,明事明理,为人既正直和平,又不爱财,故无人对他年龄怀疑。

到十九年时,他的儿子大的已十六岁,小的已十四岁。两个年青人皆结实如小公牛,能驾船,能泅水,能走长路。总而言之从小乡城里出身的年青人所能够作的事,他们无一不作,作去无一不精。年纪较长的,如他爸爸一样,豪放豁达,不拘常套小节。年幼的则气质近于那个白脸黑发的母亲,不爱说话,眼眉却秀拔出群,一望即知其为人聪明而又富于感情。

两兄弟既年已长大,必需在各一种生活上来训练他们的人格,作父亲的就轮流派遣两个小孩子各处旅行;向下行船时,多随自己的船只充伙计,甘苦与人相共,荡桨时选最重的一把,背纤时拉头纤二纤,吃的是干鱼,辣子,臭酸菜,睡的是硬帮帮的舱板。向上行从旱路走去,则跟了川东客货,过秀山龙潭酉阳作生意,不论寒暑雨雪,必穿了草鞋按站赶路。且佩了短刀,遇不得已必需动手,便霍的把刀抽出,站到空阔处去,等候对面的一个动手,继着就同这个人用肉搏来解决。帮里的风气,既为对付仇敌必需用刀,联结朋友也必需用刀,故需要刀时,就从不让它失去那点机会。学贸易,学应酬,学习到一个新地方去生活,且学习用刀保护身体同名誉,教育的目的,似乎在使两个孩子得到做人的勇气与义气。一分教育的结果,弄得两个人皆结实如老虎,都又和气亲人,不骄惰,不浮华,故杨家父子在茶峒边境上,为人所提及时,人人对这个名姓无不加以一种尊敬。

作父亲的当两个儿子很小时,就明白大儿子一切与自己相似,却稍稍见得溺爱那第二个儿子。由于这点不自觉的私心,他把长子取名天保,次子取名傩送。天保佑的在人事上或不免有龃龉处。至于傩神所送来的,照当地习气,人便不能稍加轻视了。傩送美丽得很,拙于赞扬这种美丽处的茶峒船家人,只知道为他取出一个诨名为"岳云"。并无什么人亲眼看到过岳云,一般的印象却从戏台上小生岳云得来这个相近的神气。

三

两省接壤处,三十余年来因为主持地方军事的,注重在安辑保守,处置极其得法,并无变故发生,水陆商务既不至于受战争停顿,也不至于为土匪影响,一切莫不极有秩序,故人民亦莫不安分乐生。这些人,除了家中死了牛,翻了船,或发生别的死亡大变,为一种不幸所绊倒,觉得十分伤心外,中国其他地方正在如何不幸挣扎中的情形,似乎就不曾为这边城人所感到。

  边城所在一年中最热闹的日子,是端午,中秋,与过年。三个节日过去三五十年前,如何兴奋到这地方人,直到现在,还毫无什么变化,仍然成为那地方居民最有意义的几个日子。

  端午日,当地妇女小孩子,莫不穿了新衣,额角上用雄黄蘸酒画了个王字。任何人家到了这天必皆可以吃鱼吃肉。大约十一点钟左右,全茶峒人就皆吃了晚饭,把饭吃过后,在城里住家的,莫不倒锁了门,全家出城到河边去看划船。河街有熟人的,可到河街吊脚楼窗口边看,不然就站在税关门口与各个码头上看。河中龙船以长潭某处作起点,税关前作终点,因为这一天军官税官以及当地有身分的人,莫不在税关前看热闹。划船的事船家在数天以前就早有了准备,分组分帮各自选出了若干身体结实手脚伶俐的小伙子,在潭中练习进退。船只的形式,与平常木船皆不相同,形体一律又长又狭,两头高高翘起,船身绘着朱红色的长线,平常时节多搁在河边干燥洞穴里,要用它时,拖下水去。每只船可坐十二个到十八个桨手,一个带头的,一个鼓手,一个锣手。桨手每人持一匹短桨,随了鼓声缓促为节拍,把船向前划去。坐在船头的,头上缠裹着红布包头,手上拿两枝小令旗,左右挥动,指挥船只的进退。擂鼓打锣的,多坐在船只的中部,船一划动便即刻蓬蓬镗镗把锣鼓很单纯的敲打起来,为弄桨水手调理下桨节拍。一船快慢既不得不靠鼓声,故每当两船竞赛到剧烈时,鼓声如雷鸣,加上两岸人呐喊助威,便使人想起梁红玉水战擂鼓,水擒杨么时也是水战擂鼓。凡把船划到前面一点的,必可在税关前领赏,一匹红,一块小银牌,不拘缠挂到船上某一个人头上去,皆显出这一船合作的光荣。好事的军人,且在每次某一只船胜利时,必在水边放些表示胜利庆祝的鞭炮。

  赛船过后,城中的戍军长官,为了与民同乐,增加这节日的愉快起见,便把绿头颈的大雄鸭,颈膊上缚了红布条子,放入河中,尽善于泅水的军民人等,下水追赶鸭子。于是长潭换了新的花样,水面各处是鸭子,各处有追赶鸭子的人。不拘谁把鸭子捉到,谁就成为这鸭子的主人。

  船与船的竞赛,人与鸭子的竞赛,直到天晚方能完事。

  掌水码头的龙头大哥顺顺,年青时便是一个泅水的高手,入水中去追逐鸭子,在任何情形下总不落空。但一到次子傩送年过十二岁时,已能入水闭气氽着到鸭子身边,再忽然从水中冒水而出,把鸭子捉到,这作爸爸的便解嘲似的说:"好,这种事有你们来作,我不必再下水了。"于是当真就不下水与人来竞争捉鸭子。但下水救人呢,当作别论。凡帮助人远离患难,便是入火,人到八十岁,也还是成为这个人一种不可逃避的责任!

  天保傩送两人皆是当地泅水划船好选手。

  端午又快来了,初五划船,河街上初一开会,就决定了属于河街的那只船当天入水。天保恰好在那天应向上行,随了陆路商人过川东龙潭送货,故参加的就只傩送。十六个结实如牛犊的小伙子,带了香、烛、鞭炮,同一个用生牛皮蒙好绘有朱红太极图的高脚鼓,到了搁船的河上游山洞边,烧了香烛,把船拖入水后,各人上了船,燃着鞭炮,擂着鼓,这船便如一枝箭似的,很迅速的向下游长潭射去。

  那时节还是上午,到了午后,对河渔人的龙船也下了水,两只龙船就开始预习种种竞赛的方法。水面上第一次听到了鼓声,许多人从这鼓声中,感到了节日临近的欢悦。住临河吊脚楼有所盼望的,也莫不因鼓声想到远人。在这个节日里,必然有许多船只可以赶回,也有许多船只合在半路过节,这之间,便有些眼目所难见的人事哀乐,在这小山城河街间,让一些人嬉喜,也让一些人皱眉!

蓬蓬鼓声掠水越山到了渡船头那里时,最先注意到的是那只黄狗。那黄狗汪汪的吠着,受了惊似的绕屋乱走,有人过渡时,便随船渡过河东岸去,且跑到那小山头去向城里大吠。

翠翠正坐在门外大石上用棕叶编蚱蜢蜈蚣玩,见黄狗先在太阳下睡着,忽然醒来便发疯似的乱跑,过了河又回来,就问它骂它:

"黄,黄,你做什么!不许这样子!"

可是一会儿那声音被她发现了,她于是也绕屋跑着,且同狗一块渡过了小溪,站在小山头听了许久,让那点迷人的鼓声,把自己带到一个过去的节日里去。

四

还是两年前的事。五月端阳,渡船头祖父找人作了代替,便带了黄狗同翠翠进城,过大河边去看划船。河边站满了人,四只朱色长船在潭中滑着,龙船水刚刚涨过,河中水皆豆绿色,天气又那么明朗,鼓声蓬蓬响着,翠翠抿着嘴一句话不说,心中充满了不可言说的快乐。河边人太多了一点,各人皆尽张着眼睛望河中,不多久,黄狗还在身边,祖父却挤得不见了。

翠翠一面注意划船一面心想过不久祖父总会找来的。但过了许久,祖父还不来,翠翠便有点慌了。先是两人同黄狗进城前一天,祖父就问翠翠:"明天城里划船,倘若一个人去看,人多怕不怕?"翠翠就说:"人多我不怕,但自己只是一个人可不好玩。"于是祖父想了半天,方想起一个住在城中的老熟人,赶夜里到城里去商量,请那老人来看一天渡船,自己却陪翠翠进城玩一天。且因为那人比渡船老人更孤单,身边无一个亲人,也无一只狗,因此便约好了那人早上就过家来吃饭,喝一杯雄黄酒。第二天那人来了,吃了饭,把职务委托那人以后,翠翠等便进了城。到路上时,祖父想起什么似的,又问翠翠,说:"翠翠,翠翠,人那么多,好热闹,你一个人敢到河边看龙船吗?"翠翠就说:"怎么不敢?可是一个人有什么意思。"到了河边后,长潭里的四只红船,把翠翠的注意力完全占去了,身边的祖父似乎也可有可无了。祖父心想:时间还早,到收场时,至少还得三个时刻。溪边的那个朋友,也应当来看看年青人的热闹,回去一趟,换换地位还赶得及,因此就告翠翠,人太多了,就站在这里看,不要动,他到别处去有事情,无论如何总赶得回来伴她回家。翠翠正为两只竞速并进的船迷着,祖父说的话毫不思索皆答应了。祖父知道黄狗在翠翠身边,也许比他自己在她身边还稳当,于是便回家看船去了。

祖父到了那渡船处时,见代替他的老朋友,正站在白塔下注意听远处鼓声。

祖父喊着他,请他把船拉过来,两人渡过小溪仍然站到白塔下去。那人问老船夫为什么又跑回来,祖父就说想替他一会儿,故把翠翠留在河边,自己赶回来,好让他也过河边去看看热闹,看得好,就不必再回来,只须见了翠翠告她一声,翠翠到时自会回家的,小丫头不敢回家,你就伴她走走!但那替手对于看龙船已无什么兴味,却愿意同老船夫在这溪边大石上各自再喝两杯烧酒。老船夫十分高兴,把酒葫芦取出,推给城中来的那一个。两人一面谈些端午旧事,一面便把酒喝下去,不到一会,那人却在岩石上为烧酒醉倒了。

人既醉倒了,无从入城,祖父为了责任又不便与渡船离开,在河边的翠翠便不能不着急了。

河中划船的决了最后胜负后,城里军官已派人驾小船在潭中放了一群白鸭子,祖父还不见来。翠翠恐怕祖父也正在什么地方等着她,因此带了黄狗各处挤着去找寻祖父,结果还是不得祖父的踪迹。后来看看天快要黑了,军人抗了长凳出城看热闹的,皆已陆续抗了那凳子回家。潭中的鸭子也只剩下三五只,捉鸭人也渐渐的少了。落日向上游翠翠家中那一方落去,黄昏把河面装饰了一层薄雾。翠翠望到这景致,忽然起了一个怕人的想头,她想:"假若爷爷死了?"

她记起祖父嘱咐她不要离开原来地方那一句话,便又为自己解释这想头的错误,以为祖父不来必是进城去或到什么熟人处去,被人拉着喝酒,故一时不能来的。正因为这也是可能的事,因此又不愿在天未断黑以前,同黄狗赶回家去,只好站在那石码头边等候祖父。

再过一会,对河的两只长船已泊到对河小溪里去不见了,看龙船的人也差不多全散了。吊脚楼有娼妓的人家,已上了灯,且有人敲小斑鼓弹月琴唱曲子。另外一些人家,又有划拳行酒的吵嚷声音。同时泊在吊脚楼下的一些船只,上面也有人在摆酒炒菜,把青菜萝卜之类,倒进滚热油锅里去时发出吵……的声音。河面已濛濛眬眬,看去好像只有一只白鸭在潭中浮着,也只剩一个人追着这只鸭子。

翠翠还是不离开码头,总相信祖父会来找她,同她一起回家。

吊脚楼上唱曲子声音热闹了一些,只听到下面船上有人说话,一个水手说:"金亭,你听你那婊子陪川东庄客喝酒唱曲子,我赌个手指说这是她的声音!"另一个水手就说:"她陪他们喝酒唱曲子,心却想着我。她知道我在船上!"先前那一个又说:"身体让别人玩着,心还想着你,你有什么凭据?"另一个说:"有凭据。"于是这水手吹着唿哨,作出一个古怪的记号,一会儿,楼上歌声便停止了。歌声停止后,两个水手皆笑了。两人接着便说了些关于那个女人的一切,使用了不少粗鄙字眼,翠翠很不习惯把这种话听下去,但又不能走开。且听水手之一说楼上妇人的爸爸是被人杀死的,一共杀了十七刀,翠翠心中那个古怪的想头,"爷爷死了呢?"便仍然占据到心里有一忽儿。

两个水手还正在谈话,潭中那只白鸭慢慢的向翠翠所在的码头边游来,翠翠想:"再过来些我就捉住你!"于是静静的等着,但那鸭子将近岸边三丈远近时,却有个人笑着,喊那船上水手,原来水中还有个人,那人已把鸭子捉着,却慢慢的"踹水"游近岸边的。船上的人听到水面的喊声,在隐约里也喊着:"二老,二老,你真干,你今天得了五只罢。"那水上人说:"这家伙狡猾得很,现在可归我了。""你这时捉鸭子,将来捉女人,一定有同样的本领。"水上那一个不再说什么,手脚并用的拍着水傍码头。爬上岸时,翠翠身旁的黄狗,仿佛警告水中人似的,汪汪的叫了几声,那人方注意到翠翠。码头上已无别的人,那人就问:

"是谁人?"

"是翠翠!"

"翠翠又是谁?"

"是碧溪岨撑渡船的孙女。"

"你在这儿做什么?"

"我等我爷爷。我等他来。"

"等他来他可不会来,你爷爷一定到城里军营里喝了酒,醉倒后被人抬回去了!"

"他不会这样子,他答应了找我,他就一定会来的。"

"这里等也不成,到我家里那边去,那边点了灯的楼上去,等爷爷来找你好不好?"

翠翠误会邀他进屋里去那个人的好意,正记着水手说的妇人丑事,她以为那男子就是要她上有女人唱歌的楼上去,本来从不骂人,这时正因等候祖父太久了,心中焦急得很,听人要她上去,以为欺侮了她,就轻轻的说:

"悖时砍脑壳的!"

话虽轻轻的,那男的却听得出,且从声音上听得出翠翠年纪,便带笑说:"怎么,你骂人!你不愿意上去,要耽在这儿,回头水里大鱼来咬了你,你可不要叫喊!"

翠翠说:"鱼咬了我也不管你的事。"

那黄狗好像明白翠翠被人欺侮了,又汪汪的吠起来,那男子把手中白鸭举起,向黄狗吓了一下,便走上河街去了。黄狗为了自己被欺还想追过去,翠翠便喊:"狗,狗,你叫人也看人叫!"翠翠意思仿佛只在告给狗"那轻薄男子还不值得叫",但男子听去的却是另外一种好意,放肆的笑着,不见了。

又过了一阵,有人从河街拿了一个废缆做成的火炬,叫喊着翠翠的名字。到身边时翠翠却不认识那个人。那人说:老船夫回到家中,不能来接她,故搭了过渡人口信,来告翠翠要她即刻就回去。翠翠听说是祖父派来的,就同那人一起回家,让打火把的在前引路,黄狗时前时后,一同沿了城墙向渡口走去。翠翠一面走一面就问那拿火把的人,谁告他就知道她在河边。那人说这是二老告他的,他是二老家里的伙计,送翠翠回家后还得转河街。

翠翠说:"二老他怎么知道我在河边?"

那人便笑着说:"他从河里捉鸭子回来,在码头上见你,他说好意请你上家里坐坐,等候你爷爷,你还骂过他!"

翠翠带了点儿惊讶轻轻的问:"二老是谁?"

那人也带了点儿惊讶说:"二老你还不知道?!就是傩送二老!就是他要我送你回去!"

翠翠想起自己先前骂人那句话,心里又吃惊又害羞,就再也不说什么,默默的随了那火把走去。

翻过了那小山岨,望得见对溪家中的火光时,那一方面也看见了翠翠方面的火把,老船夫即刻把船拉过来,一面拉船一面哑声儿喊问:"翠翠,翠翠,是不是你?"翠翠不理会祖父,口中却轻轻的说:"不是翠翠,不是翠翠,翠翠早被大河里鲤鱼吃去了。"翠翠上了船,二老派来的人,打着火把走了,祖父牵着船问:"翠翠,你怎么不答应我,生我的气了吗?"

翠翠还是不作声。翠翠对祖父那一点儿埋怨,等到把船拉过了溪,一到了家中,看明白了醉倒的另一个老人后,就完事了。但另一件事,属于自己不管祖父的,却使翠翠沉默了一个夜晚。

<h2 style="text-align:center">五</h2>

两年日子过去了。

这两年来两个中秋节,恰好皆无月亮可看,凡在这边城地方,因看月而起整夜男女唱歌的故事,皆不能如期举行,故两个中秋留给翠翠的印象,极其平淡无奇。两个新年虽照例可以看到军营里与各乡来的狮子龙灯,在小教场迎春,锣鼓喧阗很热闹,到了十五夜晚,城中舞龙耍狮子的镇箪兵士,还各自赤裸着肩膊,往各处去欢迎炮仗烟火。城中军营里,税关局长公馆,河街上一些大字号,莫不预先截老毛竹筒,或镂空棕榈树根株,用洞硝拌和磺炭钢砂,一千槌八百槌把烟火做好。好勇取乐的光身军士,玩着灯打着鼓来了,小鞭炮如落雨的样子,从悬到长竿尖端的空中落到玩灯的肩背上,锣鼓催动急促的拍子,大家皆为这事情十分兴奋。鞭炮放过一阵后,用长凳绑着的大筒灯火,在敞坪一端燃起了引线,先是咝咝的流泻白光,慢慢的这白光便吼啸起来,作出如雷如虎惊人的声音,白光向上空冲去,高至二十丈,下落时便洒散着满天花雨。玩灯的兵士,在火花中绕着圈子,俨然毫不在意的样子。翠翠同他的祖父,也看过这样的热闹,留下一个热闹的印象,但这印象不知为什么原因,总不如那个端午所经过的事情美。

翠翠为了不能忘记那件事,上年一个端午又同祖父到城边河街去看了半天船,一切玩得正好时,忽然落了行雨,无人衣衫不被雨湿透,为了避雨祖孙二人同那只黄狗,走到顺顺吊脚楼上去,挤在一个角隅里。有人扛凳子从身边过去,翠翠认得那人是去年打了火把送她回家的人,就告给祖父:

"爷爷,那个人去年送我回家,他拿了火把走路时,真像个喽啰!"

祖父当时不作声,等到那人回头又走过面前时,就一把抓住那个人,笑嬉嬉的说:

"嗨嗨,你这个人!要你到我家喝一杯也不成,还怕酒里有毒,把你这个真命天子毒死!"

那人一看是守渡船的,且看到了翠翠,就笑了。"翠翠,你大长了!二老说你在河边大鱼会吃你,我们这里河中的鱼,现在可吞不下你了。"

翠翠一句话不说,只是抿起嘴唇笑着。

这一次虽在这喽啰长年口中听到个"二老"名字,却不曾见及这个人。从祖父与那长年谈话里,翠翠听明白了二老是在下游六百里外青浪滩过端午的。但这次不见二老却认识了"大老",且见着了那个一地出名的顺顺。大老把河中的鸭子捉回家里后,因为守渡船的老家伙称赞了那只肥鸭两次,顺顺就要大老把鸭子赠给翠翠。且知道祖孙二人所过的日子,十分拮据,节日里自己不能包粽子,又送了许多三角粽子。

那水上名人同祖父谈话时,翠翠虽装作眺望河中景致,耳朵却把每一句话听得清清楚楚。那人向祖父说翠翠长得很美,问过翠翠年纪,又问有不有了人家。祖父则很快乐的夸奖了翠翠不少,且似乎不许别人来关心翠翠的婚事,故一到这件事便闭口不谈。

回家时,祖父抱了那只白鸭子同别的东西,翠翠打火把引路。两人沿城墙走去,一面是城,一面是水。祖父说:"顺顺是好人,大方得很。大老也很好。这一家人都好!"翠翠便说:"一家人都好,你认识他们一家人吗?"祖父不明白这句话的意思所在,因为今天太高兴一点,便笑着说:"翠翠,假若大老要你做媳妇,请人来做媒,你答应不答应?"翠翠就说:"爷爷,你疯了:再说我就生你的气!"

祖父话虽不说了,心中却很显然的还转着这些不好的可笑的念头。翠翠着了恼,把火炬向路两旁乱晃着,向前快快的走去了。

"翠翠,莫闹,我摔到河里去,鸭子会走脱的!"

"谁也不希罕那只鸭子!"

祖父明白翠翠为什么事不高兴,祖父便唱起摇船人当船下滩时催橹的歌声,声音虽然哑沙沙的,字眼儿却稳稳的毫不含糊。翠翠一面听着一面向前走去,忽然停住了发问:

"爷爷,你的船是不是正在下青浪滩呢?"

祖父不说什么,还是唱着,两人皆记起顺顺家二老的船正在青浪滩过节,但谁也不明白另外一个人的记忆所止处。祖孙二人便沉默的一直走还家中。到了渡口,那代理看船的正把船泊在岸边等候他们。几人渡过溪到了家中,剥粽子吃,到后那人要进城去,翠翠赶即为那人点上火把,让他有火把照路。人过了小溪上小山时,翠翠同祖父在船上望着,翠翠说:

"爷爷,看喽啰上山了啊!"

祖父把手攀引着横缆,注目溪面的薄雾,仿佛看到了什么东西,轻轻的吁了一口气。祖父静静的把船拉过对岸家边时,要翠翠先上岸去,自己却守在船边,因为过节,明白一定还有乡下人从城里看龙船,还得赶回家乡的。

六

老船夫正在渡船上,同个卖皮纸的过渡人有所争持。一个不能接受所给的钱,一个却非把钱送给老人不可。正似乎因为那个过渡人送钱的气派,使老船夫受了点压迫,这撑渡船人就俨然生气似的,迫着那人把钱收回。使这人不得不把钱捏在手里。但船拢岸时,那人跳上了码头,把那一手铜钱向船舱里一撒,却笑迷迷的匆匆忙忙走了。老船夫手还得拉着船让别一个人上岸,无法去追赶那个人,就喊小山头的孙女:

"翠翠,翠翠,为我拉着那个卖皮纸的小伙子,不许他走!"

翠翠不知道是怎么会事,当真便同黄狗去拦着那第一个上山人。那人笑着说:

"不要拦我!……"

正说着,第二个商人赶来了,就告给翠翠是什么事情。翠翠明白了,更拉着卖纸人衣服不放,只说:"不许走!不许走!"黄狗为了表示同主人的意见一致,也便在翠翠身边汪汪的吠着。其余商人皆笑着,一时不能走路。祖父气吁吁的赶来了,把钱强迫塞到那人手心里,且搭了一大束草烟到那商人担子上去,搓着两手笑着说:"走呀!你们上路走!"那些人于是全笑着走了。

翠翠说:

"爷爷,我还以为那人偷你东西同你打架!"

祖父就说:

"他送我好些钱,我才不要这些钱!告他不要钱,他还同我吵,不讲道理!"

翠翠说:"全还给他了吗?"

祖父抿着嘴把头摇摇,装成狡猾得意神气笑着,把扎在腰带上留下的那枚单铜子取出,送给翠翠。且说:

"他得了我们那把烟叶,可以吃到镇筸城!"

远处鼓声又蓬蓬的响起来了,黄狗张着两个耳朵听着。翠翠就问祖父,听不听到什么声音。

祖父一注意，知道是什么声音了，便说：

"翠翠，端午又来了。你记不记得去年天保大老送你那只肥鸭子。早上大老同一群人上川东去，过渡时还问你。你一定忘记那次落的行雨。我们这次若去，又得打火把回家，你记不记得我们两人用火把照路回家？"

翠翠还正想起两年前的端午一切事情哪。但祖父一问，翠翠却微带点儿恼着的神气，把头摇着，故意说："我记不得，我记不得。"其实她那意思就是"我怎么记不得？！"

祖父明白那话里意思，故又说："前年还更有趣，你一个人在河边等我，差点儿不知道回来，我还以为大鱼会吃掉你！"

提起旧事翠翠哧的笑了。

"爷爷，你还以为大鱼会吃掉我？！是别人家说我，我告给你！你那天只是恨不得让城中的那个爷爷把装酒的葫芦吃掉！你这种记心！"

"我人老了，记心也坏透了。翠翠，现在你也人大了，一个人一定敢上城看船，不怕鱼吃掉你了。"

"人大了就应当守船呢。"

"人老了才应当守船。"

"人老了应当歇息！"

"你爷爷还可以打老虎，人不老！"祖父说着，于是，把膀子弯曲起来，努力使筋肉在局束中显得又有力又年青，且说："翠翠，你不信，你咬。"

翠翠睨着腰背微驼的祖父，不说什么话。远处有吹唢呐的声音，她知道那是什么事情，且知道唢呐方向。要祖父同她下了船，把船拉过家中那边岸旁去。为了想早早的看到那迎婚送亲的喜轿，翠翠还爬到屋后塔下去眺望。过不久，那一伙人来了，两个吹唢呐的，四个强壮乡下汉子，一顶空花轿，一个穿新衣的团总儿子模样的青年，另外还有两只羊；一个牵羊的小孩子，一坛酒，一盒糍粑；一个担礼物的人。一伙人上了渡船后，翠翠同祖父也上了渡船，祖父拉船，翠翠却傍花轿站着，去欣赏每一个人的脸色与花轿上的流苏。拢岸后，团总儿子模样的人，从扣花抱肚里掏出了一个小红纸包封，递给老船夫。这是规矩，祖父再不能说不接收了。但得了钱祖父却说话了，问那个人，新娘是什么地方人，明白了，又问姓什么，明白了，又问多大年纪，一起皆弄明白了。吹唢呐的一上岸后又把唢呐呜呜喇喇吹起来，一行人便翻山走了。祖父同翠翠留在船上，感情仿佛皆追着那唢呐声音走去，走了很远的路方回到自己身边来。

祖父掂着那红纸包封的分量说："翠翠，宋家堡子里新嫁娘只十五岁。"

翠翠明白祖父这句话的意思所在，故不作声，静静的把船拉动起来。

到了家边，翠翠跑还家中去取小小竹子做的双管唢呐，请祖父坐在船头吹"娘送女"的曲子给她听，她却同黄狗躺到门前大岩石上荫处看天上的云。白天渐长，不知什么时节，祖父睡着了，翠翠同黄狗也睡着了。

七

到了端午。祖父同翠翠在三天前业已预先约好，祖父守船，翠翠带黄狗过顺顺吊脚楼去看热闹。翠翠先不答应,后来答应了。但过了一天,翠翠又翻悔回来,以为要看两人去看,要守船两人守船。祖父明白那个意思,是翠翠玩心与爱心相战争的结果。为了祖父的牵绊,应当玩的也无法去玩,这不成!祖父笑着说:"翠翠,你这是为什么?说定了的又翻悔,同茶峒人平素品德不相称。我们应当说一是一,不许三心二意。我记性并不坏到这样子,把你答应了我的即刻忘掉!"祖父虽那么说,很显然的事,祖父对于翠翠的打算是同意的。但人太乖了,祖父有点愀然不乐了。见祖父不再说话,翠翠就说:"我走了,谁陪你?"

祖父说:"你走了,船陪我。"

翠翠把眉毛皱拢去苦笑着,"船陪你,嗨,嗨,船陪你。"

祖父心想:"你终有一天会要走的。"但不敢提这件事。祖父一时无话可说,于是走过屋后塔下小圃里去看葱,翠翠跟过去。

"爷爷,我决定不去,要去让船去,我替船陪你!"

"好,翠翠,你不去我去,我还得戴了朵红花,装老太婆去见识面!"

两人皆为这句话笑了许久。

祖父理葱,翠翠却摘了一根大葱吹着,有人在东岸喊过渡,翠翠不让祖父占先,便忙着跑下去,跳上了渡船,援着横溪缆子拉船过溪去接人。一面拉船一面喊祖父,

"爷爷,你唱,你唱!"

祖父不唱,却只站在高岩上望翠翠,把手摇着,一句话不说。

祖父有点心事。

翠翠一天比一天大了,无意中提到什么时,会红脸了。时间在成长她,似乎正催促她,使她在另外一件事情上负点儿责。她欢喜看扑粉满脸的新嫁娘,欢喜说到关于新嫁娘的故事,欢喜把野花戴到头上去,还欢喜听人唱歌。茶峒人的歌声,缠绵处她已领略得出。她有时仿佛孤独了一点,爱坐在岩石上去,向天空一片云一颗星凝眸。祖父若问:"翠翠,想什么,"她便带着点儿害羞情绪,轻轻的说:"翠翠不想什么。"但在心里却同时又自问:"翠翠,你想什么?"同时自己也在心里答着:"我想的很远,很多。可是我不知想什么!"她的确在想,又的确连自己也不知在想些什么。这女孩子身体既发育得很完全,在本身上的一件奇事,也使她多了些思索。

祖父明白这类事情对于一个女子的影响,祖父心情也变了些。祖父是一个在自然里活了六十年的人,但在人事上的自然现象,就有了些不能安排处。因为翠翠的长成,使祖父记起了些旧事。从掩埋在一大堆时间里的故事中,重新找回了些东西。

翠翠的母亲,某一时节原同翠翠一个样子。眉毛长,眼睛大,皮肤红红的。也乖得使人怜爱。也懂在一些小处,使家中长辈快乐。也仿佛永远不会同家中这一个分开。但一点不幸来了,她认识了那个兵。这些事从老船夫说来谁也无罪过,只应"天"去负责。翠翠的祖父口中不怨天,心却不能完全同意这种不幸的安排。到底还是年青人,说是放下了,也正是不能放下的莫可奈何容忍到这件事!

并且那时还有个翠翠。如今假若翠翠又同妈妈一样,老船夫的年龄,还能把小雏儿再抚育下去吗?人愿意神却不同意,人太老了,应当休息了,凡是一个良善的乡下人,所应得到的劳苦与不幸,全得到了。假若另外高处有一个上帝,这上帝且有一双手支配一切,很明显的事,那个公道办

法,是应把祖父先收回去,再来让那个年青的在新的生活上得到应分接受那一分的。

可是祖父不那么想。他为翠翠担心。他有时便躺到门外岩石上,对着星子想他的心事。他以为死是应当快到了的,正因为翠翠人已长大了,自己证明也真正老了。无论如何,得让翠翠有个着落。翠翠既是她那可怜母亲交把他的,翠翠大了,他也得把翠翠交给一个人,他的事才算结束!交给谁?必需什么样的方不委屈她?

前几天顺顺家天保大老过溪时,同祖父谈话,这心直口快的青年人,第一句话就说:

"老伯伯,你翠翠长得真标致,再过两年,若我有闲空能留在茶峒照料事情不必像老鸦到处飞,我一定每夜到这溪边来为翠翠唱歌。"

祖父用微笑奖励这种自白。一面把船拉动,一面把那双小眼睛瞅着大老。

于是大老又说:

"翠翠太娇了,我担心她只宜于听点茶峒人的歌声,不能作茶峒女子做媳妇的一切正经事。我要个能听我唱歌的情人,却更不能缺少个照料家务的媳妇。'又要马儿不吃草,又要马儿走得好',唉,这两句话就是古人为我说的。"

祖父慢条斯理把船转了头,让船尾傍岸,就说:

"大老,也有这种事儿!你瞧着吧。"

那青年走去后,祖父温习着那些出于一个男子口中的真话,实在又愁又喜。翠翠若应当交把一个人,这个人是不是适宜于照料翠翠?当真交把了他,翠翠是不是愿意?

八

初五大清早落了点毛毛雨,上游且涨点了"龙船水",河水已作豆绿色。祖父上城买办过节的东西,戴了个粽粑叶"斗篷",携带了一个篮子,一个装酒的大葫芦,肩头上挂了个褡裢,其中放了一吊六百钱,就走了。因为是节日,这一天从小村小寨带了铜钱担了货物上城去办货掉货的极多,这些人起身也极早,故祖父走后,黄狗就伴同翠翠守船。翠翠头上戴了一个崭新的斗篷,把过渡人一趟一趟的送来送去。黄狗坐在船头,每当船拢岸时必先跳上岸边去衔绳头,引起每个过渡人的兴味。有些过渡乡下人也携了狗上城的,照例如俗话说的,"狗离不得屋",一离了自己的家,即或傍着主人,也变得非常老实了,到过渡时,翠翠的狗必走过去嗅嗅,从翠翠方面讨取了一个眼色,似乎明白翠翠的意思,就不敢有什么举动。直到上岸后,那黄狗把拉绳子的事情作完,眼见到那只陌生的狗上小山去了,也必跟着追去。或者向狗主人轻轻吠着,或者逐着那陌生的狗,必得翠翠带点儿嗔的嚷着:"狗,狗,你狂什么?还有事情做,你就跑呀!"于是这黄狗赶快跑回船上来,且依然满船闻嗅着。翠翠说:"这算什么轻狂举动!跟谁学得的!还不好好蹲到那边去!"狗俨然极其懂事,便即刻到它自己原来地方去,只间或又像想起什么似的,轻轻的吠几声。

雨落个不止,溪面一片烟,翠翠在船上无事可作时,便算着老渡船夫的行程。她知道他这一去应到什么地方碰到什么人,谈些什么话。这一天城门边应当是些什么情形,河街上应当是些什么情形,"心中一本册",她完全如同眼见到的那么明明白白。她又知道祖父的脾气,一见城中相熟的粮子上的人物,不管是马夫火夫,总会把过节时应有的颂祝说出。这边说,"副爷,你过节吃饱喝饱!"那一个便也将说,"划船的,你吃饱喝饱!"这边若说着如上的话,那边人说,"有什么可以吃饱喝饱？四两肉,两碗酒,既不会饱也不会醉!"那么,祖父必很诚实邀请这熟人过碧溪岨喝个够量。倘若有人当时就想喝一口祖父葫芦中的酒,这老渡船夫从不吝啬,必很快的就把葫芦递过去。酒喝过了,那兵营中人卷舌子舐着嘴唇,称赞酒好,于是又必被勒迫着喝第二口。酒在这种情形下少起来了,就又跑到原来铺上去,加满为止。翠翠且知道祖父还会到码头上去同刚拢岸一天两天的上水船水手谈谈话,问问下河的米价盐价,有时且弯着腰钻进那带有海带鱿鱼味,以及其他油味、醋味、柴烟味的船舱里去,水手们从小坛中抓出一把红枣,递给老渡船夫,过一阵等到祖父回家,被翠翠埋怨时,这红枣便成为祖父与翠翠和解的工具。祖父一到河街上,且一定就有许多铺子上商人送他的粽子与其他东西,作为对于这个忠于职守的划船人一点敬意,祖父虽嚷着"我带了那么一大堆,回去会把老骨头压断",可是不管如何,这些东西多少总得领点情的。走到卖肉案桌边去,他想"买肉"人家却不愿接钱,屠户若不接钱,他却宁可到另外一家去,决不想沾那点便宜。那屠户说,"爷爷,你为人那么硬算什么？又不是要你去做犁口耕田!"但不行,他以为这是血钱,不比别的事情,你不收钱他会把钱预先算好,猛的把钱掷到大而长的钱筒里去,攫了肉就走去。卖肉的明白他那种性情,到他称肉时总选取最好的一处,且把分量故意加多,他见及时却将说："喂喂,大老板,我不要你那些好处!腿上的肉是城里人炒鱿鱼肉丝用的肉,莫同我开玩笑!我要夹项肉,我要浓的糯的,我是个划船人,我要拿去炖葫萝卜喝酒用的肉!"得了肉,把钱交过手时,自己先数一次,又嘱咐屠户再数,屠户却照例不理会他,把一手钱哗的向长竹筒口丢去,他于是简直是妩媚的微笑着走了。屠户与其他买肉人,见到他这种神气,必笑个不止。……

翠翠还知道祖父必到河街上顺顺家里去。

翠翠温习着两次过节两个日子所见所闻的一切,心中很快乐,好像目前有一个东西,同早间在床上闭着眼睛所看到的那种捉摸不定的黄葵花一样,这东西仿佛很明朗的在眼前,却看不准,抓不住。

翠翠想："白鸡关,真出老虎吗？"她不知道为什么忽然想起白鸡关。

于是又想："三十二个人摇六匹橹,上水走风时张起个大篷,一百幅白布拼成的一片东西,坐在这样大船上过洞庭湖,多可笑!……"她不明白洞庭湖有多大,也就从不见过这种大船,更可笑的,还是她自己也不知道为什么却想到这个问题!

一群过渡人来了,有担子,有跑差模样的人物,另外还有母女二人。母亲穿新浆洗得硬朗的蓝布衣服,女孩子脸上涂着两饼红色,穿了新衣,上城到亲戚家中去拜节,看龙船的。等待众人上船稳定后,翠翠一面望着那小女孩,一面把船拉过河去。那小孩从翠翠估来年纪也将十岁了,神气却很娇,似乎从不能离开过母亲。脚下穿得是一双尖头新油过的钉鞋,上面沾污了些黄泥。裤子是那种翻紫的葱绿布作的。见翠翠尽是望她,她也便看着翠翠,眼睛光光的。那母亲模样的妇人便问翠翠,年纪有几岁。翠翠笑着,不高兴答应,却反问小女孩今年几岁。听那母亲说十二岁时,翠翠更忍不着笑了。那母女显然是财主人家的妻女,从神气上就可看出的。翠翠注视那女孩,发现了那女孩手上还带得有一副麻花绞的银手镯。闪着白白的亮光,心中有点儿爱慕。船傍岸后,人陆续的上了岸,妇人从身上摸出一把铜子,塞到翠翠手中,就走了。翠翠当时竟忘了祖父的规矩了,也不说道谢,也不把钱退还,只望着这一行人中那个女孩子身后发痴,一行人正将翻过小山时,翠翠忽又忙匆匆的追上去,在山头上把钱还给那妇人。那妇人说："这是送你的!"翠翠不说什么,只微笑摇着头,且不等妇人来得及说第二句话,就又很快的向自己渡船边跑去了。

到了渡船上,溪那边又有人喊过渡了,翠翠把船又拉回去。第二次过渡是七个人,又有两个女孩子,也同样因为看龙船特意换了干净衣服,相貌却并不如何美观,因此使翠翠更不能忘记先前那一个。

今天过渡的人特别多,其中女孩子比平时更多,翠翠既在船上拉缆子摆渡,故见到什么好看的,极古怪的,人乖的,眼睛眶子红红的,莫不在记忆中留下个印象。无人过渡时,等着祖父祖父又不来,便尽只反复温习这些女孩子的神气,且轻轻的无所谓的唱着:

"白鸡关出老虎咬人,不咬别人,团总的小姐派第一。……大姐戴副金簪子,二姐戴副银钏子,只有我三妹莫得什么戴,耳朵上长年戴条豆芽菜。"

城中有人下乡的,在河街上一个酒店前面,曾见及那个撑渡船的老头子,把葫芦嘴推让给一个年青水手,请水手喝他新买的白烧酒,翠翠问及时,那城中人就告给她所见到的事情。翠翠笑祖父的慷慨不是时候,不是地方。过渡人走了,翠翠就在船上又轻轻的哼着巫师迎神的歌玩。

那首歌声音既极柔和,快乐中又微带忧,歌词末尾说:

"福丝绵绵是神恩,
和风和雨神好心,
好酒好饭当前陈,
肥猪肥羊火上烹!
…………
洪秀全,李鸿章,
你们在生是霸王,
杀人放火尽节全忠各有道,
今来坐席又何妨!
………
慢慢吃,慢慢喝,
月白风清好过河!
醉时携手同归去,
我当为你再唱歌!"

唱完了这个歌,翠翠觉得有一丝儿凄凉。她想起秋末还愿时田坪中的火燎同鼓角。

远处鼓声已起了,她知道绘有朱红长线的龙船这时节已下河了,细雨还依然落个不止,溪面一片烟。

九

祖父回家时,大约已将近平常吃早饭时节了,肩上手上皆是东西,一上小山头便喊翠翠,要翠翠拉船过小溪来迎接他。翠翠眼看到多少人皆进了城,正在船上急得莫可奈何,听到祖父的声音,精神旺了,锐声答道:"爷爷,爷爷,我来了!"老船夫从码头边上了渡船后,把肩上手上的东西皆搁到船头上,一面帮着翠翠拉船,一面向翠翠笑着,如同一个小孩子,神气充满了谦虚与羞怯。

"你急坏了,是不是?"翠翠本应埋怨祖父的,但她却回答说:"爷爷,我知道你在河街上劝人喝酒,好玩得很。"翠翠还知道祖父极高兴到河街上去玩,但如此说来,将更使祖父害羞乱嚷了,故不提出。

翠翠把搁在船头的东西一一估记在眼里,不见了酒葫芦。翠翠嗤的笑了。

"爷爷,你倒大方,请副爷同船上人吃酒,连葫芦也吃到肚里去了!"

祖父笑着,

"那里,那里,我那葫芦被顺顺大哥扣下了,他见我在河街上请人喝酒,就说:'喂,喂,摆渡的张横,这不成的。你不开糟坊,如何这样子。把你那个放下来,请我全喝了罢。'他当真那么说,请我全喝了罢。我把葫芦放下了。但我猜想他是同我闹着玩的。他家里还少烧酒吗?翠翠,你说,……"

"爷爷,你以为人家真想喝你的酒,便是同你开玩笑吗?"

"那是怎么的?"

"你放心,人家一定因为你请客不是地方,故扣下你的葫芦,等等就会为你送来的,你还不明白,真是!——"

"唉,当真会是这样的!"

说着船已拢了岸,翠翠抢先为祖父搬东西,但结果却只拿了那鱼尾,那个花褡裢;褡裢中钱已用光了,却有一包白糖,一包小饼子。

两人刚把新买的东西搬运到家中,对溪就有人喊过渡,祖父要翠翠看着肉菜免得被野猫拖去,争着下溪去做事,一会儿,便同那个过渡人嚷着到家中来了。原来这人便是送酒葫芦的。只听到祖父说:"翠翠,你猜对了。人家当真把酒葫芦送来了!"

翠翠来不及向灶边走去,祖父同一个年纪青青的脸黑肩膊宽的人物,便进到屋里了。

翠翠同客人皆笑着,让祖父把话说下去。客人又望着翠翠笑,翠翠仿佛明白为什么被人望着,有点不好意思起来了,走到灶边烧火去了。溪边又有人喊过渡,翠翠赶忙跑出门到船上去,把人渡过了溪。恰好又有人过渡。天虽落小雨,过渡人却分外多。一连三次。翠翠在船上一面作事一面想起祖父的趣处。不知怎么的,从城里被人打发来送酒葫芦的,她觉得好像是个熟人。可是眼睛里像是熟人,却不明白在什么地方见过面。但也正像是不肯把这人想到某方面去,方猜不着这来人身分的。

祖父在岩坎上边喊:"翠翠,翠翠,你上来歇歇,陪陪客!"本来无人过渡便想上岸去烧火,但经祖父一喊,反而不上岸了。

来客问祖父"进不进城看船",老渡船夫就说"应当看守渡船"。两人又谈了些别的话。到后来客方言归正传:

"伯伯,你翠翠像个大人了,长得很好看!"

撑渡船的笑了。"口气同哥哥一样,倒爽快呢。"这样想着,却那么说:"二老,这地方配受人称赞的只有你,人家都说你好看!'八面山的豹子,地地溪的锦鸡,'全是特为颂扬你这个人好处的警句!"

"但是,这很不公平。"

"很公平的!我听船上人说,你上次押船,船到三门下面白鸡关滩上出了事,从急浪中你援救过三个人,你们在滩上过夜,被村子里女人见着了,人家在你棚子边唱歌一夜,是不是真事?"

"不是女人唱歌一夜,是狼嗥。那地方著名多狼,只想得机会吃我们!"

老船夫笑了,"那更妙!人家说的话还是很对的。狼是只吃姑娘,吃小孩,吃标致青年吧,像我这种老骨头,它不会要的!"

那二老说:"伯伯你到这里见过二万个日头,别人家全说我们这个地方风水好,出大人,不知为什么原因,如今还不出大人?"

"你是不是说风水好应出有大名头的人?我以为这种人,不生在我们这个小地方,也不碍事。我们有聪明,正直,勇敢,耐劳的年青人,就够了。像你们父子兄弟,为本地也增光!"

"伯伯你说得好,我也是那么想。地方不出坏人,出好人,如伯伯么样子,人虽老了,还硬朗得同棵楠木树一样,稳稳当当的活到这块地面,又正经,又大方,难得的咧。"

"我是老骨头了,还说什么。日头,雨水,走长路,挑分量沉重的担子,大吃大喝,挨饿受寒,自己分上的皆拿过了,不久就会躺到这冰凉土地上喂蛆的。这世界有得是你们小伙子分上的一切,好好的干,日头不辜负你们,你们也莫辜负日头!"

"伯伯,看你那么勤快,我们年青人不敢辜负日头!"

说了一阵,二老想走了,老船夫便站到门口去喊叫翠翠,要她到屋里来烧水煮饭,掉换他自己看船。翠翠不肯上岸,客人却已下船了,翠翠把船拉动时,祖父故意装作埋怨神气说:

"翠翠,你不上来,难道要我在家里做媳妇煮饭吗?"

翠翠斜睨了客人一眼,见客人正盯着她,便把脸背过去,抿着嘴儿,很自负的拉着那条横缆,船慢慢拉过对岸了。客人站在船头同翠翠说话:

"翠翠,吃了饭,同你爷爷去看划船吧?"

翠翠不好意思不说话,便说:"爷爷说不去,去了无人守这个船!"

"你呢?"

"爷爷不去我也不去。"

"你也守船吗?"

"我陪我爷爷。"

"我要一个人来替你们守渡船,好不好?"

嘭嘭嘭船头已撞到岸边土坎上了,船拢岸了。二老向岸上一跃,站在岸上说:

"翠翠!难为你……我回去就要人来替你们,你们快吃饭,一同到我家里去看船,今天人多咧。"

翠翠不明白这陌生人的好意,不懂得为甚么一定要到他家中去看船,抿着小嘴笑笑,就把船拉回去了。到了家中一边溪岸后,只见那个人还正在对溪小山上。翠翠回转家中,到灶口边去烧火,一面把带点湿气的草塞进灶里去,一面向正在把客人带回的那一葫芦酒试着的祖父询问:

"爷爷,那人说回去就要人来替你,要我们两人去看船,你去不去?"

"你高兴去吗?"

"两人同去我高兴。那个人很好,我像认得他,他是谁?"

祖父心想:"这倒对了,人家也觉得你好!"祖父笑着说:"翠翠,你不记得你以前在大河边时,有个人说要让大鱼咬你吗?"

翠翠明白了,却仍然装不明白问:"他是谁?"

"顺顺船总家的二老,他认识你你不认识他啊!"他抿了一口酒,像赞美这个酒又像赞美另一个人,低低的说:"好的,妙的,这是难得的。"

过渡的人在门外坎下叫唤着,老祖父口中还是"好的,妙的,……"匆匆的下船做事去了。

十

吃饭时隔溪有人喊过渡,翠翠抢着下船。到了那边,方知道原来过渡的人,便是船总顺顺家派来作替手的水手,一见翠翠就说道:"二老要你们一吃了饭就去,他已下河了。"见了祖父又说:"二老要你们吃了饭就去他已下河了。"

张耳听听,便可听出远处鼓声已较密,从鼓声里便可使人想到那些极狭的船,在长潭中笔直前进时,水面上画着如何美丽的长长的线路!

新来的人茶也不吃,便在船头站妥了。翠翠同祖父吃饭时,邀他喝一杯,只是摇头推辞。祖父说:

"翠翠,我不去,你同小狗去好不好?"

"要不去我也不想去!"

"我去呢?"

"我本来也不想去,但我愿意陪你去。"

祖父微笑着,"翠翠,翠翠,你陪我去,好的,你陪我去!"

…………

祖父同翠翠到城里大河边时,河边早站满了人。细雨业已停止,地面还是湿湿的,祖父要翠翠过河街船总家吊脚楼上去看船,翠翠却以为站在河边较好。两人虽在河边站定,不多久,顺顺便派人把他们请去了。吊脚楼上也有了很多的人。早上过渡时,为翠翠所注意的乡绅妻女,受顺顺的款待,占据了最好窗口,一见到翠翠,那女孩子就说:"你来,你来!"翠翠带着点儿羞怯走去,坐在他们身边后,祖父便走开了。

祖父并不看龙船竞渡,却为一个熟人拉到河上游半里路远近,过一个新碾坊看水碾子去了。老船夫对于水碾子原来就极有兴味的。倚山滨水来一座小小茅屋,屋中有那么一个圆石片子,固定在一个横轴上,斜斜的搁在石槽里,当水闸门抽去时,流水冲激地下的暗轮,上面的石片便飞转起来。作主人的管理这个东西,把毛谷倒进石槽中去,把碾好的米弄出放在屋角隅筛子里,再筛去糠灰。地下全是糠灰,自己头上包着块白布帕子,头上肩上也全是糠灰。天气好时就在碾坊前后隙地里种些萝卜青菜大蒜四季葱。水沟坏了,就把裤子脱去,到河里去堆砌石头修理泄水处。管理一个碾坊比管理一只渡船有趣味,一看也就明白了。但一个撑渡船的想有座碾坊,那是不可能的妄想。凡碾坊照例是属于当地小财主的。那熟人把老船夫带到碾坊边时,就告给他这碾坊业主为谁。两人一面各处视察一面说话。

那熟人用脚踢着新碾盘说:

"中寨人自己坐在高山上,却欢喜来到这大河边置产业;这是中寨王团总的,大钱七百吊!"

老船夫转着那双小眼睛,很羡慕的去看一切,把头点着,且对于碾坊中物一一加以很得体的批评。后来两人就坐到那还未完功的白木条凳上去,那熟人又说到这碾坊的将来,似乎是那团总女儿陪嫁的妆奁。那人于是想起了翠翠,且记起大老托过他的事情来了,便问道:

"伯伯,你翠翠今年十几岁?"

"十四岁。"老船夫说过这句话后,便接着在心中计算过去的年月。

"十四岁多能干!将来谁得她真是有福气!"

"有什么福气?又无碾坊陪嫁,一个光人。"

"别说一个光人,两只手敌得五座碾坊!洛阳桥也是鲁班两只手造的!……"这样那样的说着,那人笑了。

老船夫也笑了,心想:"翠翠将来也去造洛阳桥吧,新鲜事!"

那人又说:

"茶峒人年青男子眼睛光,选媳妇也极在行。伯伯你若不多我的心时,我就说个笑话给你听。"

老船夫问:"是什么笑话。"

那人说:"伯伯你若不多心时,这笑话也可以当真话去听咧。"

这人接着说的就是顺顺家大老如何在人家赞美翠翠,且如何托他来探听老船夫口气那么一件事。末了同老船夫说:"我问他:'大老,大老,你是说真话还是说笑话?'他就说'你为我去探听探听那老的,我欢喜翠翠,想要翠翠,是真话呀!'我说:'我这口钝得很,说出了口老的一巴掌打来呢?'他说:'你怕打,你先当笑话去说,不会挨打的!'所以,伯伯,我就把这件事情当笑话来同你说了。你想想,他初九从川东回来见我时,我如何回答他?"

老船夫记起前一次大老亲口所说的话,知道大老的意思很真,且知道顺顺也欢喜翠翠,故心里很高兴。但这件事照规矩得这个人带封点心亲自到碧溪岨家中去说,方见得慎重其事,老船夫就说:"等他来时你说:老家伙听过了笑话后,自己也说了个笑话,他说,车是车路,马是马路,大老走的是车路,应当由他爹爹作主,请了媒人来同我说,走的是马路,他应当自己作主,站在渡口对溪高崖上,为翠翠唱三年六个月的歌。"

"伯伯,若唱三年六个月的歌动得翠翠的心,我赶明天就自己唱歌去了。"

"你以为翠翠肯了我还会不肯吗?"

"不咧,人家以为你肯了翠翠便无有不肯呢。"

"不能那么说,这是她的事呵!"

"便是她的事,人家也仍然以为在日头下月光下唱三年六个月的歌,还不如得伯伯说一句话好!"

"那么,我说,我们就是这样办,等他从川东回来时要他同顺顺去说明白,我呢,我也先问问翠翠;她若以为听了三年六个月的歌再跟那唱歌人走去有意思些,我就请他劝大老走他那弯弯曲曲的马路。"

"那好的。见了他我就说:'笑话吗,我已说过了,真话呢,看你自己的命运去了。'当真看他的命运去了,不过我明白他的命运,还是在你老人家手上捏着的。"

"不是那么说！我若捏得定这件事，我马上就答应了。"

这里两人把话说妥后，就过另一处看一只顺顺新近买来的三舱船去了，河街上顺顺吊脚楼方面，却有了如下事情。

翠翠虽被那乡绅女人喊到身边去坐，地位非常之好，从窗口望出去，河中一切朗然在望，然而心中可不安宁。挤在其他几个窗口看热闹的人，似乎皆常常把眼光从河中景物挪到这边几个人身上来。还有些人故意装成有别的事情样子，从楼这边走过那一边，事实上却全为得是好过细看看翠翠这方面几个人。翠翠心中老不自在，只想借故跑去。一会儿河下的枪声响了，几只从对河取齐的船，直向这方面划来，先是四条船皆相去不远，如四枝箭在水面射着，到了一半，已有两只船占先了些，再过一会子，那两只船中间便又有一只超过了并进的船只而前，看看船到了税局门前时，第二次枪声又响，那船便胜利了。这时节胜利的已判明属于河街人所划的一只，各处便皆响着庆祝的小鞭炮。那船于是沿了河街吊脚楼划去，鼓声蓬蓬响着，河边与吊脚楼各处，皆呐喊表示快乐的祝贺。翠翠眼见在船头站定摇动小旗指挥进退头上包着红布的那个年青人，便是送酒葫芦到碧溪岨的二老，心中便印着三年前的旧事，"大鱼吃掉你！""吃掉不吃掉，不用你管！""好的，我不管。""狗，狗，你也看人叫！"想起狗，翠翠才注意到自己身边那只黄狗，已不知跑到什么地方去，便离了坐位在楼上各处找寻她的黄狗，把船头人忘掉了。

她一面在人丛里找寻黄狗，一面就听人家正在说些什么话。

一个大脸妇人问："是谁家的人，坐到顺顺家当中窗口前的那块好地方？"

一个妇人就说："是王乡绅大姑娘，今天说是自己来看船，其实来看人，同时也让人看！人家有本领坐那好地方！"

"看谁人，被谁看？"

"那乡绅同顺顺想成为一对亲家呢。"

"是大老，还是二老呢？"

"是二老呀，等等你们看这岳云，就会上楼来看他丈母娘的！"

另一个便插嘴说："事弄同了，好得很呢，人家有一座崭新碾坊陪嫁，比十个长年还好一些。"

有人问："二老怎么样？"

有人就轻轻的说："二老已说过了，这不必看，第一件事我就不想作那个碾坊的主人！"

"你听岳云二老说吗？"

"我听别人说的。还说二老欢喜一个撑渡船的。"

"他不要碾坊，要渡船吗？"

"那谁知道。横顺人是'牛肉炒韭菜，只看各人心里爱什么就做什么。'渡船不会不如碾坊！"

当时各人眼睛对着河里，口中说着这些话，却无一个人回头来注意到身后边的翠翠。

翠翠脸发大烧走到另外一处去，又听有两个人提及这件事。且说："一切早安排好了，只须要二老一句话。"又说："只看二老今天那么一股劲儿，就可以猜想得出这劲儿是岸上一个黄花姑娘给他的！"

谁是激动二老的黄花姑娘？

翠翠人矮了些，在人背后已望不见河中情形，只听到鼓声渐近渐激，岸上呐喊声自远而近，便知道二老的船正经过楼下。楼上人也大喊着,杂夹叫着二老的名字,乡绅太太那方面,且有人放小百子鞭炮。忽然又用另外一种惊讶声音喊着,且同时便见许多人出门向河下走去。翠翠不知出了什么事,心中有点迷乱,正不知走回原来座位边去好,还是依然站在人背后好。只见那边正有人拿了个托盘,装了一大盘粽子同细点心,在请乡绅太太小姐用点心,不好意思再过那边去,便想也挤出大门外到河下去看看。从河街一个盐店旁边那个甬道下河时,正在一排吊脚楼的梁柱间,迎面碰头一群人,拥着那个头包红布的二老来了。原来二老因失足落水,已从水中爬起来了。路太窄了一些,翠翠虽闪过一旁,仍然得肘子触着肘子。二老一见翠翠就说:

"翠翠,你来了,爷爷也来了吗?"

翠翠脸还发着烧不便作声,心想,"黄狗跑到什么地方去了呢?"

二老又说:

"怎不到我家楼上去看呢?我已要人替你弄了个好位子……"

翠翠心想:"碾坊陪嫁,希奇事情咧。"

二老不能逼迫翠翠回去,到后便各自走开了。翠翠到河下时,心中充满了一种说不分明的东西。是烦恼吧,不是!是忧愁吧,不是!是快乐吧,不,有什么事情使这个女孩子快乐呢?是生气了吧,——是的,她当真仿佛觉得自己是在生一个人的气。河边人太多了,码头边浅水中,船桅船篷上,以至于吊脚楼的柱子上,也莫不有人。翠翠自言自语说:"人那么多,有什么可看的?"先还以为可以在什么船上发现她的祖父,但搜寻了一阵,各处却无祖父的影子。她挤到水边去,一眼便看到了自己家中那条黄狗,同顺顺家一个长年,正在去岸数丈一只空船上看热闹。翠翠锐声叫喊,黄狗张着耳叶四面一望,便猛的扑下水中,向翠翠方面泅来了。到了身边时狗身上已全是水,把水抖着且跳跃不已,翠翠便说,"得了,你又不翻船,谁要你落水呢?"

翠翠同黄狗找祖父去,在河街上一个木行前面恰好遇着了祖父。

老船夫说:"翠翠,我看了个好碾坊。碾盘是新的,水车是新的,屋上稻草也是新的!水坝管着一绺水,抽水闸时水车转得如陀螺。"

翠翠带着点做作问:"是谁的?"

"是谁的?住在山上的团总的。我听人说是那中寨人为女儿作嫁妆的东西,好不阔气,包工就是七百吊大制钱,还不管风车,不管家什!"

"谁讨那个人家的女儿?"

祖父望着翠翠干笑着,"翠翠,大鱼咬你,大鱼咬你。"

翠翠因为对于这件事心中有了个数目,便仍然装着全不明白,只询问祖父,"谁个人得到那个碾坊?"

"岳云二老!"祖父说了又自言自语的说:"有人羡慕二老得到碾坊,有人也羡慕碾坊得到二老!"

"谁羡慕呢,祖父?"

"我羡慕。"祖父说着便又笑了。

翠翠说:"爷爷,你醉了。"

"可是二老还称赞你长得美呢。"

翠翠说:"爷爷,你疯了。"

祖父说:"爷爷不醉不疯,……去,我们看他们放鸭子去。"他还想说,"二老捉得鸭子,一定又会送给我们的。"话不及说,二老来了站在翠翠面前笑着。

于是三个人回到吊脚楼上去。

十一

有人带了礼物到碧溪岨,掌水码头的顺顺,当真请了媒人为儿子向划渡船的认亲戚来了。老船夫慌慌张张把这个人渡过溪口,一同到家里去。翠翠正在屋门前剥豌豆,来了客并不如何注意。但一听到客人进门说"贺喜贺喜",心中有事似的,不敢再蹲在屋门边,就装作追赶菜园地的鸡起见,拿了竹响篙唰唰的摇着,一面口中轻轻喝着,向屋后白塔跑去了。

来人说了些闲话,言归正传转述到顺顺的意见时,老船夫不知如何回答,只是很惊惶的搓着两双茧结的大手,且神气中则只像在说:"那好的,那妙的,"其实这老头子却不曾说过一句话。

来人把话说完后,就问作祖父的意见怎么样。老船夫笑着把头点着说:"大老想走车路,这个很好。可是我得问问翠翠,看她自己主张怎么样。"来人被打发走后,祖父在船头叫翠翠下河边来说话。

翠翠拿了一簸箕豌豆下到溪边,上了船,娇娇的问他的祖父:"爷爷,你有什么事?"祖父笑着不说什么,只看翠翠。看了许久。翠翠坐到船头,低下头去剥豌豆,耳中听着远处竹篁里的黄鸟叫。翠翠想:"日子长咧,爷爷话也长了。"翠翠心跳着。

过了一会祖父说:"翠翠,翠翠,先前那个人来作什么,你知不知道。"

翠翠说:"我不知道,"说后脸同颈脖全红了。

祖父看看那种情景,明白翠翠的心事了,便把眼睛向远处望去,在空雾里望见了十五年前翠翠的母亲,老船夫心中异常柔和了。轻轻的自言自语的说:"每一只船总要有个码头,每一只雀儿得有个窠。"他同时想起那个可怜的母亲的过去事情,心中有了一点隐痛,却勉强笑着。

翠翠呢,正从山中黄鸟杜鹃叫声里,以及伐竹人哟哟一下一下的砍伐竹子声音里,想到许多事情。老虎咬人的故事,与人对骂时四句头的山歌,造纸作坊中的方坑,融铁炉里泄出的铁汁,耳朵听来的,眼睛看到的,她似乎皆去温习它。但她其所以这样作,又似乎全只为了希望忘掉眼前的一桩事而起。但她实在有点误会了。

祖父说:"翠翠,船总顺顺家里请人来为大老作媒,讨你作媳妇,问我愿不愿。我呢,人老了。再过三年两载会过去的,我没有不愿的事情。这是你自己的事,你自己想想,自己来说。愿意,就成了;不愿意,也好。"

翠翠弄明白了,人来做媒的大老,不曾把头抬起,心忡忡的跳着,脸烧得厉害,仍然剥她的豌豆,且随手把空豆荚抛到水中去,望着它们在流水中从从容容的流去,自己也俨然从容了许多。

见翠翠总不作声,祖父于是笑了,且说:"翠翠,想几天不碍事。洛阳桥并不是一个晚上弄得好的,要日子咧。前次那人来时就向我说到这件事,我已经就告过他:车是车路,马是马路,想爸爸作主,请媒人正正经经来说是车路;要自己作主,站到对溪高崖竹林里为你唱三年六个月的歌是马路,——你若欢喜走马路,我相信人家会为你在日头下唱热情的歌,在月光下唱温柔的歌,一直唱到吐血喉咙烂!"

翠翠不作声,心中只想哭哭,可是也无理由可哭。祖父于是再说下去,便引到死过了的母亲来了。说了一阵,沉默了。翠翠悄悄把头摆过一些,祖父眼中业已酿了一汪眼泪。翠翠又惊又怕怯生生的说:"爷爷,你怎么的?"祖父不作声,用大手掌擦着眼睛,小孩子似的咕咕笑着,跳上岸跑回家中去了。

翠翠想赶去却不赶去。

雨后放晴的天气,日头炙到人肩上背上已有了点儿力量。溪边芦苇水杨柳,菜园中的菜蔬,莫不繁荣滋茂,带着一分有野性的生气。草丛里绿色蚱蜢各处飞着,翅膀搏动空气时皆嘁嘁作声。枝头新蝉声音已渐渐宏大。雨山深翠逼人的竹篁中,有黄鸟与竹雀、杜鹃鸣叫。翠翠感觉着,望着,听着,同时也思索着:

"爷爷今年七十岁……三年六个月的歌……谁送那只白鸭子呢?……得碾子的好运气,碾子得谁更是好运气?……"

痴着,忽地站起,半簸箕豌豆便倾倒到水中去了。伸手把那簸箕从水中捞起时,隔溪有人喊过渡。

十二

翠翠第二天第二次在白塔下菜园地里,被祖父询问到自己主张时,仍然心儿童童的跳着,把头低下不作理会,只顾用手去掏葱。祖父笑着,心想:"还是等等看,再说下去这一坪葱会全掏掉了。"同时似乎又觉得这其间有点古怪处,不好再说下去,便自己按捺到言语,用一个做作的笑话,把问题引到另外一件事情上去了。

天气渐渐的越来越热了。近六月时,天气热了些,老船夫把一个满是灰尘的黑缸子,从屋角隅里搬出,自己还耍出闲工夫,拼了几方木板,作成一个圆盖,锯木头作成一个架子,且削刮了个大竹筒,用葛藤系定,放在缸边作为舀茶的家具。自从这茶缸移到屋门溪边后,每早上翠翠就烧一大锅开水,倒进那缸子里去。有时缸里加些茶叶,有时却只放下一些用火烧焦的锅巴,乘那东西还燃着时便抛进缸里去。老船夫且照例准备了些发痧肚痛治疱疮疡子的草根木皮,把这些药搁在家中当眼处,一见过渡人神气不对,就忙匆匆的把药取来,善意的勒迫这过路人使用他的药方,且告人这许多救急丹方的来源,这些丹方自然全是他从城中军医同巫师学来的。他终日裸着两只膀子,在溪中小小方头船上站定,头上还常常是光光的,一头短短白发,在日光下如银子。翠翠依然是个快乐人,屋前屋后跑着唱着,不走动时就坐在门前高崖树阴下,吹小竹管玩。爷爷仿佛把大老提婚的事早已忘掉,翠翠自然也早忘掉这件事情了。

可是那做媒的不久又来探口气了,依然是同从前一样,祖父把事情成否全推到翠翠身上去,打发了媒人上路。回头又同翠翠谈了一次,也依然不得结果。

老船夫猜不透这事情在这什么方面有个疙瘩,解除不去,夜里躺在床上便常常陷入一种沉思里去,隐隐约约体会到一件事情,便是……想到了这里时,他笑了,为了害怕而勉强笑了。其实他有点忧愁,因为他忽然觉得翠翠一切全像那个母亲,而且隐隐约约便感觉到这母女二人共通的命运。一堆过去的事情蜂拥而来,不能再睡下去了,一个人便跑出门外,到那临溪高崖上去,望天上的星辰,听河边纺织娘以及一切虫类如雨的声音,许久许久还不睡觉。

这件事翠翠是毫不注意的,这小女孩子日里尽管玩着,工作着,也同时为一些很神秘的东西驰骋她那颗心,但一到夜里,却甜甜的睡眠了。

不过一切皆得在一份时间中变化。这一家安静平凡的生活,也因了一堆接连而来的日子,在人事上把那种安静空气完全打破了。

船总顺顺家中一方面,则天保大老的事被二老知道了,傩送二老同时也让他哥哥知道了弟弟的心事。这一对难兄难弟原来皆爱上了那个撑渡船的外孙女。这事情在茶峒人并不希奇,茶峒人的俗话说:"火是各处可烧的,水是各处可流的,日月是各处可照的,爱情是各处可到的。"有钱船总儿子,爱上一个弄渡船的穷人家女儿,不能成为希罕的新闻。有一点困难处,只是这两兄弟到了谁应取得这个女人作媳妇时,是不是也还得照茶峒人规矩,来一次流血的挣扎?

兄弟两人在这方面是不至于动刀的,但也不作兴有"情人奉让",如大都市懦怯男子爱与仇对面时作出的可笑行为。

那哥哥同弟弟在河上游一个造船的地方看他家中那一只新船,在新船旁把一切心事全告给了弟弟,且附带说明,这点爱还是两年前植下根基的。弟弟微笑着,把话听下去。两人从造船处沿了河岸又走到王乡绅新碾坊去,那大哥就说:

"二老,你倒好,有座碾坊,我呢,若把事情弄好了,我应当划渡船了。我欢喜这个事情,我还想把碧溪岨两个山头买过来,在界线上种大南竹,围着,这一条小溪作为我的寨子!"

那二老仍然微笑的听着,把手中拿的一把弯月形镰刀随意斫削路旁的草木,到了碾坊时,却站住了向他哥哥说:

"大老,你信不信这女子早已有了个人?"

"我不信。"

"大老,你信不信这碾坊将来归我?"

"我相信。"

两人进了碾坊。

二老说:"你不必——大老,我再问你,假若我不想得这座碾坊,却打量要那只渡船,而且这念头还是三年前的事,你信不信呢?"

那大哥真着了一惊,望了一下坐在碾盘横轴上的傩送二老,知道二老不是说谎,于是站近了一点,伸手在二老肩上拍打了一下,且想把二老拉下来。他明白了这件事,他笑了。他说,"我相信的,你说的是真话!"

二老把眼睛望着他的哥哥,很诚实的说:

"大老,相信我,这是真事。我早就那么打算到了。家中不答应,那边若答应了,我当真预备去弄渡船的!——你告我,你呢?"

"爸爸已听了我的话,为我要城里的杨马兵做保山,向划渡的说亲去了!"大老说到这个求亲手续时,好像知道二老要笑他,又解释要保山去的用意,只是"因为老的说车有车路,马有马路,我就走了车路。"

"结果呢?"

"得不到什么结果。"

"马路呢?"

"马路呢,那老的说若走马路,得在碧溪岨对溪高崖上唱三年六个月的歌。"

"这并不是个坏主张!"

"是呀,一个结巴人话说不出还唱得出。可是这件事轮不到我了,我不是竹雀,不会唱歌。鬼知道那老的存心是要把孙女儿嫁个会唱歌的水车,还是预备规规矩矩嫁个人!"

"那你怎么样?"

"我想告那老的,要他说句实在话。只一句话。不成,我跟船下桃源去了;成呢,便是要我撑渡船,我也答应了他。"

"唱歌呢?"

"这是你的拿手好戏,你要去做竹雀你就去罢,我不会检马粪塞你嘴巴的。"

二老看到哥哥那种样子,便知道为这件事哥哥感到的是一种如何烦恼了。他明白他哥哥的性情,代表了茶峒人性情粗卤爽直的一面,弄得好,掏出心子来给人也很慷慨作去,弄不好,亲舅舅也必一是一二是二。大老何尝不想在车路上失败时走马路;但他一听到二老的坦白陈述后,他就知道马路只二老有分,他自己的事不能提了。因此他有点气恼,有点愤慨。自然是无从掩饰的。

二老想出了个主意,就是两兄弟月夜里同过碧溪岨去唱歌,莫让人知道是弟兄两个,两人轮流唱下去,谁得到回答,谁便继续用那张唱歌胜利的嘴唇,服侍那划渡船的外孙女。大老不善于唱歌,轮到大老时也仍然由二老代替。两人凭命运来决定自己的幸福,这么办可说是极公平了。提议时,那大老还以为他自己不会唱,也不想请二老替他作竹雀。但二老那种诗人性格,却使他很固持的要哥哥实行这个办法。二老说必需这样作,一切方公平一点。

大老把弟弟提议想想,作了一个苦笑。"×娘的,自己不是竹雀,还请老弟做竹雀? 好,就是这样子,我们各人轮流唱,我也不要你帮忙,一切我自己来吧。树林子里的猫头鹰,声音不动听,要老婆时,也仍然是自己叫下去,不请人帮忙的!"

两人把事情说妥当后,算算日子,今天十四,明天十五,后天十六,接连而来的三个日子,正是有大月亮天气。气候既到了中夏,半夜里不冷不热,穿了白家机布汗褂,到那些月光照及的高崖上去,遵照当地的习惯,很诚实与坦白的去为一个"初生之犊"的黄花女唱歌。露水降了,歌声涩了,到应当回家了时,就趁残月赶回家去。或过那些所熟的整夜工作不息的碾坊里去,躺到温暖的谷仓里小睡,等候天明。一切安排皆极其自然,结果是什么,两人虽不明白,但也看得极其自然,两人便决定了从当夜起始,来作这种为当地习惯所认可的竞争。

十三

黄昏来时翠翠坐在家中屋后白塔下,看天空为夕阳烘成桃花色的薄云。十四中寨逢场,城中生意人过中寨收买山货的很多,过渡人也特别多,祖父在溪中渡船上,忙个不息。天快夜了,别的雀子皆似乎在休息了,只杜鹃叫个不息。石头泥土为白日晒了一整天,草木为白日晒了一整天,到这时节皆放散一种热气。故空气中有泥土气味,有草木气味,且有甲虫类气味。翠翠看着天上的红云,听着渡口飘乡生意人的杂乱声音,心中有些薄薄的凄凉。

　　黄昏照样的温柔,美丽,平静。但一个人若体念到这个当前一切时,也就照样的在这黄昏中会有点儿薄薄的凄凉。于是,这日子成为痛苦的东西了。翠翠觉得好像缺少了什么。好像眼见到这个日子过去了,想在一件新的人事上攀住它,但不成。好像生活太平凡了,忍受不住。

　　"我要坐船下桃源县过洞庭湖,让爷爷满城打锣去叫我,点了灯笼火把去找我。"

　　她便同祖父故意生气似的,很放肆的去想到这样一件事,她且想像祖父用各种方法寻觅她皆无结果,到后如何躺在渡船上。

　　"人家喊,'过渡,过渡,老伯伯,你怎么的!''怎么的!翠翠走了,下桃源县了!''那你怎么的?''怎么的吗?拿了把刀,放在包袱里,搭下水船赶去杀了她'!……"

　　翠翠仿佛听着这种对话,吓怕起来了,一面锐声喊着她的祖父,一面从坎上跑向溪边渡口去。见到了祖父正把船拉在溪中心,船上人喁喁说着话,小小心子还依然跳跃不已。

　　"爷爷,爷爷,你拉回来呀!"

　　那老船夫不明白她的意思,还以为是翠翠要为他代劳了,就说:

　　"翠翠,等一等,我就回来!"

　　"你不拉回来了吗?"

　　"我就回来!"

　　翠翠坐在溪边,望着溪面为暮色所笼罩的一切,且望到那只渡船上一群过渡人,其中一个吸旱烟的,打着火炉吸烟,且把烟杆在船边剥剥的敲着烟灰,忽然哭起来了。

　　祖父把船拉回来时,见翠翠痴痴的坐在岸边,问她是什么事,翠翠不作声。祖父要她去烧火煮饭,想了一会儿,觉得自己哭得可笑,一个人便回到屋中去。坐在黑黝黝的灶边把火燃烧后,她又走到门外高崖上去,喊叫她的祖父,要他回家里来。在职务上毫不儿戏的老船夫,因为明白过渡的人皆是得赶回城中吃晚饭的人,来一个就渡一个,不便要人站在那岸边呆等,故不上岸来,只站在船头告翠翠,且让他做点事,把人渡完事后,就会回家里来吃饭。

　　翠翠第二次请求祖父祖父不理会,她便坐在悬崖上,很觉得悲伤。

　　天夜了,有一匹大萤火虫尾上闪着蓝光,很迅速的从翠翠身旁飞过去,翠翠想,"看你飞得多远!"便把眼睛随着那萤火虫的火明追去。杜鹃又叫了。

　　"爷爷,为什么不上来?我要你!"

　　在船上的祖父,听到这种带着娇有点儿埋怨的声音,一面粗声粗气的答道:"翠翠,我就来,我就来!"一面心中却自言自语:"翠翠,爷爷不在了,你将怎么样?"

　　老船夫回到家中时,见家中还黑黝黝的,只灶间有火花,见翠翠坐在灶旁矮条凳上,用手蒙着眼睛。

　　走过去才晓得翠翠已哭了许久。祖父一个下半天来,皆弯着个腰在船上拉来拉去,歇歇时手也酸了,腰也酸了,照规矩,一到家里就会嗅到锅中所焖瓜菜的味道。且可见到翠翠安排晚饭在灯光下跑来跑去的影子。

　　祖父说:"翠翠,我来慢了,你就哭,这还成吗?我死了呢?"

　　翠翠不作声。

祖父又说:"不许哭,做一个大人,不管有什么事皆不许哭,要硬扎一点,结实一点,方配活到这块土地上!"

翠翠把手从眼睛边移开,靠近了祖父身边去,"我不哭了。"

两人作饭时,祖父为翠翠说到一些有趣味的故事。因此提到了死去了的翠翠的母亲。两人在桐油灯下把饭吃过后,老船夫因为工作疲倦,喝了半碗白酒,故饭后兴致极好,又同翠翠到门外高崖上月光下去说故事。说了些那个可怜母亲的乖巧处,同时且说到那可怜母亲性格强硬处,使翠翠听来神往倾心。

翠翠抱膝坐在月光下,傍着祖父身边,问了许多关于那个可怜母亲的故事。间或吁一口气,似乎心中压上了些分量沉重的东西,想挪移得远一点,才吁着这种气,可是却无从把这种东西挪开。

月光如银子,无处不可照及,山上篁竹在月光下皆成为黑色,身边虫声繁密如落雨。间或不知道从什么地方,忽然会有一只草莺"落落落落嘘!"啭着她的喉咙,不久之间,这小鸟儿又好像明白这是半夜,便仍然闭着那小小眼儿安睡了。

祖父夜来兴致很好,为翠翠把故事说下去,就提到了本城人二十年前唱歌的风气,如何驰名于川黔边地。翠翠的父亲,便是唱歌的第一手,能用各种比喻解释爱与憎的结子,这些事也说到了。翠翠母亲如何爱唱歌,且如何同父亲在未认识以前在白日里对歌,一个在半山上竹篁里砍竹子,一个在溪面渡船上拉船,这些事也说到了。

翠翠问:"后来怎么样?"

祖父说:"后来的事长得很,最重要的事情,就是这种歌唱出了你。"

十四

老船夫做事累了睡了,翠翠哭倦了也睡了。翠翠不能忘记祖父所说的事情,梦中灵魂为一种美妙歌声浮起来了,仿佛轻轻的各处飘着,上了白塔,下了菜园,到了船上,又复飞窜过悬崖半腰——去作什么呢?摘虎耳草!白日里拉船时,她仰头望着崖上那些肥大虎耳草已极熟习。

一切皆像是祖父说的故事,翠翠只迷迷胡胡的躺在粗麻布帐子里草荐上,以为这梦做得顶美顶甜。祖父却在床上醒着,张起了耳朵听对溪高崖上人唱了半夜的歌。他知道那是谁唱的,他知道是河街上天保大老走马路的第一着,又忧愁又快乐的听下去。翠翠因为日里哭倦了,睡得正好,他就不去惊动她。

第二天,天一亮翠翠就同祖父起身了,用溪水洗了脸,把早上说梦的忌讳去掉了,翠翠就赶忙同祖父去说昨晚上所梦的事情。

"爷爷,你说唱歌,我昨天就在梦里听到一种歌声,又软又缠绵,我好像跟了这声音各处飞,飞到对溪悬崖半腰,摘了一大把虎耳草。得了虎耳草,我可不知道把这个东西交给谁去了。我睡得真好,梦的有趣!"

祖父温和悲悯的笑着,并不告给翠翠昨晚上的事实。

祖父心里想:"做梦一辈子更好,还有人在梦里作宰相咧。"

昨晚上唱歌的,老船夫还以为是天保大老,日来便要翠翠守船,藉故到城里去送药,在河街见

到了大老,就一把拉住那小伙子,很快乐的说:

"大老,你这个人,又走车路又走马路,是怎么样一个狡猾东西!"

但老船夫却作错了一件事情,把昨晚上的唱歌人张冠李戴了。这两弟兄昨晚上同时到碧溪岨去,为了作哥哥的走车路业占了先,无论如何也不肯先开腔唱歌,一定得让那弟弟先唱。弟弟一开口,哥哥却因为明知不是敌手,更不能开口了。翠翠同她祖父晚上听到的歌声,便全是那个傩送二老所唱的。大老伴同弟弟回家时,就决定了同茶峒地方离开,驾家中那只新油船下驶,好忘了上面的一切。这时就正想下河去看新船装货。老船夫见他冷冷的,不明白他的意思,就用眉眼做了一个可笑的记号,表示他明白大老的冷淡处是装成的,表示他有消息可以奉告。

他拍了大老一下,轻轻的说:

"你唱得很好,别人在梦里听着你那个歌,为那个歌带得很远,走了不少的路!"

大老望着弄渡船的老船夫涎皮的老脸,轻轻的说:

"算了吧,你把宝贝女儿送给了会唱歌的竹雀吧。"

这句话使老船夫完全弄不明白它的意思。大老从一个吊脚楼甬道走下河去了。老船夫也跟着下去,到了河边,见那只新船正在装货,许多油篓子搁到岸边,一个水手正在用茅草扎成长束,预备作船舷上挡浪用的茅把,还有人在河边用脂油油桨板。老船夫问那个坐在大太阳下扎茅把的水手,这船什么日子下行,谁押船,那水手就把手指着大老。

"大老,听我说句正经话,你那件事走车路,不对,走马路,你有分的!"

那大老把手指着窗口说:"伯伯,你看那边,你要竹雀做孙女婿,竹雀在那里啊!"

老船夫抬头望到二老,正在窗口整理一个鱼网。

回碧溪岨到得渡船上时,翠翠问:

"爷爷,你同谁吵了架子,面色那么难看!"

祖父莞尔而笑,他到城里的事情,不告给翠翠一个字。

十五

大老坐了那支新油船向下河走去了,留下傩送二老在家。老船夫方面还以为上次歌声既归二老唱的,在此后几个日子里,自然还会听到那种歌声。一到了晚间就故意从别样事情上,促翠翠注意夜晚的歌声。两人吃完饭坐在屋里,因屋前滨水,长脚蚊子一到黄昏就嗡嗡的叫着,翠翠便把蒿艾束成的烟包点燃,向屋中角隅各处晃着驱逐蚊子。晃了一阵,估计全屋子里皆为蒿艾烟气熏透了,方搁到床前地上去,再坐在小板凳上来听祖父说话。从一些故事上慢慢的谈到了唱歌,祖父话说得很妙。祖父到后发问道:

"翠翠,梦里的歌可以使你爬上高崖去摘那虎耳草,若当真有谁来在对溪高崖上为你唱歌,你怎么样?"祖父把话当笑话说着。

翠翠便也当笑话答道:"有人唱歌我就听下去,他唱多久我也听多久!"

"唱三年六个月呢!"

"唱得好听,我听三年六个月。"

"这不公平吧。"

"怎么不公平？为我唱歌的人，不是极愿意我长远听他的歌吗？"

"照理说：炒菜要人吃，唱歌要人听。可是人家为你唱，是要你懂他歌中的意思！"

"爷爷，懂歌中什么意思？"

"自然是他那颗想同你要好的真心！不懂那点心事，不是同听竹雀唱歌一样了吗？"

"我懂了他的心又怎么样？"

祖父用拳头把自己腿重重的捶着，且笑着："翠翠，你人乖，爷爷笨得很，话也说得不温柔，莫生气。我信口开河，说个笑话给你听。应当当笑话听。河街天保大老走车路，请保山来提亲，我告给过你这件事了，你那神气不愿意，是不是？可是，假若那个人还有个兄弟，走马路，为你来唱歌，向你求婚，你将怎么说？"

翠翠吃了一惊，低下头去。因为她不明白这笑话有几分真，又不清楚这笑话是谁诌的。

翠翠便微笑着轻轻的带点儿恳求的神气说：

"爷爷莫说这个笑话吧。"翠翠站起身了。

"我说的若是真话呢？"

"爷爷，你真是个……"翠翠说着走出去了。

祖父说："我说的是笑话，你生我的气吗？"

翠翠不敢生祖父的气，走近门限边时，就把话引到另外一件事情上去："爷爷，看天上的月亮，那么大！"说着，出了屋外，便在那一派清光的露天中站着。站了一忽儿，祖父也从屋中出到外边来了。翠翠于是坐到那白日里为强烈阳光晒热的岩石上去，石头正散发日间所储的余热。祖父就说：

"翠翠，莫坐热石头，免得生坐板疮。"

但自己用手摸摸后，自己便也坐到那岩石上了。

月光极其柔和，溪面浮着一层薄薄白雾，这时节，对溪若有人唱歌，隔溪应和，实在太美丽了。翠翠还记着先前祖父说的笑话。耳朵又不聋，祖父的话说得极分明，一个兄弟走马路，唱歌来打发这样的晚上，算是怎么回事？她似乎为了等着这样的歌声，沉默了许久。

她在月光下坐了一阵，心里却当真愿意听一个人来唱歌。久之，对溪除了一片草虫的清音复奏以外别无所有。翠翠就走回家里去，在房门边摸着了那个芦管，拿出来在月光下自己吹着。觉吹得不好，又递给祖父要祖父吹。老船夫把那个芦管竖在嘴边，吹了个长长的曲子，翠翠的心被吹柔软了。

翠翠依傍祖父坐着，问祖父：

"爷爷，谁是第一个做这个小管子的人？"

"一定是个最快乐的人作的，因为他分给人的也是许多快乐；可又像是个最不快乐的人作的，因为他同时也可以引起人不快乐！"

"爷爷，你不快乐了吗？生我的气了吗！"

"我不生你的气。你在我身边，我很快乐。"

"我万一跑了呢？"

"你不会离开爷爷的。"

"万一有这种事,爷爷你怎么样?"

"万一有这种事,我就驾了这支渡船去找你。"

翠翠哧的笑了。"凤滩茨滩不为凶,下面还有绕鸡笼;绕鸡笼也容易下,青浪滩浪如屋大。爷爷你渡船也能下凤滩茨滩青浪滩吗?那些地方的水,你不说过猛得像疯子吗?"

祖父说:"翠翠,我到那时可真像疯子,还怕大水大浪?"

翠翠俨然极认真的想了一下,就说:"祖父,我一定不走,可是,你会不会走?你会不会被一个人抓到别处去?"

祖父不作声了,他想到被死亡抓走那一类事情。

老船夫打量着自己被死亡抓走以后的情形,痴痴的看望天南角上一颗星子,心想"七月八月天上方有流星,人也会在七月八月死去"?又想起白日在河街上同大老谈话的经过,想起中寨人陪嫁的那座碾房,想起二老!想起一大堆事情,心中有点儿乱。

翠翠忽然说:"爷爷,你唱个歌给我听听,好不好?"

祖父唱了十个歌,翠翠傍在祖父身边,闭着眼睛听下去,等到祖父不作声时,翠翠自言自语说:"我又摘了一把虎耳草了。"

祖父所唱的歌便是昨晚上听来的歌。

十六

二老有机会唱歌却从此不再到碧溪岨唱歌。十五过去了,十六也过去了,到了十七,老船夫忍不住了,进城往河街去找那个年青小伙子,到城门边正预备转入河街时,就遇着上次为大老作保山的杨马兵,正牵了一匹骡马预备出城,一见老船夫,就拉住了他:

"伯伯,我正有事情告你,碰巧你就来城里!"

"什么事?"

"天保大老坐下水船到茨滩出了事,闪不知这个人掉到滩下漩水里就淹坏了。早上顺顺家里得到这个信,听说二老一早就赶去了。"

这消息同有力巴掌一样重重的捆了他那么一下,他不相信这是当真的消息。他故作从容的说:

"天保大老淹坏了吗?从不闻有水鸭子被水淹坏的!"

"可是那支水鸭子仍然有么一次被淹坏了……。我赞成你的卓见,不让那小子走车路十分顺手。"

从马兵言语上老船夫还十分怀疑这个新闻,从马兵神气上老船夫却看清楚这是个真的消息了。他惨惨的说:

"我有什么卓见可言?这是天意!……"老船夫说时心中充满了感情。

特为证明那马兵所说的话,有多少可靠处,老船夫同马兵分手后,于是匆匆赶到河街上去。到了顺顺家门前,正有人在烧纸钱,许多人围到一处说话。搀加进去听听,所说的便是杨马兵提到的那件事。但一到有人发现了身后的老船夫时,大家便把话转了方向,故意来谈下河油价涨落情形了。老船夫心中很不安,正想找一个比较要好的水手谈谈。

一会儿船总顺顺从外面回来了,样子沉沉的,这豪爽正直的中年人,正似乎为不幸打倒,努力想挣扎爬起的神气。一见到老船夫就说:

"老伯伯,我们谈的那件事情吹了吧。天保大老已经坏了,你知道了吧。"

老船夫两支眼睛红红的,把手搓着,"怎么的,这是真事!是昨天,是前天?"

另一个像是赶路回来报信的,插嘴说道:"十六中上,船搁到石包子上,船头进了水,大老想把篙撇着,人就弹到水中去了。"

老船夫说:"你眼见他下水吗?"

"我还与他同时下水!"

"他说什么?"

"什么都来不及说!这几天来他都不说话!"

老船夫把头摇摇,向顺顺那么溜了一眼。船总顺顺像知道他的心中不安处,就说:"伯伯,一切是天,算了吧。我这里有大兴场送来的好烧酒,你拿一点去喝罢。"一个伙计用竹筒上了一筒酒,用新桐木叶蒙着筒口,交给了老船夫。

老船夫把酒拿走,到了河街后,低头向河码头走去,到河边天保大前天上船处去看看。杨马兵还在那里放马到沙地上打滚,自己坐在柳树荫下乘凉,老船夫就走过去请马兵试试那大兴场的烧酒。喝了点酒,两人兴致似乎皆好些了,老船夫告给杨马兵,十四夜里二老两兄弟过碧溪岨唱歌那件事情。

那马兵听到后来便说:

"伯伯,你是不是以为翠翠愿意二老应该派归二老……"

话不说完,傩送二老却从河街下来了。这年轻人正像要远行的样子,一见了老船夫就回头走去。杨马兵就喊他说:"二老,二老,你来,有话同你说呀!"

二老站定了,问马兵"有什么话说"。马兵望望老船夫,就向二老说:"你来,有话说!"

"什么话?"

"我听人说你已经走了,——你过来我同你说,我不会吃掉你!"

那黑脸宽肩膊,样子虎虎有生气的傩送二老,勉强似的笑着,到了柳荫下时,老船夫指着河上游远处那座新碾坊:"二老听人说那碾坊将来是归你的!归了你,派我来守碾子,行不行?"

二老仿佛听不懂这个询问的用意,便不作声。杨马兵看风头有点儿僵,便说:"二老,你怎么的,预备下去吗?"那年青人把头点点,就走开了。

老船夫讨了个没趣,赶回碧溪岨去,到了渡船上时,就装作把事情看得极随便似的,告给翠翠。

"翠翠,城里出了件新鲜事情,天保大老驾油船下辰州,掉到茨滩淹坏了。"

翠翠因为听不懂,对于这个报告最先好像全不在意,祖父又说:

"翠翠,这是真事,上次来到这里做保山的杨马兵,还说我早不答应亲事极有见识!"

翠翠瞥了祖父一眼,见他眼睛红红的,知道他喝了酒,且有了点事情不高兴,心中想:"谁撩你生气?"船到家边时,祖父不自然的笑着向家中走去,翠翠守船,半天不闻祖父声息,赶回家去看看,见祖父正坐在门槛上编草鞋耳子。

翠翠见祖父神气极不对，就蹲到他身前去。

"爷爷，你怎么的？"

"天保当真死了！二老生了我们的气，以为他家中出这件事情是我们分派的！"

有人在溪边大喊渡船过渡，祖父匆匆出去了。翠翠坐在那屋角隅稻草上，心中极乱，等等还不见祖父回来，就哭起来了。

十七

祖父似乎生谁的气，脸上笑容减少了，对于翠翠方面也不大注意了。翠翠像知道祖父已不很疼她，但又像不明白它的原因。但这并不是很久的事，日子一过去，也就好了。两人仍然划船过日子，一切依旧惟对于生活，却仿佛什么地方有了一个看不见的缺口，无法填补起来。祖父过河街去仍然可以得到船总顺顺的款待，但很明显的事，那船总却并不忘掉死去者死亡的原因。二老出北河下辰州走了六百里，沿河找寻那可怜的哥哥的尸骸，毫无结果，在各处税关上贴下招字，又回到茶峒来了。过不久，又过川东去办货，过渡时见到老船夫。老船夫看看那小伙子，好像已完全忘掉了从前的事情，就同他说话。

"二老，大六月日头毒人，又上川东去。"

"要饭吃，头上是火也得上路！"

"要饭吃！二老家还少饭吃！"

"有饭吃，爹爹说年青人也不应该在家中白吃不作事！"

"你爹爹好吗？"

"吃的做的，有什么不好。"

"你哥哥坏了，我看你爹爹为这件事情也好像憔悴多了！"

二老听到这句话，不作声了，眼睛望着老船夫屋后那个白塔。他似乎想起了过去那个晚上，那件旧事，心中十分惆怅。

老船夫怯怯的望了年青人一眼，一个微笑在脸上漾开了。

"二老，我家里翠翠说，五月里有天晚上，做了个梦，……"说时他又望望二老，见二老并不惊讶，也不厌烦，又接着说，"她梦得古怪，说在梦中被一个人的歌声浮起来，上悬岩摘了一把虎耳草！"

二老把头偏过一旁去作了一个苦笑，心中想到"老头子倒会做作"。这点意思在那个苦笑上，仿佛同样泄露出来，仍然被老船夫看到了，老船夫就说："二老，你不信吗？"

那年青人说："我怎么不相信？因为我做傻子在那边岩上唱过一晚的歌！"

老船夫被一句料想不到的老实话窘住了，口中结结巴巴的说："这是真的……这是假的……"

老船夫的做作处，原意只是想把事情弄明白一点，但一起始自己叙述这段事情时，方法上就有了错处，故反而被二老误会了。他这时正想把那夜的情形好好说出来，船已到了岸边。二老一跃上了岸，就想走去。老船夫在船上显得有点忙乱的样子说：

"二老，二老，你等等我有话同你说，你先前不是说到那个——你做傻子的事情吗？你并不傻，别人方当真为你那歌弄成傻像！"

那年青人虽站定了，口中却轻轻的说："得了够了，不要说了。"

老船夫说："二老我听人说你不要碾子要渡船，这是杨马兵说的，不是真的吧？"

那年青人说："要渡船又怎么样？"

老船夫看看二老的神气，心中忽然高兴起来了，就情不自禁的高声叫着翠翠，要她下溪边来。不知翠翠是故意不从屋里出来，还是到别处去了，许久还不见到翠翠的影子，也不闻这个女孩子的声音。二老等了一会看看老船夫那副神气，一句话不说，便微笑着大踏步同一个挑担粉条白糖货物的脚夫走去了。

过了碧溪岨小山，两人应沿着一条曲曲折折的竹林走去，那个脚夫这时节开了口：

"傩送二老，看那弄渡船的神气，很欢喜你！"

二老不作声，那人就又说道：

"二老，他问你要碾坊还是要渡船，你当真预备做他的孙女婿，接替他那只渡船吗？"

二老笑了，那人又说：

"二老，若这件事派给我，我要那座碾坊。一座碾坊的出息，每天可收七升米，三斗糠。"

二老说："我回来时向我爹爹去说，为你向中寨人做媒，让你得到这座碾坊吧。至于我呢，我想弄渡船是很好的。只是老家伙坏，大老是他弄死的。"

老船夫见二老那么走去了，翠翠还不出来，心中很不快乐，走回家去看看，原来翠翠并不在家。过一会，翠翠提了个篮子从小山后回来了，方知道大清早翠翠已出门掘竹鞭笋去了。

"翠翠，我喊了你好久，你不听到！"

"作什么？"

"一个人过渡，……一个熟人，我们谈起你，……我喊你你可不答应！"

"是谁？"

"你猜，翠翠。不是陌生人，……你认识他！"

翠翠想起适间从竹林里无意中听来的话，脸红了，半天不说话。

老船夫问："翠翠，你得了多少鞭笋？"

翠翠把竹篮向地下一倒，除了十来根小小鞭笋外，只是一把肥大的虎耳草。

老船夫望了翠翠一眼，翠翠两颊绯红跑了。

十八

日子平平的过了一个月，一切人心上的病痛，似乎皆在那么份长长的白日下医治好了。天气特别热，各人皆只忙着流汗，用凉水淘江米酒吃，不什么用心事，心事在人生活中，也就留不住了。翠翠每天皆到白塔下背太阳的一面去午睡，高处既极凉快，两山竹篁里叫得使人发松的竹雀，与其他鸟类，又如此之多，致使她在睡梦里尽为山鸟的歌声所浮着，做的梦也便常是顶荒唐的梦。

这不是人的罪过。诗人们会在一件小事上写出一整本整部的诗，雕刻家在一块石头上雕得出骨血如生的人像，画家一撇儿绿，一撇儿红，一撇儿灰，画得出一幅一幅带有魔力的彩画，谁不是为了惦着一个微笑的影子，或是一个皱眉的记号，方弄出那么些古怪成绩？翠翠不能用文字，不能用石头，不能用颜色，把那点心头上的爱憎移到别一件东西上去，却只让她的心，在一切顶荒唐事情上驰骋。她从这分隐秘里,常常得到又惊又喜的兴奋。一点儿不可知的未来,摇撼她的极厉害,她无从完全把那种痴处不让祖父知道。

祖父呢,可以说一切都知道了的。但事实上他又却是个一无所知的人。他明白翠翠不讨厌那个二老,却不明白那小伙子二老怎么样。他从船总处与二老处,皆碰了钉子,但他并不灰心。

"要安排得对一点,方合道理,"他么想着,就更显得好事多磨起来了。睁着眼睛时,他做的梦比那个外孙女翠翠也更荒唐更寥阔。

他向各个过渡本地人打听二老父子的生活,关切他们如同自己家中一样。但也古怪,因此他却怕见到那个船总同二老了。一见他们他就不知说些什么,只是老脾气把两只手搓来搓去,从容处完全失去了。二老父子方面皆明白他的意思,但那个死去了的人,却用一个凄凉的印象,镶嵌到父子心中,两人便对于老船夫的意思,俨然全不明白似的,一同把日子打发下去。

明明白白夜来并不作梦,早晨同翠翠说话时,那作祖父的会说:

"翠翠,翠翠,我做了个好不怕人的梦!"

翠翠问:"什么怕人的梦?"

就装作思索梦境似的,一面细看翠翠小脸长眉毛,一面说出他另一时张着眼睛所做的好梦。不消说,那些梦并不是当真怎样使人吓怕的。

一切河流皆得归海,话起始说得纵极远,到头来总仍然是归到使翠翠红脸那件事情上去。待到翠翠显得不大高兴,神气上露出受了点小窘时,这老船夫又才像有了一点儿吓怕,忙着解释,用闲话来遮掩自己所说到那问题的原意。

"翠翠,我不是那么说,我不是那么说。爷爷老了,糊涂了,笑话多咧。"

但有时翠翠却静静的把祖父那些笑话糊涂话听下去,一直听到后来还抿着嘴儿微笑。

翠翠也会忽然说道:

"爷爷,你真是有一点儿糊涂!"

祖父听过了不再作声,他将说,"我有一大堆心事",但来不及说,却恰好就被过渡人喊走了。

天气热了,过渡人从远处走来,肩上挑得是七十斤担子,到了溪边,贪凉快不即走路,必蹲在岩石下茶缸边喝凉茶,与同伴交换吹吹棒烟管,且一面与弄渡船的攀谈。许多子虚乌有的话皆从此说出口来,给老船夫听到了。过渡人有时还因溪水清洁,就溪边洗脚抹澡的,坐得更久话也就更多。祖父把这些话转说给翠翠,翠翠也就学懂了许多事情。货物的价钱涨落呀,坐轿搭船的用费呀,放木筏的人把他那个木筏从滩上流下,十来把大招子如何活动呀,在小烟船上吃荤烟,大脚婆娘如何烧烟呀,……无一不备。

傩送二老从川东押货物回到了茶峒。

时间已近黄昏了,溪面很寂寞,祖父同翠翠在菜园地里看萝卜秧子,翠翠白日中觉睡久了些,觉得有点寂寞,好像听人嘶声喊过渡,就争先下溪边去,下坎时,见两个人站在码头边,斜阳里背身看得极分明,正是傩送二老同他家中的长年!翠翠大吃一惊,同小兽物见到猎人一样,回头便向山上竹林里跑掉了。但那两个在溪边的人,听到脚步响时,一转身,也就看明白这件事情了。等了一下再也不见人来,那长年又嘶着声音喊叫过渡。

老船夫听得清清楚楚,却仍然蹲在萝卜秧地上数菜,心里觉得好笑。他已见到翠翠走去,他知道必是翠翠看明白了过渡人是谁,故蹲在那高岩上不理会。翠翠人小不管事,过渡人求她不干,奈何她不得,故只好嘶着个喉咙叫过渡了。那长年叫了几声,见无人来,就停了,同二老说:"这是什么玩意儿,难道老的害病弄翻了,只剩下翠翠一个人了吗?"二老说:"等等看,不算什么!"就等了一阵。因为这边在静静的等着,园地上老船夫却在心里想:"难道是二老吗?"他仿佛担心搅恼了翠翠似的,就仍然蹲着不动。

但再过一阵,溪边又喊起过渡来了,声音不同了一点,这才真是二老的声音。生气了吧?等久了吧?吵嘴了吧?老船夫一面胡乱估着一面跑到溪边去。到了溪边,见两个人业已上了船,其中之一正是二老。老船夫惊讶的喊叫:

"呀,二老,你回来了!"

年青人很不高兴似的,"回来了,——你们这渡船是怎么的?等了半天也不来个人!"

"我以为——"老船夫四处一望,并不见翠翠的影子,见黄狗从山上竹林里跑来,知道翠翠上山了,便改口说,"我以为你们过了渡。"

"过了渡!不得你上船,谁敢开船?"那长年说着,一只水鸟掠着水面飞去,"翠鸟儿归窠了,我们还得赶回家去吃饭!"

"早咧,到河街早咧,"说着,老船夫已跳上了船,且在心中一面说着,"你不是想承继这只渡船吗!"一面把纤索拉动,船便离岸了。

"二老,路上累得很!……"

老船夫说着,二老不置可否不动感情听下去,船拢了岸,那年青小伙子同家中长年挑担子翻山走了。那点淡漠印象留在老船夫心上,老船夫于是在两个人身后,捏紧拳头威吓了三下,轻轻的吼着,把船拉回去了。

十九

翠翠向竹林里跑去,老船夫半天还不下船。这件事从傩送二老看来,前途显然有点不利。虽老船夫言语之间,无一句话不在说明"这事有边",但那畏畏缩缩的说明,极不得体,二老想起他的哥哥,便把这件事曲解了。他有一点愤愤不平,有一点儿气恼,回到家里第三天,中寨有人来探口风,在河街顺顺家中住下,把话问及顺顺,想明白二老的心中,是不是还有意接受那座新碾坊,顺顺就转问二老自己意见怎么样。

二老说:"爸爸你以为这事为你,家中多座碾坊多个人,使你可以快活,你就答应了。若果为的是我,我要好好去想一下,过些日子再说它吧。我尚不知道我应当得座碾坊,还应当得一只渡船,因为我命里或只许我撑个渡船!"

探口风的人把话记住,回中寨去报命,到碧溪岨过渡时,见到了老船夫,想起二老说的话,不由得不迷迷的笑着。老船夫问明白了他是中寨人,就又问他过茶峒作些什么事。

那心中有分寸的中寨人说:

"什么事也不作,只是过河街船总顺顺家里坐了一会儿。"

"坐了一定就有话说!"

"话倒说了几句。"

说了些什么话？那人不再说了。老船夫却问道：

"听说你们中寨人想把大河边一座碾坊连同家中闺女儿送给河街上顺顺,这事情有不有了点眉目？"

那中寨人笑了，"事情同了，我问过顺顺，顺顺很愿意同中寨人结亲家，又问过那小伙子，……"

"小伙子意思怎么样？"

"他说：我眼前有座碾坊，有条渡船，我本想要渡船，现在就决定要碾坊了。渡船是活动的，不如碾坊固定，这小子会打算盘呢。"

中寨人是个米场经纪人，话说得极有斤两，他明知道"渡船"指的是什么意思，但他可并不说穿。他看到老船夫口唇蠕动，想要说话，中寨人便又抢着说道：

"一切皆是命，可怜顺顺家那个大老，相貌堂堂，会淹死在水里！"

老船夫被这句话在心上戳了一下，把想问的话咽住了。中寨人上岸走去后，老船夫闷闷的立在船头，痴了许久。又把二老日前过渡时落漠神气温习一番，心中大不快乐。

翠翠在塔下玩得极高兴，走到溪边高岩上想要祖父唱唱歌，见祖父不理会她，一路埋怨赶下溪边去，到了溪边方见到祖父神气十分沮丧，不明白为什么原因。翠翠来了，祖父看看翠翠的快活黑脸儿，粗鲁的笑笑。对溪有扛了货物过渡的，便不说什么，沉默的把船拉过溪南，到了中心却大声唱起歌来了。把人渡了过溪，祖父跳上码头走近翠翠身边来，还是那么粗鲁的笑着，把手抚着头额。

翠翠说：

"爷爷怎么的，你发痧了？你躺到荫下去，我来管船！"

"你来管船，好的妙的，这只船归你管！"

老船夫似乎当真发了痧，心头发闷，虽当着翠翠还显出硬扎样子，独自走回屋里后，找寻得到一些碎磁片，在自己臂上腿上扎了几下，放出了些乌血，就躺到床上睡了。

翠翠自己守船，心中却古怪的快乐，心想"爷爷不为我唱歌，我自己会唱！"

她唱了许多歌，老船夫躺在床上闭着眼睛，一句一句听下去。心中极乱，但他知道这不是能够把他打倒的大病，他明天就仍然会爬起来的。他想明天进城，到河街去看看，又想起许多旁的事情。

但到了第二天，人虽起了床，头沉沉的。祖父当真已病了，翠翠显得懂事了些，为祖父煎了一罐大发药，逼着祖父喝，又为过屋后菜园地里摘取蒜苗泡在米汤里作酸蒜苗。一面照料船只，一面还时时刻刻抽空赶回家里来看祖父，问这样那样。祖父可不说什么，只是为一个秘密痛苦着。躺了三天，人居然好了。屋前屋后走动了一下，骨头还硬硬的，心中惦念到一件事情，便预备进城过河街去。翠翠看不出祖父有什么要紧事情，必须当天入城，就求他莫去。

老船夫把手搓着，估量到是不是应说出那个理由。翠翠一张黑黑的瓜子脸一双水汪汪的眼睛，使他吁了一口气。

他说："我有要紧事情，得今天去！"

翠翠苦笑着说："有多大要紧事情，还不是……"

老船夫知道翠翠脾气,听翠翠口气已有点不高兴,不再说要走了,把预备带走的竹筒,同扣花裕襟搁到长机上后,带点儿诌媚笑着说:"不去吧,你担心我会把自己摔死,我就不去吧。我以为天气早上不很热,到城里把事办完了就回来,……不去也得,我明天去!"

翠翠轻声的温柔的说:"你明天去也好,你腿还软!"

老船夫似乎心中还不甘服,洒着两手走出去,在门限边一个打草鞋的棒槌,差点儿就把他绊了一大跤。稳住了时翠翠苦笑着说:"爷爷,你瞧,还不服气!"老船夫拾起那棒槌,向屋角隅摔去,笑着说:"爷爷老了!过几天打豹子给你看!"

到了午后,落了一阵行雨,老船夫却同翠翠好好商量,仍然进了城。翠翠不能陪祖父进城,就要黄狗跟去。老船夫在城里被一个熟人拉着谈了许久的盐价米价,又过守备衙看了一会新买的骡马,方到河街顺顺家里去。到了那里见到顺顺正同三个人打纸牌,不便谈话,就站在身后看了一阵牌,后来顺顺请他喝酒,借口病刚好点不敢喝酒推辞了。牌既不散场,老船夫又不想即走,顺顺似乎并不明白他等着有何话说,却只注意手中的牌。后来老船夫的神气倒为另外一个人看出了,就问他是不是有什么事情。老船夫方忸忸怩怩照老方子搓着他那两只大手,说别的事没有,只想同船总说两句话。

那船总方明白他看牌半天的理由,回头对老船夫笑将起来。

"怎么不早说?你不说,我还以为你在看我牌上学张子!"

"没有什么,只是三五句话,我不便扫兴,不敢说出!"

船总把牌一撒,笑着向后房走去了,老船夫跟在身后。

"什么事?"船总问着,神气似乎先就明白了他来此要说的话,显得略微有点儿怜悯的样子。

"我听一个中寨人说你预备同中寨团总打亲家,是不是真事?"

船总见老船夫的眼睛盯着他的脸,想得一个满意的回答,就说:"有这事情。"那么答应,意思却是:"有了你怎么样?"

老船夫说:"真的吗!"

那一个很自然的说:"真的",意思却依旧包含了"真的又怎么样?"一个疑问。

老船夫装得很从容的问:"二老呢?"

船总说:"二老坐船下桃源好些日子了!"

二老下桃源的事,原来还同他爸爸吵了一阵方走的。船总性情虽异常豪爽,可不愿意间接把第一个儿子弄死的女孩子,又来作第二个儿子的媳妇。若照当地风气,这些事认为只是小孩子的事,大人管不着,二老当真欢喜翠翠,翠翠又爱二老,他也并不反对这种爱怨纠缠的婚姻。但不知怎么的,老船夫的关心处,使二老父子对于老船夫皆有了一点误会了。船总想起家庭间的近事,以为全与这老而好事的船夫有关。

船总不让老船夫再开口了,就语气略粗的说道:

"伯伯,算了吧,我们的口只应当喝酒了,莫再只想替儿女唱歌!你的意思我全明白,你是好意。可是我也求你明白我的意思,我以为我们只应当谈点自己分上的事情,不适宜于想那些年青人的门路了。"

老船夫被一个闷拳打倒后,还想说两句话,但船总却不让他再有说话机会,把他拉出到牌桌边了。

老船夫无话可说,看看船总时,船总虽还笑着谈到许多笑话,心中却似乎很沉郁,把牌用力掷到桌上去,老船夫不说什么,戴起他那个斗笠,自己走了。

天气还早,老船夫心中很不高兴,又进城去找杨马兵。那马兵正在喝酒,老船夫虽推病,也免不了喝个三五杯。回到碧溪岨,走得热了一点,又用溪水去抹身子。觉得很疲倦,就要翠翠守船,自己回家睡去了。

黄昏时天气十分郁闷,溪面各处飞着红蜻蜓。天上已起了云,风把两山竹篁吹得声音极大,看样子到晚上必落大雨。翠翠守在渡船上,看着那些溪面飞来飞去的蜻蜓,心也极乱。看祖父脸上颜色惨惨的,放心不下,便又赶回家中去。先以为祖父一定早睡了,谁知还坐在门限上打草鞋!

"爷爷,你要多少双草鞋,床头上不是还有十四双吗?怎么不好好的躺一躺?"

老船夫不作声,却站起身来昂头向天空望着,轻轻的说:"翠翠,今晚上要落大雨响大雷的!回头把我们的船系到岩下去,这雨大哩。"

翠翠说:"爷爷,我真吓怕!"翠翠怕的似乎并不是晚上要来的雷雨。

老船夫似乎也懂得那个意思,就说:"怕什么?一切要来的都得来,不必怕!"

二十

夜间果然落了大雨,挟以吓人的雷声。电光从屋上掠过去后,接着就是訇的一个炸雷。翠翠在暗中抖着,祖父也醒了,知道她害怕,且担心她招凉,还起身来把一条布单子搭到她身上去。祖父说:

"翠翠,不要怕!"

翠翠说:"我不怕!"说了又想说:"爷爷你在这里我不怕!"

訇的一个大雷,接着且听到一种超越雨声而上的倾圮声。两人皆以为一定是溪岸悬崖崩落了;担心到那只渡船,会早已压在崖石上面去了。

祖孙两人便默默的躺在床上听雨声雷声。

但无论如何大雨,翠翠却仍然过不久就睡着了。醒来时天已亮了,雨不知在何时已止息了,醒来只听到溪两岸山沟里注水入溪的声音,翠翠爬起身来看看祖父还似乎睡得很好,就开了门走出去,门前已成为一个水沟,一股水便从塔后哗哗的流来,从前面悬崖直堕而下。并且各处皆是那么一种临时的水道。屋旁菜园地已为山水冲乱了,菜秧皆掩在粗砂泥里了。再走过前面去看看溪里一切,才知道溪中也涨了大水,水已满过了码头,水脚快到茶缸边了。而且从夹在两个小山中下到码头的那条路,这时间正同一条小河一样,哗哗的泄着黄泥水。过渡的那一条横溪牵定的缆绳,已被水淹去了,泊在崖下的渡船,已不见了。

翠翠看看屋前悬崖并不崩坍,故当时还不注意渡船的失去。但再过一阵,她上下搜索不到这东西,无意中回头一看,屋后白塔已不见了,一惊非同小可。赶忙向屋后跑去,才知道白塔业已坍倒,大堆砖石极凌乱的摊在那儿,翠翠吓慌得不知所措,只锐声叫她的祖父。祖父不起身,也不答应,就赶回家里去,到得祖父床边摇了祖父许久,祖父还不作声。原来这个老年人在雷雨将息时已死了。

翠翠于是大哭起来。

过一阵，有从茶峒过川东跑差事的人，到了溪边，隔溪喊过渡，翠翠正在灶边一面哭着一面烧水为死去的祖父抹澡。

那人还以为老船夫一家还不醒，急于过河，喊叫不应，就掷小石头过溪，打到屋顶上。翠翠鼻涕眼泪成一片的走出来，跑到溪边高崖上去。

那城里人老不高兴的神气隔溪喊着：

"喂，不早了！把船划过来！"

"船跑了！"

"你爷爷做什么事情去了呢？他管船！"

"他管船，管五十年的船，——他死了啊！"

翠翠一面向隔溪人说着一面大哭起来了。那人知道老船夫死了，得进城去报信，就说：

"真死了吗？我回去告他们，要他们弄条船带东西来！"

那人回到茶峒城边时，一见熟人就报告这件事，不多久，全茶峒城里外便皆知道这个消息了。河街上船总顺顺，派人找了一只空船，带了副白木匣子，即刻向碧溪岨撑去。城中杨马兵却同一个老军人，赶到碧溪岨去，砍了几十根大毛竹，用葛藤编作筏子，作为来往过渡的临时渡船。筏子编好后，就撑了那个东西，到翠翠家中那一边岸下，留老兵守竹筏来往渡人，自己跑到翠翠家去看那个死者，眼泪湿莹莹的，摸了一会躺在床上硬僵僵的老友，又赶忙着做些应做的事情。到后帮忙的人来了，从大河船上运来的棺木也来了，住在城中的老道士，还带了法宝提了一只公鸡来尽义务办理念经起水诸事，也从筏上渡过来了。家中人出出进进，翠翠都只坐在灶边矮凳上呜呜的哭着。

到了中午，船总顺顺也来了，还有个人扛了一口袋米，一坛酒，大腿猪肉。见了翠翠就说：

"翠翠，爷爷死了，老年人是必需死的，不要发愁，一切有我！"

各方面看看，就回去了。到了下午入了殓，一些帮忙的回的回家去了，晚上便只剩下了那老道士，杨马兵，同顺顺家派来两个年青长年。黄昏以前老道士用红绿纸剪了一些花朵，用黄泥作了一些烛台。天断黑后，棺木前小桌上点起黄色九晶蜡，燃了香，棺木周围也点了小蜡烛，老道士披上那件蓝麻布道服，开始了丧事中绕棺仪式。老道士在前拿着纸幡引路，孝子第二，马兵殿后，绕着那寂寞棺木慢慢转着圈子，两个长年则站在灶边空处，胡乱的打着锣钵。老道士一面闭了眼睛走去，一面且唱且哼，安慰亡灵。提到关于西方极乐世界花香四季时，老马兵就把木盘里的纸花，向棺木上高高撒去。

到了半夜，事情办完了，放过爆竹，蜡烛也快熄灭了，翠翠眼泪婆婆的，赶忙又到灶边去烧火，为帮忙的人办消夜。吃了消夜，老道士歪到死人床上睡着了。剩下几个人还得照规矩在棺木前守夜，老马兵便为大家唱丧堂歌取乐，用个空的量米木升子，当作一面小鼓，把手剥剥剥的一面敲着一面唱下去。唱王祥卧冰的事情，唱黄香扇枕的事情。

翠翠哭了一整天，也同时忙了一整天，到这时已倦极了，便把头靠在棺前迷着了。两个长年同马兵精神还虎虎的，便轮流把丧堂歌唱下去。但只一会儿，翠翠又醒了，仿佛梦到什么，惊醒后明白祖父已死，于是又幽幽的干哭起来。

"翠翠，翠翠，不要哭啦，人死了哭不回来的！"

老马兵接着就说了一个做新嫁娘的人哭泣的笑话,话语中夹杂了两个粗野的字眼儿,因此引起两个长年咕咕的笑了许久。黄狗在屋外吠着,翠翠开了大门,到外面去站了一下,耳听到各处是虫声,天上月色极好,大星子嵌进透蓝天空里,非常沉静温柔。翠翠想想:

"这是真事吗?爷爷当真死了吗?"

老马兵原来跟在她的后边,因为他知道女孩子心门儿窄,说不定一炉火闷在灰里,痕迹不露,见祖父去了,自己一切皆已无望,跳崖悬梁,想跟着祖父一块儿去,也说不定!故随时小心监视到翠翠。

老马兵见翠翠痴痴的站着,时间过了许久还不回头,就打着咳叫翠翠说:

"翠翠,露落了,不冷么?"

"不冷。"

"天气好得很!"

"呀……"一颗大流星使翠翠轻轻的喊了一声。

接着南方又是一颗,流星划空而下。对溪有猫头鹰叫。

"翠翠",老马兵业已同翠翠并排一块儿站定了,很温和的说,"你进屋里去了吧,不要胡思乱想!"

翠翠默默的回到祖父棺木前面,坐在地上又呜咽起来。守在屋中两个长年已睡着了。

那一个马兵便幽幽的说道:"不要哭了!不要哭了!你爷爷也难过咧。眼睛哭胀喉咙哭嘶有何好处。听我说,爷爷的心事我全知道,一切有我,我会把一切安排得好好的,对得起你爷爷。我会安排,什么事都会。我要一个爷爷欢喜你也欢喜的人来接收这渡船!不能如我们的意,我老虽老,还能拿镰刀同他们拼命。翠翠,你放心,一切有我!……"

远处不知什么地方鸡叫了,老道士在那边床上胡胡涂涂的自言自语:"天亮了吗?早咧!"

二十一

大清早,帮忙的人从城里拿了绳索杠子赶来了。

老船夫的白木小棺材,为六个人抬着到那个倾圮了的塔后山岨上去埋葬时,船总顺顺,马兵,翠翠,老道士,黄狗,皆跟在后面。到了预先掘就的方阱边,老道士照规矩先跳下去,把一点朱砂颗粒同白米,安置到阱中四隅及中央,又烧了一点纸钱,爬出阱时就要抬棺木的人动手下葬,翠翠哑着喉咙干号,伏在棺木上不起身。经马兵用力把她拉开,方能移动棺木。一会儿,那棺木便被新土掩盖了,翠翠还坐在地上呜咽。老道士要回城,去替人做斋,过渡走了。船总把一切事托给老马兵,也赶回城去了。帮忙的皆到溪边去洗手,家中各人有各人的事情,且知道这家人的情形,不便再叨扰,也皆不再惊动主人,过渡回家去了。于是碧溪岨便只剩下三个人,一个是翠翠,一个是老马兵,一个是由船总家派来暂时帮忙照料渡船的秃头陈四四。黄狗因被那秃头打了一石头,对于那秃头仿佛很不高兴,尽是轻轻的吠着。

到了下午,翠翠同老马兵商量,要老马兵回城去把马托给营里人照料,再回碧溪岨来陪她,老马兵回转碧溪岨时,秃头陈四四就被打发回城去了。

翠翠仍然自己同黄狗来弄渡船,让老马兵坐在溪岸高崖上玩,或嘶着个老喉咙唱歌给她听。

过三天后船总来商量接翠翠过家里去住,翠翠却想看守祖父的坟山,不愿即刻进城。只请船总过城里衙门去为说句话,许杨马兵暂时同她住住,船总顺顺答应了这件事,就走了。

杨马兵既是个上五十岁了的人,说故事的本领比翠翠祖父高一等,加之凡事特别关心,做事又勤快又干净,故同翠翠住下来,使翠翠仿佛去了一个祖父,却新得了一个伯父。过渡时有人问及可怜的祖父,黄昏时想起祖父,皆使翠翠心酸,觉得十分凄凉。但这份凄凉日子过久一点,也就渐渐淡薄些了。两人每日在黄昏中同晚上,坐在门前溪边高崖上,谈点那个躺在湿土里可怜祖父的旧事,有许多是翠翠先前所不知道的,说来便更使翠翠心中柔和。又说到翠翠的父亲,那个又要爱情又惜名誉的军人,在当时按照绿营军勇的装束,如何使女孩子动心,又说到翠翠的母亲,如何善于唱歌,而且所唱的那些歌在当时如何流行。

时候变了,一切也自然不同了,皇帝已不再坐江山,平常人还消说?!杨马兵想起自己年青作马夫时,牵了马匹到碧溪岨来对翠翠母亲唱歌,翠翠母亲却不理会,到如今这自己却成为这孤雏的唯一靠山唯一信托人,不由得不苦笑!

因为两人每个黄昏时必谈到祖父,以及这一家有关系的事情,后来便说到了老船夫死前的一切,翠翠因此明白了祖父活时所不提到的许多事。二老的唱歌,顺顺大儿子的死,顺顺父子对于祖父的冷淡,中寨人用碾坊作陪嫁妆奁,想诱俪送二老,二老既记忆着哥哥的死亡,且因得不到翠翠理会,又被家中逼着接受那座碾坊,二老意思还在渡船,因此抖气下行,祖父的死因,又如何与翠翠有关⋯⋯凡是翠翠不明白的事,如今可全明白了。翠翠把事情弄明白后,哭了一个夜晚。

过了四七,船总顺顺派人来请马兵进城去,商量把翠翠接到他家中去,作为二老的媳妇,但二老人还在辰州,先就莫提这件事,且搬过河街去住,等二老回来时再看二老意思。马兵以为这件事得问翠翠意思。回来时,把顺顺的意思向翠翠说过后,又为翠翠出主张,以为名分既不定,到一个生人家里去不好,还是不如在碧溪岨等,等到二老驾船回来时,再看二老意思。

这办法决定后,老马兵以为二老不久必可回来的,就依然把马匹托营上人照料,在碧溪岨为翠翠作伴。把一个一个日子过下去。

碧溪岨的白塔,与茶峒风水有关系,塔圮坍了,不重新作一个自然不成。除了城中营官,税局以及各商号各平民捐了些钱以外,各大寨子也有人拿册子去捐钱。为了这塔成就并不是给谁一个人的好处,应尽每个人来积德造福,尽每个人皆有捐钱的机会,因此在渡船上也放了个两头有结的大竹筒,中部锯了一口,尽过渡人自由把钱投进去,竹筒满了马兵就捎进城中首事人处去,另外又带了个竹筒回来。过渡人一看老船夫不见了,翠翠辫子上扎了白线,就明白了那老的已作完了自己分上的工作,安安静静躺到土坑里给小蛆吃掉了,必一面用同情的眼色瞧着翠翠,一面就摸出钱来塞到竹筒中去。"天保佑你,死了的到西方去,活下的永保平安。"翠翠明白那些捐钱人的意思,心里酸酸的,便把身子背过去拉船。

可是到了冬天,那个圮坍了的白塔,又重新修好了,那个在月下唱歌,使翠翠在睡梦里的歌声把灵魂轻轻浮起的年青人,还不曾回到茶峒来。

也许永远不回来了,也许"明天"回来。

二十三年四月十九日完成

(原载 1934 年 1—6 月《国闻周报》第 11 卷第 1、2、4、10—16 期)

山峡中

艾芜

江上横着铁链作成的索桥,巨蟒似的,现出顽强古怪的样子,终于渐渐吞蚀在夜色中了。

桥下凶恶的江水,在黑暗中奔腾着,咆哮着,发怒地冲打崖石,激起吓人的巨响。

两岸蛮野的山峰,好像也在怕着脚下的奔流,无法避开一样,都把头尽量地躲入疏星寥落的空际。

夏天的山中之夜,阴郁,寒冷,怕人。

桥头的神祠,破败而荒凉的,显然已给人类忘记了,遗弃了,孤零零地躺着,只有山风江流送着它的余年。

我们这几个被世界抛却的人们,到晚上的时候,趁着月色星光,就从远山那边的市集里,悄悄地爬了下来,进去和残废的神们,一块儿住着,作为暂时的自由之家。

黄黑斑驳的神龛面前,烧着一堆煮饭的野火,跳起熊熊的红光,就把伸手取暖的阴影,鲜明地绘在火堆的周遭。上面金衣剥落的江神,虽也在暗淡的红色光影中,显出一足踏着龙头的悲壮样子,但人一看见那只扬起的握剑的手,是那么地残破,危危欲坠了。谁也要怜惜他这位末路英雄的。锅盖的四围,呼呼地冒出白色的蒸气,咸肉的香味和着松柴的芬芳,一时到处弥漫起来。这是宜于哼小曲、吹口哨的悠闲时候,但大家都是静默地坐着,只在暖暖手。

另一边角落里,燃着一节残缺的蜡烛,摇曳地吐出微黄的光辉,展画出另一个暗淡的世界。没头的土地菩萨侧边,躺着小黑牛,污腻的上身完全裸露出来,正无力地呻唤着,衣和裤上的血迹,有的干了,有的还是湿渍渍的。夜白飞就坐在旁边,给他揉着腰干,擦着背,一发现重伤的地方,便惊讶地喊:

"呵呀,这一处!"

接着咒骂起来:

"他妈的!这地方的人,真毒!老子走尽天下,也没碰见过这些吃人的东西!……这里的江水也可恶,像今晚要把我们冲走一样!"

夜愈静寂,江水也愈吼得厉害,地和屋宇和神龛都在震颤起来。

"小伙子,我告诉你,这算什么呢?对待我们更要残酷的人,天底下还多哩,……苍蝇一样的多哩!"

这是老头子不高兴的声音,由那薄暗的地方送来,仿佛在说,"你为什么要大惊小怪哪!"他躺在一张破烂虎皮的毯子上面,样子却望不清楚,只是铁烟管上的旱烟,现出一明一暗的红焰。复又吐出教训的话语:

"我么?人老了,拳头棍棒可就挨得不少。……想想看,吃我们这行饭,不怕挨打就是本钱哪!……没本钱怎么做生意呢?"

在这边烤火的鬼冬哥把手一张,脑袋一仰,就大声插嘴过去,一半是讨老人的好,一半是夸自己的狠。

"是呀,要活下去。我们这批人打断腿子倒是常有的事情,……你们看,像那回在鸡街,鼻血打出了,牙齿打脱了,腰干也差不多伸不起来,我回来的时候,不是还在笑吗?……"

"对哪!"老头子高兴地坐了起来,"还有,小黑牛就是太笨了,嘴巴又不会扯谎,有些事情一说就说脱了的。像今天,你说,也掉东西,谁还拉着你哩?……只晓得说'不是我,不是我'就是这一句,人家怎不搜你身上呢?……不怕挨打,也好嘛!……呻唤,呻唤,尽是呻唤!"

我虽是没有就着火光看书了,但却仍旧把书拿在手里的。鬼冬哥得了老头子的赞许,就动手动足起来,一把抓着我的书喊道:

"看什么?书上的废话,有什么用呢?一个钱也不值,……烧起来还当不得这一根干柴。……听,老人家在讲我们的学问哪!"

一面就把一根干柴,送进火里。

老头子在砖上叩去了铁烟管上的余烬,很矜持地说道:

"我们的学问,没有写在纸上,……写来给傻子读么?……第一……一句话,就是不怕和扯谎!……第二……我们的学问,哈哈哈。"

似乎一下子觉出了,我才同他合伙没久的,便用笑声掩饰着更深一层的话了。

"烧了吧,烧了吧,你这本傻子才肯读的书!"

鬼冬哥作势要把书抛进火里去,我忙抢着喊:

"不行!不行!"

侧边的人就叫了起来:

"锅碰倒了!锅碰倒了!"

"同你的书一块去跳江吧!"

鬼冬哥笑着把书丢给了我。

老头子轻徐地向我说道:

"你高兴同我们一道走,还带那些书做什么呢?……那是没用的,小时候我也读过一两本。"

"用处是不大的,不过闲着的时候,看看罢了,像你老人家无事时候吸烟一样。……"

我不愿同老头子引起争论,因为就有再好的理由也说不服他这顽强的人的,所以便这样客气地答复他。他得意地笑了,笑声在黑暗中散播着。至于说到要同他们一道走,我却没有如何决定,只是一路上给生活压来说气忿话的时候,老头子就误以为我真的要入伙了。今天去干的那一件事,无非由于他们的逼迫,凑凑角色罢了,并不是另一个新生活的开始。我打算趁此向老头子说明,也许不多几天,就要独自走我的,但却给小黑牛突然一阵猛烈的呻唤打断了。

大家皱着眉头沉默着。

在这些时候,不息地打着桥头的江涛,仿佛要冲进庙来,扫荡一切似的。江风也比往天晚上大些,挟着尘沙,一阵阵地滚入,简直要连人连锅连火吹走一样。

残烛熄灭,火堆也闷着烟,全世界的光明,统给风带走了,一切重返于无涯的黑暗。只有小黑牛痛苦的呻吟,还表示出了我们悲惨生活的存在。

野老鸦拨着火堆,尖起嘴巴吹,闪闪的红光,依旧喜悦地跳起,周遭不好看的脸子,重又画出来了。大家吐了一口舒适的气。野老鸦却是流着眼泪了,因为刚才吹的时候,湿烟熏着了他的眼睛,他伸手揉揉之后,独自悠悠地说:

"今晚的大江,吼得这么大……又凶,……像要吃人的光景哩,该不会出事吧……"

大家仍旧沉默着。外面的山风、江涛,不停地咆哮,不停地怒吼,好像诅咒我们的存在似的。

小黑牛突然大声地呻唤,发出痛苦的呓语:

"哎呀,……哎……害了我了……害了我了,……哎呀……哎呀……我不干了!我不……"

替他擦着伤处的夜白飞,点燃了残烛,用一只手挡着风,照映出小黑牛打坏了的身子——正痉挛地做出要翻身不能翻的痛苦光景,就赶快替他往腰部揉一揉,狠狠地抱怨他:

"你在说什么?你……鬼附着你哪!"

同时掉头回去,恐怖地望望黑暗中的老头子。

小黑牛突地翻过身,嘎声嘶叫:

"你们不得好死的!你们!……菩萨!菩萨呀!"

已经躺下的老头子突然坐了起来,轻声说道:

"这样吗?……哦……"

忽又生气了,把铁烟管用力地往砖上扣了一下,说:

"菩萨,菩萨,菩萨也同你一样的倒楣!"

交闪在火光上面的眼光,都你望我我望你地,现出不安的神色。

野老鸦向着黑暗的门外看了一下,仍旧静静地说:

"今晚的江水实在吼得太大了!……我说嘛……"

"你说,……你一开口,就是吉利的!"

鬼冬哥粗暴地盯了野老鸦一眼,狠狠地咒诅着。

一阵风又从破门框上刮了进来,激起点点红艳的火星,直朝鬼冬哥的身上迸射。他赶快退后几步,向门外黑暗中的风声,扬着拳头骂:

"你进来!你进来!……"

神祠后面的小门一开,白色鲜朗的玻璃灯光和着一位油黑脸蛋的年青姑娘,连同笑声,挤进我们这个暗淡的世界里来了。黑暗、沉闷和忧郁,都悄悄地躲去。

"喂,懒人们!饭煮得怎样了?……孩子都要饿哭了哩!"

一手提灯,一手抱着一块木头人儿,亲昵地偎在怀里,做出母亲那样高兴的神情。

蹲着暖手的鬼冬哥把头一仰,手一张,高声哗笑起来:

"哈呀,野猫子,……一大半天,我说你在后面做什么?……你原来是在生孩子哪!……"

"呸,我在生你!"

接着啵的响了一声,野猫子生气了,鼓起原来就是很大的乌黑眼睛,把木人儿打在鬼冬哥的身旁;一下子冲到火堆边上,放下了灯,揭开锅盖,用筷子查看锅里翻腾滚沸的咸肉。白濛濛的蒸气,便在雪亮的灯光中,袅袅地上升着。

鬼冬哥拾起木人儿,做模做样地喊道:

"呵呀,……尿都跌出来了!……好狠毒的妈妈!"

野猫子不说话,只把嘴巴一尖,头颈一伸,向他做个顽皮的鬼脸,就撕着一大块油腻腻的肉,有味地嚼她的。

小骡子用手肘碰碰我,斜起眼睛打趣说:

"今天不是还在替孩子买衣料吗?"

接着大笑起来:

"吓吓,……酒鬼……吓吓,酒鬼。"

鬼冬哥也突地记起了,哗笑着,向我喊:

"该你抱!该你抱!"

就把木人儿递在我的面前。

野猫子将锅盖骤然一盖,抓着木人儿,抓着灯,像风一样蓦地卷开了。

小骡子的眼珠跟着她的身子溜,点点头说:

"活像哪,活像哪,一条野猫子!"

她把灯、木人儿和她自己,一同蹲在老头子的面前,撒娇地说:

"爷爷,你抱抱!娃儿哭哩!"

老头子正生气地坐着,虎着脸,耳根下的刀痕,绽出红涨的痕迹,不答理他的女儿。女儿却不怕爸爸的,就把木人儿的蓝色小光头,伸向短短的络腮胡上,顽皮地乱闯着,一面呶起小嘴巴,娇声娇气地说:

"抱,嗯,抱,一定要抱!"

"不!"

老头子的牙齿缝里挤出这么一声。

"抱,一定要抱,一定要,一定!"

老头子在各方面,都很顽强的,但对女儿却每一次总是无可奈何地屈伏了。接着木人儿,对在鼻子尖上,鼓大眼睛,粗声粗气地打趣道:

"你是哪个的孩子?……喊声外公吧!喊,蠢东西!"

"不给你玩!拿来,拿来!"

野猫子一把抓去了,气得翘起了嘴巴。

老头子却粗暴地哗笑起来。大家都感到了异常的轻松,因为残留在这个小世界里的怒气,这一下子也已完全冰消了。

我只把眼光放在书上,心里却另外浮起了今天那一件新鲜而有趣的事情。

早上,他们叫我装做农家小子,拿着一根长烟袋,野猫子扮成农家小媳妇,提着一只小竹篮,同到远山那边的市集里,假作去买东西。他们呢,两个三个地远远尾在我们的后面,也装做忙忙赶市的样子。往日我只是留着守东西,从不曾伙同他们去干的,今天机会一到,便逼着扮演一位不重要的角色,可笑而好玩地登台了。

山中的市集,也很热闹的,拥挤着许多远地来的庄稼人。野猫子同我走到一家布摊子的面前,她就把竹篮子套在手腕上,乱翻起摊子上的布来,选着条纹花的说不好,选着棋盘格的也说不

好,惹得老板也感到烦厌了。最后她扯出一匹蓝底白花的印花布,喜孜孜地叫道:

"呵呀,这才好看哪!"

随即掉转身来,仰起乌溜溜的眼睛,对我说:

"爸爸,……买一件给阿狗穿!"

我简直想笑起来——天呀,她怎么装得这样像! 幸好始终板起了面孔,立刻记起了他们教我的话。

"不行,太贵了! ……我没那样多的钱花!"

"酒鬼,我晓得! 你的钱,是要喝马尿水的!"

同时在我的鼻子尖上,竖起一根示威的指头,点了两点。说完就一下子转过身去,气狠狠地把布丢在摊子上。

于是,两个人就小小地吵起嘴来了。

满以为狡猾的老板总要看我们这幕滑稽剧的,哪知道他才是见惯不惊了,眼睛始终照顾着他的摊子。

野猫子最后赌气说:

"不买了,什么也不买了!"

一面却向对面街边上的货摊子望去。突然做出吃惊的样子,低声地向我也是向着老板喊:

"呀! 看,小偷在摸东西哪!"

我一望去,简直吓灰了脸,怎么野猫子会来这一着? 在那边干的人不正是夜白飞、小黑牛他们吗?

然而,正因为这一着,事情却得手了。后来,小骡子在路上告诉我,就是在这个时候,狡猾的老板始把时时刻刻都在提防的眼光引向远去,他才趁势偷去一匹上好的细布的。当时我却不知道,只听得老板幸灾乐祸地袖着手说:

"好呀! 好呀! 王老三,你也倒楣了!"

我还呆着看,野猫子便揪了我一把,喊道:

"酒鬼,死了么?"

我便跟着她赶快走开,却听着老板在后面冷冷地笑着,说风凉话哩。

"年纪轻轻,就这样的泼辣! 咳!"

野猫子掉回头来啐了一口。

…………

"看进去了! 看进去了!"

鬼冬哥一面端开炖肉的锅,一面打趣着我。

于是,我的回味,便同山风刮着的火烟,一道儿溜走了。

中夜,纷乱的足声和嘈杂的低语,惊醒了我;我没有翻爬起来,只是静静地睡着。像是野猫子吧? 走到我所睡的地方,站了一会,小声说道:

"睡熟了,睡熟了。"

我知道一定有什么瞒我的事在发生着了,心里禁不住惊跳起来,但却不敢翻动,只是尖起耳朵凝神地听着。忽然听见夜白飞哀求的声音,在暗黑中颤抖地说着:

"这太残酷了,太,太残酷了……魏大爷,可怜他是……"

尾声低小下去,听着的只是夜深打岸的江涛。

接着老头子发出钢铁一样的高声,叱责着。

"天底下的人,谁可怜过我们?……小伙子,个个都对我们捏着拳头哪!要是心肠软一点,还活得到今天吗?你……哼,你!小伙子,在这里,懦弱的人是不配活的。……他,又知道我们的……咳,那么多!怎好白白放走呢?"

那边角落里躺着的小黑牛,似乎被人抬了起来,一路带着痛苦的呻唤和着杂乱的足步,流向神祠的外面去。一时屋里静悄悄的了,简直空洞得十分怕人。

我轻轻地抬起头,朝破壁缝中望去,外面一片清朗的月色,已把山峰的姿影、崖石的面部和林木的参差,或浓或淡地画了出来,更显着峡壁的阴森和凄郁,比黄昏时候看起来还要怕人些。山脚底,汹涌着一片蓝色的奔流,碰着江中的石礁,不断地在月光中,溅跃起、喷射起银白的水花。白天,尤其黄昏时候,看起来像是顽强古怪的铁索桥呢,这时却在皎洁的月下,露出妩媚的修影了。

老头子和野猫子站在桥头。影子投在地上。江风掠飞着他们的衣裳。

另外抬着东西的几个阴影,走到索桥的中部,便停了下来。蓦地一个人那么样的形体,很快地丢下江去。原先就是怒吼着的江涛,却并没有因此激起一点另外的声息,只是一霎时在落下处,跳起了丈多高亮晶晶的水珠,然而也就马上消灭了。

我明白了,小黑牛已经在这世界上凭借着一只残酷的巨手,完结了他的悲惨的命运了。但他往天那样老实而苦恼的农民样子,却还遗留在我的心里,搅得我一时无法安睡。

他们回来了。大家都是默无一语地悄然睡下,显见得这件事的结局是不得已的,谁也不高兴做的。

在黑暗中,野老鸦翻了一个身,自言自语地低声说道:

"江水实在吼得太大了!"

没有谁答一句话,只有庙外的江涛和山风,鼓噪地应和着。

我回忆起小黑牛坐在坡上歇气时,常常爱说的那一句话了。

"那多好呀!……那样的山地!……还有那小牛!"

随着他那忧郁的眼睛了望去,一定会在晴明的远山上面,看出点点灰色的茅屋和正在缕缕升起的蓝色轻烟的。同伴们也知道,他是被那远处人家的景色,勾引起深沉的怀乡病了,但却没有谁来安慰他,只是一阵地瞎打趣。

小骡子每次都爱接着他的话说:

"还有那白白胖胖的女人罗!"

另一人插嘴道:

"正在张太爷家里享福哪,吃好穿好的。"

小黑牛呆住了,默默地低下了头。

"鬼东西,总爱提这些!……我们打几盘再走吧?牌喃?牌喃?……谁捡着?"

夜白飞始终祖护着小黑牛;众人知道小黑牛的悲惨故事,也是由他的嘴巴传达出来的。

"又是在想,又是在想!你要回去死在张太爷的拳头下才好的!……同你的山地牛儿一块去死吧!"

鬼冬哥在小黑牛的鼻子尖上示威似地摇一摇拳头,就抽身到树荫下打纸牌去了。

小黑牛在那个世界里躲开了张太爷的拳击,掉过身来在这个世界里,却仍然又免不了江流的吞食。我不禁就由这想起,难道穷苦人的生活本身,便原是悲痛而残酷的么?也许地球上还有另外的光明留给我们的吧?明天我终于要走了。

次晨醒来,只有野猫子和我留着。

破败凋残的神祠,尘灰满积的神龛,吊挂蛛网的屋角,俱如我枯燥的心地一样,是灰色的、暗淡的。

除却时时刻刻都在震人心房的江涛声而外,在这里简直可以说没有一样东西使人感到兴奋了。

野猫子先我起来,穿着青花布的短衣,大脚统的黑绸裤,独自生着火,炖着开水,悠悠闲闲地坐在火旁边唱着:

江水呵,

慢慢流,

流呀流,

流到东边大海头,

我一面爬起来扣着衣纽,听着这样的歌声,越发感到岑寂了。便没精打采地问(其实自己也是知道的):

"野猫子,他们哪里去了?"

"发财去了!"

接着又唱她的。

那儿呀,没有忧!

那儿呀,没有愁!

她见我不时朝昨夜小黑牛睡的地方了望,便打探似地说道:

"小黑牛昨夜可真叫得凶,大家都吵来睡不着。"

一面闪着她乌黑的狡猾的眼睛。

"我没听见。"

打算听她再捏造些什么话,便故意这样地回答。

她便继续说:

"一早就抬他去医伤去了!……他真是个该死的家伙,不是爸爸估着他,说着好,他还不去呢!"

她比着手势,很出色地形容着,好像真有那么一回事一样。

刚在火堆边坐着的我,简直感到忿怒了,便低下头去,用干枝拨着火冷冷地说:

"你的爸爸,太好了,太好了!……可惜我却不能多跟他老人家几天了。"

"你要走了吗?"她吃了一惊,随即生气地骂道,"你也想学小黑牛了!"

"也许……不过……"

我一面用干枝画着灰,一面犹豫地说。

"不过什么?不过!……爸爸说的好,懦弱的人,一辈子只有给人踏着过日子的。……伸起腰杆吧!抬起头吧!……羞不羞哪,像小黑牛那样子!"

"你的爸爸,说的话,是对的,做的事,却错了!"

"为什么?"

"你说为什么?……并且昨夜的事情,我通通看见了!"

我说着,冷冷的眼光浮了起来。看见她突然变了脸色,但又一下子恢复了原状,而且狡猾地说着:"吓吓,就是为了这才要走吗?你这不中用的!"

马上揭开开水罐子看,气冲冲地骂:

"还不开!还不开!"

蓦地像风一样卷到神殿后面去,一会儿,抱了一抱干柴出来。一面拨大火,一面柔和地说:

"害怕吗?要活下去,怕是不行的。昨夜的事,多着哩,久了就会见惯了的。……是吗?规规矩矩地跟我们吧,……你这阿狗的爹,哈哈哈!"

她狂笑起来,随即抓着昨夜丢下了的木人儿,顽皮地命令我道:

"木头,抱,抱,他哭哩!"

我笑了起来,但却仍然去整顿我的衣衫和书。

"真的要走么?来来来,到后面去!"

她的两条眉峰一竖,眼睛露出恶毒的光芒,看起来,却是又美丽又可怕的。

她比我矮一个头,身子虽是结实,但却总是小小的,一种好奇的冲动作弄着我:于是无意识地笑了一下,便尾着她到后面去了。

她从柴草中抓出一把雪亮的刀来,半张不理地递给我,斜瞬着狡猾的眼睛,命令道:

"试试看,你砍这棵树!"

我由她摆布,接着刀,照着面前的黄桷树,用力砍去,结果只砍了半寸多深。因为使刀的本事,我原是不行的。

"让我来!"

她突地活跃了起来,夺去了刀,做出一个侧面骑马的姿势,很结实地一挥,喳的一刀,便没入树身三四寸的光景,又毫不费力地拔了出来,依旧放在柴草里面,然后气昂昂地走来我的面前,两手插在腰上,微微地噘起嘴巴,笑嘻嘻地嘲弄我:

"你怎么走得脱呢?……你怎么走得脱呢?"

于是,在这无人的山中,我给这位比我小块的野女子窘住了。正还打算这样地回答她:

"你的爸爸会让我走的!"

但她却忽然抽身跑开了,一面高声唱着,仿佛奏着凯旋一样:

"这儿呀,也没有忧,

这儿呀,也没有愁。

……"

我慢步走到江边去,无可奈何地徘徊着。

峰尖浸着粉红的朝阳。山半腰,抹着一两条淡淡的白雾。崖头苍翠的树丛,如同洗后一样的鲜绿。峡里面,到处都流溢着清新的晨光。江水仍旧发着吼声,但却没有夜来那样的怕人。清亮的波涛,碰到嶙峋的石上,溅起万朵灿然的银花,宛若江在笑着一样。谁能猜到这样美好的地方,曾经发生过夜来那样可怕的事情呢?

午后,在江流的澎湃中,迸裂出马铃子连击的声响,渐渐强大起来。野猫子和我都感到非常的诧异,赶快跑出去看。久无人行的索桥那面,从崖上转下来一小队人,正由桥上走了过来。为首的一个胖家伙,骑着马,十多个灰衣的小兵,尾在后面。还有两三个行李挑子,和一架坐着女人的滑竿。

"糟了!我们的对头呀!"

野猫子恐慌起来,我却故意喜欢地说道:

"那么,是我的救星了!"

野猫子狠狠地看了我一眼,把嘴唇紧紧地闭着,两只嘴角朝下一弯,傲然地说:

"我还怕么?……爸爸说的,我们原是在刀上过日子哪!迟早总有那么一天的。"

他们一行人来到庙前,便歇了下来。老爷和太太坐在石阶上,互相温存地问询着。勤务兵似的孩子,赶忙在挑子里面,找寻着温水瓶和毛巾。抬滑竿的伕子,满头都是汗,走下江边去喝江水。兵士们把枪横在地上,从耳上取下香烟缓缓地点燃,吸着。另一个班长似的灰衣汉子,军帽挂在脑后,毛巾缠在颈上,走到我们的面前。枪兜子抵在我的足边,眼睛盯着野猫子,盘问我们是做什么的,从什么地方来,到什么地方去。

野猫子咬着嘴唇,不做声。

我就从容地回答他,说我们是山那边的人,今天从丈母家回来,在此歇歇气的。同时催促野猫子说:

"我们走吧?——阿狗怕在家里哭哩!"

"是呀,我很担心的。……唉,我的足怪疼哩!"

野猫子做出焦眉愁眼的样子,一面就摸着她的足,叹气。

"那就再歇一会吧。"

我们便开始讲起山那边家中的牛马和鸡鸭,竭力做出一对庄稼人的应有的风度。

他们歇了一会,就忙着赶路走了。

野猫子欢喜得直是跳,抓着我喊:

"你怎么不叫他们抓我呢?怎么不呢?怎么不呢?"

她静下来叹一口气,说:

"我倒打算杀你哩;唉,我以为你是恨我们的。……我还想杀了你,好在他们面前显显本事。……先前,我还不曾单独杀过一个人哩。"

我静静地笑着说:

"那么,现在还可以杀哩。"

"不,我现在为什么要杀你呢?……"

"那么,规规矩矩地让我走吧!"

"不!你得让爸爸好好地教导一下子!……往后再吃几个人血馒头就好了!"

她坚决地吐出这话之后,就重又唱着她那常常在哼的歌曲,我的话、我的祈求,全不理睬了。

于是,我只好待着黄昏的到来,抑郁地。

晚上,他们回来了,带着那么多的"财喜",看情形,显然是完全胜利,而且不像昨天那样小干的了。老头子喝得泥醉,由鬼冬哥的背上放下,便呼呼地睡着。原来大家因为今天事事得手,就都在半路上的山家酒店里,喝过庆贺的酒了。

夜深都睡得很熟,神殿上交响着鼻息的鼾声。我却不能安睡下去,便在江流激湍中,思索着明天怎样对付老头子的话语,同时也打算趁此夜深人静,悄悄地离开此地。但一想到山中不熟悉的路径,和夜间出游的野物,便又只好等待天明了。

大约将近天明的时候,我才昏昏地沉入梦中。醒来时,已快近午,发现出同伴们都已不见了,空空洞洞的破残神祠里,只我一人独自留着。江涛仍旧热心地打着崖石,不过比往天却显得单调些、寂寞些了。

我想着,这大概是我昨晚独自儿在这里过夜,做了一场荒诞不经的梦,今朝从梦中醒来,才有点感觉异常吧。

但看见躺在砖地上的灰堆,灰堆旁边的木人儿,与留在我书里的三块银元时,烟霭也似的遐思和怅惘,便在我岑寂的心上,缕缕地升起来了。

(原载 1934 年 3 月《青年界》第 5 卷第 3 号)

九十九度中

林徽因

三个人肩上各挑着黄色,有"美丰楼"字号大圆笼的,用着六个满是泥泞凝结的布鞋,走完一条被太阳晒得滚烫的马路之后,转弯进了一个胡同里去。

"劳驾,借光——三十四号甲在哪一头?"在酸梅汤的摊子前面,让过一辆正在飞奔的家车——钢丝轮子亮得晃眼的——又向蹲在墙角影子底下的老头儿,问清了张宅方向后,这三个流汗的挑夫便又努力地往前走。那六只泥泞布履的脚,无条件地,继续着他们机械式的展动。

在那轻快的一瞥中,坐在洋车上的卢二爷看到黄笼上饭庄的字号,完全明白里面装的是丰盛的筵席,自然地,他估计到他自己午饭的问题。家里饭乏味,菜蔬缺乏个性,太太的脸难看,你简直就不能对她提到那厨子问题。这几天天太热,太热,并且今天已经二十二,什么事她都能够牵扯到薪水问题上,孩子们再一吵,谁能够在家里吃中饭!

"美丰楼饭庄"黄笼上黑字写得很笨大,方才第三个挑夫挑得特别吃劲,摇摇摆摆地使那黄笼左右的晃……

美丰楼的菜不能算坏,义永居的汤面实在也不错……于是义永居的汤面?还是市场万花斋的点心？东城或西城？找谁同去聊天？逸九新从南边来的住在哪里？或许老孟知道,何不到和记理发馆借个电话？卢二爷估计着,犹豫着,随着洋车的起落。他又好像已经决定了在和记借电话,听到伙计们的招呼："……二爷您好早？……用电话,这边您哪！……"

伸出手臂,他睨一眼金表上所指示的时间,细小的两针分停在两个钟点上,但是分明的都在挣扎着到达十二点上边。在这时间中,车夫感觉到主人在车上翻动不安,便更抓稳了车把,弯下一点背,勇猛地狂跑。二爷心里仍然疑问着面或点心；东城或西城；车已赶过前面的几辆。一个女人骑着自行车,由他左侧冲过去,快镜似的一瞥鲜艳的颜色,脚与腿,腰与背,侧脸、眼和头发,全映进老卢的眼里,那又是谁说过的……老卢就是爱看女人！女人谁又不爱？难道你在街上真闭上眼不瞧那过路的漂亮的！

"到市场,快点。"老卢吩咐他车夫奔驰的终点,于是主人和车夫戴着两顶价格极不相同的草帽,便同在一个太阳底下,向东安市场奔去。

很多好看的碟子和鲜果点心,全都在大厨房院里,从黄色层篓中检点出来。立着监视的有饭庄的"二掌柜"和张宅的"大师傅"；两人都因为胖的缘故,手里都有把大蒲扇。大师傅举着扇扑一下进来凑热闹的大黄狗。

"这东西最讨嫌不过！"这句话大师傅一半拿来骂狗,一半也是来权作和掌柜的寒暄。

"可不是？他×的,这东西真可恶。"二掌柜好脾气地用粗话也骂起狗。

狗无聊地转过头到垃圾堆边闻嗅隔夜的肉骨。

奶妈抱着孙少爷进来,七少奶每月用六元现洋雇她,抱孙少爷到厨房,门房,大门口,街上一些地方喂奶连游玩的。今天的厨房又是这样的不同；饭庄的"头把刀"带着几个伙计在灶边手忙脚乱地炒菜切肉丝,奶妈觉得孙少爷是更不能不来看；果然看到了生人,看到狗,看到厨房桌上全是好看的干果,鲜果,糕饼,点心；孙少爷格外高兴,在奶妈怀里跳,手指着要吃。奶妈随手赶开了几只苍蝇,拣一块山楂糕放到孩子口里,一面和伙计们打招呼。

忽然看到陈升走到院子里找赵奶奶,奶妈对他挤了挤眼,含笑地问："什么事值得这么忙？"同时她打开衣襟露出前胸喂孩子奶吃。

"外边挑担子的要酒钱。"陈升没有平时的温和,或许是太忙了的缘故。老太太这次做寿,比上个月四少奶小孙少爷的满月酒的确忙多了。

此刻那三个粗蠢的挑夫蹲在外院槐树荫下,用黯黑的毛巾擦他们的脑袋,等候着他们这满身淋汗的代价。一个探首到里院偷偷看院内华丽的景象。

里院和厨房所呈的纷乱固然完全不同,但是它们纷乱的主要原因则是同样的,为着六十九年前的今天。六十九年前的今天,江南一个富家里又添了一个绸缎金银裹托着的小生命。经过六十九个像今年这样流汗天气的夏天,又产生过另十一个同样需要绸缎金银裹托的生命以后,那个生命乃被称为长寿而又有福气的妇人。这个妇人,今早由两个老妈扶着,坐在床前,拢一下斑白稀疏的鬓发,对着半碗火腿稀饭摇头：

"赵妈,我哪里吃得下这许多？你把锅里的拿去给七少奶的云乖乖吃罢……"

七十年的穿插,已经卷在历史的章页里,在今天的院里能呈露出多少,谁也不敢说。事实是今天,将有很多打扮得极体面的男女来庆祝,庆祝能够维持这样长久寿命的女人,并且为这一庆祝，饭庄里已将许多生物的寿命裁削了，拿它们的肌肉来补充这庆祝者的肠胃。

前两天这院子就为了这事改变了模样，簇新的喜棚支出瓦檐丈余尺高。两旁红喜字玻璃方窗，由胡同的东头，和顺车厂的院里是可以看得很清楚的。前晚上六点左右，小三和环子，两个洋车夫的儿子，倒土筐的时候看到了，就告诉他们嬷："张家喜棚都搭好了，是哪一个孙少爷娶新娘子？"他们嬷为这事，还拿了鞋样到陈大嫂家说个话儿。正看到她在包饺子，笑嘻嘻地得意得很，说老太太做整寿，——多好福气——她当家的跟了张老太爷多少年。昨天张家三少奶还叫她进去，说到日子要她去帮个忙儿。

喜棚底下圆桌面就有七八张，方凳更是成叠地堆在一边；几个夫役持着鸡毛帚，忙了半早上才排好五桌。小孩子又多，什么孙少爷，侄孙少爷，姑太太们带来的那几位都够淘气的。李贵这边排好几张，那边小爷们又扯走了排火车玩。天热得厉害，苍蝇是免不了多，点心干果都不敢先往桌子上摆。冰化得也快，篓子底下冰水化了满地！汽水瓶子挤满了厢房的廊上，五少奶看见了只嚷不行，全要冰起来。

全要冰起来！真是的，今天的食品全摆起来够像个菜市，四个冰箱也腾不出一点空隙。这新买来的冰又放在哪里好？李贵手里捧着两个绿瓦盆，私下里咕噜着为这筵席所发生的难题。

赵妈走到外院传话，听到陈升很不高兴地在问三个挑夫要多少酒钱。

"瞅着给罢。"一个说。

"怪热天多赏点吧。"又一个抿了抿干燥的口唇，想到方才胡同口的酸梅汤摊子，嘴里觉着渴。

就是这嘴里渴得难受，杨三把卢二爷拉到东安市场西门口，心想方才在那个"喜什么堂"门首，明明看到王康坐在洋车脚蹬上睡午觉。王康上月底欠了杨三十四吊钱，到现在仍不肯还；只顾着躲他。今天债主遇到赊债的赌鬼，心头起了各种的计算——杨三到饿的时候，脾气常常要比平时坏一点。天本来就太热，太阳简直是冒火，谁又受得了！方才二爷坐在车上，尽管用劲踩铃，金鱼胡同走道的学生们又多，你撞我闯的，挤得真可以的。杨三擦了汗一手抓住车把，拉了空车转回头去找王康要账。

"要不着八吊要六吊，再要不着，要他×的几个混蛋嘴巴！"杨三脖干儿上太阳烫得像火烧。"四吊多钱我买点羊肉，吃一顿好的。葱花烙饼也不坏——谁又说大热天不能喝酒？喝点又怕什么——睡得更香。卢二爷到市场吃饭，进去少不了好几个钟头……"

喜燕堂门口挂着彩，几个乐队里人穿着红色制服，坐在门口喝茶——他们把大铜鼓撂在一旁，铜喇叭夹在两膝中间。杨三知道这又是哪一家办喜事。反正一礼拜短不了有两天好日子，就在这喜燕堂，哪一个礼拜没有一辆花马车，里面搀出花溜溜的新娘？今天的花车还停在一旁……"王康，可不是他！"杨三看到王康在小桃子的担里买香瓜吃。

"有钱的娶媳妇，和咱们没有钱的娶媳妇，还不是一样？花多少钱娶了她，她也短不了要这个那个的——这年头！好媳妇，好！你瞧怎么着？更惹不起！管你要钱，气你喝酒！再有了孩子，又得顾他们吃，顾他们穿。……"

王康说话就是要"逗个乐儿"，人家不敢说的话他敢说。一群车夫听到他的话，各各高兴地凑点尾声。李荣手里捧着大饼，用着他最现成的粗话引着那几个年轻的笑。李荣从前是拉过家车的——可惜东家回南，把事情就搁下来了——他认得字，会看报，他会用新名词来发议论："文明结婚可不同了,这年头是最讲'自由''平等'的了。"底下再引用了小报上捡来离婚的新闻打哈哈。

杨三没有娶过媳妇,他想娶,可是"老家儿"早过去了没有给他定下亲,外面瞎姘的他没敢要。前两天,棚铺的掌柜娘要同他做媒;提起了一个姑娘说是什么都不错,这几天不知道怎么又没有讯儿了。今天洋车夫们说笑的话,杨三听了感着不痛快。看看王康的脸在太阳里笑得皱成一团,更使他气起来。

王康仍然笑着说话,没有看到杨三,手里咬剩的半个香瓜里面,黄黄的一把瓜子像不整齐的牙齿向着上面。

"老康!这些日子都到哪里去了?我这儿还等着钱吃饭呢!"杨三乘着一股劲发作。

听到声,王康怔了向后看,"呵,这打哪儿说得呢?"他开始赖账了,"你要吃饭,你打你×的自己腰包里掏!要不然,你出个份子,进去那里边,"他手指着喜燕堂,"吃个现成的席去。"王康的嘴说得滑了,禁不住这样嘲笑着杨三。

周围的人也都跟着笑起来。

本来准备着对付赖账的巴掌,立刻打到王康的老脸上了。必须地扭打,由蓝布幕的小摊边开始,一直扩张到停洋车的地方。来往汽车的喇叭,像被打的狗,呜呜叫号。好几辆正在街心奔驰的洋车都停住了,流汗车夫连喊着"靠里!""瞧车!"脾气暴的人顺口就是:"他×的,这大热天,单挑这么个地方!!"

巡警离开了岗位;小孩子们围上来;喝茶的军乐队人员全站起来看;女人们吓得只喊,"了不得,前面出事了罢!"

杨三提高嗓子只嚷着问王康:"十四吊钱,是你——是你拿走了不是了——"

呼喊的声浪由扭打的两人出发,膨胀,膨胀到周围各种人的口里:"你听我说……""把他们拉开……""这样挡着路……瞧腿要紧。"嘈杂声中还有人叉着手远远地喊,"打得好呀,好拳头!"

喜燕堂正厅里挂着金喜字红幛,几对喜联,新娘正在服从号令,连连地深深地鞠躬。外边的喧吵使周围客人的头同时向外面转,似乎打听外面喧吵的原故。新娘本来就是一阵阵地心跳,此刻更加失掉了均衡;一下子撞上,一下子沉下,手里抱着的鲜花随着只是打颤。雷响深入她耳朵里,心房里。……

"新郎新妇——三鞠躬"——"……三鞠躬。"阿淑在迷惘里弯腰伸直,伸直弯腰。昨晚上她哭,她妈也哭,将一串经验上得来的教训,拿出来赠给她——什么对老人要忍耐点,对小的要和气,什么事都要让着点——好像生活就是靠容忍和让步支持着!

她焦心的不是在公婆妯娌间的委曲求全。这几年对婚姻问题谁都讨论得热闹,她就不懂那些讨论的道理遇到实际时怎么就不发生关系。她这结婚的实际,并没有因为她多留心报纸上,新文学上,所讨论的婚姻问题,家庭问题,恋爱问题,而减少了问题。

"二十五岁了……"有人问到阿淑的岁数时,她妈总是发愁似的轻轻地回答那问她的人,底下说不清是叹息是罗嗦。

在这旧式家庭里,阿淑算是已经超出应该结婚的年龄很多了,她知道。父母那急着要她出嫁的神情使她太难堪!他们天天在替她选择合适的人家——其实哪里是选择!反对她尽管反对,那只是消极的无奈何的抵抗,她自己明知道是绝对没有机会选择,乃至于接触比较合适,理想的人物！她挣扎了三年,三年的时间不算短,在她父亲看去那更是不可信的长久……

"余家又托人来提了,你和阿淑商量商量吧,我这身体眼见得更糟,这潮湿天……"父亲的话常常说得很响,故意要她听得见,有时在饭桌上脾气或许更坏一点。"这六十块钱,养活这一大家子！养儿养女都不够,还要捐什么钱？干脆饿死！"有时更直接更难堪:"这又是谁的新裙子？阿淑,你别学时髦穿了到处走,那是我不着婆婆家的——外面瞎认识什么朋友我可不答应,我们不是那种人家！"……懦弱的母亲低着头装作缝衣:"妈劝你将就点……爹身体近来不好,……女儿不能在娘家一辈子的……这家子不算坏;差事不错,前妻没有孩子不能算填房。……"

理论和实际似乎永不发生关系;理论说婚姻得怎样又怎样,今天阿淑都记不得那许多了。实际呢,只要她点一次头,让一个陌生的,异姓的,异性的人坐在她家里,乃至于她旁边,吃一顿饭的手续,父亲和母亲这两三年——竟许已是五六年——来的难题便突然地,在他们是觉得极文明地解决了。

对于阿淑这订婚的疑惧,常使她父亲像小孩子似的自己安慰自己:阿淑这门亲事真是运气呀,说时总希望阿淑听见这话。不知怎样,阿淑听到这话总很可怜父亲,想装出高兴样子来安慰他。母亲更可怜;自从阿淑定婚以来总似乎对她抱歉,常常哑着嗓子说:"看我做母亲的这份心上面。"

看做母亲的那份心上面！那天她初次见到那陌生的,异性的人,那个庸俗的典型触碎她那一点脆弱的爱美的希望,她怔住了,能去寻死,为婚姻失望而自杀么？可以大胆告诉父亲,这婚约是不可能的么？能逃脱这家庭的苛刑(在爱的招牌下的)去冒险,去漂落么？

她没有勇气说什么,她哭了一会,妈也流了眼泪,后来妈说:阿淑你这几天瘦了,别哭了,做娘的也只是一份心。……现在一鞠躬,一鞠躬地和幸福作别,事情已经太晚得没有办法了。

吵闹的声浪愈加明显了一阵,伴娘为新娘戴上手指,又由赞礼的喊了一些命令。

迷离中阿淑开始幻想那外面吵闹的原因:洋车夫打电车吧,汽车轧伤了人吧,学生又请愿,当局派军警弹压吧……但是阿淑想怎么我还如是焦急,现在我该像死人一样了,生活的波澜该沾不上我了,像已经临刑的人。但临刑也好,被迫结婚也好,在电影里到了这种无可奈何的时候总有一个意料不到快慰人心的解脱,不合法,特赦,恋人骑着马星夜奔波地赶到……但谁是她的恋人？除却九哥！学政治法律,讲究新思想的九哥,得着他表妹阿淑结婚的消息不知怎样？他恨由父母把持的婚姻……但谁知道他关心么？他们多少年不来往了,虽然在山东住的时候,他们曾经邻居,两小无猜地整天在一起玩。幻想是不中用的,九哥先就不在北平,两年前他回来过一次,她记得自己遇到九哥扶着一位漂亮的女同学在书店前边,她躲过了九哥的视线,惭愧自己一身不入时的装束,她不愿和九哥的女友做个太难堪的比较。

感到手酸,心酸,浑身打颤,阿淑由一堆人拥簇着退到里面房间休息。女客们在新娘前后彼此寒暄招呼,彼此注意大家的装扮。有几个很不客气在批评新娘子,显然认为不满意。"新娘太单薄点。"一个摺着十几层下颏的胖女人,摇着扇和旁边的六姨说话。阿淑觉到她自己真可以立刻碰得粉碎;这位胖太太像一座石臼,六姨则像一根铁杵横在前面,阿淑两手发抖拉紧了一块丝巾,听老妈在她头上不住地搬弄那几朵绒花。

随着花露水香味进屋子来的,是锡娇和丽丽,六姨的两个女儿,她们的装扮已经招了许多羡慕的眼光。有电影明星细眉的锡娇抓把瓜子嗑着,猩红的嘴唇里露出雪白的牙齿。她暗中扯了她妹妹的衣襟,嘴向一个客人的侧面努了一下。丽丽立刻笑红了脸,拿出一条丝绸手绢蒙住嘴挤出人堆到廊上走。望着已经在席上的男客们,有几个已经提起筷子高高兴兴地在选择肥美的鸡肉,一面讲着笑话,顿时都为着丽丽的笑声,转过脸来,镇住眼看她。丽丽扭一下腰,又摆了一下,软的长衫轻轻展开,露出裹着肉色丝袜的长腿走过另一边去。

  年轻的茶房穿着蓝布大袿,肩搭一块桌布,由厨房里出来,两只手拿四碟冷荤,几乎撞住丽丽。闻到花露香味,茶房忘却顾忌地斜过眼看。昨晚他上菜的时候,那唱戏的云娟坐在首席曾对着他笑,两只水钻耳坠,打秋千似的左右晃。他最忘不了云娟旁座的张四爷,抓住她如玉的手臂劝干杯的情形。笑眯眯的带醉的眼,云娟明明是向着正端着大碗三鲜汤的他笑。他记得放平了大碗,心还怦怦地跳。直到晚上他睡不着,躺在院里板凳上乘凉,随口唱几声"孤王……酒醉……"才算松动了些。今天又是这么一个笑嘻嘻的小姐,穿着这一身软,茶房垂下头去拿酒壶,心底似乎恨谁似的一股气。

  "逸九你喝一杯什么?"老卢做东这样问。

  "我来一杯香桃冰淇淋吧。"

  "你去拣几块好点心,老孟。"主人又招呼那一个客。午饭问题算是如此解决了。为着天热,又为着起得太晚,老卢看到点心铺前面挂的"卫生冰淇淋,咖啡,牛乳,各样点心"这种动人的招牌,便决意里面去消磨时光。约到逸九和老孟来聊天,老卢显然很满意了。

  三个人之中,逸九最年少,最摩登。在中学时代就是一口英文,屋子里挂着不是"梨娜"就是"琴妮"的相片,从电影杂志里细心剪下来的,圆一张,方一张,满壁动人的娇憨。——他到上海去了两年,跳舞更是出色了,老卢端详着自己的脚,打算找逸九带他到舞场拜老师去。

  "哪个电影好,今天下午?"老孟抓一张报纸看。

  邻座上两个情人模样男女,对面坐着呆看。男人有很温和的脸,抽着烟没有说话;女人的侧相则颇有动人的轮廓,睫毛长长的活动着,脸上时时浮微笑。她的青纱长衫罩着丰润的肩臂,带着神秘性的淡雅。两人无声地吃着冰淇淋,似乎对于一切完全的满足。

  老卢、老孟谈着时局,老卢既是机关人员,时常免不了说"我又有个特别的消息,这样看来里面还有原因",于是一层一层地做更详细原因地检讨,深深地浸入政治波澜里面。

  逸九看着女人的睫毛,和浮起的笑涡,想到好几年前同在假山后捉迷藏的琼两条发辫,一个垂前,一个垂后地跳跃。琼已经死了这六七年,谁也没有再提起过她。今天这青长衫的女人,单单叫他心底涌起琼的影子。不可思议的,淡淡的,记忆描着活泼的琼。在极旧式的家庭里淘气,二舅舅提根旱烟管,厉声地出来停止她各种的嬉戏。但是琼只是敛住声音低低地笑。雨下大了,院中满是水,又是琼胆子大,把裤腿卷过膝盖,赤着脚,到水里装摸鱼。不小心她滑倒了,还是逸九去把她抱回来。和琼差不多大小的还有阿淑,住在对门,他们时常在一起玩,逸九忽然记起瘦小,不爱说话的阿淑来。

  "听说阿淑快要结婚了,嬷嬷咐到表姨家问候,不知道阿淑要嫁给谁!"他似乎怕到表姨家。这几年的生疏叫他为难,前年他们遇见一次,装束不入时的阿淑倒有种特有的美,一种灵性……奇怪今天这青长衫女人为什么叫他想起这许多……

"逸九,你有相当的聪明,手腕,你又能巴结女人,你也应该来试试,我介绍你见老王。"

倦了的逸九忽然感到苦闷。

老卢手弹着桌边表示不高兴:"老孟你少说话,逸九这位大少爷说不定他倒愿意去演电影呢!"种种都有一点落伍的老卢嘲笑着翻翻年少的朋友出气。

青纱长衫的女人和她朋友吃完了,站了起来。男的手托着女人的臂腕,无声地绕过他们三人的茶桌前面,走出门去。老卢逸九注意到女人有秀美的腿,稳健的步履。两人的融洽,在不言不语中流露出来。

"他们是甜心!"

"愿有情人都成眷属。"

"这女人算好看不?"

三个人同时说出口来,各各有所感触。

午后的热,由窗口外嘘进来,三个朋友吃下许多清凉的东西,更不知做什么好。

"电影院去,咱们去研究一回什么'人生问题''社会问题'吧?"逸九望着桌上的空杯,催促着卢、孟两个走。心里仍然浮着琼的影子。活泼、美丽、健硕,全幻灭在死的幕后,时间一样的向前,计量着死的实在。像今天这样,偶尔地回忆就算是证实琼有过活泼生命的唯一的证据。

东安市场门口洋车像放大的蚂蚁一串,头尾衔接着放在街沿。杨三已不在他寻常停车的地方。

"区里去,好,区里去!咱们到区里说个理去!"就是这样,王康和杨三到底结束了殴打,被两个巡警弹压下来。

刘太太打着油纸伞,端正地坐在洋车上,想金裁缝太不小心了,今天这件绸衫下摆仍然不合适,领也太小,紧得透不了气,想不到今天这样热,早知道还不如穿纱的去。裁缝赶做的活总要出点毛病。实甫现在脾气更坏一点,老嫌女人们麻烦。每次有个应酬你总要听他说一顿的。今天张老太太做整寿,又不比得寻常的场面可以随便……

对面来了浅蓝色衣服的年轻小姐,极时髦的装束使刘太太睁大了眼注意了。

"刘太太哪里去?"蓝衣小姐笑了笑,远远招呼她一声过去了。

"人家的衣服怎么如此合适!"刘太太不耐烦地举着花纸伞。

"呜呜——呜呜……"汽车的喇叭响得震耳。

"打住。"洋车夫紧抓车把,缩住车身前冲的趋势。汽车过去后,由刘太太车旁走出一个巡警,带着两个粗人:一根白绳由一个的臂膀系到另一个的臂上。巡警执着绳端,板着脸走着。一个粗人显然是车夫;手里仍然拉着空车,嘴里咕噜着。很讲究的车身,各件白铜都擦得放亮,后面铜牌上还镌着"卢"字。这又是谁家的车夫,闹出事让巡警拉走。刘太太恨恨地一想车夫们爱肇事的可恶,反正他们到区里去少不了东家设法把他们保出来的……

"靠里!……靠里!"威风的刘家车夫是不耐烦挤在别人车后的——老爷是局长,太太此刻出去阔绰的应酬,洋车又是新打的,两盏灯发出银光……哗啦一下,靠手板在另一个车边擦一下,车已猛冲到前头走了。刘太太的花油纸伞在日光中摇摇荡荡地迎着风,顺着街心溜向北去。

胡同口酸梅汤摊边刚走开了三个挑夫。酸凉的一杯水,短时间地给他们愉快,六只泥泞的脚仍然踏着滚烫的马路行去。卖酸梅汤的老头儿手里正在数着几十枚铜元，一把小鸡毛帚夹在腋下。他翻上两颗黯淡的眼珠，看看过去的花纸伞，知道这是到张家去的客人。他想今天为着张家做寿，客人多，他们的车夫少不得来摊上喝点凉的解渴。

"两吊……三吊！……"他动着他的手指，把一叠铜元收入摊边美人牌香烟的纸盒中。不知道今天这冰够不够使用的，他翻开几重荷叶，和一块灰黑色的破布，仍然用着他黯淡的眼珠向磁缸里的冰块端详了一回。"天不热，喝的人少，天热了，冰又化的太快！"事情哪一件不有为难的地方，他叹口气再翻眼看看过去的汽车。汽车轧起一阵尘土，笼罩着老人和他的摊子。

寒暑表中的水银从早起上升，一直过了九十五度的黑线上。喜棚底下比较荫凉的一片地面上曾聚过各种各色的人物。丁大夫也是其间一个。

丁大夫是张老太太内侄孙，德国学医刚回来不久，麻利，漂亮，现在社会上已经有了声望，和他同席的都借着他是医生的缘故，拿北平市卫生问题做谈料，什么虎疫，伤寒，预防针，微菌，全在吞咽八宝冬瓜，瓦块鱼，锅贴鸡，炒虾仁中间讨论过。

"贵医院有预防针，是好极了。我们过几天要来麻烦请教了。"说话的以为如果微菌听到他有打预防针的决心也皆气馁了。

"欢迎，欢迎。"

厨房送上一碗凉菜。丁大夫踌躇之后决意放弃吃这碗菜的权利。

小孩们都抢了盘子边上放的小冰块，含到嘴里嚼着玩，其他客喜欢这凉菜的也就不少。天实在热！

张家几位少奶奶装扮得非常得体，头上都戴朵红花，表示对旧礼教习尚仍然相当遵守的。在院子中盘旋着做主人，各人心里都明白自己今天的体面。好几个星期前就顾虑到的今天，她们所理想到的今天各种成功，已然顺序的，在眼前实现。虽然为着这重要的今天，各人都轮流着觉得受过委屈；生过气；用过心思和手腕；将就过许多不如意的细节。

老太太颤巍巍地喘息着，继续维持着她的寿命。杂乱模糊的回忆在脑子里浮沉。兰兰七岁的那年……送阿旭到上海医病的那年真热……生四宝的时候在湖南，于是生育，病痛，兵乱，行旅，婚娶，没秩序，没规则地纷纷在她记忆下掀动。

"我给老太太拜寿，您给回一声吧。"

这又是谁的声音？这样大！老太太睁开打瞌睡的眼，看一个浓装的妇人对她鞠躬问好。刘太太，——谁又是刘太太，真是的！今天客人太多了，好吃劲。老太太扶着赵妈站起来还礼。

"别客气了，外边坐吧。"二少奶伴着客人出去。

谁又是这刘太太……谁？……老太太模模糊糊地又做了一些猜想，望着门槛又堕入各种的回忆里去。

坐在门槛上的小丫头寿儿，看着院里石榴花出神。她巴不得酒席可以快点开完，底下人们可以吃中饭，她肚子里实在饿得慌。一早眼睛所接触的，大部分几乎全是可口的食品，但是她仍然是饿着肚子，坐在老太太门槛上等候呼唤。她极想再到前院去看看热闹，但为想到上次被打的情形，只得竭力忍耐。在饥饿中，有一桩事她仍然没有忘掉她的高兴。因为老太太的整寿大少奶给她一副银镯。虽然为着搔背而酸乏的手臂懒得转动，她仍不时得意地举起手来，晃摇着她的新镯子。

午后的太阳斜到东廊上,后院子暂时沉睡在静寂中。幼兰在书房里和羽哭着闹脾气：

"你们都欺侮我,上次赛球我就没有去看。为什么要去？反正人家也不欢迎我,……慧石不肯说,可是我知道你和阿玲在一起玩得上劲。"抽噎的声音微微地由廊上传来。

"等会客人进来了不好看……别哭……你听我说……绝对没有这么回事的。咱们是亲表谁不知道我们亲热,你是我的兰,永远,永远的是我的最爱最爱的……你信我……"

"你在哄骗我,我……我永远不会再信你的了……"

"你又来伤我,你心狠……"

声音微下去,也和缓了许多,又过了一些时候,才有轻轻的笑语声。小丫头仍然饿得慌,仍然坐在门槛上没有敢动,她听着小外孙小姐和羽孙少爷老是吵嘴,哭哭啼啼的,她不懂。一会儿他们又笑着一块儿由书房里出来。

"我到婆婆的里间洗个脸去。寿儿你给我打盆洗脸水去。"

寿儿得着打水的命令,高兴地站起来。什么事也比坐着等老太太睡醒都好一点。

"别忘了晚饭等我一桌吃。"羽说完大步地跑出去。

后院顿时又堕入闷热的静寂里；柳条的影子画上粉墙,太阳的红比得胭脂。墙外天蓝蓝的没有一片云,像戏台上的布景。隐隐地送来小贩子叫卖的声音——卖西瓜的——卖凉席的,一阵一阵。

挑夫提起力气喊他孩子找他媳妇。天快要黑下来,媳妇还坐在门口纳鞋底子；赶着那一点天亮再做完一只。一个月她当家的要穿两双鞋子,有时还不够的,方才当家的回家来说不舒服,睡倒在炕上,这半天也没有醒。她放下鞋底又走到旁边一家小铺去买点生姜,说几句话儿。

断续着呻吟,挑夫开始感到苦痛,不该喝那冰凉东西,早知道这大暑天,还不如喝口热茶！迷惘中他看到茶碗,茶缸,施茶的人家,碗,碟,果子杂乱地绕着大圆篓,他又像看到张家的厨房。不到一刻他肚子里像纠麻绳一般痛,发狂地呕吐使他沉入严重的症候里和死搏斗。

挑夫媳妇失了主意,喊孩子出去到药铺求点药。那边时常夏天是施暑药的。……

邻居积渐知道挑夫家里出了事,看过报纸的说许是霍乱,要扎针的。张秃子认得大街东头的西医丁家,他披上小褂子,一边扣钮子,一边跑。丁大夫的门牌挂高高的,新漆大门两扇紧闭着。张秃子找着电铃死命地按,又在门缝里张望了好一会,才有人出来开门。什么事？什么事？门房望着张秃子生气,张秃子看着丁宅的门房说,"劳驾——劳驾您大爷,我们'街坊'李挑子中了暑,托我来行点药。"

"丁大夫和管药房先生'出份子去了'没有在家,这里也没有旁人,这事谁又懂得?!"门房吞吞吐吐地说,"还是到对门益年堂打听吧。"大门已经差不多关上。

张秃子又跑了,跑到益年堂,听说一个孩子拿了暑药已经走了。张秃子是信教的,他相信外国医院的药,他又跑到那边医院里打听,等了半天,说那里不是施医院,并且也不收传染病的,医生晚上也都回家了,助手没有得上边话不能随便走开的。

"最好快报告区里,找卫生局里人。"管事的告诉他,但是卫生局又在哪里……

到张秃子失望地走回自己院子里的时候,天已经黑了下来,他听见李大嫂的哭声知道事情不行了。院里磁罐子里还放出浓馥的药味。他顿一下脚,"咱们这命苦的……"他已在想如何去捐募点钱,收殓他朋友的尸体。叫孝子挨家去磕头吧!

天黑了下来张宅跨院里更热闹,水月灯底下围着许多孩子,看变戏法的由袍子里捧出一大缸金鱼,一盘子"王母蟠桃"献到老太太面前。孩子们都凑上去验看金鱼的真假。老太太高兴地笑。

大爷熟识捧场的名伶自动地要送戏,正院前边搭着戏台,当差的忙着拦阻外面杂人往里挤,大爷由上海回来,两年中还是第一次——这次碍着母亲整寿的面,不回来太难为情。这几天行市不稳定,工人们听说很活动,本来就不放心走开,并且厂里的老赵靠不住,大爷最记挂……

看到院里戏台上正开场,又看廊上的灯,听听厢房各处传来的牌声;风扇声开汽水声,大爷知道一切都圆满地进行,明天事完了,他就可以走了。

"伯伯上哪儿去?"游廊对面走出一个清秀的女孩。他怔住了看,慧石——是他兄弟的女儿,已经长的这么大了? 大爷伤感着,看他早死兄弟的遗腹女儿:她长得实在像她爸爸……实在像她爸爸……

"慧石,是你。长得这样俊,伯伯快认不得了。"

慧石只是笑,笑。大伯伯还会说笑话,她觉得太料想不到的事,同时她像被电击一样,触到伯伯眼里蕴住的怜爱,一股心酸抓紧了她的嗓子。

她仍只是笑。

"哪一年毕业?"大伯伯问她。

"明年。"

"毕业了到伯伯那里住。"

"好极了。"

"喜欢上海不?"

她摇摇头:"没有北平好。可是可以找事做,倒不错。"

伯伯走了,容易伤感的慧石急忙回到卧室里,想哭一哭,但眼睛湿了几回,也就不哭了,又在镜子前抹点粉笑了笑;她喜欢伯伯对她那和蔼态度。嬷常常不满伯伯和伯母的,常说些不高兴他们的话,但她自己却总觉得喜欢这伯伯的。

也许是骨肉关系有种不可思议的亲热,也许是因为感激知己的心,慧石知道她更喜欢她这伯伯了。

厢房里电话铃响。

"丁宅呀,找丁大夫说话? 等一等。"

丁大夫的手气不坏,刚和了一牌三翻,他得意地站起来接电话:

"知道了,知道了,回头就去叫他派车到张宅来接。什么? 要暑药的? 发痧中暑? 叫他到平济医院去吧。"

"天实在热,今天,中暑的一定不少。"五少奶坐在牌桌上抽烟,等丁大夫打电话回来。"下午两点的时候刚刚九十九度啦!"她睁大了眼表示严重。

"往年没有这么热,九十九度的天气在北平真可以的了。"一个客人摇了摇檀香扇,急着想做庄。

咯突一声，丁大夫将电话挂上。

报馆到这时候积渐热闹，排字工人流着汗在机器房里忙着。编辑坐到公事桌上面批阅新闻。本市新闻由各区里送到；编辑略略将张宅名伶送戏一节细细看了看，想到方才同太太在市场吃冰淇淋后，遇到街上的打架，又看看那段厮打的新闻，于是很自然地写着"西四牌楼三条胡同卢宅车夫杨三……"新闻里将杨三王康的争斗形容得非常动听，一直到了"扭区成讼"。

再看一些零碎，他不禁注意到挑夫霍乱数小时毙命一节，感到白天去吃冰淇淋是件不聪明的事。

杨三在热臭的拘留所里发愁，想着主人应该得到他出事的消息了，怎么还没有设法来保他出去。王康则在又一间房子里喂臭虫，苟且地睡觉。

"……哪儿呀，我卢宅呀，请王先生说话，……"老卢为着洋车被扣已经打了好几个电话了，在晚饭桌他听着太太的埋怨……那杨三真是太没有样子，准是又喝醉了，三天两回闹事。

"……对啦，找王先生有要紧事，出去饭局了么，回头请他给卢宅来个电话！别忘了！"

这大热晚上难道闷在家里听太太埋怨？杨三又没有回来，还得出去雇车，老卢不耐烦地躺在床上看报，一手抓起一把蒲扇赶开蚊子。

（原载 1934 年 5 月《学文》第 1 卷第 1 期）

菉竹山房

吴组缃

阴历五月初十日和阿圆到家，正是南方的"火梅"天气：太阳和淫雨交替迫人，其苦况非身受者不能想象。母亲说，前些日子二姑姑托人传了口信来，问我们到家没有？说"我做姑姑的命不好，连侄儿侄媳也冷淡我。"意思之间，自然是要我和阿圆到她老人家那里去住些时候。

二姑姑家我只于年小时去过一次，至今十多年了。我连年羁留外乡，过的是电影电灯洋装书籍柏油马路的现代生活。每常想起家乡，就如记忆一个年远的传说一样。我脑中的二姑姑家，到现在更是模糊得如云如烟。那座阴森敞大的三进大屋，那间摊乱着雨蚀虫蛀的晦色古书的学房，以及后园中的池塘竹木，想起来都如依稀的梦境。

二姑姑的故事似一个旧传奇的仿本。她的红颜时代我自然没有见过，但从后来我所见到的她的风度上看来：修长的身材，清癯白皙的脸庞，尖狭而多睫毛的凄清的眼睛，如李笠翁所夸赞的那双尖瘦美丽的小足，以及沉默少言笑的阴暗调子，都和她的故事十分相称。

故事在这里不必说得太多。其实，我所知道的也就有限：因为家人长者都讳谈它。我所知道的一点点，都是日长月远，家人谈话中偶然流露出来，由零碎撷拾起来的。

多年以前，叔祖的学塾中有个聪明年少的门生，是个三代孤子。因为看见叔祖房里的幛幔、笔套，与一幅大云锦上的刺绣，绣的都是各种姿态的美丽蝴蝶，心里对这绣蝴蝶的人起了羡慕之情；而这绣蝴蝶的姑娘因为听叔祖常常夸说这人，心里自然也早就有了这人。这故事中的主人以后是乘一个怎样的机缘相见相识,我不知道,长辈们恐怕也少知道。在我所撷拾的零碎资料中,这以后便是这悲惨故事的顶峰:一个三春天气的午间,冷清的后园底太湖石洞中,祖母因看牡丹花,拿住了一对仓惶失措的系裤带的顽皮孩子。

这幕才子佳人的喜剧闹了出来,人人夸说的绣蝴蝶的小姐一时连丫头也要加以鄙夷。放佚风流的叔祖虽从中尽力撮合周旋,但当时究未成功。若干年后,扬子江中八月大潮,风浪陡作,少年赴南京应考,船翻身亡。绣蝴蝶的小姐那时是十九岁,闻耗后,在桂花树下自缢,为园丁所见,救活了,没死。少年家觉得这小姐尚有稍些可风之处,商得了女家同意,大吹大擂接小姐过去迎了灵柩;麻衣红绣鞋,抱着灵牌参拜家堂祖庙,做了新娘。

这故事要不是二姑姑的,并不多么有趣;二姑姑要没这故事,我们这次也就不致急于要去。

母亲自然是怂恿我们去。说我们是新结婚,也难得回家一次。二姑姑家孤寂了一辈子,如今如此想念我们,这点子人情是不能不尽的。但是阿圆却有点怕我们家乡的老太太。这些老太太——举个例,就如我的大伯娘,她老人家就最喜欢搂阿圆在膝上喊宝宝,亲她的脸,咬她的肉,摩挲她的肩膀;又要我和她接吻给她老人家看。一得闲空,就托支水烟袋坐到我们房里来,盯着眼看守着我们作迷迷笑脸,满口反复地说些叫人红脸不好意思的夸羡话。这种种啰唣,我倒不大在意;可是阿圆就老被窘得脸红耳赤,不知该望那里躲。——因此,阿圆不愿去。

我知道弊病之所在,告诉阿圆二姑姑不是这种善于表现的快乐天真的老太太。而且我会投年轻姑娘之所好,照二姑姑原来的故事又编上了许多的动人的穿插,说得阿圆感动得红了眼睛叹长气。听说二姑姑决不会给她那种啰唣,她的不愿去的心就完全消除,再听了二姑姑的故事,有趣得如从线装书中看下来的一样;又想到借此可以暂时躲避家下的老太太;而且又知道金燕村中风景好,箓竹山房的屋舍阴凉宽敞。于是阿圆不愿去的心,变成急于要去了。

我说金燕村,就是二姑姑的村;箓竹山房就是二姑姑的家宅。沿着荆溪的石堤走,走的七八里地,回环合抱的山峦渐渐拥挤,两岸葱翠古老的槐柳渐密,溪中黳赭色的大石渐多,哗哗的水激石块声越听越近。这段溪,渐不叫荆溪,而是叫响潭,响潭两岸,槐树柳树榆树更多更老更葱茏,两面缝合,荫罩着乱喷白色水沫的河面,一缕太阳光也晒不下来。沿着响潭两岸的树林中,疏疏落落点缀着二十多座白垩瓦屋。西岸上,紧临着响潭,那座白屋分外大;梅花窗的围墙上面露探着一丛竹子。竹子一半是绿色的;一半已开了花,变成槁色。——这座村子便是金燕村,这座大屋便是二姑姑的家宅箓竹山房。

阿圆是个都市中生长的小姐,从前只在中国山水画上见过的景子,一朝忽然身历其境,欣跃之情自然难言。我一时回想起平日见惯的西式房子,柏油马路,烟囱,工厂,……等等,也觉得是重入梦境,作了许多缥缈之想。

二姑姑多年不见,显见得老迈了。

"昨天夜里结了三颗大灯花,今日喜鹊在屋脊上叫了三四次,我知道要来人。"

那只苍白皱折的脸没多少表情。说话的语气,走路的步法,和她老人家的脸庞同一调子:阴暗,凄淡,迟钝。她引我们进到内屋里,自己跚跚颤颤地到房里去张罗果盘,吩咐丫头为我们打脸水。——这丫头叫兰花,本是我家的丫头,三十多岁了。二姑姑陪嫁丫头死去后,祖父便拨了身边的这丫头来服侍姑姑,和姑姑作伴。她陪姑姑住守这所大屋子已二十多年,跟姑姑念诗经,学姑姑绣蝴蝶,她自己说不要成家的。

二姑姑说没指望我们来得如此快,房子都没打扫。领我们参观全宅,顺便叫我们自己拣一间合意的住。四个人分作三排走,姑姑在前,我俩在次,兰花在最后。阿圆蹈着姑姑的步子走,显见得拘束不自在,不时昂头顾我,作有趣的会意之笑。我们都无话说。

屋子高大,阴森,也是和姑姑的人相谐调的。石阶,地砖,柱础,甚至板壁上,都染涂着一层深深浅浅的黯绿,是苔尘。一种与陈腐的土木之气混合的霉气扑满鼻官。每一进屋的梁上都吊有淡黄色的燕子窝;有的已剥落,只留着痕迹;有的正孵着雏儿,叫得分外响。

我们每走到一进房子,由兰花先上前开锁;因为除姑姑住的一头两间的正屋而外,其余每一间房每一道门都是上了锁的。看完了正屋,由侧门一条巷子走到花园中。邻着花园有座雅致的房,门额上写着"邀月"两个八分字。百叶窗,古瓶式的门,门上也有明瓦纸的册叶小窗。我爱这地方近花园较别处明朗清新得多,和姑姑说,我们就住这间房。姑姑叫兰花开了锁,两扇门一推开,就噗噗落下两三只东西来;两只是壁虎,一只是蝙蝠。我们都怔了一怔。壁虎是悠悠地爬走了;兰花拾起那只大蝙蝠,轻轻放到墙隅里,呓语着似的念了一套怪话:

"福公公,你让让房,有贵客要在这里住。"

阿圆惊惶不安的样子,牵一牵我的衣角,意思大约是对着这些情景,不敢在这间屋里住。二姑姑年老还不失其敏感,不知怎样她老人家就窥知了阿圆的心事:

"不要紧。——这些房子,每年你姑爹回家时都打扫一次。停回,叫兰花再好好来收拾,福公公虎爷爷都会让出去的。"

又说:

"这间邀月庐是你姑爹最喜欢的地方;去年你姑爹回来,叫我把它修葺一下。你看看,里面全是新崭崭的。"

我探身进去张看,兜了一脸蜘蛛网。里面果然是新崭崭的。墙上字画,桌上陈设,都很整齐。只是蒙上一层薄薄的尘灰罢了。

我们看兰花扎了竹叶把,拿了扫帚来打扫。二姑姑自回前进去了。阿圆用一个小孩子的神秘惊奇的表情问我说:

"怎么说姑爹……?"

兰花放下竹叶把,瞪着两只阴沉的眼睛低幽地告诉阿圆说:

"爷爷灵验得很啦!三朝两天来给奶奶托梦。我也常看见的,公子帽,宝蓝衫,常在这园里走。"

阿圆扭着我的袖口,只是向着兰花的两只眼睛瞪看。兰花打扫好屋子,又忙着抱被褥毯子席子为我们安排床铺。里墙边原有一张檀木榻,榻儿上面摆着一套围棋子,一盘瓷制的大蟠桃。把棋子蟠桃连同榻儿拿去,铺上被席,便是我们的床了。二姑姑珊珊颤颤的走来,拿着一顶蚊帐给我们看,说这是姑爹用的帐,是玻璃纱制的;问我们怕不怕招凉。我自然愿意要这顶凉快帐子,但是阿圆却望我瞪着眼,好像连这顶美丽的帐子也有可怕之处。

这屋子的陈设是非常美致的,只看墙上的点缀就知道。东墙上挂着四幅大锦屏,上面绣着菉竹山房唱和诗,边沿上密密齐齐的绣着各色的小蝴蝶,一眼看上去就觉得很灿烂。西墙上挂着一幅彩色的钟馗捉鬼图,两边有洪北江的"梅雪松风清几榻,天光云影护琴书"的对子。床榻对面的南墙上有百叶窗子看花园,窗下一书桌,桌上一个朱砂古瓶,瓶里插着马尾云拂。

我觉得这地方好。陈设既古色古香;而窗外一丛半绿半黄的修竹,和墙外隐约可听的响潭之水,越衬托得闲适恬静。

不久吃晚饭,我们都默然无话。我和阿圆是不知在姑姑面前该说些什么好;姑姑自己呢,是不肯多说话的。偌大屋子如一座大古墓,没一丝人声;只有堂厅里的燕子啾啾地叫。兰花向天井檐上张一张,自言自语的说:

"青姑娘还不回来呢!"

二姑姑也不答话,点点头。阿圆偷眼看看我。——其实我自己也正在纳罕着的。吃了饭,正洗脸,一只燕子由天井飞来,在屋里绕了一道,就钻进檐下的窝里去了。兰花停了碗,把筷子放在口沿上,低低的说:

"青姑娘,你到这时才回来——。"悠悠的长叹一口气。

我释然,向阿圆笑笑;阿圆却不曾笑,只瞪着眼看兰花。

我说邀月庐清新明朗,那是指日间而言。谁知这天晚上,大雨复作;一盏三支灯草的豆油檠摇幌不定;远远正屋里二姑姑兰花低幽地念着晚经,听来简直是"秋坟鬼唱鲍家诗";加以外面雨声虫声风弄竹声合奏起一支很凄戾的交响曲,显得这周遭的催鬼趣殊多。也不知是循着怎样的一个线索,很自然地便和阿圆谈起聊斋的故事来。谈一回,她越靠紧我一些,两眼只瞪着西墙上的钟馗捉鬼图,额上鼻上渐渐全渍着汗珠。钟馗手下按着的那个鬼,披着发,撕开血盆口,露出两支大獠牙,栩栩欲活。我偶然瞥一眼,也不由得一惊。这时觉得那钟馗,那恶鬼,姑姑兰花,连同我们自己俩,都成了鬼故事中的人物了。

阿圆瑟缩地说:"我想睡。"

她紧紧靠住我,我走一步,她走一步。——睡到床上,自然很难睡着。不知辗转了多少时候,雨声渐止,月亮透过百叶窗,晒照得满屋凄幽。一阵飒飒的风摇竹声后,突然听得窗外有脚步之声。声音虽然轻微,但是入耳十分清楚。

"你……听见了……没有?"阿圆把头钻在我的腋下,喘息地低声问。

"……"我也不禁毛骨悚然。

那声音渐听渐近,没有了;换上的是低沉的戚戚声,如鬼低诉。阿圆已浑身汗濡。我咳了一声,声音突然寂止,听见这突然寂止,想起兰花日间所说的话,我也不由得不怕了。

半响没有声息,紧张的心绪稍稍平缓,但是两人的神经都过分兴奋,要想到梦乡去躲身,究竟不能办到。为要解除阿圆的恐怖,我找了些快乐高兴的话和她谈说。阿圆也就渐渐敢由我的腋下伸出头来了。我说:

"你想不想你的家?"

"想——。"

"怕不怕了?"

"还有点怕——。"

正答着话,她突然尖起嗓子大叫一声,搂住我,嚎啕,震抖,迫不成声:

"你……看……门上……！"

我看门上——门上那个册叶小窗露着一个鬼脸,向我们张望;月光斜映,隔着玻璃纱帐看得分外明晰。说时迟,那时快。那个鬼脸一晃,就沉下去不见了。我不知从那里涌上一股勇气,推开阿圆,三步跳去,拉开门。

门外是两个女鬼!

一个由通正屋的小巷窜远了;一个则因逃避不及,正在我的面前蹲着。——

"是姑姑吗？"

"唔——"幽沉的一口气。

我抹着额上的冷汗,不禁轻松地笑了。我说:

"阿圆,别怕了,是姑姑。"

朋友某君供给我这篇短文的材料,说是虽无意思,但颇有趣味;叫我写写看。我知道不会弄得好,果然,被我白白糟塌了。

一九三二,十一月二十六日载记

(选自《西柳集》,1934年7月生活书店初版)

断魂枪

老 舍

"生命是闹着玩,事事显出如此;从前我这么想过,现在我懂得了。"

沙子龙的镖局已改成客栈。

东方的大梦没法子不醒了。炮声压下去马来与印度野林中的虎啸。半醒的人们,揉着眼,祷告着祖先与神灵;不大会儿,失去了国土、自由与权利。门外立着不同面色的人,枪口还热着。他们的长矛毒弩,花蛇斑彩的厚盾,都有什么用呢;连祖先与祖先所信的神明全不灵了啊！龙旗的中国也不再神秘,有了火车呀,穿坟过墓的破坏着风水。枣红色多穗的镖旗,绿鲨皮鞘的钢刀,响着串铃的口马,江湖上的智慧与黑话,义气与声名,连沙子龙,他的武艺,事业,都梦似的变成昨夜的。今天是火车,快枪,通商与恐怖。听说,有人还要杀下皇帝的头呢！

这是走镖已没有饭吃,而国术还没被革命党与教育家提倡起来的时候。

谁不晓得沙子龙是利落,短瘦,硬棒,两眼明得像霜夜的大星？可是,现在他身上放了肉。镖局改了客栈,他自己在后小院占着三间北房,大枪立在墙角,院子里有几只楼鸽。只是在夜间,他把小院的门关好,熟习熟习他的"五虎断魂枪"。这条枪与这套枪,二十年的工夫,在西北一带,给他创出来:"神枪沙子龙"五个字,没遇见过敌手。现在,这条枪与这套枪不会再替他增光显胜了;只是摸摸这凉,滑,硬而发颤的杆子,使他心中少难过一些而已。只有在夜间独自拿起枪来,才能相信自己还是"神枪沙"。在白天,他不大谈武艺与往事;他的世界已被狂风吹了走。

在他手下创练起来的少年们还时常来找他。他们大多数是没落子的,都有点武艺,可是没地方去用。有的在庙会上去卖艺:踢两趟腿,练套家伙,翻几个跟头,附带着卖点大力丸,混个三吊两吊的。有的实在闲不起了,去弄筐果子,或挑些毛豆角,赶早儿在街上论斤吆喝出去。那时候米贱肉贱,肯卖膀子力气本来可以混个肚儿圆;他们可是不成:肚量既大,而且得吃口管事儿的;干饽饽、辣饼子咽不下去。况且他们还时常去走会:五虎棍,开路,太狮少狮……虽然算不了什么——比起走镖来——可是到底有个机会活动活动,露露脸。是的,走会捧场是买脸的事,他们打扮的得像个样儿,至少得有条青洋绉裤子,新漂白细市布的小褂,和一双鱼鳞洒鞋——顶好是青缎子抓地虎靴子。他们是神枪沙子龙的徒弟——虽然沙子龙并不承认——得到处露脸,走会得赔上俩钱,说不定还得打场架。没钱,上沙老师那里去求。沙老师不含糊,多少不拘,不让他们空着手儿走。可是,为打架或献技去讨教一个招数,或是请给说个对子——什么空手夺刀,或虎头钩进枪——沙老师有时说句笑话,马虎过去:"教什么?拿开水浇吧!"有时直接把他们逐出去。他们不大明白沙老师是怎么了,心中也有点不乐意。

可是,他们到处为沙老师吹腾,一来是愿意使人知道他们的武艺有真传授,受过高人的指教;二来是为激动沙老师:万一有人不服气而找上老师来,老师难道还不露一两手真的么?所以:沙老师一拳就砸倒了个牛!沙老师一脚把人踢到房上去,并没使多大的劲!他们谁也没见过这种事,但是说着说着,他们相信这是真的了,有年月,有地方,千真万确,敢起誓!

王三胜——沙子龙的大伙计——在土地庙拉开了场子,摆好了家伙。抹了一鼻子茶叶末色的鼻烟,他抡了几下竹节钢鞭,把场子打大一些。放下鞭,没向四周作揖,叉着腰念了两句:"脚踢天下好汉,拳打五路英雄!"向四围扫了一眼:"乡亲们,王三胜不是卖艺的;玩艺儿会几套,西北路上走过镖,会过绿林中的朋友。现在闲着没事,拉个场子陪诸位玩玩。有爱练的尽管下来,王三胜以武会友,有赏脸的,我陪着。神枪沙子龙是我的师傅;玩艺地道!诸位,有愿下来的没有?"他看着,准知道没人敢下来,他的话硬,可是那条钢鞭更硬,十八斤重。

王三胜,大个子,一脸横肉,努着对大黑眼珠,看着四围。大家不出声,他脱了小褂,紧了紧深月白色的"腰里硬",把肚子杀进去,给手心一口吐沫,抄起大刀来:

"诸位,王三胜先练趟瞧瞧。不白练,练完了,带着的扔几个;没钱,给喊个好,助助威。这儿没生意口。好,上眼!"

大刀靠了身,眼珠努出多高,脸上绷紧,胸脯子鼓出,像两块老桦木根子。一跺脚,刀横起,大红缨子在肩前摆动。削砍劈拨,蹲越闪转,手起风生,忽忽直响。忽然刀在右手心上旋转,身弯下去,四围鸦雀无声,只有缨铃轻叫。刀顺过来,猛的一个"跺泥",身子直挺,比众人高着一头,黑塔似的。收了势:"诸位!"一手持刀,一手叉腰,看着四围。稀稀的扔了几个铜钱,他点点头。"诸位!"他等着,等着,地上依旧是那几个亮而削薄的铜钱,外层的人偷偷散去。他咽了口气:"没人懂!"他低声的说,可是大家全听见了。

"有功夫!"西北角上一个黄胡子老头儿答了话。

"啊?"王三胜好似没听明白。

"我说:你——有——功——夫!"老头子的语气很不得人心。

放下大刀,王三胜随着大家的头往西北看。谁也没看起这个老人:小干巴个儿,披着件粗蓝布大衫,脸上窝窝瘪瘪,眼陷进去很深,嘴上几根细黄胡,肩上扛着条小黄草辫子,有筷子那么细,而绝对不像筷子那么直顺。王三胜可是看出这老家伙有功夫,脑门亮,眼睛亮——眼眶虽深,眼珠可黑得像两口小井,深深的闪着黑光。王三胜不怕:他看得出别人有功夫没有,可更相信自己的本事,他是沙子龙手下的大将。

"下来玩玩,大叔!"王三胜说得很得体。

点点头,老头儿往里走。这一走,四外全笑了。他的胳臂不大动;左脚往前迈,右脚随着拉上来,一步步的向前拉扯,身子整着,像是患过瘫痪病。蹭到场中,把大衫扔在地上,一点没理会四围怎样笑他。

"神枪沙子龙的徒弟,你说?好,让你使枪吧;我呢?"老头子非常的干脆,很像久想动手。

人们全回来了,邻场耍狗熊的无论怎么敲锣也不中用了。

"三截棍进枪吧?"王三胜要看老头子一手,三截棍不是随便就拿得起来的家伙。

老头子又点点头,拾起家伙来。

王三胜努着眼,抖着枪,脸上十分难看。

老头子的黑眼珠更深更小了,像两个香火头,随着面前的枪尖儿转,王三胜忽然觉得不舒服,那俩黑眼珠似乎要把枪尖吸进去!四外已围得风雨不透,大家都觉出老头子确是有威。为躲那对眼睛,王三胜耍了个枪花。老头子的黄胡子一动:"请!"王三胜一扣枪,向前躬步,枪尖奔了老头子的喉头去,枪缨打了一个红旋。老人的身子忽然活展了,将身微偏,让过枪尖,前把一挂,后把撩王三胜的手。拍,拍,两响,王三胜的枪撒了手。场外叫了好。王三胜连脸带胸口全紫了;抄起枪来,一个花子,连枪带人滚了过来,枪尖奔了老人的中部。老头子的眼亮得发着黑光;腿轻轻一屈,下把掩裆,上把打着刚要抽回的枪杆;拍,枪又落在地上。

场外又是一片彩声。王三胜流了汗,不再去拾枪,努着眼,木在那里。老头子扔下家伙,拾起大衫,还是拉拉着腿,可是走得很快了。大衫搭在臂上,他过来拍了王三胜一下:

"还得练哪,伙计!"

"别走!"王三胜擦着汗,"你不离,姓王的服了!可有一样,你敢会会沙老师?"

"就是为会他才来的!"老头子的干巴脸上皱起点来,似乎是笑呢。"走;收了吧;晚饭我请!"

王三胜把兵器拢在一处,寄放在变戏法二麻子那里,陪着老头子往庙外走。后面跟着不少人,他把他们骂散。

"你老贵姓?"他问。

"姓孙哪",老头子的话与人一样,都那么干巴。"爱练;久想会会沙子龙。"

沙子龙不把你打扁了!王三胜心里说。他脚底下加了劲,可是没把孙老头落下。他看出来,老头子的腿是老走着查拳门中的连跳步;交起手来,必定很快。但是,无论他怎么快,沙子龙是没对手的。准知道孙老头要吃亏,他心中痛快了些,放慢了些脚步。

"孙大叔贵处?"

"河间的,小地方。"孙老者也和气了些,"月棍年刀一辈子枪,不容易见功夫!说真的,你那两手就不坏!"

王三胜头上的汗又回来了,没言语。

到了客栈，他心中直跳，唯恐沙老师不在家，他急于报仇。他知道老师不爱管这种事，师弟们已碰过不少回钉子，可是他相信这回必定行，他是大伙计，不比那些毛孩子；再说，人家在庙会上点名叫阵，沙老师还能丢这个脸么？

"三胜"，沙子龙正在床上看着本《封神榜》，"有事吗？"

三胜的脸又紫了，嘴唇动着，说不出话来。

沙子龙坐起来："怎么了，三胜？"

"栽了跟头！"

只打了个不甚长的哈欠，沙老师没别的表示。

王三胜心中不平，但是不敢发作；他得激动老师："姓孙的一个老头儿，门外等着老师呢；把我的枪，枪，打掉了两次！"他知道"枪"字在老师心中是多大分量。没等吩咐，他慌忙跑出去。

客人进来，沙子龙在外间屋等着呢。彼此拱手坐下，他叫三胜去泡茶。三胜希望两个老人立刻交了手，可是不能不沏茶去。孙老者没话讲，用深藏着的眼睛打量沙子龙。沙很客气："要是三胜得罪了你，不用理他，年纪还轻。"

孙老者有些失望，可是看出沙子龙的精明。他不知怎样好了，不能拿一个人的精明断定他的武艺。"我来领教领教枪法！"他不由的说出来。

沙子龙没接碴儿。王三胜提着茶壶走进来——急于看二人动手，他没管水开了没有，就沏在壶中。

"三胜"，沙子龙拿起个茶碗来，"去找小顺们去，天汇见，陪孙老者吃饭。"

"什么？"王三胜的眼珠几乎掉出来。看了看沙老师的脸，他敢怒而不敢言的说了声"是啦！"走出去，撅着大嘴。

"教徒弟不易！"孙老者说。

"我没收过徒弟。走吧，这个水不开！茶馆去喝，喝饿了就吃。"沙子龙从桌子上拿起缎子褡裢，一头装着鼻烟壶，一头装着点钱，挂在腰带上。

"不，我还不饿！"孙老者很坚决，两个"不"字把小辫从肩上抡到后边去。

"说会子话儿。"

"我来为领教领教枪法。"

"功夫早搁下了"，沙子龙指着身上，"已经放了肉！"

"这么办也行"，孙老者深深的看了沙老师一眼，"不比武，教给我那趟五虎断魂枪。"

"五虎断魂枪？"沙子龙笑了，"早忘净了！早忘净了！告诉你，在我这儿住几天，咱们逛逛各处，临走，多少送点盘缠。"

"我不逛，也用不着钱，我来学艺！"孙老者立起来，"我练趟给你看看，看够得上学艺不够！"一屈腰已到了院中，把楼鸽都吓飞起去。拉开架子，他打了趟查拳；腿快，手飘洒，一个飞脚踢去，小辫儿飘在空中，像从天上落下来一个风筝；快之中，每个架子都摆得稳，准，利落；来回六趟，把院子满都打到，走得圆，接得紧，身子在一处，而精神贯串到四面八方。抱拳收势，身儿缩紧，好似满院乱飞的燕子忽然归了巢。

"好！好！"沙子龙在台阶上点着头喊。

"教给我那趟枪!"孙老者抱了抱拳。

沙子龙下了台阶,也抱着拳:"孙老者,说真的吧;那条枪和那套枪都跟我入棺材,一齐入棺材!"

"不传?"

"不传!"

孙老者的胡子嘴动了半天,没说出什么来。到屋里抄起蓝布大衫,拉拉着腿:"打搅了,再会!"

"吃过饭走!"沙子龙说。

孙老者没言语。

沙子龙把客人送到小门,然后回到屋中,对着墙角立着的大枪点了点头。

他独自上了天汇,怕是王三胜们在那里等着。他们都没有去。

王三胜和小顺们都不敢再到土地庙去卖艺,大家谁也不再为沙子龙吹腾;反之,他们说沙子龙栽了跟头,不敢和个老头儿动手;那个老头子一脚能踢死个牛。不要说王三胜输给他,沙子龙也不是"个儿"。不过呢,王三胜到底和老头子见了个高低,而沙子龙连句硬话也没敢说。"神枪沙子龙"慢慢似乎被人们忘了。

夜静人稀,沙子龙关好了小门,一气把六十四枪刺下来;而后,拄着枪,望着天上的群星,想起当年在野店荒林的威风。叹一口气,用手指慢慢摸着凉滑的枪身,又微微一笑:"不传!不传!"

(原载 1935 年 9 月 22 日《大公报》文艺副刊第 13 期)

鹭鹭湖的忧郁

端木蕻良

一轮红橙橙的月亮,像哭肿了的眼睛似的,升到光辉的铜色的雾里。这雾便热郁地闪着赤光,仿佛是透明的尘土,昏眩的笼在湖面。

一群鹭鹭伸长了脖颈,刷刷地打着翅膀,绕着田塍边的灌木飞过,大气里又转为沉寂,便是闪着翠蓝色绿玉样小脑袋的"过天青",白天不住地摊开不倦的翅,在水面上来来去去的打胡旋,现在也不见了。只有红色的水蝇,还贴在湿霉腐乱的土皮上,发出嗡嗡的声音来,……有两个人在湖边上。

一个个儿高高的,露着一副阔肩膀,跪下来在湖边上开始铺席子。那一个小一点儿的瘦瘦的,抱着一棵红缨扎枪,在旁立定了向远看,好像要在远远的混浊里,发现出边界来。

"这天气怎么这样的霉……。"他微微地附加着一口叹息。

那一个并没打理,铺好席子,把两手抱住膝头,身子微撼了一下,抬着脖颈来望月亮。

"快十五了,咱们今天不在窝棚睡了,咱们在这里打地铺,也好看看月亮。"

"这月亮狠忒忒的红!"

"主灾哎!"

"人家说也主兵呢。"

"唔。"

两个人都暂时静默,湖对边弥漫过一阵白森森的浮气来。在深谷里,被稀疏疏的小紫杨围着的小土丘上,闪动着一道游荡的灯光,鬼火似的一刻儿又不见了。

"小心罢,说不定今天晚上有'偷青'的呢,警空点,我的鼻子闻得出来。"大个儿一点的说。

"那有什么,吓跑了就完了罢,那天没有。"

"不成,今天得给他一顿好揍,快八月十五了呢。"

那一个诮讽的:"'烧饼'也当不得月饼呵。"

"谁说的,至少也痛快痛快手。"

"……"

小一点的那瘦瘦的,放倒了红缨扎枪,脱下了脚下的湿鞋,凑到席面上来。"雾更大了。"口中喃喃地说,心里像蕴着一种无名的恐怖,在暗中没有排解地霎闪着一双深沉的眼睛。

这时月亮已经升起来了,一切的物象都清晰的渐渐的化作灰尘和把握不迭的虚无。暗影在每个物什的空隙偷藏着,凝视着人。那棵夜神样的大紫杨,披下来的黑影,比树身的体积似乎大了一倍,窒息的铺在水面上。一块出水尖石,在巨荫里苍霉的发白。全湖面浸淫着一道无端的绝望的悲感。

"来宝哥,你今年多大了?"小的问着。

"二十三了,不小喽。"那一个一团稚气的答。

"我今年十六,妈说我明年就不拿'半拉子'钱了……。"

"你呀,你还是少作一点儿罢,别心贪,这年头儿啥年头,你身子股儿软,累出痨病腔子一辈的事。"

"可是怎办呢,爹老了,去年讨了三副力母丸也不见好……我要讲年造一年赚一百呢,就活便开了。"

"你得讲得出去呢,不用说你,就我咱,这年头儿没有人要,谁家敢说出一百块钱要人,到上秋粮食打出一百块钱了吗?……何况你又瘦瘦的……。"

"我勤俭点呵,多出点活呵。"

"哎,就别管明儿个,'到那河,脱那儿鞋!'……呃,可是偷了来酒来了,你喝吗?好酒呢!"他从裤腰底下掏摩了半天,掏出一只"酒闭"来,又是一卷儿干豆腐。

小的寂寞的摇了摇头,看着他吃着。

"可是,玛瑙,我忘记告诉了你,就要好了呢,听说小×到×京合作去了,就要出兵了,这回是真的,不是骗傻子了,说是给义勇军下了密令,从鞋底带来的,所以一过关,现在身上都不检察了,就检察鞋底,说是让义勇军们先干……"

"来宝哥,咱们也当义勇军去好不好?"

"那还用说,到那时谁都得去,不是中国人吗?"

瘦一点儿的玛瑙沉在沉思里。

"那时我们就有地了吗?"

"地还是归地主的,可是粮食值钱了,人有人要了呵!"

"我都知道——"玛瑙又叹息,"咱们没好,咱们不会好的!"

"你妈要给你娶媳妇了吗?"来宝没头没脑的插进来。

玛瑙红了红脸没作声。

"你吃干豆腐吧,我吃不了……娶个媳妇,好像买一条牲口,你爹也好'交边'了,享享福,刚才我在湖边儿看见了他,哎,驼的两头都扣一头了。"

"可是娶媳妇也得钱哪,我妈给两块布,那边不答应,说这年头女的值钱,要不是从小订的,现在都想不给了。"

"唼,这年头,他妈糊涂,兵荒马乱,大姑娘放在家……哼,你吃干豆腐呵,我吃不了。"

"哎……咱们睡吧,半夜还得起来打偷青的呢。"

来宝把两只扎枪放在两人中间,便掀开一床破棉絮来盖了。"你不睡吗?"来宝伸出脑袋来问。

瘦瘦的默默的不作声,扯开来棉絮的一角也睡了。

远远的村庄里,有一下狗叫声,旋即静灭。

雾现在已经封合了,另有一道白色的扰混的奶气似的雾露还一卷一卷的卷起来,绕着前边的芦苇,湿冷腻滞的水面团成了几乎看不见的水玻璃球。然后又兀自摊成一层粘雾,泛着白气,渐渐的,又与上层的黄雾同化在一起。透着月光,闪着一廓茫无涯际的空洞洞的光。

"来宝哥,你说出兵,是在八月十五吗?像杀鞑子似的?"

"……"

"来宝哥,你方才看见我爹了吗?"

"……"

"你睡着了吗?……好大觉……"

"……"那边骨啾啾的翻了个身。

"来宝哥……"

"……"

黑暗里一双绝望的眼睛向空无里张着。

雾更浓了,对面已经看不清人了。

湖边上的两个睡得很熟。沿着他们身后是一垅一垅的豆秸,豆叶儿早已生机殆尽,包在豆荚里边的豆粒儿也都成熟了,只静静立在那儿,等着人去打割。"豆哥哥"碰着这样的月夜,也想不起来叫,因为湿气太重,薄纱样的"镜鞍"都滞住了。

干枯的豆叶,花棱花棱的响了一阵,一会儿又静下来。

玛瑙梦中发着吃语:"不要打我呵……下次再不敢了……呵……不要打我的腰呵!……不……"

一只带着花白的骨针的刺猬猬,盲目的在他身边嗅着,听见他的嚷声,便畏缩的逃回豆地里去。

豆叶响动声一刻一刻地大起来了,方才的那只刺猬猬,已经无影无踪。

终于有割豆秸的声音沙沙地传出来。

玛瑙打个鼻嚏,醒转来,把耳朵贴在大地上听着,是镰刀声,豆秸倒地声,放铺声,脚步声……他的眼睛在暗中睁大起来,怀疑的向着月亮看了一眼,大概想看出现在是什么时光来。

他把手向来宝一推:"有人了!"声音几乎低到听不见,他又推了他一把,来宝朦头涨脸地坐起来,向他摆手,然后把耳朵贴在地上。"在'抹牛地'那边!"他狡猾地笑了一笑。"一阵好揍!"

"捉他?"

"捉!一定的,月饼!"

于是两个人悄手悄脚地爬起,向抹牛地那边包抄过来。两人都佝偻着腰,怕让那偷青贼看见,事先逃逸了。玛瑙抖抖身子也钻进豆丛里去,心想:"妈的,活该这贼倒霉,大过节的一顿胖揍!"手里使劲地握住了红缨扎枪。

雾很沉的,两个人都不能辨别自己的伙伴儿在那里,只有在豆叶的微动里,觉察出对方来。来宝以纯熟的经验,按照一个直线,到达抹牛地了。他将拳头抱紧,如同一只伏在草丛里等着他的弋获物走来的猛狮一般,两眼睁大,略微停一停,向着红雾里望去。

玛瑙心里十分沉阴,看着混沌的雾气,像一块郁结的血饼样的向自己掷来,不由的心头一阵冷悸……

忽的"噢……",一声惨叫,一件东西沉重地跌倒了,来宝早已和那人扭在一起。

"老东西,这是你家的!"来宝气喘嘘嘘地一边揪打着一边骂着。"这回老杂毛,你再叫!"他死命的揪住那偷青贼的脖子。

"爹爹!爹爹!"玛瑙一阵狂喊也扑滚在地上的两人身上。

来宝怔了一怔,揩着眼睛:"呵……"

躺在地上的老人,脸上罩着一层灰白色的惨雾,喉咙被痰拥塞着,很粗鲁的喘气。脸上有一道污血淋淋的淌下来。

两个青年都失措的不知道怎么办是好。

老人用仇视的眼光狠毒地望着他们,挣扎地站起来。虽然他的腰是驼到无可再驼了,但还可以断定年青时他定是一个顽固而强健的农夫,至少三十年前他也是个"头把刀"的"打头的"。

"马老爷,马老爷……"来宝呐呐的嘴里不知道说些什么。

老人向前一跳,拾起来地上的镰刀和一条麻绳,回头用眼向他们咒视了一下,便一高一低地走了。

两个默默地走回湖边来。

"你睡吧,我不要睡了。"来宝生气地说,他又抱起了膝头。

"你看不起我爹吗?"

"胡说,你睡吧!"宽宽的肩膀动了一下。

"我……我不成噢,我要挣的多呢……"

"你挣得多又怎样呢,能使穷人都好了吗?……"来宝轻蔑的用鼻子哼他。

"爹……咳,老了!"

"老!老头子成呢!"

"成？"

"那当然！"来宝又咕哝说了一些什么。

玛瑙忧郁地倒在席上，一种无极的哀怆淹没了他。疲惫的脑筋开始有点麻痹，他觉着一切自主的有机的力量都从身上失去，凡是有生命的都统统失去。眼前只是一片荒凉的所在，没有希望，没有拯救，从胀痛的呜呜的耳鸣里，只传出一声缠绵不断的绝望的惨叫。

辗转一会的工夫，他便被精神的疲倦带入一道无比的伤痛与睡眠混和的深渊里，昏噩沉浑的失去了知觉。

一觉醒来他又听见有人底语声，似乎离得很远。他想又来偷青的了，来宝不是没有睡吗，难道可怜的爹又回来了？……他连忙的清醒过来……来宝已经不在他身边了。

月亮像一个炙热的火球，微微的动荡，在西边的天幕上。大概距离早晨已经不太远了……远方的鬼魂样鸡声在叫着。

"来罢，小伙子……害羞吗？……来！……"

玛瑙听不出声音在哪边来的。

"你打我，好，打我的奶子好了……哎唷，小畜生！一会儿你就知道我的好处了……来罢，那边……。"

玛瑙茫然的不能索解，只是下意识的袭来一股羞辱与不可知的恐怖。而方才不久听到的那同样的镰刀声，豆秸倒地声，放铺声，脚步声……同样的急切，同样的烦躁，又在不远的地头上出现了。玛瑙的惊惧是可以想见的，他想只要是来宝在这里就好。他乍着胆子，手里本能地捏住了红缨扎枪，冲着割刈声传来的方向赶去。

他生手生脚的，心头忐忑的跳着，幻想出前面是一个络腮胡子的大汉子，举起闪电样的镰刀，照准自己的头顶劈来，他几乎叫出来。这时他想退回去找来宝，可是来宝已经不见了，后边也是一片黑魆魆黄腾腾的空虚……

"谁！"玛瑙向前大喝一声，声音里抑不住有点颤抖。他这叫声与其说是要吓退对面的敌人，还不如说是想提高自己的胆子。

当前一个孱弱的小姑娘吓得倒退了起来，一手举着镰刀。

"你还不快跑，你偷青……呵？"玛瑙看清了他的对手是个发抖的小野兽似的小人物，他突的壮起了胆子，只是奇怪她为什么还不快跑。

"你这点小东西，就敢偷！……"

"我妈——妈不是和——你说好了吗……？"伊很怕，瑟缩在一团，还举着镰刀，话语说出来一个字一个字都在沉闷的热郁里塞住了……

玛瑙不知是为了自己的好奇，还是为了使可怜的对方破除骇怕，声音不由的缓和下来。

"你妈——是谁呢？"

"我妈，你你没见着吗？"那小女孩全身抖着，又复陷入一种剧烈的痉挛里，伊以为一切都完了，她妈没有和他讲好……

"呃……我们是两个人，你妈也许跟那个人讲好……喂喂，你不要怕，我不知道，我睡觉了……"

小女孩惶悚地小鸡样地向他疑惑地看了一眼,把举起来的镰刀迟钝地放下来。

玛瑙心里出奇的难受,他很想哭起来。

小女孩机械的又转过身去割起豆荚来了,戒备的用眼光在眼角上向这男人溜着。

"你有爹吗?"玛瑙昏乱地问着她,不知应该如何来应付他的小贼。

女孩儿摇摇头,依然吃力地割着。她的小手握着那豆秸是那样的费劲,那样的迟慢,一刀一刀不自然地割着。

"有爷爷吗?"

"爷爷咳嗽呢,爷爷说他就要死了。"

"咳嗽!"

"唔,到晚上就厉害。"

"你妈晚上起来给烧水吗?"

"烧水?"

"呵,烧水,压咳嗽。"

"不,我妈没工夫。"

"你妈干啥忙呵?"

"偷豆秸啊。"

"要不偷豆秸呢?"

"也忙。"小女孩轻轻的呼出一口气来。大概她是叹息着自己的无力,她割了那么半天,还不够个大人一刀挥下来的那么多。可是她还是毫不倦息地割着,好像割着就是她的生命里的一切。

"你妈现在在哪里呀?"玛瑙陷入不解的懊恼里。

小女孩全身微微的一震,在嗓子里呜噜着:"我不知道。"

"那你怎敢一个人来偷呢?"

"我妈说,她一咳嗽,我就割,那就是她说好了……"

"唔……你妈……"他沉吟的落在思索里。"你不害怕吗,这样的天,对面不见影儿……"

"……"她回过头来看他一下,眼睛里闪着黑光,全身都更缩小了一点。

"你有哥哥吗?"

女孩儿悲惨的摇了一下头。

"弟弟?"

女孩无声叹息着。

玛瑙向四外无告地望了一眼,月亮已经西沉了,白茫茫的大雾带着刺鼻的涩臭,慢慢的摊成棉毡,为着破晓的冷气的漫延,开始凝结起来。大的分子粘和着小的分子,成为雏形的露珠向下降低了。远远的芦苇,深谷,大树,朦胧里现出粗拙的无定色的庞大的块和紊乱的不安的线条。鸡声又叫了,宛然是一只冤死的孤魂无力的呼喊……

小女孩手出血了,在衣上擦着,又弯下身来割。

"你有家吗?……"

"唉……"小女孩挺挺腰,喘口气,她的肋骨完全酸痛,一根一根的,要在她的小小的胸脯上裂开弹去,"求求你,你不要向我说话了……"她恐惧地向后偷看一眼,想辨明是否因这话而得罪了他。"我割的太少了,……我妈就要来了……该打我了……"最后的理由她吞吐的说出。此刻伊完全为恐怖所占有……

玛瑙无神的俯下身来,拾起落在地上的红缨扎枪,木然的向后退去……,心头像铅块一样的沉重。

雾的浪潮,一片闷都都的窒人死命的毒气似的,在凄惨的大地上浮着,包育着浊热、恶瘴,动荡不停。上面已经稀薄,显出无比的旷敞,空无所有。

月还是红憧憧的,可是已经透着萎靡的苍白。

他一个人踽踽地向前走着,脚下不知踏着什么东西……走出约有二十步的光景,他又顿然停住了,然后大步地转回来……

小女孩看他走过来,触电样地向后一退,神经质地辩诉着:"我割的不多呀,我割的不多呀,我……再让我割一点吧……我妈就要来了呵!……"

玛瑙一声不响地从她手里将镰刀莽撞地夺下来,替她割着。……

远远的鸡声愤怒的叫着,天就要破晓了。

……

一九三六年于上海

(原载 1936 年 8 月 1 日《文学》第 7 卷 2 号)

华威先生

张天翼

转弯抹角算起来——他算是我的一个亲戚。我叫他"华威先生"。他觉得这种称呼不大好。

"天翼兄你真是!"他说,"为什么一定要个'先生'呢。你应当叫我'威弟'。再不然叫我'阿威'。"

把这件事交涉过了之后,他立刻带上了帽子:

"我们改日再谈好不好,天翼兄。我总想畅畅快快跟你谈一次——唉,可总是没有时间。今天刘主任起草了一个县长公余工作方案,硬要叫我参加意见,叫我替他修改。三点钟又还有一个集会。"

这里他摇摇头,没奈何地苦笑了一下。他声明他并不怕吃苦:在抗战时期大家都应当苦一点。不过——时间总要够支配呀。

"王委员又打了三个电报来,硬要请我到汉口去一趟。我怎么跑得开呢,我的天!"

于是匆匆忙忙跟我握了握手,跨上他的包车。

他永远挟着他的公文皮包。并且永远带着他那根老粗老粗的黑油油的手杖。左手无名指上带着他的结婚戒指。拿着雪茄的时候就叫这根无名指微微地弯着,而小指翘得高高的构成一朵兰花的图样。

这个城市里的黄包车谁都不作兴跑,一脚一脚挺踏实地踱着,好像饭后千步似的。可是包车例外:Ding dang, ding dang, ding dang! ——一下子就抢到了前面。黄包车立刻就得往左边躲开。小推车马上打斜。担子很快地就让到路边。行人赶紧就避到两旁的店铺里去。

包车踏铃不断地响着。钢丝在闪着亮。还来不及看清楚——它就跑得老远老远的了,像闪电一样地快。

而——据这里有几位救亡工作者的上层分子的统计,跑得顶快的是那位华威先生的包车。

他的时间很要紧。他说过——

"我恨不得取消晚上睡觉的制度。我还希望一天不止二十四小时。救亡工作实在太多了。"

接着掏出表来看一看,他那一脸丰满的肌肉立刻紧张了起来。眉毛皱着,嘴唇使劲撮着,好像他在把全身的精力都要收敛到脸上似的。他立刻就走:他要到难民救济会去开会。

照例——会场里的人全到齐了坐在那里等着他。他在门口下车的时候总得顺便把踏铃踏它一下:Ding

同志们彼此看看:唔,华威先生到会了。有几位透了一口气。有几位可就拉长了脸瞧着会场门口。有一位甚至于要准备决斗似的——抓着拳头瞪着眼。

华威先生的态度很庄严。用种从容的步子走进去,他先前那付忙劲儿好像被他自己的庄严态度消解掉了。他在门口稍为停了一会儿,让大家好把他看个清楚,仿佛要唤起同志们的一种信任心,仿佛要给同志一种担保——什么困难的大事也都可以放下心来。他并且还点点头。他眼睛并不对着谁,只看着天花板。他是在对整个集体打招呼。

会场里很静。会议就要开始。有谁在那里翻着什么纸张,窸窸窣窣的。

华威先生很客气地坐到一个冷角落里,离主席位子顶远的一角。他不大肯当主席。

"我不能当主席,"他拿着一支雪茄烟打手势。"工人救亡工作协会的指导部今天开常会。通俗文艺研究的会议也是今天。伤兵工作团也要去的,等一下。你们知道我时间不够支配:只容许我只在这里讨论十分钟。我不能当主席。我想推举刘同志当主席。"

说了就在嘴角上闪起一丝微笑,轻轻地拍几下手板。

主席报告的时候,华威先生不断地在那里括洋火点他的烟。把表放在面前,时不时像计算什么似地看看它。

"我提议!"他大声说。"我们的时间是很宝贵的:我希望主席尽可能报告得简单一点。我希望主席能够在两分钟之内报告完。"

他括了两分钟洋火之后,猛的站了起来,对那正在哗啦哗啦的主席摆摆手:

"好了,好了。虽然主席没有报告完,我已经明白了。我现在还要去赴别的会,让我先发表一点意见。"

停了一停。抽两口雪茄,扫了大家一眼。

"我的意见很简单,只有两点,"他舐舐嘴唇。"第一点,就是——每个工作人员不能够怠工。而是相反,要加紧工作。这一点不必多说,你们都是很努力的青年,你们都能热心工作,我很感激你们。但是还有一点——你们要时时刻刻不能忘记,那就是我要说的第二点。"

他又抽了两口烟,嘴里吐出来的可只有热汽。这就又括了一根洋火。

"这第二点呢就是:青年工作人员要认定一个领导中心。你们只有在这一个领导中心的领导之下,大家团结起来,统一起来。也只有在一个领导中心的领导之下,救亡工作才能够展开。青年是努力的,是热心的,但是因为理解不够,工作经验不够,常常容易犯错误。要是上面没有一个领导中心,往往要弄得不可收拾。"

瞧瞧所有的脸色,他脸上的肌肉耸动了一下——表示一种微笑。他往下说:

"你们都是青年同志,所以我说得很坦白,很不客气。大家都要做救亡工作,没有什么客气可讲。我想你们诸位青年同志一定会接受我的意见。我很感激你们。好了。抱歉得很,我要先走一步。"

把帽子一戴,把皮包一挟,瞧着天花板点点头,挺着肚子走了出去。

到门口可又想起了一件什么事。他把当主席的同志拽开,小声儿谈了几句。

"你们工作——有什么困难没有?"他问。

"我刚才报告提到了这一点,我们……"

华威先生伸出个食指顶着主席的胸脯:

"唔,唔,唔。我知道我知道。我没有多余的时间来谈这件事。以后——你们凡是想到的工作计划,你们可以到我家里去找我商量。"

坐在主席旁边的那个长头发的青年注意地看着他们,现在可忍不住插嘴了:

"星期三我们到华先生家里去过三次,华先生不在家……"

那位华先生冷冷地瞅他一眼,带着鼻音哼了一句——"唔,我有别的事,"又对主席低声说下去:

"要是我不在家,你们跟密司黄接头也可以。密司黄知道我的意见,她可以告诉你们。"

密司黄就是他的太太。他对第三者说起她来总是这么称呼她的。

他交代过了这才真的走开。这就到了通俗文艺研究会的会场。他发现别人已经在那里开会,正有一个人在那里发表意见。他坐了下来,点着了雪茄,不高兴地拍了三下手板。

"主席!"他叫,"我因为今天另外还有一个集会,我不能等到终席。我现在有一点意见,想要先提出来。"

于是他发表了两点意见:第一,他告诉大家——在座的人都是当地的文化人,文化人的工作是很重要的,应当加紧地做去。第二,文化人应当认清一个领导中心,文化人在当地的领导中心的领导之下团结起来,统一起来。

五点三刻他到了工人救亡协会指导部的会议室。

这回他脸上堆上了笑容,并且对一个人点头。

"对不住得很,对不住得很:迟到了三刻钟。"

主席对他微笑一下,他还笑着伸了伸舌头,好像闯了祸怕挨骂似的。他四面瞧瞧形势,就拣在一个小胡子的旁边坐下来。

他带着很机密很严重的脸色——小声儿问那个小胡子:

"昨晚你喝醉了没有?"

"还好,不过头有点子晕。你呢?"

"我啊——我不该喝了那三杯猛酒,"他严肃地说,"尤其是汾酒,我不能猛喝。刘主任硬要我干掉——嗨,一回家就睡倒了。密司黄说要跟刘主任去算账呢:要质问他为什么要把我灌醉。你看!"

一谈了这些,他赶紧打开皮包,拿出一个纸条——写几个字递给了主席。

"请你稍为等一等,"主席打断了一个正在发言的人的话,"华威先生还有别的事情要走。现在他有点意见:要求先让他发表。"

华威先生点点头站了起来。

"主席!"腰板微微地一弯。"各位先生!"腰板微微地一弯。

"兄弟首先要请求各位原谅:我到会迟了一点,而又要提前退席。……"

随后他说出了他的意见。他声明——这个指导部是个领导机关,这个指导部应该时时刻刻起领导中心作用。

"群众是复杂的。尤其是现在的群众——分子非常复杂。我们要是不能起领导作用,那就很危险,很危险。事实上,此地各方面的工作也非有个领导中心不可。我们的担子真是太重了,但是我们不怕怎样的艰苦,也要把这担子担起来。"

他反复地说明了领导中心作用的重要,这就带起帽子去赴一个宴会。他每天都这么忙着。要到刘主任那里去办事。要到各团体去开会。而且每天——不是有别人请他吃饭,就是他请人吃饭。

华威太太每次遇到我,总是代替华威先生诉苦。

"唉,他真是苦死了!工作这么多,连吃饭的工夫都没有。"

"他不可以少管一点,专门去做某一种工作么?"我问。

"怎么行呢?许多工作都要他去领导呀。"

可是有一次,华威先生简直吃了一大惊。妇女界有些人组织了一个战时保婴会,竟没有去找他!

他开始打听,调查。他设法把一个负责人找来。

"我知道你们委员会已经选出来了。我想还可以多添加几个。"

他看见对方在那里踌躇,他把下巴挂了下来:

"问题是在这一点:你们的委员是不是能够真正领导这工作。你能不能够对我担保——你们会内没有不良分子?你能不能担保——你们以后工作不至于错误,不至于怠工?你能不能担保,你能不能?你能够担保的话,那我要请你写个书面的东西给我。以后万一——如果你们的工作出了毛病,那你就要负责。"

接着他又声明:这并不是他自己的意思。他不过是一个执行者。这里他食指点点对方的胸脯:

"如果我刚才说那些你们办不到,那不是就成非法团体了么?"

这么谈判了两次,华威先生当了战时保婴的委员。于是在委员会开会的时候,华威先生挟着皮包去坐这么五分钟,发表了一两点意见就跨上了包车。

有一天他请我吃晚饭。他说因为家乡带来了一块腊肉。

我到他家里的时候,他正在那里对两个学生样的人发脾气。

"你昨天为什么不去,为什么不去?"他吼着。"我叫你拖几个人去的。但是我在台上一开始演讲,一看——连你都没有去听!我真不懂你们干了些什么!"

"昨天——我到了新组织的一个难民读书会去的。"

华威先生猛跳起来了:

"什么!什么!——新组织的一个难民读书会?怎么我不知道,怎么不告诉我?"

"我们那天大家决议了的。我来找过华先生,华先生又是不在家——"

"好啊,你们秘密行动!"他瞪着眼。"你老实告诉我——这个读书会到底是什么背景,你老实告诉我!"

对方似乎也动了火:

"什么背景呢,都是中华民族!什么秘密行动也没有。……华先生又不到会去,开会也不终席,来找又找不到……我们总不能把工作停顿起来……"

华威先生把雪茄一摔,狠命在桌上捶了一拳:Bung。

"混蛋!"他咬着牙,嘴唇在颤抖着。"你们小心!你们!哼,你们!你们!——"他倒到了沙发上,嘴巴痛苦地抽得歪着。"妈的!这个这个——你们青年!……"

五分钟之后他抬起头来,害怕似地四面看一看。那两个客人已经走了。他叹一口长气:

"唉,你看你看!天翼兄你看!现在的青年怎么办,现在的青年!"

这晚他没命地喝了许多酒,嘴里嘶嘶嘶地骂着那些小伙子。他打碎了一只茶杯。密司黄扶着他上了床,他忽然打个寒噤说:

"明天十点钟有个集会……"

(原载 1938 年 4 月 16 日《文艺阵地》半月刊第 1 卷第 1 期)

在其香居茶馆里

沙 汀

坐在其香居茶馆里的联保主任方治国,当他看见正从东头走来,嘴里照例扰嚷不休的么吵吵的时候,简直立刻冷了半截,觉得身子快要坐不稳了。

使他发生这种异状的原因是:为了种种糊涂措施,目前他正处在全镇市民的围攻当中,这是一;其次,么吵吵的第二个儿子,因为缓役了四次,又从不出半文壮丁费,好多人讲闲话了;加之,新县长又宣布了要认真整顿"役政",于是他就赶紧上了封密告,而在三天前被兵役科捉进城了。

最为重要的还在这里:正如全市市民批评的那样,么吵吵是个不忌生冷的人,什么话他都嘴一张就说了,不管你受得住受不住。就是联保主任的令尊在世的时候,也经常对他那张嘴感到头痛。因为尽管么吵吵本人并不可怕,他的大哥可是全县极有威望的耆宿,他的舅子是财务委员,县政上的活跃分子,都是很不好沾惹的。

么吵吵终于一路吵过来了。这是那种精力充足,对这世界上任何事物都采取一种毫不在意的态度的典型男性。他时常打起哈哈在茶馆里自白道:"老子这张嘴么,就这样:说是要说的,吃也是要吃的;说够了回去两杯甜酒一喝,倒下去就睡!……"

现在,么吵吵一面跨上其香居的阶沿,拖了把圈椅坐下,一面直着嗓子,干笑着嚷叫道:

"嗨,对!看阳沟里还把船翻了么!……"

他所参加的那张茶桌已经有着三个茶客,全是熟人:十年前当过视学的俞视学;前征收局的管账,现在靠着利金生活的黄光锐;会文纸店的老板汪世模汪二。

他们大家,以及旁的茶客,都向他打着招呼:

"拿碗来!茶钱我给了。"

"坐上来好吧,"俞视学客气道,"这里要舒服些。"

"我要那么舒服做什么哇?"出乎意外,么吵吵横着眼睛嚷道,"你知道么,我坐上席会头昏的,——没有那个资格!……"

本分人的视学禁不住红起脸来。但他随即猜出来么吵吵是针对着联保主任说的,因为当他嚷叫的时候,视学看见他满含恶意地瞥了一眼坐在后面首席上的方治国。

除却联保主任,那张桌子还坐得有张三监爷。人们都说他是方治国的军师,实际上,他可只能跟主任坐坐酒馆,在紧要关头进点不着边际的忠告。但这并不特别,他原是对什么事都关心的,而往往忽略了自己。他的老婆孩子经常在家里是饿着饭的,他却很少管顾。

同监爷对面坐着的是黄牦牛肉,正在吞服一种秘制的戒烟丸药。他是主任的重要助手;虽然并无多少才干,唯一的本领就是毫无顾忌。"现在的事你管那么多做什么哇?"他常常这么说,"拿得到手的就拿!"

牦牛肉应付这世界上一切经常使人大惊小怪的事变,只有一种态度:装做不懂。

"你不要管他,发神经!"他小声向主任建议。

"这回子把蜂窝戳破了。"主任方治国苦笑说。

"我看要赶紧'缝'啊!"捧着暗淡无光的黄铜烟袋,监爷皱着脸沉吟道,"另外找一个人去'抵'怎样?"

"已经来不及了呀。"主任叹口气说。

"管他做什么呵!"牦牛肉眨眼而且努嘴,"是他妈个火炮性子。"

这时候,么吵吵已经拍着桌子,放开嗓子在叫嚷了。但是他的战术依然停留在第一阶段,即并不指出被攻击的人的姓名,只是影射着对方,正像一通没头没脑的谩骂那样。

"搞到我名下来了!"他显得做作地打了一串哈哈,"好得很!老子今天就要看他是什么东西做出来的:人吗?狗吗?你们见过狗起草么,嗨,那才有趣!……"

于是他又比又说地形容起来了。虽然已经蓄了十年上下的胡子,么吵吵的粗鲁话可是越来越多。许多闲着无事的人,有时候甚至故意挑弄他说下流话。他的所谓"狗",在指他的仇人方治国说的,因为主任的外祖父曾经当过衙役,而这又正是方府上下人等最大的忌讳。

因为他形容得太恶俗了,俞视学插嘴道:

"少造点口孽呵！有道理讲得清的。"

"我有啥道理哇！"么吵吵忽然板起脸嚷道，"有道理，我也早当了什么主任了。两眼墨黑，见钱就拿！"

"吓，邢表叔！……"

气得脸青面黑的身材瘦小的联保主任方治国，一下子忍不住站起来了。

"吓，邢表叔！"他重复说，"你说话要负责呵！"

"什么叫做负责哇？我就不懂！表叔！"么吵吵模拟着主任的声调，这惹得大家忍不住笑起来，"你认错人了！认真是你表叔，你也不吃了我了！"

"对，对，对，我吃你！"主任解嘲地说，干笑着坐了下去。

"不是吗？"么吵吵拍了一巴掌桌子，嗓子更加高了，"兵役科的人亲自对我大哥说的！你的报告真做得好呢。我今天倒要看你长的几个卵子！……"

么吵吵一个劲说下去。而他愈来愈加觉得这不是开玩笑，也不是平日的瞎吵瞎闹，完全为了个痛快；他认真感觉到愤激了。

他十分相信，要是一年半年以前，他是用不着这么样着急的，事情好办得很。只需给他大哥一个通知，他的老二就会自自由由走回来的。而且以往抽丁，他的老二就躲掉过四次。但是现在情形已经两样，一切要照规矩办了。而最为严重的，是他的老二已经抓进城了。

他已经派了他的老大进城，而带回来的口信，更加证明他的忧虑不是没有根据。因为那捎信人说，新县长是认真要整顿兵役的，好几个有钱有势的青年人都偷跑了，有的成天躲在家里。么吵吵的大哥已经试探过两次，但他认为情形险恶。额外那捎信人又说，壮丁就快要送进省了。

凡是邢大老爷都感觉棘手的事，人还能有什么办法呢？他的老二只有作炮灰了。

"你怕我是聋子吧，"么吵吵简直在咆哮了，"去年蒋家寡母子的儿子五百，你放了；陈二靴子两百，你也放了！你比土匪头儿萧大个子还要厉害。钱也拿了，脑袋也保住了，——老子也有钱的，你要张一张嘴呀？"

"说话要负责呵！邢么老爷！……"

主任又出马了，而且现出假装的笑容。

主任是一个糊涂而胆怯的人。胆怯，因为他太有钱了；而在这个边野地区，他又从来没有摸过枪炮。这地区是几乎每个人都能来两手的，还有人靠着它维持生计。好些年前，因为预征太多，许多人怕当公事，于是联保主任这个头衔忽然落在他头上了，弄得一批老实人莫名其妙。

联保主任很清楚这是实力派的阴谋，然而，一向忍气吞声的日子驱使他接受了这个挑战。他起初老是垫钱，但后来他尝到甜头了：回扣、黑粮，等等。并且，当他走进茶馆的时候，招呼茶钱的声音也来得响亮了。而在三年以前，他的大门上已经有了一道县长颁赠的匾额：

尽瘁桑梓

但是，不管怎样，正像他自己感觉到的一般，在这回龙镇，还是有人压住他的。他现在多少有点失悔自己做了糊涂事情；但他佯笑着，满不在意似地接着说道：

"你发气做啥呵，都不是外人！……"

"你也知道不是外人么?"么吵吵反问,但又并不等候回答,一直嚷叫下去道,"你既知道不是外人,就不该搞我了,告我的密了!"

"我只问你一句!……"

联保主任又一下站起来了,而他的笑容更加充满一种讨好的意味。

"你说一句就是了!"他接着说,"兵役科什么人告诉你的?"

"总有那个人呀,"么吵吵冷笑说,"像还是谣言呢!"

"不是!你要告诉我什么人说的啦。"联保主任说,态度装得异常诚恳。

因为看见么吵吵松了劲,他察觉出可以说理的机会到了。于是就势坐向俞视学侧面去,赌咒发誓地分辩起来,说他一辈子都不会做出这样胆大糊涂的事情来的!

他坐下,故意不注意么吵吵,仿佛视学他们倒是他的对手。

"你们想吧,"他说,摊开手臂,蹙着瘦瘦的铁青的脸蛋,"我姓方的是吃饭长大的呀!并且,我一定要抓他的人做啥呢?难道'委员长'会赏我个状元当么?没讲的话,这街上的事,一向糊得圆我总是糊的!"

"你才会糊!"么吵吵叹着气抵了一句。

"那总是我吹牛呵!"联保主任无可奈何地辩解说,瞥了一眼他的对手,"别的不讲,就拿救国公债说吧,别人写的多少,你又写的多少?"

他随又把嘴凑近视学的耳朵边呻唤道:

"连丁八字都是五百元呀!"

联保主任表演得如此精彩,这不是没原因的,他想充分显示出事情的重要性,和他对待么吵吵的一片苦心。同时,他发觉看热闹的人已经越来越多,几乎街都快扎断了,漏出风声太不光彩,而且容易引起纠纷。

大约视学相信了他的话,或者被他的态度感动了,兼之又是出名的好好先生,因此他斯斯文文地扫了扫喉咙,开始劝解起么吵吵来。

"么哥!我看这样啊:人不抓,已经抓了,横竖是为国家。……"

"这你才会说!"么吵吵一下撑起来了,眯起眼睛问视学道,"这样会说,你那一大堆,怎么不挑一个送起去呢?"

"好!我两个讲不通。"

视学满脸通红,故意勾下脑袋喝茶去了。

"再多讲点就讲通了!"么吵吵重又坐了下去,接着满脸怒气嚷道,"没有生过娃娃当然会说生娃娃很舒服!今天怎么把你个好好先生遇到了呵:冬瓜做不做得甑子?做得。蒸垮了呢?那是要垮呀,——你个老哥子真是!"

他的形容引来一片笑声。但他自己却并不笑,他把他那结结实实的身子移动了一下,抹抹胡子,又把袖头两挽,理直气壮地宣告道:

"闲话少讲!方大主任,说不清楚你今天走不掉的!"

"好呀!"主任一面应声,一面懒懒退还原地方去,"回龙镇只有这样大一个地方哩,我会往哪里跑?就要跑也跑不脱的。"

联保主任的声调和表情照例带着一种嘲笑的意味,至于是嘲笑自己,或者嘲笑对方,那就要凭你猜了。他是经常凭藉了这点武器来掩护自己的,而且经常弄得顽强的敌手哭笑不得。人们一般都叫他做软硬人:碰见老虎他是绵羊,如果对方是绵羊呢,他又变成了老虎了。

当他回到原位的时候,牦牛肉一面吞服着戒烟丸,生气道:

"我白还懒得答呢,你就让他吵去!"

"不行不行,"监爷意味深长地说,"事情不同了。"

监爷一直这样坚持自己的意见,是颇有理由的。因为他确信这镇上正在对准联保主任进行一种大规模的控告,而邢大老爷,那位全县知名的绅耆,可以使这控告成为事实,也可以打消它。这也就是说,现在联络邢家是个必要措施。何况谁知道新县长是怎样一副脾气的人呢!

这时候,茶堂里的来客已增多了。连平时懒于出门的陈新老爷也走来了。新老爷是前清科举时代最末一科的秀才,当过十年团总,十年哥老会的头目,八年前才退休的。他已经很少过问镇上的事情了,但是他的意见还同团总时代一样有效。

新老爷一露面,茶客们都立刻直觉到:么吵吵已经布置好一台讲茶了。茶堂里响起一片零乱的呼唤声。有照旧坐在座位上向茶倌叫喊的,有站起来叫喊的,有的一面挥着钞票一面叫喊,但是都把声音提得很高很高,深恐新老爷听不见。

其间一个茶客,甚至于怒气冲冲地吼道:

"不准乱收钱啦!嗨!这个龟儿子听到没有?……"

于是立刻跑去塞一张钞票在堂倌手里。

在这种种热情的骚动中间,争执的双方,已经很平静了。联保主任知道自己会亏理的,他在殷勤地争取着客人,希望能于自己有利。而么吵吵则一直闷着张脸,这是因为当着这许多漂亮人物面前,他忽然深切地感觉到,既然他的老二被抓,这就等于说他已经失掉了面子!

这镇上是流行着这样一种风气的,凡是照规矩行事的,那就是平常人,重要人物都是站在一切规矩之外的。比如陈新老爷,他并不是个惜疼金钱的脚色,但是就连打醮这类事情,他也没有份的;否则便会惹起人们大惊小怪,以为新老爷失了面子,和一个平常人没多少区别了。

面子在这镇上的作用就有如此厉害,所以么吵吵闷着张脸,只是懒懒地打着招呼。直到新老爷问起他是否欠安的时候,这才稍稍振作起来。

"人倒是好的,"他苦笑着说,"就是眉毛快给人剪光了!"

接着他又一连打了一串干燥无味的哈哈。

"你瞎说!"新老爷严正地切断他,"简直瞎说!"

"当真哩!不然,也不敢劳驾你哥子动步了。"

为了表示关切,新老爷深深叹了口气。

"大哥有信来没有呢?"新老爷接着又问。

"他也没办法呀!……"

么吵吵呻唤了。

"你想吧,"为了避免人们误会,以为他的大哥也成了没面子的脚色了,他随又解释道,"新县长的脾气又没有摸到,叫他怎么办呢?常言说,新官上任三把火,又是闹起要整顿役政的,谁知道他会发些什么猫儿毛病?前天我又托蒋门神打听去了。"

"新县长怕难说话,"一个新近从城里回来的小商人插入道,"看样子就晓得了:随常一个人在街上串,戴他妈副黑眼镜子……"

严肃沉默的空气没有使小商人说下去。

接着,也没有人敢再插嘴,因为大家都不知道应该如何表示自己的感情。表示高兴吧,这是会得罪人的,因为情形的确有些严重;但说是严重吧,也不对,这又会显得邢府上太无能了。所以彼此只好暧昧不明地摇头叹气,喝起茶来。

看见联保主任似乎正在考虑一种行动,牦牛肉包着戒烟丸药,小声道:

"不要管他!这么快县长就叫他们喂家了么?"

"去找找新老爷是对的!"监爷意味深长地说。

这个脸面浮肿、常以足智多谋自负的没落绅士,正投了联保主任的机,方治国早就考虑到这个必要的措施了。使得他迟疑的,是他觉得,比较起来,新老爷同邢家的关系一向深厚得多,他不一定捡得到便宜。虽然在派款和收粮上面,他并没有对不住新老爷的地方;逢年过节,他也从未忘记送礼,但在几件小事情上,他是开罪过新老爷的。

比如,有一回曾布客想抵制他,抬出新老爷来,说道:

"好的,我们到新老爷那里去说!"

"你把时候记错了!"主任发火道,"新老爷吓不倒我!"

后来,事情虽然依旧是在新老爷的意志下和平解决了的,但是他的失言一定已经散播开去,新老爷给他记下一笔账了。但他终于站了起来,向着新老爷走过去了。

这个行动,立刻使得人们很振作了,大家全都期待着一个新的开端。有几个人在大声喊叫堂倌拿开水来,希望缓和一下他们的紧张心情。么吵吵自然也是注意到联保主任的攻势的,但他不当作攻势看,以为他的对手是要求新老爷调解的;但他猜不准这个调解将会采取一种什么方式。

而且,从么吵吵看来,在目前这样一种严重问题上,一个能够叫他满意的调解办法,是不容易想出来的。这不能道歉了事,也不能用金钱的赔偿弥补,那么剩下来的只有上法庭起诉了!但一想到这个,他就立刻不安起来,因为一个决心整饬役政的县长,难道会让他占上风?!

么吵吵觉得苦恼,而且感觉一切都不对劲。这个坚实乐观的汉子,第一次遭到烦扰的袭击了,简直就同一个处在这种境况的平常人不差上下:一点抓拿没有!

他忽然在桌子上拍了一掌,苦笑着自言自语道:

"哼!乱整吧,老子大家乱整!"

"你又来了!"俞视学说,"他总会拿话出来说啦。"

"这还有什么说的呢?"么吵吵苦着脸反驳道,"你个老哥子怎么不想想呵:难道什么天王老子会有这么大的面子,能够把人给我取回来么?!"

"不是那么讲。取不出来,也有取不出来的办法。"

"那我就请教你!"么吵吵认真快发火了,但他尽力克制着自己,"什么办法呢?!——说一句对不住了事？——打死了让他赔命？……"

"也不是那样讲。……"

"那又是怎样讲呢？"么吵吵终于大发其火，直着嗓子叫了，"老实说吧，他就没有办法！我们只有到场外前大河里去喝水了！"

这立刻引起一阵新的骚动。全都预感到精彩节目就要来了。

一个立在阶沿下人堆里的看客，大声回绝着朋友的催促道：

"你走你的嘛，我还要玩一会！"

提着茶壶穿堂走过的堂倌，也在兴高采烈叫道：

"让开一点，看把脑袋烫肿！"

在当街的最末一张桌子上，那里离么吵吵隔着四张桌子，一种平心静气的谈判已经快要结束。但是效果显然很少，因为长条子的陈新老爷，忽然气冲冲站起来了。

陈新老爷仰起瘦脸，颈子一扭，大叫道：

"你倒说你娃条鸟呵！……"

但他随又坐了下去，手指很响地击着桌面。

"老弟！"他一直望着联保主任，几乎一字一顿地说，"我不会害你的！一个人眼光要放远大一点，目前的事是谁也料不到的！——懂么？"

"我懂呵！难道你会害我？"

"那你就该听大家的劝呀！"

"查出来要这个啦，——我的老先人！"

联保主任苦涩地叫着，同时用手掌在后颈上一比：他怕杀头。

这的确也很可虑，因为严惩兵役舞弊的明令，已经来过三四次了。这就算不作数，我们这里隔上峰还远，但是县长对于我们就全然不相同了：他简直就在你的鼻子前面。并且，既然已经把人抓起去了，就要额外买人替换，一定也比平日困难得多。

加之，前一任县长正是为了壮丁问题被撤职的，而新县长一上任便宣称他要扫除役政上的种种积弊。谁知道他是不是也如一般新县长那样，上任时候的官腔总特别打得响，结果说过算事，或者他硬要认真地干一下？他的脾气又是怎样的呢？……

此外，联保主任还有一个不能冒这危险的重大理由。他已经四十岁了，但他还没有取得父亲的资格。他的两个太太都不中用，虽然一般人把责任归在这作丈夫的先天不足上面。好像就是再活下去，他也永远无济于事，作不成父亲。

然而，不管如何，看光景他是决不会冒险的。所以停停，他又解嘲地继续道：

"我的老先人！这个险我不敢冒。认真是我告了他的密都说得过去……"

他佯笑着，而且装得很安静。同么吵吵一样，他也看出了事情的诸般困难，而他首先应该矢口否认那个密告的责任。但他没有料到，他把新老爷激恼了。

新老爷没有让他说完，便很生气地反驳道：

"你这才会装呢！可惜是大老爷亲自听兵役科说的！"

"方大主任！"么吵吵忽然直接地插进来了，"是人做出来的就撑住哇！我告诉你：赖，你今天无论如何赖不脱的！"

"嘴巴不要伤人啊！"联保主任忍不住发起火来。

他态度严正,口气充满了警告气味；但是么吵吵可更加蛮横了。

"是的,老子说了,是人做出来的你就撑住！"

"好嘛,你多凶呵。"

"老子就是这样！"

"对对对,你是老子！哈哈！……"

联保主任响着干笑,一面退回自己原先的座位上去。他觉得他在全镇的市民面前受了侮辱,他决心要同他的敌人斗到底了。仿佛就是拼掉老命他都决不低头。

联保主任的幕僚们依旧各有各的主见。牦牛肉说：

"你愈让他愈来了,是吧！"

"不行不行,事情不同了。"监爷叹着气说。

许多人都感到事情已经闹成僵局,接着来的一定会是谩骂,是散场了。因为情形明显得很,争吵的双方都是不会动拳头的。那些站在大街上看热闹的,已经在准备回家吃午饭了。

但是,茶客们却谁也不能轻易动身,担心有失体统。并且新老爷已经请了么吵吵过去,正在进行一种新的商量,希望能有一个顾全体面的办法。虽然按照常识,一个二十岁的青年人的生命,绝不能和体面相提并论,而关于体面的解释也很不一致。

然而,不管怎样,由于一种不得已的苦衷,么吵吵终于是让步了。

"好好",他带着决然忍受一切的神情说,"就照你哥子说的做吧！"

"那么方主任,"新老爷紧接着站起来宣布说,"这一下就看你怎样,一切用费么老爷出,人由你找；事情也由你进城去办：办不通还有他们大老爷,——"

"就请大老爷办不更方便些么？"主任嘴快地插入说。

"是呀！也请他们大老爷,不过你负责就是了。"

"我负不了这个责。"

"什么呀?！"

"你想,我怎么能负这个责呢？"

"好！"

新老爷简捷地说,闷着脸坐下去了。他显然是被对方弄得不快意了；但是,沉默一会,他又耐着性子重新劝说起来。

"你是怕用的钱会推在你身上吧？"新老爷笑笑说。

"笑话！"联保主任毫不在意地答道,"我怕什么？又不是我的事。"

"那又是什么人的事呢？"

"我晓得的呀！"

联保主任回答这句话的时候,带着一种做作的安闲态度,而且嘲弄似地笑着,好像他是什么都不懂得,因此什么也不觉得可怕；但他没有料到么吵吵冲过来了。而且,那个气得胡子发抖的汉子,一把扭牢他的领口就朝街面上拖。

"我晓得你是个软硬人！——老子今天跟你拼了！……"

"大家都是面子上的人,有话好好说呵!"茶客们劝解着。

然而,一面劝解,一面偷偷溜走的也就不少。堂倌已经在忙着收茶碗了。监爷在四处向人求援,昏头昏脑地胡乱打着漩子,而这也正证明着联保主任并没有白费自己的酒肉。

"这太不成话了!"他摇头叹气说,"大家把他们分开吧!"

"我管不了!"视学边往街上溜去边说,"看血喷在我身上。"

牦牛肉在收敛着戒烟丸药,一面叽叽咕咕嚷道:

"这样就好!哪个没有生得有手么?好得很!"

但当丸药收捡停当的时候,他的上司已经吃了亏了。联保主任不断淌着鼻血,左眼睛已经青肿起来。他是新老爷解救出来的,而他现在已经被安顿在茶堂门口一张白木圈椅上面。

"你姓邢的是对的!"他摸摸自己的肿眼睛说,"你打得好!……"

"你嘴硬吧!"么吵吵气喘吁吁地唾着牙血,"你嘴硬吧!……"

牦牛肉悄悄向联保主任建议,说他应该马上找医生诊治一下,取个伤单;但是他的上司拒绝了他,反而要他赶快去雇滑竿。因为联保主任已经决定立刻进城控告去了。

联保主任的眷属,特别是他的母亲,那个以悭吝出名的小老太婆,早已经赶来了。

"咦,兴这样打么?"她连连叫道,"这样眼睛不认人么?!"

邢么太太则在丈夫耳朵边报告着联保主任的伤势。

"眼睛都肿来像毛桃子了!……"

"老子还没有打够!"吐着牙血,么吵吵吸口气说。

别的来看热闹的妇女也很不少,整个市镇几乎全给翻了转来。吵架打架本来就值得看,一对有面子的人物弄来动手动脚,自然也就更可观了!因而大家的情绪比看把戏还要热烈。

但正当这人心沸腾的时候,一个左腿微跛,满脸胡须的矮汉子忽然从人丛中挤了进来。这是蒋米贩子,因为神情呆板,大家又叫他蒋门神。前天进城赶场,么吵吵就托过他捎信的,因此他立刻把大家的注意一下子集中了。那首先抓住他的是邢么太太。

这是个顶着假发的肥胖妇人,爱做作,爱谈话,浑名九娘子。她颤声颤气问那米贩子道:

"托你打听的事情呢?……坐下来说吧!"

"打听的事情?"米贩子显得见怪似地答道,"人已经出来啦。"

"当真的呀!"许多人吃惊了,一齐叫了出来。

"那还是假的么?我走的时候,还在十字口茶馆里打牌呢。昨天夜里点名,他报数报错了,队长说他没资格打国仗,就开革了;打了一百军棍。"

"一百军棍?!"又是许多声音。

"不是大老爷面子大,你就再几个一百也出来不了呢。起初都讲新县长厉害,其实很好说话。前天大老爷请客,一个人老早就跑去了:戴他妈副黑眼镜子……"

米贩子叙说着,而他忽然一眼注意到了么吵吵和联保主任。

"你们是怎样搞的?你牙齿痛吗?你的眼睛怎么肿啦?……"

(原载1940年12月1日《抗战文艺》第6卷第4期)

小城三月

萧 红

一

三月的原野已经绿了,像地衣那样绿,透出在这里,那里。郊原上的草,是必须转折了好几个弯儿才能钻出地面的,草儿头上还顶着那胀破了种粒的壳,发出一寸多高的芽子,欣幸的钻出了土皮。放牛的孩子,在掀起了墙脚片下面的瓦片时,找到了一片草芽了,孩子们到家里告诉妈妈,说:"今天草芽出土了!"妈妈惊喜地说:"那一定是向阳的地方!"抢根菜的白色的圆石似的籽儿在地上滚着,野孩子一升一斗地在拾。蒲公英发芽了,羊咩咩地叫,乌鸦绕着杨树林子飞。天气一天暖似一天,日子一寸一寸的都有意思。杨花满天照地飞,像棉花似的。人们出门都是用手捉着,杨花挂着他了。草和牛粪都横在道上,放散着强烈的气味。远远的有用石子打船的声音,空空……的大响传来。

河冰发了,冰块顶着冰块,苦闷地又奔放的向下流。乌鸦站在冰块上寻觅小鱼吃,或者是还在冬眠的青蛙。

天气突然的热起来,说是"二八月,小阳春",自然冷天气还是要来的,但是这几天可热了。春天带着强烈的呼唤从这头走到那头……

小城里被杨花给装满了,在榆树还没变黄之前,大街小巷到处飞着,像纷纷落下的雪块……

春来了。人人像久久等待着一个大暴动,今天夜里就要举行,人人带着犯罪的心情,想参加到解放的尝试……春吹到每个人的心坎,带着呼唤,带着蛊惑……

我有一个姨,和我的堂哥哥大概是恋爱了。

姨母本来是很近的亲属,就是母亲的姊妹。但是我这个姨,她不是我的亲姨,她是我的继母的继母的女儿。那么她可算与我的继母有点血统的关系了,其实也是没有的。因为我这个外祖母是在已经做了寡妇之后才来到的外祖父家,翠姨就是这个外祖母的原来在另外的一家所生的女儿。

翠姨还有一个妹妹,她的妹妹小她两岁,大概是十七八岁,那么翠姨也就是十八九岁了。

翠姨生得并不是十分漂亮,但是她长得窈窕,走起路来沉静而且漂亮,讲起话来清楚的带着一种平静的感情。她伸手拿樱桃吃的时候,好像她的手指尖对那樱桃十分可怜的样子,她怕把它触坏了似的轻轻地捏着。

假若有人在她的背后招呼她一声,她若是正在走路,她就会停下;若是正在吃饭,就要把饭碗放下,而后把头向着自己的肩膀转过去,而全身并不大转,于是她自觉地闭合着嘴唇,像是有什么要说而一时说不出来似的……

而翠姨的妹妹,忘记了她叫什么名字,反正是一个大说大笑的,不十分修边幅,和她的姐姐完全不同。花的绿的,红的紫的,只要是市上流行的,她就不大加以选择,做起一件衣服来赶快就穿在身上。穿上了而后,到亲戚家去串门,人家恭维她的衣料怎样漂亮的时候,她总是说,和这完全一样的,还有一件,她给了她的姐姐了。

我到外祖父家去,外祖父家里没有像我一般大的女孩子陪着我玩,所以每当我去,外祖母总是把翠姨喊来陪我。

翠姨就住在外祖父的后院,隔着一道板墙,一招呼,听见就来了。

外祖父住的院子和翠姨住的院子,虽然只隔一道板墙,但是却没有门可通,所以还得绕到大街上去从正门进来。

因此有时翠姨先来到板墙这里,从板墙缝中和我打了招呼,而后回到屋去装饰了一番,才从大街上绕了个圈来到她母亲的家里。

翠姨很喜欢我,因为我在学堂里念书,而她没有,她想什么事我都比她明白。所以她总是有许多事务向我商量,看看我的意见如何。

到夜里,我住在外祖父家里了,她就陪着我也住下的。

每每从睡下了就谈,谈过了半夜,不知为什么总是谈不完……

开初谈的是衣服怎样穿,穿什么样的颜色的,穿什么样的料子。比如走路应该快或是应该慢。有时白天里她买了一个别针,到夜里她拿出来看看,问我这别针到底是好看或是不好看,那时候,大概是十五年前的时候,我们不知别处如何装扮一个女子,而在这个城里几乎个个都有一条宽大的绒绳结的披肩,蓝的,紫的,各色的也有,但最多多不过枣红色了。几乎在街上所见的都是枣红色的大披肩了。

哪怕红的绿的那么多,但总没有枣红色的最流行。

翠姨的妹妹有一张,翠姨有一张,我的所有的同学,几乎每人有一张。就连素不考究的外祖母的肩上也披着一张,只不过披的是蓝色的,没有敢用那最流行的枣红色的就是了。因为她总算年纪大了一点,对年青人让了一步。

还有那时候都流行穿绒绳鞋,翠姨的妹妹就赶快地买了穿上。因为她那个人很粗心大意,好坏她不管,只是人家有她也有,别人是人穿衣裳,而翠姨的妹妹就好像被衣服所穿了似的,芜芜杂杂。但永远合乎着应有尽有的原则。

翠姨的妹妹的那绒绳鞋,买来了,穿上了。在地板上跑着,不大一会工夫,那每只鞋脸上系着的一只毛球,竟有一个毛球已经离开了鞋子,向上跳着,只还有一根绳连着,不然就要掉下来了。很好玩的,好像一颗大红枣被系到脚上去了。因为她的鞋子也是枣红色的。大家都在嘲笑她的鞋子一买回来就坏了。

翠姨,她没有买,她怀疑了好久,无管什么新样的东西到了,她总不是很快的就去买了来,也许她心里边早已经喜欢了,但是看上去她都像反对似的,好像她都不接受。

她必得等到许多人都开始采办了,这时候看样子,她才稍稍有些动心。

好比买绒绳鞋,夜里她和我谈话,问过我的意见,我说也是好看的,我有很多的同学,她们也都买了绒绳鞋。

第二天翠姨就要求我陪着她上街,先不告诉我去买什么,进了铺子选了半天别的,才问到我绒绳鞋。

走了几家铺子,都没有,都说是已经卖完了。我晓得店铺的人是这样瞎说的。表示他家这店铺平常总是最丰富的,只恰巧你要的这件东西,他就没有了。我劝翠姨说咱们慢慢的走,别家一定会有的。

我们是坐马车从街梢上的外祖父家来到街中心的。

见了第一家铺子,我们就下了马车。不用说,马车我们已经是付过了价钱的。等我们买好了东西回来的时候,会另外叫一辆的。因为我们不知道要有多久。大概看见什么好,虽然不需要也要买点,或是东西已经买全了不必要再多留连,也要留连一会,或是买东西的目的,本来只在一双鞋,而结果鞋子没有买到,反而啰里啰嗦的买回来许多用不着的东西。

这一天,我们辞退了马车,进了第一家店铺。

在别的大城市里没有这种情形,而在我家乡里往往是这样,坐了马车,虽然是付过了钱,让他自由去兜揽生意,但是他常常还仍旧等候在铺子的门外,等一出来,他仍旧请你坐他的车。

我们走进第一个铺子,一问没有。于是就看了些别的东西,从绸缎看到呢绒,从呢绒再看到绸缎,布匹是根本不看的,并不像母亲们进了店铺那样子,这个买去做被单,那个买去做棉袄的,因为我们管不了被单棉袄的事。母亲们一月不进店铺,一进店铺又是这个便宜应该买;那个不贵,也应该买。比方一块在夏天才用得着的花洋布,母亲们冬天里就买起来了,说是趁着便宜多买点,总是用得着的。而我们就不然了,我们是天天进店铺的,天天搜寻些个是好看的,是贵的值钱的,平常时候绝对的用不到想不到的。

那一天我们就买了许多花边回来,钉着光片的,带着琉璃的。说不上要做什么样的衣服才配得着这种花边。也许根本没有想到做衣服,就贸然地把花边买下了。一边买着,一边说好,翠姨说好,我也说好。到了后来,回到家里,当众打开了让大家批判,这个一言,那个一语,让大家说得也有一点没有主意了,心里已经五六分空虚了。于是赶快的收拾了起来,或者从别人的手中夺过来,把它包起来,说她们不识货,不让她们看了。

勉强说着:

"我们要做一件红金丝绒的袍子,把这个黑琉璃边镶上。"

或是:

"这红的我们送人去……"

说虽仍旧如此说,心里已经八九分空虚了,大概是这些所心爱的,从此就不会再出头露面的了。

在这小城里,商店究竟没有多少,到后来又加上看不到绒绳鞋,心里着急,也许跑得更快些,不一会工夫,只剩了三两家了。而那三两家,又偏偏是不常去的,铺子小,货物少。想来它那里也是一定不会有的了。

我们走进一个小铺子里去,果然有三四双,非小即大,而且颜色都不好看。

翠姨有意要买,我就觉得奇怪,原来就不十分喜欢,既然没有好的,又为什么要买呢?让我说着,没有买成回家去了。

过了两天,我把买鞋子这件事情早忘了。

翠姨忽然又提议要去买。

从此我知道了她的秘密,她早就爱上了那绒绳鞋子,不过她没有说出来就是。她的恋爱的秘密就是这样子的,她似乎要把它带到坟墓里去,一直不要说出口,好像天底下没有一个人值得听她的告诉……

在外边飞着满天的大雪,我和翠姨坐着马车去买绒绳鞋。我们身上围着皮褥子,赶车的车夫高高的坐在车夫台上,摇晃着身子唱着沙哑的山歌:"喝咧咧……"耳边的风呜呜地啸着,从天上倾下来的大雪迷乱了我们的眼睛,远远的天隐在云雾里,我默默地祝福翠姨快快买到可爱的绒绳鞋,我从心里愿意她得救……

市中心远远的朦朦胧胧地站着,行人很少,全街静悄无声。我们一家挨一家地问着,我比她更急切,我想赶快买到吧,我小心的盘问着那些店员们,我从来不放弃一个细微的机会,我鼓励翠姨,没有忘记一家。使她都有点儿诧异,我为什么忽然这样热心起来,但是我完全不管她的猜疑,我不顾一切的想在这小城里,找出一双绒绳鞋来。

只有我们的马车,因为载着翠姨的愿望,在街上奔驰得特别的清醒,又特别的快。雪下的更大了,街上什么都没有了,只有我们两个人,催着车夫,跑来跑去。一直到天都很晚了,鞋子没有买到。翠姨深深地看到我的眼里说:"我的命,不会好的。"我很想装出大人的样子,来安慰她,但是没有等到找出什么适当的话来,泪便流出来了。

二

翠姨以后也常来我家住着,是我的继母把她接来的。

因为她的妹妹订婚了,怕是她一旦的结了婚,忽然会剩下她一个人来,使她难过。因为她的家里并没有多少人,只有她的一个六十多岁的老祖父,再就是一个也是寡妇的伯母,带一个女儿。

堂妹妹本该在一起玩耍解闷的,但是因为性格的相差太远,一向是水火不同炉的过着日子。

她的堂妹妹,我见过,永久是穿着深色的衣裳,黑黑的脸,一天到晚陪着母亲坐在屋子里。母亲洗衣裳,她也洗衣裳;母亲哭,她也哭。也许她帮着母亲哭她死去的父亲,也许哭的是她们的家穷。那别人就不晓得了。

本来是一家的女儿,翠姨她们两姊妹却像有钱的人家的小姐,而那个堂姊妹,看上去却像乡下丫头。这一点使她得到常常到我们家里来住的权利。

她的亲妹妹订婚了,再过一年就出嫁了。在这一年中,妹妹大大的阔气了起来,因为婆家那方面一订了婚就来了聘礼。这个城里,从前不用大洋票,而用的是广信公司出的帖子,一百吊一千吊的论。她妹妹的聘礼大概是几万吊,所以她忽然不得了起来,今天买这样,明天买那样,花别针一个又一个的,丝头绳一团一团的,带穗的耳坠子,洋手表,样样都有了。每逢出街的时候,她和她的姐姐一道,现在总是她付车钱了,她的姐姐要付,她却百般的不肯,有时当着人面,姐姐一定要付,妹妹一定不肯,结果闹得很窘,姐姐无形中觉得一种权利被人剥夺了。

但是关于妹妹的订婚,翠姨一点也没有羡慕的心理。妹妹未来的丈夫,她是看过的,没有什么好看,很高,穿着蓝袍子黑马褂,好像商人,又像一个小土绅士。又加上翠姨太年青了,想不到什么丈夫,什么结婚。

因此,虽然妹妹在她的旁边一天比一天的丰富起来,妹妹是有钱了,但是妹妹为什么有钱的,她没有考查过。

所以当妹妹尚未离开她之前,她绝对的没有重视"订婚"的事。

就是妹妹已经出嫁了,她也还是没有重视这"订婚"的事。

不过她常常的感到寂寞。她和妹妹出来进去的,因为家庭环境孤寂,竟好像一对双生子似的,而今去了一个,不但翠姨自己觉得单调,就是她的祖父也觉得她可怜。

所以自从她的妹妹嫁了,她就不大回家,总是住在她的母亲的家里。有时我的继母也把她接到我们家里。

翠姨非常聪明,她会弹大正琴,就是前些年所流行在中国的一种日本琴。她还会吹箫或是会吹笛子。不过弹那琴的时候却很多。住在我家里的时候,我家的伯父,每在晚饭之后必同我们玩这些乐器。笛子、箫、日本琴、风琴、月琴,还有什么打琴。真正的西洋的乐器,可一样也没有。

在这种正玩得热闹的时候,翠姨也来参加了。翠姨弹了一个曲子,和我们大家立刻就配合上了。于是大家都觉得在我们那已经天天闹熟了的老调子之中,又多了一个新的花样。于是立刻我们就加倍的努力,正在吹笛子的把笛子吹得特别响,把笛膜振抖得似乎就要爆裂了似的滋滋的叫着。十岁的弟弟在吹口琴,他摇着头,好像要把那口琴吞下去似的,至于他吹的是什么调子,已经是没有人留意了。在大家忽然来了勇气的时候,似乎只需要这种胡闹。

而那按风琴的人,因为越按越快,到后来也许是已经找不到琴键了,只是那踏脚板越踏越快,踏的鸣鸣的响,好像有意要毁坏了那风琴,而想把风琴撕裂了一般地。

大概所奏的曲子是《梅花三弄》,也不知道接连的弹过了多少圈,看大家的意思都不想要停下来。不过到了后来,实在是气力没有了,找不着拍子的找不着拍子,跟不上调的跟不上调,于是在大笑之中,大家停下来了。

不知为什么,在这么快乐的调子里边,大家都有点伤心,也许是乐极生悲了,把我们都笑得一边流着眼泪,一边还笑。

正在这时候,我们往门窗处一看,我的最小的小弟弟,刚会走路,他也背着一个很大的破手风琴来参加了。

谁都知道,那手风琴从来也不会响的。把大家笑死了。在这回得到了快乐。

我的哥哥(伯父的儿子,钢琴弹得很好)吹箫吹得最好,这时候他放下了箫,对翠姨说:"你来吹吧!"翠姨却没有言语,站起身来,跑到自己的屋子去了,我的哥哥,好久好久地看住那帘子。

三

翠姨在我家,和我住一个屋子。月明之夜,屋子照得通亮。翠姨和我谈话,往往谈到鸡叫,觉得也不过刚刚才夜。

鸡叫了,才说:"快睡吧,天亮了。"

有的时候,一转身,她又问我:

"是不是一个人结婚太早不好,或许是女子结婚太早是不好的!"

我们以前谈了很多话,但没有谈到这些。

总是谈什么,衣服怎样穿,鞋子怎样买,颜色怎样配;买了毛线来,这毛线应该打个什么的花纹;买了帽子来,应该批判这帽子还微微有点缺点,这缺点究竟在什么地方,虽然说是不要紧,或者是一点关系也没有,但批评总是要批评的。

有时再谈得远一点,就是表姊表妹之类订了婆家,或是什么亲戚的女儿出嫁了。或是什么耳闻的,听说的,新娘子和新姑爷闹别扭之类。

那个时候,我们的县里,早就有了洋学堂了。小学好几个,大学没有。只有一个男子中学,往往成为谈论的目标。谈论这个,不单是翠姨、外祖母、姑姑、姐姐之类,都愿意讲究这当地中学的学生。因为他们一切洋化,穿着裤子,把裤腿卷起来一寸,一张口,"格得毛宁"外国话,他们彼此一说话就"答答答",听说这是什么俄国话。而更奇怪的就是他们见了女人不怕羞。这一点,大家都批评说是不如从前了,从前的书生,一见了女人脸就红。

我家算是最开通的了。叔叔和哥哥他们都到北京和哈尔滨那些大地方去读书了,他们开了不少的眼界。回到家里来,大讲他们那里都是男孩子和女孩子同学。

这一题目,非常的新奇,开初都认为这是造了反。后来因为叔叔也常和女同学通信,因为叔叔在家庭里是有点地位的人。并且父亲从前也加入过国民党,革过命,所以这个家庭都"咸与维新"起来。

因此在我家里一切都是很随便的,逛公园,正月十五看花灯,都是不分男女,一齐去。

而且我家里设了网球场,一天到晚地打网球,亲戚家的男孩子来了,我们也一齐的打。

这都不谈,仍旧来谈翠姨。

翠姨听了很多的故事。关系男学生结婚的事情,就是我们本县里,已经有几件事情不幸的了。有的结婚了,从此就不回家了;有的娶来了太太,把太太放在另一间屋子里住着,而且自己却永久住在书房里。

每逢讲到这些故事时,多半别人都是站在女的一面,说那男子都是念书念坏了,一看了那不识字的又不是女学生之类就生气。觉得处处都不如他。天天总说是婚姻不自由,可是自古至今,都是爹许娘配的,偏偏到了今天,都要自由,看吧,这还没有自由呢,就先来了花头故事了,娶了太太的不回家,或是把太太放在另一个屋子里。这些都是念书念坏了的。

翠姨听了许多别人家的评论。大概她心里边也有些不平,她就问我不读书是不是很坏的,我自然说是很坏的。而且她看了我们家里男孩子、女孩子通通到学堂去念书的。而且我们亲戚家的孩子也都是读书的。

因此她对我很佩服,因为我是读书的。

但是不久,翠姨就订婚了。就是她妹妹出嫁不久的事情。

她的未来的丈夫,我见过。在外祖父的家里。人长得又低又小,穿一身蓝布棉袍子,黑马褂,头上戴一顶赶大车的人所戴的五耳帽子。

当时翠姨也在的,但她不知道那是她的什么人,她只当是哪里来了这样一位乡下的客人。外祖母偷着把我叫过去,特别告诉了我一番,这就是翠姨将来的丈夫。

不久翠姨就很有钱,她的丈夫的家里,比她妹妹丈夫的家里还更有钱得多。婆婆也是个寡妇,守着个独生的儿子。儿子才十七岁,是在乡下的私学馆里读书。

翠姨的母亲常常替翠姨解说,人小点不要紧,岁数还小呢,再长上两三年两个人就一般高了。劝翠姨不要难过,婆家有钱就好的。聘礼的钱十多万都交过来了,而且就由外祖母的手亲自交给了翠姨;而且还有别的条件保障着,那就是说,三年之内绝对的不准娶亲,借着男的一方面年纪太小为辞,翠姨更愿意远远的推着。

　　翠姨自从订婚之后,是很有钱的了,什么新样子的东西一到,虽说不是一定抢先去买了来,总是过了不多久,箱子里就要有的了。那时候夏天最流行银灰色市布大衫,而翠姨的穿起来最好,因为她有好几件,穿过两次不新鲜就不要了,就只在家里穿,而出门就又去做一件新的。

　　那时候正流行着一种长穗的耳坠子,翠姨就有两对,一对红宝石的,一对绿的,而我的母亲才能有两对,而我才有一对。可见翠姨是顶阔气的了。

　　还有那时候就已经开始流行高跟鞋了。可是在我们本街上却不大有人穿,只有我的继母早就开始穿,其余就算是翠姨。并不是一定因为我的母亲有钱,也不是因为高跟鞋一定贵,只是女人们没有那么摩登的行为,或者说她们不很容易接受新的思想。

　　翠姨第一天穿起高跟鞋来,走路还很不安定,但到第二天就比较的习惯了。到了第三天,就是说以后,她就是跑起来也是很平稳的。而且走路的姿态更加可爱了。

　　我们有时也去打网球玩玩,球撞到她脸上的时候,她才用球拍遮了一下,否则她半天也打不到一个球。因为她一上了场站在白线上就是白线上,站在格子里就是格子里,她根本的不动。有的时候她竟拿着网球拍子站着一边去看风景去。尤其是大家打完了网球,吃东西的吃东西去了,洗脸的洗脸去了,惟有她一个人站在短篱前面,向着远远的哈尔滨市影痴望着。

　　有一次我同翠姨一同去做客。我继母的族中娶媳妇。她们是八旗人,也就是满人,满人才讲究场面呢,所有的族中的年青的媳妇都必得到场,而个个打扮得如花似玉。似乎咱们中国的社会,是没这么繁华的社交场面的,也许那时候,我是小孩子,把什么都看得特别繁华,就只说女人们的衣服吧,就个个都穿得和现在西洋女人在夜会里边那么庄严。一律都穿着绣花大袄。而她们是八旗人,大袄的襟下一律的没有开口。而且很长。大袄的颜色枣红的居多,绛色的也有,玫瑰紫色的也有。而那上边绣的颜色,有的荷花,有的玫瑰,有的松竹梅,一句话,特别的繁华。

　　她们的脸上,都擦着白粉,她们的嘴上都染得桃红。

　　每逢一个客人到了门前,她们是要列着队出来应接的,她们都是我的舅母,一个一个地上前来问候了我和翠姨。

　　翠姨早就熟识她们的,有的叫表嫂子,有的叫四嫂子。而在我,她们就都是一样的,好像小孩子的时候,所玩的用花纸剪的纸人,这个和那个都是一样,完全没有分别。都是花缎的袍子,都是白白的脸,都是很红的嘴唇。

　　就是这一次,翠姨出了风头了,她进到屋里,靠着一张大镜子旁坐下了。

　　女人们就忽然都上前来看她,也许她从来没有这么漂亮过,今天把别人都惊住了。

　　依我看翠姨还没有她从前漂亮呢,不过她们说翠姨漂亮得像棵新开的腊梅。翠姨从来不擦胭脂的,而那天又穿了一件为着将来作新娘子而准备的蓝色缎子满是金花的夹袍。

　　翠姨让她们围起看着,难为情了起来,站起来想要逃掉似的,迈着很勇敢的步子,茫然地往里边的房间里闪开了。

　　谁知那里边就是新房呢,于是许多的嫂嫂们就哗然的叫着,说:

　　"翠姐姐不要急,明年就是个漂亮的新娘子,现在先试试去。"

当天吃饭饮酒的时候,许多客人从别的屋子来呆呆的望着翠姨。翠姨举着筷子,似乎是在思量着,保持着镇静的态度,用温和的眼光看着她们。仿佛她不晓得人们专门在看着她似的。但是别的女人们羡慕了翠姨半天了,脸上又都突然的冷落起来,觉得有什么话要说出,又都没有说,然后彼此对望着,笑了一下,吃菜了。

四

有一年冬天,刚过了年,翠姨就来到了我家。

伯父的儿子——我的哥哥,就正在我家里。

我的哥哥,人很漂亮,很直的鼻子,很黑的眼睛,嘴也好看,头发也梳得好看,人很长,走路很爽快。大概在我们所有的家族中,没有这么漂亮的人物。

冬天,学校放了寒假,所以来我们家里休息。大概不久,学校开学就要上学去了。哥哥是在哈尔滨读书。

我们的音乐会,自然要为这新来的角色而开了。翠姨也参加的。

于是非常的热闹,比方我的母亲,她一点也不懂这行,但是她也列了席,她坐在旁边观看,连家里的厨子、女工,都停下了工作来望着我们,似乎他们不是听什么乐器,而是在看人。我们聚满了一客厅。这些乐器的声音,大概很远的邻居都可以听到。

第二天邻居来串门的,就说:

"昨天晚上,你们家又是给谁祝寿?"

我们就说,是欢迎我们的刚到的哥哥。

因此我们家是很好玩的,很有趣的。不久就来到了正月十五看花灯的时节了。

我们家里自从父亲维新革命,总之在我们家里,兄弟姊妹,一律相待,有好玩的就一齐玩,有好看的就一齐去看。

伯父带着我们,哥哥、弟弟、姨……共八九个人,在大月亮地里往大街里跑去了。那路之滑,滑得不能站脚,而且高低不平。他们男孩子们跑在前面,而我们因为跑得慢就落了后。

于是那在前边的他们回头来嘲笑我们,说我们是小姐,说我们是娘娘。说我们走不动。

我们和翠姨早就连成一排向前冲去,但是不是我倒,就是她倒。到后来还是哥哥他们一个一个地来扶着我们,说是扶着,未免的太示弱了,也不过就是和他们连成一排向前进着。

不一会到了市里,满路花灯。人山人海。又加上狮子、旱船、龙灯、秧歌,闹得眼也花起来,一时也数不清多少玩艺。哪里会来得及看,似乎只是在眼前一晃,就过去了,而一会别的又来了,又过去了。其实也不见得繁华得多么了不得了,不过觉得世界上是不会比这个再繁华的了。

商店的门前,点着那么大的火把,好像热带的大椰子树似的。一个比一个亮。

我们进了一家商店,那是父亲的朋友开的。他们很好的招待我们,茶、点心、橘子、元宵。我们哪里吃得下去,听到门外一打鼓,就心慌。而外边鼓和喇叭又那么多,一阵来了,一阵还没有去远,一阵又来了。

因为城本来是不大的,有许多熟人,也都是来看灯的都遇到了。其中我们本城里的在哈尔滨念书的几个男学生,他们也来看灯了。哥哥都认识他们。我也认识他们,因为这时候我们到哈尔滨念书去了。所以一遇到了我们,他们就和我们在一起,他们出去看灯,看了一会,又回到我们的地方,和伯父谈话,和哥哥谈话。我晓得他们,因为我们家比较有势力,他们是很愿和我们讲话的。

所以回家的一路上,又多了两个男孩子。

不管人讨厌不讨厌,他们穿的衣服总算都市化了。个个都穿着西装,戴着呢帽,外套都是到膝盖的地方,脚下很利落清爽。比起我们城里的那种怪样子的外套,好像大棉袍子似的好看得多了。而且颈间又都束着一条围巾,那围巾自然也是全丝全线的花纹。似乎一束起那围巾来,人就更显得庄严,漂亮。

翠姨觉得他们个个都很好看。

哥哥也穿的西装,自然哥哥也很好看。因此在路上她一直在看哥哥。

翠姨梳头梳得是很慢的,必定梳得一丝不乱;擦粉也要擦了洗掉,洗掉再擦,一直擦到认为满意为止。花灯节的第二天早晨她就梳得更慢,一边梳头一边在思量。本来按规矩每天吃早饭,必得三请两请才能出席,今天必得请到四次,她才来了。

我的伯父当年也是一位英雄,骑马、打枪绝对的好。后来虽然已经五十岁了,但是风采犹存。我们都爱伯父的,伯父从小也就爱我们。诗、词、文章,都是伯父教我们的。翠姨住在我们家里,伯父也很喜欢翠姨。今天早饭已经开好了。催了翠姨几次,翠姨总是不出来。

伯父说了一句:"林黛玉……"

于是我们全家的人都笑了起来。

翠姨出来了,看见我们这样的笑,就问我们笑什么。我们没有人肯告诉她。翠姨知道一定是笑的她,她就说:

"你们赶快的告诉我,若不告诉我,今天我就不吃饭了,你们读书识字,我不懂,你们欺侮我……"

闹嚷了很久,还是我的哥哥讲给她听了。伯父当着自己的儿子面前到底有些难为情,喝了好些酒,总算是躲过去了。

翠姨从此想到了念书的问题,但是她已经二十岁了,上哪里去念书?上小学没有她这样的大学生;上中学,她是一字不识,怎样可以。所以仍旧住在我们家里。

弹琴、吹箫、看纸牌,我们一天到晚地玩着。我们玩的时候,全体参加,我的伯父,我的哥哥,我的母亲。

翠姨对我的哥哥没有什么特别的好,我的哥哥对翠姨就像对我们,也是完全的一样。

不过哥哥讲故事的时候,翠姨总比我们留心听些,那是因为她的年龄稍稍比我们大些,当然在理解力上,比我们更接近一些哥哥的了。哥哥对翠姨比对我们稍稍的客气一点。他和翠姨说话的时候,总是"是的""是的"的,而和我们说话则"对啦""对啦"。这显然因为翠姨是客人的关系,而且在名分上比他大。

不过有一天晚饭之后,翠姨和哥哥都没有了。每天饭后大概总要开个音乐会的。这一天也许因为伯父不在家,没有人领导的缘故。大家吃过也就散了。客厅里一个人也没有。我想找弟弟和我下一盘棋,弟弟也不见了。于是我就一个人在客厅里按起风琴来,玩了一下也觉得没有趣。客厅是静得很的,在我关上了风琴盖子之后,我就听见了在后屋里,或者在我的房子里是有人的。

我想一定是翠姨在屋里。快去看看她,叫她出来张罗着看纸牌。

我跑进去一看,不单是翠姨,还有哥哥陪着她。

看见了我,翠姨就赶快的站起来说:

"我们去玩吧。"

哥哥也说:

"我们下棋去,下棋去。"

他们出来陪我来玩棋,这次哥哥总是输。从前是他回回赢我的,我觉得奇怪,但是心里高兴极了。

不久寒假终了,我就回到哈尔滨的学校念书去了。可是哥哥没有同来,因为他上半年生了点病,曾在医院里休养了一些时候,这次伯父主张他再请两个月的假,留在家里。

以后家里的事情,我就不大知道了。都是由哥哥或母亲讲给我听的。我走了以后,翠姨还住在家里。

后来母亲还告诉过,就是在翠姨还没有订婚之前,有过这样一件事情。我的族中有一个小叔叔,和哥哥一般大的年纪,说话口吃,没有风采,也是和哥哥在一个学校里读书。虽然他也到我们家里来过,但怕翠姨没有见过。那时外祖母就主张给翠姨提婚。那族中的祖母,一听就拒绝了,说是寡妇的孩子,命不好,也怕没有家教,何况父亲死了,母亲又出嫁了,好女不嫁二夫郎,这种人家的女儿,祖母不要。但是我母亲说,辈分合,他家还有钱,翠姨过门是一品当朝的日子,不会受气的。

这件事情翠姨是晓得的,而今天又见了我的哥哥,她不能不想哥哥大概是那样看她的。她自觉地觉得自己的命运不会好的。现在翠姨自己已经订了婚,是一个人的未婚妻;二则她是出了嫁的寡妇的女儿,她自己一天把这个背了不知有多少遍,她记得清清楚楚。

五

翠姨订婚,转眼三年了,正这时,翠姨的婆家,通了消息来,张罗要娶。她的母亲来接她回去整理嫁妆。

翠姨一听就得病了。

但没有几天,她的母亲就带着她到哈尔滨采办嫁妆去了。

偏偏那带着她采办嫁妆的向导又是哥哥给介绍来的他的同学。他们住在哈尔滨的秦家岗上,风景绝佳,是洋人最多的地方。那男学生们的宿舍里边,有暖气、洋床。翠姨带着哥哥的介绍信,像一个女同学似的被他们招待着。又加上已经学了俄国人的规矩,处处尊贵女子,所以翠姨当然受了他们不少的尊敬,请她吃大菜,请她看电影。坐马车的时候,上车让她先上;下车的时候,人家扶她下来。她每一动别人都为她服务,外套一脱,就接过去了。她刚一表示要穿外套,就给她穿上了。

不用说,买嫁妆她是不痛快的,但那几天,她总算一生中最开心的时候。

她觉得到底是读大学的人好,不野蛮,不会对女人不客气,绝不能像她的妹夫常常打她的妹妹。

经这到哈尔滨去一买嫁妆,翠姨就更不愿意出嫁了。她一想那个又丑又小的男人,她就恐怖。

她回来的时候,母亲又接她来到我们家来住着,说她的家里又黑,又冷,说她太孤单可怜。我们家是一团暖气的。

到了后来,她的母亲发现她对于出嫁太不热心,该剪裁的衣裳,她不去剪裁;有一些零碎还要去买的,她也不去买。做母亲的总是常常要加以督促,后来就要接她回去,接到她的身边,好随时提醒她。她的母亲以为年青的人必定要随时提醒的,不然总是贪玩。而况出嫁的日子又不远了,或者就是二三月。

想不到外祖母来接她的时候,她从心底不肯回去,她竟很勇敢地提出来她要读书的要求。她说她要念书,她想不到出嫁。

开初外祖母不肯,到后来,她说若是不让她读书,她是不出嫁的。外祖母知道她的心情,而且想起了很多可怕的事情……

外祖母没有办法,依了她。给她在家里请了一位老先生,就在自己家院子的空房子里边摆上了书桌,还有几个邻居家的姑娘,一齐念书。

翠姨白天念书,晚上回到外祖母家。

念了书,不多日子,人就开始咳嗽,而且整天的闷闷不乐。她的母亲问她,有什么不如意?陪嫁的东西买得不顺心吗?或者是想到我们家去玩吗?什么事都问到了。

翠姨摇着头不说什么。

过了一些日子,我的母亲去看翠姨,带着我的哥哥。她们一看见她,第一个印象,就觉得她苍白了不少。而且母亲断言地说,她活不久了。

大家都说是念书累的,外祖母也说是念书累的,没有什么要紧的;要出嫁的女儿们,总是先前瘦的,嫁过去就要胖了。

而翠姨自己则点点头,笑笑,不承认,也不加以否认。还是念书,也不到我们家来了,母亲接了几次,也不来,回说没有工夫。

翠姨越来越瘦了,哥哥去到外祖母家看了她两次,也不过是吃饭、喝酒,应酬了一番。而且说是去看外祖母的。在这里年青的男子,去拜访年青的女子,是不可以的。哥哥回来也并不带回什么欢喜或是什么新奇的忧郁,还是一样和我们打牌下棋。

翠姨后来支持不了啦,躺下了。她的婆婆听说她病,就要娶她,因为花了钱,死了不是可惜了吗?这一种消息,翠姨听了病就更加严重。婆家一听她病重,立刻要娶她。因为在迷信中有这样一章,病新娘娶过来一冲,就冲好了。翠姨听了就只盼望赶快死,拼命的糟蹋自己的身体,想死得越快一点儿越好。

母亲记起了翠姨,叫哥哥去看翠姨。是我的母亲派哥哥去的,母亲拿了一些钱让哥哥给翠姨去,说是母亲送她在病中随便买点什么吃的。母亲晓得他们年青人是很拘泥的,或者不好意思去看翠姨,也或者翠姨是很想看他的,他们好久不能看见了。同时翠姨不愿出嫁,母亲很久的就在心里边猜疑着他们了。

男子是不好去专访一位小姐的,这城里没有这样的风俗。母亲给了哥哥一件礼物,哥哥就可去了。

哥哥去的那天,她家里正没有人,只是她家的堂妹妹应接着这从未见过的生疏的年青的客人。

那堂妹妹还没问清客人的来由,就往外跑,说是去找她们的祖父去,请他等一等。大概她想是凡男客就是来会祖父的。

客人只说了自己的名字,那女孩子连听也没有听就跑出去了。

哥哥正想,翠姨在什么地方?或者在里屋吗?翠姨大概听出什么人来了,她就在里边说:

"请进来。"

哥哥进去了,坐在翠姨的枕边,他要去摸一摸翠姨的前额,是否发热,他说:

"好了点吗?"

他刚一伸出手去,翠姨就突然地拉了他的手,而且大声地哭起来了,好像一颗心也哭出来了似的。哥哥没有准备,就很害怕,不知道说什么,作什么。他不知道现在应该是保护翠姨的地位,还是保护自己的地位。同时听得见外边已经有人来了,就要开门进来了。一定是翠姨的祖父。

翠姨平静地向他笑着,说:

"你来得很好,一定是姐姐,你的母亲告诉你来的,我心里永远纪念着她。她爱我一场,可惜我不能去看她了……我不能报答她了……不过我总会记起在她家里的日子的……她待我也许没有什么,但是我觉得已经太好了……我永远不会忘记的……我现在也不知道为什么,心里只想死得快一点就好,多活一天也是多余的……人家也许以为我是任性……其实是不对的,不知为什么,那家对我也是很好的,我要是过去,他们对我也会是很好的,但是我不愿意。我小时候,就不好,我的脾气总是,不从心的事,我不愿意……这个脾气把我折磨到今天了……可是我怎能从心呢……真是笑话……谢谢姐姐她还惦着我……请你告诉她,我并不像她想的那么苦呢,我也很快乐……"翠姨苦笑了一笑,"我心里很安静,而且我求的我都得到了……"

哥哥茫然地不知道说什么。这时祖父进来了。看了翠姨的热度,又感谢了我的母亲,对我哥哥的降临,感到荣幸。他说请我母亲放心吧,翠姨的病马上就会好的,好了就嫁过去。

哥哥看了翠姨就退出去了,从此再没有看见她。

哥哥后来提起翠姨常常落泪,他不知翠姨为什么死,大家也都心中纳闷。

尾 声

等我到春假回来,母亲还当我说:

"要是翠姨一定不愿意出嫁,那也是可以的,假如他们当我说。"

…………

翠姨坟头的草籽已经发芽了,一掀一掀的和土粘成了一片,坟头显出淡淡的青色,常常会有白色的山羊跑过。

这时城里的街巷,又装满了春天。

暖和的太阳,又转回来了。

街上有提着筐子卖蒲公英的了,也有卖小根蒜的了。更有些孩子们他们按着时节去折了那刚发芽的柳条,正好可以拧成哨子,就含在嘴里满街地吹。声音有高有低,因为那哨子有粗有细。

大街小巷,到处地呜呜呜,呜呜呜。好像春天是从他们的手里招待回来了似的。

但是这为期甚短。一转眼,吹哨子的不见了。

接着杨花飞起来了,榆钱飘满了一地。

在我的家乡那里,春天是快的。五天不出屋,树发芽了,再过五天不看树,树长叶了,再过五天,这树就像绿得使人不认识它了。使人想,这棵树,就是前天的那棵树吗?自己回答自己,当然是的。春天就像跑的那么快。好像人能够看见似的。春天从老远的地方跑来了,跑到这个地方只向人的耳朵吹一句小小的声音:"我来了呵,"而后很快地就跑过去了。

春,好像它不知道多么忙迫,好像无论什么地方都在招呼它,假若它晚到一刻,阳光会变色的,大地会干成石头,尤其是树木,那真是好像再多一刻工夫也不能忍耐,假若春天稍稍在什么地方留连了一下,就会误了不少的生命。

春天为什么它不早一点来,来到我们这城里多住一些日子,而后再慢慢地到另外的一个城里去,在另外一个城里也多住一些日子。

但那是不能的了,春天的命运就是这么短。

年青的姑娘们,她们三两成双,坐着马车,去选择衣料去了,因为就要换春装了。她们热心的弄着剪刀,打着衣样,想装成自己心中想得出的那么好。她们白天黑夜的忙着,不久春装换起来了,只是不见载着翠姨的马车来。

一九四一,夏重抄

(原载 1941 年 7 月 1 日《时代文学》第 1 卷第 2 期)

受苦人

孔 厥

旧根儿作下多大孽呵!
　　——贵女儿

同志,给你拉拉话我倒心宽了,我索性把底根子缘由尽对你说吧。交新年来我十六岁,你说年龄不够,可是我三岁起就是他的人啦!

我大说的,是民国十八年上,山北地荒旱,种下去庄稼出不来苗,后来饿死人不少。我们这儿好一点,许多"寻吃的"来了,他娘儿两个也是要饭吃,上了我们的主家门儿,粗做粗吃,主家就把他们留下了。过后可不晓怎的,主家又把那女人说给我大,说是我妈殁了,我大光棍汉儿还带娃,没家没室,没照应,怪可怜的。主家对咱租户这样好,我大说:当场直把他感激得跪下去了。主家就给立了个文书,说是我家只要净还他十年工,光做只吃,不分"颗子"①不使钱就行。那年头,娘儿俩自然"得吃便安身"就住到我家来啦。许是主家怕以后麻烦吧,文书还写明是"将老换小"的。你解开吗?那女人做我大的婆姨,我就顶她儿的婆姨啦!

初来这冤家就十七岁了,今年平三十,你看几个年头了?起先好几年我甚也不解,只当他是我的哥。赶明到黑他跟大在地里受苦,回来总已经上灯了。我记得他早就是大人啦,黑黑的瘦脸儿,两边挂下两条挺粗的辫子,不大说话,不大笑,可也常抱我,常亲我,实在,他疼我呢;自家人末,我自然也跟他亲呵!

他可是个"半蹩子"②,八岁上给人家拦牛从崖上跌到平地,又不小心喝过死沟水里的"油花子",筋骨坏了!来我家的第四年上,身体又吃了大亏,是那年后妈殁了,大也病得不能动弹,主家的庄稼又不能误,家里山里就全凭这"半蹩子"人,他可真是拼上命啦。主家却还天天来叫骂,一天他赶黑翻地,主家的牛儿瘸了腿,主家得讯冲来,一阵子"泡杆"好打呀,他就起不来了!人打坏,人也一股子气气坏了,大心里自然也是怪难过,口头却还劝他说:"端他碗,服他管,我们吃了他家饭,打死也还不是打死了!气他甚?"他可不舒气。那回他一病就七个月,真是死去活来!病好起,人可好不起了!同志,你没见他吗?至今他双手还直打抖,腿巴子不容易弯,走起路来直橛橛的,怪慢劲儿,死样子,你在他背后唤他,他还得全身转过来。他颈根也不活啦!人真是怕呵,身体残废了,神也衰了;他的瘦脸儿就从此黑里带青了,他的颧骨一天比一天见得凸出了,他的黑眼睛也发黄发钝了,他的头发竟全秃光了——只长起一些稀毛!他简直不再说话,不再笑,他没老也像个老人了,他不憨也像是憨憨的了!好同志哩,他作过啥孽呀?却罚他这样子!

可是,这么个人,便是我的汉!我听人家说,我懂啦。记得我娃娃脑筋开是在九岁上,那年,穷人到底翻了身,我们已经种着自家的地,住着自家的窑了。牛羊我们也分了一份。这些年岁真是好日月!我大欢天喜地的,"丑相儿"也欢天喜地的,"丑相儿"是他名头。我呢,我,自然也好啰!咱们交了这号运,两三个年头儿一过,我看他黑脸上青光也褪了,眼睛也活了,口也常嘻开了,他手是还抖,腿是还直,可常常叫大闲在窑里,自己却不分明夜,拼命的下苦,我知道他心意的!他疼我,他疼大!他就不疼自己了!大可不肯闲的,他说:"给人家作活还不歇,自家作活倒歇下了?再呢,往后你们俩……"两个人还是一齐下苦,光景就一天天好起来。"丑相儿"回窑也不再老是不笑不说话了,有一回他还说:"大,"他的眼睛却是望着我,"往后日子可更美呢!"我十多岁的人了,我心里自然明亮的呵,我却越想越怕了,我不由得怕得厉害,我想我合他这样的人怎办。亏得我要求上了学,住了学,可是我一天回家看见,他竟抽空打下一眼新窑啦,我的同志!

后来情形,你也有个眉目了吧?去年腊月底"上"的"头",到今儿十一朝。可是发生的事,背后却另有一本账呢?同志,你见的那位女客,那是我妈,第三个妈,前年才从榆林逃荒来的。你说啥"漂亮后生",那是她儿,两个儿呢。这几口子说了合住到一搭里来,两家并成一家子,倒也你快我活,大家好!要不是主人当年给造下的孽呵……

可是大却把我逼住啦!他倒说得好容易:"两个自由,只要上起头就对了!"我们说"上起头",

---

① "颗子"——粮食。
② "半蹩子"——跛子。

就是把头发梳起,打成髻儿,就算婆姨了。不"上头"大还不许我上学。大这样逼我,自然是"丑相儿"在背地求哇! 你想我,怎么好! 不过,同志,你也是个女人,你该明亮的:一个小姑娘家,却能说个甚? 我只好求求再过几年,可是大说:"你好哩!'再过几年,再过几年',他熬过十几个年头还不够?"我也说给他听过新社会法令,杨教员讲过的。大就叫起来:"天皇爷来判吧,他三十岁人儿,四十岁样子了,等他死?"他将烟管儿指着我胸口说:"贵女儿,不讲废话:是不是你嫌他,是不是你心里不愿,你说!"我被问得气都透不过来,我说不出,我大说:"不能的呀,好女子,不管说上天,说下地,总是当年红口白牙说定的,说出口了,不能翻悔,好人儿一言,好马儿一鞭!"还说:"咱们不吃回头草,人仗面子,树仗皮,眉眼要紧,他又是这样好的人,不能欺老好……"他还说"丑相儿"十多年来怎样疼我,我本来受不住了,听听我就哭了,不过我左思右想,还是应不出口。我大就急得直瞪眼,气得说不出话,那一回就是这样结局。后妈不好说甚,只是劝。她两个儿更不好说甚,因为那些烂舌根已经胡造开我们的谣言了! 可是后来,妈对大实在不服气了说:"挂棍儿还得挂个长的哩,伴伴儿总也得伴个强的呀! 小姑娘家……他这样人儿……"我大说,"要没旧根儿关系,自然好哇!""旧根儿,"妈说,"话说过,风吹过了!"大说:"白纸黑字写下的!"妈说:"村长说的,那种屁文书,在新社会不作用了!"他说:"不作用! 你们看吧!"真的,天哪,"丑相儿"知道我不愿,一天天下去,他竟失落人样子了! 就是当年七个月病也没有这样凶,他不过是一副死骨殖了,他不过是包着一张又黑又青的皮了! 他却没有病,他却还是阴出阴进的受苦! 他还常常用两个眼睛,两个死眼睛,远远的,望着我,望着我,那样怕人的望着我! 是我害了他的吗? 是我心愿的吗? 看着他我心头就像一根铁钉子越钉越深了! 去年开春我却因此病倒了!

  同志,病里我就想不开,我想,旧社会卖女子的,童养媳的,小婆姨的,还有人在肚子里就被"定亲"的……女的一辈子罪受不住,一到新社会就"撩活汉,寻活汉,跳门踏户",也不晓好多人,说是双方都出罪啦,可是男的要不看开,女的要是已经糟蹋了,那怎办!"丑相儿"他十多年疼我了,他是死心要我了,不是我受罪,还不他完蛋,旧根儿作下多大孽呵,可是我……唉,我能由他送了命吗? 我思前想后,总没法,我只好"名誉上"先上起头了! 我想先救住了他,我再慢慢劝转他,劝转他不要我这个小女子,另办个大婆姨;劝得转,我就好,劝不转,我就拼一世合他过光景就是! 反正遭遇了,有什么办法! 可是,同志,你想不到的呵,我应承了,我大也没甚快活! 一满年下来,冤家也没全复原! 直到做新女婿了,他戴上黑缎小帽,鲜红结儿,他可还是缩着面颊,凸着颧骨,一副猴相儿,瘦得成干,黑黑的,带青的! 他穿上黑丝布袄裤,束上红腰带子,他也还是抖着手儿直着腿,慢来慢去,一副死样儿。不过,你没见他眼睛呵! 不晓那来的光采,唉,他就是不看我,我也知道他是怎样的感激了! 他就是不看别人,我也知道他是怎样乐了! 别人呢,自然,大也像是很快乐,妈也像是很快乐,我也像是很快乐,连弟兄俩,连邻居们,连亲戚友人,也都像是很快乐;本来不够年龄不行的,可是村长竟也不敢说甚,见了我们,他也像是很快乐。同志,快乐呵!

  我把我合他过的十天从头到尾跟你说吧! 腊月底上了头,赶明就新年。新年末,白天吃好的,穿好的,黑夜烧"旺火",挂灯儿……大家总要乐个十几天。我们呢,初一来人待客,没说的。初二三四闲下了,我还新媳妇儿"坐坑角",冤家却在门外蹲着,我知道他一定常想回窑,却又怕羞。回窑了,他要不背对着我,就肩对着我,我知道他常想看我,却又怕羞! 一定的! 他一定不晓得怎样才好了！我看见的，他口儿几次发抖，好似笑着要跟我拉话，可终没有出口！初四他才全身对我转过来，他说了什么话呀，他说："贵儿——姊，大好人，大真好人！你……也……"他笑着，发抖的手儿向前抬起，更加发抖了，话没讲完。后来他掏出一个红布包儿，从里面又拿出一个红纸包儿交给我藏起，还看我藏好了在怀里才走开。这里面，你道是什么宝贝呵，原来咱两个当年的文书，这烂纸子，他竟随身带了十几年啦！同志，看着这样子，我想劝他的话，想了一千遍，也不敢劝了！我怎么能说得出呀！

可是，初五夜里他睡不安，我就害怕起来。我穿是穿着一条裤子，我束是束着四根带子，我还是怕！呵！要来的事到底来了！深更半夜，我听见他爬起来胆小的叫我，我吓得没敢应。过了一会，黑里来了一只手，按在我胸口发抖，我气都透不过来了，我也不知说了一句什么话，他的手越是抖得厉害了！我硬叫自己定了定神，才又对他说："不要！"我不知道怎么说，我说："我还是个小女子呢，我还不能！"他好像不明白，问我："甚？"我只好讲些甚么，他约摸是呆了一会，后来他奇怪起来，说了一句话，我急了，我又跟他讲。过了一会，我才听见他说："好"，声音里还像含着笑，他又睡下去了，一忽儿我就听见他已经打"鼾声"了。早起他还像是含着笑，抖抖的穿了旧衣服，抖抖的拿了个斧子，又慢慢儿直橛橛的出门去了。那天他砍了一天柴，晚上把钱通交给我，还叫我积多了钱分一半儿给大。以后两天照旧的。记得初九他还说过这样的话：他自己一定要穿烂些，吃坏些，让我过好些。唉，同志呀，听了他的话我真想哭！我要劝他的话我更加说不出口了，我心里反倒天天对自己说："他这样，我还是拼一世合他过吧！"可是同志，我顶好是不见他，我一见他，我可不由得就要害怕起来，害怕得心直发抖！

那些闲人儿却天天黑地在我们门缝里偷听，有的孩子调皮捣蛋，还从上面烟囱里撒下辣子末来，惹得我喷嚏。那几夜他倒睡得挺好的。后来我也安心睡过去了，其实我也乏得不由己了。可想不到昨儿黑夜鸡叫三更他却又来缠我！我梦里惊跳起来，只听见他说："能！能！"我一时吓怕了！他还说了一句明明白白的话，天哪！怎么好呢？我一时实在吓慌了，我自己也不晓得怎的，我本来要说的话不由的一下子都脱出口了！

好同志呵，这真怕人呵！他一大会没有说话，黑里只听见他气得手儿索索发抖，我爬起来要点灯了，可是他开口了，他的上下齿子磕碰出声音，他说："哦，贵女儿！你……你真话？十三年了……你嫌我？"我这时候不晓怎的也发抖了。我不接气的说："我，好'丑相儿'！你疼我，我知道，我知道是，我我自然也是想对你好的呀！我我可不成……"说说我就忍不住哭了！他又好一会不作声，好像是被我哭的声音吓呆了！我说："你还是另办一个大人吧！"他却说："不……我不！十三年来……你！好贵女儿，现在你已经正式啦，你已经'过'过来啦！"我很怕这句话，我又发抖说："不顶事，不顶事！"他又像是呆了一会说："怎么不顶事？"一会后，他好像突然想起什么紧要事了，他突然着急的问我要文书，就是旧社会害人的那张烂纸子！他们是怕我年龄不够，没去政府里割结婚证哪，我也不晓那文书有多重要，他着急的要，我也就着急的不给他，我可听得出他慌了手脚，他一定是怕我藏掉没证据了！他立刻揪住我要逼它出来，慌得我拼命挣扎，我就触到他那死骨殖了！那死骨殖呵，不晓得哪来眼光，哪来力气，黑地里竟把我怀里那红纸包儿抢到手了，他抓住不放，我拼命夺，纸包儿碎了，文书也全烂了！他一急，我就听见他去拿斧子来，我吓得歪在炕上大叫。他一定气疯了，就一斧子砍了我这里！他们冲开门来捉住他……好同志呵，我被砍死倒好了,我这不死的苦人儿,你叫我以后跟他怎样办呀!可是我不怨他的,我不怨他的!他也是够可怜的呵,够……可怜……的呵……

一九四二年五月

(原载 1942 年 6 月 2 日《解放日报》)

北望园的春天

骆宾基

一

离开桂林的前一礼拜,我是搬到丽君路的北望园去住的。

我们所租的建干路上的楼房,全部退了租,所有的朋友,都到重庆去了。那时候,我还有些琐碎事情要办,譬如等昆明的汇款,等广告社的开幕,那是朋友临走留下的一个事业,临时交付给我协助的。还有,我必需找关系弄车子……就这样我计算计算,至少在桂林还有一个礼拜的居留。若是还继续住下去,我得继续缴满一个月的全部洋楼的房租,我一个人得看守着这一座有二十八个房间的空楼。只要在桂林住过两三个礼拜的人,都能知道一个没有邻居的房子,是多么容易失盗的。你想,一个人白天夜晚老是守着二十八个空房间,那是怎样可怕的寂寞呀!没有人谈天,没有笑声,没有叹息,没有走动的影子,没有光辉的面色,一个无声无色的小世界呀!你想,若是这个大世界有那么一天也没有声音,没有闪动的色彩了,那么你也没有喜悦,没有痛苦,没有可悲哀的,也没有可憎恶的,那你一个人孤孤单单的享受这寂寞,还有生活下去的意义吗?

就这样我搬到北望园那所茅草房里来了。屋子潮湿又有什么关系呢!阴暗又有什么关系呢!我是借住的,我的床头、床尾、床对面,共有四个门,这里作为进进出出的走道,作为餐厅,然而这又有什么关系呢!住一个礼拜我就离开这里了。

实在说,北望园是丽君路上一所比较讲究的建筑,不过我们这所茅草房子是不足谈的。这简直是下人房、车房,若是在乡下无疑的是马厩、牛棚。因为里进一座西式的洋房是太标致了。北望园的名衔实际上是属于这所西式洋楼所有的,谁进来,也不会注意这所茅草房子,虽然是它靠近竹篱笆门口,而且茅草房的墙壁和红瓦屋顶的墙壁之间,只有三尺宽一条走道的距离,可是只这三尺宽的距离,人们说起北望园来就不把这所茅草房子包括在内。都是说:"北望园的建筑图样可真好。""北望园的院落可真讲究。"也有人提到那所茅草房,就是说:"怎么不把它拆掉了!"

北望园的院落确乎讲究的,有砖砌的宽走道,走道两傍有流水沟。

那所红瓦屋顶的洋房的正门朝南,那所茅草房子的正门也朝南。只是房基前后错落开,茅草房子距离那条走道有五尺远,那条走道从竹篱笆院门,直通到红瓦洋房的走廊。廊口还有几级土敏土的台阶。

红瓦洋房的墙壁是涂成云灰色的,四面都有玻璃窗,整洁,闪光。

茅草房子的墙壁是泥土的,四面也有窗,不过是纸糊的。白天仿佛是瞎子的眼睛,晚上有灯,仿佛是醉汉的眼睛。

红瓦洋房的走廊每天扫两次,终日保持着涤尘不染的洁净,而茅草房子的门口,日常有三五块石头排着,而且窗下拉着绳子晒尿布,地下还有鸡粪。

那些鸡雏是林美娜养的,尿布也是林美娜晒的。

林美娜是梅溪的太太,天天忙着家务,不是下厨房,就是抱孩子,洗尿布,可是还有给那些小鸡雏沿着篱笆掘蚯蚓的闲情逸趣。梅溪是一个有名的画家,最近忙着筹备展览会,只要天晴就到城里去。这所茅草房子,就只有孩子的声音,和小鸡雏来往奔跑的啾鸣了。再就是林美娜用鼻子低吟的歌声,那时多半她在低着头,剪孩子的春衣。茅草房子另外还有两个住客,一个是在电影院画广告的,经常不在家,他的名字叫叶蓁,取秋枫的意思。除了画广告,他还给制烟厂设计牌子的图案什么的。另外一个名叫赵人杰,年龄比叶蓁大,面貌又比梅溪苍老、枯槁。廿七岁的人,看来倒有三十四五。整月不刮胡子,身着一件冬大衣,又旧又破,五年也没洗过一次似的。脸色永远是阴沉的,我没有见到他有一次微笑,我想他的微笑一定很珍贵。从前我到北望园来的时候,常在路口碰到他,手里提着一块鸡蛋大的牛肉,仿佛去喂雀的,拴牛肉的草梗又细又长。我常想:为什么那么小的一块肉,用那么长的绳吊着呢!他也是画家,主要的收入,是美术学院的月薪。自然白天是去上课的。

天晴日暖的时候,北望园就确乎属于红瓦屋的住客们的了。他们都在走廊的高台上晒太阳、吃茶、谈天。搬出漆木沙发,有坐毡的靠椅,孩子坐的四轮车。我的朋友杨村农夫妇也就在这个时候出现。他是国内有名的政论家,担任着某大报的星期论文的撰述,人却又不像你所想像的政论家,倒像一个俄国风的好心肠的地主,在杜斯退以夫斯基笔下所写的:身体粗胖,常叹息回到国内没有啤酒吃。脸色发红,血力很旺,脸上经常露着由于消化和营养良好的笑容;但说起话来又常常气喘。

太太婚前是个当地极获人望的教育家,严肃而又有礼貌。北望园的邻居们总是十分恭敬里带着八分畏惧的。她叫胡玲君。日常穿着一身蓝布的长袖旗袍,和邻居碰面,总是用一个中学校长对待教员的姿态打招呼,就是说眼睛望着你作出并不讨厌你的笑容。但一走过来,你就会想,怎么杨村农会爱上这样一个女人呀!

胡玲君也养着几只小鸡,喂食的时候就站在门口大声唤着:"鸡!鸡!鸡鸡!"不是喂食的时候就大声驱赶着:"嗤——嗤——"把鸡雏全赶到走廊台下那一小块空地上去。

有时候,两三个女佣人坐在走廊上缝衣服,那多份是红瓦洋屋的住客全都进城了。这所北望园也就顿时寂寞了。那么除去她们低声的交谈,就只有小鸡的啾鸣声了,也只有在这时你才注意到它们在春天是怎样的欢悦,怎样的在日光下展着翅子连飞带跑的追逐它们的姊妹。

林美娜所养的小鸡雏是幸福的,林美娜一走出门口,它们就啾鸣着奔跑过来,围着她的脚跟跑,她停下,它们也就停下来。它们是很想林美娜给它们掘蚯蚓吃的。

胡玲君所养的小鸡雏,也是很幸福的。北望园的住客,都躲避着它们走路,房主人有时在走廊的高台那边踌躇,喂它们食米,可是发现林美娜的鸡雏跑来,总驱赶开去。因为林美娜的鸡雏,额上没有染红点,是极易辨别的。

那房主人是个歇手的商人,很少说话,特别对茅草房子的住客。尤其是林美娜窗下所晒的尿布,他是看不过眼的;至于胡玲君的孩子尿布,都是晒在西壁厨房侧面的,在正院里望不见。

若是落雨天呢!红瓦洋房的走廊的檐底下,水滴就淋漓作响,汇合着流入接雨槽里去,再顺着接雨槽的斜度,流入输雨筒。从那里流到地下,流到水沟里;再在茅草房子门口扬溢开来。那时候,茅草房子的门口前的几块石头,就显出它们的存在价值了。到茅草房子的人,都得踏着那些石块,一步一步地,最后跳进门里去。

二

我有些事情,每天必定进城,早餐是在杨村农家吃的。他们有共用的餐所,临近走廊门口就摆着餐桌,饭后,铺着白台布,作为会客喝茶的地方。贴壁的小茶几摆着白瓷的花瓶,那花瓶上画着朵红的牡丹花,花瓶是细长的,插着美人蕉——还没有开花的几片卷成筒形的叶子。两天换一遍,日常保持着绿的新鲜的生命。两壁又有油画,嵌着黑边的玻璃框,悬在上面。

在餐桌上,我是必定和胡玲君碰一次面的。她有礼貌的向我笑笑,我也表示了对她诚心的尊敬。用餐时我们是彼此没有声息的,只是杨村农喝汤的时候,嘴唇作出吸气的响声,而且羹匙常碰着碗,叮噹的响。他们夫妻彼此也很少交谈的。

餐后,胡玲君忙着晒衣服。那时候,她向杨村农说了一句话:"高一点嘛!没听见怎么的,什么事也不会作。"这是指着晒衣绳说的。那时杨村农站在走廊檐下,老远向我笑着说:"你看,我怎么知道是吊的高一点,还是吊的低一点呢!"笑的很天真,你一看,就知道他的脾气是怎样的好,而且知道这样笑的中年人,一次至少是能吃五瓶啤酒的。

三

晚上北望园里的气息是沉寂的。我回来,就觉得没处落脚。杨村农夫妇睡的挺早,梅溪又回来的挺晚。只有到赵人杰房间里去坐会子。我的书桌子是摆在他的房间里的,他也欢迎我和他共用一盏植物油灯。

赵人杰是一个过度谦虚的人。当我和他商量的时候,他的嘴唇第一次露出笑。那笑容是出自他的善良的诚意的。可是闪在苍白的脸上,显得可怕,尤其是他那牙齿上的光泽,使人有点恐怖,仿佛笑的是死人,实际上死人的牙齿又是没有光泽的。

当我向里搬桌子的时候,他是那么匆忙的收拾锅子和碗盏,我也不知道他是不是吃完了晚饭。就那么匆匆的收藏起来。仿佛怕我望见他吃的是些什么。收拾碗盏的时候,用背挡着我的视线,同时嘴里说:"你一个人搬不进来吧!"我听见筷子落地的声音,我望见他弯腰去拾,拾起一只,第二只又从桌上掉下来。我想:他一定吃的很坏。

起初的几天,他是常常这样掩护他的餐具的,那天晚上扫地时,他也一样的用背遮着我的眼。床底下是那么多可怕的肮脏的东西,一团儿一团儿撕零碎的报纸,都是吐痰用的,手卷的纸烟头,饭粒,还有菜梗鼠粪,若是六月天,这屋子的苍蝇一定会成群的嗡鸣。他扫地时,还背着我说:"秦先生,你抽烟自己卷。"他那拘促的声音,说明他是怎样的困惑,仿佛感觉到我在背后观望他的眼光。他那挪移我注意的匠心,是多么可怜呀!

他的身体,不健康,像一个有胃病的人。我们的谈话一沾到他的生活,他就叹息一声,不说什么了。譬如我说:"这里太潮湿,不能长住人的,尤其是你的身体……"他就不说什么了。只低着头,叹息一声。譬如我说:"艺术学院的月薪怎么这样少,一百二十块钱,怎么生活呀!"他就不说什么了。脸色也阴沉下来,只低着头叹息。再不就抚弄他的手指。

然而一谈到绘画,赵人杰的气色也活跃了,苍白的脸上也新鲜了。

我们谈到罗丹的雕塑,洛基朗盖弥的艺术生活。赵人杰的脸色也就越来越是光辉,他的生命在这些谈话里复活了。眉眼间也闪出青春的闪光。他对绘画有许多意见。他说:"我有个画稿,在脑子里蕴酿很久了,可是总没有心情来画。"他说,"整天忙着烧饭,上课,那有时间呢!"他说,"我是不像中国一般画家那种作风的!"他说,"中国画家不是没有天才的,全给在形式上追求的倾向损害了!"又说:"一个真正的艺术家那有不在内容的发掘上追求的呢!"他不满意目前中国所流行的木刻作品,在这上他说:"秦先生读过克兰兑斯的十九世纪文艺主潮吗!我觉得克兰兑斯有一句话说的很对。他说:'什么是浪漫主义呢!一句话,譬如他们听到别人说话,他们不注重那语言的意义;而注意语言的声音是不是优美。'现在的中国画家呢!不注意作品里的人物,而注意整个画面的背景和情调。现在中国的诗人呢!不注意诗的内容,诗的语言,而注意卖弄小智慧的美句子。现在中国的小说家呢!不注意人物的思想,人物的灵魂,而注意语句的简炼,有的注意语句的俏皮,故事的曲折。"

接下去他就说他的画稿,在这之前,他卷了一支烟点着,又问过我:"秦先生说不是吗?"我说:"赵先生的话很对!"

"那是从前在我们这条街口见到的。"他说,"现在可惜你看不见她了,她去年就死掉了。我在这条街上住了三年,搬过五六次家,可是每回经过这条街口就看见那个摆糖果摊的老婆子,坐在矮脚凳子上,看守着她的糖果摊。这记得再清楚不过了。她的脸上全是一条条深的皱纹,线条挺细致,若是她的两颊丰满,就是个慈祥的面型了,可是削瘦,又发黄,我想她是有什么病的,可是她的表情上,又一点不带病容,我觉得她的心地很良善。从她的面部也看不出她忧郁、痛苦,因为她是那么穷呀!一方木盘上只平排着廿多块糖,即使有时在她那方木盘上发现一两个橘子,那也是过时的,变色的,发霉的了。照理她的脸部的表情该含有生活的忧苦,然而她给人的印象反而是那么出奇的平静,仿佛她的脑子里什么感触都没有,不管是一个漂亮的香港派的少妇从她眼前经过,还是一个褴褛的儿童在她的糖果摊前发呆,这些都仿佛不在她的感觉世界里存在似的。从她的眼睛所含蓄的意义上看,全世界仿佛是死寂的,全世界只有她一个人,只有她那方盘上的二十几块糖果。若是夏天,那么她的世界扩展了,那就是说在她的世界里出现了苍蝇,她用纸扎的驱蝇具时时赶着它们,可是也并不过分注意它们。因为整日蹲在夏天的树荫凉底下,极容易打瞌睡的,她也不例外。只有在她瞌睡时,我才从她的面部看出来,她是幸福的。我每天必定从她那糖果摊前走几趟,没有一次看见她有交易。有时,看见几个穷苦人家的孩子,蹲在她眼前,环成一圈,望着她,也许是观望方盘上的糖果,可是总没有碰见他们买块糖的时候,那老婆子呢!可是天天在她那营业地方出现,这又仿佛是她每天确也有些交易。有时只她独自一个人,把左角上的红色糖移到右手去,把右角上的两块绿色糖,挪到左手去。改变一下排列是煞费她的匠心的。只是廿几块呀!她在排列上消耗着脑力,而且极有兴趣。这就是她的全部的生活意义了。"他结尾说:"秦先生!你说这不是一幅很好的油画吗?"

"是很好的一幅油画呀!"我说。

他叹息了一口气,在这叹息里又表示出他放弃了他所说的全部话的价值:"可是谁知道那一天,才能实现呀!也许我等不到成功那一天的。"

"为什么说这样的话呢!"我说。

他低头,抚弄着自己的手指,若有深思似的沉默着,也许他没有听见我说的什么。他的脸色是怕人的苍白,我想说:——首先你该注意,建立起自己的生活来。譬如春末了还穿着冬大衣,实在该换换了;譬如胡须吧!也该刮一刮,就是没有钱吧!也该借把刮脸刀用用。生活的不好,营养又不好,就是有任何伟大的抱负,不能实现不也是空的!还有许许多多的话,可是我没有说出口来。因为我们终究是初交的谈话,虽然他是那么谦虚。

那天晚上,我们谈的很久。我被他带入他自己所有的精神世界里去,久久不能入睡。我的眼前似乎现出那个摆糖果摊的孤寂的老妪。可是在这幅画像的出现当中,又常常闪出赵人杰的冬大衣,我想:春末了……

茅草屋子所有的住客都熄灯睡了,穿堂幽黑,只有从赵人杰门口流入的一块长方形灯光,映着我床头的竹栏发亮。

那天晚上,赵人杰的房门开到天亮,我说过几次,他无论如何不肯关,因为我这个客人睡在他的门外呀!

临睡前,他问过我两遍:"秦先生你觉得那幅画稿的印象还深刻吗?""秦先生你不觉得她的生活是多么寂寞吗?"这两句问话,相隔有十五分钟。

"寂寞。"最后这一次的说话,我的字音就含糊了。我不知道是不是呓语。仿佛神智还清醒,似乎听见门外的划火点灯声,以及继之而来的剧烈的咳嗽。

四

在北望园住的时候,早晨我都是醒两三次的。第一次往往在天明不久,纸窗还发白。那时候,梅溪的孩子熊星就咿呀自语地在我床头上追逐小鸡了。及至我望他,他就现出乖像,讨好的静静望着我。小手指含在嘴唇里,两个乌黑的眼睛有点畏怯,怕我申斥他似的;怕我怪他惊扰我睡眠似的。那时候,我的神智还不清楚,可是嘴角露着微笑,仿佛他也向我微笑,仿佛我还望得见他的笑容,就又睡了。

第二次,我一定是给杨村农大声说话吵醒的。那时候,窗子多半是闪着阳光,檐荫发白,阳光发黄。若是落雨天,自然窗户是埋在雾气里的,屋子也格外幽暗。

有一次是例外的,我觉得有人在我身上盖毯子,我的肩都给埋在毯子里了。当时我瞇着眼睛,就知道是林美娜的举止。听见转背时的衣履声,我就悄悄睁开眼睛,果然林美娜站在地当中,背向我,蹲在那里向熊星小声说:"伯伯睡觉呢!"

杨村农每次进来,总是大声说:"老兄,还不起来呀!海燕叫你秦伯伯起来,说他懒,说他不害羞!"他是那么钟爱他的女孩子。那女孩子刚过周岁,可是见了人两只小脚就跳跃,两只眼睛就瞅着你,要你抱。

有时杨村农也到赵人杰房子里来看我。仿佛这屋子里只有我,仿佛赵人杰并不存在。赵人杰可是不同,完全对待一个贵宾那样对待他,殷勤的像个老仆人。问他:"杨先生起来很早呀!"招呼他坐。杨村农就用鼻音回答他:"吭!"若是没听清楚,让他再说一遍,也是用鼻音的:"嗯!"这声音就比前一种高一点儿。

我们谈话,就是不可笑,赵人杰也望着他微笑,那笑容,确是像一个良善的老仆,笑的是毫无意义呀!那时,该作饭了他也不离开,他是主人呀!主人是不该离开客人的。

每天早餐后,我约杨村农进城的时候,当着胡玲君他的态度就严谨了,同时他说话的声音也喃喃不清了。他不说去,也不说不去。他总是向我申述他进城有某些事情要办,他说着"老孔"或是"老李",这些人我又都不认识。他每次说完,就向胡玲君暗窥一眼,暗窥她的气色似的,暗窥她的反应似的。

我们一走出北望园的竹篱笆院门,杨村农的神气就活跃了,微笑的也就可爱了。仿佛一个被囚十二小时的赌犯,离开警察局,世界上的一切,都在他眼睛里闪光了,话也多了。说他学生时代在这样天气,怎样偷偷溜出课室去钓鱼,说他在这样天气,怎样在课室里打盹。说也说不完,至于"老孔"什么的,就完全不提了。

我们常常到 HE 厅去吃茶。一坐就坐到天黑。也不知谈了些什么,而且谈的很兴奋。印象最深的,是杨村农注意妇女穿戴、举止的兴趣。这多半是坐了很久,找不到话谈的时候。不管进来一个什么样的妇女,他总品评几句。不是说:"这个少妇的胳臂的肌肉多光润呀!"就是说:"那个少女的皮肤很白呀!可惜衣裳不入时。"不是说:"你看,那个香港风度的太太,微笑的多么高贵,只是不露齿的嘴唇在笑。"就是说:"你看那个穿白披肩的太太,衣服是多么讲究,全体的轮廓都表现出来了,可惜不会配颜色,白披肩那能配花旗袍呢?你看,这个举动把她的美全给损害了,一个贵妇人那能用手在脸上抓痒呢!"

有时我们也在这上热烈的辩论,有时我只唔唔的应付。

可是我们一走出门,就没有话谈了。我们都沉默着,北望园的距离在这时就显得又长又远。

也只有在这时候,我想起了在重庆的太太,三年没见的孩子。在桂林这几天的日子使我厌倦了。我想:必须赶快离开桂林,这是些什么日子呀!

杨村农一直是沉默着,等离北望园几步路的工夫,他就喃喃地说:"回来的太晚了,回来的太晚了。"

五

夜间我回来不管怎样迟,林美娜总是没睡,总是林美娜给我开门。她睡的是那么迟,等候着她的丈夫?不是在灯下缝衣服,就是给熊星织帽子。她是一天忙到晚。

赵人杰呢!就在他的房间里看书,我一进去,他总不安的让开位子,说是自己要睡觉了。我说我不用灯的,他就笑着说:"秦先生客气。"我说真的要睡觉了,他说:"秦先生太客气了。"我说我从来不会客气的,他说:"那里!那里!"赵人杰就是这样过度谦虚的人,这又是怎样的固执呀!

林美娜对我的招待就又不同。我在那时候走进她的房间,她向我微笑,从那微笑里,我知道熊星是睡熟了!而我的举止也就要谨慎小心,轻轻地,怕惊醒孩子。她是常常这样微笑的,那微笑轻柔得仿佛早晨原野边睡的一片有阳光的云影,它的出现完全和你的存在是没有关系的,然而你觉得亲切、柔和、美。她的说话声调也充满了温柔,她的眼睛望你时也充满了温柔,然而你会觉得这种温柔,不是属于她自己的,不是属于一个普通的少妇的,而是属于你朋友的太太的。

她很爱她的丈夫,然而若是在她丈夫面前,即使她沉默着编织什么,你也会觉得她是体贴你的,注意你的茶杯是不是空了,注意你是不是在找火点烟。在这时候,你就会感觉到她的微笑,体贴不是对着你,对着一个有身份的客人,而是对待她丈夫的朋友的。

林美娜对她的丈夫,反而没有这种温柔的微笑的,然而你却觉出她对他是怎样的深爱。尽管她的口吻平淡,你从那平淡中会觉得她是怎样的顺从,顺从得完全失去了她自己的特质。你从那顺从中,就觉得对你的微笑就没有一点价值了。你会羡慕梅溪:——他是多么幸福呀!

白天梅溪在家的时候,林美娜的生活是有意义的,她笑的是那么幸福。这笑是在他从熊星身傍经过的那瞬间出现的。梅溪就站在穿堂中央,弯着腰,双手扶膝注视着熊星,两眼放出金色的火焰。熊星就在门口,遥远的望着他。他刚从爸爸的臂膀里逃开,现在想,是不是在向他爸爸的那边跑去呢!是不是有把握能一下子抱住爸爸的两条腿呢!

梅溪的神气也表示着他是怎样注意熊星的意思,在想:是不是他就要朝他扑来呢!他若是躲得快,孩子是不是跌倒呢!在那时梅溪忘记了自身以外的世界,望见我在身傍,就笑笑,又正面去注视熊星。他笑的是那么匆促,不及看清楚我,怕放松了对熊星一刻的注意而使孩子跌倒。熊星扑到他跟前,他就畅快的叫道:"呵哟!呵哟!又给宝宝捉到了,再来一遍,去,再来一遍!"说话时,他还可能望我一笑,那时他的笑声就有了,笑的很天真、幸福。在这时候,林美娜不是在厨房吃早饭,就是在窗底下洗衣服。

梅溪进城去了,林美娜的生活还是有意义的,她陪着熊星谈天。熊星指着那只小鸡欺侮它的姊妹,咿呀作语,林美娜就说:"那只小鸡是坏蛋——呵——!"熊星若是用手背擦眼睛,林美娜就说:"我们睡觉去——呵——"熊星真睡了觉,而衣裳又没得洗的了,作饭还不是时候,林美娜的眼睛就寂寞了。她要作点什么呢!总该有点事呀!没有一点事在手边,在眼前,她是一刻也过不了的。就提着铲子,沿着竹篱去给小鸡雏们掘蚯蚓了。她又找到了生活的意义,她的眼睛又充满了光辉。那么些小鸡雏全围集在她脚旁边。

北望园的整个院落都是阳光的世界了,女佣人在走廊底下打盹,房主人睡午觉。娇媚的春天呀!就只有那个对人温柔体贴的少妇,蹲在壁荫凉下边,掘蚯蚓。

有时我就走过去:"很多吗?"

"不多。"她向我微笑,这微笑比较在她丈夫面前就减色了,距离远了,而且是属于一个少妇的了。

此外,她穿的衣服,总是三两天掉换一件。掉换了,你也不觉得。她那衣料是上等的,但穿在她身上你也觉不出特别显眼。虽然那衣料的色彩鲜明,样式也合适,但全不像一般少妇的穿着,使你一看就知道是刚从服装店拿回来的才会么整洁。只在她蹲着的时候,你从她背后找不出一道皱纹,你才觉得她的衣服式样,优美、鲜明、标致。

六

在我接到昆明汇款的那两天。赵人杰的气色格外阴沉了。烧饭的时间也早晚不定,碰到我只苦笑一下,就匆匆走过去了。有时候,黄昏才回来,腋下挟着两三块木柴,点着油盏下厨房。林美娜望他的眼光,就具有怜悯性,抱着熊星到厨房里去说:"木柴不够用这边的好了。"赵人杰总是谦虚的笑笑,说是:"够了,够了。"林美娜回来就叹息着。我知道,赵人杰这两天是连买盐钱都得借的。在都市里生活,还有三五块木柴三五块木柴零买的穷人吗?

我说:"你别烧饭了,我们到GB吃酒去。"他笑着辞谢。我无论如何让他陪我。我说:"我快走了,来吧!一块儿去吃一杯吧!"到底他坚持不下去了,离开厨房还说:"我还是不去吧!"他是这样的谦虚,谦虚得使人不愉快。

我就挪开话题:"我们找杨村农一块儿去。"

赵人杰还是在原来的话题上游疑,说是:"太晚了,我还是不去吧!"

我就说:"杨村农若是换了睡衣,那么就不会出门了。"就敲起窗来。

他还是喃喃着:"真是……秦先生太客气……"

杨村农本来是个谈笑自若的好心肠的绅士,可是一见赵人杰,神气立刻就不同了。又高贵又尊严,仿佛我们身傍带着一个从仆,若是一个体面的绅士在从仆面前不矜持,那像是什么话呢!若是绅士们当着从仆又谈又笑,毫无顾忌,那像是什么世界呢? 杨村农的眉目间,时时戒备着,时时怕赵人杰说出可怕的侵犯他的尊严的话来。杨村农越是提防,赵人杰越是萎缩的窥睨他。在路上从旁窥睨他,在GB餐室,从碗边上窥睨他。他的眼光是不安的困惑的,一个穷人和绅士同餐是多么刻薄的刑罚呀! 他就像一个在众目灼视之下的刺猬那样萎缩,那样可怜。

我说:"赵先生,我们吃酒,你不要吃,就尽管吃饭好了。"

"好。"他说;可是一个米粒一个米粒的向嘴里送。五分钟就停停筷子,十分钟就夹一口菜,而且只夹一小片白菜。明明他是饿了,可是他还陪着我们吃酒。他的命运就似乎决定是为了别人而生活的。

我说:"赵先生。有肝尖,有肥肠,有鱼片,你是吃嘛?"

他说:"我是吃呀!"

我说:"你不要客气,这些菜我们是吃不完的,你尽管吃呀!"

他说:"我是吃嘛! 秦先生太客气了。"

他依然是夹着白菜叶,或是小块的笋片,他尽力避讳着鱼肉,只一片小块笋,他就满足了。

杨村农在他低着眼睛的时候,就望着他皱眉,嘴唇的一点滴不易见的笑容,对他是怎样蔑视呀! 实在赵人杰的那件破旧的冬大衣,现在我们之间是太不调合了,太褴褛了。他那十分钟夹一小块竹笋的吃法,太不体面了。他自己也觉到他是怎样褴褛可怜,微笑的也就更困惑,眼光更畏怯。尤其是餐室的灯光那么亮,把他那冬季大衣的破绽全给暴露出来了,他的手臂就越发不向直里伸,可是腋下那块破口的布片依然遮掩不住,依然清楚的动荡着,像屋檐底下晒的尿布,又使人联想到他腋下是挟着一块木柴。他在GB餐室里是一直无声无息的。

杨村农却大声打着饱咯儿。用牙签剔牙齿,还作出嗤嗤的声音。完全是个良善绅士的气派,完全是个胃口消化健旺的人的姿态。满面闪着红光,除了胃口加重三十斤的感觉,他对身外任何什么也没有感受的兴趣了。虽然剔牙齿时,他还左右环顾的。恐怕这瞬间就是他的生活中最幸福的时候了。完全不像在北望园的走廊下的政论家了,完全不像在胡玲君身傍向我喃喃说着进城理由那时候的政论家了。

这天晚上又是林美娜给我们开的门。在门外杨村农又喃喃的自责:"回来的太晚了,回来的太晚了。"

红瓦屋顶的洋房的玻璃窗,全是黑的。在那屋子里的住客是幸福的早早睡觉了。

茅草房子的纸窗闪着灯辉。街头上很寂静。若是有一辆人力车走过,我床侧的纸窗就闪过一片红光,篱笆影子的骨骼就清楚地在纸窗上出现。人力车多半是空座的,走出街口,还清楚的听见铃铛声,那声音使人感到寂寞。是夜深了。

那天晚上,我听见北望园夜深时候第一次的声音:"玲君,玲君!""开开门,玲君!"声音是低微的,足有三十分钟,北望园的院子才沉寂。

那天晚上,赵人杰屋里充满了纸烟的烟雾,门口正面的墙壁上映着一个硕大的黑影子。赵人杰在那里坐着瞑想什么呢!他是坐在床上望着前方吧!望着他眼睛前面的空气吧!望着辽远的什么吧!是走入他自己所独有的绘画世界里去了呢!是在灰白的气息里望见那个摆糖果摊的老妪的寂寞的面影了呢!

"赵先生!"我说,"你还不睡吗?"

"唔!"他受惊说,"没有!"

"别想了,睡吧!"我说,"这样下去,你的身体要坏了。"

"唔! 我睡不着……"他走出来。站在我的床侧。

"别想了,睡吧!"我说。我握住他的手。

"唔!"他不知所云的依然站在那里。

"你想什么呢!"

"没有想什么?"他说。

他依然站在那里。

"睡去吧!"我放开他的手。

"唔!"

他反而坐在我的床边上了。一句话也不说。背向我,面对着门口的灯光。

"你想什么呀! 说说不好吗?"

"唔,没想什么!"他说。默沉了一会儿又说:"若是我那腹稿没有画出来以前就死了,我的生活不是全部没有意义了吗?"他仿佛是自语。

"为什么你老是想这些呢! 你该想怎么把生活布置一下,你看你春天还穿着这件大衣……"

"是的。"他那声音表示他是在苦笑:"是该换换了。"

"广告社给了我四百块钱,让我找人塑个半身模特儿,你拿去好吗? 当作材料费。"

"不用。"他站起来说:"我这两天就发薪水了。"

"发薪水又有什么关系呢! 有笔额外收入不更好吗?"

"这太不好意思了,我可以用黄泥塑的,也不用什么材料!"

"为什么不好意思呢!"我说;"找别人作不是一样要钱吗?"

"我有钱,就要发薪水了……"

"这也没有关系呀？为什么拘于一些小节呢！"

他笑着说："我并没有拘于小节呀！"就站起来说："很晚了，你睡吧！"在这上他又是有着异样的过度的自尊的。

七

从那天以后，杨村农日常穿着居家的便服了。中国式的宽阔的裤筒，给风吹得像船帆一样。西装坎肩也不扣结。抱着海燕在走廊上望小鸡。我约他进城，他那眼光也不拘谨了，就是在胡玲君面前，他也是现着好心肠的绅士的笑容。说是："你去吧！"有时我走出篱笆门，回头还望见杨村农从胡玲君背后，目送我的眼光，那眼光充满了无限的羡慕，仿佛囚犯望着铁窗外的春燕，呢喃地飞入云霄一样。我当时想：可怜的丈夫！胡玲君尽自在那儿大声唤鸡，她是没有注意小鸡群以外的什么。

赵人杰的早饭延迟到午间才动手烧。这天他在我床前来往经过了七次，这是从前没曾有过的现象。等我走到街口了，赵人杰终于从我身后追赶上来，他的脸色又阴沉，又苍白。急促地说："秦先生！借给我五块钱……我今天晚上就还。"说话的眼光是那么严重，一个到乡长面前请求缓役的中签壮丁，是会有这种神态的。你知道，如今的五块钱还当什么用呢！五年前可以包一个月的月膳，三年以前还能买二三十个鸡蛋，可是现在呢！现在只可以吃杯红茶。然而赵人杰是坚持着，只借五块就够了，说他买点盐，最后他又说一遍："晚上五点钟，我一定还给你。"这一点点钱，可见在他是怎样的严重，在他是认为有关自己的威信的。

我说："那又何必还呢！我不会等着这五块法币买烟抽的。若是不够，你再来拿……"

晚上是怎样的情形呢！晚上，我回到北望园来了！差不多有六点钟。广告社开幕的晚筵，是有五瓶茅台酒飨客的。同时我接到金城江发来的电报，催我即日动身，那里有辆与我们剧团有关系的车子等我。我决定一两天就起程。我回来时，很愉快。

北望园的两所房子都有灯光，只是杨村农的玻璃窗是乌黑的。

林美娜在灯下削着梅溪的画笔。梅溪还是没回来，她也就照例作出熊星睡熟了的微笑。我就小声说："梅溪的展览会筹备的怎样了？"

"他整天是那么忙，也没有说过。"

"可惜我看不到了？我一两天就离开桂林了。"

"是吗？"她说。她的嘴唇微笑。仿佛受到我那愉快面容的感染。

"是的。"我说。

"我们在这儿住了一年了。从香港回来，再就没有动。"她又微笑着说。

"将来有机会，到重庆去吧！"

她无声无息的微笑一下。她是那么容易微笑，又那么不容易说句话。我坐了一会儿，就到赵人杰这边来。

赵人杰和我说什么呢！第一句话就和我说："等会子，我出去一趟。美术学院还没送钱来。"

我说："我不想问你要那五块钱呀！"

他笑着说："等会子我一定给你。"

我说："你知道我一两天就离开桂林了。"

"真的吗?"

"真的。"

"真是……我们刚认识就又分手了,那年才能见呢?"

"有机会,到重庆去吧!"

"我想回北方去呢!"他笑着说。

"回北方去作什么?"

"在桂林又作什么呢?"

我笑笑。

他也笑笑。

"好吧!"最后他说:"我出去一趟。"

赵人杰深夜才回来,他的脸色阴沉、苍白。他在我床侧站着。我说:"坐一会儿吧!"

他说:"秦先生没睡吗?"他说,"我没有弄到钱,不过明天早上一定还你。你不觉得我……"

我说:"为什么你把五块钱看得这样严重呀!你若要用,我还有呀!"

他不说什么,沉默着坐了许久。我不管说什么,他最多唔唔一声,他是一点也没注意我的话。坐在那儿给我的感觉,仿佛他的身体有两万吨那么重。

我说:"去睡吧!"

"唔!"他那黑影子离开床的时候,一声叹息回荡在寂静的屋子里。

八

北望园也有愉快的日子,那就是杨村农陪着胡玲君进城去看过电影的日子,那就是赵人杰收到薪水的日子。

那时候,就有愉快的光辉闪耀在胡玲君的嘴唇上,那时候,她的头发上就会出现一条蓝色的丝带子。她的年龄也就显得小几岁了,而且她对客人的姿态也就稍微亲切一点。

这天晚上,就是正当她愉快的时候。她在没有听清楚我话的工夫,她会用眼睛望着我问:"什么!"作出那种少女的天真,作出不懂事的孩子问:"家雀怎么会飞呢!"那种稚气的神气。只有在这时候,才显出她的年龄是过时了。若是一朵花,那么这朵花已经是开过一礼拜了,有一场风花瓣就会片片坠落,而且那些花瓣是没有水份的了,只是还没有枯萎。她是完全不适合用这种口吻讲话了,也许退回十年,她那种稚气的眼光会诱人微笑。

赵人杰在我们谈天的时候来了。他是使人吃惊的年轻了。他刚走出理发馆来。他微笑的是那么幸福,几乎是一个陌生人了。他有礼貌的向我们点头,他是第一次到杨村农的房间里来的。他说"找你没有找到。"那瞬间,杨村农是用一种惊讶的眼望着他的,不过只一会儿工夫,杨村农恢复了原有的兴趣,向空中抛着海燕,嘴里发出憨厚长者的笑声。仿佛他知道赵人杰没有别的意外发展,猜到他是领到一点可怜的薪水。胡玲君同样,在惊疑之后露出那种眼光,似乎说:"又领到一百二十块钱的月薪了。"赵人杰坐在我傍边,依然微笑着,可是我感觉到他带来的是怎样的空气,那种空气使我们一时找不到谈话的资料了。绅士们坐在一起,找不到话可谈,那该是怎样不好受的心情呀!正像在热烈攀谈的绅士们,发现傍边站着个求乞者,不管怎样装作看不见,然而心里还是有一种负担。

赵人杰没有一句话要说，只是望着人微笑。我就说："我们回去吧！你还有什么事吗？"

"没有。"他说。

我们就走出来。他立刻急切的向我说："我拿到这个月的薪水了，这里……还给你那五块。真对不住你。"

实在说，我之所以到杨村农那里谈天，是有意躲避赵人杰的，我怕他今晚上拿不到钱，那么我在他面前是会使他精神上感觉得很大的负担。我怕接触他的眼光，若是他拿不到钱回来，他该怎样不安呀！他对我说过两遍："今晚一定还你。"总之这一切算是过去了。

院子里的空气有点潮湿，四月的夜空是乌黑的，一点星光也没有，老远有一两声蛙鸣。我想：蛙声这样叫，一定要有场风雨。

赵人杰这天买了三块钱的花生米，仿佛招待一顿盛餐那样几次的让我："吃呀！吃呀！"

他这晚上是过份的愉快。他说："你就要到重庆去了，我们还能见面吗？你看，我们才认识一礼拜，可是我觉得我们是认识很久了似的。"他说，"我是要把我的作品拿出来，拿到世界上来。可是我的生活牵制我，你不知道，我前两天是怎么过的，我卖了两本珍贵的意大利版的油画集子。"

"为什么不向我借呢？"

"不好意思的。"他说，"现在是没有问题了，月中我可以接到一个朋友的汇款。我打算下半年回北方去，我还有个叔父，在乡下住。他有三十多亩田，过的挺舒服。我想回去，就住在他那里，前几年他来信催我回去，我没答应。若不，我是没有画出画来的那一年的，我的身体又不好，我想回去过一年再出来。而且对都市生活，我也厌倦了。"

"你叔父还健在吗？"

"我想还健在。他是没有娶过老婆的，晚年，吃酒吃的很凶，一天醉到晚。不过他挺喜欢我。我从小是孤儿，完全是我叔父带大的。"

一个人愉快的时候，话总没有完。从他所向往的家乡，又谈到北方的麦季，谈到夜晚挟着凉席子，躺在打麦场歇凉的风味。

"你们那里几月割麦子？"他问。

"七八月。"

"那么你们那里晚。"他说，"我们那里是六月，一过端午节麦子就修穗了。你到了晚上听吧，望坡的人在月亮底下常常高声的呼啸，那是他发觉有偷麦子的动静了。我们那儿的习惯，没出嫁的闺女都是在这时候去找喜体的，她们每年都能偷一两斗。这不算是丢脸的事情。她们的娘就给她们放出去，两斗麦子，到年底本利就有两斗半了，就这样从八九岁到出嫁的年龄，一个闺女至少有了一套说得过去的嫁装了。好手，一个麦季，就能偷个三四斗，不管有钱财主的闺女，还是穷的讨饭户家的，都是一黑天就三五结队的到村外的麦子地去了。男孩子们可不作兴，捉住了，打得头破血流，还得罚钱。所以不大离儿，看坡的听见老远有脚步声，就高声的呼啸，也不去追赶。只要不是饥荒年月，是没有男孩子偷麦子的事情的。看坡的也就不去追逐，不过呼啸声是可怕的。那呼啸声在夜晚从野外传到村子里来，说不出的一种灾害感呀！我小时候，听见这种声音就害怕，就像是感到土匪要攻村子而村子的人大声疾呼着，召集人抵抗一样。现在我又觉着，这声音是富有诗性的,可惜我不懂音乐,若是音乐家或许有更美的感受吧!"

"我们那里不兴这个,不过你说的那种声音,我可以想像到的。我们那里也有看地的,叫作望青的人,他们都带着枪,他们听到什么动静,只是朝空打一下空枪,可是偷庄稼的人听见就要跑了,一跑吗,望青的人就寻声追去了,他们放枪原来就是试探偷庄稼人的方向的。他们都是猎手,那本是打猎的法子,可是他们用到对付人上了,又一样的灵验,人在某时是聪明的,在又一个时候又愚蠢的和野鸡差不多了。"

我们谈的又投机又兴奋。在我们之间,没有一丝的距离。我们彼此感觉到忘情的愉快。话一中止,我们就听见院子里的草叶飘舞的声音,竹篱摇幌着,天气是变了。足征我听见那一两声蛙鸣的断定不虚。我想若是明天落场雨,又得延搁一天。

我们分手的时候,屋子里的气息也骤然阴冷了。远处传来树木的摇撼声,显出风势来的大。不久,我们的房子里也旋起风来,从窗户和墙壁之间,从屋檐墙缝之间,风声呜呜作响。地中央的风,也就回旋起来,越来越大。赵人杰房间的纸窗颤动鸣叫。壁画击打着土壁,劈劈剥剥。

"赵先生"我说,"关上你的房门吧!"

"不用关……"

"外边起风了。"

"恐怕你明天走不成了。"

"关上门好。整夜开着作什么。"

"早晨你进出方便呀!"

"还是关上好,若是下雨早晨我不一定比你起来的早。"我说。

"不用关吧!你真客气。"

"赵先生!"我说,"不关门,一定要受凉。关上门,风就不会来往在我们这两间屋子里转了。若是我们的身体一有病,什么也糟了。"

"你真客气。"

"赵先生!"我平心静气的说:"我并不是客气呀!你知道你是招待客人呀!我是客人,你要招待得使我舒服,你就要听我的话呀!就是有成见,你还得牺牲呢!不是吗!"

"太客气了,太客气了。"他笑着。意思是:我不是小孩子呀!你别绕着弯骗我了。

"你关上门吧!"

"客气。"他说。

"怎么这是客气呢!我们还要客气吗?我是说真话呀!"

"嘿嘿。"他笑着。我们现在的距离又是这么远。

就这样我伤风了。又在北望园住了两天。整天躺在床上,头晕,发烧又咳嗽。感谢上帝,林美娜待我很好,就是在她忙着给小鸡雏在竹篱下掘蚯蚓的时候,就是在她忙着洗衣裳的时候,她也没忽视了我,那次醒来她都及时的赶到我床前,问我要不要喝水。

今天是七月一日了。桂林北望园的夏天该是怎样的呢!林美娜还是在掘蚯蚓吗?若是那些鸡雏壮大了,那么她在熊星睡着的下半天作些什么呢?她是从来不读书的,也不看杂志,那么她的生活不是会有一段空白吗?她会在这段空白的时间感到空虚吧!正如杨村农,他若不是每天有着进城去一趟的小欲望,他若不是每天回北望园有着自谴太晚的忧虑,那么他的生活就会空虚的,一个人连点小的忧虑都没有,那是怎样可怕的虚无呀!至于赵人杰是有独自的世界的,祝福他现在是脱去冬大衣。

实在说北望园的男女住客在无忧无虑的时候也不会寂寞,还会坐在走廊下打盹呀。红瓦屋子的客厅里,由于花瓶里那株美人蕉的花朵,给他们幸福的点缀也一定不小。也许还有株秋海棠呢!我怀念北望园,怀念北望园的深夜……赵人杰一定还是瞑坐在他那阴暗的屋子里暇想……现在北望园的深夜应该有一片蛙鸣了……

(原载1943年《文学创作》第2卷第4期(总第10号),
选自《北望园的春天》,1947年星群出版公司)

小二黑结婚

赵树理

一　神仙的忌讳

刘家峧有两个神仙,邻近各村无人不晓:一个是前庄上的二诸葛,一个是后庄上的三仙姑。二诸葛原来叫刘修德,当年作过生意,抬脚动手都要论一论阴阳八卦,看一看黄道黑道。三仙姑是后庄于福的老婆,每月初一十五都要顶着红布摇摇摆摆装扮天神。

二诸葛忌讳"不宜栽种",三仙姑忌讳"米烂了"。这里边有两个小故事:有一年春天大旱,直到阴历五月初三才下了四指雨。初四那天大家都抢着种地,二诸葛看了看历书,又掐指算了一下说:"今日不宜栽种。"初五日是端午,他历年就不在端午这天做什么,又不曾种;初六倒是个黄道吉日,可惜地干了,虽然勉强把他的四亩谷子种上了,却没有出够一半。后来直到十五才又下雨,别人家都在地里锄苗,二诸葛却领着两个孩子在地里补空子。邻家有个后生,吃饭时候在街上碰上二诸葛便问道:"老汉!今天宜栽种不宜?"二诸葛翻了他一眼,扭转头返回去了,大家就嘻嘻哈哈传为笑谈。

三仙姑有个女孩叫小芹。一天,金旺他爹到三仙姑那里问病,三仙姑坐在香案后唱,金旺他爹跪在香案前听。小芹那年才九岁,响午做捞饭,把米下进锅里了,听见她娘哼哼得很中听,站在桌前听了一会,把做饭也忘了。一会,金旺他爹出去小便,三仙姑趁空子向小芹说:"快去捞饭!米烂了!"这句话却不料就叫金旺他爹听见,回去就传开了。后来有些好玩笑的人,见了三仙姑就故意问别人"米烂了没有"?

二　三仙姑的来历

三仙姑下神,足足有三十年了。那时三仙姑才十五岁,刚刚嫁给于福,是前后庄上第一个俊俏媳妇。于福是个老实后生,不多说一句话,只会在地里死受。于福的娘早死了,只有个爹,父子两个一上了地,家里就只留下新媳妇一个人。村里的年轻人们觉得新媳妇太孤单,就慢慢自动的来跟新媳妇作伴,不几天就集合了一大群,每天嘻嘻哈哈,十分红火。于福他爹看见不像个样子,有一天发了脾气,大骂一顿,虽然把外人挡住了,新媳妇却跟他闹起来。新媳妇哭了一天一夜,头也不梳,脸也不洗,饭也不吃,躺在炕上,谁也叫不起来,父子两个没了办法。邻家有个老婆替她请了一个神婆子,在她家下了一回神,说是三仙姑跟上她了。她也哼哼唧唧自称吾神长吾神短,从此以后每月初一十五就下起神来。别人也给她烧起香来求财问病,三仙姑的香案便从此设起来了。

  青年们到三仙姑那里去,要说是去问神,还不如说是去看圣像。三仙姑也暗暗猜透大家的心事,衣服穿得更新鲜,头发梳得更光滑,首饰擦得更明,宫粉搽得更匀,不由青年们不跟着她转来转去。

  这是三十来年前的事。当时的青年,如今都已留下胡子,家里大半又都是子媳成群,所以除了几个老光棍,差不多都没有那些闲情到三仙姑那里去了。三仙姑却和大家不同,虽然已经四十五岁,却偏爱当个老来俏,小鞋上仍要绣花,裤腿上仍要镶边,顶门上的头发脱光了,用黑手帕盖起来,只可惜宫粉涂不平脸上的皱纹,看起来好像驴粪蛋上下上了霜。

  老相好都不来了,几个老光棍不能叫三仙姑满意,三仙姑又团结了一伙孩子们,比当年的老相好更多,更俏皮。

  三仙姑有什么本领能团结这伙青年呢?这秘密在她女儿小芹身上。

三　小　芹

  三仙姑前后共生过六个孩子,就有五个没有成人,只落了一个女儿,名叫小芹。小芹当两三岁时候,就非常伶俐乖巧,三仙姑的老相好们,这个抱过来说是"我的",那个抱起来说是"我的",后来小芹长到五六岁,知道这不是好话,三仙姑教她说:"谁再这么说,你就说'是你的姑姑'。"说了几回,果然没有人再提了。

  小芹今年十八了,村里的轻薄人说,比她娘年轻时候好得多。青年小伙子们,有事没事,总想跟小芹说句话。小芹去洗衣服,马上青年们也都去洗;小芹上树采野菜,马上青年们也都去采。

  吃饭时候,邻居们端上碗爱到三仙姑那里坐一会,前庄上的人来回一里路,也并不觉得远。这已经是三十年来的老规矩,不过小青年们也这样热心,却是近二三年来才有的事。三仙姑起先还以为自己仍有勾引青年的本领,日子长了,青年们并不真正跟她接近,她才慢慢看出门道来,才知道人家来了为的是小芹。

  不过小芹却不跟三仙姑一样:表面上虽然也跟大家说说笑笑,实际上却不跟人乱来,近二三年,只是跟小二黑好一点。前年夏天,有一天前响,于福去地,三仙姑去串门,家里只留下小芹一个人,金旺来了,嬉皮笑脸向小芹说:"这会可算是个空子吧?"小芹板起脸来说:"金旺哥!咱们以后说话要规矩些!你也是娶媳妇大汉了!"金旺撇撇嘴说:"咦!装什么假正经?小二黑一来管保你就软了!有便宜大家讨开点,没事;要正经除非自己锅底没有黑!"说着就拉住小芹的胳膊悄悄说:"不用装模作样了!"不料小芹大声喊道:"金旺!"金旺赶紧放手跑出来。一边还咀念道:"等得住你!"说着就悄悄溜走了。

四　金旺弟兄

提起金旺来,刘家峧没有人不恨他,只有他一个本家兄弟名叫兴旺的跟他对劲。

金旺他爹虽是个庄稼人,却是刘家峧一只虎,当过几十年老社首,捆人打人是他的拿手好戏。金旺长到十七八岁,就成了他爹的好帮手,兴旺也学会了帮虎吃食,从此金旺他爹想要捆谁,就不用亲自动手,只要下个命令,自有金旺兴旺代办。

抗战初年,汉奸敌探溃兵土匪到处横行,那时金旺他爹已经死了,金旺兴旺弟兄两个,给一支溃兵作了内线工作,引路绑票,讲价赎人,又做巫婆又做鬼,两头出面装好人。后来八路军来,打垮溃兵土匪,他两人才又回到刘家峧。

山里人本来就胆子小,经过几个月大混乱,死了许多人,弄得大家更不敢出头了。别的大村子都成立了村公所、各救会、武委会,刘家峧却除了县府派来一个村长以外,谁也不愿意当干部。不久,县里派人来刘家峧工作,要选举村干部,金旺跟兴旺两个人看出这又是掌权的机会,大家也巴不得有人愿干,就把兴旺选为武委会主任,把金旺选为村政委员,连金旺老婆也被选为妇救会主席,其他各干部,硬捏了几个老头子出来充数。只有青抗先队长,老头子充不得。兴旺看见小二黑这个小孩子漂亮好玩,随便提了一下名就通过了,他爹二诸葛虽然不愿,可是惹不起金旺,也没有敢说什么。

村长是外来的,对村里情形不十分了解,从此金旺兴旺比前更厉害了,只要瞒住村长一个人,村里人不论那个都得由他两个调遣。这几年来,村里别的干部虽然调换了几个,而他两个却好像铁桶江山。大家对他两个虽是恨之入骨,可是谁也不敢说半句话,都恐怕扳不倒他们,自己吃亏。

五　小二黑

小二黑,是二诸葛的二小子,有一次反"扫荡"打死过两个敌人,曾得到特等射手的奖励。说到他的漂亮,那不只在刘家峧有名,每年正月扮故事,不论去到那一村,妇女们的眼睛都跟着他转。

小二黑没有上过学,只是跟着他爹识了几个字。当他六岁时候,他爹就教他识字。识字课本既不是五经四书,也不是常识国语,而是从天干、地支、五行、八卦、六十四卦名等学起,进一步便学些《百中经》、《玉匣记》、《增删卜易》、《麻衣神相》、《奇门遁甲》、《阴阳宅》等书。小二黑从小就聪明,像那些算属相、卜六壬课、念大小流年或"甲子乙丑海中金"等口诀,不几天就都弄熟了,二诸葛也常把他引在人前卖弄。因为他长得伶俐可爱,大人们也都爱跟他玩;这个说:"二黑,算一算十岁属什么?"那个说:"二黑,给我卜一课!"后来二诸葛因为说"不宜栽种"误了种地,老婆也埋怨,大黑也埋怨,庄上人也都传为笑谈,小二黑也跟着这事受了许多奚落。那时候小二黑十三岁,已经懂得好歹了,可是大人们仍把他当成小孩来玩弄,好跟二诸葛开玩笑的,一到了家,常好对着二诸葛问小二黑道:"二黑!算算今天宜不宜栽种?"和小二黑年纪相仿的孩子们,一跟小二黑生了气,就连声喊道:"不宜栽种不宜栽种……"小二黑因为这事,好几个月见了人躲着走,从此就和他娘商量成一气,再不信他爹的鬼八卦。

小二黑跟小芹相好已经二三年了。那时候他才十六七,原不过在冬天夜长时候,跟着些闲人到三仙姑那里凑热闹,后来跟小芹混熟了,好像是一天不见面也不能行。庄上也有人愿意给小二黑跟小芹做媒人,二诸葛不愿意,不愿意的理由有三:第一小二黑是金命,小芹是火命,恐怕火克金;第二小芹生在十月,是个犯月;第三是三仙姑的声名不好。恰巧在这时候彰德府来了一伙难民,其中有个老李带来个八九岁的小姑娘,因为没有吃的,愿意把姑娘送给人家逃个活命。二诸葛说是个便宜,先问了一下生辰八字,掐算了半天说:"千里姻缘使线牵",就替小二黑收作童养媳。

虽然二诸葛说是千合适万合适,小二黑却不认账。父子俩吵了几天,二诸葛非养不行,小二黑说:"你愿意养你就养着,反正我不要!"结果虽把小姑娘留下了,却到底没有说清楚算什么关系。

六 斗争会

金旺自从碰了小芹的钉子以后,每日怀恨,总想设法报一报仇。有一次武委会训练村干部,恰巧小二黑发疟疾没有去。训练完毕之后,金旺就向兴旺说:"小二黑是装病,其实是被小芹勾引住了,可以斗争他一顿。"兴旺就是武委会主任,从前也碰过小芹一回钉子,自然十分赞成金旺的意见,并且又叫金旺回去和自己的老婆说一下,发动妇救会也斗争小芹一番。金旺老婆现任妇救会主席,因为金旺好到小芹那里去,早就恨得小芹了不得。现在金旺回去跟她说要斗争小芹,这才是巴不得的机会,丢下活计,马上就去布置。第二天,村里开了两个斗争会,一个是武委会斗争小二黑,一个是妇救会斗争小芹。

小二黑自己没有错,当然不承认,嘴硬到底,兴旺就下命令,把他捆起来送交政权机关处理。幸而村长脑筋清楚,劝兴旺说:"小二黑发疟是真的,不是装病,至于跟别人恋爱,不是犯法的事,不能捆人家。"兴旺说:"他已是有了女人的。"村长说:"村里谁不知道小二黑不承认他的童养媳。人家不承认是对的;男不过十六女不过十五,不到订婚年龄。十来岁小姑娘,长大也不会来认这笔账。小二黑满有资格跟别人恋爱,谁也不能干涉。"兴旺没话说了,小二黑反要问他:"无故捆人犯法不犯?"经村长双方劝解,才算放了完事。

兴旺还没有离村公所,小芹拉着妇救会主席也来找村长,她一进门就说:"村长!捉贼要赃,捉奸要双,当了妇救会主席就不说理了?"兴旺见拉着金旺的老婆,生怕说出这事与自己有关,赶紧溜走。后来村长问了问情由,费了好大一会唇舌,才给她们调解开。

七 三仙姑许亲

两个斗争会开过以后,事情包也包不住了,小二黑也知道这事是合理合法的了,索性就跟小芹公开商量起来。

三仙姑却着了急。她跟小芹虽是母女,近几年来却不对劲。三仙姑爱的是青年们,青年们爱的是小芹。小二黑这个孩子,在三仙姑看来好像鲜果,可惜多一个小芹,就没了自己的份儿。她本想早给小芹找个婆家推出门去,可是因为自己声名不正,差不多都不愿意跟她结亲。开罢斗争会以后,风言风语都说小二黑要跟小芹自由结婚,她想要真是那样的话,以后想跟小二黑说句笑话都不能了,那是多么可惜的事,因此托东家求西家要给小芹找婆家。

"插起招军旗,就有吃粮人。"有个吴先生是在阎锡山部下当过旅长的退职军官,家里很富,才死了老婆。他在奶奶庙大会上见过小芹一面,愿意续她,媒人向三仙姑一说,三仙姑当然愿意。不几天过了礼帖,就算定了,三仙姑以为了却一宗心事。

小芹已经和小二黑商量得差不多了,如何肯听她娘的话?过礼那一天,小芹跟她娘闹起来,把吴先生送来的首饰绸缎扔下一地。媒人走后,小芹跟她娘说:"我不管!谁收了人家的东西谁跟人家去!"

三仙姑愁住了,睡了半天,晚饭以后,说是神上了身,打了两个呵欠就唱起来。她起先责备于福管不了家,后来说小芹跟吴先生是前世姻缘,还唱些什么"前世姻缘由天定,不顺天意活不成……"于福跪在地下哀求,神非教他马上打小芹一顿不可。小芹听了这话,知道跟这个装神弄鬼的娘说不出什么道理来,干脆躲了出去,让她娘一个人胡说。

小芹一个人悄悄跑到前庄上去找小二黑,恰在路上碰上小二黑去找她,两个就悄悄拉着手到一个大窑里去商量对付三仙姑的法子。

八　拿　双

小芹把她娘怎样主婚怎样装神,唱些什么,从头至尾细细向小二黑说了一遍,小二黑说:"不用理她!我打听过区上的同志,人家说只要男女本人愿意,就能到区上登记,别人谁也作不了主……"说到这里,听见外边有脚步声,小二黑伸出头来一看,黑影里站着四五个人,有一个说:"拿双拿双!"他两人都听出是金旺的声音,小二黑起了火,大叫道:"拿?没有犯了法!"兴旺也来了,下命令道:"捉住捉住!我就看你犯法不犯法,给你操了好几天心了!"小二黑说:"你说去那里咱就去那里,到边区政府你也不能把谁怎么样!走!"兴旺说:"走?便宜了你!把他捆起来!"小二黑挣扎了一会,无奈没有他们人多,终于被他们七手八脚打了一顿捆起来了。兴旺说:"里边还有个女的,也捆起来,捉奸要双,这是她自己说的!"说着就把小芹也捆起来了。

前庄上的人都还没有睡,听见有人吵架,有些人就跑出来看,麻秆火把下看见捆着的两个人,大家不问就都知道了八九分。二诸葛也出来了,见小二黑被人家捆起来,就跪在兴旺面前哀求道:"兴旺!咱两家没有什么仇!看在我老汉面上,请你们诸位高高手……"兴旺说:"这事情,我们管不了,送给上级再说吧!"小二黑说:"爹!你不用管!送到那里也不犯法!我不怕他!"兴旺说:"好小子!要硬你就硬到底!"又逼住三个民兵说:"带他们走!"一个民兵问:"带到村公所?"兴旺说:"还到村公所干什么?上一回不是村长放了的?送给区武委会主任按军法处理!"说着就把他两个人拥上走了。

九　二诸葛的神课

邻居们见是兴旺弟兄们捆人,也没有人敢给小二黑讲情,直等到他们走后,才把二诸葛招呼回家。

二诸葛连连摇头说:"唉!我知道这几天要出事啦:前天早上我上地去,才上到岭上,碰上个骑驴媳妇,穿了一身孝,我就知道坏了。我今年是罗睺星照运,要谨防带孝的冲了运气,因此那里也不敢去,谁知躲也躲不过?昨天晚上二黑他娘梦见庙里唱戏。今天早上一个老鸦落在东房上叫了十几声……唉!反正是时运,躲也躲不过。"他罗哩罗嗦念了一大堆,邻居们听了有些厌烦,又给他说了一会宽心话,就都散了。

　　有事人那里睡得着?人散了之后,二诸葛家里除了童养媳之外,三个人谁也没有睡。二诸葛摸了摸脸,取出三个制钱占了一卦,占出之后吓得他面色如土。他说:"了不得呀了不得!丑土的父母动出午火的官鬼,火旺于夏,恐怕有些危险了。唉!人家把他选成青年队长,我就说过不叫他当,小杂种硬要充人物头!人家说要按军法处理,要不当队长那里犯得了军法?"老婆也拍手跺脚道:"小爹呀!谁知道你要闯这么大的事啦?"大黑劝道:"不怕!事已经出下了,由他去吧!我想这又不是人命事,也犯不了什么大罪!既然他们送到区上了,我先到区上打听打听!你们都睡吧!"说着点了个灯笼就走了。

　　二诸葛打发大黑去后,仍然低头细细研究方才占的那一卦。停了一会,远远听着有个女人哭,越哭越近,不大一会就来到窗下,一推门就进来了。二诸葛还没有看清是谁,这女人就一把把他拉住,带哭带闹说:"刘修德!还我闺女!你的孩子把我的闺女勾引到那里了?还我……"二诸葛老婆正气得死去活来,一看见来的是三仙姑,正赶上出气,从炕上跳下来拉住她道:"你来了好!省得我去找你!你母女两个好生生把我个孩子勾引坏,你倒有脸来找我!咱两人就也到区上说说理!"两个女人滚成一团,二诸葛一个人拉也拉不开,也再顾不上研究他的卦。三仙姑见二诸葛老婆已经不顾了命,自己先胆怯了几分,不敢恋战,吵闹了一会挣脱出来就走了。二诸葛老婆追出门来,被二诸葛拦回去,还骂个不休。

十　恩典恩典

　　二诸葛一夜没有睡,一遍一遍念:"大黑怎么还不回来,大黑怎么还不回来。"第二天天不明就起程往区上走,走到半路,远远看见大黑、三个民兵已都回来了,还来了区上一个助理员,一个交通员。他远远就喊叫道:"大黑!怎么样?要紧不要紧?"大黑说:"没有事!不怕!"说着就走到跟前,助理员跟三个民兵先走了。大黑告交通员说:"这就是我爹!"又向二诸葛说:"区上添传你跟于福老婆。你去吧,没有事!二黑跟小芹两个人,一到区上就放开了。区上早听说兴旺跟金旺两个人不是东西,已经把他两个人押起来了,还派助理员到咱村开大会调查他们横行霸道的证据。我赶到那里人家就问罢了,听说区上还许咱二黑跟小芹结婚。"二诸葛说:"不犯罪就好,结婚可不行,命相不对!你没有听说添传我做什么?"大黑说:"不知道,大约也没有什么大事。你去吧,我先回去告我娘说。"交通员说:"老汉!这就算见了你了!你去吧,我再传那一个去!"说了就跟大黑相跟着走了。

　　二诸葛到了区上,看见小二黑跟小芹坐在一条板凳上,他就指着小二黑骂着:"闯祸东西!放了你你还不快回去?你把老子吓死了!不要脸!"区长道:"干什么?区公所是骂人的地方?"二诸葛不说话了。区长问:"你就是刘修德?"二诸葛答:"是!"问:"你给刘二黑收了个童养媳?"答:"是!"问:"今年几岁了?"答:"属猴的,十二岁了。"区长说:"女不过十五岁不能订婚,把人家退回娘家去,刘二黑已经跟于小芹订婚了!"二诸葛说:"她只有个爹,也不知逃难逃到那里去了,退也没处退。女不过十五不能订婚,那不过是官家规定,其实乡间七八岁订婚的多着哩。请区长恩典恩典就过去了……"区长说："凡是不合法的订婚，只要有一方面不愿意都得退！"二诸葛说："我这是两家情愿！"区长问小二黑道："刘二黑！你愿意不愿意？"小二黑说："不愿意！"二诸葛的脾气又上来了，瞪了小二黑一眼道："由你啦？"区长道："给他订婚不由他，难道由你啦？老汉！如今是婚姻自主，由不得你了，你家养的那个小姑娘，要真是没有娘家，就算成你的闺女好了。"二诸葛道："那也可以，不过还得请区长恩典恩典，不能叫他跟于福这闺女订婚！"区长说："这你就管不着了！"二诸葛发急道："千万请区长恩典恩典，命相不对，这是一辈子的事！"又向小二黑道："二黑！你不要糊涂了！这是你一辈子的事！"区长道："老汉！你不要糊涂了！强逼着你十九岁的孩子娶上个十二岁的小姑娘，恐怕要生一辈子气！我不过是劝一劝你，其实只要人家两个人愿意，你愿意不愿意都不相干。回去吧！童养媳没处退就算成你的闺女！"二诸葛还要请区长"恩典恩典"，一个交通员把他推出来了。

十一　看看仙姑

三仙姑去寻二诸葛，一来为的是逞逞闹气的本领，二来为的是遮遮外人的耳目，其实小芹吃一吃亏她很高兴，所以跟二诸葛老婆闹了一阵之后，回去就睡了。第二天早上，她起得很迟，于福虽比她着急，可是自己既没有主意，又不敢叫醒她，只好自己先去做饭，饭快成的时候，三仙姑慢慢起来梳妆，于福问她道："不去打听打听小芹？"她说："打听她做甚啦？她的本领多大啦？"于福也再没有敢说什么，把饭菜做成了放在炉边等，直等到她梳妆罢了才开饭。

饭还没有吃罢，区上的交通员来传她。她好像很得意，嗓子拉得长长的说："闺女大了咱管不了，就去请区长替咱管教管教！"她吃完了饭，换上新衣服、新手帕、绣花鞋、镶边裤，又擦了一次粉，加了几件首饰，然后叫于福给她备上驴，她骑上，于福给她赶上，往区上去。

到了区上，交通员把她引到区长房子里，她爬下就磕头，连声叫道："区长老爷，你可要给我做主！"区长正伏在桌上写字，见她低着头跪在地下，头上戴了满头银首饰，还以为是前两天跟婆婆生了气的那个年轻媳妇，便说道："你婆婆不是有保人吗？为什么不找保人？"三仙姑莫名其妙，抬头看了看区长的脸。区长见是个擦着粉的老太婆，才知道是认错人了。交通员道："认错人了！这就是于小芹的娘！"区长又打量了她一眼道："你就是小芹的娘呀？起来！不要装神做鬼！我什么都清楚！起来！"三仙姑站起来了。区长问："你今年多大岁数？"三仙姑说："四十五。"区长说："你自己看看你打扮得像个人不像？"门边站着老乡一个十来岁的小闺女嘻嘻嘻笑了。交通员说："到外边耍！"小闺女跑了。区长问："你会下神是不是？"三仙姑不敢答话。区长问："你给你闺女找了个婆家？"三仙姑答："找下了！"问："使了多少钱？"答："三千五！"问："还有些什么？"答："有些首饰布匹！"问："跟你闺女商量过没有？"答："没有！"问："你闺女愿意不愿意？"答："不知道！"区长道："我给你叫来你亲自问问她！"又向交通员道："去叫于小芹！"

刚才跑出去那个小闺女，跑到外边一宣传，说有个打官司的老婆，四十五了，擦着粉，穿着花鞋。邻近的女人们都跑来看，挤了半院，唧唧哝哝说："看看！四十五了！""看那裤腿！""看那鞋！"三仙姑半辈没有脸红过，偏这会撑不住气了，一道道热汗在脸上流。交通员领着小芹来了，故意说："看什么？人家也是个人吧，没有见过？闪开路！"一伙女人们哈哈大笑。

把小芹叫来,区长说:"你问问你闺女愿意不愿意!"三仙姑只听见院里人说"四十五""穿花鞋",羞得只顾擦汗,再也开不得口。院里的人们忽然又转了话头,都说"那是人家的闺女""闺女不如娘会打扮",也有人说"听说还会下神",偏又有个知道底细的断断续续讲"米烂了"的故事,这时三仙姑恨不得一头碰死。

区长说:"你不问我替你问!于小芹,你娘给你找的婆家你愿意跟人家结婚不愿意?"小芹说:"不愿意!我知道人家是谁?"区长向三仙姑道:"你听见了吧?"又给她讲了一会婚姻自主的法令,说小芹跟小二黑订婚完全合法,还吩咐她把吴家送来的钱和东西原封退了,让小芹跟小二黑结婚。她羞愧之下,一一答应了下来。

十二 怎么到底

三个民兵回到刘家峧,一说区上把兴旺金旺二人押起来,又派助理员来调查他们的罪恶,真是人人拍手称快。午饭后,庙里开一个群众大会,村长报告了开会宗旨,就请大家举他两个人的作恶事实。起先大家还怕扳不倒人家,人家再返回来报仇,老大一会没有人说话,有几个胆子太小的人,还悄悄劝大家说:"忍事者安然。"有个被他两人作践垮了的年轻人说:"我从前没有忍过?越忍越不得安然!你们不说我说!"他先从金旺领着土匪到他家绑票说起,一连说了四五款,才说道:"我歇歇再说,先让别人也说几款!"他一说开了头,许多受过害的人也都抢着说起来:有给他们花过钱的,有被他们逼着上过吊的,也有产业被他们霸了的,老婆被他们奸淫过的。他两人还派上民兵给他们自己割柴,拨上民夫给他们自己锄地;浮收粮,私派款,强迫民兵捆人……你一宗他一宗,从晌午说到太阳落,一共说了五六十款。

区上根据这些罪状把他两人送到县里,县里把罪状一一证实之后,除叫他们赔偿大家损失外,又判了十五年徒刑。

经过这次大会之后,村里人也都敢出头了。不久,村干部又都经过大改选,村里人再也不敢乱投坏人的票了。这其间,金旺老婆自然也落了选。偏她还变了口吻,说:"以后我也要进步了。"

两个神仙也有了变化:

三仙姑那天在区上被一伙妇女围住看了半天,实在觉着不好意思,回去对着镜子研究了一下,真有点打扮得不像话;又想到自己的女儿快要跟人结婚,自己还卖什么老俏?这才下了个决心,把自己的打扮从顶到底换了一遍,弄得像个当长辈人的样子,把三十年来装神弄鬼的那张香案也悄悄拆去。

二诸葛那天从区上回去,又向老婆提起二黑跟小芹的命相不对,他老婆道:"把你的鬼八卦收起吧!你不是说二黑这回了不得吗?你一辈子放个屁也要卜一课,究竟抵了些什么事?我看小芹满不错,能跟咱二黑过就很好!什么命相对不对?你就不记得'不宜栽种'?"二诸葛见老婆都不信自己的阴阳,也就不好意思再到别人跟前卖弄他那一套了。

小芹和小二黑各回各家,见老人们的脾气都有些改变,托邻居们趁势说和说和,两位神仙也就顺水推舟同意他们结婚。后来两家都准备了一下,就过门。过门之后,小两口都十分得意,邻居们都说是村里第一对好夫妻。

夫妻们在自己卧房里有时候免不了说玩话:小二黑好学三仙姑下神时候唱"前世姻缘由天

定",小芹好学二诸葛说"区长恩典,命相不对"。淘气的孩子们去听窗,学会了这两句话,就给两位神仙加了新外号:三仙姑叫"前世姻缘",二诸葛叫"命相不对"。

1943年5月写于太行

(选自《小二黑结婚》,1943年9月华北新华书店初版)

封锁

张爱玲

  开电车的人开电车。在大太阳底下,电车轨道像两条光莹莹的,水里钻出来的曲蟮,抽长了,又缩短了;抽长了,又缩短了,就这样往前移——柔滑的,老长老长的曲蟮,没有完,没有完……开电车的人眼睛钉住了这两条蠕蠕的车轨,然而他不发疯。

  如果不碰到封锁,电车的进行是永远不会断的。封锁了。摇铃了。"叮玲玲玲玲玲,"每一个"玲"字是冷冷的一小点,一点一点连成了一条虚线,切断了时间与空间。

  电车停了,马路上的人却开始奔跑,在街的左面的人们奔到街的右面,在右面的人们奔到左面。商店一律的沙啦啦拉上铁门。女太太们发狂一般扯动铁栅栏,叫道:"让我们进来一会儿!我这儿有孩子哪,有年纪大的人!"然而门还是关得紧腾腾的。铁门里的人和铁门外的人眼睁睁对看着,互相惧怕着。

  电车里的人相当镇静。他们有坐位可坐,虽然设备简陋一点,和多数乘客的家里的情形比较起来,还是略胜一筹。街上渐渐的也安静下来,并不是绝对的寂静,但是人声逐渐渺茫,像睡梦里所听到的芦花枕头里的綷縩。这庞大的城市在阳光里盹着了,重重的把头搁在人们的肩上,口涎顺着人们的衣服缓缓流下去,不能想像的巨大的重量压住了每一个人。上海似乎从来没有这么静过——大白天里!一个乞丐趁着鸦雀无声的时候,提高了喉咙唱将起来:"阿有老爷太太先生小姐做做好事救救我可怜人哇?阿有老爷太太……"然而他不久就停了下来。被这不经见的沉寂吓噤住了。

  还有一个较有勇气的山东乞丐,毅然打破了这静默。他的嗓子浑圆嘹亮:"可怜啊可怜!一个人啊没钱!"悠久的歌,从一个世纪唱到下一个世纪。音乐性的节奏传染上了开电车的。开电车的也是山东人。他长长的叹了一口气,抱着胳膊,向车门上一靠,跟着唱了起来:"可怜啊可怜!一个人啊没钱!"

  电车里,一部份的乘客下去了。剩下的一群中,零零落落也有人说句把话。靠近门口的几个公事房里回来的人继续谈讲下去。一个人撒喇一声抖开了扇子,下了结论道:"总而言之,他别的毛病没有,就吃亏在不会做人。"另一个鼻子里哼了一声,冷笑道:"说他不会做人,他把上头敷衍得挺好的呢!"

  一对长得颇像兄妹的中年夫妇把手吊在皮圈上,双双站在电车的正中,她突然叫道:"当心别把裤子弄脏了!"他吃了一惊,抬起他的手,手里拎着一包熏鱼。他小心翼翼使那油汪汪的纸口袋与他的西装裤子维持二寸远的距离。他太太兀自絮叨道:"现在干洗是什么价钱?做一条裤子是什么价钱?"

坐在角落里的吕宗桢,华茂银行的会计师,看见了那熏鱼,就联想到他夫人托他在银行附近一家面食摊子上买的菠菜包子。女人就是这样!弯弯扭扭最难找的小胡同里买来的包子必定是价廉物美的!她一点也不为他着想——一个齐齐整整穿着西装戴着玳瑁边眼镜提着公事皮包的人,抱着报纸裹的热腾腾的包子满街跑,实在是不像话!然而无论如何,假使这封锁延长下去,耽误了他的晚饭,至少这包子可以派用场。他看了看手表,才四点半。该是心理作用罢?他已经觉得饿了。他轻轻揭开报纸的一角,向里面张了一张。一个个雪白的,喷出淡淡的麻油气味。一部份的报纸黏住了包子,他谨慎地把报纸撕了下来,包子上印了铅字,字都是反的,像镜子里映出来的,然而他有这耐心,低下头去逐个认了出来:"讣告……申请……华股动态……隆重登场候教……"都是得用的字眼儿,不知道为什么转载到包子上,就带点开玩笑性质。也许因为"吃"是太严重的一件事了,相形之下,其他的一切都成了笑话。吕宗桢看着也觉得不顺眼,可是他并没有笑,他是一个老实人。他从包子上的文章看到报上的文章,把半页旧报纸读完了,若是翻过来看,包子就得跌出来,只得罢了。他在这里看报,全车的人都学了样,有报的看报,没有报的看发票,看章程,看名片。任何印刷物都没有的人,就看街上的市招。他们不能不填满这可怕的空虚——不然,他们的脑子也许会活动起来。思想是痛苦的一件事。

只有吕宗桢对面坐着的一个老头子,手心里谷碌碌谷碌碌搓着两只油光水滑的核桃,有板有眼的小动作代替了思想。他剃着光头,红黄皮色,满脸浮油,打着皱,整个的头像一个核桃。他的脑子就像核桃仁,甜的,滋润的,可是没有多大意思。

老头子右首坐着吴翠远,看上去像一个教会派的少奶奶,但是还没有结婚。她穿着一件白洋纱旗袍,滚一道窄窄的蓝边——深蓝与白,很有点讣闻的风味。她携着一把蓝白格子小遮阳伞。头发梳成千篇一律的式样,唯恐唤起公众的注意。然而她实在没有过份触目的危险。她长得不难看,可是她那种美是一种模棱两可的,仿佛怕得罪了谁的美,脸上一切都是淡淡的,松弛的,没有轮廓。连她自己的母亲也形容不出她是长脸还是圆脸。

在家里她是一个好女儿,在学校里她是一个好学生。大学毕了业后,翠远就在母校服务,担任英文助教。她现在打算利用封锁的时间改改卷子。翻开了第一篇,是一个男生做的,大声疾呼抨击都市的罪恶,充满了正义感的愤怒,用不很合文法的,吃吃艾艾的句子,骂着"红嘴唇的卖淫妇……大世界……下等舞场与酒吧间"。翠远略略沉吟了一会,就找出红铅笔来批了一个"A"字。若在平时,批了也就批了,可是今天她有太多的考虑的时间,她不由的要质问自己,为什么她给了他这么好的分数;不问倒也罢了,一问,她竟涨红了脸。她突然明白了:因为这学生是胆敢这么毫无顾忌地对她说这些话的唯一的一个男子。

他拿她当做一个见多识广的人看待;他拿她当做一个男人,一个心腹。他看得起她。翠远在学校里老是觉得谁都看不起她——从校长起,教授、学生、校役……学生们尤其愤慨得厉害:"申大越来越糟了!一天不如一天!用中国人教英文,照说,已经是不应当,何况是没有出过洋的中国人!"翠远在学校里受气,在家里也受气。吴家是一个新式的,带着宗教背景的模范家庭。家里竭力鼓励女儿用功读书,一步一步往上爬,爬到了顶儿尖儿上——一个二十来岁的女孩子在大学里教书！打破了女子职业的新纪录。然而家长渐渐对她失掉了兴趣，宁愿她当初在书本上马虎一点，匀出点时间来找一个有钱的女婿。

她是一个好女儿，好学生。她家里都是好人，天天洗澡，看报，听无线电向来不听申曲滑稽京戏什么的，而专听贝多芬瓦格涅的交响乐，听不懂也要听。世界上的好人比真人多……翠远不快乐。

生命像圣经，从希伯来文译成希腊文，从希腊文译成拉丁文，从拉丁文译成英文，从英文译成国语。翠远读它的时候，国语又在她脑子里译成了上海话。那未免有点隔膜。

翠远搁下了那本卷子，双手捧着脸。太阳滚热的晒在她背脊上。

隔壁坐着个奶妈，怀里躺着小孩，孩子的脚底心紧紧抵在翠远的腿上。小小的老虎头红鞋包着柔软而坚硬的脚……这至少是真的。

电车里，一个医科学生拿出一本图画簿，孜孜修改一张人体骨骼的简图。其他的乘客以为他在那里速写他对面盹着的那个人。大家闲着没事干，一个一个聚拢来，三三两两，撑着腰，背着手，围绕着他，看他写生。拎着熏鱼的丈夫向他妻子低声道："我就看不惯现在兴的这些立体派，印象派！"他妻子附耳道："你的裤子！"

那医科学生细细填写每一根骨头，神经，筋络的名字。有一个公事房里回来的人将折扇半掩着脸，悄悄向他的同事解释道："中国画的影响。现在的西洋画也时行题字了，倒真是'东风西渐'！"

吕宗桢没凑热闹，孤另另的坐在原处。他决定他是饿了。大家都走开了，他正好从容地吃他的菠菜包子，偏偏他一抬头，瞥见了三等车厢里有他一个亲戚，是他太太的姨表妹的儿子。他恨透了这董培芝。培芝是一个胸怀大志的清寒子弟，一心只想娶个略具资产的小姐。吕宗桢的大女儿今年方才十三岁，已经被培芝睃在眼里，心里打着如意算盘，脚步儿越发走得勤了。吕宗桢一眼望见了这年青人，暗暗叫声不好，只怕培芝看见了他，要利用这绝好的机会向他进攻。若是在封锁期间和这董培芝困在一间屋子里，这情形一定是不堪设想！他匆匆收拾起公事皮包和包子，一阵风奔到对面一排座位上，坐了下来。现在他恰巧被隔壁的吴翠远挡住了，他表侄绝对不能够看见他。翠远回过头来，微微瞪了他一眼。糟了！这女人准是以为他无缘无故换了一个座位，不怀好意。他认得出那被调戏的女人的脸谱——脸板得纹丝不动，眼睛里没有笑意，嘴角也没有笑意，连鼻洼里都没有笑意，然而不知道什么地方有一点颤巍巍的微笑，随时可以散布开来。觉得自己太可爱了的人，是熬不住要笑的。

该死，董培芝毕竟看见了他，向头等车厢走过来了，谦卑地，老远的就躬着腰，红喷喷的长长的面颊，含有僧尼气息的灰布长衫——一个吃苦耐劳，守身如玉的青年，最合理想的乘龙快婿。宗桢迅疾地决定将计就计，顺水推舟，伸出一只手臂来搁在翠远背后的窗台上，不声不响宣布了他的调情的计划。他知道他这么一来，并不能吓退了董培芝，因为培芝眼中的他素来是一个无恶不作的老年人。由培芝看来，过了三十岁的人都是老年人，老年人都是一肚子的坏。培芝今天亲眼看见他这样下流，少不得一五一十要去报告给他太太听——气气他太太也好！谁叫她给他弄上这么一个表侄！气，活该气！

他不怎么喜欢身边这女人。她的手臂，白倒是白的，像挤出来的牙膏。她的整个的人像挤出来的牙膏,没有款式。

他向她低声笑道:"这封锁,几时完哪?真讨厌!"翠远吃了一惊,掉过头来,看见了他搁在她身后的那只胳膊,整个身子就僵了一僵,宗桢无论如何不能容许他自己抽回那只胳膊。他的表侄正在那里双眼灼灼望着他,脸上带着点会心的微笑。如果他夹忙里跟他表侄对一对眼光,也许那小子会怯怯地低下头去——处女风的窘态;也许那小子会向他挤一挤眼睛——谁知道?

他咬一咬牙,重新向翠远进攻。他道:"您也觉着闷罢?我们说两句话,总没有什么要紧!我们——我们谈谈!"他不由自主的,声音里带着哀恳的调子。翠远重新吃了一惊,又掉回头来看了他一眼。他现在记得了,他瞧见她上车的——非常戏剧化的一刹那,但是那戏剧效果是碰巧得到的,并不能归功于她。他低声道:"你知道么?我看见你上车。前头的玻璃上贴的广告,撕破了一块,从这破地方我看见你的侧面,就只一点下巴。"是乃络维奶粉的广告,画着一个胖孩子,孩子的耳朵底下突然出现了这女人的下巴,仔细想起来是有点吓人的。"后来你低下头去从皮包里拿钱,我才看见你的眼睛、眉毛、头发。"拆开来一部份一部份的看,她未尝没有她的一种风韵。

翠远笑了。看不出这人倒也会花言巧语——以为他是个靠得住的生意人模样!她又看了他一眼。太阳光红红地晒穿他鼻尖下的软骨。他搁在报纸包上的那只手,从袖口里出来,黄色的,敏感的——一个真的人!不很诚实,也不很聪明,但是一个真的人!她突然觉得炽热,快乐。她背过脸去,细声道:"这种话,少说些罢!"

宗桢道:"嗯?"他早忘了他说了些什么。他眼睛钉着他表侄的背影——那知趣的青年觉得他在这儿是多余的,他不愿得罪了表叔,以后他们还要见面呢,大家都是快刀斩不断的好亲戚;他竟退回三等车厢去了。董培芝一走,宗桢立刻将他的手臂收回,谈吐也正经起来。他搭讪着望了一望她膝上摊着的练习簿,道:"申光大学……您在申光读书?"

他以为她这么年青?她还是一个学生?她笑了,没做声。

宗桢道:"我是华济毕业的。华济。"她颈子上有一粒小小的棕色的痣,像指甲刻的印子。宗桢下意识地用右手捻了一捻左手的指甲,咳嗽了一声,接下去问道:"您读的是那一科?"

翠远注意到他的手臂不在那儿了,以为他态度的转变是由于她端凝的人格,潜移默化所致。这么一想,倒不能不答话了,便道:"文科。您呢?"宗桢道:"商科。"他忽然觉得他们的对话,道学气太浓了一点,便道:"当初在学校里的时候,忙着运动。出了学校,又忙着混饭吃。书,简直没念多少!"翠远道:"你公事忙么?"宗桢道:"忙得没头没脑。早上乘电车上公事房去,下午又乘电车回来,也不知道为什么去,为什么来!我对于我的工作一点也不感到兴趣。说是为了挣钱罢,也不知道是为谁挣的!"翠远道:"谁都有点家累。"宗桢道:"你不知道——我家里——咳,别提了!"翠远暗道:"来了!他太太一点都不同情他!世上有了太太的男人,似乎都是急切需要别的女人的同情。"宗桢迟疑了一会,方才吞吞吐吐,万分为难地说道:"我太太——一点都不同情我。"

翠远皱着眉毛望着他,表示充份了解。宗桢道:"我简直不懂我为什么天天到了时候就回家去。回到哪儿去?实际上我是无家可归的。"他褪下眼镜来,迎着亮,用手绢子拭去上面的水渍,道:"咳!混着也就混下去了,不能想——就是不能想!"近视眼的人当众摘下眼镜子,翠远觉得有点秽亵,仿佛当众脱衣服似的,不成体统。宗桢继续说道:"你——你不知道她是怎么样的一个女人!"翠远道:"那么,你当初……"宗桢道:"当初我也反对着。她是我母亲给订下的。我自然是愿意让我自己拣,可是……她从前非常的美……我那时又年青……年青的人,你知道……"翠远点点头。

宗桢道:"她后来变成了这么样的一个人——连我母亲都跟她闹翻了,倒过来怪我不该娶了她!她——她那脾气——她连小学都没有毕业。"翠远不禁微笑道:"你仿佛非常看重那一纸文凭!其实,女子教育也不过是那么一回事!"她不知道为什么她说出这句话来,伤了她自己的心,宗桢道:"当然哪,你可以在旁边说风凉话,因为你是受过上等教育的。你不知道她是怎么样的一个——"他顿住了口,上气不接下气,刚戴上了眼镜子,又褪下来擦镜片。翠远道:"你说得太过份了一点罢?"宗桢手里捏着眼镜,艰难地做了一个手势道:"你不知道她是——"翠远忙道:"我知道,我知道。"她知道他们夫妇不和,决不能单怪他太太。他自己也是一个思想简单的人。他需要一个原谅他,包涵他的女人。

街上一阵乱,轰隆轰隆来了两辆卡车,载满了兵。翠远与宗桢同时探头出去张望;出其不意地,两人的面庞异常接近。在极短的距离内,任何人的脸都和寻常不同,像银幕上特写镜头一般的紧张。宗桢和翠远突然觉得他们俩还是第一次见面。在宗桢的眼中,她的脸像一朵淡淡几笔的白描牡丹花,额角上两三根吹乱的短发便是风中的花蕊。

他看着她,她红了脸,她一脸红,让他看见了,他显然是很愉快。她的脸就越发红了。

宗桢没有想到他能够使一个女人脸红,使她微笑,使她背过脸去,使她掉过头来。在这里,他是一个男子。平时,他是会计师,他是孩子的父亲,他是家长,他是车上的搭客,他是店里的主顾,他是市民。可是对于这个不知道他的底细的女人,他只是一个单纯的男子。

他们恋爱着了。他告诉她许多话,关于他们银行里,谁跟他最好,谁跟他面和心不和,家里怎样闹口舌,他的秘密的悲哀,他读书时代的志愿……无休无歇的话,可是她并不嫌烦。恋爱着的男子向来是喜欢说,恋爱着的女人向来是喜欢听。恋爱着的女人破例地不大爱说话,因为下意识地她知道:男人彻底地懂得了一个女人之后,是不会爱她的。

宗桢断定了翠远是一个可爱的女人——白,稀薄,温热,像冬天里你自己嘴里呵出来的一口气。你不要她,她就悄悄的飘散了。她是你自己的一部份,她什么都懂,什么都宽宥你。你说真话,她为你心酸;你说假话,她微笑着,仿佛说:"瞧你这张嘴!"

宗桢沉默了一会,忽然说道:"我打算重新结婚。"翠远连忙做出惊慌的神气,叫道:"你要离婚?那…… 恐怕不行罢?"宗桢道:"我不能够离婚。我得顾全孩子们的幸福。我大女儿今年十三岁了,才考进了中学,成绩很不错。"翠远暗道:"这跟当前的问题又有什么关系?"她冷冷的道:"哦,你打算娶妾。"宗桢道:"我预备将她当妻子看待。我——我会替她安排好的。我不会让她为难。"翠远道:"可是,如果她是个好人家的女孩子,只怕她未见得肯罢? 种种法律上的麻烦……"宗桢叹了口气道:"是的。你这话对。我没有这权利。我根本不该起这种念头……我年纪也太大了。我已经三十五了。"翠远缓缓的道:"其实,照现在的眼光看来,那倒也不算大。"宗桢默然,半响方说道:"你……几岁?"翠远低下头去道:"二十五。"宗桢顿了一顿,又道:"你是自由的么?"翠远不答。宗桢道:"你不是自由的。即使你答应了,你家里人也不会答应的,是不是? ……是不是?"

翠远抿紧了嘴唇。她家里的人——那些一尘不染的好人——她恨他们!他们哄够了她。他们要她找个有钱的女婿,宗桢没有钱而有太太——气气他们也好!气,活该气!

车上的人又渐渐多了起来,外面许是有了"封锁行将开放"的谣言,乘客一个一个上来,坐下,宗桢与翠远给他们挤得紧紧的,坐近一点,再坐近一点。

宗桢与翠远奇怪他们刚才怎么这样的糊涂,就想不到自动的坐近一点。宗桢觉得他太快乐了,不能不抗议。他用苦楚的声音向她说:"不行!这不行!我不能让你牺牲了你的前程!你是上等人,你受过这样好的教育……我——我又没有多少钱,我不能坑了你的一生!"可不是,还是钱的问题。他的话有理。翠远想道:"完了。"以后她多半是会嫁人的,可是她的丈夫决不会像一个萍水相逢的人一般的可爱——封锁中的电车上的人……一切再也不会像这样自然。再也不会……呵,这个人,这么笨!这么笨!她只要他的生命中的一部份,谁也不希罕的一部份。他白糟塌了他自己的幸福。多么愚蠢的浪费!她哭了,可是那不是斯斯文文的,淑女式的哭。她简直把她的眼泪唾到他脸上。他是个好人——世界上的好人又多了一个!

向他解释有什么用?如果一个女人必须倚仗着她的言语来打动一个男人,她也就太可怜了。

宗桢一急,竟说不出话来,连连用手去摇撼她手里的阳伞。她不理他。他又去摇撼她的手,道:"我说——我说——这儿有人哪!别!别这样!待会儿我们在电话上仔细谈。你告诉我你的电话。"翠远不答。他逼着问道:"你无论如何得给我一个电话号码。"翠远飞快的说了一遍道:"七五三六九。"宗桢道:"七五三六九?"她又不做声了。宗桢嘴里喃喃重覆着:"七五三六九,"伸手在上下的口袋里掏摸自来水笔,越忙越摸不着。翠远皮包里有红铅笔,但是她有意的不拿出来。她的电话号码,他理该记得。记不得,他是不爱她,他们也就用不着往下谈了。

封锁开放了。"叮玲玲玲玲玲玲"摇着铃,每一个"玲"字是冷冷的一点,一点一点连成一条虚线,切断时间与空间。

一阵欢呼的风刮过这大城市。电车当当当往前开了。宗桢突然站起身来,挤到人丛中,不见了。翠远偏过头去,只做不理会。他走了。对于她,他等于死了。电车加足了速力前进,黄昏的人行道上,卖臭豆腐干的歇下了担子,一个人捧着文王神卦的匣子,闭着眼霍霍的摇。一个大个子的金发女人,背上背着大草帽,露出大牙齿来向一个意大利水兵一笑,说了句玩话。翠远的眼睛看到了他们,他们就活了,只活那么一刹那。车往前当当的跑,他们一个个的死去了。

翠远烦恼地合上了眼。他如果打电话给她,她一定管不住她自己的声音,对他分外的热烈,因为他是一个死去了又活过来的人。

电车里点上了灯,她一睁眼望见他遥遥坐在他原先的位子上。她震了一震——原来他并没有下车去!她明白他的意思了:封锁期间的一切,等于没有发生。整个的上海打了个盹,做了个不近情理的梦。

开电车的放声唱道,"可怜啊可怜!一个人啊没钱!可怜啊可——"一个缝穷婆子慌里慌张掠过车头,横穿过马路。开电车的大喝道:"猪猡!"

× × × × ×

吕宗桢到家正赶上吃晚饭。他一面吃一面阅读他女儿的成绩报告单,刚寄来的。他还记得电车上那一回事,可是翠远的脸已经有点模糊——那是天生使人忘记的脸。他不记得她说了些什么,可是他自己的话他记得很清楚——温柔地:"你——几岁?"慷慨激昂地:"我不能让你牺牲了你的前程!"

饭后,他接过热毛巾,擦着脸,踱到卧室里来,扭开了电灯。一只乌壳虫从房这头爬到房那头,爬了一半,灯一开,它只得伏在地板的正中,一动也不动。在装死么?在思想着么?整天爬来爬去,很少有思想的时间罢?然而思想毕竟是痛苦的。宗桢捻灭了电灯,手按在机括上,手心汗潮了,浑身一滴滴沁出汗来,像小虫子痒痒的在爬。他又开了灯,乌壳虫不见了,爬回窠里去了。

一九四三年八月

(原载1943年11月上海《天地》杂志第2期)

金锁记

张爱玲

　　三十年前的上海,一个有月亮的晚上……我们也许没赶上看见三十年前的月亮。年轻的人想着三十年前的月亮该是铜钱大的一个红黄的湿晕,像朵云轩信笺上落了一滴泪珠,陈旧而迷糊。老年人回忆中的三十年前的月亮是欢愉的,比眼前的月亮大、圆、白;然而隔着三十年的辛苦路望回看,再好的月色也不免带点凄凉。

　　月光照到姜公馆新娶的三奶奶的陪嫁丫头凤箫的枕边。凤箫睁眼看了一看,只见自己一只青白色的手搁在半旧高丽棉的被面上,心中便道:"是月亮光么?"凤箫打地铺睡在窗户底下。那两年正忙着换朝代,姜公馆避兵到上海来,屋子不够住的,因此这一间下房里横七竖八睡满了底下人。

　　凤箫恍惚听见大床背后有窸窸窣窣的声音,猜着有人起来解手,翻过身去,果见布帘子一掀,一个黑影趿着鞋出来了,约摸是伺候二奶奶的小双,便轻轻叫了一声:"小双姐姐。"小双笑嘻嘻走来,踢了踢地上的褥子道:"吵醒了你了。"她把两手抄在青莲色旧绸夹袄里。下面系着明油绿裤子。凤箫伸手捻了那裤脚,笑道:"现在颜色衣服不大有人穿了,下江人时兴的都是素净的。"小双笑道:"你不知道,我们家哪比得旁人家?我们老太太古板,连奶奶小姐们尚且做不得主呢,何况我们丫头?给什么,穿什么——一个个打扮得庄稼人似的!"她一蹲身坐在地铺上,拣起凤箫脚头一件小袄来,问道:"这是你们小姐出阁,给你们新添的?"凤箫摇头道:"三季衣裳,就只外场上看见的两套是新制的,余下的还不是拿上人穿剩下的贴补贴补!"小双道:"这次办喜事,偏赶着革命党造反,可委屈了你们小姐!"凤箫叹道:"别提了。就说省些罢,总得有个谱子!也不能太看不上眼了。我们那一位,嘴里不言语,心里岂有不气的?"小双道:"也难怪三奶奶不乐意。你们那边的嫁妆,也还凑付着,我们这边的排场,可太凄惨了。就连那一年娶咱们二奶奶,也还比这一趟强些!"凤箫楞了一楞道:"怎么?你们二奶奶……"

　　小双脱下了鞋,赤脚从凤箫身上跨过去,走到窗户跟前,笑道:"你也起来看看月亮。"凤箫一骨碌爬起来,低声问道:"我早就想问你了,你们二奶奶……"小双弯腰拾起那件小袄来替她披上了,道:"仔细招了凉。"凤箫一面扣钮子,一面笑道:"不行,你得告诉我!"小双笑道:"是我说话不留神,闯了祸!"凤箫道:"咱们这都是自家人了,干吗这么见外呀?"小双道:"告诉你,你可别告诉你们小姐去!咱们二奶奶家里是开麻油店的。"凤箫哟了一声道:"开麻油店!打哪儿想起的?像你们大奶奶,也是公侯人家小姐,我们那一位虽比不上大奶奶,也还不是低三下四的人——"小双道:"这里头自然有个缘故。咱们二爷你也见过了,是个残废,做官人家的女儿谁肯给他?老太太没奈何,打算替二爷置一房姨奶奶,做媒的给找了这曹家的,是七月里生的,就叫七巧。"凤箫道:"哦,是姨奶奶。"小双道:"原来是姨奶奶的,后来老太太想着,既然不打算替二爷另娶了,二房里没个当家的媳妇,也不是事,索性聘了来做正头奶奶,好教她死心塌地服侍二爷。"凤箫把手扶着窗台,沉吟道:"怪道呢!我虽是初来,也瞧料了两三分。"小双道:"龙生龙,凤生凤,这话是有的。你还没听见她的谈吐呢!当着姑娘们,一点忌讳也没有。亏得我们家一向内言不出,外言不入,姑娘们什么都不懂。饶是不懂,还臊得没处躲!"凤箫噗嗤一笑道:"真的?她这些村话,又是从哪儿听来的?就连我们丫头——"小双抱着胳膊道:"麻油店的活招牌,站惯了柜台,见多识广的,我们拿什么去比人家?"凤箫道:"你是她陪嫁来的么?"小双冷笑说:"她也配!我原是老太太跟前的人,二爷成天的吃药,行动都离不了人,屋里几个丫头不够使,把我拨了过去。怎么着?你冷哪?"凤箫摇摇头。小双道:"瞧你缩着脖子这娇模样儿!"一语未完,凤箫打了个喷嚏,小双忙推她道:"睡吧!睡吧!快窝一窝。"凤箫跪了下来脱袜子,笑道:"又不是冬天,哪儿就至于冻着了?"小双道:"你别瞧这窗户关着,窗户眼儿里吱溜溜的钻风。"

两人各自睡下,凤箫悄悄的问道:"过来了也有四五年了罢?"小双道:"谁?"凤箫道:"还有谁?"小双道:"哦,她,可不是有五年了。"凤箫道:"也生男育女的——倒没闹出什么话柄儿?"小双道:"还说呢!话柄儿就多了!前年老太太领着合家上下到普陀山进香去,她做月子没去,留着她看家。舅爷脚步儿走得勤些,就丢了一票东西。"凤箫失惊道:"也没查出个究竟来?"小双道:"问得出什么好的来?大家面子上下不去!那些首饰左不过将来是归大爷二爷三爷的。大爷大奶奶碍着二爷,没好说什么。三爷自己在外头流水似的花钱,欠了公账上不少,也说不响嘴。"

她们俩隔着丈来远交谈。虽是极力的压低了喉咙,依旧有一句半句声音大了些,惊醒了大床上睡着的赵嬷嬷。赵嬷嬷唤道:"小双。"小双不敢答应。赵嬷嬷道:"小双,你再混说,让人家听见了,明儿仔细揭你的皮!"小双还是不做声。赵嬷嬷又道:"你别以为还是从前住的深堂大院哪,由得你疯疯癫癫!这儿可是挤鼻子挤眼睛的,什么事瞒得了人?趁早别讨打!"屋里顿时鸦雀无声。赵嬷嬷害眼,枕头里塞着菊花叶子,据说是使人眼目清凉的。她欠起头来按了一按髻上横绾的银簪,略一转侧,菊叶便沙沙作响。赵嬷嬷翻了个身,吱吱格格牵动了全身的骨节,她唉了一声道:"你们懂得什么!"小双与凤箫依旧不敢接嘴。久久没有人开口,也就一个个的朦胧睡去了。

天就快亮了。那扁扁的下弦月,低一点,低一点,大一点,像赤金的脸盆,沉了下去。天是森冷的蟹壳青,天底下黑漆漆的只有些矮楼房,因此一望望得很远。地平线上的晓色,一层绿、一层黄、又一层红,如同切开的西瓜——是太阳要上来了。渐渐马路上有了小车与塌车辘辘推动,马车蹄声得得。卖豆腐花的挑着担子悠悠吆喝着,只听见那漫长的尾声:"花……呕!花……呕!"再去远些,就只听见"哦……呕!哦……呕!"

屋子里丫头老妈子也起身了,乱着开房门、打脸水、叠铺盖、挂帐子、梳头。凤箫伺候三奶奶兰仙穿了衣裳,兰仙凑到镜子前面仔细望了一望,从腋下抽出一条水绿洒湖花纺手帕,擦了擦鼻翅上的粉,背对着床上的三爷道:"我先去替老太太请安罢。等你,准得误了事。"正说着大奶奶玳珍来了,站在门槛上笑道:"三妹妹,咱们一块儿去。"兰仙忙迎了出去道:"我正担心着怕晚了,大嫂原来还没上去。二嫂呢?"玳珍笑道:"她还有一会儿耽搁呢。"兰仙道:"打发二哥吃药?"玳珍四顾无人,便笑道:"吃药还在其次——"她把大拇指抵着嘴唇,中间的三个指头握着拳头,小指头翘着,轻轻的"嘘"了两声。兰仙诧异道:"两人都抽这个?"玳珍点头道:"你二哥是过了明路的,她这可是瞒着老太太的,叫我们夹在中间为难,处处还得替她遮盖遮盖。其实老太太有什么不知道?有意的装不晓得,照常的派她差使,零零碎碎给她罪受,无非是不肯让她抽个痛快罢了。其实也是的,年纪轻轻的妇道人家,有什么了不得的心事,要抽这个解闷儿?"

　　玳珍兰仙挽手一同上楼,各人后面跟着贴身丫环,来到老太太卧室隔壁的一间小小的起坐间里。老太太的丫头榴喜迎了出来,低声道:"还没醒呢。"玳珍抬头望了望挂钟,笑道:"今儿老太太也晚了。"榴喜道:"前两天说是马路上人声太杂,睡不稳。这现在想是惯了,今儿补足了一觉。"

　　紫榆百龄小圆桌上铺着红毡条,二小姐姜云泽一边坐着,正拿着小钳子磕核桃呢,忙丢下了站起来相见。玳珍把手搭在云泽肩上,笑道:"还是云妹妹孝心,老太太昨儿一时高兴,叫做糖核桃,你就记住了。"兰仙玳珍便围着桌子坐下了,帮着剥核桃衣子。云泽手酸了,放下了钳子,兰仙接了过来。玳珍道:"当心你那水葱似的指甲,养得这么长了,断了怪可惜的!"云泽道:"叫人去拿金指甲套子去。"兰仙笑道:"有这些麻烦的,倒不如叫他们拿到厨房里去剥了!"

　　众人低声说笑着,榴喜打起帘子,报道:"二奶奶来了。"兰仙云泽起身让坐,那曹七巧且不坐下,一只手撑着门,一只手撑住腰,窄窄的袖口里垂下一条雪青洋绉手帕,下身上穿着银红衫子,葱白线镶滚,雪青闪蓝如意小脚裤子,瘦骨脸儿,朱口细牙,三角眼,小山眉,四下里一看,笑道:"人都齐了,今儿想必我又晚了!怎怪我不迟到——摸着黑梳的头!谁教我的窗户冲着后院子呢?单单就派了那么间房给我,横竖我们那位眼看是活不长的,我们净等着做孤儿寡妇了——不欺负我们,欺负谁?"玳珍淡淡的并不接口,兰仙笑道:"二嫂住惯了北京的房子,怪不得嫌这儿憋闷的慌。"云泽道:"大哥当初找房子的时候,原该找个宽敞些的,不过上海像这样,只怕也算敞亮的了。"兰仙道:"可不是!家里人实在多,挤是挤了点——"七巧挽起袖口,把手帕子掖在翡翠镯子里,瞟了兰仙一眼,笑道:"三妹妹原来也嫌人太多了。连我们都嫌人太多,像你们没满月的自然更嫌人多了!"兰仙听了这话,还没有怎,玳珍先红了脸,道:"玩是玩,笑是笑,也得有个分寸。三妹妹新来乍到的,你让她想着咱们是什么样的人家?"七巧扯起手绢子的一角掩住了嘴唇道:"知道你们都是清门净户的小姐,你倒跟我换一换试试,只怕你一晚上也过不惯。"玳珍啐道:"不跟你说了,越说你越上头上脸的。"七巧索性上前拉住玳珍的袖子道:"我可以赌得咒——这三年里头我可以赌得咒!你敢赌么?你敢赌么?"玳珍也撑不住噗嗤一笑,咕噜了一句道:"怎么你孩子也有了两个?"七巧道:"真的,连我也不知道这孩子是怎么生出来的!越想越不明白!"玳珍摇手道:"够了,够了,少说两句罢。就算你拿三妹妹当自己人,没有什么背讳,现放着云妹妹在这儿呢,待会儿老太太跟前一告诉,管叫你吃不了兜着走!"

　　云泽早远远的走开了,背着手站在阳台上,撮尖了嘴逗芙蓉鸟。姜家住的虽然是早期的最新式洋房,堆花红砖大柱支着巍峨的拱门,楼上阳台却是木板铺的地。黄杨木栏杆里面,放着一溜簸箩子,晾着笋干。敝旧的太阳弥漫在空气里像金的灰尘,微微呛人的金灰,揉进眼睛里去,昏昏的。街上小贩遥遥摇着博浪鼓,那懵懂的"不楞登……不楞登"里面有着无数老去的孩子们的回忆。包车叮叮的跑过,偶尔也有一辆汽车叭叭叫两声。

七巧自己也知道这屋子里的人都瞧不起她,因此和新来的人分外亲热些,倚在兰仙的椅背上问长问短,携着兰仙的手左看右看,夸赞了一会她的指甲,又道:"我去年小拇指上养的比这个足足还长半寸呢,掐花给弄断了。"兰仙早看穿了七巧的为人和她在姜家的地位,微笑尽管微笑着,也不大答理她。七巧自觉无趣,踅到阳台上来,拾起云泽的辫梢来抖了一抖,搭讪着笑道:"呦!小姐的头发怎么这样稀朗朗的?去年还是乌油油的一头好头发,该掉了不少罢?"云泽闪过身去护着辫子,笑道:"我掉两根头发,也要你管!"七巧只顾端详她,叫道:"大嫂你来看看,云妹妹的确瘦多了,小姐莫不是有了心事了?"云泽拍的一声打掉了她的手,恨道:"你今儿个真的发了疯了!平日还不够讨人嫌的?"七巧把两手筒在袖子里,笑嘻嘻的道:"小姐脾气好大!"

玳珍探出头来道:"云妹妹,老太太起来了。"众人连忙扯扯衣襟,摸摸鬓脚,打帘子进隔壁房里去,请了安,伺候老太太吃早饭。婆子们端着托盘从起坐间穿了过去,里面的丫头接过碗碟,婆子们依旧退到外间来守候着。里面静悄悄的,难得有人说句把话,只听见银筷子头上的细银链条塞窣颤动。老太太信佛,饭后照例要做两个时辰的功课,众人退了出来,云泽背地里向玳珍道:"二嫂不忙着过瘾去,还挨在里面做什么?"玳珍道:"想是有两句私房话要说。"云泽不由的笑了起来道:"她的话,老太太哪里听得进?"玳珍冷笑道:"那倒也说不定。老年人心思总是活动的,成天在耳边聒絮着,十句里头相信一两句,也未可知。"

兰仙坐着磕核桃,玳珍和云泽便顺着脚走到阳台上,虽不是存心偷听正房里的谈话,老太太上了年纪,有点聋,喉咙特别高些,有意无意之间不免有好些话吹到阳台上的人的耳朵里来。云泽把脸气得雪白,先是握紧了拳头,又把两只手使劲一洒,便向走廊的另一头跑去。跑了两步,又站住了,身子向前伛偻着,捧着脸呜呜哭起来。玳珍赶上去扶着劝道:"妹妹快别这么着!快别这么着!犯不着跟她这样的人计较!谁拿她的话当桩事!"云泽甩开了她,一迳往自己屋里奔去。玳珍回到起坐间里来,一拍手道:"这可闯出祸来了!"兰仙忙道:"怎么了?"玳珍道:"你二嫂去告诉了老太太,说女大不中留,让老太太写信给彭家,叫他们早早把云妹妹娶过去罢。你瞧,这算什么话?"兰仙也怔了一怔道:"女家说出这种话来,可不是自己打脸么?"玳珍道:"姜家没面子,还是一时的事,云妹妹将来嫁了过去,叫人家怎么瞧得起她?她这一辈子还要做人呢!"兰仙道:"老太太是明白人,不见得跟那一位一样的见识。"玳珍道:"老太太起先自然是不爱听,说咱们家的孩子,决不会生这样的心。她就说:'哟!您不知道现在的女子跟您从前做女孩子时候的女孩子,哪儿能够打比呀?时世变了,要不怎么天下大乱呢?'你知道,年岁大的人就爱听这一套,说得老太太也有点疑疑惑惑起来。"兰仙叹道:"好端端怎么想起来的,造这样的谣言!"玳珍两肘支在桌子上,伸着小指剔眉毛,沉吟了一会,嗤的一笑道:"她自己以为她是特别的体贴云妹妹呢!要她这样体贴我,我可受不了!"兰仙拉了她一把道:"你听——不能是云妹妹罢?"后房似乎有人在那里大放悲声,蹬得铜床柱子一片响,嘈嘈杂杂还有人在那里解劝,只是劝不住。玳珍站起身来道:"我去看看,别瞧这位小姐好性儿,逼急了她,也不是好惹的。"

玳珍出去了,那姜三爷姜季泽却一路打着呵欠进来了。季泽是个结实小伙子,偏于胖的一方面,脑后拖一根三股油松大辫,生得天圆地方,鲜红的腮颊,往下坠着一点,青湿眉毛,水汪汪的黑眼睛里永远透着三分不耐烦,穿一件竹根青窄袖长袍,酱紫芝麻地一字襟珠扣小坎肩,问兰仙道:"谁在里头吱吱喳喳跟老太太说话?"兰仙道:"二嫂。"季泽抿着嘴摇摇头。兰仙笑道:"你也怕了她?"季泽一声儿不言语,拖过一把椅子,将椅背抵着桌缘,把袍子高高的一撩,骑着椅子坐了下来,下巴搁在椅背上,手里只管拣着核桃仁一个一个拈来吃,兰仙睨了他一眼道:"人家剥了这一晌午,是专诚孝敬你的么?"正说着,七巧掀着帘子出来了,一眼看见了季泽,身不由主的就走了过来,绕到兰仙椅子背后,两手兜在兰仙脖子上,把脸凑了下去,笑道:"这么一个人才出众的新娘子!三弟你还没谢谢我哪!要不是我催着他们早早替你办了这件事,这一耽搁,等打完了仗,指不定要十年八年呢!可不把你急坏了!"兰仙生平最大的憾事便是出阁的日子正赶着非常时期,潦草成了家,诸事都欠齐全,因此一听见这不入耳的话,她那小长挂子脸便往下一沉。季泽望了兰仙一眼,微笑道:"二嫂,自古好心没有好报,谁都不承你的情!"七巧道:"不承情也罢!我也惯了。我进了你们姜家的门,别的不说,单只守着你二哥这些年,衣不解带的服侍他,也就是个有功无过的人——谁见我的情来?谁有半点好处到我头上?"季泽道:"你一开口就是满肚子的牢骚!"七巧长长的吁了一口气,只管拨弄兰仙衣襟上扣着的金三事儿和钥匙。半晌,忽道:"总算你这一个来月没出去胡闹过。真亏了新娘子留了你。旁人跪下来求你你也留不住!"季泽笑道:"是吗?嫂子并没有留过我,怎见得留不住?"一面笑,一面向兰仙使了个眼色。七巧笑得直不起腰道:"三妹妹,你也不管管他!这么个猴儿崽子,我眼看他长大的,他倒占起我的便宜来了!"

她嘴里说笑着,心里发烦,一双手也不肯闲着,把兰仙揣着捏着,摇着打着,恨不得把她挤得走了样才好。兰仙纵然有涵养,也忍不住要恼了;一性急,磕核桃使差了劲,把那二寸多长的指甲齐根折断。七巧哟了一声道:"快拿剪刀来修一修。我记得这屋里有一把小剪子的。"便唤:"小双!榴喜!来人哪!"兰仙立起身来道:"二嫂不用费事,我上我屋里铰去。"便抽身出去。七巧就在兰仙的椅子上坐下了,一手托着腮,抬高了眉毛,斜瞅着季泽道:"她跟我生了气么?"季泽笑道:"她干吗生你的气?"七巧道:"我正要问呀!我难道说错了话不成?留你在家倒不好?她倒愿意你上外头逛去?"季泽笑道:"这一家子从大哥大嫂起,齐了心管教我,无非是怕我花了公账上的钱罢了。"七巧道:"阿弥陀佛,我保不定别人不安着这个心,我可不那么想。你就是闹个了亏空,押了房子卖了田,我若皱一皱眉头,我也不是你二嫂了。谁叫咱们是骨肉至亲呢?我不过是要你当心你的身子。"季泽嗤的一笑道:"我当心我的身子,要你操心?"七巧颤声道:"一个人,身子第一要紧。你瞧你二哥弄得那样儿,还成个人吗?还能拿他当个人看?"季泽正色道:"二哥比不得我,他一下地就是那样儿,并不是自己作践的。他是个可怜的人,一切全仗二嫂照护他了。"七巧直挺挺的站了起来,两手扶着桌子,垂着眼皮,脸庞的下半部抖得像嘴里含着滚烫的蜡烛油似的,用尖细的声音逼出两句话道:"你去挨着你二哥坐坐!你去挨着你二哥坐坐!"她试着在季泽身边坐下,只搭着他的椅子的一角,她将手贴在他腿上,道:"你碰过他的肉没有?是软的、重的,就像人的脚有时发麻了,摸上去那感觉……"季泽脸上也变了色,然而他仍旧轻佻地笑了一声,俯下腰,伸手去捏她的脚道:"倒要瞧瞧你的脚现在麻不麻!"七巧道:"天哪,你没挨着他的肉,你不知道没病的身子是多好的……多好的……"她顺着椅子溜下去,蹲在地上,脸枕着袖子,听不见她哭,只看见发髻上插的风凉针,针头上的一粒钻石的光,闪闪掣动着。发髻的心子里扎着一小截粉红丝线,反映在金刚钻微红的光焰里。她的背影一挫一挫,俯伏了下去。她不像在哭,简直像在翻肠搅胃地呕吐。

　　季泽先是楞住了,随后就立起来道:"我走就是了。你不怕人,我还怕人呢。也得给二哥留点面子!"七巧扶着椅子站了起来,呜咽道:"我走。"她扯着衫袖里的手帕子揾了揾脸,忽然微微一笑道:"你这样卫护你二哥!"季泽冷笑道:"我不卫护他,还有谁卫护他?"七巧向门走去,哼了一声道:"你又是什么好人?趁早不用在我跟前假撇清!且不提你在外头怎样荒唐,只单在这屋里……老娘眼睛里揉不下沙子去!别说我是你嫂子了,就是我是你奶妈,只怕你也不在乎。"季泽笑道:"我原是个随随便便的人,哪禁得起你挑眼儿?"七巧待要出去,又把背心贴在门上,低声道:"我就不懂,我什么地方不如人?我有什么地方不好……"季泽笑道:"好嫂子,你有什么不好?"七巧笑了一声道:"难不成我跟了个残废的人,就过上了残废的气,沾都沾不得?"她睁着眼直勾勾朝前望着,耳朵上的实心小金坠子像两只铜钉把她钉的门上——玻璃匣子里蝴蝶的标本,鲜艳而凄怆。

　　季泽看着她,心里也动了一动。可是那不行,玩尽管玩,他早抱定了宗旨不惹自己家里人,一时的兴致过去了,躲也躲不掉,踢也踢不开,成天在面前,是个累赘。何况七巧的嘴这样敞,脾气这样燥,如何瞒得了人?何况她的人缘这样坏,上上下下谁肯代她包涵一点,她也许是豁出去了,闹穿了也满不在乎。他可是年纪轻轻的,凭什么要冒那个险?他侃侃说道:"二嫂,我虽年纪小,并不是一味胡来的人。"

　　仿佛有脚步声,季泽一撩袍子,钻到老太太屋子里去了,临走还抓了一大把核桃仁。七巧神志还不很清楚,直到有人推门,她方才醒了过来,只得将计就计,藏在门背后,见玳珍走了进来,她便夹脚跟出来,在玳珍背上打了一下。玳珍勉强一笑道:"你的兴致越发好了!"又望了望桌上道:"咦?那么些核桃,吃得差不多了。再也没有别人,准是三弟。"七巧倚着桌子,面向阳台立着,只是不言语。玳珍坐了下来,嘟哝道:"害人家剥了一早上,便宜他享现成的!"七巧捏着一片锋利的胡桃壳,在红毡条上狠命刮着,左一刮,右一刮,看看那毡子起了毛,就要破了。她咬着牙道:"钱上头何尝不是一样?一味的叫咱们省,省下来让人家拿出去大把的花!我就不服这口气!"玳珍看了她一眼,冷冷的道:"那可没有办法。人多了,明里不去,暗里也不见得不去。管得了这个,管不了那个。"七巧觉得她话中有刺,正待反唇相讥,小双进来了,鬼鬼祟祟走到七巧跟前,嗫嗫道:"奶奶,舅爷来了。"七巧骂道:"舅爷来了,又不是背人的事,你嗓子眼里长了疔是怎么着?蚊子哼哼似的!"小双倒退了一步,不敢言语。玳珍道:"你们舅爷原来也到上海来了,咱们这儿亲戚倒都全了。"七巧移步出房道:"不许他到上海来?内地兵荒马乱的,穷人也一样的要命呀!"她在门槛子上站住了,问小双道:"回过老太太没有?"小双道:"还没呢。"七巧想了一想,毕竟不敢去告诉一声,只得悄悄下楼去了。

　　玳珍问小双道:"舅爷一个人来的?"小双道:"还有舅奶奶,携着四只提篮盒。"玳珍格的一笑道:"倒破费了他们。"小双道:"大奶奶不用替他们心疼。装得满满的进来,一样装得满满的出去。别说金的银的圆的扁的,就连零头鞋面儿裤腰都是好的!"玳珍笑道:"别那么缺德了!你下去罢。她娘家人难得上门,伺候不周到,又该大闹了。"

　　小双赶了出去,七巧正在楼梯口盘问榴喜老太太可知道这件事。榴喜道:"老太太念佛呢,三爷爬在窗口看野景,说大门口来了客人。老太太问是谁,三爷仔细看了看,说不知是不是曹家舅爷,老太太就没追问下去。"七巧听了,心头火起,跺了跺脚,喃喃呐呐骂道:"敢情你装不知道就算了!皇帝还有草鞋亲呢!这会子有这么势利的,当初何必三媒六聘的把我抬过来?快刀斩不断的亲戚,别说你今儿是装死,就是你真死了,他也不能不到你的灵前磕三个头,你也不能不受着他的!"一面说,一面下去了。

　　她那间房,一进门便有一堆金漆箱笼迎面拦住,只隔开几步见方的空地。她一掀帘子,只见她嫂子蹲下身去将提篮盒上面的一屉盒子卸了下来,检视下面一屉里的菜可曾泼出来。她哥哥曹大年背着手弯着腰看着。七巧止不住一阵心酸,倚着箱笼,把脸偎在那沙蓝棉套子上,纷纷落下泪来。她嫂子慌忙站直了身子,抢步上前,两只手捧住她一只手,连连叫着姑娘。曹大年也不免抬起袖子来擦眼睛。七巧把那只空着的手去解箱套子上的钮扣,解了又扣上,只是开不得口。

　　她嫂子回过头去睃了她哥哥一眼道:"你也说句话呀!成日家念叨着,见了妹妹的面,又像锯了嘴的葫芦似的!"七巧颤声道:"也不怪他没有话——他哪儿有脸来见我!"又向她哥哥道:"我只道你这一辈子不打算上门了!你害得我好!你扔崩一走,我可走不了。你也不顾我的死活。"曹大年道:"这是什么话?旁人这么说还罢了,你也这么说!你不替我遮盖遮盖,你自己脸上也不见得光鲜。"七巧道:"我不说,我可禁不住人家不说。就为你,我气出了一身病在这里。今日之下,亏你还拿这话来堵我!"她嫂子忙道:"是他的不是,是他的不是!姑娘受了委屈了。姑娘受委屈也不止这一件,好歹忍着罢,总有个出头之日。"她嫂子那句"姑娘受的委屈也不止这一件"的话却深深打进她心坎儿里去。七巧哀哀哭了起来,急得她嫂子直摇手道:"看吵醒了姑爷。"房那边暗昏昏的紫楠大床上,寂寂吊着珠罗纱帐子。七巧的嫂子又道:"姑爷睡着了罢?惊动了他,该生气了。"七巧高声叫道:"他要有点人气,倒又好了。"她嫂子吓得掩住她的嘴道:"姑奶奶别!病人听见了,心里不好受!"七巧道:"他心里不好受,我心里好受吗?"她嫂子道:"姑爷还是那软骨症?"七巧道:"就这一件还不够受了,还禁得起添什么?这儿一家子都忌讳痨病这两个字,其实还不就是骨痨!"她嫂子道:"整天躺着,有时候也坐起来一会儿么?"七巧吓吓的笑了起来道:"坐起来,脊梁骨直溜下去,看上去还没有我那三岁的孩子高哪!"她嫂子一时想不出劝慰的话,三个人都楞住了。七巧猛的蹬脚道:"走罢,走罢,你们!你们来一趟,就害得我把前因后果重新在心里过一过。我禁不起这么一掀腾!你快给我走!"

　　曹大年道:"妹妹你听我一句话。别说你现在心里不舒坦,有个娘家走动着,多少好些,就是你有了出头之日了,姜家是个大族,长辈动不动就拿大帽子压人,平辈小辈一个个如狼似虎的,哪一个是好惹的?替你打算,也得要个帮手。将来你用得着你哥哥你侄儿的时候多着呢。"七巧啐了一声道:"我靠你帮忙,我也倒了霉了!我早把你看得透里透——斗得过他们,你到我跟前来邀功要钱,斗不过他们,你往那边一倒。本来见了做官的就魂都没有了,头一缩,死活随我去。"大年涨红了脸冷笑道:"等钱到了你手里,你再防着你哥哥分你的,也还不迟。"七巧道:"你既然知道钱还没到我手里,你来找我做什么?"大年道:"路远迢迢赶来看你,倒是我们的不是了!走!我们这就走!凭良心说,我就用你两个钱,也是该的,当初我若贪图财礼,问姜家多要几百两银子,把你卖给他们做姨太太,也就卖了。"七巧道:"奶奶不胜似姨奶奶吗?长线放远鹞,指望大着呢!"大年待要回嘴,他媳妇拦住他道:"你就少说一句罢!以后还有见面的日子呢。将来姑奶奶想到你的时候,才知道她就只这一个亲哥哥了!"大年督促他媳妇整理了提篮盒,拎起就待走。七巧道:"我希罕你？等我有了钱了，我不愁你不来，只愁打发你不开。"嘴里虽然硬着，熬不住那呜咽的声音，一声响似一声，憋了一上午的满腔幽恨，借着这因由尽情发泄出来。

她嫂子见她分明有些留恋之意，便做好做歹劝住了她哥哥；一面半搀半拥把她引到花梨炕上坐下了，百般譬解，七巧渐渐收了泪。兄妹姑嫂叙了些家常。北方情形还算平靖，曹家的麻油铺还照常营业着。大年夫妇此番到上海来，却是因为他家没过门的女婿在人家当账房，光复的时候恰巧在湖北，后来辗转跟主人到上海来了，因此大年亲自送了女儿来完婚，顺便探望妹子。大年问候了姜家阖宅上下，又要参见老太太，七巧道："不见也罢了，我正跟她呕气呢。"大年夫妇都吃了一惊，七巧道："怎么不呕气呢？一家子都往我头上踩，我若是好欺负的，早给作践死了，饶是这么着，还气得我七病八痛的！"她嫂子道："姑娘近来还抽烟不抽，倒是鸦片烟，平肝导气，比什么药都强。姑娘自己千万保重，我们又不在跟前，谁是个知疼着热的人？"

七巧翻箱子取出几件新款尺头送与她嫂子，又是一副四两重的金镯子，一封披霞莲蓬簪，一床丝绵被胎，侄女们每人一只金挖耳，侄儿们或是一只金锞子，或是一顶貂皮暖帽，另送了她哥哥一只珐蓝金蝉打簧表，她哥嫂道谢不迭。七巧道："你们来得不巧，若是在北京，我们正要上路的时候，带不了的东西，分了几箱给丫头老妈子，白便宜了他们。"说得她哥嫂讪讪的。临行的时候，她嫂子道："忙完了闺女，再来瞧姑奶奶。"七巧笑道："不来也罢了，我应酬不起！"

大年夫妇出了姜家的门，她嫂子便道："我们这位姑奶奶怎么换了个人？没出嫁的时候不过要强些，嘴头上琐碎些，就连后来我们去瞧她，虽是比前暴躁些，也还有个分寸，不似如今疯疯傻傻，说话有一句没一句，就没一点儿得人心的地方。"

七巧立在房里，抱着胳膊看小双祥云两个丫头把箱子抬回原处，一只一只叠了上去。从前的事又回来了：临着碎石子街的馨香的麻油店，黑腻的柜台，芝麻酱桶里竖着木匙子，油缸上吊着大大小小的铁匙子。漏斗插在打油的人的瓶里，一大匙再加上两小匙正好装满一瓶——一斤半。熟人呢，算一斤四两。有时她也上街买菜，蓝夏布衫裤，镜面乌绫镶滚。隔着密密层层的排吊着猪肉的铜钩，她看见肉铺里的朝禄。朝禄赶着她叫曹大姑娘。难得叫声巧姐儿，她就一巴掌打在钩子背上，无数的空钩子荡过去锥他的眼睛，朝禄从钩子上摘下尺来宽的一片生猪油，重重的向肉案一抛，一阵温风直扑到她脸上，腻滞的死去的肉体的气味……她皱紧了眉毛。床上睡着的她的丈夫，那没有生命的肉体……

风从窗子里进来，对面挂着的回文雕漆长镜被吹得摇摇晃晃，磕托磕托敲着墙。七巧双手按住了镜子。镜子里反映着的翠竹帘子和一副金绿山水屏条依旧在风中来回荡漾着，望久了，便有一种晕船的感觉。再定睛看时，翠竹帘子已经褪了色，金绿山水换为一张她丈夫的遗像，镜子里的人也老了十年。

去年她戴了丈夫的孝，今年婆婆又过世了。现在正式挽了叔公九老太爷出来为他们分家。今天是她嫁到姜家来之后一切幻想的集中点。这些年了，她戴着黄色的枷锁，可是连金子的边都啃不到，这以后就不同了。七巧穿着白香云纱衫，黑裙子，然而她脸上像抹了胭脂似的，从那揉红了的眼圈儿到烧热的颧骨。她抬起手来揾了一揾脸，脸上烫，身子却冷得打颤。她叫祥云倒了一杯茶来。（小双早已嫁了，祥云也配了个厮。）茶给喝了下去，沉重地往腔子里流，一颗心便在热茶里扑通扑通跳。她背向着镜子坐下了，问祥云道："九老太爷来了这一下午，就在堂屋里跟马师爷查账?"祥云应了一声是。七巧又道:"大爷大奶奶三爷三奶奶都不在跟前?"祥云又应了一声是。七巧道:"还到谁的屋里去过?"祥云道:"就到哥儿们的书房里兜了一兜。"七巧道:"好在咱们白哥儿的书倒不怕他查考……今年这孩子就吃亏在他爸爸他奶奶接连着出了事,他若还有心念书,他也不是人养的!"她把茶吃完了,吩咐祥云下去看看堂屋里大房三房的人可都齐了,免得自己去早了,显得性急,被人耻笑。恰巧大房里也差了一个丫头出来探看,和祥云打了个照面。

　　七巧终于款款下楼来了。堂屋里临时布置了一张镜面乌木大餐台,九老太爷独当一面坐了,面前乱堆着青布面,梅红签的账簿,又搁着一只瓜楞茶碗。四周除了马师爷之外,又有特地邀请的"公亲",近于陪审员的性质。各房只派了一个男子作代表,大房是大爷,二房二爷没了,是二奶奶,三房是三爷。季泽很知道这总清算的日子于他没有什么好处,因此他到得最迟。然而来既来了,他决不愿意露出焦灼懊丧的神气,腮帮子上依旧是他那点丰肥的,红色的笑。眼睛里依旧是他那点潇洒的不耐烦。

　　九老太爷咳嗽了一声,把姜家的经济状况约略报告了一遍,又翻着账簿子读出重要的田地房产的所在与按年的收入。七巧两手紧紧扣在肚子上,身子向前倾着,努力向她自己解释他的每一句话,与她往日调查所得一一印证。青岛的房子、天津的房子、北京城外的地、上海的房子……三爷在公账上拖欠过巨,他的一部分遗产被抵销了之后,还净欠六万,然而大房二房也只得就此算了,因为他是一无所有的人。他仅有的那一幢花园洋房,他为一个姨太太买了,也已经抵押了出去。其余只有老太太陪嫁过来的首饰,由兄弟三人均分,季泽的那一份也不便充公,因为是母亲留下的一点纪念。七巧突然叫了起来道:"九老太爷,那我们太吃亏了!"

　　堂屋里本就肃静无声,现在这肃静却是沙沙有声,直锯进耳朵里去,像电影配音机器损坏之后的锈轧。九老太爷睁了眼望着她道:"怎么?你连他娘丢下的几件首饰也舍不得给他?"七巧道:"亲兄弟,明算账,大哥大嫂不言语,我可不能不老着脸开口说句话。我须比不得大哥大嫂——我们死掉的那个若是有能耐出去做两任官,手头活便些,我也乐得放大方些,哪怕把从前的旧账一笔勾销呢?可怜我们那一个病病哼哼一辈子,何尝有过一文半文进账,丢下我们孤儿寡妇,就指着这两个死钱过活。我是个没脚蟹,长白还不满十四岁,往后苦日子有得过呢!"说着,流下泪来。九太爷道:"依你便怎样?"七巧呜咽道:"哪儿由得我出主意呢?只求九老太爷替我们做主!"季泽冷着脸只不做声,满屋子的人都觉不便开口。九老太爷按捺不住一肚子的火,哼了一声道:"我倒想替你出主意呢,只怕你不爱听!二房里有田地没人照管,三房里有人没有地,我待要叫三爷替你照管,你多少贴他些,又怕你不要他!"七巧冷笑道:"我倒想依你呢,只怕死掉的那个不依!来人哪!祥云你把白哥儿给我找来!长白,你爹好苦呀!一下地就是一身的病,为人一场,一天舒坦日子也没过着,临了丢下你这点骨血,人家还看不得你,千方百计图谋你的东西!长白谁叫你爹拖着一身病,活着人家欺负他,死了人家欺负他的孤儿寡妇!我还不打紧,我还能活个几十年么?至多我到老太太灵前把话说明白了,把这条命跟人拼了。长白你可是年纪小着呢,就是喝西北风你也得活下去呀!"九老太爷气得把桌子一拍道:"我不管了!是你们求爹爹拜奶奶邀了我来的,你道我喜欢自找麻烦么?"站起来一脚踢翻了椅子,也不等人搀扶,一阵风走得无影无踪,众人面面相觑,一个个悄没声儿溜走了。惟有那马师爷忙着拾掇账簿子,落后了一步,看看屋里人全走光了,单剩下二奶奶一个人在那里搥着胸脯号啕大哭,自己若无其事的走了,似乎不好意思,只得走上前去,打拱作揖叫道:"二太太!二太太!……二太太!"七巧只顾把袖子遮住脸,马师爷又不便把她的手拿开,急得把瓜皮帽摘下来扇着汗。

维持了几天的僵局,到底还是无声无息照原定计划分了家。孤儿寡妇还是被欺负了。

七巧带着儿子长白,女儿长安另租了一幢屋子住下了,和姜家各房很少来往。隔了几个月,姜季泽忽然上门来了。老妈子通报上来,七巧怀着鬼胎,想着分家的那一天得罪了他,不知他有什么手段对付。可是兵来将挡,她凭什么要怕他?她家常穿着佛青实地纱袄子,特地紧上一条玄色铁线纱裙,走下楼来。季泽却是满面春风的站起来问二嫂好,又问白哥儿可是在书房里,安姐儿的湿气可大好了。七巧心里便疑惑他是来借钱的,加意防备着,坐下笑道:"三弟你近来又发福了。"季泽笑道:"看我像一点心事都没有的人。"七巧笑道:"有福之人不在忙吗!你一向就是无牵无挂。"季泽笑道:"等我把房子卖了,我还要无牵无挂呢!"七巧道:"就是你做了押款的那房子,你要卖?"季泽道:"当初造它的时候,很费了点心思,有许多装置都是自己心爱的,当然不愿意脱手。后来你是知道的,那块地皮值钱了,前年把它翻造了弄堂房子,一家一家收租,跟那些住小家的打交道,我实在嫌麻烦,索性打算卖了它,图个清净。"七巧暗地里说道:"口气好大!我是知道你的底细的,你在我跟前充什么阔大爷!"

虽然他不向她哭穷,但凡谈到银钱交易,她总觉得有点危险,便岔了开去道:"三妹妹好么?腰子病近来发过没有?"季泽笑道:"我也有许久没见过她的面了。"七巧道:"这是什么话?你们吵了嘴么?"季泽笑道:"这些时我们倒也没吵过嘴。不得已在一起说两句话,也是难得的,也没那闲情逸致吵嘴。"七巧道:"何至于这样?我就不相信!"季泽两肘撑在藤椅的扶手上,交叉十指,手搭凉棚,影子落在眼睛上,深深的唉了一声。七巧笑道:"没有别的,要不就是你在外头玩得太厉害了。自己做错了事,还唉声叹气的仿佛谁害了你似的。你们姜家就没有一个好人!"说着,举起白团扇,作势要打,季泽把那交叉着的十指往下移了一移,两只大拇指按在嘴唇上,两只食指缓缓抚摸着鼻梁,露出一只水汪汪的眼睛来。那眼珠却是水仙花缸底的黑石子,上面汪着水,下面冷冷的没有表情。看不出他在想什么。七巧道:"我非打你不可!"季泽的眼睛里突然冒出一点笑泡儿,道:"你打,你打!"七巧待要打,又掣回手去,重新一鼓作气道:"我真打。"抬高了手,一扇子劈下来,又在半空中停住了,吃吃笑起来,季泽带笑将肩膀耸了一耸,凑了上去道:"你倒是打我一下罢!害得我浑身骨头痒着,不得劲儿!"七巧把扇子向背后一藏,越发笑得格格的。

季泽把椅子换了个方向,面朝墙坐着,人向椅背上一靠,双手蒙住了眼睛,又是长长的叹了口气。七巧啃着扇子柄,斜瞟着他道:"你今儿是怎么了?受了暑吗?"季泽道:"你哪里知道?"半响,他低低的一个字一个字说道:"你知道我为什么跟家里的那个不好,为什么我拼命的在外头玩,把产业都败光了。你知道这都是为了谁?"七巧不知不觉有些胆寒,走得远远的,在炉台上,脸色慢慢的变了。季泽跟了过来。七巧垂着头,肘弯撑在炉台上,手里擎着团扇,扇子上的杏黄穗子顺着她的额角拖下来。季泽在她对面站住了,小声道:"二嫂!……七巧!"

七巧背过脸去淡淡笑道:"我要相信你才怪呢!"季泽便也走开了,道:"不错。你怎么能够相信我?自从你到我家来,我在家一刻也待不住,只想出去。你没来的时候我并没有那么荒唐过,后来那都是为了躲你。娶了兰仙来,我更玩得凶了,为了躲她之外又要躲她。见了你,说不了两句话我就要发脾气——你那儿知道我心里的苦楚?你对我好,我心里更难受——我得管着我自己——我不能平白的坑坏了你,家里人多眼杂,让人知道了,我是个男子汉,还不打紧。你可了不得!"七巧的手直打颤,扇柄上的杏黄须子在她额上苏苏摩擦着。季泽道:"你信也罢!不信也罢!信了又怎样?横竖我们半辈子已经过去了,说也是白说。我只求你原谅我这一片心。我为你吃了这些苦,也就不算冤枉了。"

七巧低着头,沐浴在光辉里,细细的音乐,细细的喜悦……这些年了,她跟他捉迷藏似的,只是近不得身,原来还有今天!可不是,这半辈子已经完了——花一般的年纪已经过去了。人生就是这样的错综复杂,不讲理。当初她为什么嫁到姜家来?为了钱么?不是的,为了要遇见季泽,为了命中注定她要和季泽相爱。她微微抬起脸来,季泽立在她跟前,两手合在她扇子上,面颊贴在她扇子上。他也老了十年了,然而人究竟还是那个人呵!他难道是哄她么?他想她的钱——她卖掉她的一生换来的几个钱?仅仅这一转念便使她暴怒起来。就算她错怪了他,他为她吃的苦抵得过她为他吃的苦么?好容易她死了心了,他又来撩拨她,她恨他。他还在看着她。他的眼睛——虽然隔了十年,人还是那个人呵!就算他是骗她的,迟一点儿发现不好么?即使明知是骗人的,他太会演戏了,也跟真的差不多罢?

不行!她不能有把柄落在这厮手里。姜家的人是厉害的,她的钱只怕保不住。她得先证明他是真心不是。七巧定了一定神,向门外瞧了一瞧,轻轻惊叫道:"有人!"便三脚两步赶出门去,到下房里吩咐潘妈替三爷弄点心去,快些端了来,顺便带芭蕉扇进来替三爷打扇。七巧回到屋里来,故意皱着眉道:"真可恶,老妈子在门口探头探脑的,见了我抹过头去就跑,被我赶上去喝住了。若是关上了门说两句话,指不定造出什么谣言来呢!饶是独门独户住了,还没个清净。"潘妈送了点心与酸梅汤进来,七巧亲自拿筷子替季泽拣掉了蜜层糕上的玫瑰与青梅,道:"我记得你是不爱吃红绿丝的。"有人在跟前,季泽不便说什么,只是微笑。七巧似乎没话找话说似的,问道:"你卖房子,接洽得怎样了?"季泽一面吃,一面答道:"有人出八万五,我还没打定主意呢。"七巧沉吟道:"地段倒是好的。"季泽道:"谁都不赞成我脱手,说还要涨呢。"七巧又问了些详细情形,便道:"可惜我手头没有这一笔现款,不然我倒想买。"季泽道:"其实呢,我这房子倒不急,倒是咱们乡下你那些田,早早脱手的好。自从改了民国,接二连三的打仗,何尝有一年闲过,把地面上糟蹋得不成样子,中间还被收租的、师爷、地头蛇一层一层勒唷着,莫说这两年不是水就是旱,就遇着了丰年,也没有多少进账轮到我们头上。"七巧寻思着,道:"我也盘算过来,一直挨着没有办。先晓得把它卖了,这会子想买房子,也不至于钱不凑手了。"季泽道:"你那田要卖趁现在就得卖,听说直鲁又要开仗了。"七巧道:"急切间你叫我卖给谁去?"季泽顿了一顿道:"我去替你打听打听,也成。"七巧耸了耸眉毛笑道:"得了,你那些狐群狗党里头,又有谁是靠得住的?"季泽把咬开的饺子在小碟里蘸了点醋,闲闲说出两个靠得住的人名,七巧便认真仔细盘问他起来,他果然回答得有条不紊,显然他是筹之已熟的。

七巧虽是笑吟吟的,嘴里发干,上嘴唇粘在牙仁上,放不下来。她端起盖碗来吸了一口茶,舐了舐嘴唇,突然把脸一沉,跳起身来,将手里的扇子向季泽头上滴溜溜掷过去,季泽向左偏了一偏,那团扇敲在他肩膀上,打翻了玻璃杯,酸梅汤淋淋漓漓溅了他一身。七巧骂道:"你要我卖了田去买你的房子?你要我卖田?钱一经你的手,还有得说么?你哄我——你拿那样的话来哄我——你拿我当傻子——"她隔着一张桌子探身过去打他,然而她被潘妈下死劲抱住了。潘妈叫唤起来,祥云等人都奔了来,七手八脚按住了她,七嘴八舌求告着。七巧一头挣扎,一头叱喝着,然而她的一颗心直往下坠——她很明白她这举动太蠢——太蠢——她在这儿丢人出丑。

季泽脱下了他那湿濡的白云纱长衫,潘妈绞了毛巾来代他揩擦,他理也不理,把衣服夹在手臂上,竟自扬长出门去了,临行的时候向祥云道:"等白哥儿下了学,叫他替他母亲请个医生来看看。"祥云吓糊涂了,连声答应着,被七巧兜脸给她一个耳刮子。

季泽走了。丫头老妈子也给七巧骂跑了。酸梅汤沿着桌子一滴一滴朝下滴,像迟迟的夜漏——一滴,一滴……一更,二更……一年,一百年。真长,这寂寂的一刹那。七巧扶着头站着,倏地掉转身来上楼去,提着裙子,性急慌忙,跌跌跄跄,不住的撞到那阴暗的绿粉墙上,佛青袄子上沾了大块的淡色的灰。她要在楼上的窗户里再看他一眼。无论如何,她从前爱过他。她的爱给了她无穷的痛苦。单只是这一点,就使她值得留恋。多少回了,为了要按捺她自己,她迸得全身的筋骨与牙根都酸楚了。今天完全是她的错。他不是个好人,她又不是不知道。她要他,就得装糊涂,就得容忍他的坏。她为什么要戳穿他?人生在世,还不就是那么一回事?归根究底,什么是真的,什么是假的?

她到了窗前,揭开了那边上缀有小绒球的墨绿洋式窗帘,季泽正在弄堂里往外走,长衫搭在臂上,晴天的风像一群白鸽子钻进他的纺绸裤褂里去,哪儿都钻到了,飘飘拍着翅子。

七巧眼前仿佛挂了冰冷的珍珠帘,一阵热风来了,把那帘子紧紧贴在她脸上,风去了,又把帘子吸了回去,气还没透过来,风又来了,没头没脸包住她——一阵凉一阵热,她只是流着眼泪。

玻璃窗的上角隐隐约约反映出弄堂里一个巡警的缩小的影子,晃着膀子踱过去。一辆黄包车静静在巡警身上辗过。小孩把袍子掖在裤腰里,一路踢着球,奔出玻璃的边缘。绿色的邮差骑着自行车,复印在巡警身上,一溜烟掠过。都是些鬼,多年前的鬼,多年后的没投胎的鬼……什么是真的,什么是假的?

过了秋天又是冬天,七巧与现实失去了接触。虽然一样的使性子,打丫头,换厨子,总有些失魂落魄的。她哥哥嫂子到上海来探望了她两次,住不上十来天,末了永远是给她絮叨得站不住脚,然而临走的时候她也没有少给他们东西。她侄子曹春熹上城来找事,耽搁在她家里。那春熹虽是个浑头浑脑的年轻人,却也本本分分的。七巧的儿子长白,女儿长安,年纪到了十三四岁,只因身材瘦小,看上去才只七八岁的光景。在年下,一个穿着品蓝摹本缎棉袍,一个穿着葱绿遍地锦棉袍,衣服太厚了,直挺挺撑开了两臂,一般都是薄薄的两张白脸,并排站着,纸糊的人儿似的。这一天午饭后,七巧还没起身,那曹春熹陪着他兄妹俩掷骰子,长安把压岁钱输光了,还不肯歇手。长白把桌上的铜板一揽,笑道:"不跟你来了。"长安道:"我们用糖莲子来赌。"春熹道:"糖莲子揣在口袋里,看脏了衣服。"长安道:"用瓜子也好,柜顶上就有一罐。"便搬过一张茶几来,踩了椅子爬上去拿。慌得春熹叫道:"安姐儿你可别摔交,回头我担不了这干系!"正说着,只见长安猛可里向后一仰,若不是春熹扶住了,早是个倒栽葱。长白在旁拍手大笑,春熹嘟嘟哝哝骂着,也撑不住要笑,三人笑成一片。春熹将她抱下地来,忽然从那红木大橱的穿衣镜里瞥见七巧蓬着头叉着腰站在门口,不觉一怔,连忙放下了长安,回身道:"姑妈起来了。"七巧汹汹奔了过来,将长白向自己身后一推,长安立脚不稳,跌了一交。七巧只顾将身子挡住了她,向春熹厉声道:"我把你这狼心狗肺的东西,我三茶六饭款待你这狼心狗肺的东西,什么地方亏待了你,你欺负我女儿?你那狼心狗肺,你道我揣摩不出么?你别以为你教坏了我女儿,我就不能不捏着鼻子把她许配给你,你好霸占我们的家产!我看你这浑蛋,也还想不出这等主意来,敢情是你爹娘把着手儿教的!那两个狼心狗肺忘恩负义的老浑蛋!齐了心想我的钱,一计不成,又生一计!"春熹气得白瞪眼,欲待分辩,七巧道:"你还有脸顶撞我!你还不给我快滚,别等我乱棒打出去!"说着,把儿女们推推撞撞送了出去,自己也喘吁吁扶着个丫头走了。春熹究竟年纪轻火性大,赌气卷了铺盖,顿时离了姜家的门。

七巧回到起坐间里,在烟榻上躺下了。屋里暗昏昏的,拉上了丝绒窗帘。时而窗户缝里漏了风进来,帘子动了,方在那墨绿小绒球底下毛茸茸地看见一点天色,除此只有烟灯和烧红的火炉的微光。长安吃了吓,呆呆坐在火炉边一张小凳上。七巧道:"你过来。"长安只道是要打,只是延挨着,搭讪把火炉边的洋铁围屏上晾着的小红格子法布衬衫翻了一翻,道:"快烤糊了。"衬衫发出热烘烘的毛气。

七巧却不像要责打她的光景,只数落了一番,道:"你今年过了年也有十三岁了,也该放明白些。表哥虽不是外人,天下的男子都是一样混账。你自己要晓得当心,谁不想你的钱?"一阵风过,窗帘上的绒球与绒球之间露出白色的寒天,屋子里暖热的黑暗给打上了一排小洞。烟灯的火焰往下一挫,七巧脸上的影子仿佛更深了一层。她突然坐起身来,低声道:"男人……碰都碰不得!谁不想你的钱?你娘这几个钱不是容易得来的,也不是容易守得住。轮到你们手里,我可不能眼睁睁看着你们上人的当——叫你以后提防着些,你听见了没有?"长安垂着头道:"听见了。"

七巧的一只脚有点麻,她探身去捏一捏她的脚。仅仅是一刹那,她眼睛里蠢动着一点温柔的回忆。她记起了想她的钱的一个男人。

她的脚是缠过的,尖尖的缎鞋里塞了棉花,装成半大的文明脚。她瞧着那双脚,心里一动,冷笑一声道:"你嘴里尽管答应着,我怎么知道你心里是明白还是糊涂?你人也这么大了,又是一双大脚,哪里去不得?我就是管得住你,也没那个精神成天看着你。按说你今年十三了,裹脚已经嫌晚了,原怪我耽误了你。马上这就替你裹起来,也还来得及。"长安一时答不出话来,倒是旁边的老妈子们笑道:"如今小脚不时兴了,只怕将来给姐儿定亲的时候麻烦。"七巧道:"没有扯淡!我不愁我的女儿没人要,不劳你们替我担心!真没人要,养活她一辈子,我也养得起!"当真替长安裹起脚来,痛得长安鬼哭神号的。这时连姜家这样守旧的人家,缠过脚的也都已经放了脚了,别说是没缠过的,因此都拿长安的脚传作笑话奇谈。裹了一年多,七巧一时的兴致过去了,又经亲戚们劝着,也就渐渐放松了,然而长安的脚可不能完全恢复原状了。

姜家大房三房里的儿女都进了洋学堂读书,七巧处处存心跟他们比赛着,便也要送长白去投考。长白除了打小牌之外,只喜欢跑跑票房,正在那里朝夕用功吊嗓子,只怕进学校耽搁了他的功课,便不肯去。七巧无奈,只得把长安送到沪范女中,托人说了情,插班进去。长安换上了蓝爱国布的校服,不上半年,脸色也红润了,胳膊腿腕也粗了一圈。住读的学生洗换衣服,照例是送到学校里包着的洗衣作里去的。长安记不清自己的号码,往往失落了枕套手帕种种零件,七巧便闹着说要去找校长说话。这一天放假回家,检点了一下,又发现有一条褥单是丢了。七巧暴跳如雷,准备明天亲自上学校去大兴问罪之师。长安着了急,拦阻了一声,七巧便骂道:"天生的败家精,拿你的钱不当钱。你娘的钱是容易得来的?——将来你出嫁,你看我有什么赔送给你!——给也是白给!"长安不敢做声,却哭了一晚上。她不能在她的同学跟前丢这个脸。对于十四岁的人,那似乎有天大的重要。她母亲去闹一场,她以后拿什么脸去见人?她宁死也不到学校里去了。她的朋友们,她所喜欢的音乐教员,不久就会忘记了有这么一个女孩子,来了半年,又无缘无故悄悄的走了。走得干净。她觉得她这牺牲是一个美丽的,苍凉的手势。

半夜里她爬下床来,伸手到窗外试试,漆黑的,是下了雨么?没有雨点。她从枕头边摸出一只口琴,半蹲半坐在地上,偷偷吹了起来。犹疑地,Long Long Ago 的细小的调子在庞大的夜里袅袅漾开,不能让人听见了。为了竭力按捺着,那呜呜的口琴忽断忽续,如同婴儿的哭泣。她接不上气来,歇了半晌。窗格子里,月亮从云里出来了。墨灰的天,几点疏星,模糊的缺月,像石印的图画,下面白云蒸腾,树顶上透出街灯淡淡的圆光。长安又吹起口琴。"告诉我那故事,往日我最心爱的那故事,许久以前,许久以前……"

第二天她大着胆子告诉她母亲:"娘,我不想念下去了。"七巧睁着眼道:"为什么?"长安道:"功课跟不上,吃的太苦了,我过不惯。"七巧脱下一只鞋来,顺手将鞋底抽了她一下,恨道:"你爹不如人,你也不如人?养下你来又不是个十不全,就不肯替我争口气!"长安反剪着一双手,垂着眼睛,只是不言语。旁边老妈子们便劝道:"姐儿也大了,学堂里人杂,的确有些不方便。其实不去也罢了。"七巧沉吟道:"学费总得想法子拿回来。白便宜了他们不成?"便要领了长安一同去索讨,长安抵死不肯去,七巧带着两个老妈子去了一趟回来,据她自己补叙,钱虽然没收回来,却也着实羞辱了那校长一场。长安以后在街上遇着了同学,脸上红一阵白一阵,无地自容,只得装做不看见,急急走了过去。朋友寄了信来,她拆也不敢拆,原封退了回去。她的学校生活就此告一结束。

有时她也觉得牺牲得有点不值得,暗自懊悔着,然而也来不及挽回了。她渐渐放弃了一切上进的思想,安分守己起来。她学会了挑是非,使小坏,干涉家里的行政。她不时的跟母亲呕气,可是她的言谈举止越来越像她母亲了。每逢她单叉着裤子,撑开了两腿坐着,两只手按在胯间露出的凳子上,歪着头,下巴搁在心口上凄凄惨惨瞅住了对面的人说道:"一家有一家的苦处呀,表嫂——一家有一家的苦处!"——谁都说她是活脱的一个七巧。她打了一根辫子,眉眼的紧俏有似当年的七巧,可是她的小小的嘴过于瘪进去,仿佛显老一点。她再年轻些也不过是一棵较嫩的雪里红——盐腌过的。

也有人来替她做媒。若是家境推扳一点的,七巧总疑心人家是贪她们的钱。若是那有财有势的,对方却又不十分热心,长安不过是中等姿色,她母亲出身既低,又有个不贤惠的名声,想必没有什么家教。因此高不成,低不就,一年一年耽搁了下去。那长白的婚事却不容耽搁。长白在外面赌钱,捧女戏子,七巧还没甚话说,后来渐渐跟着他三叔姜季泽逛起窑子来,七巧方才着了慌,手忙脚乱替他定亲,娶了一个袁家的小姐,小名芝寿。

行的是半新式的婚礼,红色盖头是蠲免了,新娘戴着蓝眼镜,粉红喜纱,穿着粉红彩绣裙袄,进了洞房,除去了眼镜,低着头坐在湖色帐幔里。闹新房的人围着打趣,七巧只看了一看便出来了。长安在门口赶上了她,悄悄笑道:"皮色倒还白净,就是嘴唇太厚了些。"七巧把手撑着门,拔下一只金挖耳来搔搔头,冷笑道:"还说呢!你新嫂子这两片嘴唇,切切倒有一大碟子。"旁边一个太太便道:"说是嘴唇厚的人天性厚哇!"七巧哼了一声,将金挖耳指住了那太太,倒剔起一只眉毛,歪着嘴微微一笑道:"天性厚,并不是什么好话。当着姑娘们,我也不便多说——但愿咱们白哥儿这条命别送在她手里!"七巧天生着一副高爽的喉咙,现在因为苍老了些,不那么尖了,可是扁扁的依旧四面刮得人疼痛,像剃刀片。这两句话,说响不响,说轻也不轻。人丛里的新娘子的平板的脸与胸震了一震——多半是龙凤烛的火光的跳动。

三朝过后,七巧嫌新娘子笨,诸事不如意,每每向亲戚们诉说着。便有人劝道:"少奶奶年纪轻,二嫂少不得要费点心教导教导她。谁叫这孩子没心眼儿呢!"七巧啐道:"你们瞧咱们新少奶奶老实呀——一见了白哥儿,她就得去上马桶!真的!你信不信?"这话传到芝寿耳朵里,急得芝寿只待寻死。然而这还是没满月的时候,七巧还顾些脸面,后来索性这一类的话当着芝寿的面也说了起来,芝寿哭也不是,笑也不是,若是木着脸装不听见,七巧便一拍桌子嗟叹起来道:"在儿子媳妇手里吃口饭,可真不容易!动不动就给人脸子看!"

这天晚上,七巧躺着抽烟,长白盘踞在烟铺跟前的一张沙发椅上嗑瓜子,无线电里正唱着一出冷戏,他捧着戏考,一个字一个字跟着哼,哼上了劲,甩过一条腿去骑在椅背上,来回摇着打拍子。七巧伸过脚去踢他一下道:"白哥儿你来替我装两筒。"长白道:"现放着烧烟的,偏要支使我!我手上有蜜是怎么着?"说着,伸了个懒腰,慢腾腾移身坐到烟灯前的小凳上,卷起了袖子。七巧笑道:"我把你这不孝的奴才!支使你,是抬举你!"她眯缝着眼望着他。这些年来她的生命里只有这一个男人。只有他,她不怕他想她的钱——横竖钱都是他的。可是,因为他是她的儿子,他这一个人还抵不了半个……现在,就连这半个人她也保留不住——他娶了亲。他是个瘦小白皙的年轻人,背有点驼,戴着金丝眼镜,有着工细的五官,时常茫然地微笑着,张着嘴,嘴里闪闪发着光的不知道是太多的唾沫水还是他的金牙。他敞着衣领,露出里面的珠羔里子和白小褂。七巧把一只脚搁在他肩膀上,不住的轻轻踢着他的脖子,低声道:"我把你这不孝的奴才!打几时起变得这么不孝了?"长安在旁答道:"娶了媳妇忘了娘吗!"七巧道:"少胡说!我们白哥儿倒不是那门样的人!我也养不出那门样的儿子!"长白只是笑。七巧斜着眼看定了他,笑道:"你若还是我从前的白哥儿,你今儿替我烧一夜的烟!"长白笑道:"那可难不倒我!"七巧道:"盹着了,看我捶你!"

起坐间的帘子撤下送去洗濯了。隔着玻璃窗望出去,影影绰绰乌云里有个月亮,一搭黑,一搭白,像个戏剧化的狰狞的脸谱。一点,一点,月亮缓缓的从云里出来了,黑云底下透出一线烱烱的光,是面具底下的眼睛。天是无底洞的深青色。久已过了午夜了。长安早去睡了,长白打着烟泡,也前仰后合起来。七巧斟了杯浓茶给他,两人吃着蜜饯糖果,讨论着东邻西舍的隐私。七巧忽然含笑问道:"白哥儿你说,你媳妇儿好不好?"长白道:"这有什么可说的?"七巧道:"没有可批评的,想必是好的了?"长白笑着不做声。七巧道:"好,也有个怎么个好呀!"长白道:"谁说她好来着?"七巧道:"她不好?哪一点不好?说给娘听。"长白起初只是含糊对答,禁不起七巧再三盘问,只得吐露一二。旁边递茶递水的老妈子们都背过脸去笑得格格的,丫头们都掩着嘴忍着笑回避出去了。七巧又是咬牙,又是笑,又是喃喃咒骂,卸下烟斗来狠命磕里面的灰,敲得托托一片响,长白说溜了嘴,止不住要说下去,足足说了一夜。

次日清晨,七巧吩咐老妈子取过两床毯子来打发哥儿在烟榻上睡觉。这时芝寿也已经起了身,过来请安。七巧一夜没合眼,却是精神百倍,邀了几家女眷来打牌,亲家母也在内。在麻将桌上一五一十将她儿子亲口招供的她媳妇的秘密宣布了出来,略加渲染,越发有声有色。众人竭力的打岔,然而说不出两句闲话,七巧笑嘻嘻的转了个弯,又回到她媳妇身上来了。逼得芝寿的母亲脸皮紫涨,也无颜再见女儿,放下牌,乘了包车回去了。

七巧接连着要长白为她烧了两晚上的烟。芝寿直挺挺躺在床上,搁在肋骨上的两只手蜷曲着像死去的鸡的脚爪。她知道她婆婆又在那里盘问她丈夫,她知道她丈夫又在那里叙述一些什么事,可是天知道他还有什么新鲜的可说!明天他又该涎着脸到她跟前来了。也许他早料到她会把满腔的怨毒都结在他身上,就算她没本领跟他拼命,最不济也得质问他几句,闹上一场。多半他准备先声夺人,借酒盖住了脸,找点岔子,摔上两件东西。她知道他的脾气。末后他会坐到床沿上来,耸耸肩膀,伸手到白绸小褂里面去抓痒,出人意料之外地一笑。他的金丝眼镜上抖动着一点光,他嘴里抖动着一点光,不知道是唾沫还是金牙。他摘去了他的眼镜。……芝寿猛然坐起身来,哗喇揭开了帐子。这是个疯狂的世界,丈夫不像个丈夫,婆婆也不像个婆婆。不是他们疯了,就是她疯了。今天晚上的月亮比哪一天都好,高高的一轮满月,万里无云,像是黑漆的天上一个白太阳。遍地的蓝影子,帐顶上也是蓝影子,她的一双脚也在那死寂的蓝影子里。

　　芝寿待要挂起帐子来,伸手去摸索帐钩,一只手臂吊在那铜钩上,脸偎住肩膀,不由的就抽噎起来。帐子自动的放了下来。昏暗的帐子里除了她之外没有别人,然而她还是吃了一惊,仓皇地再度挂起了帐子。窗外还是那使人汗毛凛凛的反常的明月——漆黑的天上一个灼灼的小而白的太阳。屋里看得分明那玫瑰紫绣花椅披桌布,大红平金五凤齐飞的围屏,水红软缎对联,绣着盘花篆字。梳妆台上红绿丝网络着银粉缸、银漱盂、银花瓶,里面满满盛着喜果,帐檐上垂下五彩攒金绕绒花球、花盆、如意、粽子,下面滴溜溜坠着指头大的琉璃珠和尺来长的桃红穗子。偌大一间房里充塞着箱笼、被褥、铺陈,不见得她就找不出一条汗巾来上吊,她又倒到床上去。月光里,她的脚没有一点血色——青、绿、紫,冷去的尸身的颜色。她想死,她想死。她怕这月亮光,又不敢开灯。明天她婆婆会说:"白哥儿给我多烧了两口烟,害得我们少奶奶一宿没睡觉,半夜三更点着灯等他回来——少不了他吗!"芝寿的眼泪顺着枕头不停的流。她不用手帕去擦眼睛,擦肿了,她婆婆又该说了:"白哥儿一晚上没回房去睡,少奶奶就把眼睛哭得桃儿似的!"

　　七巧虽然把儿子媳妇描摹成这样热情的一对,长白对于芝寿却不甚中意,芝寿也把长白恨得牙痒痒的。夫妻不和,长白渐渐又往花街柳巷里走动。七巧把一个丫头绢儿给了他做小,还是牢笼不住他。七巧又变着方儿哄他吃烟。长白一向就喜欢玩两口,只是没上瘾,现在吸的多了,也就收了心不大往外跑了,只在家守着母亲和新姨太太。

　　他妹子长安二十四岁那年生了痢疾,七巧不替她延医服药,只劝她抽两筒鸦片,果然减轻了不少痛苦。病愈之后,也就上了瘾。那长安更与长白不同,未出阁的小姐,没有其他的消遣,一心一意的抽烟,抽的倒比长白还要多。也有人劝阻,七巧道:"怕什么!莫说我们姜家还吃得起,就是我今天卖了两顷地给他们姐儿俩抽烟,又有谁敢放半个屁?姑娘赶明儿聘了人家,少不得有她这一份嫁妆。她吃自己的,喝自己的,姑爷就是舍不得,也只好干望着她罢了!"

　　话虽如此说,长安的婚事毕竟受了点影响。来做媒的本来就不十分踊跃,如今竟绝迹了。长安到了近三十的时候,七巧见女儿注定了是要做老姑娘的了。便又换了一种论调,道:"自己长得不好,嫁不掉,还怨我做娘的耽搁了她!成天挂搭着个脸,倒像我该她二百钱似的。我留她在家里吃一碗闲茶闲饭,可没打算留她在家里给我气受呢!"

　　姜季泽的女儿长馨过二十岁生日,长安去给她堂房妹子拜寿。那姜季泽虽然穷了,幸喜他交游广阔,手里还算兜得转。长馨背地里向她母亲道:"妈想法子给安姐姐介绍个朋友罢,瞧她怪可怜的。还没提起家里的情形,眼圈儿就红了。"兰仙慌忙摇手道:"罢!罢!这个媒我不敢做!你二妈那脾气是好惹的?"长馨年少好事,哪里理会得?歇了些时,偶然与同学们说起这件事,恰巧那同学有个表叔新从德国留学回来,也是北方人,仔细攀认起来,与姜家还沾着点老亲。那人名唤童世舫,叙起来比长安略大几岁。长馨竟自作主张,安排了一切,由那同学的母亲出面请客。长安这边瞒得家里铁桶相似。

　　七巧身子一向硬朗,只因她媳妇芝寿得了肺痨,七巧嫌她乔张做致,吃这个,吃那个,累又累不得,比寻常似乎多享了一些福,自己一赌气也病了。起初不过是气虚血亏,却也将阖家支使得团团转,哪儿还能够兼顾到芝寿?后来七巧认真得了病,卧床不起,越发鸡犬不宁。长安乘乱里便走开了,把裁缝唤到她三叔家里,由长馨出主意替她制了新装。赴宴的那天晚上,长馨先陪她到理发店去用钳子烫了头发,从天庭到鬓角一路密密的贴着细小的发圈,耳朵上戴了二寸来长的玻璃翡翠宝塔坠子,又换上了苹果绿乔琪纱旗袍,高领圈,荷叶边袖子,腰以下是半西式的百褶裙。一个小大姐蹲在地上为她扣揿钮,长安在穿衣镜里端详着自己,忍不住将两臂虚虚的一伸,裙子一踢,摆了一个葡萄仙子的姿势,一扭头笑了起来道:"把我打扮得天女散花似的!"长馨在镜子里向那小大姐做了个眼色,两人不约而同也都笑了起来。长安妆罢,便向高椅上端端正正坐下了。长馨道:"我去打电话叫车。"长安道:"还早呢!"长馨看了看表道:"约的是八点,已经八点过五分了。"长安道:"晚个半个钟头,想必也不碍事。"长馨猜她是存心要搭点架子,心中又好气又好笑,打开银丝手提皮包来检点了一下,借口就忘了带粉镜子,迳自走到她母亲屋里来,如此这般告诉了一遍,又道:"今儿又不是姓童的请客,她这架子是冲着谁搭的?我也懒得去劝她,由她挨到明儿早上去,也不干我事。"兰仙道:"瞧你这糊涂!人是你约的,媒是你做的,你怎么卸得了这干系?我埋怨过你多少回了——你早该知道了,安姐儿就跟她娘一样的小家子气,不上台盘。待会儿出乖露丑的,说起来是你姐姐,你丢人也是活该,谁叫你把这些是是非非,揽上身来,敢是闲疯了?"长馨唶嘟着嘴在她母亲屋里坐了半晌。兰仙笑道:"看这情形,你姐姐是等着人催请呢。"长馨道:"我才不去催她呢!"兰仙道:"傻丫头,要你催,中甚么用?她等着那边来电话哪!"长馨失声笑道:"又不是新娘子,要三请四催的,逼得上轿!"兰仙道:"好歹你打个电话到饭店里去,叫他们打个电话来,不就结了?快九点了,再挨下去,事情可真要崩了!"长馨只得依言做去,这边方才动了身。

　　长安在汽车里还是兴兴头头,谈笑风生的,到了菜馆子里,突然矜持起来,跟在长馨后面,悄悄掩进了房间,怯怯的褪去了苹果绿鸵鸟毛斗篷,低头端坐,拈了一只杏仁,每隔两分钟轻轻啃去了十分之一,缓缓咀嚼着。她是为了被看而来的。她觉得她浑身的装束,无懈可击,任凭人家多看两眼也不妨事,可是她的身体完全是多余的,缩也没处缩,她始终缄默着,吃完了一顿饭。等着上甜菜的时候,长馨把她拉到窗子跟前去观看街景,又托故走开了,那童世舫便踱到窗前,问道:"姜小姐这儿来过么?"长安细声道:"没有。"童世舫道:"我也是第一次,菜倒是不坏,可是我还是吃不大惯。"长安道:"吃不惯?"世舫道:"可不是!外国菜比较清淡些,中国菜要油腻得多。刚回来,连着几天亲戚朋友们接风,很容易的就吃坏了肚子。"长安反复地看她的手指,仿佛一心一意要数数一共有几个指纹是螺形的,几个是畚箕……

　　玻璃窗上面,没来由开了小小的一朵霓虹灯的花——对过一家店面里反映过来的,绿心红瓣,是尼罗河祀神的莲花,又是法国王室的百合徽章……

世舫多年没见过故国的姑娘,觉得长安很有点楚楚可怜的韵致,倒有几分欢喜。他留学以前早就定了亲,只因他爱上了一个女同学,抵死反对家里的亲事,路远迢迢,打了无数的笔墨官司,几乎闹翻了脸,他父母曾经一度断绝了他的接济,使他吃了不少的苦,方才依了他,解了约。不幸他的女同学别有所恋,抛下了他,他失意之余,倒埋头读了七八年的书。他深信妻子还是旧式的好,也是由于反应作用。

和长安见了这一面之后,两下里都有了意。长馨想着送佛送到西天,自己再热心些,也没有资格出来向长安的母亲说话,只得央及兰仙。兰仙执意不肯道:"你又不是不知道,你爹跟你二妈仇人似的,向来是不见面的。我虽然没跟她红过脸,再好些也有限,何苦去自讨没趣?"长安见了兰仙,只是垂泪,兰仙却不过情面,只得答应去走一遭。妯娌相见,问候了一番。兰仙便说明了来意。七巧初听见了,倒也欣然,因道:"那就拜托了三妹妹罢!我病病哼哼的,也管不得了,偏劳了三妹妹。这丫头就是我的一块心病。我做娘的也不能说是对不起她了,行的是老法规矩,我替她裹脚;行的是新派规矩,我送她上学堂——还要怎么着?照我这样扒心扒肝调理出来的人,只要她不疤不麻不瞎,还会没人要吗?怎奈这丫头天生的是扶不起的阿斗,恨得我只嚷嚷,多是我一闭眼去了,男婚女嫁,听天由命罢!"

当下议妥了,由兰仙请客,两方面相亲。长安与童世舫只做没见过面模样,只会晤了一次。七巧病在床上,没有出场,因此长安便风平浪静的订了婚。在筵席上,兰仙与长馨强拉着长安的手,递到童世舫手里,世舫当众替她套上了戒指。女家也回了礼,文房四宝虽然免了,却用新式的丝绒文具盒来代替,又添上了一只手表。

订婚之后,长安遮遮掩掩竟和世舫单独出去了几次。晒着秋天的太阳,两人并排在公园里走,很少说话,眼角里带着一点对方的衣服与移动着的脚,女子的粉香,男子的淡巴菰气,这单纯而可爱的印象便是他们身边的阑干,阑干把他们与众人隔开了。空旷的绿草地上,许多人跑着、笑着、谈着,可是他们走的是寂寂的绮丽的回廊——走不完的寂寂的回廊。不说话,长安并不感到任何缺陷。她以为新式的男女间的交际也就"尽于此矣"。童世舫呢,因为过去的痛苦的经验,对于思想的交换根本抱着怀疑的态度。有个人在身边,他也就满足了。从前,他顶讨厌小说上的男人,向女人要求同居的时候,只说:"请给我一点安慰。"安慰是纯粹精神上的,这里却做了肉欲的代名词。但是他现在知道精神与物质的界限不能分得这么清。言语究竟没有用。久久的握手,就是妥协的安慰,因为会说话的人很少,真正有话说的人还要少。

有时在公园里遇着了雨,长安撑起了伞,世舫为她擎着。隔着半透明的蓝绸伞,千万粒雨珠闪着光,像一天的星。一天的星到处跟着他们,在水珠银烂的车窗上,汽车驰过了红灯、绿灯,窗子外营营飞着一窠红的星,又是一窠绿的星?

长安带了点星光下的乱梦回家来,人变得异常沉默了。时时微笑着。七巧见了,不由的有气,便冷言冷语道:"这些年来,多多怠慢了姑娘,不怪姑娘难得开个笑脸。这下子跳出了姜家的门,称了心愿了,再快活些,可也别这么摆在脸上呀——叫人寒心!"依着长安素日的性子,就要回嘴,无如长安近来像换了个人似的,听了也不计较,自顾自努力去戒烟。七巧也奈何她不得。

长安订婚那天,大奶奶玳珍没去,隔了些天来补道喜。七巧悄悄唤了声大嫂,道:"我看咱们还得在外头打听打听哩,这事可冒失不得!前天我耳朵里仿佛刮着一点,说是乡下有太太,外洋还有一个。"玳珍道:"乡下的那个没过门就退了亲。外洋那个也是这样,说是做了几年的朋友了,不知怎么又没成功。"七巧道:"那还有个为什么?男人的心,说声变,就变了,他连三媒六聘的还不认账,何况那不三不四的歪辣货?知道他在外洋还有旁人没有?我就只这一个女儿,可不能糊里糊涂断送了她的终身,我自己是吃过媒人的苦的!"

长安坐在一旁用指甲去掐手掌心,手掌心掐红了,指甲却挣得雪白。七巧一抬眼望见了她,便骂道:"死不要脸的丫头,竖着耳朵听呢!这话是你听得的吗?我们做姑娘的时候,一声提起婆婆家,来不迭的躲开了。你姜家枉为世代书香,只怕还要到你开麻油店的外婆家去学点规矩哩!"长安一头哭一头奔了出去。七巧拍着枕头嗳了一声道:"姑娘急着要嫁,叫我也没法子。腥的臭的往家里拉。名为是她三婶给找的人,其实不过是拿她三婶做个幌子。多半是生米煮成了熟饭了,这才挽了三婶出来做媒。大家齐打伙儿糊弄我一个人……糊弄着也好!说穿了,叫做娘的做哥哥的脸往哪儿去放?"

又一天,长安托辞溜了出去,回来的时候,不等七巧查问,待要报告自己的行踪,七巧叱道:"得了,得了,少说两句罢!在我前面糊什么鬼?有朝一日你让我抓着了真凭实据——哼!别以为你大了,订了亲了,我打不得你了!"长安急了道:"我给馨妹妹送鞋样子去,犯了法了?娘不信,娘问三婶去!"七巧道:"你三婶替你寻了个汉子来,就是你的重生父母,再养爹娘!也没见你这样的轻骨头!……一转眼就不见你的人了。你家里供养了你这些年,就只差买个小厮伺候你,哪一处对你不住了,你在家里一刻也坐不稳?"长安红了脸,眼泪直掉下来。七巧缓过一口气来,又道:"当初多少好的都不要,这会子去嫁个不成器的,人家拣剩下的,岂不是自己打嘴?他若是个人,怎么活到三十来几,飘洋过海的,跑上十万里地,一房老婆还没弄到手?"

然而长安一味的执迷不悟。因为双方的年纪都不小了,订了婚不上几月,男方便托了兰仙来议定婚期。七巧指着长安道:"早不嫁,迟不嫁,偏赶着这两年钱不凑手!明年若是田上收成好些,嫁妆也还整齐些。"兰仙道:"如今新式结婚,倒也不讲究这些了,就照新派办法,省着点也好。"七巧道:"什么新派旧派?旧派无非排场大些,新派实惠些,一样还是娘家的晦气!"兰仙道:"二嫂看着办就是了,难道安姐儿还会争多论少不成?"一屋子的人全笑了,长安也不觉微微一笑。七巧破口骂道:"不害臊!你是肚子里有了搁不住的东西是怎么着?火烧眉毛,等不及的要过门!嫁妆也不要了——你情愿,人家倒许不情愿呢?你就拿准了他是图你的人?你好不自量。你有哪一点叫人看得上眼?趁早别自骗自了!姓童的还不是看中了姜家的门第!别瞧你们家轰轰烈烈,公侯将相的,其实全不是那么回事!早就是外强中干,这两年连空架子也撑不起了。人呢,一代坏似一代,眼里哪儿还有天地君亲?少爷们是什么都不懂,小姐们就知道霸钱要男人——猪狗都不如!我娘家当初千不该万不该跟姜家结了亲,坑了我一世,我待要告诉那姓童的趁早别像我似的上了当!"

自从吵闹过这一番,兰仙对于这头亲事便洗手不管了。七巧的病渐渐痊愈,略略下床走动,便逐日骑着门坐着,遥遥向长安屋里叫喊道:"你要野男人你尽管去找,只别把他带上门来认我做丈母娘,活活的气死了我!我只图个眼不见,心不烦。能够容我多活两年,便是姑娘的恩典了!"颠来倒去几句话,嚷得一条街上都听得见。亲戚丛中自然更将这事沸沸扬扬传了开去。

七巧又把长安唤到跟前,忽然滴下泪来道:"我的儿,你知道外头人把你怎么长怎么短糟蹋得一个钱也不值!你娘自从嫁到姜家来,上上下下谁不是势利的,狗眼看人低,明里暗里我不知受了他们多少气。就连你爹,他有什么好处到我身上,我要替他守寡?我千辛万苦守了这二十年,无非是指望你姐儿俩长大成人,替我争回一点面子来。不承望今日之下,只落得这等的收场!"说着,呜咽起来。

　　长安听了这话,如同轰雷掣顶一般。她娘尽管把她说得不成人,外头人尽管把她说得不成人,她管不了这许多。唯有童世舫——他——他该怎么想?他还要她么?上次见面的时候,他的态度有点改变吗?很难说……她太快乐了,小小的不同的地方她不会注意到……被戒烟期间身体上的痛苦与种种刺激两面夹攻着,长安早就有点受不了,可是硬撑着也就撑了过去,现在她突然觉得浑身的骨骼都脱了节,向他解释么?他不比她的哥哥,他不是她母亲的儿女,他决不能彻底明白她母亲的为人。他果真一辈子见不到她母亲,倒也罢了,可是他迟早要认识七巧。这是天长地久的事,只有千年做贼的,没有千年防贼的——她知道她母亲会放出什么手段来?迟早要出乱子,迟早要决裂。这是她的生命里顶完美的一段,与其让别人给它加上一个不堪的尾巴,不如她自己早早结束了它。一个美丽而苍凉的手势……她知道她会懊悔的,她知道她会懊悔的,然而她抬了抬眉毛,做出不介意的样子,说道:"既然娘不愿意结这个亲,我去回掉他们就是了。"七巧正哭着,忽然住了声,停了一停,又抽答抽答哭了起来。

　　长安定了一定神,就去打了个电话给童世舫。世舫当天没有空,约了明天下午。长安所最怕的就是中间隔的这一晚,一分钟,一刻,一刻,啃进她心里去。次日,在公园里的老地方,世舫微笑着迎上前来,没跟她打招呼——这在他是一种亲昵的表示。他今天仿佛是特别的注意她,并肩走着的时候,屡屡的望着她的脸。太阳煌煌的照着,长安越发觉得眼皮肿得抬不起来了。趁他不在看她的时候把话说了罢。她用哭哑了的喉咙轻轻唤了一声"童先生",世舫没听见。那么,趁他看她的时候把话说了罢。她诧异她脸上还带着点笑,小声道:"童先生,我想——我们的事也许还是——还是再说罢。对不起得很。"她褪下戒指来塞在他手里,冷涩的戒指,冷湿的手。她放快了步子走去,他楞了一会,便追上来,问道:"为什么呢?对于我有不满意的地方么?"长安笔直向前望着,摇了摇头。世舫道:"那么,为什么呢?"长安道:"我母亲……"世舫道:"你母亲并没有看见过我。"长安道:"我告诉过你了,不是因为你。跟你完全没有关系。我母亲……"世舫站定了脚。这在中国是很充分的理由了罢?他这么略一踌躇,她已经走远了。

　　园子在深秋的日头里晒了一上午又一下午,像烂熟的水果一般,往下坠着,坠着,发出香味来。长安悠悠忽忽听见了口琴的声音,迟钝地吹出了Long Long Ago——"告诉我那故事,往日我最心爱的那故事。许久以前,许久以前……"这是现在,一转眼也就变了许久以前了,什么都完了。长安着了魔似的,去找那吹口琴的人——去找她自己。迎着阳光走着,走到树底下,一个穿着黄短裤的男孩骑在树桠枝上颠颠着,吹着口琴,可是他吹的是另一个调子,她从来没听见过的。不大的一棵树,稀稀朗朗的梧桐叶在太阳里摇着像金的铃铛。长安仰面看着,眼前一阵黑,像骤雨似的,泪珠一串串的披了一脸,世舫找到了她,在她身边悄悄站了半晌,方道:"我尊重你的意见。"长安举起了她的皮包来遮住了脸上的阳光。

　　他们继续来往了一些时。世舫要表示新人物交女朋友的目的不仅限于择偶,因此虽然与长安解除了婚约,依旧常常的邀她出去。至于长安呢,她是抱着什么样的矛盾的希望跟着他出去,她自己也不知道——知道了也不肯承认。订着婚的时候,光明正大的一同出去,尚且要瞒了家里,如今更成了幽期密约了。世舫的态度始终是坦然的。固然,她略略伤害了他的自尊心,同时他对于她多少也有点惋惜,然而"大丈夫何患无妻?"男子对于女子最隆重的赞美是求婚。他割舍了他的自由,送了她这一份厚礼,虽然她是"心领璧还"了,他可是尽了他的心。这是惠而不费的事。

无论两人之间的关系是怎样的微妙而尴尬,他们认真的做起朋友来了。他们甚至谈起话来。长安的没见过世面的话每每使世舫笑起来,说:"你这人真有意思!"长安渐渐的也发现了她自己原来是个"很有意思"的人。这样下去,事情会发展到什么地步,连世舫自己也会惊奇。

然而风声吹到七巧的耳朵里。七巧背着长安吩咐长白下帖子请童世舫吃便饭。世舫猜着姜家许是要警告他一声,不准他和他们小姐藕断丝连,可是他同长白在那阴森高敞的餐室里吃了两盅酒,说了一会话,天气,时局,风土人情,并没有一个字沾到长安身上。冷盆撤了下去,长白突然手按着桌子站了起来。世舫回过头去,只见门口背着光立着一个小身材的老太太,脸看不清楚,穿一件青灰团龙宫织缎袍,双手捧着大红热水袋,身边夹峙着两个高大的女仆。门外日色昏黄,楼梯上铺着湖绿花格子漆布地衣,一级一级上去,通入没有光的所在。世舫直觉地感到那是个疯子——无缘无故的,他只是毛骨悚然,长白介绍道:"这就是家母。"

世舫挪开椅子站起来,鞠了一躬。七巧将手搭在一个佣妇的胳膊上,款款走了进来,客套了几句,坐下来便敬酒让菜。长白道:"妹妹呢?来了客,也不帮着张罗张罗。"七巧道:"她再抽两筒就下来了。"世舫吃了一惊,睁眼望着她。七巧忙解释道:"这孩子就苦在先天不足,下地就得给她喷烟。后来也是为了病,抽上了这东西。小姐家,够多不方便哪!也不是没有戒过,身子又娇,又是由着性儿惯了的,说丢,哪儿丢得掉呢!戒戒抽抽,这也有十年了。"世舫不由的变了色,七巧有一个疯子的审慎与机智。她知道,一不留心,人们就会用嘲笑的,不信任的眼光截断了她的话锋,她已经习惯了那种痛苦。她怕话说多了要被人看穿了。因此及早止住了自己,忙着添酒布菜。隔了些时,再提起长安的时候,她还是轻描淡写的把那几句话重复了一遍。她那平扁而尖利的喉咙四面割着人像剃刀片。

长安悄悄的走下楼来,玄色花绣鞋与白丝袜停留在日色昏黄的楼梯上。停了一会,又上去了,一级一级,走进没有光的所在。

七巧道:"长白你陪童先生多喝两杯,我先上去了。"佣人端上一品锅来,又换上了新烫的竹叶青。一个丫头慌里慌张站在门口将席上伺候的小厮唤了出去,叽咕了一会,那小厮又进来向长白附耳说了几句,长白仓皇起身,向世舫连连道歉,说:"暂且失陪,我去去就来。"三脚两步也上楼去了,只剩世舫一人独酌。那小厮也觉过意不去,低低的告诉他:"我们绢姑娘要生了。"世舫道:"绢姑娘是谁?"小厮道:"是少爷的姨奶奶。"

世舫拿上饭来胡乱吃了两口,不便放下碗来就走,只得坐在花梨炕上等着,酒酣耳热,忽然觉得异常的委顿,便躺了下来。卷着云头的花梨炕,冰凉的黄藤心子,柚子的寒香……姨奶奶添孩子了。这就是他所怀念着的古中国……他的幽娴贞静的中国闺秀是抽鸦片的!他坐了起来,双手托着头,感到了难堪的落寞。

他取了帽子出门,向那个小厮道:"待会儿请你对上头说一声,改天我再面谢罢!"他穿过砖砌的天井,院子正中生着树,一树的枯枝高高印在淡青的天上,像磁上的冰纹。长安静静的跟在他后面送了出来,她的藏青长袖旗袍上有着浅黄的雏菊。她两手交握着,脸上显出稀有的柔和。世舫回过身来道:"姜小姐……"她隔得远远的站定了,只是垂着头。世舫微微鞠了一躬,转身就走了。长安觉得她是隔了相当的距离看这太阳里的庭院,从高楼上望下来,明晰,亲切,然而没有能力干涉,天井,树,曳着萧条的影子的两个人,没有话——不多一点的回忆,将来是要装在水晶瓶里双手捧着看的——她的最初也是最后的爱。

芝寿直挺挺躺在床上,搁在肋骨上的两只手蜷曲着像宰了的鸡的脚爪。帐子吊起了一半。不分昼夜她不让他们给她放下帐子来,她怕。

外面传进来说绢姑娘生了个小少爷。丫头丢下了热气腾腾的药罐子跑出去凑热闹。敞着房门,一阵风吹了进来,帐钩豁朗朗乱摇,帐子自动的放了下来,然而芝寿不再抗议了。她的头向右一歪,滚到枕头外面去。她并没有死——又挨了半个月光景才死的。

绢姑娘扶了正,做了芝寿的替身。扶了正不上一年就吞了生鸦片自杀了。长白不敢再娶了,只在妓院里走走。长安更是早就断了结婚的念头。

七巧似睡非睡横在烟铺上。三十年来她戴着黄金的枷。她用那沉重的枷角劈杀了几个人,没死的也送了半条命。她知道她儿子女儿恨毒了她,她婆家的人恨她,她娘家的人恨她。她摸索着腕上的翠玉镯子,徐徐将那镯子顺着骨瘦如柴的手臂往上推,一直推到腋下。她自己也不能相信她年轻的时候有过滚圆的胳膊。就连出了嫁之后几年,镯子里也只塞得进一条洋绉手帕。十八九岁做姑娘的时候,高高挽起了大镶大滚的蓝夏布衫袖,露出一双雪白的手腕,上街买菜去。喜欢她的有肉店里的朝禄,她哥哥的结拜弟兄丁玉根、张少泉,还有沈裁缝的儿子。喜欢她,也许只是喜欢跟她开开玩笑。然而如果她挑中了他们之中的一个,往后日子久了,生了孩子,男人多少对她有点真心。七巧挪了挪头底下的荷叶边小洋枕,凑上脸去揉擦了一下,那一面的一滴眼泪她就懒怠去揩拭,由它挂在腮上,渐渐自己干了。

七巧过世以后,长安和长白分了家搬出来住。七巧的女儿是不难解决她自己的问题的,谣言说她和一个男子在街上一同走,停在摊子跟前,他为她买了一双吊袜带。也许她用的是她自己的钱,可是无论如何是由男子的袋里掏出来的。……当然这不过是谣言。

三十年前的月亮早已沉下去,三十年前的人也死了,然而三十年前的故事还没完——完不了。

(原载1943年11月、12月《杂志》月刊第12卷第2、3期)

识字班

孙 犁

鲜姜台的识字班开学了。

鲜姜台是个小村子,三姓,十几家人家,差不多都是佃户,原本是个"庄子"。

房子在北山坡下盖起来,高低不平的。村前是条小河,水长年地流着。河那边是一带东西高山,正午前后,太阳总是像在那山头上,自东向西地滚动着。

冬天到来了。

一个机关住在这村里,住得很好,分不出你我来啦。过阳历年,机关杀了个猪,请村里的男人坐席,吃了一顿,又叫小鬼们端着菜,托着饼,挨门挨户送给女人和小孩子去吃。

而村里呢,买了一只山羊,送到机关的厨房。到旧历腊八日,村里又送了一大筐红枣,给他们熬腊八粥。

鲜姜台的小孩子们,从过了新年,就都学会了唱《卖梨膏糖》,是跟着机关里那个红红的圆圆脸的女同志学会的。

他们放着山羊,在雪地里,或是在山坡上,喊叫着:

鲜姜台老乡吃了我的梨膏糖呵,
五谷丰登打满场,
黑枣长得肥又大呵,
红枣打得晒满房呵。

自卫队员吃了我的梨膏糖呵,
帮助军队去打仗,
自己打仗保家乡呵,
日本人不敢再来烧房呵。

妇救会员吃了我的梨膏糖呵,
大鞋做得硬邦邦,
当兵的穿了去打仗呵,
赶走日本回东洋呵。

而唱到下面一节的时候,就更得意洋洋了。如果是在放着羊,总是把鞭子高高举起:

儿童团员吃了我的梨膏糖呵,
拿起红缨枪去站岗,
捉住汉奸往村里送呵,
他要逃跑就给他一枪呵。

接着是"得得呛",又接着是向身边的一只山羊一鞭打去,那头倒霉的羊便咩的一声跑开了。

大家住在一起,住在一个院里,什么也谈,过去的事,现在的事,以至未来的事。吃饭的时候,小孩子们总是拿着块红薯,走进同志们的房子:"你们吃吧!"

同志们也就接过来,再给他些干饭;站在院里观望的妈妈也就笑了。

"这孩子几岁了?"

"七岁了呢。"

"认识字吧?"

"哪里去识字呢!"

接着,边区又在提倡着冬学运动,鲜姜台也就为这件事忙起来。自卫队的班长,妇救会的班长,儿童团的班长,都忙起来了。

怎么都是班长呢?有的读者要问啦!那因为这是个小村庄,是一个"编村",所以都叫班。

打扫了一间房子,找了一块黑板——那是临时把一块箱盖涂上烟子的。又找了几支粉笔。订了个功课表:识字,讲报,唱歌。

全村的人都参加学习。

分成了两个班:自卫队——青抗先一班,这算第一班;妇女——儿童团一班,这算第二班。

每天吃过午饭,要是轮到第二班上课了,那位长脚板的班长,便挨户去告诉了:

"大青他妈,吃了饭上学去呵!"

"等我刷了碗吧!"

"不要去晚了。"

当机关的"先生"同志走到屋里,人们就都坐在那里了。小孩子闹得很厉害,总是咧着嘴笑。有一回一个小孩子小声说:

"三槐,你奶奶那么老了,还来干什么呢?"

这叫那老太太听见了,便大声喊起来,第一句是:"你们小王八羔子!"第二句是:"人老心不老!"

还是"先生"调停了事。

第二班的"先生",原先是女同志来担任,可是有一回,一个女同志病了,叫一个男"先生"去代课,一进门,女人们便叫起来:

"呵!不行!我们不叫他上!"

有的便立起来掉过脸去,有的便要走出去,差一点没散了台,还是儿童团的班长说话了:

"有什么关系呢?你们这些顽固!"

虽然还是报复了几声"王八羔子",可也终于听下去了。

这一回,弄得这个男"先生"也不好意思,他整整两点钟,把身子退到墙角去,说话小心翼翼的。

等到下课的时候,小孩子都是兴头很高的,互相问:

"你学会了几个字?"

"五个。"

可有一天,有两个女人这样谈论着:

"念什么书呢,快过年了,孩子们还没新鞋。"

"念老鼠!我心里总惦记着孩子会睡醒!"

"坐在板凳上,不舒服,不如坐在家里的炕上!"

"明天,我们带鞋底子去吧,偷着纳两针。"

第二天,果然"先生"看见有一个女人,坐在角落里偷偷地做活计。先生指了出来,大家哄堂大笑,那女人红了脸。

其实,这都是头几天的事。后来这些女人们都变样了。一轮到她们上学,她们总是提前把饭做好,赶紧吃完,刷了锅,把孩子一把送到丈夫手里说:

"你看着他,我去上学了!"

并且有的着了急,她们想:"什么时候,才能自己看报呵!"

对不起鲜姜台的自卫队、青抗先同志们,这里很少提到他们。可是,在这里,我向你们报告吧:他们进步是顶快的,因为他们都觉到了这两点:

第一,要不是这个年头,我们能念书?别做梦了!活了半辈子,谁认得一个大字呢!

第二,只有这年头,念书、认字,才重要,查个路条,看个公事,看个报,不认字,不只是别扭,有时还会误事呢!

觉到了这两点,他们用不着人督促,学习便很努力了。

末了,我向读者报告一个"场面"作为结尾吧。

晚上,房子里并没有点灯,只有火盆里的火苗,闪着光亮。

鲜姜台的妇女班长,和她的丈夫、儿子们坐在炕上,围着火盆。她丈夫是自卫队,大儿子是青抗先,小孩子还小,正躺在妈妈怀里吃奶。

这个女班长开腔了:

"你们第一班,今天上的什么课?"

"讲报说是日本又换了……"当自卫队的父亲记不起来了。

妻子想笑话他,然而儿子接下去:

"换一个内阁!"

"当爹的还不如儿子,不害羞!"当妻的终于笑了。

当丈夫的有些不服气,紧接着:

"你说日本又想换什么花样?"

这个问题,不但叫当妻的一怔,就是和爹在一班的孩子也怔了。他虽然和爹是一班,应该站在一条战线上,可是他不同意他爹拿这个难题来故意难别人,他说:

"什么时候讲过这个呢?这个不是说明天才讲吗?"

当爹的便没话说了,可是当妻子的并没有示弱,她说:

"不用看还没讲,可是,我知道这个。不管日本换什么花样,只要我们有那三个坚持,他换什么花样,也不要紧,我们总能打胜它!"

接着,她又转向丈夫,笑着问:

"又得问住你:你说三个坚持,是坚持些什么?"

这回丈夫只说出了一个,那是"坚持抗战"。

儿子又添了一个,是"坚持团结"。

最后,还是丈夫的妻、儿子的娘、这位女班长告诉了他们这全的:"坚持抗战,坚持团结,坚持进步。"

当盆里的火要熄下去,而外面又飘起雪来的时候,儿子提议父、母、子三个人合唱了一个新学会的歌,便铺上炕睡觉了。

躺在妈妈怀里的小孩子,不知什么时候撒了一大泡尿,已经湿透妈妈的棉裤。

一九四〇年一月十九日于阜平鲜姜台

(原载 1940 年晋察冀通讯社编印《文艺通讯》,选自《白洋淀纪事》,1958 年 4 月中国青年出版社)

荷花淀

——白洋淀纪事之一

孙　犁

月亮升起来，院子里凉爽得很，干净得很，白天破好的苇眉子潮润润的，正好编席。女人坐在小院当中，手指上缠绞着柔滑修长的苇眉子。苇眉子又薄又细，在她怀里跳跃着。

要问白洋淀有多少苇地？不知道。每年出多少苇子？不知道。只晓得，每年芦花飘飞苇叶黄的时候，全淀的芦苇收割，垛起垛来，在白洋淀周围的广场上，就成了一条苇子的长城。女人们，在场里院里编着席。编成了多少席？六月里，淀水涨满，有无数的船只，运输银白雪亮的席子出口，不久，各地的城市村庄，就全有了花纹又密、又精致的席子用了，大家争着买：

"好席子，白洋淀席！"

这女人编着席。不久在她的身子下面，就编成了一大片。她像坐在一片洁白的雪地上，也像坐在一片洁白的云彩上。她有时望望淀里，淀里也是一片银白世界。水里笼起一层薄薄透明的雾，风吹过来，带着新鲜的荷叶荷花香。

但是大门还没关，丈夫还没回来。

很晚丈夫才回来了。这年青人不过二十五六岁，头戴一顶大草帽，上身穿一件洁白的小褂，黑单裤卷过了膝盖，光着脚。他叫水生，小苇庄的游击组长，党的负责人。今天领着游击组到区上开会去来。女人抬头笑着问：

"今天怎么回来的这么晚？"站起来要去端饭。水生坐在台阶上说：

"吃过饭了，你不要去拿。"

女人就又坐在席子上。她望着丈夫的脸，她看出他的脸有些红胀，说话也有些气喘。她问：

"他们几个哩？"

水生说：

"还在区上。爹哩？"

女人说：

"睡了。"

"小华哩？"

"和他爷爷去收了半天虾篓，早就睡了。他们几个为什么还不回来？"

水生笑了一下。女人看出他笑的不像平常。

"怎么了，你？"

水生小声说：

"明天我就到大部队上去了。"

女人的手指震动了一下，想是叫苇眉子划破了手，她把一个手指放在嘴里吮了一下。水生说：

"今天县委召集我们开会。假若敌人再在同口安上据点，那和端村就成了一条线，淀里的斗争形势就变了。会上决定成立一个地区队。我第一个举手报了名的。"

女人低着头说：

"你总是很积极的。"

水生说：

"我是村里的游击组长,是干部,自然要站在头里,他们几个也报了名。他们不敢回来,怕家里的人拖尾巴。公推我代表,回来跟家里人们说一说。他们全觉得你还开明一些。"

女人没有说话。过了一会,她才说：

"你走,我不拦你,家里怎么办?"

水生指着父亲的小房叫她小声一些。说：

"家里,自然有别人照顾。可是咱的庄子小,这一次参军的就有七个。庄上青年人少了,也不能全靠别人,家里的事,你就多做些,爹老了,小华还不顶事。"

女人鼻子里有些酸,但她并没有哭。只说：

"你明白家里的难处就好了。"

水生想安慰她。因为要考虑准备的事情还太多,他只说了两句：

"千斤的担子你先担吧,打走了鬼子,我回来谢你。"

说罢,他就到别人家里去了,他说回来再和父亲谈。

鸡叫的时候,水生才回来。女人还是呆呆的坐在院子里等他,她说：

"你有什么话嘱咐嘱咐我吧。"

"没有什么话了,我走了,你要不断进步,识字,生产。"

"嗯。"

"什么事也不要落在别人后面!"

"嗯,还有什么?"

"不要叫敌人汉奸捉活的。捉住了要和他拼命。"这才是那最重要的一句,女人流着眼泪答应了他。

第二天,女人给他打点好一个小小的包裹,里面包了一身新单衣,一条新毛巾,一双新鞋子。那几家也是这些东西,交水生带去。一家人送他出了门。父亲一手拉着小华,对他说：

"水生,你干的是光荣事情,我不拦你,你放心走吧。大人孩子我给你照顾,什么也不要惦记。"

全庄的男女老少,也送他出来,水生对大家笑一笑,上船走了。

女人们到底有些藕断丝连。过了两天,四个青年妇女集在水生家里来,大家商量：

"听说他们还在这里没走。我不拖尾巴,可是忘下了一件衣裳。"

"我有句要紧的话得和他说说。"

水生的女人说：

"听他说鬼子要在同口安据点……"

"哪里就碰得那么巧,我们快去快回来。"

"我本来不想去,可是俺婆婆非叫我再去看看他,有什么看头啊!"

于是这几个女人偷偷坐在一只小船上,划到对面马庄去了。亲戚说:你们来的不巧,昨天晚上他们还在这里,半夜里走了,谁也不知开到那里去,你们不用惦记他们,听说水生一来就当了副排长,大家都是欢天喜地的……

　　几个女人羞红着脸告辞出来,摇开靠在岸边上的小船。现在已经快到晌午了,万里无云,可是因为在水上,还有些凉风。这风从南面吹过来,从稻秧上苇尖上吹过来。水面没有一只船,水像无边的跳荡的水银。

　　几个女人有点失望,也有些伤心,各人在心里骂着自己的狠心贼。可是青年人,永远朝着愉快的事情想,女人们尤其容易忘记那些不痛快。不久,她们就又说笑起来了。

　　"你看说走就走了。"

　　"可慌(高兴的意思)哩,比什么也慌,比过新年,娶新——也没见他这么慌过!"

　　"拴马桩也不顶事了。"

　　"不行了,脱了缰了!"

　　"一到军队里,他一准得忘了家里的人。"

　　"那是真的,我们家里住过一些年轻的队伍,一天到晚仰着脖子出来唱,进去唱,我们一辈子也没那么乐过。等他们闲下来没有事了,我就傻想:该低下头了吧。你猜人家干什么?用白粉子在我家影壁上画上许多圆圈圈,一个一个蹲在院子里,托着枪瞄那个,又唱起来了!"

　　她们轻轻划着船,船两边的水哗,哗,哗。顺手从水里捞上一棵菱角来,菱角还很嫩很小,乳白色。顺手又丢到水里去。那棵菱角就又安安稳稳浮在水面上生长去了。

　　"现在你知道他们到了哪里?"

　　"管他哩,也许跑到天边上去了!"

　　她们都抬起头往远处看了看。

　　"唉呀!那边过来一只船。"

　　"唉呀!日本,你看那衣裳!"

　　"快摇!"

　　小船拼命往前摇。她们心里也许有些后悔,不该这么冒冒失失走来;也许有些怨恨那些走远了的人。但是立刻就想,什么也别想了,快摇,大船紧紧追过来了。

　　大船追的很紧。

　　幸亏这些青年妇女,白洋淀长大的,她们摇的船飞快。小船活像离开了水皮的一条打跳的梭鱼。她们从小跟这小船打交道,驶起来,就像织布穿梭,缝衣透针一般快。

　　假如敌人追上了,就跳到水里去死吧!

　　后面大船来的飞快。那明明白白是鬼子!这几个青年妇女咬紧牙制止住心跳,摇橹的手并没有慌,水在两旁大声的哗哗,哗哗,哗哗哗!

　　"往荷花淀里摇!那里水浅,大船过不去。"

　　她们奔着那不知道有几亩大小的荷花淀去,那一望无边际的密密层层的大荷叶,迎着阳光舒展开,就像铜墙铁壁一样。粉色荷花箭高高的挺出来,是监视白洋淀的哨兵吧!

　　她们向荷花淀里摇,最后,努力的一摇,小船窜进了荷花淀。几只野鸭扑楞楞飞起,尖声惊叫,掠着水面飞走了。就在她们的耳边响起一排枪!

整个荷花淀全震荡起来。她们想,陷在敌人的埋伏里了,一准要死了,一齐翻身跳到水里去。渐渐听清楚枪声只是向着外面,她们才又扒着船梆露出头来。她们看见不远的地方,那宽厚肥大的荷叶下面,有一个人的脸,下半截身子长在水里。荷花变成人了。那不是我们的水生吗?又往左右看去,不久各人就找到了各人丈夫的脸,啊,原来是他们!

但是那些隐蔽在大荷叶下面的战士们,正在聚精会神瞄着敌人射击,半眼也没有看她们。枪声清脆,三五排枪过后,他们投出了手榴弹,冲出了荷花淀。

手榴弹把敌人那只大船击沉,一切都沉下去了。水面上只剩下一团烟硝火药气味。战士们就在那里大声欢笑着,打捞战利品。他们又开始了沉到水底捞出大鱼来的拿手戏。他们争着捞出敌人的枪枝、子弹带,然后是一袋子一袋子叫水浸透了的面粉和大米。水生拍打着水去追赶一个在水波上滚动的东西,是一包用精致纸盒装着的饼干。

妇女们带着浑身水,又坐到她们的小船上去了。

水生追回那个纸盒,一只手高高举起,一只手用力拍打着水,好使自己不沉下去。对着荷花淀吆喝:

"出来吧,你们!"

好像带着很大的气。

她们只好摇着船出来。忽然从她们的船底下冒出一个人来,只有水生的女人认的那是区小队的队长。这个人抹一把脸上的水问她们:

"你们干什么去来呀?"

水生的女人说:

"又给他们送了一些衣裳来!"

小队长回头对水生说:

"都是你村的?"

"不是她们是谁,一群落后分子!"说完把纸盒顺手丢在女人们船上,一洇,又沉到水底下去了,到了很远的地方才钻出来。

小队长开了个玩笑,他说:

"你们也没有白来,不是你们,我们的伏击不会这么彻底。可是,任务已经完成,该回去晒晒衣裳了。情况还紧的很!"

战士们已经把打捞出来的战利品,全装在他们的小船上,准备转移,一人摘了一片大荷叶顶在头上,抵挡正午的太阳。几个青年妇女把掉在水里又捞出来的小包裹,丢给了他们。战士们的三只小船就奔着东南方向,箭一样飞去了。不久就消失在中午水面上的烟波里。

几个青年妇女划着她们的小船赶紧回家,一个个像落水鸡似的,一路走着,因过于激动和兴奋,她们又说笑起来,坐在船头脸朝后的一个撅着嘴说:

"你看他们那个横样子,见了我们爱搭不理的!"

"啊,好像我们给他们丢了什么人似的。"

她们自己也笑了,今天的事情不算光彩,可是:

"我们没有枪,有枪就不往荷花淀里跑,在大淀里就和鬼子干起来!"

"我今天也算看见打仗了。打仗有什么出奇,只要你不着慌,谁还不会趴在那里放枪呀!"

"打沉了,我也会浮水捞东西,我管保比他们水式好,再深点我也不怕!"

"水生嫂,回去我们也成立队伍,不然以后还能出门吗!"

"刚当上兵就小看我们,过二年,更把我们看得一钱不值了,谁比谁落后多少呢!"

这一年秋季,她们学会了射击。冬天,打冰夹鱼的时候,她们一个个登在流星一样的冰船上,来回警戒。敌人围剿那百顷大苇塘的时候,她们配合子弟兵作战,出入在那芦苇的海里。

(原载1945年5月15日《解放日报》第4版)

果园城

师 陀

果园城,一个假想的西亚细亚式的名字,一切这种中国小城的代表,现在且让我讲一讲关于它的事罢。我是刚刚从车站上来,在我的脑子里还清楚的留着那个容易生气的,总是喋喋不休的老人的面貌。

"你到那里去,先生?"当火车长长的叫起来的时候,他这样问我。

我是到那里去的?他这一问,唤醒了我童年的记忆,从旅途的疲倦中,从乘客的吵闹中,从我的烦闷中唤醒了我。我无目的的向窗外望了一眼。这正是阳光照耀着的下午,越过无际的苍黄色平野,远处宛如水彩画的墨影,应着车声在慢慢移动。

"到果园城。"我答应着,于是就走下车站来了。

现在你已经明白,在半小时之前我还没有想到我有这一次拜访,我只是从这里经过,只是借了偶然的机缘,带着对于童年的留恋之情来的。我有数日的空闲时间,使我决定在这里小作勾留,变更了事前准备好直达西安的计划。

果园城,听起来是个怎样动人哀愁的地方呵!在这里住着我的一家亲戚。可怜的孟林太太,她永远穿着没有镶滚的深颜色的衣服,喜欢低声说话,用仅仅能够听见的声音。

"放低些,"她做一个手势。她倾听着,仿佛外面正有人打门或者进行着可怕的事变,断断续续的说:"只要能让别人听懂就行了,别哇哇啦啦的……"

于是她絮絮的解说孟林先生的死。

关于孟林先生的为人我不十分清楚;我只知道他是严厉的人,曾在这里做过小官,后来买了点财产就永久住下来了。他待她并不好,因为她从来没有生过儿子,只有一个女儿。可是我永远没有听见她说过她丈夫的坏话,她敬重他,她只说他的脾气并不和善。现在你更进一层知道,这位太太是在威焰之下战战兢兢过生活的,她因此厌恶任何暴力。当我小的时候,我父亲每年带我来看他们一次;后来我入了学校,我父亲老了,我仍旧奉命独自来看他们。他们家里没有男子,我到了之后,又奉着孟林太太的命令,去看和他们有来往的本城的人家。到他们家里来在我是一种快乐,我从未觉得我是客人,恰恰相反,我是在自己家里的一般。

然而我多少年没有来过了呀!自从父亲死后,已经三年,五年,七年——唉,整整的七年!并不是我们的感情有了变化,并不是我们中间已经疏远,完全不是,乃因为我没有这种方便,生活不给我机会。

我在河岸上走着,从车站上下来的时候我没有雇牲口,我要用腿踩一踩这里的土地,我怀想着的,先前我曾经走过无数次的土地。我慢慢的爬上河岸:在长着柳树以及下面生着鸭跖草蒺藜和蒿蓟的河岸上,我遇见一个脚夫。我闪开路让他过去;他向我瞟了一眼,看出我没有招顾他的意思,赶了驴子匆匆的跑过去了。他是到车站上去接生意的,他恐怕误事,在追赶他已经错过了的时间。你怎样看这种畜牲?它们永远很瘦,活着不值三十块钱,死了不过两块。但是一匹驴子顶重要的是一双长耳朵,否则它们决不如现在的这样可爱,人们对于它们决不会这样欢喜。

现在他们正到车站上去,在车站上,偶然会下来一个在外面作客的果园城人,或一个官员的亲戚——他是来找差事的,再不然,单单为了几个盘缠,让果园城人看一看他的好神气。

我缓缓向前,这里的一切全对我怀着情意。久违了呵!曾经走过无数人的这河岸上的泥土,曾经被一代又一代人的脚踩过,在我的脚下叹息似的沙沙的发出响声,一草一木全现出笑容向我点头。你也许要说,所有的泥土都走过一代又一代的人;而这里的黄中微微闪着金星的对于我却大不相同,这里的每一粒沙都留着我的童年,我的青春,我的生命。就在这岸上,我曾无数次背了晚风坐着,面向将堕的红红的落日。你曾看见夕阳照着静寂的河上的景象吗?你曾看见夕阳照着古城树林的景象吗?你曾看见被照得嫣红的帆在慢慢移动着的景象吗?那些以船为家的人,他们沿河顺流而下,一天,一月……他们直航入大海。春天过去了,夏天过去了,秋天也过去了,他们从海上带来像龙女一样动人的消息。

唉唉,我已经看见那座塔了。我熟知关于它的各种传说。假如你问这城里的任何居民,他将告诉你它的来历:它是在一天夜里,从一个仙人的袍袖里遗落下来的,当很久很久,没有一个老人的祖父能记忆的时候以前。你也许会根据科学反对这意见,自以为很容易的就驳倒了,可是他们——那些人类中最善良的果园城人——却永远不相信科学;他们有丰富的掌故知识,用完全像亲自看见的言辞证明这传说确实可靠,你即使问遍全城也得不到第二种回答。

"这是真的,先生。"他们会说。

这是真的呢,它看见在城外进行过的无数次只有使人民更加困苦的战争,许多年青人就在它的脚下死去;它看见过一代又一代的故人的灵柩从大路上走过,他们带着关于它的种种神奇传说,平安的到土里去了;它看见多少晨夕的城内和城外的风光,多少人间的盛衰,没有人数得出的白云从它头上飞过?可是它仍能置身世外的矗立城巅,丝毫没有受到损害。如果是凡人的手造起来的,这是能够相信的吗?这里我特别记起那城坡上的青草,短短的青草,密密的一点也看不出泥土的青草,整个城坡全在青色中,当细雨过后,上面缀满了闪闪的珠子。这时便能看见白羔跳踉,一面往城上攀登。

忽然我懊悔我没有雇那脚夫的驴子。长耳朵先生会一路上超然的摇着尾巴,把我载进城去,穿过咚咚响的门洞,经过满是尘土的大街。我熟悉这城里的每一口井,每一条衢巷,每一棵树木。它的任何一条街没有两里半长,在任何一条街岸上你总能看见狗正卧着打鼾,它们是决不会叫唤的,即使用脚去踢也不;你总能看见猪横过大路,即使在衙门前面也决不会例外,它们低了头,哼哼唧唧的吟哦着,悠然摇动尾巴。在每一家人家门口——此外你还看见——坐着女人,头发用刨花抿得光光亮亮,梳成圆髻。她们正亲密的同自己的邻人谈话,一个夏天又一个夏天,一年接着一年,永没有谈完过,她们因此不得不从下午谈到黄昏。随后她们的弄得手上身上脸上全是尘土的孩子催促了,一遍又一遍的嚷了。

"妈,妈,饿了啊!"

这只消看她们脸上热烈的表情,并且不时用同意的眼光瞟一下她们的朋友,就知道那饥饿的催促并不会在她们心里生根。她们要一直继续下去,直到她们的还没有丢开耕作的丈夫赶了牲口,驶着拖车,从城外的田野里回来。

假使你不熟悉这地方情形,仅仅是因为旅行的方便或必要从这里经过的客人,你定然会伫足而观,为这景象叹息不止。

"幸福的人们!和平的城!"

这里只有一家邮局。然而一家也就足足够了,谁看见过它那里曾同时走进去两个人,谁看见过那总是卧在大门里面的黄狗,曾因为被脚踩了而跳起来的呢?它是开设在一座老屋里面,那偏僻的老屋,若不是本城的居民,而又没有别人领导,决不会一下子就找到它。它应该开在通衢上吗?它从来没有想到要这样办的理由。

倘若你的信上没有贴邮票,口袋里又忘记了带钱,那不要紧,你尽可大胆走进去,立刻就有一个老人站起来。这是邮差先生,同时又兼理着邮务员的职务。可是他决不会因此忙得透不过气来,他仍旧有足够的时间在公案上裁花,帽子上的,鞋上的,钱袋上的,枕套上的,女人刺绣时用的花样。他把抽空裁成的花样按时交给收货人,每年得到一笔例外的收入。这时他放下刀剪,从公案旁边站起来了,和善的在柜台后面向你望着。

"有邮票吗?"你不等他招呼就抱歉的抢着问。

"有,有;不多罢?"他笑着回答你,不住的点头。

"忘记带钱了,行吗?"

"行,行,先生,"他又点头。"信带来了罢?我替你贴上。"

他从抽屉里摸出邮票,当真用吐沫湿了给你贴上。他认识这城里的每一个人,并非因为他是邮差,而是他在这里生活了数十年的结果。他也许不知道你的名字,甚至你的家,但是他相信你决不会不把钱送来。

此外这里还有一家中学,两家小学。一个诗社,三个善堂,两个也许四个豆腐作坊,一家漕坊;它没有电灯,没有工厂,没有一家像样的店铺,所有的生意都被隔着河的坐落在十里外的车站吸收去了。因此它永远繁荣不起来,不管世界怎样变动,它总是像那城头上的塔样保持着自己的平静,猪仍旧可以蹒跚途上,女人仍可以坐在门前谈天,孩子仍可以在大路上玩土,狗仍可以在街岸上打鼾。

一到了晚上,全城都黑下来,所有的门都关上:工咚,工咚……纵然有一两家迟了些,也只是黑洞洞的什么全看不见。于是天主教堂的钟声响起来了。让我们听起来,它是安息的钟声;可是和谁都没有关系,它在风声中响也好,在雨声中响也好,它响它自己的。原来这一天的时光这就完了。

"天晚了？"

"晚了。"

在黑暗的街上两个相遇的人招呼。只有十字路口还亮着火光，慢慢的也一盏一盏的减少下去，一盏一盏的吹熄了。虽然晚归者总是借了星光在路上摸索，只能听见自己的脚声，却是谁也没有感到不便。

然而正和这城的命名一样，这城里最多的还是果园。只有一件事我们不明白，就是它的居民为什么特别喜欢那种小苹果，他们称为沙果或花红的果树。立到高处一望，但见属于亚乔木的果树从长了青草的城脚起一直伸展过去，直到接近市屋。在中国的任何城市中，只看见水果一担一担从乡间来，这里的却是它自己的出产。假使你恰恰在秋天来到这座城里，你很远很远就闻到那种香气，葡萄酒的香气。累累的果实映了肥厚的绿油油的叶子，耀眼的像无数小小的粉脸，向阳的一部分看起来比搽了胭脂还要娇艳。

你有空闲时间吗？不一定要像这里的可敬的居民一样悠闲，也无须那种雅趣，你可以随便择定一个秋光晴和的下午，然后缓缓的散步去拜访那年老的园丁。你不要为了馋涎摘取他的果子，万勿这样干，即使是当了他的面，对于道德毫无损害也不要。他会生气。并不是他太小器，也不是他要将最好的留给自己，仅仅为了爱护自己工作的收获，他将使你大大难堪。他会坐在果树底下告诉你那塔的故事，还有已经死去的人的故事。

"一个古怪的老人"，他开始这样对你讲了。接着他说老人有三个美丽的女儿——永远是三个女儿。你也许已经怀疑到它的真实，但这有什么关系呢，在他——这园丁不是完全一样的吗？并且当你听到这第三个女儿的悲惨结局，你的怀疑慢慢会变成惆怅。在园丁的朴实言语中，传说中的古怪老人和他的女儿从新复活过来，又得到生息，他们活活的在你前面，正像他们昨天还在这个城里。

然而即使在这讲故事中间他也没有忘记自己的职守。他已经发见——其实应该说他已经听见一个牧童溜下青青的城坡，蹑脚蹑手的进了园子。

果园正像云和湖一样展开，装饰了这座古老的小城。当收获季节来了，这里便充满工作时的栖率声，小枝在不慎中的折断声，而在这一片响声中又时时可以听见忙碌的呼唤和笑语。人们将最大最好的，这种酸酸的，甜甜的，像葡萄酒一样香，像粉脸一样美丽的果实放在篮里，再装进筐，于是一船一船运往几座大城，送上消化永远不良的人们的食桌。

自顾絮絮的唠叨，我反倒忘记早已走过葛天民先生管理的林场了。那些无花果和印度槭叶树曾经修剪过几次？那些小梧桐树，还有合欢树已经被绅士们移植并且长出新的来了吗？我不记得，我不记得……我只记得当七年前我离开这里的时候，葛天民先生穿了雪白的小衫，正蹲在一小丛玫瑰树旁边监督工人们掘土。这个没有嗜好过着一种闲适生活的为人淡泊而又与世无争的人，他大概是向自己请过假了。我不记得林场上有他的影子。

现在我走进这个过着简单而有规律的生活的城的深深的城门洞了，即使我把脚步尽可能放轻，它仍旧发出咚咚的响声。并没有人注意我。其实，我应该说，除开不远的人家门前坐了两个妇人，一面低头做针工，一面在谈着话的，另外我并没有看见别的谁，连一条走着的狗也没有看见。

真是久违了啊!

街上的尘土仍旧很深,我要穿过大街看看这里有过怎样的变化吗?我希望因此能遇见一两个熟人吗?你自然能想到我取的是经过果园这一条路。我熟知这城里的每一条路每一条小径的走法。从城门弯过去,沿着城墙,——路上横着从城头上滚下来的残砖,可是并不妨碍行人的脚步走过,用这里人的说法,那不过几步路——于是果园就豁然在前面现出来了。从果园里穿过去,一直到孟林太太家的后门,没有一条路比这里更使人喜欢走了。那些被果实压得低垂下来的树枝轻轻抚摩着你的鬓颊,有时候拍打肩背,仿佛是老友的亲昵的手掌。

唉,装饰着这个小城的果园!我来的已经晚了,蜂子似的嗡嗡着的收获期已经过去。抬头一望,只见高高的天空,在薄暗静寂的空气中,缝隙中偶然间现出红红的第一片腊叶。除了我之外,深深的林子里没有第二个人,除了我的脚步,听不出第二种声音。

"放轻一点,别惊破这里的寂静!"

仿佛是谁的声音,一种熟识的久违了的声音在我的身边响着。我真想独自睡一觉,一直睡到黄昏,睡到一睁眼从红了第一片的叶缝中看见晚霞,从远处送来两个果园城人相遇时的招呼和道别声。

"晚了?"

"晚了。"

初时我怅然听着,随后我站起来,像一个远游的客人,一个荡子,没有人知道的来了一次,又在没有人知道中走掉,身上带着果园城的泥土,悄悄走回车站。

"箱子也都放好了吗?"

"请回去罢。"

车站上道别的声音又起来了。

我懊悔我没有这样办。我懊悔我没有在果园里睡一觉,身上带着果园的泥土,悄悄离开这个有过"一个古怪的老人和三个美丽的女儿"的,和平的然而凄凉的城了;我已经站在孟林太太的庭院里,考虑着应不应该惊动她喜欢的清静。

我忘记告诉你她是一个怎样清洁的好太太了,所有的寡妇几乎全喜欢清静,一种尼姑的奇癖。她的庭院里永远看不见一根干草,一堆鸡粪,没有铺过砖的地面总是扫得像水洗过一样。

现在我立着的仍旧是像水洗过一样的庭院,左首搭了一个丝瓜棚架,但是夏天的茂盛业已过去,剩下的惟有透着秋天气息的衰老了;在右首,客堂的窗下是一个花畦,花草只有并不珍奇的了了几种:锦球,蜀葵,石竹和凤仙。关于后面一种,这地方有一个更可贵的名字,人们把她叫作"桃红"。凡有桃红的人家都有少女,你听说过这谚语吗?这是我们前代的人们还不知道有一种出自海外的化学颜料,那些少女们是用了这比绢还美丽鲜艳的花瓣染指甲的,并且直到现在,偏僻地方的少女仍旧自家种了来将她们可爱的小指甲染成殷红。

在这一瞬间我想起一个少女,一个像春天一样温柔,长长的像一根杨枝,而端庄又像她的母亲的女子,她会裁各样衣服,她绣一手出色的花,她看见了人或说话的时候总是笑着,却从来不发出声音。这就是比我年长三岁的素姑小姐,孟林太太的唯一女儿,现在是二十九岁了,难道她还没有出嫁吗?

当这时,不管出嫁或不曾出嫁,一阵哀伤的空虚已经在等待我了。大槐树顶上停着一匹喜鹊。这幸灾乐祸的鸟徒增寂寥的叫了两声,接着又用喙去梳理羽毛。偶尔有一片黄叶飘摇着飘摇着从空中落下来,此外再也听不见声息。

我踌躇的站了片刻,在这使人感到空荡荡的庭院里,始终没有人走出来。忽然我听见堂屋的左首发出一声咳嗽;这是孟林太太的咳嗽。我要叫喊吗?我有些气促,决不定应否打破这保持了五年,十年,甚至已经二十年的岑寂。

为通知主人有人来搅扰他们,我特意放响脚步走上台级。房子里仍旧像七年前我离开时一般清洁,几乎可以说完全没有变动。所有的东西,——连那些大约已经见过五回油漆的老家具在内,全揩擦得照出人影,光光亮亮看不出一点灰尘。长几上供着的孟林先生的遗像,是从我第一次看见起就没有移动过的;旁边摆两只花瓶,从花饰以及色彩上可以看出是明窑出品,里面插着月季花,大概在三个月以前就干枯了。

在使人感到沉重的,满布了阴影的空气,在静的连最不容易在这里生存的苍蝇的飞动都可以清楚听出的静寂中,我预备在上首雕镂的老旧的太师椅上坐下。恰在这时,空中起了一种细微到几乎听不见的震动,接着从里面小门里探出一个女人的头来,是我们在这种地方常常看到的,穿着褪了色的蓝布衫,那种约有四十岁光景,为了什么而生气似的,像一个女巫,或者更像一个女校长听差的女仆。(原来曾经在孟林太太家住了十年的一个,后来我听说她两年前死了。)她惊讶的望着我,然后低低的,发怒的问道:

"你有什么事?"

我说明了我的来历,女仆像影子似的退进去了。我听见里面咭咕着,约摸有五分钟,随后是开关奁橱的响声,整理衣服声,轻轻的脚步声和孟林太太的咳嗽声。女仆第二次走出来,向我招招手。

"请里面坐,"她说着便迳自走出去。声音是神秘的,单调而且枯燥。

我走进去的时候,孟林太太正坐在雕花的几乎占去半间房子的红木床上,靠了上面摆着奁橱的装台,结着斑白的小发髻的头同下陷的嘴唇轻轻的不住弹动。她并没有瘦的绉摺起来,反而更加肥胖起来了。可是一眼就能看出,她失去一样东西,一种生活着的人所必不可缺少的精神。她的锐利的目光到那里去了?她的我最后一次看见她时还保持着的端肃,严正,灵敏又到那里去了?可敬的孟林太太,你是怎样变了啊?

她打手势让我坐在窗下的长桌旁边。我刚才进来时她大概还在午睡,也许因为过于激动,一时间失措的瞠然向我望着。最后她挣扎一下,马上又萎顿的坐了下去。

"几年了?"她困难的喘了一口气说。

我诧异她的声音是这样大;那么她的耳朵原是很好的,现在毫无疑问已经聋了。

"七年了啊!"我尽量提高声音回答她。

她仍旧茫然的频频瞅着我,似乎不曾听懂。就在这时素姑小姐从外面走进来,她长长的仍旧像一根杨枝,仍旧走着习惯的细步,但她的全身是呆板的,再也看不出先前的韵致;她的头发已经没有先前茂密,也没有先前黑;她的鹅卵形的没有修饰的脸蛋更加长了,更加瘦了;她的眼梢已经显出浅浅的绉纹;她的眼睛再也闪不出神密的动人的光。假使人真可以比作花,那她便是插在明窑花瓶里的月季,已经枯干,已经憔悴,现在纵然修饰,她还遮掩得住她的二十九岁吗?

我的惊讶是不消说的。可爱的素姑小姐,你也怎样变了啊!

她惨淡的向我笑了笑,轻轻点一下头,随后默然在孟林太太旁边坐下。我们于是又沉默了。我们不自然的坐着,在往日为我们留下的惆怅中,我们思想着我们在过去数年中断绝了的联系。放在妆台上的老座钟,——原是像一个老人样咯咯咯咯响的——不知几时停了。阳光从窗缝中透进来,在薄暗的空中照出一条淡黄的线。孟林太太家原来并不这样冷清,我很快的想起我们曾怎样亲自动手做点心,素姑怎样送我精工刺绣的钱袋,我们怎样提了竹篮到果园去买花红——唉,七年! 在我们不知中时间并不曾饶恕我们,似乎凡是好的事情全过去了。

"你老了呢,"孟林太太为难的说,接着好像想改正自己。

我用眼睛去找素姑,她不知几时——并且不知为了什么她已经躺在孟林太太的背后,隔着妆台,我看见她的苍白而又憔悴的脸,她的在暗中显得乌黑的眼正灼灼的望着我。我觉得眼泪已经拥塞了我的咽喉,要涌出眼眶来了,我要说不出一个字了。

"我们都要老的。"我勉强敷衍着说。

那为了什么而生气似的,像一个女巫,或者更像女校长的听差的女仆,已经送上茶来。仍旧是先前的样子,每人一只盖碗。

(选自《果园城记》,1946 年 5 月上海出版公司初版)

诗歌
SHI GE

小 河

周作人

　　有人问我这诗是什么体,连自己也回答不出。法国波特来尔(Baudelaire)提倡起来的散文诗,略略相像,不过他是用散文格式,现在却一行一行的分写了。内容大致仿那欧洲的俗歌;俗歌本来最要叶韵,现在却无韵。或者算不得诗,也未可知;但这是没有什么关系。

一条小河,稳稳的向前流动。
经过的地方,两面全是乌黑的土,
生满了红的花,碧绿的叶,黄的实。

一个农夫背了锄来,在小河中间筑起一道堰,
下流干了;上流的水,被堰拦着,下来不得:
不得前进,又不能退回,水只在堰前乱转。
水要保他的生命,总须流动,便只在堰前乱转。
堰下的土,逐渐淘去,成了深潭。
水也不怨这堰——便只是想流动,
想同从前一般,稳稳的向前流动。

一日农夫又来,土堰外筑起一道石堰。
土堰坍了;水冲着坚固的石堰,还只是乱转。

堰外田里的稻,听着水声,皱眉说道,——
　"我是一株稻,是一株可怜的小草,
　我喜欢水来润泽我,
　却怕他在我身上流过。
　小河的水是我的好朋友,
　他曾经稳稳的流过我面前,
　我对他点头,他向我微笑,
　我愿他能够放出了石堰,
　仍然稳稳的流着,
　向我们微笑;
　曲曲折折的尽量向前流着,

经过的两面地方,都变成一片锦绣。
他本是我的好朋友,——
只怕他如今不认识我了;
他在地底里呻吟,
听去虽然微细,却又如何可怕!
这不像我朋友平日的声音,
——被轻风搀着走上沙滩来时,
快活的声音。
我只怕他这回出来的时候,
不认识从前的朋友了,
便在我身上大踏步过去:
我所以正在这里忧虑。"

田边的桑树,也摇头说,——
"我生的高,能望见那小河,——
他是我的好朋友,
他送清水给我喝,
使我能生肥绿的叶,紫红的桑葚。——
他从前清澈的颜色,
现在变了青黑;
又是终年挣扎,脸上添出许多痉挛的皱纹。
他只向下钻,早没工夫对了我的点头微笑,
堰下的潭,深过了我的根了。
我生在小河旁边,
夏天晒不枯我的枝条,
冬天冻不坏我的根,
如今只怕我的好朋友,
将我带倒在沙滩上,
拌着他卷来的水草。
我可怜我的好朋友,
但实在也为我自己着急。"

田里的草和虾蟆,听了两个的话,
也都叹气,各有他们自己的心事,

水只在堰前乱转;

坚固的石堰,还是一毫不摇动。
筑堰的人,不知到那里去了?

八年一月二十四日

(原载1919年2月15日《新青年》第6卷第2号)

一颗遭劫的星　　　　　　　　　　　　　胡　适

　　《国民公报》响应新思潮最早,遭忌也最深。今年十一月被封,主笔孙几伊君被捕。十二月四日判决,孙君定监禁十四个月的罪。我为这事做这诗。

热极了!
更没有一点风!
那又轻又细的马缨花须,
动也不动一动!

好容易一颗大星出来,
我们知道夜凉将到了:——
仍旧是热,仍旧没有风,
只是我们心里不烦躁了。

忽然一大块黑云,
把那颗清凉光明的星围住;
那块云越积越大,

那颗星再也冲不出去!

乌云越积越大,
遮尽了一天的明霞;
一阵风来,
拳头大的雨点淋漓打下!

大雨过后,
满天的星都放光了。
那颗大星欢迎着他们,
大家齐说,"世界更清凉了!"

八年十二月十七日

(选自《尝试集》,1920年3月亚东图书馆初版)

地球,我的母亲!　　　　　　　　　　　　郭沫若

地球,我的母亲!
天已黎明了,
你把你怀中的儿来摇醒,

我现在正在你背上匍行。

地球,我的母亲!

你背负着我在这乐园中逍遥。
你还在那海洋里面,
奏出些音乐来,安慰我的灵魂。

地球,我的母亲!
我过去,现在,未来,
食的是你,衣的是你,住的是你,
我要怎么样才能够报答你的深恩?

地球,我的母亲!
从今后我不愿常在家中居住,
我要常在这开旷的空气里面,
对于你,表示我的孝心。

地球,我的母亲!
我羡慕你的孝子,田地里的农人,
他们是全人类的保母,
你是时常地爱抚他们。

地球,我的母亲!
我羡慕你的宠子,炭坑里的工人,
他们是全人类的普罗美修士,
你是时常地怀抱着他们。

地球,我的母亲!
我羡慕那一切的草木,我的同胞,你的儿孙,
他们自由地,自主地,随分地,健康地,
享受着他们的赋生。

地球,我的母亲!
我羡慕那一切的动物,尤其是蚯蚓——
我只不羡慕那空中的飞鸟:
他们离了你要在空中飞行。

地球,我的母亲!
我不愿在空中飞行,

我也不愿坐车,乘马,著袜,穿鞋,
我只愿赤裸着我的双脚,永远和你相亲。

地球,我的母亲!
你是我实有性的证人,
我不相信你只是个梦幻泡影,
我不相信我只是个妄执无明。

地球,我的母亲!
我们都是空桑中生出的伊尹,
我不相信那缥缈的天上,
还有位什么父亲。

地球,我的母亲!
我想这宇宙中的一切都是你的化身:
雷霆是你呼吸的声威,
雪雨是你血液的飞腾。

地球,我的母亲!
我想那缥缈的天球,是你化妆的明镜,
那昼间的太阳,夜间的太阴,
只不过是那明镜中的你自己的虚影。

地球,我的母亲!
我想那天空中一切的星球
只不过是我们生物的眼球的虚影;
我只相信你是实有性的证明。

地球,我的母亲!
已往的我,只是个知识未开的婴孩,
我只知道贪受着你的深恩,
我不知道你的深恩,不知道报答你的深恩。

地球,我的母亲!
从今后我知道你的深恩,
我饮一杯水,纵是天降的甘霖,

我知道那是你的乳,我的生命羹。

地球,我的母亲!
我听着一切的声音言笑,
我知道那是你的歌,
特为安慰我的灵魂。

地球,我的母亲!
我眼前一切的浮游生动,
我知道那是你的舞,
特为安慰我的灵魂。

地球,我的母亲!
我感觉着一切的芬芳彩色,
我知道那是你给我的玩品,
特为安慰我的灵魂。

地球,我的母亲!

我的灵魂便是你的灵魂,
我要强健我的灵魂,
用来报答你的深恩。

地球,我的母亲!
从今后我要报答你的深恩,
我知道你爱我还要劳我,
我要学着你劳动,永久不停!

地球,我的母亲!
从今后我要报答你的深恩,
我要把自己的血液来
养我自己,养我兄弟姐妹们。

地球,我的母亲!
那天上的太阳——你镜中的影,
正在天空中大放光明,
从今后我也要把我内在的光明来照照四表纵横。

(原载 1920 年 1 月 6 日《时事新报·学灯》)

凤凰涅槃

郭沫若

　　天方国古有神鸟名"菲尼克司"(Phoenix),满五百岁后,集香木自焚,复从死灰中更生,鲜美异常,不再死。

　　按此鸟殆即中国所谓凤凰:雄为凤,雌为凰。《孔演图》云:"凤凰火精,生丹穴。"《广雅》云:"凤凰……雄鸣曰即即,雌鸣曰足足。"

序　曲

除夕将近的空中,
飞来飞去的一对凤凰,
唱着哀哀的歌声飞去,
衔着枝枝的香木飞来,

飞来在丹穴山上。

山右有枯槁了的梧桐,
山左有消歇了的醴泉,
山前有浩茫茫的大海,
山后有阴莽莽的平原,

山上是寒风凛冽的冰天。

天色昏黄了,
香木集高了,
凤已飞倦了,
凰已飞倦了,
他们的死期将近了。

凤啄香木,
一星星的火点迸飞。
凰扇火星,
一缕缕的香烟上腾。

凤又啄,
凰又扇,
山上的香烟弥散,
山上的火光弥满。

夜色已深了,
香木已燃了,
凤已啄倦了,
凰已扇倦了,
他们的死期已近了!

啊啊!
哀哀的凤凰!
凤起舞,低昂!
凰唱歌,悲壮!
凤又舞,
凰又唱,
一群的凡鸟,
自天外飞来观葬。

凤 歌

即即!即即!即即!
即即!即即!即即!

茫茫的宇宙,冷酷如铁!
茫茫的宇宙,黑暗如漆!
茫茫的宇宙,腥秽如血!

宇宙呀,宇宙,
你为什么存在?
你自从哪儿来?
你坐在哪儿在?
你是个有限大的空球?
你是个无限大的整块?
你若是有限大的空球,
那拥抱着你的空间
他从哪儿来?
你的外边还有些什么存在?
你若是无限大的整块,
这被你拥抱着的空间
他从哪儿来?
你的当中为什么又有生命存在?
你到底还是个有生命的交流?
你到底还是个无生命的机械?

昂头我问天,
天徒矜高,莫有点儿知识。
低头我问地,
地已死了,莫有点儿呼吸。
伸头我问海,
海正扬声而呜唈。

啊啊!
生在这样个阴秽的世界当中,
便是把金钢石的宝刀也会生锈!
宇宙呀,宇宙,
我要努力地把你诅咒:
你脓血污秽着的屠场呀!
你悲哀充塞着的囚牢呀!
你群鬼叫号着的坟墓呀!

你群魔跳梁着的地狱呀!
你到底为什么存在?

我们飞向西方,
西方同是一座屠场。
我们飞向东方,
东方同是一座囚牢。
我们飞向南方,
南方同是一座坟墓。
我们飞向北方,
北方同是一座地狱。
我们生在这样个世界当中,
只好学着海洋哀哭。

凰　歌

足足!足足!足足!
足足!足足!足足!
五百年来的眼泪倾泻如瀑。
五百年来的眼泪淋漓如烛。
流不尽的眼泪,
洗不净的污浊,
浇不熄的情炎,
荡不去的羞辱,
我们这缥缈的浮生
到底要向哪儿安宿?

啊啊!
我们这缥缈的浮生
好像那大海里的孤舟。
左也是溟漫,
右也是溟漫,
前不见灯台,
后不见海岸,
帆已破,
樯已断,
楫已飘流,

柁已腐烂,
倦了的舟子只是在舟中呻唤,
怒了的海涛还是在海中泛滥。

啊啊!
我们这缥缈的浮生
好像这黑夜里的酣梦。
前也是睡眠,
后也是睡眠,
来得如飘风,
去得如轻烟,
来如风,
去如烟,
眠在后,
睡在前,
我们只是这睡眠当中的
一刹那的风烟。

啊啊!
有什么意思?
有什么意思?
痴!痴!痴!
只剩些悲哀,烦恼,寂寥,衰败,
环绕着我们活动着的死尸,
贯串着我们活动着的死尸。

啊啊!
我们年青时候的新鲜哪儿去了?
我们年青时候的甘美哪儿去了?
我们年青时候的光华哪儿去了?
我们年青时候的欢爱哪儿去了?
去了!去了!去了!
一切都已去了,
一切都要去了。
我们也要去了,
你们也要去了,

悲哀呀！烦恼呀！寂寥呀！衰败呀！

凤凰同歌

啊啊！
火光熊熊了。
香气蓬蓬了。
时期已到了。
死期已到了。
身外的一切！
身内的一切！
一切的一切！
请了！请了！

群鸟歌

岩鹰

哈哈，凤凰！凤凰！
你们枉为这禽中的灵长！
你们死了吗？你们死了吗？
从今后该我为空界的霸王！

孔雀

哈哈，凤凰！凤凰！
你们枉为这禽中的灵长！
你们死了吗？你们死了吗？
从今后请看我花翎上的威光！

鸱枭

哈哈，凤凰！凤凰！
你们枉为这禽中的灵长！
你们死了吗？你们死了吗？
哦！是哪儿来的鼠肉的馨香？

家鸽

哈哈，凤凰！凤凰！
你们枉为这禽中的灵长！
你们死了吗？你们死了吗？
从今后请看我们驯良百姓的安康！

鹦鹉

哈哈，凤凰！凤凰！
你们枉为这禽中的灵长！
你们死了吗？你们死了吗？
从今后请听我们雄辩家的主张！

白鹤

哈哈，凤凰！凤凰！
你们枉为这禽中的灵长！
你们死了吗？你们死了吗？
从今后请看我们高蹈派的徜徉！

凤凰更生歌

鸡鸣

昕潮涨了，
昕潮涨了，
死了的光明更生了。

春潮涨了，
春潮涨了，
死了的宇宙更生了。

生潮涨了，
生潮涨了，
死了的凤凰更生了。

凤凰和鸣

我们更生了。
我们更生了。
一切的一，更生了。
一的一切，更生了。
我们便是他，他们便是我。
我中也有你，你中也有我。
我便是你。
你便是我。
火便是凰。
凰便是火。
翱翔！翱翔！
欢唱！欢唱！

我们光明呀！
我们光明呀！
一切的一，光明呀！
一的一切，光明呀！
光明便是你，光明便是我！
光明便是"他"，光明便是火！
　　火便是你！
　　火便是我！
　　火便是"他"！
　　火便是火！
　　翱翔！翱翔！
　　欢唱！欢唱！

我们新鲜呀！
我们新鲜呀！
一切的一，新鲜呀！
一的一切，新鲜呀！
新鲜便是你，新鲜便是我！
新鲜便是"他"，新鲜便是火！
　　火便是你！
　　火便是我！
　　火便是"他"！
　　火便是火！
　　翱翔！翱翔！
　　欢唱！欢唱！

我们华美呀！
我们华美呀！
一切的一，华美呀！
一的一切，华美呀！
华美便是你，华美便是我！
华美便是"他"，华美便是火！
　　火便是你！
　　火便是我！
　　火便是"他"！
　　火便是火！
　　翱翔！翱翔！
　　欢唱！欢唱！

我们芬芳呀！
我们芬芳呀！
一切的一，芬芳呀！
一的一切，芬芳呀！
芬芳便是你，芬芳便是我！
芬芳便是"他"，芬芳便是火！
　　火便是你！
　　火便是我！
　　火便是"他"！
　　火便是火！
　　翱翔！翱翔！
　　欢唱！欢唱！

我们和谐呀！
我们和谐呀！
一切的一，和谐呀！
一的一切，和谐呀！
和谐便是你，和谐便是我！
和谐便是"他"，和谐便是火！
　　火便是你！
　　火便是我！
　　火便是"他"！
　　火便是火！
　　翱翔！翱翔！
　　欢唱！欢唱！

我们欢乐呀！
我们欢乐呀！
一切的一，欢乐呀！
一的一切，欢乐呀！
欢乐便是你，欢乐便是我！
欢乐便是"他"，欢乐便是火！
　　火便是你！

火便是我!
　　　火便是"他"!
　　　火便是火!
　　　翱翔!翱翔!
　　　欢唱!欢唱!

我们热诚呀!
我们热诚呀!
一切的一,热诚呀!
一的一切,热诚呀!
热诚便是你,热诚便是我!
热诚便是"他",热诚便是火!
　　　火便是你!
　　　火便是我!
　　　火便是"他"!
　　　火便是火!
　　　翱翔!翱翔!
　　　欢唱!欢唱!

我们雄浑呀!
我们雄浑呀!
一切的一,雄浑呀!
一的一切,雄浑呀!
雄浑便是你,雄浑便是我!
雄浑便是"他",雄浑便是火!
　　　火便是你!
　　　火便是我!
　　　火便是"他"!
　　　火便是火!
　　　翱翔!翱翔!
　　　欢唱!欢唱!

我们生动呀!
我们生动呀!
一切的一,生动呀!
一的一切,生动呀!
生动便是你,生动便是我!
生动便是"他",生动便是火!
　　　火便是你!
　　　火便是我!
　　　火便是"他"!
　　　火便是火!
　　　翱翔!翱翔!
　　　欢唱!欢唱!

我们自由呀!
我们自由呀!
一切的一,自由呀!
一的一切,自由呀!
自由便是你,自由便是我!
自由便是"他",自由便是火!
　　　火便是你!
　　　火便是我!
　　　火便是"他"!
　　　火便是火!
　　　翱翔!翱翔!
　　　欢唱!欢唱!

我们恍惚呀!
我们恍惚呀!
一切的一,恍惚呀!
一的一切,恍惚呀!
恍惚便是你,恍惚便是我!
恍惚便是"他",恍惚便是火!
　　　火便是你!
　　　火便是我!
　　　火便是"他"!
　　　火便是火!
　　　翱翔!翱翔!
　　　欢唱!欢唱!

我们神秘呀!

我们神秘呀！

一切的一，神秘呀！

一的一切，神秘呀！

神秘便是你，神秘便是我！

神秘便是"他"，神秘便是火！

  火便是你！

  火便是我！

  火便是"他"！

  火便是火！

  翱翔！翱翔！

  欢唱！欢唱！

我们悠久呀！

我们悠久呀！

一切的一，悠久呀！

一的一切，悠久呀！

悠久便是你，悠久便是我！

悠久便是"他"，悠久便是火！

  火便是你！

  火便是我！

  火便是"他"！

  火便是火！

  翱翔！翱翔！

  欢唱！欢唱！

我们欢唱！

我们欢唱！

一切的一，常在欢唱！

一的一切，常在欢唱！

是你在欢唱？是我在欢唱？

是"他"在欢唱？是火在欢唱？

  欢唱在欢唱！

  只有欢唱！

  只有欢唱！

  只有欢唱！

  欢唱！

  欢唱！

  欢唱！

（原载 1920 年 1 月 30 日、31 日《时事新报·学灯》）

教我如何不想她

刘半农

天上飘着些微云，
地上吹着些微风。
啊！
微风吹动了我头发，
教我如何不想她？

月光恋爱着海洋，
海洋恋爱着月光。
啊！
这般蜜也似的银夜，
教我如何不想她？

水面落花慢慢流，
水底鱼儿慢慢游。
啊！
燕子你说些什么话？
教我如何不想她？

枯树在冷风里摇，
野火在暮色中烧。

啊！
西天还有些儿残霞，

教我如何不想她？

一九二〇年九月四日，伦敦。

（原载 1923 年 9 月 16 日《晨报副镌》）

繁星　　　　　　　　　　　　　　　冰　心

十

嫩绿的芽儿，
和青年说：
"发展你自己！"

淡白的花儿，
和青年说：
"贡献你自己！"

深红的果儿，
和青年说：
"牺牲你自己！"

七一

这些事，

是永不漫灭的回忆：
　月明的园中，
　藤萝的叶下，
　母亲的膝上。

一三一

大海呵！
那一颗星没有光？
那一朵花没有香？
那一次我的思潮里
没有你波涛的清响？

（原载 1922 年 1 月 1 日、15 日、24 日《晨报副镌》）

春水　　　　　　　　　　　　　　　冰　心

三三

墙角的花！
你孤芳自赏时，

天地便小了。

一三四

命运如同海风，

吹着青春的舟,
　　曲折的,

飘游的,
度过了时光的海。

（原载1922年3月26日、5月30日《晨报副镌》）

蕙的风　　　　　　　　　　　　　　　　　　　　汪静之

是那里吹来
这蕙花的风——
温馨的蕙花的风?

蕙花深锁在园里,
伊满怀着幽怨。
伊底幽香潜出园外,
去招伊所爱的蝶儿。

雅洁的蝶儿,

薰在蕙风里:
他陶醉了;
想去寻着伊呢。

他怎寻得到被禁锢的伊呢?
他只迷在伊底风里,
隐忍着这悲惨然而甜蜜的伤心,
醺醺地翩翩地飞着。

一九二一·九·三

（选自《蕙的风》,1922年8月亚东图书馆初版）

秋晚的江上　　　　　　　　　　　　　　　　　　刘大白

归巢的鸟儿,
尽管是倦了,
还驮着斜阳回去。

双翅一翻,

把斜阳掉在江上;
头白的芦苇,
也妆成一瞬的红颜了。

一九二三·一〇·三〇·在绍兴

（原载1923年12月26日《午钟》第4期）

死水　　　　　　　　　　　　　　　　　　　　　闻一多

这是一沟绝望的死水,
清风吹不起半点漪沦。

不如多扔些破铜烂铁,
爽性泼你的剩菜残羹。

也许铜的要绿成翡翠，
铁罐上锈出几瓣桃花；
再让油腻织一层罗绮，
霉菌给他蒸出些云霞。

让死水酵成一沟绿酒，
飘满了珍珠似的白沫；
小珠笑一声变成大珠，
又被偷酒的花蚊咬破。

那么一沟绝望的死水，
也就夸得上几分鲜明。
如果青蛙耐不住寂寞，
又算死水叫出了歌声。

这是一沟绝望的死水，
这里断不是美的所在，
不如让给丑恶来开垦，
看他造出个什么世界。

一九二五，四

（选自《死水》，1928年1月新月书店）

奇迹

闻一多

我要的本不是火齐的红，或半夜里
桃花潭水的黑，也不是琵琶的幽怨，
蔷薇的香；我不曾真心爱过文豹的矜严，
我要的婉娈也不是任何白鸽所有的。
我要的本不是这些，而是这些的结晶，
比这一切更神奇得万倍的一个奇迹！
可是，这灵魂是真饿得慌，我又不能
让他缺着供养，那么，即便是秕糠，
你也得募化不是？天知道，我不是
甘心如此，我并非倔强，亦不是愚蠢，
我是等你不及，等不及奇迹的来临！
我不敢让灵魂缺着供养。谁不知道
一树蝉鸣，一壶浊酒，算得了什么？
纵提到烟峦，曙壑，或更璀璨的星空，
也只是平凡，最无所谓的平凡，犯得着
惊喜得没主意，喊着最动人的名儿，
恨不得黄金铸字，给妆在一只歌里？
我也说但为一阕莺歌便噙不住眼泪，
那未免太支离，太玄了，简直不值当。

谁晓得，我可不能不那样：这心是真
饿得慌，我不得不节省点，把藜藿当作膏粱。
　　可也不妨明说，只要你——
只要奇迹露一面，我马上就放弃平凡，
我再不瞅着一张霜叶梦想春花的艳，
再不浪费这灵魂的膂力，剥开顽石
来诛求碧玉的温润；给我一个奇迹，
我也不再去鞭挞着"丑"，逼他要
那分儿背面的意义；实在我早厌恶了
那勾当，那附会也委实是太费解了。
我只要一个明白的字，舍利子似的闪着
宝光；我要的是整个的，正面的美。
我并非倔强，亦不是愚蠢，我不会看见
团扇，悟不起扇后那天仙似的人面。
那么
　　我等着，不管得等到多少轮回以后——
既然当初许下心愿时，也不知道是多少
轮回以前——我等，我不抱怨，只静候着
一个奇迹的来临。　　总不能没有那一天，

让雷来劈我，火山来烧，全地狱翻起来
扑我，……害怕吗？你放心，反正罡风吹不熄
灵魂的灯，情愿蜕壳化成灰烬，
不碍事：因为那——那便是我的一刹那，
一刹那的永恒：——一阵异香，最神秘的

肃静，（日，月，一切星球的旋动早被
喝住，时间也止步了）最浑圆的和平……
我听见阊阖的户枢耆然一响，紫霄上
传来一片衣裙的綷縩——那便是奇迹——
半启的金扉中，一个戴着圆光的你！

（原载1931年1月《诗刊》创刊号）

沙扬娜拉　　　　　　　　　　　　　　　　　　　　　徐志摩

十八

最是那一低头的温柔，
　像一朵水莲花不胜凉风的娇羞，

道一声珍重，道一声珍重，
　那一声珍重里有蜜甜的忧愁——
　　沙扬娜拉！

（原载《志摩的诗》，1925年8月作者自费印行线装本聚珍仿宋版）

偶然　　　　　　　　　　　　　　　　　　　　　　　　徐志摩

我是天空里的一片云，
偶尔投影在你的波心——
　你不必讶异，
　更无须欢喜——
在转瞬间消灭了踪影。

你我相逢在黑夜的海上，
你有你的，我有我的，方向；
　你记得也好，
　最好你忘掉，
在这交会时互放的光亮！

（原载1926年5月27日《晨报副镌·诗镌》第9号）

再别康桥　　　　　　　　　　　　　　　　　　　　　　徐志摩

轻轻的我走了，

正如我轻轻的来；

我轻轻的招手,
　　作别西天的云彩。

那河畔的金柳,
　　是夕阳中的新娘;
波光里的艳影,
　　在我的心头荡漾。

软泥上的青荇
　　油油的在水底招摇:
在康河的柔波里,
　　我甘心做一条水草!

那榆荫下的一潭,
　　不是清泉,是天上虹
揉碎在浮藻间,
　　沉淀着彩虹似的梦。

寻梦?撑一支长篙,
　　向青草更青处漫溯,
满载一船星辉,
　　在星辉斑斓里放歌。

但我不能放歌,
　　悄悄是别离的笙箫;
夏虫也为我沉默,
　　沉默是今晚的康桥!

悄悄的我走了,
　　正如我悄悄的来;
我挥一挥衣袖,
　　不带走一片云彩。

十一月六日　中国上海

(原载 1928 年 12 月《新月》第 1 卷第 10 期)

弃妇

李金发

长发披遍我两眼之前,
遂隔断了一切羞恶之疾视,
与鲜血之急流,枯骨之沉睡。
黑夜与蚊虫联步徐来,
越此短墙之角,
狂呼在我清白之耳后,
如荒野狂风怒号:
战栗了无数游牧。

靠一根草儿,与上帝之灵往返在空谷里。
我的哀戚惟游蜂之脑能深印着;
或与山泉长泻在悬崖,

然后随红叶而俱去。

弃妇之隐忧堆积在动作上,
夕阳之火不能把时间之烦闷
化成灰烬,从烟突里飞去,
长染在游鸦之羽,
将同栖止于海啸之石上,
静听舟子之歌。

衰老的裙裾发出哀吟,
徜徉在丘墓之侧,
永无热泪,

点滴在草地

为世界之装饰。

（选自《微雨》，1925年11月北新书局）

采莲曲

朱　湘

　　小船呀轻飘，
杨柳呀风里颠摇；
　　荷叶呀绿盖，
荷花呀人样娇娆。
　　日落，
　　　微波，
金丝闪动过小河。
　　左行，
　　　右撑，
莲舟上扬起歌声。

　　菡萏呀半开，
蜂蝶呀不许轻来；
　　绿水呀相伴，
纯洁呀不染尘埃。
　　溪间
　　　采莲，
摇动了叶上珠圆，
　　拍紧，
　　　拍轻，
桨声应答着歌声。

　　藕心呀丝长，
羞涩呀水底深藏；
　　不见呀蚕茧
丝多呀蛹里中央。
　　溪头

　　采藕，
女郎要采又夷犹。
　　波沉，
　　　波升，
波上抑扬着歌声。

　　莲蓬呀子多，
两岸呀榴树婆娑；
　　云鹊呀欢噪，
榴花呀落上新罗。
　　溪中
　　　采蓬，
耳鬓边晕着微红。
　　风定，
　　　风生，
风飏荡漾着歌声。

　　升了呀月钩，
明了呀织女牵牛；
　　薄雾呀拂水，
凉风呀飘去莲舟。
　　花芳，
　　　衣香，
消溶入一片苍茫。
　　时静，
　　　时闻，
虚空里袅着歌音。

（原载1926年4月15日《晨报副镌·诗镌》第3号）

我是一条小河

冯 至

我是一条小河,
我无心由你的身边绕过——
你无心把你彩霞般的影儿
投入了我软软的柔波。

我流过一座森林,
柔波便荡荡地
把那些碧翠的叶影儿
裁剪成你的裙裳。

我流过一座花丛,
柔波便粼粼地
把那些凄艳的花影儿
编织成你的花冠。

无奈呀,我终于流入了,
流入那无情的大海——
海上的风又厉,浪又狂,
吹折了花冠,击碎了裙裳!

我也随着海潮漂漾,
漂漾到无边的地方——
你那彩霞般的影儿
也和幻散了的彩霞一样!

一九二五

(选自《昨日之歌》,1927年4月北新书局)

十四行诗

冯 至

十八

我们常常度过一个亲密的夜
在一间生疏的房里,它白昼时
是什么模样,我们都无从认识,
更不必说它的过去未来。原野

一望无边地在我们窗外展开,
我们只依稀地记得在黄昏时
来的道路,便算是对它的认识,
明天走后,我们也不再回来。

闭上眼吧!让那些亲密的夜
和生疏的地方织在我们心里:
我们的生命像那窗外的原野,

我们在朦胧的原野上认出来
一棵树,一闪湖光;它一望无际
藏着忘却的过去,隐约的将来。

二一

我们听着狂风里的暴雨,
我们在灯光下这样孤单,
我们在这小小的茅屋里
就是和我们用具的中间

也有了千里万里的距离:
铜炉在向往深山的矿苗
瓷壶在向往江边的陶泥,

它们都像风雨中的飞鸟

各自东西。我们紧紧抱住,
好像自身也都不能自主。
狂风把一切都吹入高空,

暴雨把一切又淋入泥土,
只剩下这点微弱的灯红
在证实我们生命的暂住。

(选自《十四行集》,1949年上海文化生活出版社)

雨巷

戴望舒

撑着油纸伞,独自
彷徨在悠长,悠长
又寂寥的雨巷,
我希望逢着
一个丁香一样地
结着愁怨的姑娘。

她是有
丁香一样的颜色,
丁香一样的芬芳,
丁香一样的忧愁,
在雨中哀怨,
哀怨又彷徨;

她彷徨在这寂寥的雨巷,
撑着油纸伞
像我一样,
像我一样地
默然彳亍着,

冷漠,凄清,又惆怅。

她静默地走近
走近,又投出
太息一般的眼光,
她飘过
像梦一般地
像梦一般地凄婉迷茫。

像梦中飘过
一枝丁香地,
我身旁飘过这女郎;
她静默地远了,远了,
到了颓圮的篱墙,
走尽这雨巷。

在雨的哀曲里,
消了她的颜色,
散了她的芬芳,

消散了,甚至她的
太息般的眼光,
她丁香般的惆怅。

撑着油纸伞,独自
彷徨在悠长,悠长
又寂寥的雨巷,
我希望飘过
一个丁香一样地
结着愁怨的姑娘。

(原载 1928 年 8 月 10 日《小说月报》第 19 卷第 8 期)

寻梦者 戴望舒

梦会开出花来的,
梦会开出娇妍的花来的:
去求无价的珍宝吧。

在青色的大海里,
在青色的大海的底里,
深藏着金色的贝一枚。

你去攀九年的冰山吧,
你去航九年的旱海吧,
然后你逢到那金色的贝。

它有天上的云雨声,
它有海上的风涛声,
它会使你的心沉醉。

把它在海水里养九年,
把它在天水里养九年,
然后,它在一个暗夜里开绽了。

当你鬓发斑斑了的时候,
当你眼睛朦胧了的时候,
金色的贝吐出桃色的珠。

把桃色的珠放在你怀里,
把桃色的珠放在你枕边,
于是一个梦静静地升上来了。

你的梦开出花来了,
你的梦开出娇妍的花来了,
在你已衰老了的时候。

(选自《望舒草》,1933 年 8 月现代书局初版)

我用残损的手掌 戴望舒

我用残损的手掌
摸索这广大的土地:

这一角已变成灰烬,
那一角只是血和泥;

这一片湖该是我的家乡，
（春天，堤上繁花如锦障，
嫩柳枝折断有奇异的芬芳）
我触到荇藻和水的微凉；
这长白山的雪峰冷到彻骨，
这黄河的水夹泥沙在指间滑出；
江南的水田，你当年新生的禾草
是那么细，那么软……现在只有蓬蒿；
岭南的荔枝花寂寞地憔悴，
尽那边，我蘸着南海没有渔船的苦水……
无形的手掌掠过无限的江山，
手指沾了血和灰，手掌粘了阴暗，

只有那辽远的一角依然完整，
温暖，明朗，坚固而蓬勃生春。
在那上面，我用残损的手掌轻抚，
像恋人的柔发，婴孩手中乳。
我把全部的力量运在手掌
贴在上面，寄与爱和一切希望，
因为只有那里是太阳，是春，
将驱逐阴暗，带来甦生，
因为只有那里我们不像牲口一样活，
蝼蚁一样死……那里，永恒的中国！

一九四二年七月三日

（选自《灾难的岁月》，1948年2月星群出版社初版）

别了，哥哥

（作算是向一个 Class 的告别词吧！） 　　殷 夫

别了，我最亲爱的哥哥，
你的来函促成了我的决心，
恨的是不能握一握最后的手，
再独立地向前途踏进。

二十年来手足的爱和怜，
二十年来的保护和抚养，
请在这最后的一滴泪水里，
收回吧，作为恶梦一场。

你诚意的教导使我感激，
你牺牲的培植使我钦佩，
但这不能留住我不向你告别，
我不能不向别方转变。

在你的一方，哟，哥哥，
有的是，安逸，功业和名号，

是治者们荣赏的爵禄，
或是薄纸糊成的高帽。

只要我，答应一声说，
"我进去听指示的圈套"，
我很容易能够获得一切，
从名号直至纸帽。

但你的弟弟现在饥渴，
饥渴着的是永久的真理，
不要荣誉，不要功建，
只望向真理的王国进礼。

因此机械的悲鸣扰了他的美梦，
因此劳苦群众的呼号震动心灵，
因此他尽日尽夜地忧愁，
想做个 Prometheus 偷给人间以光明。

真理和愤怒使他强硬,
他再不怕天帝的咆哮,
他要牺牲去他的生命,
更不要那纸糊的高帽。

这,就是你弟弟的前途,
这前途满站着危崖荆棘,
又有的是黑的死,和白的骨,
又有的是砭人肌筋的冰雹风雪。

但他决心要踏上前去,

真理的伟光在地平线下闪照,
死的恐怖都辟易远退,
热的心火会把冰雪溶消。

别了,哥哥,别了,
此后各走前途,
再见的机会是在,
当我们和你隶属着的阶级交了战火。

一九二九.四.十二.

(原载 1930 年 5 月 10 日《拓荒者》第 4、5 期合刊)

预言   何其芳

这一个心跳的日子终于来临!
你夜的叹息似的渐近的足音,
我听得清不是林叶和夜风私语,
麋鹿驰过苔径的细碎的蹄声!
告诉我,用你银铃的歌声告诉我,
你是不是预言中的年轻的神?

你一定来自那温郁的南方
告诉我那儿的月色,那儿的日光,
告诉我春风是怎样吹开百花,
燕子是怎样痴恋着绿杨。
我将合眼睡在你如梦的歌声里,
那温暖我似乎记得,又似乎遗忘。

请停下,停下你疲劳的奔波,
进来,这儿有虎皮的褥你坐!
让我烧起每一个秋天拾来的落叶,
听我低低地唱起我自己的歌。

那歌声将火光一样沉郁又高扬,
火光一样将我的一生诉说。

不要前行!前面是无边的森林,
古老的树现着野兽身上的斑纹,
半生半死的藤蟒一样交缠着,
密叶里漏不下一颗星星。
你将怯怯地不敢放下第二步,
当你听见了第一步空寥的回声。

一定要走吗?请等我和你同行!
我的脚知道每一条平安的路径,
我可以不停地唱着忘倦的歌,
再给你,再给你手的温存。
当夜的浓黑遮断了我们,
你可以不转眼地望着我的眼睛。

我激动的歌声你竟不听,

你的脚竟不为我的颤抖暂停!
像静穆的微风飘过这黄昏里,
消失了,消失了你骄傲的足音!

呵,你终于如预言中所说的无语而来,
无语而去了吗,年轻的神?

1931年秋天,北平

(选自《预言》,1945年2月文化生活出版社初版)

我想谈说种种纯洁的事情　　　　　何其芳

我想谈说种种纯洁的事情,
我想起了我最早的朋友,最早的爱情。

地上有花。天上有星星。
人——有着心灵。
我知道没有什么东西能够永远坚固,
在自然的运行中一切消逝如朝露。
但那些发过光的东西是如此可珍,
而且在它们自己的光辉里获得了永恒。
我曾经和我最早的朋友一起坐在草地上读着
　书籍,
一起在星空下走着,谈着我们的未来。
对于贫穷的孩子它们是那样富足。
我又曾沉默地爱着一个女孩子,
我是那样喜欢为她做着许多小事情。

没有回答,甚至于没有觉察,
我的爱情已经和十五晚上的月亮一样圆满。
呵,时间的灰尘遮盖了我的心灵,
我太久太久没有想起过他们!
我最早的朋友早已睡在坟墓里了。
我最早的爱人早已作了母亲。
我也再不是一个少年人。
但自然并不因我停止它的运行,
世界上仍然到处有着青春,
到处有着刚开放的心灵。
年轻的同志们,我们一起到野外去吧,
在那柔和的蓝色的天空之下,
我想对你们谈说种种纯洁的事情。

三月十五日

(原载1942年4月3日延安《解放日报》)

难民　　　　　臧克家

日头坠到鸟巢里,
黄昏还没溶尽归鸦的翅膀,
陌生的道路,无归宿的薄暮,
把这群人度到这座古镇上。
沉重的影子,扎根在大街两旁,

一簇一簇,像秋郊的禾堆一样,
静静的,孤寂的,支撑着一个大的凄凉。
满染征尘的古怪的服装,
告诉了他们的来历,
一张一张兜着阴影的脸皮,

说尽了他们的情况。
螺丝的炊烟牵动着一串亲热的眼光,
在这群人心上抽出了一个不忍的想象:
"这时,黄昏正徘徊在古树梢头,
从无烟火的屋顶慢慢的涨大到无边,
接着,阴森的凄凉吞了可怜的故乡。"
铁力的疲倦,连人和想象一齐推入了朦胧,
但是,更猛烈的饥饿立刻又把他们牵回了异乡。
像一个天神从梦里落到这群人身旁,
一条灰色的影子,手里亮出一支长枪,
一个小声,在他们耳中开出天大的响:
"年头不对,不敢留生人在镇上。"
"唉!人到那里灾荒到那里!"
一阵叹息,黄昏更加了苍茫。
一步一步,这群人走下了大街,
走开了这异乡,
小孩子的哭声乱了大人的心肠,
铁门的响声截断了最后一人的脚步,
这时,黑夜爬过了古镇的围墙。

二,一九三二,古琅玡

(原载1933年6月1日《新月》第4卷第7期)

老马

臧克家

总得叫大车装个够,
他横竖不说一句话,
背上的压力往肉里扣,
他把头沉重的垂下!

这刻不知道下刻的命,
他有泪只往心里咽,
眼里飘来一道鞭影,
他抬起头望望前面。

一九三二年四月

(选自《烙印》,1933年7月文化生活出版社初版)

大堰河——我的保姆

艾 青

一

大堰河,是我的保姆。
她的名字就是生她的村庄的名字,
她是童养媳,
大堰河,是我的保姆。

我是地主的儿子,
也是吃了大堰河的奶而长大了的
大堰河的儿子。
大堰河以养育我而养育她的家,
而我,是吃了你的奶而被养育了的,
大堰河啊,我的保姆。

二

大堰河,今天我看到雪使我想起了你:
你的被雪压着的草盖的坟墓,
你的关闭了的故居檐头的枯死的瓦菲,
你的被典押了的一丈平方的园地,
你的门前的长了青苔的石椅,
大堰河,今天我看到雪使我想起了你。

三

你用你厚大的手掌把我抱在怀里,抚摸我,
在你搭好了灶火之后,
在你拍去了围裙上的炭灰之后,
在你尝到饭已煮熟了之后,
在你把乌黑的酱碗放到乌黑的桌子上之后,
在你补好了儿子们的,为山腰的荆棘扯破的衣服之后,
在你把小儿被柴刀砍伤了的手包好之后,
在你把夫儿们的衬衣上的虱子一颗颗的掐死之后,
在你拿起了今天的第一颗鸡蛋之后,
你用你厚大的手掌把我抱在怀里,抚摸我。

四

我是地主的儿子,
在我吃光了你大堰河的奶之后,
我被生我的父母领回到自己的家里。
啊,大堰河,你为什么要哭?

五

我做了生我的父母家里的新客了!
我摸着红漆雕花的家具,
我摸着父母的睡床上金色的花纹,
我呆呆的看檐头的写着我不认得的"天伦叙乐"的匾,
我摸着新换上的衣服的丝的和贝壳的钮扣,
我看着母亲怀里的不熟识的妹妹,
我坐着油漆过的安了火钵的炕凳,
我吃着碾了三番的白米的饭,
但,我是这般忸怩不安!因为我
我做了生我的父母家里的新客了。

六

大堰河,为了生活,
在她流尽了她的乳液之后,
她就开始用抱过我的两臂劳动了;
她含着笑,洗着我们的衣服,
她含着笑,提着菜篮到村边的结冰的池塘去,
她含着笑,切着冰屑悉索的萝卜,
她含着笑,用手掏着猪吃的麦糟,
她含着笑,扇着炖肉的炉子的火,
她含着笑,背了团箕到广场上去
　　晒好那些大豆和小麦,
大堰河,为了生活,
在她流尽了她的乳液之后,
她就用抱过我的两臂,劳动了。

七

大堰河,深爱着她的乳儿,
在年节里,为了他,忙着切那冬米的糖。
为了他,常悄悄的走到村边的她的家里去,
为了他,走到她的身边叫一声"妈",
大堰河,把他画的大红大绿的关云长
　　贴在灶边的墙上,
大堰河,会对她的邻居夸口赞美她的乳儿;
大堰河曾做了一个不能对人说的梦:
在梦里,她吃着她的乳儿的婚酒,
坐在辉煌的结彩的堂上,
而她的娇美的媳妇亲切的叫她"婆婆"
…………
大堰河,深爱她的乳儿!

八

大堰河,在她的梦没有做醒的时候已死了。
她死时,乳儿不在她的旁侧,
她死时,平时打骂她的丈夫也为她流泪,
五个儿子,个个哭得很悲,
她死时,轻轻的呼着她的乳儿的名字,
大堰河,已死了,
她死时,乳儿不在她的旁侧。

九

大堰河,含泪的去了!
同着四十几年的人世生活的凌侮,
同着数不尽的奴隶的凄苦,
同着四块钱的棺材和几束稻草,
同着几尺长方的埋棺材的土地,
同着一手把的纸钱的灰,
大堰河,她含泪的去了。

十

这是大堰河所不知道的:
她的醉酒的丈夫已死去,
大儿做了土匪,
第二个死在炮火的烟里,
第三,第四,第五
在师傅和地主的叱骂声里过着日子。
而我,我是在写着给予这不公道的世界的咒语。
当我经了长长的飘泊回到故土时,
在山腰里,田野上,
兄弟们碰见时,是比六七年前更要亲密!
这,这是为你,静静的睡着的大堰河
所不知道的啊!

十一

大堰河,今天,你的乳儿是在狱里,
写着一首呈给你的赞美诗,
呈给你黄土下紫色的灵魂,
呈给你拥抱过我的直伸着的手,
呈给你吻过我的唇,
呈给你泥黑的温柔的脸颜,
呈给你养育了我的乳房,
呈给你的儿子们,我的兄弟们,
呈给大地上一切的,
我的大堰河般的保姆和她们的儿子,
呈给爱我如爱她自己的儿子般的大堰河。

大堰河,
我是吃了你的奶而长大了的
你的儿子,
我敬你
爱你!

(原载 1934 年 5 月 1 日《春光》第 1 卷第 3 期)

雪落在中国的土地上

艾 青

雪落在中国的土地上,
寒冷在封锁着中国呀……

风,
像一个太悲哀了的老妇,
紧紧地跟随着
伸出寒冷的指爪
拉扯着行人的衣襟,
用着像土地一样古老的话
也不一刻停地絮聒着……

那从林间出现的，
赶着马车的
你中国的农夫
戴着皮帽
冒着大雪
你要到那儿去呢？

告诉你
我也是农人的后裔——
由于你们的
刻满了痛苦的皱纹的脸
我能如此深深地
知道了

生活在草原上的人们的
岁月的艰辛。

而我
也并不比你们快乐啊
——躺在时间的河流上
苦难的浪涛
曾经几次把我吞没而又卷起——
流浪与监禁
已失去了我的青春的最可贵的日子，
我的生命
也像你们的生命
一样的憔悴呀。

雪落在中国的土地上，
寒冷在封锁着中国呀……

沿着雪夜的河流，
一盏小油灯在徐缓地移行，
那破烂的乌蓬船里
映着灯光，垂着头
坐着的是谁呀？

——啊，你
蓬发垢面的少妇，
是不是
你的家
——那幸福与温暖的巢穴——
已被暴戾的敌人
烧毁了么？

是不是
也像这样的夜间，
失去了男人的保护，
在死亡的恐怖里
你已经受尽敌人刺刀的戏弄？

咳，就在如此寒冷的今夜，
无数的
我们的年老的母亲，
都蜷伏在不是自己的家里，
就像异邦人
不知明天的车轮
要滚上怎样的路程？
——而且
中国的路
是如此的崎岖
是如此的泥泞呀。

雪落在中国的土地上，
寒冷在封锁着中国呀……

透过雪夜的草原
那些被烽火所啮啃着的地域，
无数的，土地的垦植者
失去了他们所饲养的家畜
失去了他们肥沃的田地
拥挤在
生活的绝望的污巷里；

饥馑的大地
朝向阴暗的天
伸出乞援的
颤抖着的两臂。

中国的痛苦与灾难
像这雪夜一样广阔而又漫长呀!

雪落在中国的土地上,
寒冷在封锁着中国呀……

中国,
我的在没有灯光的晚上
所写的无力的诗句
能给你些许的温暖么?

一九三七 十二月 二十八夜间。

(原载 1938 年 1 月 16 日汉口《七月》半月刊 2 集 1 期)

手推车 艾 青

在黄河流过的地域
在无数的枯干了的河底
手推车
以唯一的轮子
发出使阴暗的天穹痉挛的尖音
穿过寒冷与静寂
从这一个山脚
到那一个山脚
彻响着
北国人民的悲哀

在冰雪凝冻的日子

在贫穷的小村与小村之间
手推车
以单独的轮子
刻画在灰黄土层上的深深的辙迹
穿过广阔与荒漠
从这一条路
到那一条路
交织着
北国人民的悲哀

1938 年初

(选自《北方》,1942 年 1 月文化生活出版社初版)

我爱这土地 艾 青

假如我是一只鸟,
我也应该用嘶哑的喉咙歌唱:

这被暴风雨所打击着的土地,
这永远汹涌着我们的悲愤的河流,

这无止息地吹刮着的激怒的风,
和那来自林间的无比温柔的黎明……
——然后我死了,
连羽毛也腐烂在土地里面。

为什么我的眼里常含泪水?
因为我对这土地爱得深沉……

一九三八年十一月十七日

(选自《北方》,1942 年 1 月文化生活出版社初版)

断章　　　　　　　　　　　　　　　　　　　　　　卞之琳

你站在桥上看风景,
看风景人在楼上看你。

明月装饰了你的窗子,
你装饰了别人的梦。

一九三五年十月

(选自《鱼目集》,1935 年 12 月文化生活出版社初版)

白螺壳　　　　　　　　　　　　　　　　　　　　　卞之琳

空灵的白螺壳,你,
孔眼里不留纤尘,
漏到了我的手里
却有一千种感情:
掌心里波涛汹涌,
我感叹你的神工,
你的慧心啊,大海,
你细到可以穿珠!
我也不禁要惊呼:
"你这个洁癖啊,唉!"

请看这一湖烟雨
水一样把我浸透,
像浸透一片鸟羽。

我仿佛一所小楼,
风穿过,柳絮穿过,
燕子穿过像穿梭,
楼中也许有珍本,
书叶给银鱼穿织,
从爱字通到哀字——
出脱空华不就成!

玲珑吗,白螺壳,我?
大海送我到海滩,
万一落到人掌握,
愿得原始人喜欢:
换一只山羊还差
三十分之二十八;

倒是值一只蟠桃。
怕叫多思者想起：
空灵的白螺壳，你
卷起了我的愁潮——

我梦见你的阑珊：
檐溜滴穿的石阶，
绳子锯缺的井栏……

时间磨透于忍耐！
黄色还诸小鸡雏，
青色还诸小碧梧，
玫瑰色还诸玫瑰，
可是你回顾道旁，
柔嫩的蔷薇刺上
还挂着你的宿泪。

（选自《鱼目集》，1935年12月文化生活出版社初版）

生活

蒲　风

两条轨
无穷的展开在前面，
当作轰轰的列车我前进吧。

让西北风吹打，
穿过幽黯的隧道，跑上崎岖的山，
颓丧，悲哀的只是道旁的树木呵！

什么，黑夜张开了她的翅膀？

什么，大地蒙上薄薄的白纱？
——不要慌，加强马力前进吧！

让列车永远永远禽住两条轨，
莫怕前面的无穷，难捉摸，
没煤燃烧时才是最后的终点哩！

——啊！这就是生活！

一九三四年三月

（选自《生活》，1936年9月诗人俱乐部初版）

中国底春天在号召着全人类

——又是"一·二八"了！

田　间

中国底春天
走过——
无花的
山谷，
走过——

无笑的
平原，
望着它底
曾经活过了五千年的人民，
人民底

肩膀
在倚着
壕沟，
人民底
手
在抚着

枪口，
向法西斯军阀
人民底公敌
坚决战斗。
中国的春天生长在战斗里，
在战斗里号召着全人类。

（选自《给战斗者》，1943年11月桂林南天出版社初版）

泥土

鲁藜

老是把自己当作真珠
就时时有怕被埋没的痛苦

把自己当作泥土吧
让众人把你踩成一条道路

（原载1945年1月《希望》第1期）

赞美

穆旦

走不尽的山峦的起伏，河流和草原，
数不尽的密密的村庄，鸡鸣和狗吠，
接连在原是荒凉的亚洲的土地上，
在野草的茫茫中呼啸着干燥的风，
在低压的暗云下唱着单调的东流的水，
在忧郁的森林里有无数埋藏的年代。
它们静静的和我拥抱：
说不尽的故事是说不尽的灾难，沉默的
是爱情，是在天空飞翔的鹰群，
是忧伤的眼睛期待着泉涌的热泪，
当不移的灰色的行列在遥远的天际爬行；
我有太多的话语，太悠久的感情，
我要以荒凉的沙漠，坎坷的小路，骡子车，
我要以槽子船，漫山的野花，阴雨的天气，

我要以一切拥抱你，你
我到处看见的人民呵，
在耻辱里生活的人民，佝偻的人民，
我要以带血的手和你们一一拥抱，
因为一个民族已经起来。

一个农人，他粗糙的身躯移动在田野中，
他是一个女人的孩子，许多孩子的父亲，
多少朝代在他的身边升起又降落了
而把希望和失望压在他身上，
而他永远无言地跟在犁后旋转，
翻起同样的泥土溶解过他祖先的，
是同样的受难的形象凝固在路旁。
在大路上多少次愉快的歌声流过去了，

多少次跟来的是临到他的忧患,
在大路上人们演说,叫嚣,欢快,
然而他没有,他只放下了古代的锄头,
再一次相信名辞,溶进了大众的爱,
坚定地,他看着自己移进死亡里,
而这样的路是无限的悠长的
而他是不能够流泪的,
他没有流泪,因为一个民族已经起来。

在群山的包围里,在蔚蓝的天空下,
在春天和秋天经过他家园的时候,
在幽深的谷里隐着最含蓄的悲哀:
一个老妇期待着孩子,许多孩子期待着
饥饿,而又在饥饿里忍耐,
在路旁仍是那聚集着黑暗的茅屋,
一样的是不可知的恐惧,一样的是
大自然中那侵蚀着生活的泥土,
而他走去了从不回头诅咒。
为了他我要拥抱每一个人,

为了他我失去了拥抱的安慰,
因为他,我们是不能给以幸福的,
痛苦吧,让我们在他的身上痛苦吧,
因为一个民族已经起来。

一样的是这悠久的年代的风,
一样的是从这倾圮的屋檐下散开的
无尽的呻吟和寒冷,
它歌唱在一片枯栖的树顶上,
它吹过了荒芜的沼泽,芦苇和虫鸣,
一样的是这飞过的乌鸦的声音,
当我走过,站在路上踟蹰,
我踟蹰着为了多年耻辱的历史
仍在这广大的山河中等待,
等待着,我们无言的痛苦是太多了,
然而一个民族已经起来,
然而一个民族已经起来。

一九四一年十二月

(选自《穆旦诗集》,1945年作者沈阳自印本)

诗八首

穆 旦

一

你底眼睛看见这一场火灾,
你看不见我,虽然我为你点燃;
唉,那燃烧着的不过是成熟的年代,
你底,我底。我们相隔如重山!

从这自然底蜕变底程序里,
我却爱了一个暂时的你。
即使我哭泣,变灰,变灰又新生,

姑娘,那只是上帝玩弄他自己。

二

水流山石间沉淀下你我,
而我们成长,在死底子宫里。
在无数的可能里一个变形的生命
永远不能完成他自己。

我和你谈话,相信你,爱你,
这时候就听见我底主暗笑,

不断地他添来另外的你我
使我们丰富而且危险。

三

你底年龄里的小小野兽,
它和春草一样地呼吸,
它带来你底颜色,芳香,丰满,
它要你疯狂在温暖的黑暗里。

我越过你大理石的理智殿堂,
而为它埋藏的生命珍惜;
你我底手底接触是一片草场,
那里有它底固执,我底惊喜。

四

静静地,我们拥抱在
用言语所能照明的世界里,
而那未成形的黑暗是可怕的,
那可能和不可能的使我们沉迷。

那窒息着我们的
是甜蜜的未生即死的言语,
它底幽灵笼罩,使我们游离,
游进混乱的爱底自由和美丽。

五

夕阳西下,一阵微风吹拂着田野,
是多么久的原因在这里积累。
那移动了景物的移动我底心
从最古老的开端流向你,安睡。

那形成了树木和屹立的岩石的,
将使我此时的渴望永存,
一切在它底过程中流露的美
教我爱你的方法,教我变更。

六

相同和相同溶为怠倦,
在差别间又凝固着陌生;
是一条多么危险的窄路里,
我制造自己在那上面旅行。

他存在,听从我底指使,
他保护,而把我留在孤独里,
他底痛苦是不断的寻求
你底秩序,求得了又必须背离。

七

风暴,远路,寂寞的夜晚,
丢失,记忆,永续的时间,
所有科学不能祛除的恐惧
让我在你底怀里得到安憩——

呵,在你底不能自主的心上,
你底随有随无的美丽的形象,
那里,我看见你孤独的爱情
笔立着,和我底平行着生长!

八

再没有更近的接近,
所有的偶然在我们间定型;
只有阳光透过缤纷的枝叶
分在两片情愿的心上,相同。

等季候一到就要各自飘落,
而赐生我们的巨树永青,
它对我们的不仁的嘲弄
(和哭泣)在合一的老根里化为平静。

1942年2月

(原载1942年4月《文聚》第一卷第三期)

山

杜运燮

来自平原,而只好放弃平原;
植根于地球,却更想植根于云汉;
茫茫平原的升华,它幻梦的形象,
大家自豪有他,他却永远不满。

他向往的是高远变化万千的天空,
有无尽光热的太阳,博学含蓄的月亮,
笑眼的星群,生命力最丰富的风,
戴雪帽享受寂静冬日的安详。

还喜欢一些有音乐天才的流水,
挂一面瀑布,唱悦耳的质朴山歌;
或者孤独的古庙,招引善男信女俯跪,
有暮鼓晨钟单调地诉说某种饥饿;

或者一些怪人隐士,羡慕他,追随他,
欣赏人海的波涛起伏,却只能孤独地
生活,到夜里,梦着流水流着梦,
回到平原上唯一甜蜜的童年记忆。

他追求,所以不满足,所以更追求:
他没有桃花,没有牛羊、炊烟、村落;
可以鸟瞰,有更多空气,也有更多石头;
因为他只好离开他必需的,他永远寂寞。

一九四五年于昆明

(选自《诗四十首》,1946年10月文化生活出版社初版)

发票贴在印花上

袁水拍

发票贴在印花上,①
蔻丹搨在脚趾上,
水兵出巡马路上,
吉普开到人身上。

黄浦汆到阶沿上,
房子造在金条上,
工厂死在接收上,

乌窠做在烟囱上。

演得好戏我来看,
重税派在你头上,
学生募捐读书钱,
教师罢工课不上。

仓库皮子一把火,

---

① 这是报上所载新闻标题,因为印花税贴得多,好像不是发票上贴印花,倒是印花上贴发票了。

仓库馅子没去向,
廉耻挂在高楼上,①
是非扔进大毛坑。

民主涂在嘴巴上,
自由附在条件上,
议案协定归了档,
文章写在水面上。

游行学生坐卡车,
面包装在吉普上,②
自由太多便束缚,
羊枣优待故身亡。

脑袋碰在枪弹上,
和平挑在刀尖上,
中国命运在哪里,
挂在高高鼻子上。

米粮落入黑市场,

面粉救济黄牛党,③
财政躺在发行上,
发行发到天文上。

上海跳舞中国饿,
十九个省份都闹荒,④
收购军米免征粮,
树皮草根啃个光。

百姓滚在钉板上,
汉奸坐牢带铜床,
曲线软性是救国,
地上地下往来忙。

南京复员拆蓬户,
广州迎驾砖砌窗,
力气使在市容上,
四强之一叮叮当!

一九四六年四月十一日

(选自《马凡陀的山歌》,1946 年 10 月生活书店初版)

孤岛

阿垅

在掀腾的海波之中,我是小小的孤岛,如同其
 他的孤岛
在晴丽的天气,我能够清楚地望见大陆边岸底
 远景
似乎隐隐约约传来了人声,虽然远,但是传来
 了,人声传来
有的时候,也有一叶小舟渡海而来,在我底岸
 边小泊
而在雾和冬的季节,在深夜无星之时,我
不能看到你了,我只在我底恋慕和向往的心情

---

① 国际饭店高楼上挂"礼义廉耻"四字。
② 据报载新闻。
③ "联总"运华救济之粮食报载有此种情形。
④ "联总"统计。

中看见你为我留下的影子

我,是小小的孤岛,然而和大陆一样
我有乔木和灌木,你底乔木和灌木
我有小小的麦田和疏疏的村落,你底麦田和村落
我有飞来的候鸟和鸣鸟,从你那儿带着消息飞来
我有如珠的繁星的夜,和你共同在里面睡眠的繁星的夜
我有如桥的七色的虹霓,横跨你我之间的虹霓

我,似乎是一个弃儿然而不是
似乎是一个浪子然而不是
海面的波涛嚣然地隔断了我们,为了隔断我们
迷惘的海雾黯澹地隔断了我们,想使你以为丧失了我而我以为丧失了你
然而在海流最深之处,我和你永远联结而属一体,连断层地震也无力使你我分离
如同其他的孤岛,我是小小的孤岛,你底儿子,你底兄弟

一九四六年于成都

(选自《荒鸡小集》之一:《孤岛集》,1947年出版)

金黄的稻束　　　　　　　　　　　郑　敏

金黄的稻束站在
割过的秋天的田里,
我想起无数个疲倦的母亲,
黄昏路上我看见那皱了的美丽的脸,
收获日的满月在
高耸的树巅上,
暮色里,远山
围着我们的心边,
没有一个雕像能比这更静默。
肩荷着那伟大的疲倦,你们
在这伸向远远的一片
秋天的田里低首沉思,
静默。静默。历史也不过是
脚下一条流去的小河,
而你们,站在那儿,
将成为人类的一个思想。

(选自《诗集1942—1947》,1948年4月文化生活出版社初版)

珠和觅珠人　　　　　　　　　　　陈敬容

珠在蚌里,它有一个等待
它知道最高的幸福是
给予,不是苦苦的沉埋
许多天的阳光,许多夜的月光
还有不时的风雨掀起白浪
这一切它都早已收受
在它的成长中,变作了它的
所有。在密合的蚌壳里

它倾听四方的脚步
有的急促,有的踌躇
纷纷沓沓的那些脚步
走过了,它紧敛住自己的
光,不在不适当的时候闪露。
然而它有一个等待,它知道

觅珠人正从哪一个方向
带着怎样的真挚和热望
向它走来。那时它便要揭起
隐蔽的纱网,庄严地向生命
展开,投进一个全新的世界。

(原载1948年8月《中国新诗》第3集)

山中所见——一棵树　　　　　　　　　　　　辛　笛

你锥形的影子遮满了圆圆的井口
你独立,承受各方的风向
你在宇宙的安置中生长
因了月光的点染,你最美也不孤单

风霜锻炼你,雨露润泽你,

季节交替着,你一年就那么添了一轮
不管有意无情,你默默无言
听夏蝉噪,秋虫鸣

一九四八年夏

(原载1948年9月《中国新诗》第4集)

最初的蜜
——写给在狱中的M　　　　　　　　　　　杭约赫

你说你最爱那些路,路
我也爱,不是有人说过:
不必关心到达,使我们
发生兴趣的是路,只要

它——在我挑选的方向里。
在路上,我们相遇了又
离开,爱情咬得我们好
苦,它使你早熟的生命

感到恐惧,一次又一次
你哭泣,但并没懊伤你
所失去的;因为你换得
个丰富的经历,在以后

长长的日子里,你晓得
更多,更多的超越了你
二十四岁的年龄。一切
忧患,都寄托于那个将

实现的理想。但你刚刚
跨出了第一步,陷阱便
收留下你——一个必须要
你通过的考验:酷刑和

铁窗生活,较破灭爱情
更实际的痛苦。这是段
多难挨的时间哩,我们

相隔如重山——三尺之地。

呵,你爱那些路,现在
你的路,在我们的脚下。
生命的意义,为了征服
它,你已尝到最初的蜜。

一九四八年九月于上海

(原载1948年10月《中国新诗》第5集)

青春

李大钊

春日载阳,东风解冻,远从瀛岛,反顾祖邦。肃杀郁塞之象,一变而为清和明媚之象矣;冰雪冱寒之天,一幻而为百卉昭苏之天矣。每更节序,辄动怀思,人事万端,那堪回首,或则幽闺善怨,或则骚客工愁。当兹春雨梨花,重门深掩,诗人憔悴,独倚栏杆之际,登楼四瞩,则见千条垂柳,未半才黄,十里铺青,遥看有色。彼幽闲贞静之青春,携来无限之希望,无限之兴趣,飘然贡其柔丽之姿,于吾前途辽远之青年之前,而默许以独享之权利。嗟吾青年可爱之学子乎!彼美之青春,念子之任重而道远也,子之内美而修能也。怜子之劳,爱子之才也。故而经年一度,展其怡和之颜,饯子于长征迈往之途,冀有以慰子之心也。纵子为尽瘁于子之高尚之理想、圣神之使命、远大之事业、艰巨之责任,而夙兴夜寐,不遑启处。亦当于千忙万迫之中,偷隙一盼,霁颜相向,领彼恋子之殷情,赠子之韶华。俾以青年纯洁之躬,饫尝青春之甘美,浃浴青春之恩泽,永续青春之生涯。致我为青春之我,我之家庭为青春之家庭,我之国家为青春之国家,我之民族为青春之民族。斯青春之我,乃不枉于遥遥百千万劫中。为此一大因缘,与此多情多爱之青春,相邂近于无尽青春中之一部分空间与时间也。

块然一躯,渺乎微矣,于此广大悠久之宇宙,殆犹沧海之一粟耳。其得永享青春之幸福与否,当问宇宙自然之青春是否为无尽。如其有尽,纵有彭聃之寿,甚且与宇宙齐,亦奚能许我以常享之福?如其无尽,吾人奋其悲壮之精神,以与无尽之宇宙竞进,又何不能之有?而宇宙之果否为无尽,当问宇宙之有无初终。宇宙果有初乎?曰:"初乎无也。"果有终乎?曰:"终乎无也。"初乎无者,等于无初。终乎无者,等于无终。无初无终,是于空间为无限,于时间为无极。质言之无而已矣,此绝对之说也。若由相对观之,则宇宙为有进化者。既有进化,必有退化,于是差别之万象万殊生焉。惟其为万象万殊,故于全体为个体,于全生为一生。个体之积,如何其广大,而终于有限。一生之命,如何其悠久,而终于有涯。于是有生即有死,有盛即有衰,有阴即有阳,有否即有泰,有剥即有复,有屈即有信,有消即有长,有盈即有虚,有吉即有凶,有祸即有福,有青春即有白首,有健壮即有颓老,质言之有而已矣。庄周有云:"朝菌不知晦朔,蟪蛄不知春秋。"又云:"小知不如大知,小年不如大年。"夫晦朔与春秋而果为有耶,何以菌蛄以外之有生,几经晦朔几历春秋者皆知之,而菌蛄独不知也?其果为无耶,又何以菌蛄虽不知,而菌蛄以外之有生,几经晦朔几历春秋者,皆知之也?是有无之说,亦至无定矣。以吾人之知,小于宇宙自然之知,其年小于宇宙自然之年,而欲断空间时间不能超越之宇宙为有为无,是亦朝菌之晦朔,蟪蛄之春秋耳。秘观宇宙,有二相焉。由佛理言之,平等与差别也,空与色也。由哲理言之,绝对与相对也。由数理言之,有与无也。由《易》理言之,周与易也。《周易》非以昭代立名。宋儒罗泌尝论之于《路史》。而金氏圣叹《序离骚经》,释之尤近精微,谓"周其体也,易其用也。约法而论,周以常住为义,易以变易为义。双约人法,则周乃圣人之能事,易乃大千之变易。大千本无一有,更立不定。日新、日日新、又日新之谓也,圣人独能以忧患之心周之,尘尘刹刹,无不普遍。又复尘尘周于刹刹,刹刹周于尘尘,然后世界自见其易。圣人时得其常,故云《周易》"。仲尼曰:"自其异者视之,肝胆楚越也;自其同者视之,万物皆一也。"此同异之辨。东坡曰:"自其变者而观之,则天地曾不能以一瞬;自其不变者而观之,造物与吾皆无尽藏也。"此变不变之殊也。其变者青春之进程,其不变者无尽之青春也。其异者青春之进程,其同者无尽之青春也。其易者青春之进程,其周者无尽之青春也。其有者青春之进程,其无者无尽之青春也。其相对者青春之进程,其绝对者无尽之青春也。其色者差别者青春之进程,其空者平等者无尽之青春也。推而言之,乃至生死、盛衰、阴阳、否泰、剥复、屈信、消长、盈虚、吉凶、祸福、青春白首、健壮颓老之轮回反复,连续流转,无非青春之进程。而此无初无终、无限无极、无方无体之机轴,亦即无尽之青春也。青年锐进之子,尘尘刹刹,立于旋转簸扬循环无端之大洪流中,宜有江流不转之精神,屹然独立之气魄,冲荡其潮流,抵拒其势力,以其不变应其变,以其同操其异,以其周执其易,以其无持其有,以其绝对统其相对,以其空驭其色,以其平等律其差别,故能以宇宙之生涯为自我之生涯,以宇宙之青春为自我之青春。宇宙无尽,即青春无尽,即自我无尽。此之精神,即生死肉骨、回天再造之精神也。此之气魄,即慷慨悲壮、拔山盖世之气魄也。惟真知爱青春者,乃能识宇宙有无尽之青春。惟真能识宇宙有无尽之青春者,乃能具此种精神与气魄。惟真有此种精神与气魄者,乃能永享宇宙无尽之青春。

一成一毁者,天之道也;一阴一阳者,易之道也。唐生维廉与铁特二家,邃研物理,知天地必有终极。盖天之行也以其动,其动也以不均,犹水之有高下而后流也。今太阳本热常耗,以慧星来往度之递差,知地外有最轻之冈气,为能阻物,既能阻物,斯能耗热耗力。故大宇积热力,每散趋均平,及其均平,天地乃毁。天地且有时而毁,况其间所包蕴之万物乎?漫云天地,究何所指,殊嫌茫漠,征实言之,有若地球。地球之有生命,已为地质学家所明证。惟今日之地球,为儿童地球乎?青年地球乎?丁壮地球乎?抑白首地球乎?此实未答之问也。苟犹在儿童或青年之期,前途自足乐观,游优乐土,来日方长,人生趣味益以浓厚,神志益以飞舞。即在丁壮之年,亦属元神盛涌、血气畅发之期,奋志前行,亦当勿懈。独至地球之寿,已臻白发之颓龄,则栖息其上之吾人,夜夜仰见死气沉沉之月球,徒借曜灵之末光,以示伤心之颜色于人寰。若以警告地球之终有死期也者,言念及此,能勿愀然。虽然地球即成白首,吾人尚在青春,以吾人之青春,柔化地球之白首,虽老犹未老也。是则地球一日存在,即吾人之青春一日存在。吾人之青春一日存在,即地球之青春一日存在。吾人有现在一刹那之地球,即有现在一刹那之青春,即当尽现在一刹那对于地球之责任。虽明知未来一刹那之地球必毁,当知未来一刹那之青春不毁。未来一刹那之地球,虽非现在一刹那之地球,而未来一刹那之青春,犹是现在一刹那之青春。未来一刹那之我,仍有对于未来一刹那之地球之责任。庸得以虞地球形体之幻灭,而猥为沮丧哉!

复次,生于地球上之人类,其犹在青春乎?抑已臻白首乎?将来衰亡之顷,究与地球同时自然死灭乎?抑因地球温度激变,突与动植物共死灭乎?其或先兹事变,如个人若民族之死灭乎?斯亦难决之题也。生物学者之言曰:"人类之生活,反乎自然之生活也。自妇人畏蒽,抱子而奔,始学立行,胸部暴露,必须被物以求遮卫,而人类遂有衣裳;又以播迁转徙,所携食物,易于腐败,而人类遂有火食。有衣裳而人类失其毛发矣,有火食而人类失其胃肠矣。其趋文明也日进,其背自然也日遐。浸假有舟车电汽,而人类丧其手足矣。有望远镜、德律风等,而人类丧其耳目矣。

他如有书报传译之速，文明利器之普，而人类亡其脑力。有机关枪四十二珊之炮，而人类弱其战能。有分工合作之都市生活，歌舞楼台之繁华景象，而人类增其新病。凡此种种，人类所以日向灭种之途者，若决江河，奔流莫遏，长此不已，劫焉可逃。"此辈学者所由大声疾呼，布兹骇世听闻之噩耗，而冀以谋挽救之方也。宗教信士则从而反之，谓宇宙一切，皆为神造，维护之任，神自当之。吾人智能薄弱，惟托庇于神而能免于罪恶灾厄。如生物家言，是为蔑夷神之功德，影响所及，将驱人类入于悲观之途。圣智且尚无灵，人工又胡能阙。惟有瞑心自放，居于下流，荒亡日久，将为人心世道之忧矣。末俗浇漓，未始非为此说者阶之厉也。吾人宜坚信上帝有全知全能，虔心奉祷，罪患如山，亦能免矣。由前之说，固易流于悲观，而其足以警觉世人，俾知谋矫正背乎自然之生活，此其所长也。由后之说，虽足以坚人信仰之力，俾其灵魂得游优于永生之天国，而其过崇神力，轻蔑本能，并以讳蔽科学之实际，乃其所短也。吾人于此，宜如宗教信士之信仰上帝者，信人类有无尽之青春，更宜悚然于生物学者之旨，以深自警惕，力图于背逆自然生活之中，而能依人为之工夫，致其背逆自然之生活，无异于顺适自然之生活。斯则人类之寿，虽在耄耋之年，而吾人苟奋自我之欲能，又何不可返于无尽青春之域，而奏起死回生之功也？

　　人类之成一民族、一国家者，亦各有其生命焉。有青春之民族，斯有白首之民族；有青春之国家，斯有白首之国家。吾之民族若国家，果为青春之民族、青春之国家欤？抑为白首之民族、白首之国家欤？苟已成白首之民族、白首之国家焉。吾辈青年之谋，所以致之回春为之再造者，又应以何等信力与愿力从事，而克以著效。此则系乎青年之自觉何如耳。异族之觇吾国者，辄曰："支那者老大之邦也。支那之民族，濒灭之民族也。支那之国家，待亡之国家也。"洪荒而后，民族若国家之递兴递亡者，夥然其不可纪矣。粤稽西史，罗马、巴比伦之盛时，丰功伟烈，彪著寰宇。曾几何时，一代声华，都成尘土矣。只今屈指，欧土名邦，若意大利、若法兰西、若西班牙、若葡萄牙、若和兰、若比利时、若丹马、若瑞典、若那威，乃至若英吉利，罔不有积尘之历史，以重累其国家若民族之生命。回溯往祀，是等国族，固皆尝有其青春之期，以其畅盛之生命，展其特殊之天才。而今已矣，声华渐落，躯壳空存，纷纷者皆成文明史上之过客矣。其校新者，惟德意志与勃牙利。此次战血洪涛中，又为其生命力之所注，勃然暴发，以挥展其天才矣。由历史考之，新兴之国族与陈腐之国族遇，陈腐者必败；朝气横溢之生命力与死灰沉滞之生命力遇，死灰沉滞者必败；青春之国民与白首之国民遇，白首者必败。此殆天演公例，莫或能逃者也。支那自黄帝以降，赫赫然树独立之帜于亚东大陆者，四千八百余年于兹矣。历世久远，纵观横览，罕有其伦。稽其民族青春之期，远在有周之世，典章文物，灿然大备。过此以往，渐向衰歇之运，然犹浸衰浸微，扬其余辉，以至于今日者，得不谓为其民族之光欤？夫人寿之永，不过百年；民族之命，垂五千载，斯亦寿之至也。印度为生释迦而兴，故自释迦生而印度死；犹太为生耶稣而立，故自耶稣生而犹太亡；支那为生孔子而建，故自孔子生而支那衰。陵夷至于今日，残骸枯骨，满目黮然，民族之精英，渐灭尽矣，而欲不亡，庸可得乎？吾青年之骤闻斯言者，未有不变色裂眦，怒其侮我之甚也。虽然，勿怒也。吾之国族，已阅长久之历史，而此长久之历史，积尘重压，以桎梏其生命而臻于衰敝者，又宁容讳？然而吾族青年所当信誓旦旦，以昭示于世者，不在龂龂辩证白首中国之不死，乃在汲汲孕育青春中国之再生。吾族今后之能否立足于世界，不任白首中国之苟延残喘，而在青春中国之投胎复活。盖尝闻之，生命者，死与再生之连续也。今后人类之问题、民族之问题，非苟生残存之问题，乃复活更生、回春再造之问题也。与吾并称为老大帝国之土耳其,则青年之政治运动,屡试不一试焉。巴尔干诸邦,则各谋离土自立,而为民族之运动。兵连祸结,干戈频兴,卒以酿今兹世界之大变焉。遥望喜马拉亚山之巅,恍见印度革命之烽烟一缕,引而弥长,是亦欲回其民族之青春也。吾华自辛亥首义,癸丑之役继之,喘息未安,风尘澒洞,又复倾动九服,是亦欲再造其神州也。而在是等国族,凡以冲决历史之桎梏、涤荡历史之积秽,新造民族之生命,挽回民族之青春者,固莫不惟其青年是望矣。建国伊始,肇锡嘉名,实维中华。中华之义,果何居乎?中者,宅中位正之谓也。吾辈青年之大任,不仅以于空间能致中华为天下之中而遂足,并当于时间而谛时中之旨也。旷观世界之历史,古往今来,变迁何极。吾人当于今岁之青春,画为中点。中以前之历史,不过如进化论仅于考究太阳、地球、动植各物。乃至人类之如何发生、如何进化者。以纪人类民族国家之如何发生、如何进化也。中以后之历史,则以是为古代史之职,而别以纪人类民族国家之更生回春为其中心之的也。中以前之历史,封闭之历史,焚毁之历史,葬诸坟墓之历史也。中以后之历史,洁白之历史,新装之历史,待施绚绘之历史也。中以前之历史,白首之历史,陈死人之历史也。中以后之历史,青春之历史,活青年之历史也。青年乎!其以中立不倚之精神,肩兹砥柱中流之责任,即由今年今春之今日今刹那为时中之起点,取世界一切白首之历史,一火而摧焚之,而专以发挥青春中华之中,缀其一生之美于中。以后历史之首页,为其职志,而勿逡巡不前。华者,文明开敷之谓也。华与实相为轮回,即开敷与废落相为嬗代。白首中华也,青春中华本以胚孕之实也。青春中华者,白首中华托以再生之华也。白首中华者。渐即废落之中华。青春中华者,方复开敷之中华也。有渐即废落之中华,所以有方复开敷之中华。有前之废落以供今之开敷,斯有后之开敷以续今之废落。即废落,即开敷;即开敷,即废落,终竟如是废落,终竟如是开敷。宇宙有无尽之青春,斯宇宙有不落之华,而栽之培之灌之溉之赏玩之享爱之者,舍青春中华之青年,更谁与归矣?青年乎,勿徒发愿。愿春常在、华常好也;愿华常得青春,青春常在于华也。宜有即华不得青春,青春不在于华,亦必奋其回春再造之努力,使废落者复为开敷,开敷者终不废落。使华不能不得青春,青春不能不在于华之决心也。抑吾闻之化学家焉,土质虽腴,肥料虽多,耕种数载,地方必耗,砂土硬化,无能免也。将欲柔融之,俾再反于丰穰,惟有一种草木为能致之,为其能由空中吸收窒素肥料,注入土中而沃润之也。神州赤县,古称"天府",胡以至今,徒有万木秋声、萧萧落叶之悲。昔时繁华之盛,荒凉废落,至于此极也。毋亦无此种草木为之文柔和润之耳,青年之于社会,殆犹此种草木之于田亩也。从此广植根蒂,深固不可复拔。不数年间,将见青春中华之参天翁郁,错节盘根,树于世界。而神州之域,还其丰穰,复其膏腴矣。则谓此菁菁苰苰之青年,即此方复开敷之青春中华可也。

顾人之生也,苟不能窥见宇宙有无尽之青春。则自呱呱堕地,迄于老死,觉其间之春光,迅于电波石火,不可淹留,浮生若梦,直菌鹤马蜩之过乎前耳。是以川上尼父,有逝者如斯之嗟,湘水灵均,兴春秋代序之感。其他风骚雅士,或秉烛夜游,勤事劳人,或重惜分寸。而一代帝王,一时豪富,当其垂暮之年,绝诀之际,贪恋幸福,不忍离舍。每为咨嗟太息,尽其权力黄金之用,无能永一瞬之天年,而重留遗憾于长生之无术焉。秦政并吞八荒,统制四海,固一世之雄也。晚年畏死,遍遣羽客,搜觅神仙,求不老之药,卒未能获,一旦魂断,宫车晚出。汉武穷兵,蛮荒慑伏,汉代之英主也,暮年永叹,空有"欢乐极矣哀情多,少壮几时老奈何"之慨。最近美国富豪某,以毕主之奋斗,博得$式之王冠,衰病相催,濒于老死,则抚枕而叹曰:"苟能延一月之命,报以千万金弗惜也。"然是又安可得哉。夫人之生也有限,其欲也无穷。以无穷之欲,逐有限之生,坐令似水年华,滔滔东去,红颜难再,白发空悲,其殆人之无奈,天何者欤?涉念及此,灰肠断气,厌世之思,油然而生。贤者仁智俱穷,不肖者流连忘返,而人生之蕲向荒矣,是又岂青年之所宜出哉?人生兹世,更无一刹那不在青春,为其居无尽青春之一部,为无尽青春之过程也。顾青年之人,或不得常享青春之乐者,以其有黄金权力,一切烦忧苦恼机械生活,为青春之累耳。谚云:"百金买骏马,千金买美人,万金买爵禄,何处买青春?"岂惟无处购买,邓氏铜山,郭家金穴,愈有以障繄青春之路,俾无由达于其境也。罗马亚布达尔曼帝,位在皇极,富有四海,不可谓不尊矣。临终语其近侍,谓四十年间,真感愉快者,仅有三日。权力之不足福人,以视黄金,又无差等。而以四十年之青春,娱心不过三日,悼心悔憾,宁有穷耶?夫青年安心立命之所,乃在循今日主义以进,以吾人之生,洵如卡莱尔所云,特为时间所执之无限而已。无限现而为我,乃为现在,非为过去与将来也。苟了现在,即了无限矣。昔者圣叹作诗,有"何处谁人玉笛声"之句。释弓年小,窃以玉字为未安,而质之圣叹。圣叹则曰:"彼若说:'我所吹本是铁笛,汝何得用作玉笛?'我便云:'我已用作玉笛,汝何得更吹铁笛?'天生我才,岂为汝铁笛作奴儿婢子来耶?"夫铁字与玉字,有何不可通融更易之处。圣叹顾与之争一字之短长而不惮烦者,亦欲与之争我之现在耳。诗人拜轮,放浪不羁,时人诋之,谓于来世,必当酷受地狱之苦。拜轮答曰:"基督教徒,自苦于现世,而欲祈福于来世。非基督教徒,则于现世,旷逸自遣,来世之苦,非所辞也。"二者相校,但有先后之别,安有分量之差?拜轮此言,固甚矫激,且寓讽刺之旨。以余观之,现世有现世之乐,来世有来世之乐。现世有现世之青春,来世有来世之青春。为贪来世之乐与青春,而迟吾现世之乐与青春,固所不许。而为贪现世之乐与青春,遽弃吾来世之乐与青春,亦所弗应也。人生求乐,何所不可,亦何必妄分先后,区异今来也?耶曼孙曰:"尔若爱千古,当利用现在。昨日不能呼还,明日尚未确实。尔能确有把握者,惟有今日。今日之一日,适当明晨之二日。"斯言足发吾人之深省矣。盖现在者,吾人青春中之青春也。青春作伴以还于大漠之乡,无如而不自得,更何烦忧之有焉。烦忧既解,恐怖奚为?耶比古达士曰:"贫不足恐,流窜不足恐,囹圄不足恐。最可恐者,恐怖其物也。"美之政雄罗斯福氏,解政之后,游猎荒山,奋其铁腕,以与虎豹熊罴相搏战。一日猎白熊,险遭吞噬,自传其事,谓为不以恐怖误其稍纵即逝之机之效,始获免焉。于以知恐怖为物,决不能拯人于危。苟其明日将有大祸临于吾躬,无论如何恐怖,明日之祸,万不能因是而减其豪末。而今日之我,则因是而大损其气力,俾不足以御明日之祸而与之抗也。艰虞万难之境,横于吾前,吾惟有我,有我之现在而足恃。堂堂七尺之躯,徘徊回顾,前不见古人,后不见来者,惟有昂头阔步,独往独来,何待他人之援手。始以遂其生者,更胡为乎念天地之悠悠,独怆然而涕下哉?惟足为累于我之现在及现在之我者,机械生活之重荷,与过去历史之积尘,殆有同一之力焉。今人之赴利禄之途也,如蚁之就膻、蛾之投火。究其所企,克致志得意满之果。而营营扰扰,已逾半生。以孑然之身,强负黄金与权势之重荷以趋,几何不为所重压而僵毙耶?盖其优于权富即其短于青春者也。耶经有云:"富人之欲入天国,犹之骆驼欲潜身于针孔。"此以喻重荷之与青春不并存也。总之,青年之自觉,一在冲决过去历史之网罗,破坏陈腐学说之囹圄,勿令僵尸枯骨,束缚现在活泼泼地之我,进而纵现在青春之我,扑杀过去青春之我,促今日青春之我,禅让明日青春之我。一在脱绝浮世虚伪之机械生活,以特立独行之我,立于行健不息之大机轴。祖裼裸裎,去来无罪,全其优美高尚之天,不仅以今日青春之我,追杀今日白首之我,并宜以今日青春之我,豫杀来日白首之我,此固人生唯一之蕲向,青年唯一之责任也矣!拉凯尔曰:"长保青春,为人生无上之幸福。尔欲享兹幸福,当死于少年之中。"吾愿吾亲爱之青年,生于青春死于青春,生于少年死于少年也。德国史家孟孙氏,评骘锡札曰:"彼由青春之杯,饮人生之水,并泡沫而干之。"吾愿吾亲爱之青年,擎此夜光之杯,举人生之醍醐浆液,一饮而干也。人能如是,方为不役于物,物莫之伤。大浸稽天而不溺,大旱金石流土山焦而不热,是其尘垢秕糠,将犹陶铸尧舜。自我之青春,何能以外界之变动而改易,历史上残骸枯骨之灰,又何能塞蔽青年之聪明也哉?市南宜僚见鲁侯,鲁侯有忧色,市南子乃示以去累除忧之道,有曰:"吾愿君去国捐俗,与道相辅而行。"君曰:"彼其道远而险,又有江山,我无舟车,奈何?"市南子曰:"君无形倨,无留居,以为君车。"君曰:"彼其幽远而无人,吾谁与为邻?吾无粮,我无食,安得而至焉?"市南子曰:"少君之费,寡君之欲,虽无粮而乃足。君其涉于江而浮于海,望之而不见其崖,愈往而不知其所穷,送君者将自崖而反,君自此远矣。"此其谓"道",殆即达于青春之大道。青年循蹈乎此,本其理性,加以努力,进前而勿顾后,背黑暗而向光明,为世界进文明,为人类造幸福。以青春之我,创建青春之家庭,青春之国家,青春之民族,青春之人类,青春之地球,青春之宇宙,资以乐其无涯之生,乘风破浪,迢迢乎远矣,复何无计留春望尘莫及之忧哉?吾文至此,已嫌冗赘。请诵漆园之语,以终斯篇。

(原载 1916 年 9 月 1 日《新青年》第 2 卷第 1 号)

藕与莼菜

叶绍钧

  与朋友喝酒,嚼着薄片的雪藕,忽然怀念起故乡来了。若在故乡,每当新秋的早晨,门前经过许多的乡人:男的紫赤的臂膊和小腿肌肉突起,躯干高大且挺直,使人起康健的感觉;女的往往裹着白地青花的头布,虽然赤脚,却穿短短的夏布裙,躯干固然不及男的这样高,但是别有一种康健的美的风致;他们各挑着一副担子,盛着鲜嫩玉色的长节的藕。在藕的家乡的池塘里,在城外曲曲弯弯的小河边,他们把这些藕一濯再濯,所以这样洁白了。仿佛他们以为这是供人体味的高品的东西,这是清晨的图画里的重要题材,假若满涂污泥,便把人家欣赏的浑凝之感打破了;这是一件罪过的事情,他们不愿意担在身上,故而先把它们濯得这样洁白了,才挑进城里来。他们想要休息的时候,就把竹扁担横在地上,自己坐在上面,随便拣择担里的过嫩的藕枪或是较老的藕朴,大口地嚼着解渴。过路的人便站住了,红衫的小姑娘拣一节,白发的老公公买两支。清淡的甘美的滋味于是普遍于家家且人人了。这种情形,差不多是平常的日课,直要到叶落秋深的时候。

  在这里,藕这东西几乎是珍品了。大概也是从我们的故乡运来的,但是数量不多,自有那些伺候豪华公子硕腹巨贾的帮闲茶房们把大部分抢去了;其余的便要供在大一点的水果铺子里,位置在金山苹果吕宋香芒之间,专待善价而沽。至于挑着担子在街上卖的,也并不是没有,但不是瘦得像乞丐的臂腿，便涩得像未熟的柿子，实在无从欣羡。因此，除了仅有的一回，我们今年竟不曾吃过藕。

这仅有的一回不是买来吃的，是邻舍送给我们吃的。他们也不是自己买的，是从故乡来的亲戚带来的。这藕离开它的家乡大约有好些时候了，所以不复呈玉样的颜色，却满被着许多锈斑。削去皮的时候，刀锋过处，很不顺爽，切成了片，送入口里嚼着，颇有点甘味，但没有一种鲜嫩的感觉，而且似乎含了满口的渣，第二片就不想吃了。只有孩子很高兴，他把这许多片嚼完，居然有半点钟工夫不再作别种的要求。

因为想起藕，又联想到莼菜。在故乡的春天，几乎天天吃莼菜。它本来没有味道，味道全在于好的汤。但这样嫩绿的颜色与丰富的诗意，无味之味真足令人心醉呢。在每条街旁的小河里，石埠头总歇着一两条没篷船，满舱盛着莼菜，是从太湖里去捞来的。像这样地取求很便，当然能得日餐一碗了。

而在这里又不然；非上馆子，就难以吃到这东西。我们当然不上馆子，偶然有一两回去扰朋友的酒席，恰又不是莼菜上市的时候，所以今年竟不曾吃过。直到最近，伯祥的杭州亲戚来了，送他几瓶装瓶的西湖莼菜，他送我一瓶，我才算也尝了新了。

向来不恋故乡的我，想到这里，觉得故乡可爱极了。我自己也不明白，为什么会起这么深浓的情绪？再一思索，实在很浅显的：因为在故乡有所恋，而所恋又惟在故乡有，便萦着系着，不能离舍了。譬如亲密的家人在那里，知心的朋友在那里，怎得不恋恋？怎得不怀念？但是仅仅为了爱故乡么？不是的，不过在故乡的几个人把我们牵着罢了。若无所牵，更何所恋？像我现在，偶然被藕与莼菜所牵，所以便怀念起故乡来了。

所恋在那里，那里就是我们的故乡了。

九月七日作

（原载1923年9月10日《时事新报》副刊《文学》第87期）

寄小读者

冰　心

通讯七

亲爱的小朋友：

八月十七的下午，约克逊号邮船无数的窗眼里，飞出五色飘扬的纸带，远远的抛到岸上，任凭送别的人牵住的时候，我的心是如何的飞扬而凄恻！

痴绝的无数的送别者，在最远的江岸，仅仅牵着这终于断绝的纸条儿，放这庞然大物，载着最重的离愁，飘然西去！

船上生活，是如何的清新而活泼。除了三餐外，只是随意游戏散步。海上的头三日，我竟完全回到小孩子的境地中去了，套圈子，抛沙袋，乐此不疲，过后又绝然不玩了。后来自己回想很奇怪，无他，海唤起了我童年的回忆，海波声中，童心和游伴都跳跃到我脑中来。我十分的恨这次舟中没有几个小孩子，使我童心来复的三天中，有无猜畅好的游戏！

我自少住在海滨，却没有看见过海平如镜。这次出了吴淞口，一天的航程，一望无际尽是粼粼的微波。凉风习习，舟如在冰上行。到过了高丽界，海水竟似湖光。蓝极绿极，凝成一片。斜阳的金光，长蛇般自天边直接到阑旁人立处。上自穹苍，下至船前的水，自浅红至于深翠，幻成几十色，一层层，一片片的漾开了来。……小朋友，恨我不能画，文字竟是世界上最无用的东西，写不出这空灵的妙景！

八月十八夜，正是双星渡河之夕。晚餐后独倚阑旁，凉风吹衣。银河一片星光，照到深黑的海上。远远听得楼阑下人声笑语，忽然感到家乡渐远。繁星闪烁着，海波吟啸着，凝立悄然，只有惆怅。

十九日黄昏，已近神户，两岸青山，不时的有渔舟往来。日本的小山多半是圆扁的，大家说笑，便道是"馒头山"。这馒头山沿途点缀，直到夜里，远望灯光灿然，已抵神户。船徐徐停住，便有许多人上岸去。我因太晚，只自己又到最高层上，初次看见这般璀璨的世界，天上微月的光，和星光，岸上的灯光，无声相映。不时的还有一串光明从山上横飞过，想是火车周行。……舟中寂然，今夜没有海潮音，静极心绪忽起："倘若此时母亲也在这里……"我极清晰的忆起北京来，小朋友，恕我，不能往下再写了。

冰　心
一九二三年八月二十日，神户。

朝阳下转过一碧无际的草坡，穿过深林，已觉得湖上风来，湖波不是昨夜欲睡如醉的样子了。——悄然的坐在湖岸上，伸开纸，拿起笔，抬起头来，四围红叶中，四面水声里，我要开始写信给我久违的小朋友。小朋友猜我的心情是怎样的呢？

水面闪烁着点点的银光，对岸意大利花园里亭亭层列的松树，都证明我已在万里外。小朋友，到此已逾一月了，便是在日本也未曾寄过一字，说是对不起呢，我又不愿！

我平时写作，喜在人静的时候。船上却处处是公共的地方，舱面阑边，人人可以来到。海景极好，心胸却难得清平。我只能在晨间绝早，船面无人时，随意写几个字，堆积至今，总不能整理，也不愿草草整理，便迟延到了今日。我是尊重小朋友的，想小朋友也能尊重原谅我！

许多话不知从哪里说起，而一声声打击湖岸的微波，一层层的没上杂立的潮石，直到我蔽膝的毡边来，似乎要求我将她介绍给我的小朋友。小朋友，我真不知如何的形容介绍她！她现在横在我的眼前。湖上的月明和落日，湖上的浓阴和微雨，我都见过了，真是仪态万千。小朋友，我的亲爱的人都不在这里，便只有她——海的女儿，能慰安我了。Lake Waban，谐音会意，我便唤她做"慰冰"。每日黄昏的游泛，舟轻如羽，水柔如不胜桨。岸上四围的树叶，绿的，红的，黄的，白的，一丛一丛的倒影到水中来，覆盖了半湖秋水。夕阳下极其艳冶，极其柔媚。将落的金光，到了树梢，散在湖面。我在湖上光雾中，低低的嘱咐它，带我的爱和慰安，一同和它到远东去。

小朋友！海上半月，湖上也过半月了，若问我爱哪一个更甚，这却难说。——海好像我的母亲，湖是我的朋友。我和海亲近在童年，和湖亲近是现在。海是深阔无际，不着一字，她的爱是神秘而伟大的,我对她的爱是归心低首的。湖是红叶绿枝,有许多衬托,她的爱是温和妩媚的,我对她的爱是清淡相照的。这也许太抽象,然而我没有别的话来形容了!

小朋友,两月之别,你们自己写了多少,母亲怀中的乐趣,可以说来让我听听么?——这便算是沿途书信的小序,此后仍将那写好的信,按序寄上,日月和地方,都因其旧,"弱游"的我,如何自太平洋东岸的上海绕到大西洋东岸的波士顿来,这些信中说得很清楚,请在那里看罢!

不知这几百个字,何时方达到你们那里,世界真是太大了!

冰 心
一九二三年十月十四日,慰冰湖畔,威尔斯利。
(选自《寄小读者》,1926年5月北新书局初版)

桨声灯影里的秦淮河

朱自清

一九二三年八月的一晚,我和平伯同游秦淮河;平伯是初泛,我是重来了。我们雇了一只"七板子",在夕阳已去,皎月方来的时候,便下了船。于是桨声汩——汩,我们开始领略那晃荡着蔷薇色的历史的秦淮河的滋味了。

秦淮河里的船,比北京万生园、颐和园的船好,比西湖的船好,比扬州瘦西湖的船也好。这几处的船不是觉着笨,就是觉着简陋,局促;都不能引起乘客们的情韵,如秦淮河的船一样。秦淮河的船约略可分为两种:一是大船;一是小船,就是所谓"七板子"。大船舱口阔大,可容二三十人。里面陈设着字画和光洁的红木家具,桌上一律嵌着冰凉的大理石面。窗格雕镂颇细,使人起柔腻之感。窗格里映着红色蓝色的玻璃;玻璃上有精致的花纹,也颇悦人目。"七板子"规模虽不及大船,但那淡蓝色的栏杆,空敞的舱,也足系人情思。而最出色处却在它的舱前。舱前是甲板上的一部,上面有弧形的顶,两边用疏疏的栏杆支着。里面通常放着两张藤的躺椅。躺下,可以谈天,可以望远,可以顾盼两岸的河房。大船上也有这个,但在小船上更觉清隽罢了。舱前的顶下,一律悬着灯彩;灯的多少,明暗,彩苏的精粗,艳晦,是不一的,但好歹总还你一个灯彩。这灯彩实在是最能勾人的东西。夜幕垂垂地下来时,大小船上都点起灯火。从两重玻璃里映出那辐射着的黄黄的散光,反晕出一片朦胧的烟霭;透过这烟霭,在黯黯的水波里,又逗起缕缕的明漪。在这薄霭和微漪里,听着那悠然的间歇的桨声,谁能不被引入他的美梦去呢?只愁梦太多了,这些大小船儿如何载得起呀?我们这时模模糊糊的谈着明末的秦淮河的艳迹,如《桃花扇》及《板桥杂记》里所载的。我们真神往了。我们仿佛亲见那时华灯映水,画舫凌波的光景了。于是我们的船便成了历史的重载了。我们终于恍然秦淮河的船所以雅丽过于他处,而又有奇异的吸引力的,实在是许多历史的影像使然了。

秦淮河的水是碧阴阴的;看起来厚而不腻,或者是六朝金粉所凝么?我们初上船的时候,天色还未断黑,那漾漾的柔波是这样恬静,委婉,使我们一面有水阔天空之想,一面又惝怳着纸醉金迷之境了。等到灯火明时,阴阴的变为沈沈了:黯淡的水光,像梦一般;那偶然闪烁着的光芒,就是梦的眼睛了。我们坐在舱前,因了那隆起的顶棚,仿佛总是昂着首向前走着似的;于是飘飘然如御风而行的我们,看着那些自在的湾泊着的船,船里走马灯般的人物,便像是下界一般,迢迢的远了,又像在雾里看花,尽朦朦胧胧的。这时我们已过了利涉桥,望见东关头了。沿路听见断续的歌声:有从沿河的妓楼飘来的,有从河上船里度来的。我们明知那些歌声,只是些因袭的言词,从生涩的歌喉里机械的发出来的;但它们经了夏夜的微风的吹漾和水波的摇拂,袅娜着到我们耳边的时候,已经不单是她们的歌声,而混着微风和河水的密语了。于是我们不得不被牵惹着,震撼着,相与浮沉于这歌声里。从东关头转弯,不久就到大中桥。大中桥共有三个桥拱,都很阔大,俨然是三座门儿;使我们觉得我们的船和船里的我们,在桥下过去时,真是太无颜色了。桥砖是深褐色,表明它的历史的长久;但都完好无缺,令人太息于古昔工程的坚美。桥上两旁都是木壁的房子,中间应该有街路?这些房子都破旧了,多年烟熏的迹,遮没了当年的美丽。我想象秦淮河的极盛时,在这样宏阔的桥上,特地盖了房子,必然是髹漆得富富丽丽的;晚间必然是灯火通明的,现在却只剩下一片黑沈沈!但是桥上造着房子,毕竟使我们多少可以想见往日的繁华;这也慰情聊胜无了。过了大中桥,便到了灯月交辉,笙歌彻夜的秦淮河,这才是秦淮河的真面目哩。

大中桥外,顿然空阔,和桥内两岸排着密密的人家的景象大异了。一眼望去,疏疏的林,淡淡的月,衬着蓝蔚的天,颇像荒江野渡光景;那边呢,郁丛丛的,阴森森的,又似乎藏着无边的黑暗:令人几乎不信那是繁华的秦淮河了。但是河中眩晕着的灯光,纵横着的画舫,悠扬着的笛韵,夹着那吱吱的胡琴声,终于使我们认识绿如茵陈酒的秦淮水了。此地天裸露着的多些,故觉夜来的独迟些;从清清的水影里,我们感到的只是薄薄的夜——这正是秦淮河的夜。大中桥外,本来还有一座复成桥,是船夫口中的我们的游踪尽处,或也是秦淮河繁华的尽处了。我的脚曾踏过复成桥的脊,在十三四岁的时候。但是两次游秦淮河,却都不曾见着复成桥的面;明知总在前途的,却常觉得有些虚无缥缈似的。我想,不见倒也好。这时正是盛夏。我们下船后,藉着新生的晚凉和河上的微风,暑气已渐渐消散;到了此地,豁然开朗,身子顿然轻了——习习的清风荏苒在面上,手上,衣上,这便又感到了一缕新凉了。南京的日光,大概没有杭州猛烈;西湖的夏夜老是热蓬蓬的,水像沸着一般,秦淮河的水却尽是这样冷冷地绿着。任你人影的憧憧,歌声的扰扰,总像隔着一层薄薄的绿纱面幂似的;它尽是这样静静的,冷冷的绿着。我们出了大中桥,走不上半里路,船夫便将船划到一旁,停了桨由它宕着。他以为那里正是繁华的极点,再过去就是荒凉了;所以让我们多多赏鉴一会儿。他自己却静静的蹲着。他是看惯这光景的了,大约只是一个无可无不可。这无可无不可,无论是升的沈的,总之,都比我们高了。

那时河里闹热极了;船大半泊着,小半在水上穿梭似的来往。停泊着的都在近市的那一边,我们的船自然也夹在其中。因为这边略略的挤,便觉得那边十分的疏了。在每一只船从那边过去时,我们能画出它的轻轻的影和曲曲的波,在我们的心上;这显着是空,且显着是静了。那时处处都是歌声和凄厉的胡琴声,圆润的喉咙,确乎是很少的。但那生涩的,尖脆的调子能使人有少年的,粗率不拘的感觉,也正可快我们的意。况且多少隔开些儿听着,因为想象与渴慕的做美,总觉更有滋味;而竞发的喧嚣,抑扬的不齐,远近的杂沓,和乐器的嘈嘈切切,合成另一意味的谐音,也使我们无所适从,如随着大风而走。这实在因为我们的心枯涩久了,变为脆弱;故偶然润泽一下,便疯狂似的不能自主了。但秦淮河确也腻人。即如船里的人面,无论是和我们一堆儿泊着的,无论是从我们眼前过去的,总是模模糊糊的,甚至渺渺茫茫的;任你张圆了眼睛,揩净了眦垢,也是枉然。这真够人想呢。在我们停泊的地方,灯光原是纷然的;不过这些灯光都是黄而有晕的。黄已经不能明了,再加上了晕,便更不成了。灯愈多,晕就愈甚;在繁星般的黄的交错里,秦淮河仿佛笼上了一团光雾。光芒与雾气腾腾的晕着,什么都只剩了轮廓了;所以人面的详细的曲线,便消失于我们的眼底了。但灯光究竟夺不了那边的月色;灯光是浑的,月色是清的。在浑沌的灯光里,渗入一派清辉,却真是奇迹!那晚月儿已瘦削了两三分。她晚妆才罢,盈盈的上了柳梢头。天是蓝得可爱,仿佛一汪水似的;月儿便更出落得精神了。岸上原有三株两株的垂杨树,淡淡的影子,在水里摇曳着。它们那柔细的枝条浴着月光,就像一支支美人的臂膊,交互的缠着,挽着;又像是月儿披着的发。而月儿偶尔也从它们的交叉处偷偷窥看我们,大有小姑娘怕羞的样子。岸上另有几株不知名的老树,光光的立着;在月光里照起来,却又俨然是精神矍铄的老人。远处——快到天际线了,才有一两片白云,亮得现出异彩,像是美丽的贝壳一般。白云下便是黑黑的一带轮廓;是一条随意画的不规则的曲线。这一段光景,和河中的风味大异了。但灯与月竟能并存着,交融着,使月成了缠绵的月,灯射着渺渺的灵辉,这正是天之所以厚秦淮河,也正是天之所以厚我们了。

　　这时却遇着了难解的纠纷。秦淮河上原有一种歌妓,是以歌为业的。从前都在茶舫上,唱些大曲之类。每日午后一时起;什么时候止,却忘记了。晚上照样也有一回,也在黄晕的灯光里。我从前过南京时,曾随着朋友去听过两次。因为茶舫里的人脸太多了,觉得不大适意,终于听不出所以然。前年听说歌妓被取缔了,不知怎的,颇涉想了几次——却想不出什么。这次到南京,先到茶舫上去看看,觉得颇是寂寥,令我无端的怅怅了。不料她们却仍在秦淮河里挣扎着,不料她们竟会纠缠到我们,我于是很张皇了,她们也乘着"七板子",她们总是坐在舱前的。舱前点着石油汽灯,光亮眩人眼目;坐在下面的,自然是纤毫毕见了——引诱客人们的力量,也便在此了。舱里躲着乐工等人,映着汽灯的余辉蠕动着;他们是永远不被注意的。每船的歌妓大约都是二人;天色一黑,她们的船就在大中桥外往来不息的兜生意。无论行着的船,泊着的船,都要来兜揽的。这都是我后来推想出来的,那晚不知怎样,忽然轮着我们的船了。我们的船好好的停着,一只歌舫划向我们来了;渐渐和我们的船并着了。烁烁的灯光逼得我们皱起了眉头;我们的风尘色全给它托出来了,这使我踧踖不安了。那时一个伙计跨过船来,拿着摊开的歌折,就近塞向我的手里,说:"点几出吧!"他跨过来的时候,我们船上似乎有许多眼光跟着。同时相近的别的船上也似乎有许多眼睛炯炯的向我们船上看着。我真窘了!我也装出大方的样子,向歌妓们瞥了一眼,但究竟是不成的!我勉强将那歌折翻了一翻,却不曾看清了几个字;便赶紧递还那伙计,一面不好意思地说:"不要。我们……不要。"他便塞给平伯,平伯掉转头去,摇手说:"不要!"那人还腻着不走。平伯又回过脸来,摇着头道,"不要!"于是那人重到我处,我窘着再拒绝了他。他这才有所不屑似的走了。我的心立刻放下,如释了重负一般。我们就开始自白了。

　　我说我受了道德律的压迫,拒绝了她们;心里似乎很抱歉的。这所谓抱歉,一面对于她们,一面对于我自己。她们于我们虽然没有很奢的希望;但总有些希望的。我们拒绝了她们,无论理由如何充足,却使她们的希望受了伤;这总有几分不做美了。这是我觉得很怅怅的。至于我自己,更有一种不足之感。我这时被四面的歌声诱惑了,降伏了;但是远远的,远远的歌声总仿佛隔着重衣搔痒似的,越搔越搔不着痒处。我于是憧憬着贴耳的妙音了。在歌舫划来时,我的憧憬,变为盼望;我固执的盼望着,有如饥渴。虽然从浅薄的经验里,也能够推知,那贴耳的歌声,将剥去了一切的美妙;但一个平常的人像我的,谁愿凭了理性之力去丑化未来呢? 我宁愿自己骗着了。不过我的社会感性是很敏锐的;我的思力能拆穿道德律的西洋镜,而我的感情却终于被它压服着。我于是有所顾忌了,尤其是在众目昭彰的时候。道德律的力,本来是民众赋予的;在民众的面前,自然更显出它的威严了。我这时一面盼望,一面却感到了两重的禁制:一,在通俗的意义上,接近妓者总算一种不正当的行为;二,妓是一种不健全的职业,我们对于她们,应有哀矜勿喜之心,不应赏玩的去听她们的歌。在众目睽睽之下,这两种思想在我心里最为旺盛。她们暂时压倒了我的听歌的盼望,这便成就了我的灰色的拒绝。那时的心实在异常状态中,觉得颇是昏乱。歌舫去了,暂时宁静之后,我的思绪又如潮涌了。两个相反的意思在我心头往复:卖歌和卖淫不同,听歌和狎妓不同,又干道德甚事? ——但是,但是,她们既被逼的以歌为业,她们的歌必无艺术味的;况她们的身世,我们究竟该同情的。所以拒绝倒也是正办。但这些意思终于不曾撇开我的听歌的盼望。它力量异常坚强;它总想将别的思绪踏在脚下。从这重重的争斗里,我感到了浓厚的不足之感。这不足之感使我的心盘旋不安,起坐都不安宁了。唉!我承认我是一个自私的人!平伯呢,却与我不同。他引周启明先生的诗:"因为我有妻子,所以我爱一切的女人;因为我有子女,所以我爱一切的孩子。"他的意思可以见了。他因为推及的同情,爱着那些歌妓,并且尊重着她们,所以拒绝了她们。在这种情形下,他自然以为听是对于她们的一种侮辱。但他也是想听歌的,虽然不和我一样。所以在他的心中,当然也有一番小小的争斗;争斗的结果,是同情胜了。至于道德律,在他是没有什么的;因为他很有蔑视一切的倾向,民众的力量在他是不大觉着的。这时他的心意的活动比较简单,又比较松弱,故事后还怡然自若;我却不能了。这里平伯又比我高了。

在我们谈话中间,又来了两只歌舫。伙计照前一样的请我们点戏,我们照前一样的拒绝了。我受了三次窘,心里的不安更甚了。清艳的夜景也为之减色。船夫大约因为要赶第二趟生意,催着我们回去;我们无可无不可的答应了。我们渐渐和那些晕黄的灯光远了,只有些月色冷清清的随着我们的归舟。我们的船竟没个伴儿,秦淮河的夜正长哩!到大中桥近处,才遇着一只来船。这是一只载妓的板船,黑漆漆的没有一点光。船头上坐着一个妓女;暗里看出,白地小花的衫子,黑的下衣。她手里拉着胡琴,口里唱着青衫的调子。她唱得响亮而圆转;当她的船箭一般驶过去时,余音还袅袅的在我们耳际,使我们倾听而向往。想不到在弩末的游踪里,还能领略到这样的清歌!这时船过大中桥了,森森的水影,如黑暗张着巨口,要将我们的船吞了下去。我们回顾那渺渺的黄光,不胜依恋之情;我们感到了寂寞了! 这一段地方夜色甚浓,又有两头的灯火招邀着;桥外的灯火不用说了,过了桥另有东关头疏疏的灯火。我们忽然仰头看见依人的素月,不觉深悔归来之早了! 走过东关头,有一两只大船湾泊着,又有几只船向我们来着。嚣嚣的一阵歌声人语,仿佛笑我们无伴的孤舟哩。东关头转湾,河上的夜色更浓了;临水的妓楼上,时时从帘缝里射出一线一线的灯光;仿佛黑暗酣睡里眨了一眨眼。我们默然的对着,静听那汩——汩的桨声,几乎要入睡了;朦胧里却温寻着适才的繁华的余味。我那不安的心在静里愈显活跃了! 这时我们都有了不足之感,而我的更其浓厚。我们却又不愿回去,于是只能由懊悔而怅惘了。船里便满载着怅惘了。直到利涉桥下,微微嘈杂的人声,才使我豁然一惊;那光景却又不同。右岸的河房里,都大开了窗户,里面亮着晃晃的电灯,电灯的光射到水上,蜿蜒曲折,闪闪不息,正如跳舞着的仙女的臂膊。我们的船已在她的臂膊里了;如睡在摇篮里一样,倦了的我们便又入梦了。那电灯下的人物,只觉得像蚂蚁一般,更不去萦念。这是最后的梦;可惜的是最短的梦!黑暗重复落在我们面前,我们看见傍岸的空船上一星两星的,枯燥无力又摇摇不定的灯光。我们的梦醒了,我们知道就要上岸了;我们心里充满了幻灭的情思。

一九二三年十月十一日作完,于温州。

(原载 1924 年 1 月 25 日《东方杂志》第 21 卷第 2 号)

桨声灯影里的秦淮河

俞平伯

我们消受得秦淮河上的灯影,当圆月犹皎的仲夏之夜。

在茶店里吃了一盘豆腐干丝,两个烧饼之后,以歪歪的脚步踅上夫子庙前停泊着的画舫,就懒洋洋躺到藤椅上去了。好郁蒸的江南,傍晚也还是热的。"快开船罢!"桨声响了。

小的灯舫初次在河中荡漾;于我,情景是颇朦胧,滋味是怪羞涩的。我要错认它作七里的山塘;可是,河房里明窗洞启,映着玲珑入画的曲栏干,顿然省得身在何处。佩弦呢,他已是重来,很应当消释一些迷惘的。但看他太频繁地摇着我的黑纸扇。胖子是这个样怯热的吗?

又早是夕阳西下,河上妆成一抹胭脂的薄媚。是被青溪的姐妹们所熏染的吗?还是匀得她们脸上的残脂呢?寂寂的河水,随双桨打它,终是没言语。密匝匝的绮恨逐老去的年华,已都如蜜饧似的融在流波的心窝里,连呜咽也将嫌它多事,更那里论到哀嘶。心头,宛转的凄怀;口内,徘徊的低唱;留在夜夜的秦淮河上。

在利涉桥边买了一匣烟,荡过东关头,渐荡出大中桥了。船儿悄悄地穿出连环着的三个壮阔的涵洞,青谿夏夜的韶华已如巨幅的画豁然而抖落。哦!凄厉而繁的弦索,颤岔而涩的歌喉,杂着吓哈的笑语声,劈拍的竹牌响,更能把诸楼船上的华灯彩绘,显出火样的鲜明,火样的温煦了。小船儿载着我们,在大船缝里挤着,挨着,抹着走。它忘了自己也是今宵河上的一星灯火。

既踏进所谓"六朝金粉气"的销金窟,谁不笑笑呢!今天的一晚,且默了滔滔的言说,且舒了恻恻的情怀,暂且学着,姑且学着我们平时认为在醉里梦里的他们的憨痴笑语。看!初上的灯儿们的一点点掠剪柔腻的波心,梭织地往来,把河水都皱得微明了。纸薄的心旌,我的,尽无休息地跟着它们飘荡,以至于怦怦而内热。这还好说什么的!如此说,诱惑是诚然有的,且于我已留下不易磨灭的印记。至于对榻的那一位先生,自认曾经一度摆脱了纠缠的他,其辩解又在何处?这实在非我所知。

我们,醉不以涩味的酒,以微漾着,轻晕着的夜的风华。不是什么欣悦,不是什么慰藉,只感到一种怪陌生,怪异样的朦胧。朦胧之中似乎胎孕着一个如花的笑——这么淡,那么淡的倩笑。淡到已不可说,已不可拟,且已不可想;但我们终久是眩晕在它离合的神光之下的。我们没法使人信它是有,我们不信它是没有。勉强哲学地说,这或近于佛家的所谓"空",既不当鲁莽说它是"无",也不能径直说它是"有"。或者说"有"是有的,只因无可比拟形容那"有"的光景;故从表面看,与"没有"似不生分别。若定要我再说得具体些:譬如东风初劲时,直上高翔的纸鸢,牵线的那人儿自然远得很了,知她是那一家呢?但凭那鸢尾一缕飘绵的彩线,便容易揣知下面的人寰中,必有微红的一双素手,卷起轻绡的广袖,牢担荷小纸鸢儿的命根的。飘翔岂不是东风的力,又岂不是纸鸢的含德;但其根株将另有所寄。请问,这和纸鸢的省悟与否有何关系?故我们不能认笑是非有,也不能认朦胧即是笑。我们定应当如此说,朦胧里胎孕着一个如花的幻笑,和朦胧又互相混融着的;因它本来是淡极了,淡极了这么一个。

　　漫题那些纷烦的话,船儿已将泊在灯火的丛中去了。对岸有盏跳动的汽油灯,佩弦便硬说它远不如微黄的灯火。我简直没法和他分证那是非。

　　时有小小的艇子急忙忙打桨,向灯影的密流里横冲直撞。冷静孤独的油灯映见黯淡久的画船(?)头上,秦淮河姑娘们的靓妆。茉莉的香,白兰花的香,脂粉的香,纱衣裳的香……微波泛滥出甜的暗香,随着她们那些船儿荡,随着我们这船儿荡,随着大大小小一切的船儿荡。有的互相笑语,有的默然不响,有的衬着胡琴亮着嗓子唱。一个,三两个,五六七个,比肩坐在船头的两旁,也无非多添些淡薄的影儿葬在我们的心上——太过火了,不至于罢,早消失在我们的眼皮上。谁都是这样急忙忙的打着桨,谁都是这样向灯影的密流里冲着撞;又何况久沉沦的她们,又何况飘泊惯的我们俩。当时浅浅的醉,今朝空空的惆怅;老实说,咱们萍泛的绮思不过如此而已,至多也不过如此而已。你且别讲,你且别想!这无非是梦中的电光,这无非是无明的幻相,这无非是以零星的火种微炎在大欲的根苗上。扮戏的咱们,散了场一个样,然而,上场锣,下场锣,天天忙,人人忙。看!吓!载送女郎的艇子才过去,货郎担的小船不是又来了?一盏小煤油灯,一舱的什物,他也忙得来像手里的摇铃,这样丁冬而郎当。

　　杨枝绿影下有条华灯璀璨的彩舫在那边停泊。我们那船不禁也依傍短柳的腰枝,欹侧地歇了。游客们的大船,歌女们的艇子,靠着。唱的拉着嗓子;听的歪着头,斜着眼,有的甚至于跳过她们的船头。如那时有严重些的声音,必然说:"这哪里是什么旖旎风光!"咱们真是不知道,只模糊地觉着在秦淮河船上板起方正的脸是怪不好意思的。咱们本是在旅馆里,为什么不早早入睡,掂着牙儿,领略那"卧后清宵细细长";而偏这样急急忙忙跑到河上来无聊浪荡?

　　还说那时的话,从杨柳枝的乱鬓里所得的境界,照规矩,外带三分风华。况且今宵此地,动荡着有灯火的明姿,况且今宵此地,又是圆月欲缺未缺,欲上未上的黄昏时候。叮当的小锣,伊轧的胡琴,沉填的大鼓……弦吹声腾沸遍了三里的秦淮河。喳喳嚷嚷的一片,分不出谁是谁,分不出那儿是那儿,只有整个的繁喧来把我们包填。仿佛都抢着说笑,这儿夜夜尽是如此的,不过初上城的乡下佬是第一次呢。真是乡下人,真是第一次。

　　穿花蝴蝶样的小艇子多倒不和我们相干。货郎担式的船,曾以一瓶汽水之故而拢近来,这是真的。至于她们呢,即使偶然灯影相偎而切掠过去,也无非瞧见我们微红的脸罢了,不见得有什么别的。可是,夸口早哩!——来了,竟向我们来了!不但是近,且拢着了。船头傍着,船尾也傍着;这不但是拢着,且并着了。厮并着倒还不很要紧,且有人扑冬地跨上我们的船头了。这岂不大吃一惊!幸而来的不是姑娘们,还好。(她们正冷冰冰地在那船上上。)来人年纪并不大,神气倒怪狡猾,把一扣破烂的手折,摊在我们眼前,让细瞧那些戏目,好好儿点个唱。他说:"先生,这是小意思。"诸君,读者,怎么办?

好,自命为超然派的来看榜样!两船挨着,灯光愈皎,见佩弦的脸又红起来了。那时的我是否也这样?这当转问他。(我希望我的镜子不要过于给我下不去。)老是红着脸终久不能打发人家走路的,所以想个法子在当时是很必要。说来也好笑,我的老调是一味的默,或干脆说个"不",或者摇摇头,摆摆手表示"决不"。如今都已使尽了。佩弦便进了一步,他嫌我的方术太冷漠了,又未必中用,摆脱纠缠的正当道路惟有辩解。好吗!听他说:"你不知道?这事我们是不能做的。"这是诸辩解中最简洁,最漂亮的一个。可惜他所说的"不知道?"来人倒真有些"不知道!"辜负了这二十分聪明的反语。他想得有理由,你们为什么不能做这事呢?因为"为什么!"佩弦又有进一层的曲解。那知道更坏事,竟只博得那些船上人的一哂而去。他们平常虽不以聪明名家,但今晚却又怪聪明,如洞彻我们的肺肝一样的。这故事即我情愿讲给诸君听,怕有人未必愿意哩。"算了罢,就是这样算了罢!"恕我不再写下了,以外的让他自己说。

叙述只是如此,其实那时连翩而来的,我记得至少也有三五次。我们把它们一个一个的打发走路。但走的是走了,来的还正来。我们可以使它们走,我们不能禁止它们来。我们虽不轻被摇撼,但已有一点杌陧了。况且小艇上总载去一半的失望和一半的轻蔑,在桨声里仿佛狠狠地说,"都是呆子,都是吝啬鬼!"还有我们的船家(姑娘们卖个唱,他可以赚几个子的佣金。)眼看她们一个一个的去远了,呆呆的蹲踞着,怪无聊赖似的。碰着了这种外缘,无怒亦无哀,惟有一种情意的紧张,使我们从颓弛中体会出挣扎来。这味道倒许很真切的,只恐怕不易为倦鸦似的人们所喜。

曾游过秦淮河的到底乖些。佩弦告船家:"我们多给你酒钱,把船摇开,别让他们来罗嗦。"自此以后,桨声复响,还我以平静了,我们俩又渐渐无拘无束舒服起来,又滔滔不断地来谈谈方才的经过。今儿是算怎么一回事?我们齐声说,欲的胎动无可疑的。正如水见波痕轻婉已极,与未波时究不相类。微醉的我们,洪醉的他们,深浅虽不同,却同为一醉。接着来了第二问,既自认有欲的微炎,为什么艇子来时又羞涩地躲了呢?在这儿,答语参差着。佩弦说他的是一种暗昧的道德意味,我说是一种似较深沉的眷爱。我只背诵岂明君的几句诗给佩弦听,望他曲喻我的心胸。可恨他今天似乎有些发钝,反而追着问我。

前面已是复成桥。青谿之东,暗碧的树梢上面微耀着一桁的清光。我们的船就缚在枯柳桩边待月。其时河心里晃荡着的,河岸头歇泊着的各式灯船,望去,少说点也有十廿来只。惟不觉繁喧,只添我们以幽甜。虽同是灯船,虽同是秦淮,虽同是我们;却是灯影淡了,河水静了,我们倦了,——况且月儿将上了。灯影里的昏黄,和月下灯影里的昏黄原是不相似的,又何况入倦的眼中所见的昏黄呢。灯光所以映她的秋姿,月华所以洗她的秀骨,以蓬腾的心焰跳舞她的盛年,以饧涩的眼波供养她的迟暮。必如此,才会有圆足的醉,圆足的恋,圆足的颓弛,成熟了我们的心田。

犹未下弦,一丸鹅蛋似的月,被纤柔的云丝们簇拥上了一碧的遥天。冉冉地行来,冷冷地照着秦淮。我们已打桨而徐归了。归途的感念,这一个黄昏里,心和境的交萦互染,其繁密殊超我们的言说。主心主物的哲思，依我外行人看，实在把事情说得太嫌简单，太嫌容易，太嫌分明了。实有的只是浑然之感。就论这一次秦淮夜泛罢，从来处来，从去处去，分析其间的成因自然亦是可能；不过求得圆满足尽的解析，使片段的因子们合拢来代替刹那间所体验的实有，这个我觉得有点不可能，至少于现在的我们是如此的。凡上所叙，请读者们只看作我归来后，回忆中所偶然留下的千百分之一二，微薄的残影。若所谓"当时之感"，我决不敢望诸君能在此中窥得。即我自己虽正在这儿执笔构思，实在也无从重新体验出那时的情景。说老实话，我所有的只是忆。我告诸君的只是忆中的秦淮夜泛。至于说到那"当时之感"，这应当去请教当时的我，而他久飞升了，无所存在。

....

凉月凉风之下，我们背着秦淮河走去，悄默是当然的事了。如回头，河中的繁灯想定是依然。我们却早已走得远，"灯火未阑人散"；佩弦，诸君，我记得这就是在南京四日的酣嬉，将分手时的前夜。

一九二三，八，二二，北京。

跋：这篇文字在行箧中休息了半年，迟至此日方和诸君相见；因我本和佩弦君有约，故候他文脱稿，方才付印。两篇中所记事迹，似乎稍有些错综，但既非记事的史乘，想读者们不致介意罢。至于把他文放在前面，而不依作文之先后为序，也是我的意见；因为他文比较的精细切实，应当使它先见见读者诸君。

一九二四，一，一

（原载 1924 年 1 月 25 日《东方杂志》第 21 卷第 2 号）

影的告别

鲁 迅

人睡到不知道时候的时候，就会有影来告别，说出那些话——

有我所不乐意的在天堂里，我不愿去；有我所不乐意的在地狱里，我不愿去；有我所不乐意的在你们将来的黄金世界里，我不愿去。

然而你就是我所不乐意的。

朋友，我不想跟随你了，我不愿住。

我不愿意！

呜乎呜乎，我不愿意，我不如彷徨于无地。

我不过一个影，要别你而沉没在黑暗里了。然而黑暗又会吞并我，然而光明又会使我消失。

然而我不愿彷徨于明暗之间,我不如在黑暗里沉没。

然而我终于彷徨于明暗之间,我不知道是黄昏还是黎明。我姑且举灰黑的手装作喝干一杯酒,我将在不知道时候的时候独自远行。

呜乎呜乎,倘若黄昏,黑夜自然会来沉没我,否则我要被白天消失,如果现是黎明。

朋友,时候近了。

我将向黑暗里彷徨于无地。

你还想我的赠品。我能献你甚么呢?无已,则仍是黑暗和虚空而已。但是,我愿意只是黑暗,或者会消失于你的白天;我愿意只是虚空,决不占你的心地。

我愿意这样,朋友——

我独自远行,不但没有你,并且再没有别的影在黑暗里。只有我被黑暗沉没,那世界全属于我自己。

一九二四年九月二十四日。

(原刊 1924 年 12 月 8 日《语丝》周刊第 4 期)

灯下漫笔

鲁　迅

一

有一时,就是民国二三年时候,北京的几个国家银行的钞票,信用日见其好了,真所谓蒸蒸日上。听说连一向执迷于现银的乡下人,也知道这既便当,又可靠,很乐意收受,行使了。至于稍明事理的人,则不必是"特殊知识阶级",也早不将沉重累坠的银元装在怀中,来自讨无谓的苦吃。想来,除了多少对于银子有特别嗜好和爱情的人物之外,所有的怕大都是钞票了罢,而且多是本国的。但可惜后来忽然受了一个不小的打击。

就是袁世凯想做皇帝的那一年,蔡松坡先生溜出北京,到云南去起义。这边所受的影响之一,是中国和交通银行的停止兑现。虽然停止兑现,政府勒令商民照旧行用的威力却还有的;商民也自有商民的老本领,不说不要,却道找不出零钱。假如拿几十几百的钞票去买东西,我不知道怎样,但倘使只要买一枝笔,一盒烟卷呢,难道就付给一元钞票么?不但不甘心,也没有这许多票。那么,换铜元,少换几个罢,又都说没有铜元。那么,到亲戚朋友那里借现钱去罢,怎么会有?于是降格以求,不讲爱国了,要外国银行的钞票。但外国银行的钞票这时就等于现银,他如果借给你这钞票,也就借给你真的银元了。

我还记得那时我怀中还有三四十元的中交票,可是忽而变了一个穷人,几乎要绝食,很有些恐慌。俄国革命以后的藏着纸卢布的富翁的心情,恐怕也就这样的罢;至多,不过更深更大罢了。我只得探听,钞票可能折价换到现银呢?说是没有行市。幸而终于,暗暗地有了行市了:六折几。我非常高兴,赶紧去卖了一半。后来又涨到七折了,我更非常高兴,全去换了现银,沉垫垫地坠在怀中,似乎这就是我的性命的斤两。倘在平时,钱铺子如果少给我一个铜元,我是决不答应的。

但我当一包现银塞在怀中,沉垫垫地觉得安心,喜欢的时候,却突然起了另一思想,就是:我们极容易变成奴隶,而且变了之后,还万分喜欢。

假如有一种暴力,"将人不当人",不但不当人,还不及牛马,不算什么东西;待到人们羡慕牛马,发生"乱离人,不及太平犬"的叹息的时候,然后给与他略等于牛马的价格,有如元朝定律,打死别人的奴隶,赔一头牛,则人们便要心悦诚服,恭颂太平的盛世。为什么呢?因为他虽不算人,究竟已等于牛马了。

我们不必恭读《钦定二十四史》,或者入研究室,审察精神文明的高超。只要一翻孩子所读的《鉴略》,——还嫌烦重,则看《历代纪元编》,就知道"三千余年古国古"的中华,历来所闹的就不过是这一个小玩艺。但在新近编纂的所谓"历史教科书"一流东西里,却不大看得明白了,只仿佛说:咱们向来就很好的。

但实际上,中国人向来就没有争到过"人"的价格,至多不过是奴隶,到现在还如此,然而下于奴隶的时候,却是数见不鲜的。中国的百姓是中立的,战时连自己也不知道属于那一面,但又属于无论那一面。强盗来了,就属于官,当然该被杀掠;官兵既到,该是自家人了罢,但仍然要被杀掠,仿佛又属于强盗似的。这时候,百姓就希望有一个一定的主子,拿他们去做百姓,——不敢,是拿他们去做牛马,情愿自己寻草吃,只求他决定他们怎样跑。

假使真有谁能够替他们决定,定下什么奴隶规则来,自然就"皇恩浩荡"了。可惜的是往往暂时没有谁能定。举其大者,则如五胡十六国的时候,黄巢的时候,五代时候,宋末元末时候,除了老例的服役纳粮以外,都还要受意外的灾殃。张献忠的脾气更古怪了,不服役纳粮的要杀,服役纳粮的也要杀,敌他的要杀,降他的也要杀:将奴隶规则毁得粉碎。这时候,百姓就希望来一个另外的主子,较为顾及他们的奴隶规则的,无论仍旧,或者新颁,总之是有一种规则,使他们可上奴隶的轨道。

"时日曷丧,予及汝偕亡!"愤言而已,决心实行的不多见。实际上大概是群盗如麻,纷乱至极之后,就有一个较强,或较聪明,或较狡猾,或是外族的人物出来,较有秩序地收拾了天下。厘定规则:怎样服役,怎样纳粮,怎样磕头,怎样颂圣。而且这规则是不像现在那样朝三暮四的。于是便"万姓胪欢"了;用成语来说,就叫作"天下太平"。

任凭你爱排场的学者们怎样铺张,修史时候设些什么"汉族发祥时代""汉族发达时代""汉族中兴时代"的好题目,好意诚然是可感的,但措辞太绕湾子了。有更其直捷了当的说法在这里——

一,想做奴隶而不得的时代;
二,暂时做稳了奴隶的时代。

这一种循环,也就是"先儒"之所谓"一治一乱";那些作乱人物,从后日的"臣民"看来,是给"主子"清道辟路的,所以说:"为圣天子驱除云尔。"

现在入了那一时代,我也不了然。但看国学家的崇奉国粹,文学家的赞叹固有文明,道学家的热心复古,可见于现状都已不满了。然而我们究竟正向着那一条路走呢?百姓是一遇到莫名其妙的战争,稍富的迁进租界,妇孺则避入教堂里去了,因为那些地方都比较的"稳",暂不至于想做奴隶而不得。总而言之,复古的,避难的,无智愚贤不肖,似乎都已神往于三百年前的太平盛世,就是"暂时做稳了奴隶的时代"了。

但我们也就都像古人一样,永久满足于"古已有之"的时代么?都像复古家一样,不满于现在,就神往于三百年前的太平盛世么?

自然,也不满于现在的,但是,无须反顾,因为前面还有道路在。而创造这中国历史上未曾有过的第三样时代,则是现在的青年的使命!

二

但是赞颂中国固有文明的人们多起来了,加之以外国人。我常常想,凡有来到中国的,倘能疾首蹙额而憎恶中国,我敢诚意地捧献我的感谢,因为他一定是不愿意吃中国人的肉的!

鹤见祐辅氏在《北京的魅力》中,记一个白人将到中国,预定的暂住时候是一年,但五年之后,还在北京,而且不想回去了。有一天,他们两人一同吃晚饭——

"在圆的桃花心木的食桌前坐定,川流不息地献着山海的珍味,谈话就从古董,画,政治这些开头。电灯上罩着支那式的灯罩,淡淡的光洋溢于古物罗列的屋子中。什么无产阶级呀,Proletariat 呀那些事,就像不过在什么地方刮风。

"我一面陶醉在支那生活的空气中,一面深思着对于外人有着'魅力'的这东西。元人也曾征服支那,而被征服于汉人种的生活美了;满人也征服支那,而被征服于汉人种的生活美了。现在西洋人也一样,嘴里虽然说着 Democracy 呀,什么什么呀,而却被魅于支那人费六千年而建筑起来的生活的美。一经住过北京,就忘不掉那生活的味道。大风时候的万丈的沙尘,每三月一回的督军们的开战游戏,都不能抹去这支那生活的魅力。"

这些话我现在还无力否认他。我们的古圣先贤既给与我们保古守旧的格言,但同时也排好了用子女玉帛所做的奉献于征服者的大宴。中国人的耐劳,中国人的多子,都就是办酒的材料,到现在还为我们的爱国者所自诩的。西洋人初入中国时,被称为蛮夷,自不免个个蹙额,但是,现在则时机已至,到了我们将曾经献于北魏,献于金,献于元,献于清的盛宴,来献给他们的时候了。出则汽车,行则保护:虽遇清道,然而通行自由的;虽或被劫,然而必得赔偿的;孙美瑶掳去他们站在军前,还使官兵不敢开火。何况在华屋中享用盛宴呢?待到享受盛宴的时候,自然也就是赞颂中国固有文明的时候;但是我们的有些乐观的爱国者,也许反而欣然色喜,以为他们将要开始被中国同化了罢。古人曾以女人作苟安的城堡,美其名以自欺曰"和亲",今人还用子女玉帛为作奴的赞敬,又美其名曰"同化"。所以倘有外国的谁,到了已有赴宴的资格的现在,而还替我们诅咒中国的现状者,这才是真有良心的真可佩服的人!

但我们自己是早已布置妥帖了,有贵贱,有大小,有上下。自己被人凌虐,但也可以凌虐别人;自己被人吃,但也可以吃别人。一级一级的制驭着,不能动弹,也不想动弹了。因为倘一动弹,虽或有利,然而也有弊。我们且看古人的良法美意罢——

"天有十日,人有十等。下所以事上,上所以共神也。故王臣公,公臣大夫,大夫臣士,士臣

阜,阜臣舆,舆臣隶,隶臣僚,僚臣仆,仆臣台。"(《左传》昭公七年)

但是"台"没有臣,不是太苦了么?无须担心的,有比他更卑的妻,更弱的子在。而且其子也很有希望,他日长大,升而为"台",便又有更卑更弱的妻子,供他驱使了。如此连环,各得其所,有敢非议者,其罪名曰不安分!

虽然那是古事,昭公七年离现在也太辽远了,但"复古家"尽可不必悲观的。太平的景象还在:常有兵燹,常有水旱,可有谁听到大叫唤么?打的打,革的革,可有处士来横议么?对国民如何专横,向外人如何柔媚,不犹是差等的遗风么?中国固有的精神文明,其实并未为共和二字所埋没,只有满人已经退席,和先前稍不同。

因此我们在目前,还可以亲见各式各样的筵宴,有烧烤,有翅席,有便饭,有西餐。但茅檐下也有淡饭,路傍也有残羹,野上也有饿莩;有吃烧烤的身价不资的阔人,也有饿得垂死的每斤八文的孩子(见《现代评论》二十一期)。所谓中国的文明者,其实不过是安排给阔人享用的人肉的筵宴。所谓中国者,其实不过是安排这人肉的筵宴的厨房。不知道而赞颂者是可恕的,否则,此辈当得永远的诅咒!

外国人中,不知道而赞颂者,是可恕的;占了高位,养尊处优,因此受了蛊惑,昧却灵性而赞叹者,也还可恕的。可是还有两种,其一是以中国人为劣种,只配悉照原来模样,因而故意称赞中国的旧物。其一是愿世间人各不相同以增自己旅行的兴趣,到中国看辫子,到日本看木屐,到高丽看笠子,倘若服饰一样,便索然无味了,因而来反对亚洲的欧化。这些都可憎恶。至于罗素在西湖见轿夫含笑,便赞美中国人,则也许别有意思罢。但是,轿夫如果能对坐轿的人不含笑,中国也早不是现在似的中国了。

这文明,不但使外国人陶醉,也早使中国一切人们无不陶醉而且至于含笑。因为古代传来而至今还在的许多差别,使人们各各分离,遂不能再感到别人的痛苦;并且因为自己各有奴使别人,吃掉别人的希望,便也就忘却自己同有被奴使被吃掉的将来。于是大小无数的人肉的筵宴,即从有文明以来一直排到现在,人们就在这会场中吃人,被吃,以凶人的愚妄的欢呼,将悲惨的弱者的呼号遮掩,更不消说女人和小儿。

这人肉的筵宴现在还排着,有许多人还想一直排下去。扫荡这些食人者,掀掉这筵席,毁坏这厨房,则是现在的青年的使命!

一九二五年四月二十九日
(原载 1925 年 5 月 1 日、22 日《莽原》周刊第 2、5 期)

二丑艺术

鲁　迅

浙东的有一处的戏班中,有一种脚色叫作"二花脸",译得雅一点,那么,"二丑"就是。他和小丑的不同,是不扮横行无忌的花花公子,也不扮一味仗势的宰相家丁,他所扮演的是保护公子的拳师，或是趋奉公子的清客。总之：身分比小丑高，而性格却比小丑坏。

义仆是老生扮的，先以谏诤，终以殉主；恶仆是小丑扮的，只会作恶，到底灭亡。而二丑的本领却不同，他有点上等人模样，也懂些琴棋书画，也来得行令猜谜，但倚靠的是权门，凌蔑的是百姓，有谁被压迫了，他就来冷笑几声，畅快一下，有谁被陷害了，他又去吓唬一下，吆喝几声。不过他的态度又并不常常如此的，大抵一面又回过脸来，向台下的看客指出他公子的缺点，摇着头装起鬼脸道：你看这家伙，这回可要倒楣哩！

这最末的一手，是二丑的特色。因为他没有义仆的愚笨，也没有恶仆的简单，他是智识阶级。他明知道自己所靠的是冰山，一定不能长久，他将来还要到别家帮闲，所以当受着豢养，分着余炎的时候，也得装着和这贵公子并非一伙。

二丑们编出来的戏本上，当然没有这一种脚色的，他那里肯；小丑，即花花公子们编出来的戏本，也不会有，因为他们只看见一面，想不到的。这二花脸，乃是小百姓看透了这一种人，提出精华来，制定了的脚色。

世间只要有权门，一定有恶势力，有恶势力，就一定有二花脸，而且有二花脸艺术。我们只要取一种刊物，看他一个星期，就会发现他忽而怨恨春天，忽而颂扬战争，忽而译萧伯纳演说，忽而讲婚姻问题；但其间一定有时要慷慨激昂的表示对于国事的不满：这就是用出末一手来了。

这最末的一手，一面也在遮掩他并不是帮闲，然而小百姓是明白的，早已使他的类型在戏台上出现了。

六月十五日

（原载 1933 年 6 月 18 日《申报·自由谈》）

阿金

鲁　迅

近几时我最讨厌阿金。

她是一个女仆，上海叫娘姨，外国人叫阿妈，她的主人也正是外国人。

她有许多女朋友，天一晚，就陆续到她窗下来，"阿金，阿金！"的大声的叫，这样的一直到半夜。她又好像颇有几个姘头；她曾在后门口宣布她的主张：弗轧姘头，到上海来做啥呢？……

不过这和我不相干。不幸的是她的主人家的后门，斜对着我的前门，所以"阿金，阿金！"的叫起来，我总受些影响，有时是文章做不下去了，有时竟会在稿子上写一个"金"字。更不幸的是我的进出，必须从她家的晒台下走过，而她大约是不喜欢走楼梯的，竹竿，木板，还有别的什么，常常从晒台上直摔下来，使我走过的时候，必须十分小心，先看一看这位阿金可在晒台上面，倘在，就得绕远些。自然，这是大半为了我胆子小，看得自己的性命太值钱；但我们也得想一想她的主子是外国人，被打得头破血出，固然不成问题，即使死了，开同乡会，打电报也都没有用的，——况且我想，我也未必能够弄到开起同乡会。

半夜以后,是别一种世界,还剩着白天脾气是不行的。有一夜,已经三点半钟了,我在译一篇东西,还没有睡觉。忽然听得路上有人低声的在叫谁,虽然听不清楚,却并不是叫阿金,当然也不是叫我。我想:这么迟了,还有谁来叫谁呢?同时也站起来,推开楼窗去看去了,却看见一个男人,望着阿金的绣阁的窗,站着。他没有看见我。我自悔我的莽撞,正想关窗退回的时候,斜对面的小窗开处,已经现出阿金的上半身来,并且立刻看见了我,向那男人说了一句不知道什么话,用手向我一指,又一挥,那男人便开大步跑掉了。我很不舒服,好像是自己做了甚么错事似的,书译不下去了,心里想:以后总要少管闲事,要炼到泰山崩于前而色不变,炸弹落于侧而身不移!……

但在阿金,却似乎毫不受什么影响,因为她仍然嘻嘻哈哈。不过这是晚快边才得到的结论,所以我真是负疚了小半夜和一整天。这时我很感谢阿金的大度,但同时又讨厌了她的大声会议,嘻嘻哈哈了。自有阿金以来,四围的空气也变得扰动了,她就有这么大的力量。这种扰动,我的警告是毫无效验的,她们连看也不对我看一看。有一回,邻近的洋人说了几句洋话,她们也不理;但那洋人就奔出来了,用脚向各人乱踢,她们这才逃散,会议也收了场。这踢的效力,大约保存了五六夜。

此后是照常的嚷嚷;而且扰动又廓张了开去,阿金和马路对面一家烟纸店里的老女人开始奋斗了,还有男人相帮。她的声音原是响亮的,这回就更加响亮,我觉得一定可以使二十间门面以外的人们听见。不一会,就聚集了一大批人。论战的将近结束的时候当然要提到"偷汉"之类,那老女人的话我没有听清楚,阿金的答复是:

"你这老×没有人要!我可有人要呀!"

这恐怕是实情,看客似乎大抵对她表同情,"没有人要"的老×战败了。这时踱来了一位洋巡捕,反背着两手,看了一会,就来把看客们赶开;阿金赶紧迎上去,对他讲了一连串的洋话。洋巡捕注意的听完之后,微笑的说道:

"我看你也不弱呀!"

他并不去捉老×,又反背着手,慢慢的踱过去了。这一场巷战就算这样的结束。但是,人间世的纠纷又并不能解决得这么干脆,那老×大约是也有一点势力的。第二天早晨,那离阿金家不远的也是外国人家的西崽忽然向阿金家逃来。后面追着三个彪形大汉。西崽的小衫已被撕破,大约他被他们诱出外面,又给人堵住后门,退不回去,所以只好逃到他爱人这里来了。爱人的肘腋之下,原是可以安身立命的,伊孛生(H. Ibsen)戏剧里的彼尔·干德,就是失败之后,终于躲在爱人的裙边,听唱催眠歌的大人物。但我看阿金似乎比不上瑙威女子,她无情,也没有魄力。独有感觉是灵的,那男人刚要跑到的时候,她已经赶紧把后门关上了。那男人于是进了绝路,只得站住。这好像也颇出于彪形大汉们的意料之外,显得有些踌蹰;但终于一同举起拳头,两个是在他背脊和胸脯上一共给了三拳,仿佛也并不怎么重,一个在他脸上打了一拳,却使它立刻红起来。这一场巷战很神速,又在早晨,所以观战者也不多,胜败两军,各自走散,世界又从此暂时和平了。然而我仍然不放心,因为我曾经听人说过:所谓"和平",不过是两次战争之间的时日。

但是,过了几天,阿金就不再看见了,我猜想是被她自己的主人所回复。补了她的缺的是一个胖胖的,脸上很有些福相和雅气的娘姨,已经二十多天,还很安静,只叫了卖唱的两个穷人唱过一回"奇葛隆冬强"的《十八摸》之类,那是她用"自食其力"的余闲,享点清福,谁也没有话说的。只可惜那时又招集了一群男男女女,连阿金的爱人也在内,保不定什么时候又会发生巷战。但我却也叨光听到了男嗓子的上低音(barytone)的歌声，觉得很自然，比绞死猫儿似的《毛毛雨》要好得天差地远。

阿金的相貌是极其平凡的。所谓平凡，就是很普通，很难记住，不到一个月，我就说不出她究竟是怎么一副模样来了。但是我还讨厌她，想到"阿金"这两个字就讨厌；在邻近闹嚷一下当然不会成这么深仇重怨，我的讨厌她是因为不消几日，她就摇动了我三十年来的信念和主张。

我一向不相信昭君出塞会安汉，木兰从军就可以保隋；也不信妲己亡殷，西施沼吴，杨妃乱唐的那些古老话。我以为在男权社会里，女人是决不会有这种大力量的，兴亡的责任，都应该男的负。但向来的男性的作者，大抵将败亡的大罪，推在女性身上，这真是一钱不值的没有出息的男人。殊不料现在阿金却以一个貌不出众，才不惊人的娘姨，不用一个月，就在我眼前搅乱了四分之一里，假使她是一个女王，或者是皇后，皇太后，那么，其影响也就可以推见了：足够闹出大大的乱子来。

昔者孔子"五十而知天命"，我却为了区区一个阿金，连对于人事也从新疑惑起来了，虽然圣人和凡人不能相比，但也可见阿金的伟力，和我的满不行。我不想将我的文章的退步，归罪于阿金的嚷嚷，而且以上的一通议论，也很近于迁怒，但是，近几时我最讨厌阿金，仿佛她塞住了我的一条路，却是的确的。

愿阿金也不能算是中国女性的标本。

十二月二十一日

（原载 1936 年 2 月 20 日上海《海燕》月刊第 2 期）

病后杂谈

鲁　迅

一

生一点病，的确也是一种福气。不过这里有两个必要条件：一要病是小病，并非什么霍乱吐泻，黑死病，或脑膜炎之类；二要至少手头有一点现款，不至于躺一天，就饿一天。这二者缺一，便是俗人，不足与言生病之雅趣的。

我曾经爱管闲事，知道过许多人，这些人物，都怀着一个大愿。大愿，原是每个人都有的，不过有些人却模模胡胡，自己抓不住，说不出。他们中最特别的有两位：一位是愿天下的人都死掉，只剩下他自己和一个好看的姑娘，还有一个卖大饼的；另一位是愿秋天薄暮，吐半口血，两个侍儿扶着，恹恹的到阶前去看秋海棠。这种志向，一看好像离奇，其实却照顾得很周到。第一位姑且不谈他罢，第二位的"吐半口血"，就有很大的道理。才子本来多病，但要"多"，就不能重，假使一吐就是一碗或几升，一个人的血，能有几回好吐呢？过不几天，就雅不下去了。

我一向很少生病，上月却生了一点点。开初是每晚发热，没有力，不想吃东西，一礼拜不肯好，只得看医生。医生说是流行性感冒。好罢，就是流行性感冒。但过了流行性感冒一定退热的时期，我的热却还不退。医生从他那大皮包里取出玻璃管来，要取我的血液，我知道他在疑心我生伤寒病了,自己也有些发愁。然而他第二天对我说,血里没有一粒伤寒菌;于是注意的听肺,平常;听心,上等。这似乎很使他为难。我说,也许是疲劳罢;他也不甚反对,只是沉吟着说,但是疲劳的发热,还应该低一点。……

好几回检查了全体,没有死症,不至于呜呼哀哉是明明白白的,不过是每晚发热,没有力,不想吃东西而已,这真无异于"吐半口血",大可享生病之福了。因为既不必写遗嘱,又没有大痛苦,然而可以不看正经书,不管柴米账,玩他几天,名称又好听,叫作"养病"。从这一天起,我就自己觉得好像有点儿"雅"了;那一位愿吐半口血的才子,也就是那时躺着无事,忽然记了起来的。

光是胡思乱想也不是事,不如看点不劳精神的书,要不然,也不成其为"养病"。像这样的时候,我赞成中国纸的线装书,这也就是有点儿"雅"起来了的证据。洋装书便于插架,便于保存,现在不但有洋装二十五六史,连《四部备要》也硬领而皮靴了,——原是不为无见的。但看洋装书要年富力强,正襟危坐,有严肃的态度。假使你躺着看,那就好像两只手捧着一块大砖头,不多工夫,就两臂酸麻,只好叹一口气,将它放下。所以,我在叹气之后,就去寻线装书。

一寻,寻到了久不见面的《世说新语》之类一大堆,躺着来看,轻飘飘的毫不费力了,魏晋人的豪放潇洒的风姿,也仿佛在眼前浮动。由此想到阮嗣宗的听到步兵厨善于酿酒,就求为步兵校尉;陶渊明的做了彭泽令,就教官田都种秫,以便做酒,因了太太的抗议,这才种了一点秔。这真是天趣盎然,决非现在的"站在云端里呐喊"者们所能望其项背。但是,"雅"要想到适可而止,再想便不行。例如阮嗣宗可以求做步兵校尉,陶渊明补了彭泽令,他们的地位,就不是一个平常人,要"雅",也还是要地位。"采菊东篱下,悠然见南山"是渊明的好句,但我们在上海学起来可就难了。没有南山,我们还可以改作"悠然见洋房"或"悠然见烟囱"的,然而要租一所院子里有点竹篱,可以种菊的房子,租钱就每月总得一百两,水电在外;巡捕捐按房租百分之十四,每月十四两。单是这两项,每月就是一百十四两,每两作一元四角算,等于一百五十九元六。近来的文稿又不值钱,每千字最低的只有四五角,因为是学陶渊明的雅人的稿子,现在算他每千字三大元罢,但标点,洋文,空白除外。那么,单单为了采菊,他就得每月译作净五万三千二百字。吃饭呢?要另外想法子生发,否则,他只好"饥来驱我去,不知竟何之"了。

"雅"要地位,也要钱,古今并不两样的,但古代的买雅,自然比现在便宜;办法也并不两样,书要摆在书架上,或者抛几本在地板上,酒杯要摆在桌子上,但算盘却要收在抽屉里,或者最好是在肚子里。

此之谓"空灵"。

二

为了"雅",本来不想说这些话的。后来一想,这于"雅"并无伤,不过是在证明我自己的"俗"。王夷甫口不言钱,还是一个不干不净人物,雅人打算盘,当然也无损其为雅人。不过他应该有时收起算盘,或者最妙是暂时忘却算盘,那么,那时的一言一笑,就都是灵机天成的一言一笑,如果念念不忘世间的利害,那可就成为"杭育杭育派"了。这关键,只在一者能够忽而放开,一者却是永远执着,因此也就大有了雅俗和高下之分。我想,这和时而"敦伦"者不失为圣贤,连白天也在想女人的就要被称为"登徒子"的道理,大概是一样的。

所以我恐怕只好自己承认"俗",因为随手翻了一通《世说新语》,看过"娥㜮跃清池"的时候,千不该万不该的竟从"养病"想到"养病费"上去了,于是一骨碌爬起来,写信讨版税,催稿费。写完之后,觉得和魏晋人有点隔膜,自己想,假使此刻有阮嗣宗或陶渊明在面前出现,我们也一定谈不来的。于是另换了几本书,大抵是明末清初的野史,时代较近,看起来也许较有趣味。第一本拿在手里的是《蜀碧》。

这是蜀宾从成都带来送我的,还有一部《蜀龟鉴》,都是讲张献忠祸蜀的书,其实是不但四川人,而是凡有中国人都该翻一下的著作,可惜刻的太坏,错字颇不少。翻了一遍,在卷三里看见了这样的一条——

又,剥皮者,从头至尻,一缕裂之,张于前,如鸟展翅,率逾日始绝。有即毙者,行刑之人坐死。

也还是为了自己生病的缘故罢,这时就想到了人体解剖。医术和虐刑,是都要生理学和解剖学智识的。中国却怪得很,固有的医书上的人身五脏图,真是草率错误到见不得人,但虐刑的方法,则往往好像古人早懂得了现代的科学。例如罢,谁都知道从周到汉,有一种施于男子的"宫刑",也叫"腐刑",次于"大辟"一等。对于女性就叫"幽闭",向来不大有人提起那方法,但总之,是决非将她关起来,或者将它缝起来。近时好像被我查出一点大概来了,那办法的凶恶,妥当,而又合乎解剖学,真使我不得不吃惊。但妇科的医书呢?几乎都不明白女性下半身的解剖学的构造,他们只将肚子看作一个大口袋,里面装着莫名其妙的东西。

单说剥皮法,中国就有种种。上面所抄的是张献忠式;还有孙可望式,见于屈大均的《安龙逸史》,也是这回在病中翻到的。其时是永历六年,即清顺治九年,永历帝已经躲在安隆(那时改为安龙),秦王孙可望杀了陈邦传父子,御史李如月就弹劾他"擅杀勋将,无人臣礼",皇帝反打了如月四十板。可是事情还不能完,又给孙党张应科知道了,就去报告了孙可望。

可望得应科报,即令应科杀如月,剥皮示众。俄缚如月至朝门,有负石灰一筐,稻草一捆,置于其前。如月问,'如何用此?'其人曰,'是揎你的草!'如月叱曰,'瞎奴!此株株是文章,节节是忠肠也!'既而应科立右角门阶,捧可望令旨,喝如月跪。如月叱曰,'我是朝廷命官,岂跪贼令!?'乃步至中门,向阙再拜。……应科促令仆地,剖脊,及臀,如月大呼曰:'死得快活,浑身清凉!'又呼可望名,大骂不绝。及断至手足,转前胸,犹微声恨骂;至颈绝而死。随以灰渍之,纫以线,后乃入草,移北城门通衢阁上,悬之。……

张献忠的自然是"流贼"式;孙可望虽然也是流贼出身,但这时已是保明拒清的柱石,封为秦王,后来降了满洲,还是封为义王,所以他所用的其实是官式。明初,永乐皇帝剥那忠于建文帝的景清的皮,也就是用这方法的。大明一朝,以剥皮始,以剥皮终,可谓始终不变;至今在绍兴戏文里和乡下人的嘴上,还偶然可以听到"剥皮揎草"的话,那皇泽之长也就可想而知了。

真也无怪有些慈悲心肠人不愿意看野史,听故事;有些事情,真也不像人世,要令人毛骨悚然,心里受伤,永不痊愈的。残酷的事实尽有,最好莫如不闻,这才可以保全性灵,也是"是以君子远庖厨也"的意思。比灭亡略早的晚明名家的潇洒小品在现在的盛行,实在也不能说是无缘无故。不过这一种心地晶莹的雅致,又必须有一种好境遇,李如月仆地"剖脊",脸孔向下,原是一个看书的好姿势,但如果这时给他看袁中郎的《广庄》,我想他是一定不要看的。这时他的性灵有些儿不对,不懂得真文艺了。

然而，中国的士大夫是到底有点雅气的，例如李如月说的"株株是文章，节节是忠肠"，就很富于诗趣。临死做诗的，古今来也不知道有多少。直到近代，谭嗣同在临刑之前就做一绝"闭门投辖思张俭"，秋瑾女士也有一句"秋雨秋风愁杀人"，然而还雅得不够格，所以各种诗选里都不载，也不能卖钱。

三

清朝有灭族，有凌迟，却没有剥皮之刑，这是汉人应该惭愧的，但后来脍炙人口的虐政是文字狱。虽说文字狱，其实还含着许多复杂的原因，在这里不能细说；我们现在还直接受到流毒的，是他删改了许多古人的著作的字句，禁了许多明清人的书。

《安龙逸史》大约也是一种禁书，我所得的是吴兴刘氏嘉业堂的新刻本。他刻的前清禁书还不止这一种，屈大均的又有《翁山文外》；还有蔡显的《闲渔闲闲录》，是作者因此"斩立决"，还累及门生的，但我细看了一遍，却又寻不出什么忌讳。对于这种刻书家，我是很感激的，因为他传授给我许多知识——虽然从雅人看来，只是些庸俗不堪的知识。但是到嘉业堂去买书，可真难。我还记得，今年春天的一个下午，好容易在爱文义路找着了，两扇大铁门，叩了几下，门上开了一个小方洞，里面有中国门房，中国巡捕，白俄镖师各一位。巡捕问我来干什么的。我说买书。他说账房出去了，没有人管，明天再来罢。我告诉他我住得远，可能给我等一会呢？他说，不成！同时也堵住了那个小方洞。过了两天，我又去了，改作上午，以为此时账房也许不至于出去。但这回所得回答却更其绝望，巡捕曰：书都没有了！卖完了！不卖了！"

我就没有第三次再去买，因为实在回复的斩钉截铁。现在所有的几种，是托朋友去辗转买来的，好像必须是熟人或走熟的书店，这才买得到。

每种书的末尾，都有嘉业堂主人刘承干先生的跋文，他对于明季的遗老很有同情，对于清初的文祸也颇不满。但奇怪的是他自己的文章却满是前清遗老的口风；书是民国刻的，"仪"字还缺着末笔。我想，试看明朝遗老的著作，反抗清朝的主旨，是在异族的入主中夏的，改换朝代，倒还在其次。所以要顶礼明末的遗民，必须接受他的民族思想，这才可以心心相印。现在以明遗老之仇的满清的遗老自居，却又引明遗老为同调，只着重在"遗老"两个字，而毫不问遗于何族，遗在何时，这真可以说是"为遗老而遗老"，和现在文坛上的"为艺术而艺术"，成为一副绝好的对子了。

倘以为这是因为"食古不化"的缘故，那可也并不然。中国的士大夫，该化的时候，就未必决不化。就如上面说过的《蜀龟鉴》，原是一部笔法都仿《春秋》的书，但写到"圣祖仁皇帝康熙元年春正月"，就有"赞"道："……明季之乱甚矣！风终豳，雅终《召旻》，托乱极思治之隐忧而无其实事，孰若臣祖亲见之，臣身亲被之乎？是编以元年正月终者，非徒谓体元表正，蔑以加兹；生逢盛世，荡荡难名，一以寄没世不忘之恩，一以见太平之业所由始耳！"

《春秋》上是没有这种笔法的。满洲的肃王的一箭，不但射死了张献忠，也感化了许多读书人，而且改变了"春秋笔法"了。

四

病中来看这些书，归根结蒂，也还是令人气闷。但又开始知道了有些聪明的士大夫，依然会从血泊里寻出闲适来。例如《蜀碧》，总可以说是够惨的书了，然而序文后面却刻着一位乐斋先生的批语道："古穆有魏晋间人笔意。"

这真是天大的本领！那死似的镇静，又将我的气闷打破了。

我放下书，合了眼睛，躺着想想学这本领的方法，以为这和"君子远庖厨也"的法子是大两样的，因为这时是君子自己也亲到了庖厨里。瞑想的结果，拟定了两手太极拳。一，是对于世事要"浮光掠影"，随时忘却，不甚了然，仿佛有些关心，却又并不恳切；二，是对于现实要"蔽聪塞明"，麻木冷静，不受感触，先由努力，后成自然。第一种的名称不大好听，第二种却也是却病延年的要诀，连古之儒者也并不讳言的。这都是大道。还有一种轻捷的小道，是：彼此说谎，自欺欺人。

有些事情，换一句话说就不大合式，所以君子憎恶俗人的"道破"。其实，"君子远庖厨也"就是自欺欺人的办法：君子非吃牛肉不可，然而他慈悲，不忍见牛的临死的觳觫，于是走开，等到烧成牛排，然后慢慢的来咀嚼。牛排是决不会"觳觫"的了，也就和慈悲不再有冲突，于是他心安理得，天趣盎然，剔剔牙齿，摸摸肚子，"万物皆备于我矣"了。彼此说谎也决不是伤雅的事情，东坡先生在黄州，有客来，就要客谈鬼，客说没有，东坡道："姑妄言之！"至今还算是一件韵事。

撒一点小谎，可以解无聊，也可以消闷气；到后来，忘却了真，相信了谎。也就心安理得，天趣盎然了起来。永乐的硬做皇帝，一部分士大夫是颇以为不大好的。尤其是对于他的惨杀建文的忠臣。和景清一同被杀的还有铁铉，景清剥皮，铁铉油炸，他的两个女儿则发付了教坊，叫她们做婊子。这更使士大夫不舒服，但有人说，后来二女献诗于原问官，被永乐所知，赦出，嫁给士人了。

这是"曲终奏雅"，令人如释重负，觉得天皇毕竟圣明，好人也终于得救。她虽然做过官妓，然而究竟是一位能诗的才女，她父亲又是大忠臣，为夫的士人，当然也不算辱没。但是，必须"浮光掠影"到这里为止，想不得下去。一想，就要想到永乐的上谕，有些是凶残猥亵，将张献忠祭梓潼神的"咱老子姓张，你也姓张，咱老子和你联了宗罢。尚飨！"的名文，和他的比起来，真是高华典雅，配登西洋的上等杂志，那就会觉得永乐皇帝决不像一位爱才怜弱的明君。况且那时的教坊是怎样的处所？罪人的妻女在那里是并非静候嫖客的，据永乐定法，还要她们"转营"，这就是每座兵营里都去几天，目的是在使她们为多数男性所凌辱，生出"小龟子"和"淫贱材儿"来！所以，现在成了问题的"守节"，在那时，其实是只准"良民"专利的特典。在这样的治下，这样的地狱里，做一首诗就能超生的么？

我这回从杭世骏的《订讹类编》（续补卷上）里，这才确切的知道了这佳话的欺骗。他说：

……考铁长女诗，乃吴人范昌期《题老妓卷》作也。诗云：'教坊落籍洗铅华，一片春心对落花。旧曲听来空有恨，故园归去却无家。云鬟半軃临青镜，雨泪频弹湿绛纱。安得江州司马在，尊前重为赋琵琶。'昌期，字鸣凤；诗见张士瀹《国朝文纂》。同时杜琼用嘉亦有次韵诗，题曰《无题》，则其非铁氏作明矣。次女诗所谓'春来雨露深如海，嫁得刘郎胜阮郎'，其论尤为不伦。宗正睦楔论革除事，谓建文流落西南诸诗，皆好事伪作，则铁女之诗可知。……

《国朝文纂》我没有见过，铁氏次女的诗，杭世骏也并未寻出根底，但我以为他的话是可信的，——虽然他败坏了口口相传的韵事。况且一则他也是一个认真的考证学者，二则我觉得凡是得到大杀风景的结果的考证，往往比表面说得好听，玩得有趣的东西近真。

首先将范昌期的诗嫁给铁氏长女，聊以自欺欺人的是谁呢？我也不知道。但"浮光掠影"的一看，倒也罢了，一经杭世骏道破，再去看时，就很明白的知道了确是咏老妓之作，那第一句就不像现任官妓的口吻。不过中国的有一些士大夫,总爱无中生有,移花接木的造出故事来,他们不但歌颂升平,还粉饰黑暗。关于铁氏二女的撒谎,尚其小焉者耳,大至胡元杀掠,满清焚屠之际,也还会有人单单捧出什么烈女绝命,难妇题壁的诗词来,这个艳传,那个步韵,比对于华屋丘墟,生民涂炭之惨的大事情还起劲。到底是刻了一本集,连自己们都附进去,而韵事也就完结了。

我在写着这些的时候,病是要算已经好了的了,用不着写遗书。但我想在这里趁便拜托我的相识的朋友,将来我死掉之后,即使在中国还有追悼的可能,也千万不要给我开追悼会或者出什么记念册。因为这不过是活人的讲演或挽联的斗法场,为了造语惊人,对仗工稳起见,有些文豪们是简直不恤于胡说八道的。结果至多也不过印成一本书,即使有谁看了,于我死人,于读者活人,都无益处,就是对于作者,其实也并无益处,挽联做得好,也不过挽联做得好而已。

现在的意见,我以为倘有购买那些纸墨白布的闲钱,还不如选几部明人,清人或今人的野史或笔记来印印,倒是于大家很有益处的。但是要认真,用点工夫,标点不要错。

12月11日

(选自《且介亭杂文》,1937年7月上海三闲书屋初版)

翡冷翠山居闲话

徐志摩

在这里出门散步去,上山或是下山,在一个晴好的五月的向晚,正像是去赴一个美的宴会,比如去一果子园,那边每株树上都是满挂着诗情最秀逸的果实,假如你单是站着看还不满意时,只要你一伸手就可以采取,可以恣尝鲜味,足够你性灵的迷醉。阳光正好暖和,决不过暖;风息是温驯的,而且往往因为他是从繁花的山林里吹度过来,他带来一股幽远的淡香,连着一息滋润的水气,摩挲着你的颜面,轻绕着你的肩腰,就这单纯的呼吸已是无穷的愉快;空气总是明净的,近谷内不生烟,远山上不起霭,那美秀风景的全部正像画片似的展露在你的眼前,供你闲暇的鉴赏。

作客山中的妙处,尤在你永不须踌躇你的服色与体态;你不妨摇曳着一头的蓬草,不妨纵容你满腮的苔藓;你爱穿什么就穿什么;扮一个牧童,扮一个渔翁,装一个农夫,装一个走江湖的桀卜闪,装一个猎户;你再不必提心整理你的领结,你尽可以不用领结,给你的颈根与胸膛一半日的自由,你可以拿一条这边颜色的长巾包在你的头上,学一个太平军的头目,或是拜伦那埃及装的姿态;但最要紧的是穿上你最旧的旧鞋,别管他模样不佳,他们是顶可爱的好友,他们承着你的体重却不叫你记起你还有一双脚在你的底下。

这样的玩顶好是不要约伴,我竟想严格的取缔,只许你独身;因为有了伴多少总得叫你分心,尤其是年轻的女伴,那是最危险最专制不过的旅伴,你应得躲避她像你躲避青草里一条美丽的花蛇!平常我们从自己家里走到朋友的家里,或是我们执事的地方,那无非是在同一个大牢里从一间狱室移到另一间狱室去,拘束永远跟着我们,自由永远寻不到我们;但在这春夏间美秀的山中或乡间你要是有机会独身闲逛时,那才是你福星高照的时候,那才是你实际领受,亲口尝味,自由与自在的时候,那才是你肉体与灵魂行动一致的时候;朋友们,我们多长一岁年纪往往只是加重我们头上的枷,加紧我们脚胫上的链,我们见小孩子在草里在沙堆里在浅水里打滚作乐,或是看见小猫追他自己的尾巴,何尝没有羡慕的时候,但我们的枷,我们的链永远是制定我们行动的上司!所以只有你单身奔赴大自然的怀抱时,像一个裸体的小孩扑入他母亲的怀抱时,你才知道灵魂的愉快是怎样的,单是活着的快乐是怎样的,单就呼吸单就走道单就张眼看耸耳听的幸福是怎样的。因此你得严格的为己,极端的自私,只许你,体魄与性灵,与自然同在一个脉搏里跳动,同在一个音波里起伏,同在一个神奇的宇宙里自得。我们浑朴的天真是像含羞草似的娇柔,一经同伴的抵触,他就卷了起来,但在澄静的日光下,和风中,他的姿态是自然的,他的生活是无阻碍的。

你一个人漫游的时候,你就会在青草里坐地仰卧,甚至有时打滚,因为草的和暖的颜色自然的唤起你童稚的活泼;在静僻的道上你就会不自主的狂舞,看着你自己的身影幻出种种诡异的变相,因为道旁树木的阴影在他们纡徐的婆娑里暗示你舞蹈的快乐;你也会得信口的歌唱,偶尔记起断片的音调,与你自己随口的小曲,因为树林中的莺燕告诉你春光是应得赞美的;更不必说你的胸襟自然会跟着漫长的山径开拓,你的心地会看着澄蓝的天空静定,你的思想和着山壑间的水声,山罅里的泉响,有时一澄到底的清澈,有时激起成章的波动,流,流,流入凉爽的橄榄林中,流入妩媚的阿诺河去……

并且你不但不须应伴,每逢这样的游行,你也不必带书。书是理想的伴侣,但你应得带书,是在火车上,在你住处的客室里,不是在你独身漫步的时候。什么伟大的深沉的鼓舞的清明的优美的思想的根源不是可以在风籁中,云彩里,山势与地形的起伏里,花草的颜色与香息里寻得?自然是最伟大的一部书,葛德说,在他每一页的字句里我们读得最深奥的消息。并且这书上的文字是人人懂得的;阿尔帕斯与五老峰,雪西里与普陀山,莱因河与扬子江,梨梦湖与西子湖,建兰与琼花,杭州西溪的芦雪与威尼市夕照的红潮,百灵与夜莺,更不提一般黄的黄麦,一般紫的紫藤,一般青的青草同在大地上生长,同在和风中波动——他们应用的符号是永远一致的,他们的意义是永远明显的,只要你自己心灵上不长疮瘢,眼不盲,耳不塞,这无形迹的最高等教育便永远是你的名分,这不取费的最珍贵的补剂便永远供你的受用;只要你认识了这一部书,你在这世界上寂寞时便不寂寞,穷困时不穷困,苦恼时有安慰,挫折时有鼓励,软弱时有督责,迷失时有南针。

一九二五年七月

(原载 1925 年 7 月 4 日《现代评论》第 2 卷第 30 期)

我所知道的康桥

徐志摩

一

我这一生的周折,大都寻得出感情的线索。不论别的,单说求学。我到英国是为要从罗素。罗素来中国时,我已经在美国。他那不确的死耗传到的时候,我真的出眼泪不够,还做悼诗来了。

他没有死，我自然高兴。我摆脱了哥伦比亚大学博士衔的引诱，买船票过大西洋，想跟这位二十世纪的福禄泰尔认真念一点书去。谁知一到英国才知道事情变样了：一为他在战时主张和平，二为他离婚，罗素叫康桥给除名了，他原来是 Trinity College 的 Fellow，这来他的 Fellowship 也给取销了。他回英国后就在伦敦住下，夫妻两人卖文章过日子。因此我也不曾遂我从学的始愿。我在伦敦政治经济学院里混了半年，正感着闷，想换路走的时候，我认识了狄更生先生。狄更生——Galsworthy Lowes Dickinson——是一个有名的作者，他的《一个中国人的通信》(Letters From John Chinaman)与《一个现代聚餐谈话》(A Modern Symposium)两本小册子早得了我的景仰。我第一次会着他是在伦敦国际联盟协会席上，那天林宗孟先生演说，他做主席；第二次是宗孟寓里吃茶，有他。以后我常到他家里去。他看出我的烦闷，劝我到康桥去，他自己是王家学院(King's College)的 Fellow。我就写信去问两个学院，回信都说学额早满了，随后还是狄更生先生替我去在他的学院里说好了，给我一个特别生的资格，随意选科听讲。从此黑方巾黑披袍的风光也被我占着了。初起我在离康桥六英里的乡下叫沙士顿地方租了几间小屋住下，同居的有我从前的夫人张幼仪女士与郭虞裳君。每天一早我坐街车（有时自行车）上学，到晚回家。这样的生活过了一个春，但我在康桥还只是个陌生人，谁都不认识，康桥的生活，可以说完全不曾尝着，我知道的只是一个图书馆，几个课室，和三两个吃便宜饭的茶食铺子。狄更生常在伦敦或是大陆上，所以也不常见他。那年的秋季我一个人回到康桥，整整有一学年，那时我才有机会接近真正的康桥生活，同时我也慢慢的"发现"了康桥。我不曾知道过更大的愉快。

二

"单独"是一个耐寻味的现象。我有时想它是任何发现的第一个条件。你要发见你的朋友的"真"，你得有与他单独的机会。你要发见你自己的真，你得给你自己一个单独的机会。你要发见一个地方（地方一样有灵性），你也得有单独玩的机会。我们这一辈子，认真说，能认识几个人？能认识几个地方？我们都是太匆忙，太没有单独的机会。说实话，我连我的本乡都没有什么了解。康桥我要算有相当交情的，再次许只有新认识的翡冷翠了。呵，那些清晨，那些黄昏，我一个人发痴似的在康桥！绝对的单独。

但一个人要写他最心爱的对象，不论是人是地，是多么使他为难的一个工作？你怕，你怕描坏了它，你怕说过分了恼了它，你怕说太谨慎了辜负了它。我现在想写康桥，也正是这样的心理，我不曾写，我就知道这回是写不好的——况且又是临时逼出来的事情。但我却不能不写，上期预告已经出去了。我想勉强分两节写，一是我所知道的康桥的天然景色，一是我所知道的康桥的学生生活。我今晚只能极简的写些，等以后有兴会时再补。

三

康桥的灵性全在一条河上：康河，我敢说，是全世界最秀丽的一条水。河的名是葛兰大(Granta)，也有叫康河(River Cam)的，许有上下流的区别，我不甚清楚。河身多的是曲折，上游是有名的拜伦潭——"Byron's Pool"——当年拜伦常在那里玩的；有一个老村子叫格兰骞斯德，有一个果子园，你可以躺在累累的桃李树荫下吃茶，花果会掉入你的茶杯，小雀子会到你桌上来啄食，那真是别有一番天地。这是上游；下游是从骞斯德顿下去，河面展开，那是春夏间竞舟的场所。上下河分界处有一个坝筑，水流急得很，在星光下听水声，听近村晚钟声，听河畔倦牛刍草声，是我康桥经验中最神秘的一种：大自然的优美，宁静，调谐在这星光与波光的默契中不期然的淹入了你的性灵。

但康河的精华是在它的中权，著名的"Backs"，这两岸是几个最蜚声的学院的建筑。从上面下来是 Pembroke, St. Katharine's, King's, Clare, Trinity, St. John's。最令人留连的一节是克莱亚与王家学院的毗连处，克莱亚的秀丽紧邻着王家教堂(King's Chapel)的宏伟。别的地方尽有更美更庄严的建筑，例如巴黎赛因河的罗浮宫一带，威尼斯的利阿尔多大桥的两岸，翡冷翠维基乌大桥的周遭；但康桥的"Backs"自有它的特长，这不容易用一二个状词来概括，它那脱离尽尘埃气的一种清澈秀逸的意境可说是超出了画图而化生了音乐的神味。再没有比这一群建筑更调谐更匀称的了！论画，可比的许只有柯罗(Corot)的田野；论音乐，可比的许只有萧班(Chopin)的夜曲。就这也不能给你依稀的印象，它给你的美感简直是神灵性的一种。

假如你站在王家学院桥边的那棵大椈树荫下眺望，右侧面，隔着一大方浅草坪，是我们的校友居(Fellows Building)，那年代并不早，但它的妩媚也是不可掩的，它那苍白的石壁上春夏间满缀着艳色的蔷薇在和风中摇颤，更移左是那教堂，森林似的尖阁不可侵的永远直指着天空；更左是克莱亚，阿！那不可信的玲珑的方庭，谁说这不是圣克莱亚(St. Clare)的化身，哪一块石上不闪耀着她当年圣洁的精神？在克莱亚后背隐约可辨的是康桥最潇贵最骄纵的三清学院(Trinity)，它那临河的图书楼上坐镇着拜伦神采惊人的雕像。

但这时你的注意早已叫克莱亚的三环洞桥魔术似的摄住。你见过西湖白堤上的西泠断桥不是？（可怜它们早已叫代表近代丑恶精神的汽车公司给踩平了，现在它们跟着苍凉的雷峰永远辞别了人间。）你忘不了那桥上斑驳的苍苔，木栅的古色，与那桥拱下泄露的湖光与山色不是？克莱亚并没有那样体面的衬托，它也不比庐山栖贤寺旁的观音桥，上瞰五老的奇峰，下临深潭与飞瀑；它只是怯怜怜的一座三环洞的小桥，它那桥洞间也只掩映着细纹的波鳞与婆婆的树影，它那桥上栉比的小穿阑与阑节顶上双双的白石球，也只是村姑子头上不夸张的香草与野花一类的装饰；但你凝神的看着，更凝神的看着，你再反省你的心境，看还有一丝屑的俗念沾滞不？只要你审美的本能不曾泯灭时，这是你的机会实现纯粹美感的神奇！

但你还得选你赏鉴的时辰。英国的天时与气候是走极端的。冬天是荒谬的坏，逢着连绵的雾盲天你一定不迟疑的甘愿进地狱本身去试试，春天（英国是几乎没有夏天的）是更荒谬的可爱，尤其是它那四五月间最渐缓最艳丽的黄昏，那才真是寸寸黄金。在康河边上过一个黄昏是一服灵魂的补剂。呵！我那时蜜甜的单独，那时甜蜜的闲暇，一晚又一晚的，只见我出神似的倚在桥阑上向西天凝望：——

看一回凝静的桥影，
数一数螺细的波纹：
我倚暖了石阑的青苔，
青苔凉透了我的心坎；……

还有几句更笨重的怎能仿佛那游丝似轻妙的情景：

难忘七月的黄昏,远树凝寂,
像墨泼的山形,衬出轻柔暝色,
密稠稠,七分鹅黄,三分橘绿,
那妙意只可去秋梦边缘捕捉;……

四

这河身的两岸都是四季常青最葱翠的草坪。从校友居的楼上望去,对岸草场上,不论早晚,永远有十数匹黄牛与白马,胫蹄没在恣蔓的草丛中,从容的在咬嚼,星星的黄花在风中动荡,应和着它们尾鬃的扫拂。桥的两端有斜倚的垂柳与椈荫护住。水是澈底的清澄,深不足四尺,匀匀的长着长条的水草。这岸边的草坪又是我的爱宠,在清朝,在傍晚,我常去这天然的织锦上坐地,有时读书,有时看水;有时仰卧着看天空的行云,有时反仆着搂抱大地的温软。

但河上的风流还不止两岸的秀丽。你得买船去玩。船不止一种:有普通的双桨划船,有轻快的薄皮舟(Canoe),有最别致的长形撑篙船(Punt)。最末的一种是别处不常有的:约莫有二丈长,三尺宽,你站直在船梢上用长竿撑着走的。这撑是一种技术。我手脚太蠢,始终不曾学会。你初起手尝试时,容易把船身横住在河中,东颠西撞的狼狈。英国人是不轻易开口笑人的,但是小心他们不出声的皱眉!也不知有多少次河中本来优闲的秩序叫我这莽撞的外行给捣乱了。我真的始终不曾学会:每回我不服输去租船再试的时候,有一个白胡子的船家往往带讥讽的对我说:"先生,这撑船费劲,天热累人,还是拿个薄皮舟溜溜吧!"我那里肯听话,长篙子一点就把船撑了开去,结果还是把河身一段段的腰斩了去!

你站在桥上去看人家撑,那多不费劲,多美!尤其在礼拜天有几个专家的女郎,穿一身缟素衣服,裙裾在风前悠悠的飘着,戴一顶宽边的薄纱帽,帽影在水草间颤动,你看她们出桥洞时的姿态,捻起一根竟像没分量的长竿,只轻轻的,不经心的往波心里一点,身子微微的一蹲,这船身便波的转出了桥影,翠条鱼似的向前滑了去。她们那敏捷,那闲暇,那轻盈,真是值得歌咏的。

在初夏阳光渐暖时你去买一只小船,划去桥边荫下躺着念你的书或是做你的梦,槐花香在水面上飘浮,鱼群的唼喋声在你的耳边挑逗。或是在初秋的黄昏,近着新月的寒光,望上流僻静处远去。爱热闹的少年们携着他们的女友,在船沿上支着双双的东洋彩纸灯,带着话匣子,船心里用软垫铺着,也开向无人迹处去享他们的野福——谁不爱听那水底翻的音乐在静定的河上描写梦意与春光!

住惯城市的人不易知道季候的变迁。看见叶子掉知道是秋,看见叶子绿知道是春;天冷了装炉子,天热了拆炉子;脱下棉袍,换上夹袍,脱下夹袍,穿上单袍;不过如此罢了。天上星斗的消息,地下泥土里的消息,空中风吹的消息,都不关我们的事。忙着哪,这样那样事情多着,谁耐烦管星星的移转,花草的消长,风云的变幻?同时我们抱怨我们的生活,苦痛,烦闷,拘束,枯燥,谁肯承认做人是快乐?谁不多少间咒诅人生?

但不满意的生活大都是由于自取的。我是一个生命的信仰者,我信生活决不是我们大多数人仅仅从自身经验推得的那样暗惨。我们的病根是在"忘本"。人是自然的产儿,就比枝头的花与鸟是自然的产儿；但我们不幸是文明人，人世深似一天，离自然远似一天。离开了泥土的花草，离开了水的鱼，能快活吗？能生存吗？从大自然，我们取得我们的生命；从大自然，我们应分取得我们继续的资养。哪一株婆娑的大木没有盘错的根柢深入在无尽藏的地里？我们是永远不能独立的。有幸福是永远不离母亲抚育的孩子，有健康是永远接近自然的人们。不必一定与鹿豕游，不必一定回"洞府"去；为医治我们当前生活枯窘，只要"不完全遗忘自然"一张轻淡的药方，我们的病像就有缓和的希望。在青草里打几个滚，到海水里洗几次浴，到高处去看几次朝霞与晚照——你肩背上的负担就会轻松了去的。

这是极肤浅的道理，当然。但我要没有过康桥的日子，我就不会有这样的自信。我这一辈子就只那一春，说也可怜，算是不曾虚度。就只那一春，我的生活是自然的，是真愉快的！（虽则碰巧那也是我最感受人生痛苦的时期。）我那时有的是闲暇，有的是自由，有的是绝对单独的机会。说也奇怪，竟像是第一次，我辨认了星月的光明，草的青，花的香，流水的殷勤。我能忘记那初春的睥睨吗？曾经有多少个清晨我独自冒着冷去薄霜铺地的林子里闲步——为听鸟语，为盼朝阳，为寻泥土里渐次苏醒的花草，为体会最微细最神妙的春信。呵，那是新来的画眉在那边凋不尽的青枝上试它的新声！呵，这是第一朵小雪球花挣出了半冻的地面！呵，这不是新来的潮润沾上了寂寞的柳条？

静极了，这朝来水溶溶的大道，只远处牛奶车的铃声，点缀这周遭的沉默。顺着这大道走去，走到尽头，再转入林子里的小径，往烟雾浓密处走去，头顶是交枝的榆荫，透露着漠楞楞的曙色；再往前走去，走尽这林子，当前是平坦的原野，望见了村舍；初青的麦田，更远三两个馒头形的小山掩住了一条通道。天边是雾茫茫的，尖尖的黑影是近村的教寺。听，那晓钟和缓的清音。这一带是此邦中部的平原，地形像是海里的轻波，默沉沉的起伏；山岭是望不见的，有的是常青的草原与沃腴的田壤。登那土阜上望去，康桥只是一带茂林，拥戴着几处娉婷的尖阁。妩媚的康河也望不见踪迹，你只能循着那锦带似的林木想象那一流清浅。村舍与树林是这地盘上的棋子，有村舍处有佳荫，有佳荫处有村舍。这早起是看炊烟的时辰：朝雾渐渐的升起，揭开了这灰苍苍的天幕（最好是微霰后的光景），远近的炊烟，成丝的，成缕的，成卷的，轻快的，迟重的，浓灰的，淡青的，惨白的，在静定的朝气里渐渐的上腾，渐渐的不见，仿佛是朝来人们的祈祷，参差的翳入了天听。朝阳是难得见的，这初春的天气。但它来时是起早人莫大的愉快。顷刻间这田野添深了颜色，一层轻纱似的金粉糁上了这草，这树，这通道，这庄舍。顷刻间这周遭弥漫了清晨富丽的温柔。顷刻间你的心怀也分润了白天诞生的光荣。"春"！这胜利的晴空仿佛在你的耳边私语。"春"！你那快活的灵魂也仿佛在那里回响。

伺候着河上的风光，这春天一天有一天的消息。关心石上的苔痕，关心败草里的花鲜，关心这水流的缓急，关心水草的滋长，关心天上的云霞，关心新来的鸟语。怯怜怜的小雪球是探春信的小使。铃兰与香草是欢喜的初声。窈窕的莲馨，玲珑的石水仙，爱热闹的克罗克斯，耐辛苦的蒲公英与雏菊——这时候春光已是缦烂在人间，更不须殷勤问讯。

瑰丽的春放。这是你野游的时期。可爱的路政，这里不比中国，那一处不是坦荡荡的大道？徒步是一个愉快，但骑自转车是一个更大的愉快。在康桥骑车是普遍的技术；妇人，稚子，老翁，一致享受这双轮舞的快乐。(在康桥听说自转车是不怕人偷的,就为人人都自己有车,没人要偷。)任你选一个方向,任你上一条通道,顺着这带草味的和风,放轮远去,保管你这半天的逍遥是你性灵的补剂。——这道上有的是清荫与美草,随地都可以供你休憩。你如爱花,这里多的是锦绣似的草原。你如爱鸟,这里多的是巧啭的鸣禽。你如爱儿童,这乡间到处是可亲的稚子。你如爱人情,这里多的是不嫌远客的乡人,你到处可以"挂单"借宿,有酪浆与嫩薯供你饱餐,有夺目的果鲜恣你尝新。你如爱酒,这乡间每"望"都为你储有上好的新酿,黑啤如太浓,苹果酒姜酒都是供你解渴润肺的。……。带一卷书,走十里路,选一块清静地,看天,听鸟,读书,倦了时,和身在草绵绵处寻梦去——你能想象更适情更适性的消遣吗?

陆放翁有一联诗句:"传呼快马迎新月,却上轻舆趁晚凉";这是做地方官的风流。我在康桥时虽没马骑,没轿子坐,却也有我的风流:我常常在夕阳西晒时骑了车迎着天边扁大的日头直追。日头是追不到的,我没有夸父的荒诞,但晚景的温存却被我这样偷尝了不少。有三两幅画图似的经验至今还栩栩的留着。只说看夕阳,我们平常只知道登山或是临海,但实际只须辽阔的天际,平地上的晚霞有时也是一样的神奇。有一次我赶到一个地方,手把着一家村庄的篱笆隔着一大田的麦浪,看西天的变幻。有一次是正冲着一条宽广的大道,过来一大群羊,放草归来的,偌大的太阳在它们后背放射着万缕的金辉,天上却是乌青青的,只剩这不可逼视的威光中的一条大路,一群生物!我心头顿时感着神异性的压迫,我真的跪下了,对着这冉冉渐翳的金光。再有一次是更不可忘的奇景,那是临着一大片望不到头的草原,满开着艳红的罂粟,在青草里亭亭的像是万盏的金灯,阳光从褐色云里斜着过来,幻成一种异样的紫色,透明似的不可逼视,霎那间在我迷眩了的视觉中,这草田变成了……不说也罢,说来你们也是不信的!

一别二年多了,康桥,谁知我这思乡的隐忧?也不想别的,我只要那晚钟撼动的黄昏,没遮拦的田野,独自斜俯在软草里,看第一个大星在天边出现!

十五年一月十五日

(原载 1926 年 1 月 16 日、25 日《晨报副镌》)

祝土匪

林语堂

莽原社诸朋友来要稿,论理莽原社诸先生既非正人君子又不是当代名流,当然有与我合作之可能,所以也就慨然允了他们。写几字凑数,补白。

然而又实在没有工夫,文士们(假如我们也可冒充文士)欠稿债,就同穷教员欠房租一样,期一到就焦急。所以没工夫也得挤,所挤者挤出来的是我们自己的东西,不是挪用,借光,贩卖的货物,便不至于成文妖。

于短短的时间,要做长长的文章,在文思迟滞的我是不行的。无已,姑就我要说的话有条理的或无条理的说出来。

近来我对于言论界的职任及性质渐渐清楚。也许我一时所见是错误的,然而我实在还未老,不必装起老成的架子,将来升官或入研究系时再来更正我的主张不迟。

言论界,依中国今日此刻此地情形,非有些土匪傻子来说话不可。这也是祝《莽原》恭维《莽原》的话,因为《莽原》即非太平世界,《莽原》之主稿诸位先生当然很愿意揭竿作乱,以土匪自居。至少总不愿意以"绅士""学者"自居,因为学者所记得的是他的脸孔,而我们似乎没有时间顾到这一层。

现在的学者最要紧的就是他们的脸孔,倘是他们自三层楼滚到楼底下,翻起来时,头一样想到是拿起手镜照一照看他的假胡须还在乎?金牙齿没掉么?雪花膏未涂污乎?至于骨头折断与否,似在其次。

学者只知道尊严,因为要尊严,所以有时骨头不能不折断,而不自知,且自告人曰,我固完肤也,呜呼学者!呜呼所谓学者!

因为真理有时要与学者的脸孔冲突,不敢为真理而忘记其脸孔者则终必为脸孔而忘记真理,于是乎学者之骨头折断矣。骨头既断,无以自立,于是"架子",木脚,木腿来了。就是一副银腿银脚也要觉得讨厌,何况还是木头做的呢?

托尔斯泰曾经说过极好的话,论真理与上帝孰重。他说以上帝为重于真理者,继必以教会为重于上帝,其结果必以其特别教门为重于教会,而终必以自身为重于其特别教门。

就是学者斤斤于其所谓学者态度,所以失其所谓学者,而去真理一万八千里之遥。说不定将来学者反得让我们土匪做。

学者虽讲道德,士风,而每每说到自己脸孔上去;所以道德,士风将来也非由土匪来讲不可。

一人不敢说我们要说的话,不敢维持我们良心上要维持的主张,这边告诉人家我是学者,那边告诉人家我是学者,自己无贯彻强毅主张,倚门卖笑,双方讨好,不必说真理招呼不来,真理有知,亦早已因一见学者脸孔而退避三舍矣。

惟有土匪,既没有脸孔可讲,所以比较可以少作揖让,少对大人物叩头。他们既没有金牙齿,又没有假胡须,所以自三层楼上滚下来,比较少顾虑,完肤或者未必完肤,但是骨头可以不折,而且手足嘴脸,就使受伤,好起来时,还是真皮真肉。

真理是妒忌的女神,归奉她的人就不能不守独身主义,学者却家里还有许多老婆,姨太太,上坑老妈,通房丫头。然而真理并非靠学者供养的,虽然是妒忌,却不肯说话,所以学者所真怕的还是家里老婆,不是真理。

惟其有许多要说的话学者不敢说,惟其有许多良心上应维持的主张学者不敢维持,所以今日的言论界还得有土匪傻子来说话。土匪傻子是顾不到脸孔的,并且也不想将真理贩卖给大人物。

土匪傻子可以自慰的地方就是有史以来大思想家都被当代学者称为"土匪""傻子"过。并且他们的仇敌也都是当代的学者,绅士,君子,士大夫……。自有史以来,学者,绅士,君子,士大夫都是中和稳健;他们的家里老婆不一,但是他们的一副面团团的尊容,则无古今中外东西南北皆同。

然而土匪有时也想做学者,等到当代学者殀灭殇亡之时。到那时候,却要请真理出来登极。但是我们没有这种狂想,这个时候还远着呢,我们生于草莽,死于草莽,遥遥在野外莽原,为真理喝彩,祝真理万岁,于愿足矣。

只不要投降!

一九二五,十二,二十八

(原载 1926 年 1 月 10 日《莽原》第 1 期)

乌篷船

周作人

子荣君:

接到手书,知道你要到我的故乡去,叫我给你一点什么指导。老实说,我的故乡,真正觉得可怀恋的地方,并不是那里;但是因为在那里生长,住过十多年,究竟知道一点情形,所以写这一封信告诉你。

我所要告诉你的,并不是那里的风土人情,那是写不尽的,但是你到那里一看也就会明白的,不必罗唆地多讲。我要说的是一种很有趣的东西,这便是船。你在家乡平常总坐人力车,电车,或是汽车,但在我的故乡那里这些都没有,除了在城内或山上是用轿子以外,普通代步都是用船。船有两种,普通坐的都是"乌篷船",白篷的大抵作航船用,坐夜航船到西陵去也有特别的风趣,但是你总不便坐,所以我也就可以不说了。乌篷船大的为"四明瓦"(Sy-menngoa),小的为脚划船(划读如 uoa)亦称小船。但是最适用的还是在这中间的"三道",亦即三明瓦。篷是半圆形的,用竹片编成,中夹竹箬,上涂黑油;在两扇"定篷"之间放着一扇遮阳,也是半圆的,木作格子,嵌着一片片的小鱼鳞,径约一寸,颇有点透明,略似玻璃而坚韧耐用,这就称为明瓦。三明瓦者,谓其中舱有两道,后舱有一道明瓦也。船尾用橹,大抵两支,船首有竹篙,用以定船。船头着眉目,状如老虎,但似在微笑,颇滑稽而不可怕,唯白篷船则无之。三道船篷之高大约可以使你直立,舱宽可以放下一顶方桌,四个人坐着打麻将,——这个恐怕你也已学会了罢?小船则真是一叶扁舟,你坐在船底席上,篷顶离你的头有两三寸,你的两手可以搁在左右的舷上,还把手都露出在外边。在这种船里仿佛是在水面上坐,靠近田岸去时泥土便和你的眼鼻接近,而且遇着风浪,或是坐得少不小心,就会船底朝天,发生危险,但是也颇有趣味,是水乡的一种特色。不过你总可以不必去坐,最好还是坐那三道船罢。

你如坐船出去,可是不能像坐电车的那样性急,立刻盼望走到。倘若出城,走三四十里路,(我们那里的里程是很短,一里才及英哩三分之一),来回总要预备一天。你坐在船上,应该是游山的态度,看看四周物色,随处可见的山,岸旁的乌桕,河边的红蓼和白苹,渔舍,各式各样的桥,困倦的时候睡在舱中拿出随笔来看,或者冲一碗清茶喝喝。偏门外的鉴湖一带,贺家池,壶觞左近,我都是喜欢的,或者往娄公埠骑驴去游兰亭(但我劝你还是步行,骑驴或者于你不很相宜),到得暮色苍然的时候进城上都挂着薜荔的东门来,倒是颇有趣味的事。倘若路上不平静,你往杭州去时可于下午开船,黄昏时候的景色正最好看,只可惜这一带地方的名字我都忘记了。夜间睡在舱中,听水声橹声,来往船只的招呼声,以及乡间的犬吠鸡鸣,也都很有意思。雇一只船到乡下去看庙戏,可以了解中国旧戏的真趣味,而且在船上行动自如,要看就看,要睡就睡,要喝酒就喝酒,我觉得也可以算是理想的行乐法。只可惜讲维新以来这些演剧与迎会都已禁止,中产阶级的低能人别在"布业会馆"等处建起"海式"的戏场来,请大家买票看上海的猫儿戏。这些地方你千万不要去。——你到我那故乡,恐怕没有一个人认得,我又因为在教书不能陪你去玩,坐夜船,谈闲天,实在抱歉而且惆怅。川岛君夫妇现在偶山下,本来可以给你绍介,但是你到那里的时候他们恐怕已经离开故乡了。初寒,善自珍重,不尽。

十五年一月十八日夜,于北京
(选自《泽泻集》,1927年9月北新书局初版)

《扬鞭集》序　　　　周作人

半农的诗集将要出版了,我不得不给他做一篇小序。这并不是说我要批评半农的诗,或是介绍一下子,我不是什么评衡家,怎么能批评,我的批评怎么能当作介绍:半农的诗的好处自有诗在那里作证。这是我与半农的老交情,使我不得不写几句闲话,替他的诗集做序。

我与半农是《新青年》上做诗的老朋友,是的,我们也发谬论,说废话,但做诗的兴致却也的确不弱,《新青年》上总是三日两头的有诗,半农到欧洲去后也还时常寄诗来给我看。那时做新诗的人实在不少,但据我看来,容我不客气地说,只有两个人具有诗人的天分,一个是尹默,一个就是半农。尹默早就不做新诗了,把他的诗情移在别的形式上表现,一部《秋明集》里的诗词即是最好的证据。尹默觉得新诗的口语与散文格调不很能亲密地与他的情调相合,于是转了方向去运用文言,但他是驾御得住文言的,所以文言还是听他的话,他的诗词还是现代的新诗,他的外表之所以与普通的新诗稍有不同者,我想实在只是由于内含的气分略有差异的缘故。半农则十年来只做诗,进境很是明瞭,这因为半农驾御得住口语,所以有这样的成功,大家只须看《扬鞭集》便可以知道这个情实。天下多诗人,我不想来肆口抑扬,不过就我所熟知的《新青年》时代的新诗作家说来,上边所说的话我相信是大抵确实的了。

我想新诗总是要发达下去的。中国的诗向来模仿束缚得太过了,当然不免发生剧变,自由与豪华的确是新的发展上重要的原素,新诗的趋向所以可以说是很不错的。我不是传统主义(Traditionalism)的信徒,但相信传统之力是不可轻侮的;坏的传统思想自然很多,我们应当想法除去他,超越善恶而又无可排除的传统却也未必少,如因了汉字而生的种种修辞方法,在我们用了汉字写东西的时候总摆脱不掉的。我觉得新诗的成就上有一种趋势恐怕很是重要,这便是一种融化。不瞒大家说,新诗本来也是从模仿来的,他的进化是在于模仿与独创之消长,近来中国的诗似乎有渐近于独创的模样,这就是我所谓的融化。自由之中自有节制,豪华之中实含清涩。把中国文学固有的特质因了外来影响而益美化,不可只披上一件呢外套就了事。这或者是我个人的偏见也未可知,我总觉得艺术这样东西虽是一种奢侈品,但给予时常是很吝啬的,至少也决不浪费。向来是新诗恐怕有点太浪费了,在我这样旧人——是的我知道自己是很旧的人,有好些中国的艺术及思想上的传统占据着我的心,——看来,觉得很满意,现在因了经验而知稼穑之艰难,这不能不说是文艺界的一个进步了。

新诗的手法我不很佩服白描,也不喜欢唠叨的叙事,不必说唠叨的说理,我只认抒情是诗的本分,而写法则觉得所谓"兴"最有意思,用新名词来讲或可以说是象征。让我说一句陈腐话,象征是诗的最新的写法,但也是最旧,在中国也"古已有之",我们上观国风,下察民谣,便可以知道中国的诗多用兴体,较赋与比要更普通而成就亦更好。譬如"桃之夭夭"一诗,既未必是将桃子去比新娘子,也不是指定桃花开时或是种桃子的家里有女儿出嫁,实在只因桃花的浓艳的气氛与婚姻有点共通的地方,所以用来起兴,但起兴云者并不是陪衬,乃是也在发表正意,不过用别一说法罢了。中国的文学革命是古典主义(不是拟古主义)的影响,一切作品都像是一个玻璃球,晶莹透彻得太厉害了,没有一点儿朦胧,因此也似乎缺少了一种余香与回味。正当的道路恐怕还是浪漫主义,——凡诗差不多无不是浪漫主义的,而象征实在是其精意。这是外国的新潮流,同时也是中国的旧手法;新诗如往这一路去,融合便可成功,真正的中国新诗也就可以产生出来了。

我对于中国新诗曾摇旗呐喊过,不过自己一无成就,近年早已歇业,不再动笔了,但暇时也还想到,略有一点意见,现在乘便写出,当作序文的材料,请半农加以指教。民国十五年五月三十日,周作人,于北京。

(原载 1926 年 6 月 7 日《语丝》第 82 期)

闭户读书论

周作人

自唯物论兴而人心大变。昔者世有所谓灵魂等物,大智固亦以轮回为苦,然在凡夫则未始不是一种慰安,风流士女可以续未了之缘,壮烈英雄则曰,"二十年后又是一条好汉。"但是现在知道人的性命只有一条,一失足成千古恨,再回头已百年身,只有上联而无下联,岂不悲哉!固然,知道人生之不再,宗教的希求可以转变为社会运动,不求未来的永生,但求现世的善生,勇猛地冲上前去,造成恶活不如好死之精神,那也是可能的。然而在大多数凡夫却有点不同,他的结果不但不能砭顽起懦,恐怕反要使得懦夫有卧志了罢。

"此刻现在",无论在相信唯物或是有鬼论者都是一个危险时期。除非你是在做官,你对于现时的中国一定会有好些不满或是不平。这些不满和不平积在你的心里,正如噎隔患者肚里的"痞块"一样,你如没有法子把他除掉,总有一天会断送你的性命。那么,有什么法子可以除掉这个痞块呢?我可以答说,没有好法子。假如激烈一点的人,且不要说动,单是乱叫乱嚷起来,想出出一口鸟气,那就容易有共党朋友的嫌疑,说不定会同逃兵之流一起去正了法。有鬼论者还不过白折了二十年光阴,只有一副性命的就大上其当了。忍耐着不说呢,恐怕也要变成忧郁病,倘若生在上海,迟早总跳进黄浦江里去,也不管公安局钉立的木牌说什么死得死不得。结局是一样,医好了烦闷就丢掉了性命,正如门板夹直了驼背。那么怎么办好呢?我看,苟全性命于乱世是第一要紧,所以最好是从头就不烦闷。不过这如不是圣贤,只有做官的才能够,如上文所述,所以平常下级人民是不能仿效的。其次是有了烦闷去用方法消遣。抽大烟,讨姨太太,赌钱,住温泉场等,都是一种消遣法,但是有些很要用钱,有些很要用力,寒士没有力量去做。我想了一天才算想到了一个方法,这就是"闭户读书"。

记得在没有多少年前曾经有过一句很行时的口号,叫做"读书不忘救国"。其实这是很不容易的。西儒有言,二鸟在林不如一鸟在手,追两兔者并失之。幸而近来"青运"已经停止,救国事业有人担当,昔日辘轳体的口号今成截上的小题,专门读书,此其时矣,闭户云者,聊以形容,言其专一耳,非真辟札则不把卷,二者有必然之因果也。

但是,敢问读什么呢?《经》,自然,这是圣人之典,非读不可的,而且听说三民主义之源盖出于四书,不特维礼教即为应考试计,亦在所必读之列,这是无可疑的了。但我所觉得重要的还是在于乙部,即是四库之史部。老实说,我虽不大有什么历史癖,却是很有点历史迷的。我始终相信二十四史是一部好书,他很诚恳地告诉我们过去曾如此,现在是如此,将来要如此。历史所告诉我们的在表面的确只是过去,但现在与将来也就在这里面了:正史好似人家祖先的神像,画得特别庄严点,从这上面却总还看得出子孙的面影,至于野史等更有意思,那是行乐图小照之流,更充足地保存真相,往往令观者拍案叫绝,叹遗传之神妙。正如獐头鼠目再生于十世之后一样,历史的人物亦常重现于当世的舞台,恍如夺舍重来,慑人心目,此可怖的悦乐为不知历史者所不能得者也。通历史的人如太乙真人目能见鬼,无论自称为什么,他都能知道这是谁的化身,在古卷上找得他的元形,自盘庚时代以降——具在,其一再降凡之迹若示诸掌焉。浅学者流妄生分别,或以二十世纪,或以北伐成功,或以农军起事划分时期,以为从此是另一世界,将大有改变,与以前绝对不同,仿佛是旧人霎时死绝,新人自天落下,自地涌出,或从空桑中跳出来,完全是两种生物的样子:此正是不学之过也。宜趁现在不甚适宜于说话做事的时候,关起门来努力读书,翻开故纸,与活人对照,死书就变成活书,可以得道,可以养生,岂不懿欤?——喔,我这些话真说得太抽象而不得要领了。但是,具体的又如何说呢?我又还缺少学问,论理还应少说闲话,多读经史才对,现在赶紧打住罢。

中华民国十七年十一月吉日
(选自《永日集》,1929年5月北新书局初版)

给我的孩子们

丰子恺

我的孩子们!我憧憬于你们的生活,每天不止一次!我想委曲地说出来,使你们自己晓得。可惜到你们懂得我的话的意思的时候,你们将不复是可以使我憧憬的人了。这是何等可悲哀的事啊!

瞻瞻!你尤其可佩服。你是身心全部公开的真人。你甚么事体都像拼命地用全副精力去对付。小小的失意,像花生米翻落地了,自己嚼了舌头了,小猫不肯吃糕了,你都要哭得嘴唇翻白,昏去一两分钟。外婆普陀去烧香买回来给你的泥人,你何等鞠躬尽瘁地抱他,喂他;有一天你自己失手把他打破了,你的号哭的悲哀,比大人们的破产,失恋,broken heart①,丧考妣,全军覆没的悲哀都要真切。两把芭蕉扇做的脚踏车,麻雀牌堆成的火车,汽车,你何等认真地看待,挺直了嗓子叫"汪——,""咕咕咕……,"来代替汽笛。宝姊姊讲故事给你听,说到"月亮姊姊挂下一只篮来,宝姊姊坐在篮里吊了上去,瞻瞻在下面看"的时候,你何等激昂地同她争,说"瞻瞻要上去,宝姊姊在下面看"! 甚至哭到漫姑面前去求审判。我每次剃了头,你真心地疑我变了和尚,好几时不要我抱。最是今年夏天,你坐在我膝上发见了我腋下的长毛,当作黄鼠狼的时候,你何等伤心,你立刻从我身上爬下去,起初眼睁睁地对我端相,继而大失所望地号哭,看看,哭哭,如同对被判定了死罪的亲友一样。你要我抱你到车站里去,多多益善地要买香蕉,满满地擒了两手回来,回到门口时你已经熟睡在我的肩上,手里的香蕉不知落在哪里去了。这是何等可佩服的真率,自然,与热情!大人间的所谓"沉默","含蓄","深刻"的美德,比起你来,全是不自然的,病的,伪的!

你们每天做火车,做汽车,办酒,请菩萨,堆六面画,唱歌,全是自动的,创造创作的生活。大人们的呼号"归自然!""生活的艺术化!""劳动的艺术化!"在你们面前真是出丑得很了! 依样画几笔画,写几篇文的人称为艺术家,创作家,对你们更要愧死!

你们的创作力,比大人真是强盛得多哩:瞻瞻!你的身体不及椅子的一半,却常常要搬动它,与它一同翻倒在地上;你又要把一杯茶横转来藏在抽斗里,要皮球停在壁上,要拉住火车的尾巴,要月亮出来,要天停止下雨。在这等小小的事件中,明明表示着你们的小弱的体力与智力不足以应付强盛的创作欲,表现欲的驱使,因而遭逢失败。然而你们是不受大自然的支配,不受人类社会的束缚的创造者,所以你的遭逢失败,例如火车尾巴拉不住,月亮呼不出来的时候,你们决不承认是事实的不可能,总以为是爹爹妈妈不肯帮你们办到,同不许你们弄自鸣钟同例,所以愤愤地哭了,你们的世界何等广大!

你们一定想:终天无聊地伏在案上弄笔的爸爸,终天闷闷地坐在窗下弄引线的妈妈,是何等无气性的奇怪的动物!你们所视为奇怪动物的我与你们的母亲,有时确实难为了你们,摧残了你们,回想起来,真是不安心得很!

阿宝!有一晚你拿软软的新鞋子,和自己脚上脱下来的鞋子,给凳子的脚穿了,划袜立在地上,得意地叫"阿宝两只脚,凳子四只脚"的时候,你母亲喊着"龌龊了袜子!"立刻擒你到藤榻上,动手毁坏你的创作。当你蹲在榻上注视你母亲动手毁坏的时候,你的小心里一定感到"母亲这种人,何等杀风景而野蛮"罢!

瞻瞻!有一天开明书店送了几册新出版的毛边的《音乐入门》来。我用小刀把书页一张一张地裁开来,你侧着头,站在桌边默默地看。后来我从学校回来,你已经在我的书架上拿了一本连

---

① broken heart:英语,即心碎的意思。

史纸印的中国装的《楚辞》,把它裁破了十几页,得意地对我说:"爸爸!瞻瞻也会裁了!"瞻瞻!这在你原是何等成功的欢喜,何等得意的作品!却被我一个惊骇的"哼!"字喊得你哭了。那时候你也一定抱怨"爸爸何等不明"罢!

软软!你常常要弄我的长锋羊毫,我看见了总是无情地夺脱你。现在你一定轻视我,想道:"你终于要我画你的画集的封面!"

最不安心的,是有时我还要拉一个你们所最怕的陆露沙医生来,教他用他的大手来摸你们的肚子,甚至用刀来在你们臂上割几下,还要教妈妈和漫姑擒住了你们的手脚,捏住了你们的鼻子,把很苦的水灌到你们的嘴里去。这在你们一定认为太无人道的野蛮举动罢!

孩子们!你们果真抱怨我,我倒欢喜;到你们的抱怨变为感谢的时候,我的悲哀来了!

我在世间,永没有逢到像你们样出肺肝相示的人。世间的人群结合,永没有像你们样的彻底地真实而纯洁。最是我到上海去干了无聊的所谓"事"回来,或者去同不相干的人们做了叫做"上课"的一种把戏回来,你们在门口或车站旁等我的时候,我心中何等惭愧又欢喜!惭愧我为甚么去做这等无聊的事,欢喜我又得暂时放怀一切地加入你们的真生活的团体。

但是,你们的黄金时代有限,现实终于要暴露的。这是我经验过来的情形,也是大人们谁也经验过的情形。我眼看见儿时的伴侣中的英雄,好汉,一个个退缩,顺从,妥协,屈服起来,到像绵羊的地步。我自己也是如此。"后之视今,亦犹今之视昔",你们不久也要走这条路呢!

我的孩子们!憧憬于你们的生活的我,痴心要为你们永远挽留这黄金时代在这册子里。然这真不过像"蜘蛛网落花"略微保留一点春的痕迹而已。且到你们懂得我这片心情的时候,你们早已不是这样的人,我的画在世间已无可印证了!这是何等可悲哀的事啊!

《子恺画集》代序,一九二六年耶诞节作

(原载 1926 年《文学周报》4 卷 6 期)

栈桥灯影

苏雪林

听见周先生说,青岛有座栈桥,工程甚巨,赏月最宜。今夕恰当月圆之夕,向来宁可一味枯眠懒于出门的康,也被我劝说得清兴大发,居然肯和我步行一段相当远的道路,到那桥上,以备领略"海上生明月"的一段诗情。

这座栈桥,位置于青岛市区中部之南海边沿,正当中山路的终点,笔直一条,伸入青岛湾,似一支银箭,射入碧茫茫的大海。

青岛栈桥,本不止一座,这座栈桥的全名是"前海栈桥",示与那个位置于胶州湾里的"后海栈桥",有所区别。不过前海的这一座历史久而工程大,又当繁盛的市区,游人对它印象比较深刻,故称之为"栈桥"而略去其头衔,有如西洋人家之父子,缩短名字的音节,以表亲昵,这座栈桥居然成为秃头无字之尊了。

说这座栈桥历史久,工程大,绝非夸张。它正式诞生之期为前清光绪十六年,距离目前,已有四十余年了。那时北洋海军正在编练,李鸿章命人在青岛湾建筑此桥,以供海军运输物资之用。原来桥身是木架构成。德国人占据胶州湾,改用钢骨水泥建筑,全桥长四百二十余公尺,分南北两段,南段钢架木面,北段石基灰面。我国收回青岛以后,将南段也改为钢骨水泥,于桥之极南端,添筑三角形防波堤岸,桥面成为"个"字形,全桥之长为四百四十公尺,还有座八角形的回澜阁,立于这"个"字形的桥头,游客登阁眺望海景,更增兴趣。

栈桥的北端,又有一座栈桥公园,比起中山公园的规模,这只算袖珍式的,但景物幽蒨可人意,设铁椅甚多,给予晚间来此纳凉的市民以不少的方便。

当我们走到栈桥的南端,伫立在那防波堤上。新雨之后,乌云厚积,不知是那一只无形的大手,把淋漓的墨汁泼在海面和天空,弄得黑沉沉的,成了吴稚老的漆黑一团的宇宙。海风挟雨意以俱来,凉沁心骨。空气这么潮湿,整个空间,含着饱和的水点,似乎随时可以倾泻而下。我们想今夕看月已无希望,那么赏赏栈桥的灯光,也可以慰情聊胜。

栈桥两边立着两行白石柱,每一柱头,安设一盏水月灯,圆圆的,正像一轮乍自东方升起淡黄色的月亮。月亮那会这末多?想起了某外国文豪的隽语:林中的煤气灯,是月亮下的蛋。现在月亮选取东海为床,将她的蛋一颗一颗自青天落到软如锦褥的碧波里。不知被谁将这些月蛋连缀在一起,成了两排明珠璎珞,献上海后的柔胸。海后晚卸残妆时,将璎珞随手向什么上一挂,无意间却挂在这枝银箭上了。

黝黑的天空,黝黑的海水,是海后又于无意间挂在银箭上的一袭黑绒仙裳,明珠为黑裳所衬托,光辉愈灿烂逼人。两排灯光,映在海波上,跃荡着,拉长着,空中的珠光与水中珠光融成一片,变成万条纠缠一起的珠链了。我们立身桥上,尚觉景色如斯美妙,从远处瞻望我们的人,那得不将我们当作跨着彩虹,凌波欲去的仙子?

残夏的海洋气候,有似善撒娇痴的十四五女郎,喜嗔无定。我们出门时,清风送爽,天边已露出蔚蓝的一角,谁知到了桥上,我们所盼的冰轮,却又埋藏于深深的云海。不过看到了栈桥上的灯影,觉得月儿不升上来也好,她一上来,这一片柔和可爱的珠光必被她所撒开的千里银纱一覆而尽,岂非可惜之至!

云层可以隔断明月的清辉,却隔不断望月的吸力。今夕晚潮更猛,一层层的狂涛骇浪,如万千白盔白甲跨着白马的士兵,奔腾呼啸而来,猛扑桥脚,以誓取这座长桥为目的。但见雪筛飞扬,银丸似雨,肉搏之烈,无以复加。但当这队决死的骑兵扑到那个字形桥头上的时候,便向两边披靡散开,并且于不知不觉间消灭了。第二队士兵同样扑来,同样披靡、散开、消灭。银色骑队永无休止地攻击,栈桥却永远屹立波心不动。这才知道这桥头的个字堤岸有分散风浪力量的功能。栈桥是一枝长箭,个字桥头,恰肖似一枚箭镞。镞尖正贯海心,又怕什么风狂浪急?

钱镠王强弩射江潮,潮头为之畏避,千古英风,传为佳话。这枝四百四十公尺长的银箭,镇压得大海不敢扬波,岂不足与钱王故事媲美么?

月儿还不上来,海风更凉了。我们虽携有薄外衣,仍怯于久立,只有和这仙样的虹桥作别,回到一个凡人应该回去的地方。

(选自《绿天》,1928年3月北新书局初版)

卖豆腐的哨子

茅 盾

早上醒来的时候,听得卖豆腐的哨子在窗外呜呜地吹。

每次这哨子声引起了我不少的怅惘。

并不是它那低叹暗泣似的声调在诱发我的漂泊者的乡愁;不是呢,像我这样的 Outcast,没有了故乡,也没有了祖国,所谓"乡愁"之类的优雅的情绪,是轻易不会兜上我的心头。

也不是它那类乎军笳然而已颇小规模的悲壮的颤音,使我联想到别一方面的烟云似的过去;也不是呢,过去的,只留下淡淡的一道痕,早已为现实的严肃和未来的闪光所掩煞所销毁。

所以我这怅惘是难言的。然而每次我听到这呜呜的声音,我总抑不住胸间那股回荡起伏的怅惘的滋味。

昨夜我在夜市上,也感到了同样的滋味。

每次我到夜市,看见那些用一张席片挡住了潮湿的泥土,就这么着货物和人一同挤在上面,冒着寒风在嚷嚷然叫卖的衣衫褴褛的小贩子,我总是感得了说不出的怅惘的心情。说是在怜悯他们么?我知道怜悯是亵渎的。那末,说是在同情于他们罢?我又觉得太轻。我心底里钦佩他们那种求生存的忠实的手段和态度,然而,亦未始不以为那是太拙笨。我从他们那雄辩似的"夸卖"声中感得了他们的心的哀诉。我仿佛看见他们呼出的热气在天空中凝集为一片灰色的云。

可是他们没有呜呜的哨子。没有这像是闷在瓮中,像是透了重压而挣扎出来的地下的声音,作为他们的生活的象征。

呜呜的声音震破了冻凝的空气在我窗前过去了。我倾耳静听,我似乎已经从这单调的呜呜中读出了无数文字。

我猛然推开幛子,遥望屋后的天空。我看见了些什么呢?我只看见满天白茫茫的愁雾。

(原载1929年2月10日《小说月报》第20卷第2号)

谈"流浪汉"

梁遇春

当人生观论战已经闹个满城风雨,大家都谈厌烦了不想再去提起时候,我一天忽然写一篇短文,叫做"人死观"。这件事实在有些反动嫌疑,而且该捱思想落后的罪名,后来仔细一想,的确很追悔。前几年北平有许多人讨论 Gentleman 这字应该要怎么样子翻译才好,现在是几乎谁也不说这件事了,我却又来喋喋,谈那和"君子"Gentleman 正相反的"流浪汉"Vagabond,将来恐怕免不了自悔。但是想写文章时候,那能够顾到那么多呢?

  Gentleman 这字虽然难翻,可是还不及 Vagabond 这字那样古怪,简直找不出适当的中国字眼来。普通的英汉字典都把它翻做"走江湖者""流氓""无赖之徒""游手好闲者"……,但是我觉得都失丢这个字的原意。Vagabond 既不像走江湖的卖艺为生,也不是流氓那种一味敲诈,"无赖之徒""游手好闲者"都带有贬骂的意思,Vagabond 却是种可爱的人儿。在此无可奈何时候,我只好暂用"流浪汉"三字来翻,自然也不是十分合式的。我以为 Gentleman,Vagabond 这些字所以这么刁钻古怪,是因为它们被人们活用得太久了,原来的意义早已消失,于是每个人用这个字的时候都添些自己的意思,这字的涵义越大,更加好活用了。因此在中国寻不出一个能够引起那么多的联想的字来。本来 Gentleman,Vagabond 这二个字和财产都有关系的,一个是拥有财产,丰衣足食的公子,一个是毫无恒产,四处飘零的穷光蛋。因为有钱,自然能够受良好的教育,行动举止也温文尔雅,谈吐也就蕴藉不俗,更不至于跟人铢锱必较,言语冲撞了。Gentleman 这字的意义就由世家子弟一变变做斯文君子,所以现在我们不管一个人出身的贵贱,财产的有无,只要他的态度是温和,做人很正直,我们都把他当做 Gentleman。一班穷酸的人们被人冤枉时节,也可以答辩道:"我虽然穷,却是个 Gentleman。"Vagabond 这个字意义的演化也经过了同样的历程。本来只指那班什么财产也没有,天天随便混过去的人们。他们既没有一定的职业,有时或者也干些流氓的勾当。但是他们整天随遇而安,倒也无忧无虑,他们过惯了放松的生活,所以就是手边有些钱,也是胡里胡涂地用光,对人们当然是很慷慨的。他们没有身家之虑,做事也就痛痛快快,并不像富人那种畏首畏尾,瞻前顾后。酒是大杯地喝下去,话是随便地顺口开河,有时也胡诌些有趣味的谎语。他们万事不关怀,天天笑呵呵,规矩的人们背后说他们没有责任心。他们与世无忤,既不会桌上排着一斗黄豆,一斗黑豆,打算盘似地整天数自己的好心思和坏心思,也不会皱着眉头,弄出连环巧计来陷害人们。他们的行为是胡涂的,他们的心肠是好的。他们是大个顽皮小孩,可是也带了小孩的天真。他们脑里存了不少奇奇怪怪的幻想,满脸春风,老是笑迷迷的,一些机心也没有。……我们现在把凡是带有这种心情的人们都叫做 Vagabond,就是他们是王侯将相的子孙,生平没有离开家乡过也不碍事。他们和中国古代的侠客有些相像,可是他们又不像侠客那样朴刀横腰,给夸大狂迷住,一脸凶气,走遍天下专为打不平。他们对于伦理观念,没有那么死板地痴痴执着。我不得已只好翻做"流浪汉",流浪是指流浪的心情,所以我所赞美的流浪汉或者同守深闺的小姐一样,终身未出乡里一步。

  英国十九世纪末叶诗人和小品文作家斯密士 Alexander Smith 对于流浪汉是无限地颂扬。他有一段描写流浪汉的文章,说得很妙。他说:"流浪汉对于许多事情的确有他的特别意见。比如他从小是同密尼表妹一起养大,心里很爱她,而她小孩时候对于他的感情也是跟着年龄热烈起来,他俩结合后大概也可以好好地过活,他一定把她娶来,并没有考虑到他们收入将来能够不能够允许他请人们来家里吃饭或者时髦地招待朋友。这自然是太鲁莽了。可是对于流浪汉你是没法子说服他。他自己有他一套再古怪不过的逻辑(他自己却以为是很自然的推论),他以为他是为自己娶亲的,并不是为招待他的朋友的缘故;他把得到一个女人的真心同纯洁的胸怀比袋里多一两镑钱看得重得多。规矩的人们不爱流浪汉。那班膝下有还未出嫁姑娘的母亲特别怕他——并不是因他为子不孝,或者将来不能够做个善良的丈夫,或者对朋友不忠,但是他的手不像别人的手,总不会把钱牢牢地握着。他对于外表丝毫也不讲究。他结交朋友,不因为他们有华屋美酒,却是爱他们的性情,他们的好心肠,他们讲笑话听笑话的本领,以及许多别人看不出的好处。因此他的朋友是不拘一类的,在富人的宴会里却反不常见到他的踪迹。我相信他这种流浪态度使他得到许多好处。他对于人生的希奇古怪的地方都有接触过。他对于人性晓得便透彻,好像一个人走到乡下,有时舍开大路,去凭吊荒墟古塚,有时在小村逆旅休息,路上碰到人们也攀谈起来,这种人对于乡下自然比那在坐四轮马车里骄傲地跑过大道的知道得多。我们因为这无理的骄傲,失丢了不少见识。一点流浪汉的习气都没有的人是没有什么价值的。"斯密士说到流浪汉的成家立业的法子,可见现在所谓的流浪汉并不限于那无家可归,脚跟如蓬转的人们。斯密士所说的只是一面,让我再由另一个观察点——流浪汉和 Gentleman 的比较——来论流浪汉,这样子一些一些凑起来或者能够将流浪汉的性格描摹得很完全,而且流浪汉的性格复杂万分,(汉既以流浪名,自不是安分守己,方正简单的人们)绝不能一气说清。

  英国文学里分析 Gentleman 的性格最明晰深入的文章,公推是那位叛教分子纽门 G. H. Newman 的《大学教育的范围同性质》。纽门说:"说一个人他从来没有给别人以苦痛,这句话几乎可以做'君子'的定义……'君子'总是从事于除去许多障碍,使同他接近的人们能够自然地随意行动;'君子'对于他人行动是取赞同合作态度,自己却不愿开首主动……真正的'君子'极力避免使同他在一块的人们心里感到不快或者颤震,以及一切意见的冲突或者感情的碰撞,一切拘束,猜疑,沉闷,怨恨;他最关心的是使每个人都很随便安逸像在自己家里一样。"这样小心翼翼的君子我们当然很愿意和他们结交,但是若使天下人都是这么我让你,你体贴我,扭扭泥泥地,谁也都是捧着同情等着去附和别人的举动,可是谁也不好意思打头阵;你将就我,我将就你,大家天天只有个互相将就的目的,此外是毫无成见的,这种的世界和平固然很和平,可惜是死国的和平。迫得我们不得不去欢迎那豪爽英迈,勇往直前的流浪汉。他对于自己一时兴到想干的事趣味太浓厚了,只知道口里吹着调子,放手做去,既不去打算这事对人是有益是无益,会成功还是容易失败,自然也没有虑及别人的心灵会不会被他搅乱,而且"君子"们袖手旁观,本是无可无不可的,大概总会穿着白手套轻轻地鼓掌。流浪汉干的事情不一定对社会有益,造福于人群,可是他那股天不怕,地不怕,不计得失,不论是非的英气总可以使这麻木的世界呈现些须生气,给"君子"们以赞助的材料,免得"君子"们整天掩着手打呵欠(流浪汉才会痛快地打呵欠,"君子"们总是像林黛玉那样子抿着嘴儿)找不出话讲。我承认偷情的少女,再嫁的寡妇都是造福于社会的,因为没有她们,那班贞洁的小姐,守节的孀妇就失丢了谈天的材料,也无从来赞美自己了。并且流浪汉整天瞎闹过去,不仅目中无人,简直把自己都忘却了。真正的流浪汉所以不会引起人们的厌恶,因为他已经做到无人无我的境地,那一刹那间的冲动是他惟一的指导,他自己爱笑,也喜欢看别人的笑容,别的他什么也不管了。"君子"们处处为他人着想,弄得不好,反使别人怪难受,倒不如流浪汉的有饭大家吃,有酒大家喝,有话大家说,先无彼此之分,人家自然会觉得很舒服,就是有冲撞地方,也可以原谅,而且由这种天真的冲撞更可以见流浪汉的毫无机心。真是像中国旧文人所爱说文章天成,妙手偶得之,流浪汉任性顺情,万事随缘,丝毫没有想到他人,人们却反觉得他是最好的伴侣,在他面前最能够失去世俗的拘束,自由地行动。许多人爱留连在乌烟瘴气的酒肆小茶店里,不愿意去高攀坐在王公大人们客厅的沙发上,一班公子哥儿喜欢跟马夫下流人整天打伙,不肯到他那客气温和的亲戚家里走走,都是这种道理。纽门又说:"君子知道得很清楚,人类理智的强处同弱处,范围同限制。若使他是个不信宗教的人,他是太精明太雅量了,绝不会去嘲笑或者反宗教;他太智慧了,不会武断地或者热狂地反教。他对于虔敬同信仰有相当的尊敬;有些制度他虽然不肯赞同,可是他还以为这些制度是可敬的良好的或者有用的;他礼遇牧师,自己仅仅是不谈宗教的神秘,没有去攻击否认。他是信教自由的赞助者,这并不只是因为他的哲学教他对于各种宗教一视同仁,一半也是由于他的性情温和近于女性,凡是有文化的人们都是这样。"这种人修养功夫的确很到家,可谓火候已到,丝毫没有火气,但是同时也失去活气,因为他所磨炼去的火是 Prometheus 由上天偷来做人们灵魂用的火。十八世纪第一画家 Reynolds 是位脾气顶好的人,他的密友约翰生(就是那位麻脸的胖子)一天对他说:"Reynolds 你对于谁也不恨,我却爱那善于恨人的人。"约翰生伟大的脑袋蕴蓄有许多对于人生微妙的观察,他通常冲口而出的牢骚都是入木三分的慧话。恨人恨得好(A good hater)真是一种艺术,而且是人人不可不讲究的。我相信不会热烈地恨人的人也是不知道怎地热烈地爱人。流浪汉是知道如何恨人,如何爱人。他对于宗教不是拼命地相信,就是尽力地嘲笑。Donne, Herrick, Celleni 都是流浪汉气味十足的人们,他们对于宗教都有狂热;Voltaire, Nietzsche 这班流浪汉就用尽俏皮的辞句,热嘲冷讽,掉尽枪花,来讥骂宗教。在人生这幕悲剧的喜剧或者喜剧的悲剧里,我们实在应该旗帜分明地对于一切不是打倒,就是拥护,否则到处妥协,灰色地独自踯躅于战场之上,未免太单调了,太寂寞了。我们既然知道人类理智的能力是有限的,那么又何必自作聪明,僭居上帝的地位,盲目地对于一切主张都持个大人听小孩说梦话态度,保存种白痴的无情脸孔,暗地里自夸自己的眼力不差,晓得可怜同原谅人们低弱的理智。真正对于人类理智力的薄弱有同情的人是自己也加入跟着人们胡闹,大家一起乱来,对人们自然会有无限同情。和人们结伙走上错路,大家当然能够不言而喻地互相了解。当浊酒三杯过后,大家拍桌高歌,莫名其妙地相视而笑,莫逆于心,那时人们才有真正的同情,对于人们的弱点有愿意的谅解,并不像"君子"们的同情后面常带有我佛如来怜悯众生的冷笑。我最怕那人生的旁观者,所以我对于厚厚的《约翰生传》会不倦地温读,听人提到 Addison 的《旁观报》就会皱眉,虽然我也承认他的文章是珠圆玉润,修短适中,但是我怕他那像死尸一般的冰冷。纽门自己说"君子"的性情温和近于女性(The gentleness and effeminacy of feeling),流浪汉虽然没有这类在台上走 S 式步伐的旖旎风光,他却具有男性的健全。他敢赤身露体地和生命肉搏,打个你死我活。不管流浪汉的结果如何,他的生活是有力的,充满趣味的,他没有白过一生,他尝尽人生的各种味道,然后再高兴地去死的国土里遨游。这样在人生中的趣味无穷翻身打滚的态度,已经值得我们羡慕,绝不是女性的"君子"所能晓得的。

　　耶稣说过:"凡想要保全生命的,必丧掉生命。凡丧掉生命的,必救活生命。"流浪汉无时不是只顾目前的痛快,早把生命的安全置之度外,可是他却无时不尽量地享受生之乐。守己安分的人们天天守着生命,战战兢兢,只怕失丢了生命,反把生命真正的快乐完全忽略,到了盖棺论定,自己才知道白宝贵了一生的生命,却毫无受到生命的好处,可惜太迟了,连追悔的时候都没有。他们对于生命好似守财奴的念念不忘于金钱,不过守财奴还有夜夜关起门来,低着头数血汗换来的钱财的快乐,爱惜生命的人们对于自己的生命,只有刻刻不忘的担心,连这种沾沾自喜的心情也没有,守财奴为了金钱缘故还肯牺牲了生命,比那什么想头也消失了,光会顾惜自己皮肤的人们到底是高一等,所以上帝也给他那份应得的快乐。用句罗素的老话,流浪汉对于自己生命不取占有冲动,是被创造冲动的势力鼓舞着。实在说起来,宇宙间万事万物流动不息,那里真有常住的东西。只有灭亡才是永存不变的,凡是存在的天天总脱不了变更,这真是"法轮常转"。Walter Pater 在他的《文艺复兴研究》的结论曾将这个意思说得非常美妙,可惜写得太好了,不敢翻译。尤其生命是瞬刻之间,变幻万千的,不跳动的心是属于死人的。所以除非顺着生命的趋势,高兴地什么也不去管望前奔,人们绝不能够享受人生。近代小品文家 Jaekson 在他那篇论"流浪汉"文里说:"流浪汉如入生命的波涛汹涌的狂潮里生活。"他不把生命紧紧地拿着,(普通人将生命握得太紧,反把生命弄僵化死了)却做生命海中的弄潮儿,伸开他的柔软身体,跟着波儿上下,他感觉到处处触着生命,他身内的热血也起共鸣。最能够表现流浪汉这种的精神是美国放口高歌,不拘韵脚的惠提曼 Walt Whitman。他那本诗集《草之叶》(Leaves of Grass)里句句诗都露出流浪汉的本色,真可说是流浪汉的圣经。流浪汉生活所以那么有味一半也由于他们的生活是很危险的。踢足球,当兵,爬悬崖削壁①……所以会那么饶有趣味,危险性也是一个主因。在这个单调寡趣,平淡无奇的人生里凡有血性的人们常常觉到不耐烦,听到旷野的呼声,原人时代啸游山林,到处狩猎的自由化做我们的本能,潜伏在黑礼服的里面,因此我们时时想出外涉险,得个更充满的不羁生活。万顷波涛的大海谁也知道覆灭过无千无数的大船,可是年年都有许多盎格罗萨格逊的小孩恋着海上危险的生涯,宁愿抛弃家庭的安逸,违背父母的劝谕,跑去过碧海苍天中辛苦的水手生涯。海所以会有那么大的魔力就是因为它是世上最危险的地方,而身心健全的好汉那个不爱冒险,爱慕海洋的生活,不仅是一"海上夫人"而已也。所以海洋能够有小说家们像 Marryat,Cooper,Loti,Conrad,等等去描写它,而他们的名著又能够博多数人的同情。蔼理斯曾把人生比做跳舞,若使世界真可说是个跳舞场,那么流浪汉是醉眼蒙眬,狂欢地跳二人旋转舞的人们。规矩的先生们却坐在小桌旁无精打采地喝无聊的咖啡,空对着似水的流年惆怅。

流浪汉在无限量地享受当前生活之外,他还有丰富的幻想做他的伴侣。Dickens 的《块肉余生述》里面的 Micawber 在极穷困的环境中不断地说"我们快交好运了",这确是流浪汉的本色。他总是乐观的,走的老是蔷薇的路。他相信前途一定会光明,他的将来果然会应了他的预测,因为他一生中是没有一天不是欣欣向荣的;就是悲哀时节,他还是肯定人生,痛痛快快地哭一阵后,他的泪珠已滋养大了希望的根苗。他信得过自己,所以他在事情还没有做出之前,就先口说莲花,说完了,另一个新的冲动又来了,他也忘却自己讲的话,那事情就始终没有干好。这种言行不能一致,孔夫子早已反对在前,可是这类英气勃勃的矛盾是多么可爱!蔼理斯在他名著《生命的跳舞》里说:"我们天天变更,世界也是天天变更,这是顺着自然的路,所以我们表面的矛盾有时就全体来看却是个深一层的一致。"(他的话大概是这样,一时记不清楚。)流浪汉跟着自然一团豪兴。想到那里就说到那里,他的生活是多么有力。行为不一定是天下一切主意的唯一归宿,有些微妙的主张只待说出已是值得赞美了,做出来或者反见累赘。神话同童话里的世界那个不爱,虽然谁也知道这是不能实现的。流浪汉的快语在惨淡的人生上布一层彩色的虹。这就很值得我们谢谢了,并且有许多事情起先自己以为不能胜任,若使说出话来,因此不得不努力去干,到会出乎

---

① 原文如此。

意料地成功；倘然开头先怕将来不好，连半句话也不敢露，一碰到障碍，就随它去，那么我们的作事能力不是一天天退化了？一定要言先乎事，做我们努力的刺激，生活才有兴味，才有发展。就是有时失败，富有同情的人们定会原谅，尖酸刻薄人们的同情是得不到的，并且是不值一文的。我们的行为全藉幻想来提高，所以 Masefield 说："缺乏幻想能力的人民是会灭亡的。"幻想同矛盾是良好生活的经纬。流浪汉心里想出七古八怪的主意，干出离奇矛盾的事情。什么传统正道也束缚他不住，他真可说是自由的骄子，在他的眼睛里，世界变做天国，因为他过的是天国里的生活。

若使我们翻开文学史来细看，许多大文学家全带有流浪汉气味。Shakespeare 偷过人家的鹿，Ben Jonson，Merlowe 等都是 Mermaid Tavern 这家酒店的老主顾，Goldsmith 吴市吹箫，靠着他的口笛遍游大陆，Steele 整天忙着躲债，Charles Lamb，Leigh Hunt 颠头颠脑，吃大烟的 Coleridge，De Quincey 更不用讲了，拜伦，雪莱，济茨那是谁也晓得的。就是 Wordsworth 那么道学先生神气，他在法国时候，也有过一个私生女，他有一首有名的十四行诗就是说这个女孩。目光如炬专说精神生活的塔果尔，小孩时候最爱的是逃学。Browning 带着人家的闺秀偷跑，Mrs. Browning 违着父亲淫奔，前数年不是有位好事先生考究出 Dickens 年青时许多不轨的举动，其他如 Swinburne，Stevenson 以及《黄书》杂志那班唯美派作家那是更不用说了。为什么偏是流浪汉才会写出许多不朽的书，让后来"君子"式的大学生整天整夜按步就班①地念呢？头一下因为流浪汉敢做敢说，不晓得掩饰求媚，委曲求全，所以他的话真挚动人。有时加上些瞒天大谎，那谎却是那样子大胆子地杜撰的，一般拘谨人和假君子所绝对不敢说的，谎言因此有谎言的真实在，这真实是扯谎者的气魄所逼成的。而且文学是个性的结晶，个性越显明，越能够坦白地表现出来，那作品就更有价值。流浪汉是具有出类拔萃的个性的人物，他们的思想同行事全有他们的特别性格的色彩，他们豪爽直截的性情使他们能够把这种怪异的性格跃跃地呈现于纸上。斯密士说得不错，"天才是个流浪汉"，希腊哲学家讲过知道自己最难，所以在世界文学里写得好的自传很少，可是世界中所流传几本不朽的自传全是流浪汉写的。Cellini 杀人不眨眼，并且敢明明白白地记下，他那回忆录（Memoirs）过了几千年还没有失去光辉。Augustine 少年时放荡异常，他的忏悔录却同托尔斯泰（他在莫斯科纵欲的事迹也是不可告人的）的忏悔录，卢骚的忏悔录同垂不朽。富兰克林也是有名的流浪汉，不管他怎样假装做正人君子，他那浪子的骨头总常常露出，只要一念 Cobbett 攻击他的文章就知道他是个多么古怪一个人。De Quincey 的《英国一个吃鸦片人的忏悔录》，这个名字已经可以告诉我们那内容了。做《罗马衰亡史》的 Gibbon，他年青时候爱同教授捣乱，他那本薄薄的自传也是个愉快的读物。Jeffries 一心全在自然的美上面，除开游荡山林外，什么也不注意，他那《心史》是本冰雪聪明，微妙无比的自白。记得从前美国一位有钱老太太希望她的儿子成个文学家，写信去请教一位文豪，这位文豪回信说："每年给他几千镑，让他自己鬼混去罢。"这实在是培养创造精神的无上办法。我希望想写些有生气的文章的大学生不死滞在文科讲堂里，走出来当一当流浪汉罢。最近半年北大的停课对于中国将来文坛大有裨益，因为整天没有事只好逛市场跑前门的文科学生免不了染些流浪汉气息。这种千载一时的机会，希望我那些未毕业的同学

---

① 原文如此。

们好好地利用，免贻后悔。

前几年才死去的一位英国小说家 Conrad 在他的散文集《人生与文学》内，谈到一位有流浪汉气的作家 Luffmann，说起有许多少女读他的书以后，写信去向他问好，不禁醋海生波，顾影自怜地（虽然他是老舟子出身）叹道："我平生也写过几本故事（我不愿意无聊地假自谦）既属纪实，又很有趣。可是没有女人用温柔的话写信给我。为什么呢？只是因为我没有他那种流浪汉气。家庭中可爱的专制魔王对于这班无法无天的人物偏动起怜惜的心肠。"流浪汉确是个可爱的人儿，他具有完全男性，情怀潇洒，磊落大方，那个怀春的女儿见他不会倾心。俗语说"痴心女子负心汉"。就是因为负心汉全是处处花草颠连的浪子，什么事情都不放在心头，他那痛快淋漓的气概自然会叫那老被人拘在深闺里的女孩儿一见心倾，后来无论他怎地负心总是痴心地等待着。中古的贵女爱骑士，中国从前的美人爱英雄总是如花少女对于风尘中飘荡人的一往情深的表现。红拂的夜奔李靖，乌江军帐里的虞姬，随着范蠡飘荡五湖的西施……这些例子也不知道有多少。清朝上海窑子爱姘马夫，现在电影明星姘汽车夫，姨太太跟马弁偷情也是同样的道理。总之流浪汉天生一种叫人看着不得不爱的情调，他那种古怪莫测的行径刚中女人爱慕热情的易感心灵。岂只女人的心见着流浪汉会熔，我们不是有许多瞎闹胡乱用钱行事乖张的朋友，常常向我们借钱捣乱，可是我们始终恋着他们率直的态度，对他们总是怜爱帮忙。天下最大的流浪汉是基督教里的魔鬼。可是那个人心里不喜欢魔鬼。在莎士比亚以前英国神话剧盛行时候，丑角式的魔鬼一上场，大家都忙着拍手欢迎，魔鬼的一举一动看客必定跟着捧腹大笑。Robert Lynd 在他的小品文集《橘树》里《论魔鬼》那篇中说："《失乐园》诗所说的撒旦在我们想象中简直等于儿童故事里面伟大英猛的海盗。"凡是儿童都爱海盗，许多人念了密尔敦史诗觉得诡谲的撒旦比板板的上帝来得有趣得多。魔鬼的堪爱地方太多了，不是随便说得完，留得将来为文细论。

清末有几位王公贝勒常在夏天下午换上叫花子的打扮，偷跑到什刹海路旁口唱莲花向路人求乞，黄昏时候才解下百衲衣回王府去。我在北京住了几年，心中很羡慕旗人知道享乐人生，这事也是一个证明。大热天气里躺在柳阴底下，顺口唱些歌儿，自在地饱看来往的男男女女；放下朝服，着半件轻轻的破衫，尝一尝暂时流浪汉生活的滋味，这是多么知道享受人生。戏子的生活也是很有流浪汉的色彩，粉墨登场，去博人们的笑和泪，自己仿佛也变做戏中人物，清末宗室有几位很常上台串演，这也是他们会寻乐地方。白浪滔天半生奔走天下，最后入艺者之家，做一个门弟子，他自己不胜感慨，我却以为这真是浪人应得的涅槃。不管中外，戏子女优必定是人们所喜欢的人物，全靠着他们是社会中最显明的流浪汉。Dickens 的小说所以会那么出名，每回出版新书时候，要先通知警察到书店门口守卫，免得购书的人争先恐后打起架来，也是因为他书内大脚色全是流浪汉，Pickwick 俱乐部那四位会员和他们周游中所遇的人们，《双城记》中的 Carton 等等全是第一等的流浪汉。《儒林外史》的杜少卿，《水浒》的鲁智深，《红楼梦》的柳二郎，《老残游记》的补残老是深深地刻在读者的心上，变成模范的流浪汉。

流浪汉自己一生快活，并且凭空地布下快乐的空气，叫人们看到他们也会高兴起来，说不出地喜欢他们，难怪有人说："自然创造我们时候，我们个个都是流浪汉，是这俗世把我们弄成个讲究体面的规矩人。"在这点我要学着卢骚，高呼"返于自然"。无论如何，在这麻木不仁的中国，流浪汉精神是一服极好的兴奋剂，最需要的强心针。就是把什么国家，什么民族一笔勾销，我们也希望能够过个有趣味的一生,不像现在这样天天同不好不坏,不进不退的先生们敷衍。写到这里,忽然记起东坡一首《西江月》,觉得很能道出流浪汉的三昧,就抄出做个结论罢!

　　照野弥弥浅浪,
　　横空隐隐层霄,
　　障泥未解玉骢骄,
　　我欲醉眠芳草。

　　可惜一溪风月,
　　莫教踏碎琼瑶,
　　解鞍敧枕绿杨桥,
　　杜宇一声春晓。

　　顷在黄州,春夜行蕲水中,过酒家,饮酒醉。乘月至一溪桥上,解鞍曲肱,醉卧少休。及觉已晓,乱山攒拥,流水锵锵,疑非尘世也。书此语桥柱上。

十八年除夕之前二日于福州
(选自《春醪集》,1930年3月北新书局初版)

钓台的春昼　　　　　　　　　　　　　郁达夫

　　因为近在咫尺,以为什么时候要去就可以去,我们对于本乡本土的名区胜景,反而往往没有机会去玩,或不容易下一个决心去玩的。正唯其是如此,我对于富春江上的严陵,二十年来,心里虽每在记着,但脚却没有向这一方面走过。一九三一,岁在辛未,暮春三月,春服未成,而中央党帝,似乎又想玩一个秦始皇所玩过的把戏了,我接到了警告,就仓皇离去了寓居。先在江浙附近的穷乡里,游息了几天,偶而看见了一家扫墓的行舟,乡愁一动,就定下了归计。绕了一个大弯,赶到故乡,却正好还在清明寒食的节前。和家人等去上了几处坟,与许久不曾见过面的亲戚朋友,来往热闹了几天,一种乡居的倦怠,忽而袭上心来了,于是乎我就决心上钓台访一访严子陵的幽居。

　　钓台去桐庐县城二十余里,桐庐去富阳县治九十里不足,自富阳溯江而上,坐小火轮三小时可达桐庐,再上则须坐帆船了。

　　我去的那一天,记得是阴晴欲雨的养花天,并且系坐晚班轮去的,船到桐庐,已经是灯火微明的黄昏时候了,不得已就只得在码头近边的一家旅馆的楼上借了一宵宿。

　　桐庐县城,大约有三里路长,三千多烟灶,一二万居民,地在富春江西北岸,从前是皖浙交通的要道,现在杭江铁路一开,似乎没有一二十年前的繁华热闹了。尤其要使旅客感到萧条的,却是桐君山脚下的那一队花船的失去了踪影。说起桐君山,却是桐庐县的一个接近城市的灵山胜地,山虽不高,但因有仙,自然是灵了。以形势来论,这桐君山,也的确是可以产生出许多口音生硬,别具风韵的桐严嫂来的生龙活脉。地处在桐溪东岸,正当桐溪和富春江合流之所,依依一水,西岸便瞰视着桐庐县市的人家烟树。南面对江,便是十里长洲;唐诗人方干的故居,就在这十里桐洲九里花的花田深处。向西越过桐庐县城,更遥遥对着一排高低不定的青峦,这就是富春山的山子山孙了。东北面山下,是一片桑麻沃地,有一条长蛇似的官道,隐而复现,出没盘曲在桃花杨柳洋槐榆树的中间,绕过一支小岭,便是富阳县的境界,大约去程明道的墓地程坟,总也不过一二十里地的间隔。我的去拜谒桐君,瞻仰道观,就在那一天到桐庐的晚上,是淡云微月,正在作雨的时候。

　　鱼梁渡头,因为夜渡无人,渡船停在东岸的桐君山下。我从旅馆踱了出来,先在离轮埠不远的渡口停立了几分钟。后来向一位来渡口洗夜饭米的年轻少妇,弓身请问了一回,才得到了渡江的秘诀。她说:"你只须高喊两三声,船自会来的。"先谢了她教我的好意,然后以两手围成了播音的喇叭,"喂,喂,渡船请摇过来!"地纵声一喊,果然在半江的黑影当中,船身摇动了。渐摇渐近,五分钟后,我在渡口,却终于听出了咿呀柔橹的声音。时间似乎已经入了酉时的下刻,小市里的群动,这时候都已经静息,自从渡口的那位少妇,在微茫的夜色里,藏去了她那张白团团的面影之后,我独立在江边,不知不觉心里头却兀自感到了一种他乡日暮的悲哀。渡船到岸,船头上起了几声微微的水浪清音,又铜东的一响,我早已跳上了船,渡船也已经掉过头来了。坐在黑影沈沈的舱里,我起先只在静听着柔橹划水的声音,然后却在黑影里看出了一星船家在吸着的长烟管头上的烟火,最后因为被沉默压迫不过,我只好开口说话了:"船家!你这样的渡我过去,该给你几个船钱?"我问。"随你先生把几个就是。"船家的说话冗慢幽长,似乎已经带着些睡意了,我就向袋里摸出了两角钱来。"这两角钱,就算是我的渡船钱,请你候我一会,上山去烧一次夜香,我是依旧要渡过江来的。"船家的回答,只是恩恩乌乌,幽幽同牛叫似的一种鼻音,然而从继这鼻音而起的两三声轻快的咳声听来,他却似已经在感到满足了,因为我也知道,乡间的义渡,船钱最多也不过是两三枚铜子而已。

　　到了桐君山下,在山影和树影交掩着的崎岖道上,我上岸走不上几步,就被一块乱石绊倒,滑跌了一次。船家似乎也动了恻隐之心了,一句话也不发,跑将上来,他却突然交给了我一盒火柴。我于感谢了一番他的盛意之后,重整步武,再摸上山去,先是必须点一枝火柴走三五步路的,但到得半山,路既就了规律,而微云堆里的半规月色,也朦胧地现出一痕银线来了,所以手里还存着的半盒火柴,就被我藏入了袋里。路是从山的西北,盘曲而上,渐走渐高,半山一到,天也开朗了一点,桐庐县市上的灯火,也星星可数了。更纵目向江心望去,富春江两岸的船上和桐溪合流口停泊着的船尾船头,也看得出一点一点的火来。走过半山,桐君观里的晚祷钟鼓,似乎还没有息尽,耳朵里仿佛听见了几丝木鱼钲铍的残声。走上山顶,先在半途遇着了一道道观外围的女墙,这女墙的栅门,却已经掩上了。在栅门外徘徊了一刻,觉得已经到了此门而不进去,终于是不能满足我这一次暗夜冒险的好奇怪僻的。所以细想了几次,还是决心进去,非进去不可,轻轻用手往里面一推,栅门却呀的一声,早已退向了后方开开了,这门原来是虚掩在那里的。进了栅门,踏着为淡月所映照的石砌平路,向东向南的前走了五六十步,居然走到了道观的大门之外,这两扇朱红漆的大门,不消说是紧闭在那里的。到了此地,我却不想再破门进去了,因为这大门是朝南向着大江开的,门外头是一条一丈来宽的石砌步道,步道的一旁是道观的墙,一旁便是山坡,靠山坡的一面,并且还有一道二尺来高的石墙筑在那里,大约是代替栏杆,防人倾跌下山去的用意,石墙之上,铺的是二三尺宽的青石,在这似石栏又似石凳的墙上,尽可以坐卧游息,饱看桐江和对岸的风景,就是在这里坐它一晚,也很可以,我又何必去打开门来,惊起那些老道的恶梦呢!

空旷的天空里,流涨着的只是些灰白的云,云层缺处,原也看得出半角的天,和一点两点的星,但看起来最饶风趣的,却仍是欲藏还露,将见仍无的那半规月影。这时候江面上似乎起了风,云脚的迁移,更来得迅速了,而低头向江心一看,几多散乱着的船里的灯光,也忽明忽灭地变换了一变换位置。

这道观大门外的景色,真神奇极了。我当十几年前,在放浪的游程里,曾向瓜州京口一带,消磨过不少的时日。那时觉得果然名不虚传的,确是甘露寺外的江山,而现在到了桐庐,昏夜上这桐君山来一看,又觉得这江山之秀而且静,风景的整而不散,却非那天下第一江山的北固山所可与比拟的了。真也难怪得严子陵,难怪得戴征士,倘使我若能在这样的地方结屋读书,颐养天年,那还要什么的高官厚禄,还要什么的浮名虚誉哩? 一个人在这桐君观前的石凳上,看看山,看看水,看看城中的灯火和天上的星云,更做做浩无边际的无聊的幻梦,我竟忘记了时刻,忘记了自身,直等到隔江的击柝声传来,向西一看,忽而觉得城中的灯影微茫地减了,才跑也似地走下了山来,渡江奔回了客舍。

第二日侵晨,觉得昨天在桐君观前做过的残梦正还没有续完的时候,窗外面忽而传来了一阵吹角的声音。好梦虽被打破,但因这同吹竽篥似的商音哀咽,却很含着些荒凉的古意,并且晓风残月,杨柳岸边,也正在候船待发,上严陵去;所以心里虽怀着了些儿怒恨,但脸上却只现出了一痕微笑,起来梳洗更衣,叫茶房去雇船去。雇好了一只双桨的渔舟,买就了些酒菜鱼米,就在旅馆前面的码头上上了船,轻轻向江心摇出去的时候,东方的云幕中间,已现出了几丝红晕,有八点多钟了。舟师急得利害,只在埋怨旅馆的茶房,为什么昨晚上不预先告诉,好早一点出发。因为此去就是七里滩头,无风七里,有风七十里,上钓台去玩一趟回来,路程虽则有限,但这几日风雨无常,说不定要走夜路,才回来得了的。

过了桐庐,江心狭窄,浅滩果然多起来了。路上遇着的来往的行舟,数目也是很少,因为早晨吹的角,就是往建德去的快班船的信号,快班船一开,来往于两岸之间的船就不十分多了。两岸全是青青的山,中间是一条清浅的水,有时候过一个沙洲,洲上的桃花菜花,还有许多不晓得名字的白色的花,正在喧闹着春暮,吸引着蜂蝶。我在船头上一口一口的喝着严东关的药酒,指东话西地问着船家,这是什么山,那是什么港,惊叹了半天,称颂了半天,人也觉得倦了,不晓得什么时候,身子却走上了一家水边的酒楼,在和数年不见的几位已经做了党官的朋友高谈阔论。谈论之余,还背诵了一首两三年前曾在同一的情形之下做成的歪诗:

不是尊前爱惜身,
伴狂难免假成真,
曾因酒醉鞭名马,
生怕情多累美人。

劫数东南天作孽，
鸡鸣风雨海扬尘，
悲歌痛哭终无补，
义士纷纷说帝秦。

直到盛筵将散，我酒也不想再喝了，和几位朋友闹得心里各自难堪，连对旁边坐着的两位陪酒的名花都不愿意开口。正在这上下不得的苦闷关头，船家却大声的叫了起来说：

"先生，罗芷过了，钓台就在前面，你醒醒罢，好上山去烧饭吃去。"

擦擦眼睛，整了一整衣服，抬起头来一看，四面的水光山色又忽而变了样子了。清清的一条浅水，比前又窄了几分，四围的山包得格外的紧了，仿佛是前无去路的样子。并且山容峻削，看去觉得格外的瘦格外的高。向天上地下四围看看，只寂寂的看不见一个人类。双桨的摇响，到此似乎也不敢放肆了，钩的一声过后，要好半天才来一个幽幽的回响，静，静，静，身边水上，山下岩头，只沈浸着太古的静，死灭的静，山峡里连飞鸟的影子也看不见半只。前面的所谓钓台山上，只看得见两大个石垒，一间歪斜的亭子，许多纵横芜杂的草木。山腰里的那座祠堂，也只露着些废垣残瓦，屋上面连炊烟都没有一丝半缕，像是好久好久没有人住了的样子。并且天气又来得阴森，早晨曾经露一露脸过的太阳，这时候早已深藏在云堆里了，余下来的只是时有时无从侧面吹来的阴飕飕的半箭儿山风。船靠了山脚，跟着前面背着酒菜鱼米的船夫走上严先生祠堂的时候，我心里真有点害怕，怕在这荒山里要遇见一个干枯苍老得同丝瓜筋似的严先生的鬼魂。

在祠堂西院的客厅里坐定，和严先生的不知第几代的裔孙谈了几句关于年岁水旱的话后，我的心跳也渐渐儿的镇静下去了，嘱托了他以煮饭烧菜的杂务，我和船家就从断碑乱石中间爬上了钓台。

东西两石垒，高各有二三百尺，离江面约两里来远，东西台相去只有一二百步，但其间却夹着一条深谷。立在东台，可以看得出罗芷的人家，回头展望来路，风景似乎散漫一点，而一上谢氏的西台，向西望去，则幽谷里的清景，却绝对的不像是在人间了。我虽则没有到过瑞士，但到了西台，朝西一看，立即就想起了曾在照片上看见过的威廉退儿的祠堂。这四山的幽静，这江水的青蓝，简直同在画片上的珂罗版色彩，一色也没有两样，所不同的就是在这儿的变化更多一点，周围的环境更芜杂不整齐一点而已，但这却是好处，这正是足以代表东方民族性的颓废荒凉的美。

从钓台下来，回到严先生的祠堂——记得这是洪杨以后严州知府戴槃重建的祠堂——西院里饱啖了一顿酒肉，我觉得有点酩酊微醉了。手拿着以火柴柄制成的牙签，走到东面供着严先生神像的龛前，向四面的破壁上一看，翠墨淋漓，题在那里的，竟多是些俗而不雅的过路高官的手笔。最后到了南面的一块白墙头上，在离屋檐不远的一角高处，却看得了我们的一位新近去世的同乡夏灵峰先生的四句似邵尧夫而又略带感慨的诗句。夏灵峰先生虽则只知崇古，不善处今，但是五十年来，像他那样的顽固自尊的亡清遗老，也的确是没有第二个人。比较起现在的那些官迷的南满尚书和东洋宦婢来，他的经术言行，姑且不必去论它，就是以骨头来称称，我想也要比什么罗三郎郑太郎辈，重到好几百倍。慕贤的心一动，熏人臭技自然是难熬了，堆起了几张桌椅，借得了一枝破笔，我也向高墙上在夏灵峰先生的脚后放上了一个陈屁，就是在船舱的梦里，也曾微吟过的那一首歪诗。

从墙头上跳将下来,又向龛前天井去走了一圈,觉得酒后的干喉,有点渴痒了,所以就又走回到了西院,静坐着喝了两碗清茶。在这四大无声,只听见我自己的啾啾喝水的舌音冲击到那座破院的败壁上去的寂静中间,同惊雷似地一响,院后的竹园里却忽而飞出了一声闲长而又有节奏似的鸡啼的声来。同时在门外面歇着的船家,也走进了院门,高声的对我说:

"先生,我们回去罢,已经是吃点心的时候了,你不听见那只鸡在后山啼么?我们回去罢!"

一九三二年八月在上海写

(原载 1932 年 9 月 16 日《论语》第 1 期)

塞纳河畔的无名少女

冯　至

修道院楼上的窗子总是关闭着。但是有一天例外,其中的一只窗子开了。窗内现出一个少女。

巴黎在那时就是世界的名城:学术的讲演,市场的争逐,政治的会议……从早到晚,没有停息。这个少女在窗边,只是微笑着,宁静地低着头,看那广漠的人间;她不知下边为什么这样繁华。她正如百年才开一次的奇花,她不知道在这百年内年年开落的桃李们做了些什么匆忙的事。

这时从热闹场中走出一个人来,他正在想为神做一件工作。他想雕一个天使,放在礼拜堂里的神的身边。他曾经悬想过,天使是应该雕成什么模样——他想,天使是从没有离开过神的国土,不像人们已经被神逐出了乐园,又百方设计地想往神那里走去。天使不但不懂得人间的机巧同悲苦,就是所谓快乐,他也无从体验。雪白的衣裳,轻软的双翅,能够代表天使吗?那不过是天使的装饰罢了,不能表示天使的本质。他想来想去,最重要的还是天使的面庞。没有苦乐的表情,只洋溢着一种超凡的微笑,同时又像是人间一切的升华。这微笑是鹅毛一般轻。而它所包含的又比整个的世界还重——世界在他的微笑中变得轻而又轻了。但它又不是冷冷地毫不关情,人人都能从它那里懂得一点事物,无论是关于生,或是关于死……

但他只是抽象地想,他并不能把他的想象捉住。什么地方去找这样的一个模型呢?他见过许多少男少女:有的是在笑,笑得那样痴呆,有的哭,哭得又那样失态。他最初还能发现些有几分合乎他的理想的面容,但后来越找越不能满足,成绩反倒随着时日消减;归终是任何人的面貌,都禁不住他的凝视,不几分钟便显出来一些丑态。

难道天使就雕不成了吗?

正在这般疑惑的时候他走过修道院,看见了这少女的微笑。不是悲,不是喜,而是超乎悲喜的无边的永久的微笑,笑纹里没有她祖母们的偏私,没有她祖父们的粗暴,没有她兄弟姊妹们的嫉妒。它像是什么都了解,而万物在它的笼罩之下,又像是不值得被它了解。——这该是天使的微笑了,雕刻家心里想。

第二天他就把这天使的微笑引到了人间。

他在巴黎一条最清静的巷中布置了一座小小的工作室,像是从树林中摘来一朵奇花,他在这里边隐藏了这少女的微笑。

在这清静的工作室中,很少听见外边有脚步的声音走来,外边纷扰的人间是同他们隔离了万里远呢,可是把他们紧紧地包围,像是四围黑暗的山石包住了一块美玉?他自己是无从解答的。至于她,她更不知她置身在什么地方。她只是供他端详,供他寻思,供他轻轻地抚摸她的微笑,让他沉在这微笑的当中,她觉得这是她在修道院时所不曾得到过的一种幸福。

他搜集起最香的木材,最脂腻的石块。他想,等到明年复活节,一片钟声中,这些无语的木石便都会变成生动的天使。经过长时间心灵上的预备,在一个深秋的早晨开始了他第一次的工作。他怀里充满了虔敬的心,不敢有一点敷衍,不敢有一点粗率。他是这样欢喜,觉得任何一块石一块木的当中都含有那天使的微笑,只要他慢慢地刻下去,那微笑便不难实现。有时他却又感到,微笑是肥皂泡一般地薄,而他的手力太粗,刀斧太钝,万一他不留心,它便会消散。

至于微笑的本身,无论是日光下,或是月光中,永久洋溢在少女的面上。怎样才能把它引渡到他为神所从事的工作上呢?想来好像容易,做起来却又艰难。

他所雕出的面庞没有一个使他满意。最初他过于小心了,雕出来的微笑含着几分柔弱,等到他略一用力,面容又变成凛然,有时竟成为人间的冷笑。他渐渐觉得不应该过于小心,只要态度虔诚,便不妨放开胆子做去。但结果所雕出的:幼稚的儿童的微笑也有,朦胧的情人的微笑也有……天使的微笑呢,越雕越远了。

一整个冬天外边是风风雨雨地过着,而工作室里的人却不分日夜地同这些木材石块战斗。

少女永久坦白地坐在他的面前——他面前的少女却一天比一天神秘,他看她像是在云雾中,虹桥上,只能翘望,不能把住。同时他的心里又充满了疑猜:不知她是人,是神,可就是天使的本身?如果是人,她的微笑怎么就不含有人所应有的分子呢?他这样想时,这天他所雕出的微笑,竟成为娼妇的微笑了……

冬天过去,复活节不久就在面前。他的工作呢:各样的笑,都已雕成,而天使的微笑却只留在少女的面上。等到他雕出娼妇的微笑时,他十分沮丧:他看他是一个没有根缘的人,不配从事于这个工作。——寒冷的春晚,他把少女抛在工作室中,无聊地跑到外边去了。少女一人坐在家中,她的微笑并没有敛去。

他半夜回来,醉了的样子像是一个疯人,他把他所雕的一切一件件地毁去,随后他便昏昏地倒在床上。少女不懂得这是什么事情,只觉得这里已经没有她的幸福。她不自主地走出房中,穿过静寂的小巷,她立在塞纳河的一座桥上。

彻夜的歌舞还没有消歇,两岸弹着哀凉的琴调。她不知这是什么声音,她一点儿也听不习惯。她想躲避这种声音,又不知向什么地方躲去。她知道,修道院的门是永久地关闭着;她出来时,外边有人迎接,她现在回去,里面却不会有人等候。工作室里的雕刻家又那样怕人,她再也不想同他相见,她只看见河里的星影灯光是一片美丽的世界,水不断地流,而它们却动也不动,只在温柔的水中向她眨眼,向她招手,向她微笑。她从没有受过这样的欢迎,她一步步从桥上走到岸边,从岸边走到水中……带着她永久的微笑。

雕刻家一晚的梦境是异样地荒凉。第二天醒来，烬灰早已寒冷。屋中除却毁去的石块木块外，一切的微笑都已不见。

他走到外边穿遍了巴黎的小巷。他明知在这些地方不能寻到她。而他也怕同她见面，但他只是拼命地寻找，在女孩，少妇，娼妓的中间。

复活节的钟声过了，一切都是徒然……

一天他偶然走过市场，见一家商店悬着一副"死面具"。他看着，他不能走开。

店员走过来，说："先生想买吗？"

他摇了摇头。店员继续着说：

"这是今年初春塞纳河畔溺死的一个无名的少女。因为面貌不改生态，而口角眉目间含着一缕微笑，所以好事的人用蜡注出这副面具。价钱很便宜，比不上那些名人的——"

雕刻家没有等到店员说完，他便很惊慌地向不可知的地方走去了。

这段故事，到这里就算终了。如今那副死面具早已失落，而它的复制却传遍了许多欧洲的城市。带着永久的无边的微笑好像在向我们谈讲着死的三昧。

一九三二年，写于柏林
（原载 1932 年 10 月 15 日《沈钟》第 13 期）

"慢慢走，欣赏啊！"
——人生的艺术化

朱光潜

一直到现在，我们都是讨论艺术的创造与欣赏。在这一节中，我提议约略说明艺术和人生的关系。

我在开章明义时就着重美感态度和实用态度的分别，以及艺术和实际人生之间所应有的距离，如果话说到这里为止，你也许误解我把艺术和人生看成漠不相关的两件事。我的意思并不如此。

人生是多方面而却相互和谐的整体，把它分析开来看，我们说某部分是实用的，某部分是科学的活动，某部分是美感的活动，为正名析理起见，原应有此分别；但是我们不要忘记，完满的人生见于这三种活动的平均发展，它们虽是可分别的而却不是互相冲突的。"实际人生"比整个人生的意义较为窄狭。一般人的错误在把它们认为相等，以为艺术对于"实际人生"既是隔着一层，它在整个人生中也就没有什么价值。有些人为维护艺术的地位，又想把它硬纳到"实际人生"的小筑围里去。这般人不但是误解艺术，而且也没有认识人生。我们把实际生活看作整个人生之中的一片段，所以在肯定艺术与实际人生的距离时，并非肯定艺术与整个人生的隔阂。严格的说，离开人生便无所谓艺术，因为艺术是情趣的表现，而情趣的根源就在人生；反之，离开艺术也便无所谓人生，因为凡是创造和欣赏都是艺术的活动，无创造无欣赏的人生是一个自相矛盾的名词。

人生本来就是一种较广义的艺术。每个人的生命史就是他自己的作品。这种作品可以是艺术的,也可以不是艺术的,正犹如同是一种顽石,这个人能把它雕成一座伟大的雕像而另一个人却不能使它"成器",分别全在性分与修养。知道生活的人就是艺术家,他的生活就是艺术作品。

过一世生活好比做一篇文章。完美的生活都有上品文章所应有的美点。

第一,一篇好文章一定是一个完整的有机体,其中全体与部分都息息相关,不能稍有移动或增减。一字一句之中都可以见出全篇精神的贯注。比如陶渊明的《饮酒》诗本来是"采菊东篱下,悠然见南山",后人把"见"字误印为"望"字,原文的自然与物相遇相得的神情便完全丧失。这种艺术的完整性在生活中叫做"人格"。凡最完美的生活都是人格的表现。大而进退取与,小而声音笑貌,都没有一件和全人格相冲突。不肯为五斗米折腰向乡里小儿,是陶渊明的生命史中所应有的一段文章,如果他错过这一个小节,便失其为陶渊明。下狱不肯脱逃,临刑时还丁宁嘱咐还邻人一只鸡的债,是苏格拉底的生命史中所应有的一段文章,否则他便失其为苏格拉底。这种生命史才可以使人把它当作一幅图画去惊赞,它就是一种艺术的杰作。

其次,"修辞立其诚"是文章的要诀,一首诗或是一篇美文,一定是至性深情的流露,存于中然后形于外,不容有丝毫假借。情趣本来是物我交感共鸣的结果。景物变动不居,情趣亦自生生不息。我有我的个性,物也有物的个性,这种个性又随时地变迁而生长发展。每人在某一时会所见到的景物,和每种景物在某一时会所引起的情趣,都有它的特殊性,断不容与另一人在另一时会所见到的景物,和另一景物在另一时会所引起的情趣,完全相同的。毫厘之差,微妙所在。在这种生生不息的情趣中,我们可以见出生命的创化。把这种生命流露于语言文字就是好文章;把它流露于言行风采,就是美满的生命史。

文章忌俗滥,生活也忌俗滥。俗滥就是自己没有本色而蹈袭别人的成规旧矩。西施患心病,常捧心颦眉,这是自然的流露,所以愈增其美。东施没有心病,强学捧心颦眉的姿态,只能引人嫌恶。在西施是创作,在东施便是滥调。滥调起于生命的枯竭,也就是虚伪的表现。"虚伪的表现"就是"丑",克罗齐已经说过。"风行水上,自然成纹",文章的妙处如此,生活的妙处也是如此。在什么地位,是怎样的人,感到怎样情趣便现出怎样言行风采,叫人一见就觉其谐和完整,这才是艺术的生活。

俗语说的好,"惟大英雄能本色"。所谓艺术的生活就是本色的生活。世间有两种人的生活最不艺术,一种是俗人,一种是伪君子。"俗人"根本就缺乏本色,"伪君子"则竭力遮盖本色。朱晦庵有一首诗说:

半亩方塘一鉴开,天光云影共徘徊。问渠哪得清如许?为有源头活水来。

艺术的生活就是有"源头活水"的生活。俗人迷于名利,与世浮沉,心里没有"天光云影",就因为没有源头活水。他们的大病是生命的枯竭。"伪君子"则于这种"俗人"的资格之上,又加上"沐猴而冠"的伎俩。他们的特点不仅见于道德上的虚伪,一言一笑,一举一动,都叫人起不美之感。谁知道风流名士的架子之中,掩藏了几多行尸走肉?无论是"俗人"或是"伪君子",他们都是生命上的"苟且者",都缺乏艺术家在创造时所应有的良心。像柏格荪所说的他们都是"生命的机械化",只能作喜剧中的角色,生活落到喜剧里去的人大半都是不艺术的。

艺术的创造之中都必寓有欣赏,生活也是如此。一般人对于一种言行常欢喜说它"好看""不好看",这已有几分是拿艺术欣赏的标准去估量它。但是一般人大半不能彻底,不能拿一言一笑、一举一动纳在全部生命史里去看,他们的"人格"观念太淡薄,所谓"好看""不好看"往往只是"敷衍面子"。善于生活者则彻底认真,不让一尘一芥妨碍整个生命的和谐。一般人常以为艺术家是一班最随便的人,其实在艺术范围之内,艺术家是最严肃不过的。在锻炼作品时常呕心呕肝,一笔一划也不肯苟且。王荆公作"春风又绿江南岸"一句诗时,原来"绿"字是"到"字,后来由"到"字改为"过"字,由"过"字改为"入"字,由"入"字改为"满"字,改了十几次之后才定为"绿"字。即此一端可以想见艺术家的严肃了。善于生活者对于生活也是这样认真。曾子临死时记得床上的席子是季路的,一定叫门人把它换过才瞑目。吴季札心里已经暗许赠剑给徐君,没有实行徐君就已死去,他很郑重的把剑挂在徐君墓旁树上,以见"中心契合死生不渝"的风谊。像这一类的言行看来虽似小节,而善于生活者却不肯轻易放过,正犹如诗人不肯轻易放过一字一句一样。小节如此,大节更不消说。董狐宁愿断头不肯掩盖史实,夷齐饿死不愿降周,这种风度是道德的也是艺术的。我们主张人生的艺术化,就是主张对于人生的严肃主义。

艺术家估定事物的价值,全以它能否纳入和谐的整体为标准,往往出于一般人意料之外。他能看重一般人所看轻的,也能看轻一般人所看重的。在看重一件事物时,他知道执着;在看轻一件事物时,他也知道摆脱。艺术的能事不仅见于知所取,尤其见于知所舍。苏东坡论文,谓如水行山谷中,行于其所不得不行,止于其所不得不止。这就是取舍恰到好处,艺术化的人生也是如此。善于生活者对于世间一切,也拿艺术的口胃去评判它,合于艺术口胃者毫毛可以变成泰山,不合于艺术口胃者泰山也可以变成毫毛。他不但能认真,而且能摆脱。在认真时见出他的严肃,在摆脱时见出他的豁达。孟敏堕甑,不顾而去,郭林宗见到以为奇怪。他说,"甑已碎,顾之何益?"哲学家斯宾诺莎宁愿靠磨镜过活,不愿当大学教授,怕妨碍他的自由。王徽之居山阴,有一天夜雪初霁,月色清朗,忽然想起他的朋友戴逵,便乘小舟到剡溪去访他,刚到门口便把船划回去。他说,"乘兴而来,兴尽而返。"这几件事彼此相差很远,却都可以见出艺术家的豁达。伟大的人生和伟大的艺术都要同时并有严肃与豁达之胜。晋代清流大半只知道豁达而不知道严肃,宋朝理学又大半只知道严肃而不知道豁达。陶渊明和杜子美庶几算得恰到好处。

一篇生命史就是一种作品。从伦理的观点看,它有善恶的分别,从艺术的观点看,它有美丑的分别。善恶与美丑的关系究竟如何呢?

就狭义说,伦理的价值是实用的,美感的价值是超实用的;伦理的活动都是有所为而为,美感的活动则是无所为而为。比如仁义忠信等等都是善,问它们何以为善,我们不能不着眼到人群的幸福。美之所以为美,则全在美的形相本身,不在它对于人群的效用(这并不是说它对于人群没有效用)。假如世界上只有一个人,他就不能有道德的活动,因为有父子才有慈孝可言,有朋友才有信义可言。但是这个想象的孤零零的人,还可以有艺术的活动,还可以欣赏他所居的世界,还可以创造作品。善有所赖而美无所赖,善的价值是"外在的",美的价值是"内在的"。

不过这种分别究竟是狭义的。就广义说,善就是一种美,恶就是一种丑。因为伦理的活动也可以引起美感上的欣赏与嫌恶。希腊大哲学家柏拉图和亚里士多德讨论伦理问题时,都以为善有等级,一般的善虽只有外在的价值,而"至高的善"则有内在的价值。这所谓"至高的善"究竟是什么呢?柏拉图和亚里士多德本来是一走理想主义的极端,一走经验主义的极端,但是对于这个问题,意见却一致。他们都以为"至高的善"在"无所为而为的玩索"(disinterested contemplation)。这种见解在西方哲学思潮上影响极大,斯宾诺莎、黑格尔、叔本华的学说都可以参证。从此可知西方哲人心目中的"至高的善"还是一种美,最高的伦理的活动还是一种艺术的活动了。

"无所为而为的玩索"可以看成"至高的善"吗?这个问题涉及到西方哲人对于神的观念。从耶稣教盛行之后,神才是一个大慈大悲的道德家。在希腊哲人以及近代来布尼兹、尼采、叔本华诸人的心目中,神却是一个大艺术家。他创造这个宇宙出来,全是为着自己要创造,要欣赏。其实这种见解也并不减低神的身分。耶稣教的神只是一班穷叫化子中的一个肯施舍的财主佬,而一般哲人心中的神,则是以宇宙为乐曲而要在这种乐曲之中见出和谐的音乐家。这两种观念究竟是哪一个伟大呢?在西方哲人想,神只是一片精灵,他的活动绝对自由而不受限制,至于人则为肉体的需要所限制而不能绝对自由。人愈能脱肉体需求的限制而作自由活动,则离神亦愈近。"无所为而为的玩索"是唯一的自由活动,所以成为最上的理想。

这番话似乎有些玄妙,在这里本来不应说及。不过无论你相信不相信,有许多思想却值得当作一个意象悬在心眼前来玩味玩味。我自己在闲暇时也欢喜看看哲学书籍。老实说,我对于许多哲学家的话都很怀疑,但是我觉得他们有趣。我以为穷到究竟,一切哲学系统也都只能当作艺术作品去看。哲学和科学穷到极境,都是要满足求知的欲望。每个哲学家和科学家对于他自己所见到的一点真理(无论它究竟是不是真理)都觉得有趣味,都用一股热忱去欣赏它。真理在离开实用而成为情趣中心时就已经是美感的对象了。"地球绕日运行","勾方加股方等于弦方"一类的科学事实,和米罗爱神或第九交响曲一样可以摄魂震魄。科学家去寻求这一类的事实,穷到究竟,也正因为它们可以摄魂震魄。所以科学的活动也还是一种艺术的活动,不但善与美是一体,真与美也并没有隔阂。

艺术是情趣的活动,艺术的生活也就是情趣丰富的生活。人可以分为两种,一种是情趣丰富的,对于许多事物都觉得有趣味,而且到处寻求享受这种趣味。一种是情趣枯竭的,对于许多事物都觉得没有趣味,也不去寻求趣味,只终日拼命和蝇蛆在一块争温饱。后者是俗人,前者就是艺术家。情趣愈丰富,生活也愈美满,所谓人生的艺术化就是人生的情趣化。

"学得有趣味"就是欣赏。你是否知道生活,就看你对于许多事物能否欣赏。欣赏也就是"无所为而为的玩索"。在欣赏时,人和神仙一样自由,一样有福。

阿尔卑斯山谷中有一条大汽车路,两旁景物极美,路上插着一个标语劝告游人说:"慢慢走,欣赏啊!"许多人在这车如流水马如龙的世界过活,恰如在阿尔卑斯山谷中乘汽车兜风,匆匆忙忙的急驰而过,无暇一回首流连风景,于是这丰富华丽的世界便成为一个了无生趣的囚牢。这是一件多么可惋惜的事啊!

朋友,在告别之前,我采用阿尔卑斯山路上的标语,在中国人告别习用语之下加上三个字奉赠:"慢慢走,欣赏啊!"

一九三二年

(选自《谈美》,1932 年 11 月开明书店初版)

门

叶公超

我常想,在我们这开化民族的复杂生活中,要举出一件东西来可以代表我们文化的精神的,除了"门"以外,还想得出什么呢?读者不必深想。不是别的,就是我们人人每天都要经过的门——房门,家门,校门,城门,以及其它种种一重一重的门。不但我们奔波劳碌的人脱离不了门,就是轻易不出家门的人,他们在日常思想中,也难免不知不觉的和门发生了关系。人类的历史尽可以说是门户的历史。我们生活中的门,当然不限于我们抬头就看得见的这扇物质的门。我们文字中,思想中,习惯中都无时没有一种门的存在。在旧礼教里,不用说,因门的意义而产生的习俗和思想,处处都是。提起婚姻来,谁不要求门当户对的,才貌双全的;谈论家世的人,当然脱离不了门荫祖德和门第家风的观念;小孩子在私塾里开蒙,总要先拜过老师的门,才算是入学了,同时这位老师呢,当然是无数孔门弟子之一。岂但旧脑筋如此,我们的新脑筋,新思想又何尝不充溢着各种门的观念呢?我们不断的听人说:教育要专门,办事要有门径,进屋子总要敲门,才算有新礼貌;官场,商界,以至于党部都得要些门面来做本钱。

多半的人各只看见有物质的门,而想不到这种实质的物体却暗含着什么精神上的意义,他们更想不到在我们每个人的单独生活中,从极单纯到极复杂的生活中,都有一道最后的门。聪明些的人知道这重门是最后的,神秘的,不可侵犯的,所以每次路过门前,至多也就住一下脚,再张望一回,便走过它了。缺乏想象的人,一旦发现了这重深闭的门,那肯轻易不响的走过去就算了。我想他们少不了一敲再敲,一闯再闯……等到闯了进去,他也就可以不必出来了。看过厨子杀脚鱼的人都该明白这个结局。我不敢再想了,想起来真的令人寒战。我往往夜间从戏园里出来,一路走着,耳朵里仍带着不少的余音,经过一家一家的大门,关闭得都和坟墓一般的严肃,靠街的那间屋里还有灿耀的灯光从楯窗上直射出来,我这时候常爱忖度屋里面的人或是鬼在那儿干些什么,尤其是看了空城计,坐楼杀惜这类戏之后,想象似乎更加来得活动;其实门后的秘密何只这两幕……人类的好奇心和追求心都是因门的阻碍而产生的,但是人类的经验并不鼓励我们去闯进所有遇着的门。多数自寻短见和态度悲观的人,都是曾经揭穿过,或看穿过种种门中门的罪人。读过天方夜谭的人,自然会了解为什么最后一道门不要去开它。譬如金马门里的爱结王子,闯进了末了一道门之后,出来果然就瞎了只右眼。有的读者说,这又何苦呢?同时也有人说,瞎了一只又何妨呢?事实上爱结王子还能出来,回到十个少年那里去,乃是为继续故事起见,在实际生活中呢,多半是没有下文的。

门,我方才说过,是可以代表我们文化精神的一种设备。我想凡在人与人集居的地方,门的功用不但能隔阂我们,同时也更能连络我们。在这一开一关之间,社会道德已有了稳固的基础。现代社会里最大罪恶的就是没有公私观念的人。这类动物少不了用关键的铁门来对付他们,宽容一分都不妥当。同时在有公私观念人的交际生活中,门是绝对有连络性的。古人云:"君子之交淡如水",这就是说朋友彼此不要忘记门是可开可关的设备。有门才有交情,因为门是使我们不接不离的媒介;所以人间能有持久的关系,不论是朋友,兄弟,夫妇,都是一种永有界线有门的联络。美国现代诗翁弗乐士特(Robert Frost),在他一首著名的诗里的末行说:"……Good fences make good neigbours."我想把它改作"Good doors make good friends",似乎更加恰切。

  城市里的人家昼夜无不闭门的,乡间农家的门至少白天都是开着的。这不是城市与乡间的根本差别吗?城市里的人不由自主的藏在千门万户后面,乡下人物质上只有一重门的享受;这重门除了夜间掩闭一下,几乎等于没有门。城里的人偶到乡间去游玩,走过农家的门口,看见两扇门都大开着,反倒不敢一直望进去,好像无故去掏人家的荷包似的,不免觉得有些难以为情。这是因为城里的人多惯于闭门的生活,到了乡间虽然脱离了物质的门,他们的习惯和思想中仍然是有一重一重的门在那里。乡下人进城去,自然更加觉得离奇了:举目一望,无处不是关紧了的门,门上多半还按着有闪亮的门环和洋锁。这种神秘的景况,当然会引起他的好奇心;结果,又和爱结王子一样,他也一重一重的闯开来观光一下,直到闯进了最后一道,果然右眼也瞎了。

(原载 1933 年 4 月 2 日《清华周刊》文艺专号)

白马湖之冬

夏丏尊

  在我过去四十余年的生涯中,冬的情味尝得最深刻的,要算十年前初移居白马湖的时候了。十年以来,白马湖已成了一个小村落,当我移居的时候,还是一片荒野。春晖中学的新建筑巍然矗立于湖的那一面,湖的这一面的山脚下是小小的几间新平屋,住着我和刘君心如两家。此外两三里内没有人烟。一家人于阴历十一月下旬从热闹的杭州移居这荒凉的山野,宛如投身于极带中。

  那里的风,差不多日日有的,呼呼作响,好像虎吼。屋宇虽系新建,构造却极粗率,风从门窗隙缝中来,分外尖削,把门缝窗隙厚厚地用纸糊了,椽缝中却仍有透入。风刮得厉害的时候,天未夜就把大门关上,全家吃毕夜饭即睡入被窝里,静听寒风的怒号,湖水的澎湃。靠山的小后轩,算是我的书斋,在全屋子中风最少的一间,我常把头上的罗宋帽拉得低低地,在洋灯下工作至夜深。松涛如吼,霜月当窗,饥鼠吱吱在承尘上奔窜。我于这种时候深感到萧瑟的诗趣,常独自拨划着炉灰,不肯就睡,把自己拟诸山水画中的人物,作种种幽邈的遐想。

  现在白马湖到处都是树木了,当时尚一株树木都未种。月亮与太阳都是整个儿的,从上山起直要照到下山为止。太阳好的时候,只要不刮风,那真和暖得不像冬天。一家人都坐在庭间曝日,甚至于吃午饭也在屋外,像夏天的晚饭一样。日光晒到哪里,就把椅凳移到哪里,忽然寒风来了,只好逃难似地各自带了椅凳逃入室中,急急把门关上。在平常的日子,风来大概在下午快要傍晚的时候,半夜即息。至于大风寒,那是整日夜狂吼,要二三日才止的。最严寒的几天,泥地看去惨白如水门汀,山色冻得发紫而黯,湖波泛深蓝色。

下雪原是我所不憎厌的,下雪的日子,室内分外明亮,晚上差不多不用燃灯。远山积雪足供半个月的观看,举头即可从窗中望见。可是究竟是南方,每冬下雪不过一二次。我在那里所日常领略的冬的情味,几乎都从风来。白马湖的所以多风,可以说有着地理上的原因。那里环湖都是山,而北首却有一个半里阔的空隙,好似故意张了袋口欢迎风来的样子。白马湖的山水和普通的风景地相差不远,唯有风却与别的地方不同。风的多和大,凡是到过那里的人都知道的,风在冬季的感觉中,自古占有重要的因素,而白马湖的风尤其特别。

现在,一家僦居上海多日了,偶然于夜深人静时听到风声,大家就要提起白马湖来,说:"白马湖不知今夜又刮得怎样厉害哩!"

(原载1933年12月《中学生》第40号)

鸭窠围的夜

沈从文

天快黄昏时落了一阵雪子,不久就停了。天气真冷,在寒气中一切都仿佛结了冰。便是空气,也像快要冻结的样子。我包定的那一只小船,在天空大把撒着雪子时已泊了岸。从桃源县沿河而上这已是第五个夜晚。看情形晚上还会有风有雪,故船泊岸边时便从各处挑选好地方。沿岸除了某一处有片沙岨宜于泊船以外,其余地方全是黛色如屋的大岩石。石头既然那么大,船又那么小,我们都希望寻觅得到一个能作小船风雪屏障,同时要上岸又还方便的处所。凡是可以泊船的地方早已被当地渔船占去了。小船上的水手,把船上下各处撑去,钢钻头敲打着沿岸大石头,发出好听的声音,结果这只小船,还是不能不同许多大小船只一样,在正当泊船处插了篙子,把当作锚头用的石碇抛到沙上去,尽那行将来到的风雪,摊派到这只船上。

这地方是个长潭的转折处,两岸是高大壁立千丈的山,山头上长着小小竹子,长年翠色逼人。这时节两山只剩余一抹深黑,赖天空微明为画出一个轮廓。但在黄昏里看来如一种奇迹的,却是两岸高处去水已三十丈上下的吊脚楼。这些房子莫不俨然悬挂在半空中,借着黄昏的余光,还可以把这些希奇的楼房形体,看得出个大略。这些房子同沿河一切房子有个共通相似处,便是从结构上说来,处处显出对于木材的浪费。房屋既在半山上,不用那么多木料,便不能成为房子吗?半山上也用吊脚楼形式,这形式是必须的吗?然而这条河水的大宗出口是木料,木材比石块还不值价。因此,即或是河水永远长不到处,吊脚楼房子依然存在,似乎也不应当有何惹眼惊奇了。但沿河因为有了这些楼房,长年与流水斗争的水手,寄身船中枯闷成疾的旅行者,以及其他过路人,却有了落脚处了。这些人的疲劳与寂寞是从这些房子中可以一律解除的。地方既好看,也好玩。

河面大小船只泊定后,莫不点了小小的油灯,拉了篷。各个船上皆在后舱烧了火,用铁鼎罐煮红米饭。饭焖熟后,又换锅子熬油,哗的把菜蔬倒进热锅里去。一切齐全了,各人蹲在舱板上三碗五碗把腹中填满后,天已夜了。水手们怕冷怕动的,收拾碗盏后,就莫不在舱板上摊开了被盖,把身体钻进那个预先卷成一筒又冷又湿的硬棉被里去休息。至于那些想喝一杯的,发了烟瘾得靠靠灯,船上烟灰又翻尽了的,或一无所为,只是不甘寂寞,好事好玩想到岸上去烤烤火谈谈天的,便莫不提了桅灯,或燃一段废缆子,摇晃着从船头跳上了岸,从一堆石头间的小路径,爬到半山上吊脚楼房子那边去,找寻自己的熟人,找寻自己的熟地。陌生人自然也有来到这条河中来到这种吊脚楼房子里的时节,但一到地,在火堆旁小板凳上一坐,便是陌生人,即刻也就可以称为熟人乡亲了。

这河边两岸除了停泊有上下行的大小船只三十左右以外,还有无数在日前趁融雪涨水放下形体大小不一的木筏。较小的木筏,上面供给人住宿过夜的棚子也不见,一到了码头,便各自上岸找住处去了。大一些的木筏呢,则有房屋,有船只,有小小菜园与养猪养鸡栅栏,还有女眷和小孩子。

黑夜占领了全个河面时,还可以看到木筏上的火光,吊脚楼窗口的灯光,以及上岸下船在河岸大石间飘忽动人的火炬红光。这时节岸上船上都有人说话,吊脚楼上且有妇人在黯淡灯光下唱小曲的声音,每次唱完一支小曲时,就有人笑嚷。什么人家吊脚楼下有匹小羊叫,固执而且柔和的声音,使人听来觉得忧郁。我心中想着,"这一定是从别一处牵来的,另外一个地方,那小畜生的母亲,一定也那么固执的鸣着吧。"算算日子,再过十一天便过年了。"小畜生明不明白只能在这个世界上活过十天八天?"明白也罢,不明白也罢,这小畜生是为了过年而赶来,应在这个地方死去的。此后固执而又柔和的声音,将在我耳边永远不会消失。我觉得忧郁起来了。我仿佛触着了这世界上一点东西,看明白了这世界上一点东西,心里软和得很。

但我不能这样子打发这个长夜。我把我的想象,追随了一个唱曲时清中夹沙的妇女声音,到她的身边去了。于是仿佛看到了一个床铺,下面是草荐,上面摊了一床用旧帆布或别的旧货做成脏而又硬的棉被,搁在床正中被单上面的是一个长方木托盘,盘中有一把小茶盏,一个小烟盒,一支烟枪,一块小石头,一盏灯。盘边躺着一个人在烧烟。唱曲子的妇人,或是袖了手捏着自己的膀子站在吃烟者的面前,或是靠在男子对面的床头,为客人烧烟。房子分两进,前面临街,地是土地,后面临河,便是所谓吊脚楼了。这些人房子窗口既一面临河,可以凭了窗口呼喊河下船中人,当船上人过了瘾,胡闹已够,下船时,或者尚有些事情嘱托,或有其他原因,一个晃着火炬停顿在大石间,一个便凭立在窗口,"大老你记着,船下行时又来。""好,我来的,我记着。""你见了顺顺就说:会呢,完了;孩子大牛呢,脚膝骨好了。细粉带三斤,冰糖或片糖带三斤。""记得到,记得到,大娘你放心,我见了顺顺大爷就说:会呢,完了。大牛呢,好了。细粉来三斤,冰糖来三斤。""杨氏,杨氏,一共四吊七,莫错账!""是的,放心呵,你说四吊七就四吊七,年三十夜莫会要你多的!你自己记着就是了!"这样那样的说着,我一一都可听到,而且一面还可以听着在黑暗中某一处咩咩的羊鸣。我明白这些回船的人是上岸吃过"荤烟"了的。

我还估计得出,这些人不吃"荤烟",上岸时只去烤烤火的,到了那些屋子里时,便多数只在临街那一面铺子里。这时节天气太冷,大门必已上好了,屋里一隅或点了小小油灯,屋中土地上必就地掘了浅凹火炉膛,烧了些树根柴块。火光煜煜,且时时刻刻爆炸着一种难于形容的声音。火旁矮板凳上坐有船上人,木筏上人,有对河住家的熟人。且有虽为天所厌弃还不自弃年过七十的老妇人,闭着眼睛蜷成一团蹲在火边,悄悄的从大袖筒里取出一片薯干或一枚红枣,塞到嘴里去咀嚼。有穿着肮脏身体瘦弱的孩子,手擦着眼睛傍着火旁的母亲打盹。屋主人有为退伍的老军人,有翻船背运的老水手,有单身寡妇。藉着火光灯光,可以看得出这屋中的大略情形,三堵木板壁上,一面必有个供奉祖宗的神龛,神龛下空处或另一面,必贴了一些大小不一的红白名片。这些名片倘若有那些好事者加以注意,用小油灯照着,去仔细检查检查,便可以发现许多动人的名衔,军队上的连副,上士,一等兵,商号中的管事,当地的团总,保正,催租吏,以及照例姓滕的船主,洪江的木簰商人,与其他各行各业人物,无所不有,这是近一二十年来经过此地若干人中一小部分的题名录。这些人各用一种不同的生活,来到这个地方,且同样的来到这些屋子里,坐在火边或靠近床边,逗留过若干时间。这些人离开了此地后,在另一世界里还是继续活下去,但除了同自己的生活圈子中人发生关系以外,与一同在这个世界上其他的人,却仿佛便毫无关系可言了。他们如今也许早已死掉了:水淹死的,枪打死的,被外妻用砒霜谋杀的,然而这些名片却依然将好好的保留下去。也许有些人已成了富人名人,成了当地的小军阀,这些名片却仍然写着催租人,上士等等的衔头。……除了这些名片,那屋子里是不是还有比它更引人注意的东西呢?锯子,小捞兜,香烟大画片,装干栗子的口袋,……

提起这些问题时使人心中很激动。我到船头上去眺望了一阵。河面静静的,木筏上火光小了,船上的灯光已很少了,远近一切只能藉着水面微光看出个大略情形。另外一处的吊脚楼上,又有了妇人唱小曲的声音,灯光摇摇不定,且有猜拳声音。我估计那些灯光同声音所在处,不是木筏上的簰头在取乐,就是水手们小商人在喝酒。妇人手指上说不定还戴了水手特别为从常德府捎带来的镀金戒指,一面唱曲一面把那只手理着鬓角,多动人的一幅画图!我认识他们的哀乐,这一切我也有份。看他们在那里把每个日子打发下去,也是眼泪也是笑,离我虽那么远,同时又与我那么相近。这正同读一篇描写西伯利亚的农人生活动人作品一样,使人掩卷引起无言的哀戚。我如今只用想象去领味这些人生活的表面姿态,却用过去一分经验,接触着了这种人的灵魂。

羊还固执的鸣着。远处不知什么地方有锣鼓声音,那一定是某个人家禳土酬神还愿巫师的锣鼓。声音所在处必有火燎与九品蜡照耀争辉。眩目火光下必有头包红布的老巫师独立作旋风舞,门上架上有黄钱,平地有装满了谷米的平斗。有新宰的猪羊伏在木架上,头上插着小小五色纸旗。有行将为巫师用口把头咬下的活生公鸡,缚了双脚与翼翅,在土坛边无可奈何的躺卧。主人锅灶边则热了满锅猪血稀粥,灶中正火光熊熊。

邻近一只大船上,水手们已静静的睡下了,只剩余一个人吸着烟,且时时刻刻把烟管敲着船舷。也像听着吊脚楼的声音,为那点声音所激动,引起种种联想,忽然按捺自己不住了,只听到他轻轻的骂着野话,擦了支自来火,点上一段废缆,跳上岸往吊脚楼那里去了。他在岸上大石间走动时,火光便从船篷空处漏进我的船中。也是同样的情形吧,在一只装载棉军服向上行驶的船上,泊到同样的岸边,躺在成束成捆的军服上面,夜既太长,水手们爱玩牌的各蹲坐在舱板上小油灯光下玩天九,睡既不成,便胡乱穿了两套棉军服,空手上岸,藉着石块间还未融尽残雪返照的微光,一直向高岸上有灯光处走去。到了街上,除了从人家门罅里露出的灯光成一条长线横卧着,此外一无所有。在计算中以为应可见到的小摊上成堆的花生,用哈德门长烟盒装着干瘪瘪的小橘子,切成小方块的片糖,以及在灯光下看守摊子把眉毛扯得极细的妇人(这些妇人无事可作时还会在灯光下做点针线的),如今什么也没有。既不敢冒昧闯进一个人家里面去,便只好又回转河边船上了。但上山时向灯光凝聚处走去,方向不会错误。下河时可糟了。糊糊涂涂在大石小石间走了许久,且大声喊着,才走近自己所坐的一只船。上船时,两脚全是泥,刚攀上船舷还不及脱鞋落舱,就有人在棉被中大喊:"伙计哥子们,脱鞋呀!"把鞋脱了还不即睡,便镶到水手身旁去看牌,一直看到半夜,——十五年前自己的事,在这样地方温习起来,使人对于命运感到十分惊异。我懂得那个忽然独自跑上岸去的人,为什么上去的理由!

等了一会,邻船上那人还不回到他自己的船上来,我明白他所得的必比我多了一些。我想听听他回来时,是不是也像别的船上人,有一个妇人在吊脚楼窗口喊叫他。许多人都陆续回到船上了,这人却没有下船。我记起"柏子"。但是,同样是水上人,一个那么快乐的赶到岸上去,一个却是那么寂寞的跟着别人后面走上岸去,到了那些地方,情形不会同柏子一样,也是很显然的事了。

为了我想听听那个人上船时那点推篷声音,我打算着,在一切声音全已安静时,我仍然不能睡觉。我等待那点声音,大约到午夜十二点,水面上却起了另外一种声音。仿佛鼓声,也仿佛汽油船马达转动声,声音慢慢的近了,可是慢慢的又远了。像是一个有魔力的歌唱,单纯到不可比方,也便是那种固执的单调,以及单调的延长,使一个身临其境的人,想用一组文字去捕捉那点声音,以及捕捉在那长潭深夜一个人为那声音所迷惑时节的心情,实近于一种徒劳无功的努力。那点声音使我不得不再从那个业已用被单塞好空罅的舱门,到船头去搜索它的来源。河面一片红光,古怪声音也就从红光一面掠水而来。原来日里隐藏在大岩下的一些小渔船,在半夜前早已静悄悄的下了拦江网。到了半夜,把一个从船头伸在水面的铁兜,盛上燃着熊熊烈火的油柴,一面用木棒槌有节奏的敲着船舷各处漂去。身在水中见了火光而来与受了析声吃惊四窜的鱼类,便在这种情形中触了网。

一切光,一切声音,到这时节已为黑夜所抚慰而安静了,只有水面上那一分红光与那一派声音。那种声音与光明,正为着水中的鱼和水面的渔人生存的搏战,已在这河面上存在了若干年,且将在接连而来的每个夜晚依然继续存在。我弄明白了,回到舱中以后,依然默听着那个单调的声音。我所看到的仿佛是一种原始人与自然战争的情景。那声音,那火光,都近于原始人类的战争,把我带回到四五千年那个"过去"时间里去。

不知在什么时候开始落了很大的雪,听船上人嘟哝着,我心想,第二天我一定可以看到邻船上那个人上船时节,在岸边雪地上留下的那一行足迹。那寂寞的足迹事实上我却不曾见到,因为第二天到我醒来时,小船已离开那个泊船处很远了。

(原载 1934 年 4 月《文学》2 卷 4 号)

墓

何其芳

初秋的薄暮。翠岩的横屏环拥出旷大的草地,有常绿的柏树作天幕,曲曲的清溪流泻着幽冷。以外是碎瓷上的图案似的田亩,阡陌高下的毗连着,黄金的稻穗起伏着丰实的波浪,微风传送出成熟的香味。黄昏如晚汐一样淹没了草虫的鸣声,野蜂的翅。快下山的夕阳如柔和的目光,如爱抚的手指从平畴伸过来,从林叶探进来,落在溪边一个小墓碑上,摩着那白色的碑石,仿佛读出上面镌着的朱字:柳氏小女铃铃之墓。

这儿睡着的是一个美丽的灵魂。

这儿睡着的是一个农家的女孩,和她十六载静静的光阴,从那茅檐下过逝的,从那有泥蜂做窠的木窗里过逝的,从俯嚼着地草的羊儿的角尖,和那濯过她的手,回应过她寂寞的捣衣声的池塘里过逝的。

她有黑的眼睛,黑的头发,和浅油黑的肤色。但她的脸颊,她的双手有时是微红的,在走了一段急路的时候,回忆起一个羞涩的梦的时候,或者三月的阳光满满的晒着她的时候。照过她的影子的溪水会告诉你。

她是一个有好心肠的姑娘,她会说极和气的话,常常小心的把自己放在谦卑的地位。亲过她的足的山草会告诉你,被她用死了的蜻蜓宴请过的小蚁会告诉你,她一切小小的侣伴都会告诉你。

是的,她有许多小小的侣伴,她长成一个高高的女郎了,不与它们生疏。

她对一朵刚开的花说:"给我讲一个故事,一个快乐的。"对照进她的小窗的星星说:"给我讲一个故事,一个悲哀的。"

当她清早起来到柳树旁的井里去提水,准备帮助她的母亲作晨餐,径间遇着她的侣伴都向她说:"晨安。"她也说:"晨安。""告诉我们你昨夜做的梦。"她却笑着说:"不告诉你。"

当农事忙的时候,她会给她的父亲把饭送到田间去。

当蚕子初出卵的时候,她会采摘最嫩的桑叶放在篮儿里带回来,用布巾揩干那上面的露水,而且用刀切成细细的条儿去喂它们。四眠过后,她会用指头捉起一个个肥大的蚕,在光线里透视:"它腹里完全亮了!"然后放到成束的菜子秆上去。

她会同母亲一块儿去把屋后的麻茎割下,放在水里浸着,然后用刀打出白色的麻来。她会把麻分成极纤微的丝,然后用指头绩成细纱,一圈圈的放满竹筐。

她有一个小手纺车,还是她祖母留传下来的。她常常纺着棉,听那轮子唱着单调的歌,说着永远雷同的故事。她不厌烦,只在心里偷笑着:"真是一个老婆子。"

她是快乐的。她是在寂寞的快乐里长大的。

她是期待甚么的。她有一个秘密的希冀,那希冀于她自己也是秘密的。她有做梦似的眼睛,常常迷漠的望着高高的天空,或是辽远的,辽远的山以外。

十六岁的春天的风吹着她的衣衫,她的发,她想悄悄的流一会儿泪。银色的月光照着,她想伸出手臂去拥抱它,向它说:"我是太快乐,太快乐。"但又无理由的流下泪。她有一点忧愁在眉尖,有一点伤感在心里。

她用手紧握着每一个新鲜的早晨,而又放开手叹一口气让每一个黄昏过去。

她小小的侣伴们都说她病了,只有它们稍稍关心她,知道她的。"你瞧,她常默默的。""你说,甚么能使她欢喜?"它们互相耳语着,担心她的健康,担心她郁郁的眸子。

菜圃里的江豆藤还是高高的缘上竹竿,南瓜还是肥硕的压在篱脚下,古老的桂树还是飘着金黄色的香气,这秋天完全如以前的秋天。

铃铃却瘦损了。

她期待的毕竟来了,那伟大的力,那黑暗的手遮到她眼前,冷的呼吸透过她的心,那无声的灵语盼咐她睡下安息。"不是你,我期待的不是你,"她心里知道,但不说出。

快下山的夕阳如温暖的红色的唇,刚才吻过那小墓碑上"铃铃"二字的,又落到溪边的柳树下,树下有白藓的石上,石上坐着的年青人雪麟的衣衫上。他有和铃铃一样郁郁的眼睛,迷漠的望着。在那眼睛里展开了满山黄叶的秋天,展开了金风拂着的一泓秋水,展开了随着羊铃声转入深邃的牧女的梦。毕竟来了,铃铃期待的。

在花香与绿阴织成的春夜里,谁曾在梦里摘取过红熟的葡萄似的第一次蜜吻？谁曾梦过燕子化作年青的女郎来入梦,穿着燕翅色的衣衫？谁曾梦过一不相识的情侣来晤别,在她远嫁的前夕？

一个个春三月的梦呵,都如一片片你偶尔摘下的花瓣,夹在你手边的一册诗集里,你又偶尔在风雨之夕翻见,仍是盛开时的红艳,仍带着春天的香气。

雪麟从外面的世界带回来的就只一些梦,如一些饮空了的酒瓶,与他久别的乡土是应该给他一瓶未开封的新酿了。

雪麟见了铃铃的小墓碑,读了碑上的名字,如第一次相见就相悦的男女们,说了温柔的"再会"才分别。

以后他的影子就踯躅在这儿的每一个黄昏里。

他渐渐猜想着这女郎的身世,和她的性情,她的喜好,如我们初认识一个美丽的少女似的。他想到她是在寂寞的屋子里过着晨夕,她最爱着甚么颜色的衣衫,而且当她微笑时脸间就现出酒涡,羞涩的低下头去。他想到她在窗外种着一片地的指甲花,花开时就摘取几朵来用那红汁染她的小指甲,而这仅仅由于她小孩似的欢喜。

铃铃的侣伴们更会告诉他,当他猜想错了或是遗漏了的时候。

"她会不会喜欢我？"他在溪边散步时偷问那多嘴的流水。

"喜欢你。"他听见轻声的回语。

"她似乎没有朋友？"他又偷问溪边的野菊。

"是的,除了我们。"

于是有一个黄昏里他就遇见了这女郎。

"我有没有这样的荣幸,和你说几句话？"

他知道她羞涩的低垂的眼光是说着允许。

他们就并肩沿着小溪散步下去。他向她说他是多大的年龄就离开这儿,这儿是她的乡土也是他的乡土。向她说他到过许多地方,听过许多地方的风雨。向她说江南与河水一样平的堤岸,北国四季都是风吹着沙土。向她说骆驼的铃声,槐花的清芬,红墙黄瓦的宫阙,最后说:

"我们的乡土却这样美丽。"

"是的,这样美丽。"他听见轻声的回语。

"完全是崭新的发见。我不曾梦过这小小的地方有这多的宝藏,不尽的惊异,不尽的欢喜。我真有点儿骄傲这是我的乡土。——但要请求你很大的谅恕,我从前竟没有认识你。"

他看见她羞涩的头低下去。

他们散步到黄昏的深处,散步到夜的阴影里。夜是怎样一个荒唐的絮语的梦呵,但对这一双初认识的男女还是谨慎的劝告他们别去。

他们伸出告别的手来,他们温情的手约了明天的会晤。

有时,他们散步倦了,坐在石上休憩。

"给我讲一个故事,要比黄昏讲得更好。"

他就讲着《小女人鱼》的故事。讲着那最年青,最美丽的人鱼公主怎样爱上那王子,怎样忍受着痛苦,变成一个哑女到人世去。当他讲到王子和别的女子结婚的那夜,她竟如巫妇所预言的变成了浮沫,铃铃感动得伏到他怀里。

有时,她望着他的眼睛问:

"你在外面爱没有爱过谁?"

"爱过……"他俯下吻她,怕她因为这两字生气。

"说。"

"但没有谁爱过我。我都只在心里偷偷的爱着。"

"谁呢?"

"一个穿白衫的玉立亭亭的;一个秋天里穿浅绿色的夹外衣的;一个在夏天的绿杨下穿红杏色的单衫的。"

"是怎样的女郎?"

"穿白衫的有你的身材;穿绿衫的有你的头发;穿红杏衫的有你的眼睛。"说完了,又俯下吻她。

晚秋的薄暮。田亩里的稻禾早已割下,枯黄的割茎在青天下说着荒凉。草虫的鸣声,野蜂的翅声都已无闻,原野被寂寥笼罩着,夕阳如一枝残忍的笔在溪边描出雪麟的影子,孤独的,瘦长的。他独语着,微笑着。他憔悴了。但他做梦似的眼睛却发出异样的光,幸福的光,满足的光,如从 Paradise 发出的。

一九三三年

(选自《画梦录》,1936 年 7 月文化生活出版社初版)

话故都

吴伯箫

一别两易寒暑,千般都似隔世,再来真是万幸了。际兹骊歌重赋,匆匆归来又匆匆归去的时候,生怕被万种缱绻,牵惹得茶苦饭淡。来!尔座苍然的老城,别嫌唠叨,且让我像自家人似的,说几句闲杂破碎的话罢。——重来只是小住,说走就走的,别不理我!连轻尘飞鸟都说着,啊,你老城的一切人,物。

生命短短的,才几多岁月?一来就五年六载地拖下去,好容易!耳濡目染,指磨踵接,筋骨都怕涂上了你底颜色罢;不留恋还留恋些什么?不执着还执着些什么?在这里像远古的化石似的,永远烙印着我多少万亿数的踪迹;像早春的鸟声,炎夏的鸣蝉,深秋的虫吟似的,在天空里也永远浮荡着我一阵阵笑,一缕缕愁,及偶尔的半声长叹。在这里有我浓挚的友谊,有我谆谆然师长的训诲,有我青年的金色的梦境,旷世的雄心,及彻昼彻夜的挣扎与努力;也有我掷出去,还回来,往返投报的情热,及情热燃炙时的疯狂。还有,还有很多;我知道那些逝去了的整整无缺的日子,那些在一生中最可珍贵的朝朝暮暮,我是都给了你了,都在你和平而安适的怀抱里,消磨着,埋葬了。

因此,我无论漂泊到天涯,或是流浪到地角,总于默默中仿佛觉得背后有千万条绳索在紧紧地系着,使我走了一段路程,便回转头来眺望你一番,俯下头去想念你一番,沉思地追忆关于你底一切:当我于风雨凄凉,日晚灯昏,感到苦寂的时候,我想到在你这里那五六个人围炉话尽的雪夜,和放山石,采野花的那些春秋佳日。当我进退维谷,左右皆非,感到空虚的时候,我想到在你这里过骆驼书屋,听主人那忘机的娓娓不倦的谈话,和那巍然宏富的图书馆里,引人入胜的各家典籍的涉猎。在异乡受了人家底欺骗,譬如那热血所换到的冷水的欺骗,我只要忆起你这儿的友人曾信托我,帮助我,在极危急的时候拯救我的各种情形,我便得到很多的安慰;即使抚今追昔,愈想愈委屈,而终于落泪罢,但内心是充满了喜悦的,说:"小气的人呀!我是有朋友的,你其奈我何!"

因此,我念着你西郊的山峦,那里我们若干无猜的男女,曾登临过,游览过,啸邀过:大家争着骑驴,挨了跌还是止不住笑。我念着你城正中昂然屹立的白塔,在那里我们曾俯瞰过你伟大的城阙,壮丽的宫院,一目无边的丰饶的景色。我念着坐镇南城的天坛,那样庄严,使你立在跟前,都不敢大声说话。我念着颐和园昆明湖畔的铜牛,最喜欢那夕阳里骄蹇的雄姿。我念着陶然亭四周的芦苇,爱它那秋天来一抹的萧索。我念着北城的什刹海,南城的天桥,拥着挤着的各色各样的人,各色各样的事。我念着市场的那些旧书摊,别瞧,掌柜的简直就是饱学。我念着,啊,这个账怎么开呢:那些残破的庙宇,那些苍翠的五六百年的松柏,那些灰色的很大很大的砖,一弯臭水的护城河,沿河走着的骆驼同迈着骆驼一样脚步的牵骆驼的人。真是!什么我都想念呢!只要是你苍然的老城底,都在我神经底秘处结了很牢的结了。说来你不信,连初冬来呼呼的大风,大风里飞扬着的尘土,我都想。

苍然的老城,我觉到,绵亘在兴安岭以南,希马拉雅以北,散布在滚滚的黄河,滔滔的长江流域的,星罗棋布,是多少城池,多少市镇,多少名胜古迹啊,但只有你配象征这堂堂大气的文明古国。仿佛是你才孕育了黄帝的子孙,是你才养长了这神明华胄,及它所组成的伟大民族。虽然我们有长安,有洛阳,有那素以金粉著名的南朝金陵,但那些不失之于僻陋,就失之于嚣薄;不像破落户,就像纨袴子:没一个像你似的:既素朴又华贵,既博雅又大方;包罗万象,而万象融而为一:细大不捐,而巨细悉得其当。真是,这老先生才和蔼得可亲,庄严得可敬呢。

华夏就是这样的国家,零星的干犯,是惹不起她的气忿的,她有海量的涵容;点滴的创伤,她是不关痛痒的,她有百个千个的容忍;不过一朝一夕,时光慢慢地过去,干犯她的,要敬畏她了,要跪倒在她的面前,求她的宥恕了;一处处创伤要渐渐地复原,渐渐地健康起来了。如檐滴之穿阶石似的,一切锢障都在时光的洗炼中屈服在她底腕下了。苍然的老城,你不也正是这样的么?多少乳虎样的少年,贸贸然地走了来,趾高气扬;起初是目空一切的,但久了,你将他的浮夸,换作了沉毅。忽而一天,他发现了他自己的无识,他自己的藐小;多少心胸狭隘的人,米大的事争破天,不骄即诟,可是日子长了,他忽然醒过来,带着满脸的惭愧,他走上那坦荡的大方的道路。芝兰之室怕连砖瓦都是芬芳的罢,蜜饯金枣酸瓢也发起甜来。饱有经验的老人是看不惯乳臭的孩子的,富有历史涵养的地方草木都是古香古色。不必名师,单这地方彩色的薰陶,就是极优越的教育了。何况,在这里,街街巷巷都住持着哲人,诗家,学者呢?对你,不只是爱慕,简直是景仰。"我懂什么呢,"有人这样说;"在此老死罢!"也有人这样说;是大有来历的。

晨昏相对者六年,在第六个夏天,我因为什么事情不得已而将远去,那时我是怎样地愁着,依依的可怜啊!为了你这儿的人们,使我眷恋不舍,一壁整着行囊,一壁落着眼泪,就像第一次离开慈母准备远行一样,那滋味是够凄凉的。脚步迟滞地踏上火车,心随了车轮的辗转而步步沉重,彼此间的牵线,步步加紧,那是不多不少的永诀的情况啊!长年漫漫,悬想之情总算够受了:地方愈远,思念愈深;时日愈久,思念愈切;直将这重负继续担下来,到今天,我有了归来的机会。

旅途上我是怎样的喜欢,又怎样的惧怕呀!喜着眼前的重逢,怕着久别的生疏。提心吊胆,终于到"家"了。望见你那更加苍老了的城垣,还带着亲热的容光,仿佛说:"来了么?……"那一阵高兴是说不出来的。我知道敌人底炮火,曾给你过分的虚惊,我见了一砖一石一草一木,都郑重地问"别来无恙"的话。及至看见你依旧那样镇静,那样沉着的时候,我便禁不住手舞足蹈了。可是你的确又苍老了许多呢。虽说老当益壮罢,但那加添了的一条条皱纹,总不能不使爱你的人们增加几分担心。

现在几天的光阴,又轻轻度过了,梦一般。在几天之中,我温习了多少陈迹,访问着你的每一条大街,每一条小巷,抚摩着往日的印痕,追忆着那些甜的酸的苦的故事,又是一度欢欣,又是一度唏嘘,又是一度疯狂。我很满足,因为你没把我忘记。

展眼我又要走了,那怎么办呢?在这临行时的前宵,听着你午夜的市声,熙熙攘攘,喘着和平的气息,我怀了万分惆怅。但想到你底长存,比得过日月底光辉时,我也知道自慰。后会有期,珍重罢!希望再度我来,你矍铄依然,带着你永恒的伟大与壮丽,期待我,招呼我。

明朝行时,但愿你满罩了一天红霞,光明里,照顾我到远远的天涯。

一九三三年,夏

(选自《羽书》,1941年5月文化生活出版社初版)

鹰之歌

丽 尼

黄昏是美丽的。我忆念着那南方的黄昏。

晚霞如同一片赤红的落叶坠到铺着黄尘的地上,斜阳之下的山冈变成了暗紫,好像是云海之中的礁石。

南方是遥远的；南方的黄昏是美丽的。

有一轮红日沐浴着在大海之彼岸；有欢笑着的海水送着夕归的渔船。

南方，遥远而美丽的！

南方是有着榕树的地方，榕树永远是垂着长须，如同一个老人安静地站立，在夕暮之中作着冗长的低语，而将千百年的过去都埋在幻想里了。

晚天是赤红的。公园如同一个废墟。鹰在赤红的天空之中盘旋，作出短促而悠远的歌唱，嘹唳地，清脆地。

鹰是我所爱的。它有着两个强健的翅膀。

鹰的歌声是嘹唳而清脆的，如同一个巨人底口在远天吹出了口哨。而当这口哨一响着的时候，我就忘却我底忧愁而感觉兴奋了。

我有过一个忧愁的故事。每一个年青的人都会有一个忧愁的故事。

南方是有着太阳和热和火焰的地方。而且，那时，我比现在年青。

那些年头！啊，那是热情的年头！我们之中，像我们这样大的年纪的人，在那样的年代，谁不曾有过热情的如同火焰一般的生活？谁不曾愿意把生命当作一把柴薪，来加强这正在燃烧的火焰？有一团火焰给人们点燃了，那么美丽地发着光辉，吸引着我们，使我们抛弃了一切其他的希望与幻想，而专一地投身到这火焰中来。

然而，希望，它有时比火星还容易熄灭。对于一个年青人，只须一个刹那，一整个世界就会从光明变成了黑暗。

我们曾经说过："在火焰之中锻炼着自己"；我们曾经感觉过一切旧的渣滓都会被铲除，而由废墟之中会生长出新的生命，而且相信这一切都是不久就会成就的。

然而，当火焰苦闷地窒息于潮湿的柴草，只有浓烟可以见到的时候，一刹那间，一整个世界就变成黑暗了。

我坐在已经成了废墟的公园看着赤红的晚霞，听着嘹唳而清脆的鹰歌，然而我却如同一个没有路走的孩子，凄然地流下眼泪来了。

"一整个世界变成了黑暗；新的希望是一个艰难的生产。"

鹰在天空之中飞翔着了，伸展着两个翅膀，倾侧着，回旋着，作出了短促而悠远的歌声，如同一个信号。我凝望着鹰，想从它底歌声里听出一个珍贵的消息。

"你凝望着鹰么？"她问。

"是的，我望着鹰，"我回答。

她是我底同伴，是我三年来的一个伴侣。

"鹰真好，"她沉思地说了；"你可爱鹰？"

"我爱鹰的。"

"鹰是可爱的。鹰有两个强健的翅膀，会飞，飞得高，飞得远，能在黎明里飞，也能在黑夜里飞。你知道鹰是怎样在黑夜里飞的么？是像这样飞的，你瞧，"说着，她展开了两只修长的手臂，旋舞一般地飞着了,是飞得那么天真,飞得那么热情,使她底脸面也现出了夕阳一般的霞彩。

我欢乐底笑了,而感觉了兴奋。

然而,有一次夜晚,这年青的鹰飞了出去,就没有再看见她飞了回来。一个月以后,在一个黎明,我在那已经成了废墟的公园之中发现了她底被六个枪弹贯穿了的身体,如同一只被猎人从赤红的天空击落了下来的鹰雏,披散了毛发在那里躺着了。那正是她为我展开了手臂而热情地飞过的一块地方。

我忘却了忧愁,而变得在黑暗里感觉奋兴了。

南方是遥远的,但我忆念着那南方的黄昏。

南方是有着鹰歌唱的地方,那嘹唳而清脆的歌声是会使我忘却忧愁而感觉奋兴的。

一九三四年,十二月。

(原载 1935 年 3 月 16 日《文学季刊》第 2 卷第 1 期)

山之子

李广田

住在"中天门"的"泰山旅馆"里,我们每天得有方便,在"快活三里"目送来往的香客。

自"岱宗坊"至"中天门",恰好是登绝顶的山路之一半。"斗母宫"以下尚近于平坦,久于登山的人说那一段就是平川大道。自"斗母宫"以上至"中天门",则步步向上,逐渐陡险,尤其是"峰回路转"以上,初次登山的就以为已经陡险到无以复加了。尤其妙处,则在于"南天门"和"绝顶"均为"中天门"的山头所遮蔽,在"中天门"下边的人往往误认"中天门"为"南天门",于是心里想道这可好了,已经登峰造极了,及至费了很大的力气攀到"中天门"时,猛然抬头,才知道从此上去却仍有一半更陡险的盘路待登,登山人不能不仰面兴叹了。然而紧接着就是"快活三里",于是登山人就说这是神的意思,不能不坐下来休息,且向神明致最诚的敬意。

由"中天门"北折而下行,曰"倒三盘",以下就是二三里的平路。那条山路不但很平,而且完全不见什么石块在脚下坷坷绊绊,使上山人有难言的轻快之感。且随处是小桥流水,破屋丛花,鸡鸣犬吠,人语相闻。山家妇女多做着针织在松柏树下打坐,孩子们常赤着结实的身子在草丛里睡眠,这哪里是登山呢,简直是回到自己的村落中了。虽然这里也有几家卖酒食的,然而那只是做另一些有钱人的买卖,至于乡下香客,他们的办法却更饶有佳趣。他们三个一帮,五个一团,他们用一只大柳条篮子携着他们的盛宴:有白酒,有茶叶,有煎饼,有咸菜,有已经劈得很细的干木柴,一把红铜的烧心壶,而"快活三里"又为他们备一个"快活泉"。这泉子就在"快活三里"的中间,在几树松柏荫下,由一处石崖下流出,注入一个小小的石潭,水极清洌,味亦颇甘,周有磐石,恰好作了他们的几筵。黎明出发,到此正是早饭时辰,于是他们就在这儿用过早饭,休息掉一身辛苦,收拾柳筐,呼喝着重望"南天门"攀登而上了。我们则乐得看这些乡下人朴实的面孔,听他们以土音说乡下事情,讲山中故事,更羡慕从他们柳篮内送出来的好酒香。自然,我们还得看山,看山岭把我们绕了一周,好像把我们放在盆底,而头上又有青翠的天空作盖。看东面山崖上的流泉,听活活泉声,看北面绝顶上的人影,又有白云从山后飞过,叫我们疑心山雨欲来。更看西面的一道深谷,看银雾从谷中升起,又把诸山缠绕。我们是为看山而来的,我们看山然而我们却忘记了是在看山。

等到下午两三点钟左右,是香客们下山的时候了。他们已把他们的心事告诉给神明,他们已把一年来的罪过在神前取得了宽恕,于是他们像修完了一桩盛业,他们的脸上带着微笑,他们的心里更非常轻松。而他们的身上也是轻松的,柳篮里空了,酒瓶里也空了,他们把应用的东西都打发在山顶上,把余下的煎饼屑,和临出发时带在身上的小洋针、棉花线、小铜元和青色的制钱,也都施舍给了残废的讨乞人。他们从山上带下平安与快乐在他们心里,他们又带来许多好看的百合花在空着的篮里,在头巾里,在用山草结成的包裹里。我们不明白这些百合花是从哪里得来的,而且那么多,叫我们觉得非常稀奇。

我们前后在这里住过十余日,一共接纳了两个小朋友,一名刘兴,一名高立山。我几时遇到高立山总是同他开一次玩笑:"高立山,你本来就姓高,你立在山上就更高了。"这样喊着,我们大家一齐笑。

忽然听到两声尖锐的招呼,闻声不见人,使我觉得更好玩。原来那呼声是来自雾中,不过十分钟就看见我那两个小朋友从雾中走来了:刘兴和高立山。高立山这名字使我喜欢。我爱设想,远游人孑然一身,笔立泰山绝顶被天风吹着,图画好看,而画中人却另有一番怆恨。刘兴那孩子使我想起我的弟弟,不但相貌相似,精神也相似,是一个朴实敦厚的孩子。我不见我的弟弟已经很久了。我简直想抱吻面前的刘兴,然而那孩子看见我总是有些畏缩,使我无可奈何。

"呀!独个儿在这里不害怕吗?"

我正想同他们打招呼,他们已同声这样喊了。

我很懂得他们这点惊讶。他们总以为我是城市人,而且来自远方,不懂得山里的事情,在这样大雾天里孑然独立,他们就替我担心了。说是担心倒也很亲切,而其中却也有些玩弄我的意味吧,这个就更使我觉得好玩。我在他们面前时常显得很傻,老是问东问西,我向他们打听山花的名字,向他们访问四叶参或何首乌是什么样子,生在什么地方,问石头,问泉水,问风候云雨,问故事传说。他们都能给我一些有趣的回答。于是他们非常骄傲,他们又笑话我少见多怪。

"害怕?有什么可怕呢?"我接着问。

"怕山鬼,怕毒蛇。——怕雾染了你的眼睛,怕雾湿了你的头发。"

他们都哈哈大笑了。笑一阵,又告诉我山鬼和毒蛇的事情。他们说山上深草中藏伏毒蛇,此山毒蛇也并不怎么长大,颜色也并不怎么凶恶,只仿佛是石头颜色,然而它们却极其可怕,因为它们最喜欢追逐行人,而它们又爬得非常迅速,简直如同在草上飞驰,人可以听到沙沙的声音。有人不幸被毒蛇缠住,它至死也不会放松,除非你立刻用镰刀把它割裂,而为毒蛇所啮破的伤痕是永难痊好的,那伤痕将继续糜烂,以至把人烂死为止。这类事情时常为割草人或牧羊人所遭遇。

"毒蛇既到处皆是,为什么我还不曾见过?"

"你不曾见过,不错,你当然不会见到,因为山里的毒蛇白天是不出来的,你早晨起来不看见草叶上的白沫吗?"说这话的是刘兴。

这件证明颇使我信服,因为我曾见过绿草上许多白沫,我还以为那是牛羊反刍所流的口涎呢。而且尤以一种叶似竹叶的小草上最常见白沫,我又曾经误认那就是薇一类植物,于是很自然地想起饿死首阳山的两个古人。

高立山却以为刘兴的说明尚不足奇,他更以惊讶的声色告诉道:

"晴天白日固然不出来,像这样大雾天却很容易碰见毒蛇。"

刘兴又仿佛害怕的样子加说道:"不光毒蛇呀,就连山鬼也常常在大雾天出现呢。"

他们说山鬼的样子总看不清,大概就像团团的一个人影儿。山鬼的居处是巉岩之下的深洞里。那些地方当然很少有人敢去,尤其当夜晚或者雾天。原来山鬼也同毒蛇一样,有时候误认大雾为黑夜。打柴的,采药的,有时碰见山鬼,十个有八个就不能逃生,因为山鬼也像水鬼一样,喜欢换替死鬼,遇见生人便推下巉岩或拉入石窟。他们又说常听见山鬼的哭声和呼号声,那声音就好像雾里刮大风。

"你不信吗?"高立山很严肃地想说服我,"我告诉你,哑巴的爹爹和哥哥都是碰到了山鬼,摔死在后山的山涧里。"

他们的声音变得很低,脸色也有些沉郁,他们又向远方的浓雾中送一个眼色,仿佛那看不见的地方就有山鬼。

这话颇引起我的好奇,我同他们打听那个哑子是什么人物。他们说那哑巴就住在上边"升仙坊"一旁的小庙里,他遇见任何人总爱比手划脚地说他的哑巴话。于是我急忙说道:"我知道,我知道,我见过他,我见过他。"这回忆使我喜悦,也使我怅惘。一日清晨,我们欲攀登山之绝顶,爬到"升仙坊"时正看到许多人停下来休息,而那也正是应当休息的地方,因为从此以上,便是最难走的"紧十八盘"了。我们坐下来以后,才知道那些登山人并非只为了休息,同时,他们是正在听一个哑子讲话。一个高大结实的汉子,山之子,正站在"升仙坊"前面峭壁的顶上,以洪朗的声音,以只有他自己能了解的语言,说着一个别人所不能懂的故事,虽然他用了种种动作来作为说明,然而却依然没有人能够懂他。我当然也不懂他,然而我却懂得了另一个故事:泰山的精灵在宣说泰山的伟大,正如石头不能说话,我们却自以为懂得石头的灵心。只要一想起"升仙坊"那个地方,便是一幅绝好的图画了:向上去是"南天门","南天门"之上自然是青天一碧,两旁壁立千仞,松柏森森,中间夹一线登天的玉梯,再向下看呢,"浮云连海岱,平野入青徐",俯视一气,天下就在眼底了,而我们的山之子就笔立在这儿,今天我才知道他是永远住在这里的。我急忙止住两个孩子:"你且慢讲,你且慢讲,我告诉你,我告诉你。"但是我将告诉他们什么呢?我将说那个哑巴在山上说一大篇话却没有人懂他,他好不寂寞呀,他站在峭岩上好不壮观啊,风之晨,雨之夕,"升仙坊"的小庙将是怎样的飘摇呢?至若星月在天,举手可摘,谷风不动,露凝天阶,山之子该有怎样的一山沉默呀!然而我却不能不怀一个闷葫芦,到底那哑巴是说了些什么呢?"高立山,告诉我,他到底是说了些什么呢?"我不能不这样问了。

"说些什么,反正是那一套啦,说他爸爸是因为到山涧采山花摔死的,他的哥哥也一样地摔死在山涧里了。"高立山翻着白眼说。

"就是啦,他们就是被山鬼讨了替代啊,为了采山花。"刘兴又提醒我。

山花?什么山花?两个孩子告诉我:百合花。

两个小孩子就继续告诉我哑巴的故事。泰山后面有一个古涧洞,两面是峭壁,中间是深谷,而在那峭壁上就生满了百合花。自然,那个地方是很少有人攀登的,然而那些自生的红百合实在好看。百合花生得那么繁盛,花开得那么鲜艳,那就是一个百合洞。哑巴的爸爸是一个顶结实勇敢的山汉,他最先发现这个百合洞,他攀到百合洞来采取百合,卖给从乡下来的香客。这是一件非常艰险的工作,攀着乱石,拉着荆棘,悬在陡崖上掘一株百合必须费很大工夫,因此一株百合也卖得一个好价钱。这事情渐渐成为风尚,凡进香人都乐意带百合花下山,于是哑巴的哥哥也随着爸爸作这件事业。然而父子两个都遭了同样的命运:爸爸四十岁时在一个浓雾天里坠入百合洞,作哥哥的到三十岁上又为一阵山风吹下了悬崖。从此这采百合的事业更不敢为别人所尝试,然而我们的山之子,这个哑巴,却已到了可以承继父业的成年,两条人命取得一种特权,如今又轮到了哑巴来占领这百合洞。他也是勇敢而大胆,他也不曾忘记爸爸和哥哥的殉难,然而就正为了爸爸和哥哥的命运,他不得不拾起这以生命为孤注的生涯。他住在"升仙坊"的小庙里,趁香客最多时他去采取百合,他用这方法来奉养他的老母和他的寡嫂。

我很感激两个小孩子告诉我这些故事。刘兴那孩子说完后还显得有些忧郁,那种木讷的样子就更像我的弟弟。雾渐渐收起,却又吹来了山风,我们都觉得有些冷意,我说了"再见"向他们告辞。

天气渐渐冷起来了。山下人还可以穿单衣,住在山上就非有棉衣不行了。又加上多雨多雾,使精神上感到极不舒服。因为我们不曾携带御寒的衣服,就连"快活三里"也不常去了。选一个比较晴朗的日子,我们决定下山。早晨起来就打好了行李,早饭之后就来了轿子。两个抬轿子的并非别人,乃是刘兴的爸爸和高立山的爸爸,这使我们觉得格外放心。跟在轿子后面的是刘兴和高立山,他们是特来给我们送行的。此刻的我简直是在惜别了,我不愿离开这个地方,我不愿离开两个小朋友,尤其是刘兴——我的弟弟。他们的沉默我很懂得,他们也知道,此刻一别就很难有机会相遇了。而且,真巧,为什么一切事情安排得这样巧呢,我们的行李已经搬到轿子上了,我们就要走了,忽然两个孩子招呼道:"哑巴,哑巴,哑巴来了!"

不错,正是那个哑巴,我们在"升仙坊"见过他。他已经穿上了小棉袄,他手上携一个大柳筐。我特为看看他的筐里是什么东西,很简单:一把挖土的大铲子,一把刀,一把大剪子。我们都沉默着,哑巴却同别人打开了招呼。两个孩子哑哑地学他说话,旅馆中人大声问他是否下山,他不但哑,而且也聋,同他说话就非大声不行。于是他也就大声哑哑地回答着,并指点着,指点着山下,指点着他的棉袄,又指点着他的筐子,又指点着"南天门"。我们明白他昨天曾下山去,今天早晨刚上来。我同昭都想从这个人身上有所发现,但也不知道要发现些什么。在一阵喧嚷声中,我们的轿子已经抬起来了。两个小朋友送了我们颇长的一段路,等听不见他俩的话声时,我还同他们招手,摇帽子,而我的耳朵里却还仿佛听见那个哑巴的咿咿呀呀。

一九三六年十一月十八日,济南

(原载 1937 年 3 月 15 日《文丛》创刊号)

谈交友

钱钟书

假使恋爱是人生的必需，那么，友谊只能算是一种奢侈；所以，上帝垂怜阿大（Adam）的孤寂，只为他造了夏娃，并未另造个阿二。我们常把火焰来比恋爱，这个比喻有我们意想不到的贴切。恋爱跟火同样的贪滥，同样的会蔓延，同样的残忍，消灭了坚牢结实的原料，把灰烬去换光明和热烈。像拜伦，像哥德，像缪塞，野火似的卷过了人生一世，一个个白色的，栗色的，棕色的情妇（Une blonde, Châtaigne ou brune matîtresse 缪塞的妙句）的血淋淋红心，白心，黄心（孙行者的神通），都烧炙成死灰，只算供给了燃料。情妇虽然要新的才有趣，朋友还让旧的好。时间对于友谊的磨触，好比水流过石子，反把它洗琢得光洁了。因为友谊不是尖利的需要，所以在好朋友间，极少发生那厌倦的先驱，一种餍足的情绪，像我们吃完最后一道菜，放下刀叉，靠着椅背，准备叫侍者上咖啡时的感觉，这当然不可一概而论，看你有的是什么朋友。

西谚云："急需或困乏时的朋友才是真正的朋友"，不免肤浅。我们有急需的时候，是最不需要朋友的时候。朋友有钱，我们需要他的钱；朋友有米，我们缺乏的是他的米。那时节，我们也许需要真正的朋友，不过我们真正的需要并非朋友。我们讲交情，揩面子，东借西挪，目的不在朋友本身，只是把友谊作为可利用的工具，顶方便的法门。常时最知情识趣的朋友，在我们穷急时，他的风趣，他的襟抱，他的韵度，我们都无心欣赏了。两袖包着清风，一口咽着清水，而云倾听良友清谈，可忘饥渴，即清高到没人气的名士们，也未必能清苦如此。此话跟刘孝标所谓势交利交的一派牢骚，全不相干。朋友的慷慨或吝啬，肯否排难济困，这是一回事；我们牢不可破的成见，以为我和某人即有朋友之分，我有困难，某人理当扶助，那是另一回事。尽许朋友疏财仗义，他的竟算是我的，在我穷急告贷的时节，总是心存不良，满口亲善，其实别有作用。试看世间有多少友谊，因为有求不遂，起了一层障膜；同样，假使我们平日极瞧不起，最不相与的人，能在此时帮忙救急，反比平日的朋友来得关切，我们感激之余，可以立刻结为新交，好几年积累成的友谊，当场转移对象。在困乏时的友谊，是最不值钱了——不，是最可以用钱来估定价值了！我常感到，自《广绝交论》以下，关于交谊的诗文，都不免对朋友希望太奢，批评太刻，只说做朋友的人的气量小，全不理会我们自己人穷眼孔小，只认得钱类的东西，不认得借未必有，有何必肯的朋友。古尔斯密（Goldsmith）的东方故事《阿三痛史》（The Tragedy of Asem），颇少人知，一八七七年出版的单行本，有一篇序文，中间说，想创立一种友谊测量表（Philometer），以朋友肯借给他的钱多少，定友谊的高下。这种沾光揩油的交谊观，甚至雅人如张船山，也未能免除，所以他要怨什么"事能容俗犹嫌傲，交为通财渐不亲"。《广绝交论》只代我们骂了我们的势利朋友，我们还需要一篇《反绝交论》，代朋友来骂他们的势利朋友，就是我们自己。《水浒》里写宋江刺配江州，戴宗向他讨人情银子，宋江道："人情，人情，在人情愿！"真正至理名言，比刘孝标、张船山等的见识，高出万倍。说也奇怪，这句有"恕"道的话，偏出诸船火儿张横所谓"不爱交情只爱钱"，打家劫舍的强盗头子，这不免令人摇头叹息了：第一叹来，叹惟有强盗，反比士大夫辈明白道理！然而且慢，还有第二叹；第二叹来，叹明白道理，而不免放火杀人，言行不符，所以为强盗也！

　　从物质的周济说到精神的补助，我们便想到孔子所谓直谅多闻的益友。这个漂白的功利主义，无非说，对于我们品性和智识有利益的人，不可不与结交。我的偏见，以为此等交情，也不甚巩固。孔子把直谅的益友跟"便僻善柔"的损友反衬，当然指那些到处碰得见的，心直口快，规过劝善的少年老成人。生就斗蟋蟀般的脾气，一搠一跳，护短非凡，为省事少气恼起见，对于喜管闲事的善人们，总尽力维持着尊敬的距离。不过，每到冤家狭路，免不了听教训的关头，最近涵养功深，子路闻过则喜的境界，不是区区夸口，颇能做到。听直谅的"益友"规劝，你万不该良心发现，哭丧着脸，他看见你惶恐觳觫的表情，便觉得你邪不胜正，长了不少气势，带骂带劝，说得你有口难辩，然后几句甜话，拍肩告别，一路上忻然独笑，觉得替天行道，做了无量功德。反过来，你若一脸堆上浓笑，满口承认；他说你骂人，你便说像某某等辈，不但该骂，并且该杀该剐，他说你刻毒，你就说，岂止刻毒，还想下毒，那时候，该他拉长了像烙铁熨过的脸，哭笑不得了。大凡最自负心直口快，喜欢规过劝善的人，像我近年来所碰到的基督教善男信女，同时最受不起别人的规劝。因此你不大看见直谅的人，彼此间会产生什么友谊；大约直心肠颇像几何学里的直线，两条平行了，永远不会接合。照我想来，心直口快，无过于使性子骂人，而这种直谅的"益友"从不骂人，顶反对你骂人。他们找到他们认为你的过失，绝不痛痛快快地骂，只是婆婆妈妈地劝告，算是他们的大度包容。骂是一种公道的竞赛，对方有还骂的机会；劝却不然，先用大帽子把你压住，无抵抗地让他攻击，卑怯不亚于打落水狗。他们喜欢规劝你，所以，他们也喜欢你有过失，好比医生要施行他手到病除的仁心仁术，总先希望你害病。这样的居心险恶，无怪基督教为善男信女设立天堂。真的，没有比进天堂更妙的刑罚了；设想四周围都是无瑕可击，无过可规的善人，此等心直口快的"益友"无所施其故技，心痒如有臭虫叮，舌头因不用而起铁锈的苦痛。泰勒(A.E.Tayle)《道学先生的信仰》(Faith of a Moralist)书里说，读了但丁《神曲·天堂篇》，有一个印象，觉得天堂里空气沉闷，诸仙列圣只希望下界来个陌生人，谈话消遣。我也常常疑惑，假使天堂好玩，何以但丁不像乡下人上城的东张西望，倒失神落魄，专去注视琵雅德丽史的美丽的眼睛，以至受琵雅德丽史婉妙的数说："回过头去罢！我的眼睛不是唯一的天堂(Che non pur ne' miei occhi è paradiso)。"天堂并不如史文朋(Swinburne)所说，一个玫瑰花园，充满了浪上人火来的姑娘(A rose garden full of Stunners)，浪上人火来的姑娘，是裸了大腿，跳舞着唱"天堂不是我的分"的。史文朋一生叛教，那知此中底细？古法文傅奇《乌开山与倪高来情史》(Aucassin et Nicolette)说，天堂里全是老和尚跟残废的叫化子；风流武侠的骑士反以地狱为归宿。雷诺(Renan)《自传续编》(Feuilles détachées)序文里也说，天堂中大半是虔诚的老婆子(vieilles dévotes)，无聊得要命；雷诺教士出身，说话当然靠得住。假使爱女人，应当爱及女人的狗，那么，真心结交朋友，应当忘掉朋友的过失。对于人类应负全责的上帝，也只能捏造——捏了泥土创造，并不能改造，使世界上坏人变好；偏是凡夫俗子倒常想改造朋友的品性，真是岂有此理。一切罪过，都是一点未凿的天真，一角消毁不尽的个性，一条按压不住的原始的冲动，脱离了人为的规律，归宁到大自然的老家。抽象地想着了罪恶，我们也许会厌恨；但是罪恶具体地在朋友的性格里衬托出来，我们只觉得他的品性产生了一种新的和谐，或者竟说是一种动人怜惜的缺陷，像古磁上一条淡淡的裂缝，奇书里一角缺页，使你心窝里涌出加倍的爱惜。心直口快的劝告,假使出诸美丽的异性朋友,如闻裂帛,如看快刀切菜,当然乐于听受。不过,照我所知,美丽的女郎,中外一例,说话无不打着圈儿挂了弯的;只有身段缺乏曲线的娘们,说话也笔直到底。因此,直谅的"益友",我是没有的,我也不感到"益友"的需要。无友一身轻,威斯娄(Whistler)的得意语,只算替我说的。

多闻的"益友",也同样的靠不住。见闻多,记诵广的人,也许可充顾问,未必配做朋友,除非学问以外,他另有引人的魔力。德白落斯(Président de Brosses)批评伏尔泰道:"别人敬爱他,无非为他做的诗好。确乎他的诗做得不坏。不过,我们只该爱他的诗(Mais ce sontses vers qu'il faut admirer)"——言外之意,当然是,我们不必爱他的人。我去年听见一句话,更为痛快。一位男朋友恋恋我为他跟一位女朋友撮合,生平未做媒人,好奇的想尝试一次。见到那位女朋友,声明来意,第一项先说那位男朋友学问顶好,正待极合科学方法的数说第二项第三项,那位姑娘轻冷地笑道:"假使学问好便该嫁他,大学文科老教授里有的是鳏夫。"这两个例子,对于多闻的"益友",也可应用。譬如看书,参考书材料最丰富,用处最大,然而极少有人认它为伴侣的读物。颐德(André Gide)《日记》(Pages de Journal 1929—1932)有个极妙的测验,他说,关于有许多书,我们应当问:这种书给什么人看(Qui peut les lire)?关于有许多人,我们应该问:这种人能看什么书(Que peuvent-ils lire)?照此说法,多闻的"益友"就是专看参考书的人。多闻的人跟参考书往往同一命运,一经用过,仿佛挤干的柠檬,嚼之无味,弃之不足惜。并且,打开天窗说亮话,世界上没有一个人不在任何方面比我们知道得多,假使个个要攀为朋友,那里有这许多情感来分配?伦敦东头自告奋勇做向导的顽童,巴黎夜半领游俱乐部的瘪三,对于垢污的神秘,比你的见闻来得广博,若照多闻益友的原则,几个酒钱,还够不上朋友通财之谊。多闻的"多"字,表现出数量的注重。记诵不比学问;大学问家的学问跟他整个的性情陶融为一片,不仅有丰富的数量,还添上个别的性质,每一个琐细的事实,都在他的心血里沉浸滋养,长了神经和脉络,是你所学不会,学不到的。反过来说,一个参考书式的多闻者(章实斋所谓横通),无论记诵如何广博,你总能把他吸收到一干二净。学校里一般教师,授完功课后的精神的储蓄,缩挤得跟所发讲义纸一样的扁薄了!普通师生之间,不常发生友谊,这也是一个原因。根据多闻的原则而产出的友谊,当然随记诵的增减为涨缩,不稳固可想而知。自从人工经济的科学器具发达以来,"多闻"之学似乎也进了一个新阶段。唐李渤问归宗禅师云:"芥子何能容须弥山?"师言:"学士胸藏万卷书,此心不过如椰子大,万卷书何处著?"记得王荆公《寄蔡天启诗》,袁随园《秋夜杂诗》也有类似的说法。现在的情形可大不相同了。时髦的学者不需要心,只需要几只抽屉,几百张白卡片,分门别类,做成有引必得的"引得",用不着头脑更去强记。但得抽屉充实,何妨心腹空虚。最初把抽屉来代替头脑,久而久之,习而俱化,头脑也有点木木然接近抽屉的质料了。我敢预言,在最近的将来,木头或阿木林等谩骂,会变成学者们最尊敬的称谓,"朴学"一个名词,将发生新鲜的意义。

这并不是说,朋友对于你毫无益处;我不过解释,能给你身心利益的人,未必就算朋友。朋友的益处,不能这样拈斤播两地讲,真正友谊的形成,并非由于双方有意的拉拢,带些偶然,带些不知不觉。在意识层底下,不知何年何月潜伏着一个友谊的种子,咦!看它在心面透出了萌芽。在温暖固密,春夜一般的潜意识中,忽然偷偷地钻进了一个外人,哦!原来就是他!真正友谊的产物,只是一种渗透了你的身心的愉快。没有这种愉快,随你如何直谅多闻,也不会有友谊。接触着你真正的朋友,感觉到这种愉快,你内心的鄙吝残忍,自然会消失,无需说教似的劝导。你没有听过穷冬深夜壁炉烟囱里呼啸着的风声么?像把你胸怀间的郁结体贴出来,吹荡到消散,然而不留语言文字的痕迹,不受金石丝竹的束缚。百读不厌的黄山谷《茶词》说得最妙:"恰如灯下故人,万里归来对影;口不能言,心下快活自省。"以交友比吃茶,可谓确当。存心要交"益友"的人,便不像中国古人的品茗,而颇像英国人下午吃的茶了:浓而苦的印度红茶,还要方糖牛奶,外加面包牛油糕点,甚至香肠肉饼子,干的湿的,热闹得好比水陆道场,胡乱填满肚子完事。在我一知半解的几国语言里,没有比中国古语所谓"素交"更能表出友谊的骨髓。一个"素"字把纯洁真朴的交情的本体,形容尽致。素是一切颜色的基础,同时也是一切颜色的调和,像白日包含着七色。真正的交情,看来像素淡,自有超越死生的厚谊。假使交谊不淡而腻,那就是恋爱或者柏拉图式的友情了。中国古人称夫妇为"腻友",也是体贴入微的隽语,外国文里找不见的。所以,真正的友谊,是比精神或物质的援助更深微的关系。薄伯(Pope)对鲍林白洛克(Bolingbroke)的称谓,极有斟酌,极耐寻味:"哲人,导师,朋友"(Philosopher, Guide, Friend)。我有大学时代五位最敬爱的老师,都像薄伯所说,以哲人导师而更做朋友的;这五位老师以及其他三四位好朋友,全对我有说不尽的恩德;不过,我跟他们的友谊,并非由于说不尽的好处,倒是说不出的要好。孟太尼(Montaigne)解释他跟拉白哀地(La Boetie)生死交情的话,颇可借用:"因为他是他,因为我是我",没有其他的话可说。素交的素字已经把这个不着色相的情谊体会出来了;"口不能言"的快活也只可采取无字天书的作法去描写罢。

还有一类朋友,与素交略有不同。这一等朋友人多数是比你年纪稍轻的总角交。说你戏弄他,你偏爱他;说你欺侮他,你却保护他,仿佛约翰生和鲍斯威儿的关系。这一类朋友,像你的一个小小的秘密,是你私有,不大肯公开,只许你对他嘻笑怒骂。素交的快活,近于品茶;这一类狎友给你的愉快,只能比金圣叹批西厢所谓隐处生疥,闭户痛搔,不亦快哉。颐罗图(Jean Giraudoux)《少女求夫记》(Juliette au pays des hommes)有一节妙文,刻画微妙舒适的癣痒(Un Chatouillement exquis, un eczema, incomparable, une adorablemenl, d'elicieuse gale)也能传出这个感觉。

本来我的朋友就不多,这三年来,更少接近的机会,只靠着不痛快的通信。到欧洲后,也有一二个常过往的外国少年,这又算得什么朋友?分手了,回到中国,彼此间隔着"惯于离间的大海"(Estranging seas),就极容易的忘怀了。这个种族的门槛,是跨不过的。在国外的友谊,在国外的恋爱,你想带回家去么?也许是路程太远了,不方便携带这许多行李;也许是海关太严了,付不起那许多进出口税。英国的冬天,到一二月间才来,去年落不尽的树叶,又簌簌地随风打着小书室的窗子。想一百年前的穆尔(Thomas Moore)定也在同样萧瑟的气候里,感觉到"故友如冬叶,萧萧四落稀"的凄凉(When I remember all the friends so link'd together, I've seen around me fall like leaves in wintry weather)。对于秋冬肃杀的气息,感觉顶敏锐的中国诗人自卢照邻、高蟾直到沈钦圻、陈嘉淑,早有一般用意的名句。金冬心的"故人笑比庭中树,一日秋风一日疏",更觉染深了冬夜的孤寂。然而何必替古人们伤感呢!我的朋友个个都好着,过两天是星期一,从中国经西伯利亚来的信,又该到牛津了,包你带来朋友的消息。

二十六年一月三十日

(原载1937年5月《文学杂志》创刊号)

苏州拾梦记

柯 灵

已经将近两年了，我的心里埋着这题目，像泥土里埋着草根，时时茁长着钻出地面的欲望。

在芸芸众生之间，我们曾经有过无数聪明善良生物，年轻时心里孕育着一个美丽的梦境，驾了生命之舟，开始向波涛险恶，茫无涯岸的人海启碇，像童话里追逐仙岛的孩子，去寻求那俨若可即的心灵世界。结果却为冥冥中叫做"命运"的那种力量所播弄，在一些暗礁和激湍中间，跌跌撞撞地耗尽黄金色的年轮，到头是随风逐浪到处飘流，连方向也完全迷失。——这样的事我们看见过许多，我这里想提起的只是一个女性的故事。而她，也就是我的衰老的母亲。

因为避难，这年老人离开我们两个秋天又两个冬天了。在那滨海一角的家乡，魔爪还没有能够延伸到的干净土地上，她寂寞地数着她逐渐少了下去的日脚。只要一想着她，我清楚地看见了彷徨于那个遭过火灾的破楼上的孤独身影，而忧愁乃如匕首，向我作无情的窃割了。我没有方法去看她，睁着眼让可以给她一点温暖的机会随着流光逝去，仿佛在准备将来不可挽救的忏悔。

苦难的时代普遍地将不幸散给人们，母亲所得到的似乎是最厚实的一份。我记起来，她今年已经是七十三岁了，这一连串悠悠的岁月中，却有近五十年的生涯陪伴着绝望和哀痛。在地老天荒的世界里，维系着她一线生机的，除却与生俱来的生命的执着，是后来由大伯过继给她的一个孱弱多病孩子——那就是我。正如传奇小说所写，她的运命悲惨得近乎离奇。二十几岁时，她作为年轻待嫁的姑娘，因为跟一个陌生男子的被动的婚约，从江南繁华城市，独自被送向风沙弥天的、辽远的西北，把一生的幸福交托给我的叔父。叔父原只是个穷酸书生，那时候在潼关幕府里做点什么事情，大约已经算是较为得意，所以遣人带着大把银子，远远的迎娶新妇去了；但一半原因，却恐怕是为着他的重病，想接了新妇来给自己冲喜。当时据说就有许多人劝她剪断了这根不吉利的足上的赤绳，她不愿意，不幸的网也就这样由自己亲手结成。她赶到潼关，重病的新郎由人搀扶着跟她行了婚礼，不过一个多月，就把她孤单单地撇下在那极其寒冷的世界里了。我的冷峻的父亲要求她为死者守节，因为这样方不致因她减损门第的光辉。那几千年来被认作女性的光荣的行为，也不许她有向命运反叛的勇气。——这到后来她所获得的是中华民国大总统题褒，一方叫做"玉洁冰清"的宝蓝飞金匾额，几年前却跟着我家的旧厅堂一起火化了。——就是这样，她依靠着大伯生活了许多年，也就在那些悲苦的日子里，我由她抚养着生长起来。

哦，我忘却提了，她的故乡就在那水软山温的姑苏城里。

时光使红颜少女头白，母亲出嫁后却从此不再有机会踏上她出生的乡土。悠悠五十年，她在人海中浮荡。从陕西到蜀道的四川，到风光旖旎的南国的广州。驴背的夕阳，渡头的晓月，雨雨风风都不打理这未亡人的哀乐。满清的覆亡使我的父亲丢了官，全家都回到浙东的故乡，这以后二十年的暮景，她更从荣华的边缘跌入衰颓的困境。家里的人逐渐死去，流散了，却留着这受尽风浪的老人，再来经历冷暖人情，炎凉世味。四五年前的一把火，这才又把她烧到了上海。

上帝怜悯！越过千山万水的迷路的倦鸟如今无意中飞近了旧枝。她应当去重温一次故园风物！

可是一天的风云已经过去,她疲倦的连一片归帆也懒得挂起,"算了吧,家里人都完了,亲戚故旧也没有音讯了,满城陌生人,有什么意思！"她笑,那是饱孕了人生的辛酸,像蓦然梦醒,回想起梦中险巇似的,庆幸平安的苦笑。接着吐出个轻轻的叹息："嗳,苏州城里我只惦记着一个人,那是我的小姊妹,苦苦劝我退婚的是她,（我当时怎么肯！）出嫁时送我上船,泪汪汪望着我的是她！听说而今还在呢。可不知道是什么样儿了？有机会让我见她一面才好！"蹉跎间这话儿却也延宕了两个年份。

一直到前年,也就是战争爆发的那一年春天,我才陪着她完成了这伤感的旅行。

是阴天,到苏州车站时已经飘着沾衣欲湿的微雨。雇辆马车进城,得得的蹄声在石子路上散落。当车子驶过一条旅馆林立的街道,她看看夹道相迎的西式建筑,恰像是乡下孩子闯进了城市,满眼是迷离的好奇的光。我对着这地下的天堂祝告：苏州城！你五十年前出嫁的姑娘,今天第一次归宁了。那是你不幸的儿女,不！如今她是你有着冰雪似的坚贞的娇客,看着乡土的旧谊,人类的同情,你应当张开双臂,给她个含笑的欢迎！

但时间是冷酷的家伙,一经阔别便不再为谁留下旧时痕迹,每过一条街,我告诉母亲那街道的名字,每一次,她都禁不住惊讶得忽地失笑："哎哟,怎么！这是什么街？不认得了,一点也不认得了！"

在观前街找个旅馆,刚歇下脚,心头的愿望浮起。燕子归来照例是寻觅旧巢,她一踏上这城市,急着要见的是那少年的旧侣。可是我们向哪儿去找呢？这栉比的住房,这稠密的人海,白茫茫无边无岸,知是在谁家哪巷？纵使几十年风霜没有损伤了当年的佳人,也早该白发萧萧,见了面也不再相认了。但我哪有理由跟勇气回她个不字？

母亲在娘家时开得有一家烛铺,后来转让的主人就是那闺友的父亲,想着这些年来世事的兴替,皇室的江山也还给了百姓,一家烛铺的光景大约未必便别来无恙。但母亲忽然飞来的聪明记起了它。向旅馆的茶房打听得苏州还有着这个店号,我就陪着她开始大海捞针。

烛铺子毕竟比人经得起风霜,虽然陈旧,却还在闹喧喧的街头兀立。母亲勇敢而且高兴的跑上去,便向那店伙问讯："对不起,从前这儿的店主人,姓金的,你知道他家小姐嫁在哪一家,如今住在哪里？"

我站在一旁怀着凭吊古迹似的心情,这老人天真的问话却几乎使我失笑。那店伙年轻呢,看年纪不过二十开外,懂得的历史未必多,"小姐"这名词在他心里又岂不是一个娇媚的尤物？我只得替她补充：金小姐,那是几十年前的称呼了,如今模样大约像母亲似的老太太一位。听着我的解释,那店伙干脆笑了。

可是,人生有时不缺乏意外的奇迹,这一问也居然问出了端倪。我们依着那烛铺的指示,又辗转访问了两处,薄暮时到了巷尾一家古旧的黑漆门前。

剥啄地叩了一阵,一位和祥的老太太把我们迎接了进去。可是她不认得这突兀的来客。

"找谁,你们是找房子的？"

"不,是找人,请问有一位金小姐可住在这里？"

主人呆了半天,仿佛没有听得清意思。"哎哟!"母亲这一声却忽然惊破了小院黄昏的静寂,她惊喜地一把拖住了主人。

"哦,你是金妹!"

"哦,你是……三姐!"

夜已经无声地落在庭院里了,还是霏霏的雨。从一对老年人莹然欲涕的眼睛里,我看出比海还深的世间的欢喜与辛酸,体味着不能用人类语言表达的奥妙的意思。我的心沉重得很,也轻松得很。我像在两小时里经历了一世纪。感谢上帝降福于我不幸的母亲!

把母亲安顿在她的旧侣的家里,我自己仍然在旅舍里住着。

春快要阑珊了!天气正愁人,我在苏州城里连听了三天潺潺的春雨。冒着雨我爬过一次虎丘,到冷落的留园和狮子林徘徊了一阵。我爱这城市的苍茫景色,静的巷,河边的古树,冷街深闭的衰落的朱门。可是在这些雾似的情调里,有多少无辜的人们,在长久的岁月中度着悲剧生涯?

我的心情有些寥落。但我为母亲的奇遇高兴。五十年旧梦从头细数,说是愁苦也许是快乐。人类的聪明并不胜如春蚕,柔情的丝缕抽完了还愿意呕心沥血;一生的厄运积累得透气的空隙也没有,有时只要在一个——仅仅一个可以诉苦的人面前赢得一把眼泪,一声同情的感喟,也可以把痛苦洗涤干净。我不能想象母亲的情怀,愿这次奇遇抖落她过去的一切……

第四天晚上离开苏州时天却晴了。一钩新月挂在城头,天上鳞鳞的云片都镶着金色的边。——好会捉弄人的天!路畔一带婆婆的柳影显得幽深而且宁静,却有蹄声得得,穿过柳荫向那永远是行色怱惚的车站上响去。别了,古旧的我的母乡苏州!明儿我们看得见的,是天上那终古不变的旧时明月!

别离的哀伤又在刺着衰老的心了。可是从母亲的脸上,我看见了一片从来没有的光辉。"嗳,总算看见她了!做梦也想不到。她约我秋天再来,到她家里多住一阵子。也好,大家都老了,多见一面是一面。"我知道,她在庆幸她还了多少年来的宿愿。

可是就在这一年的夏天,时代起了激变。

在上海暴风雨的前夜,母亲回到了残破的家乡,一年半来她就像被扔在一边似的寂寞的活着。而她的早已无家的母乡,落入魔掌也一年多了。在这风雪的冬天,破楼上摇曳着的煤油灯下,不会埋怨人生的过于冷酷吗?战士的心里也许只有搏斗,我却时时想起我的不幸的母亲,和这战争中一切母亲的悲运。

可是母亲却惦记着苏州,惦记着苏州的旧侣,絮絮的从信里打听消息。可怜的母亲,我可以告诉您吗?您的母乡正遭着空前的劫。您的唯一的旧侣,我不敢想象她家里的光景。有一时我常常把一件事情引为自慰,那就是那一次苏州的旅行,因为我想如果把那机会放走了,怕也要永远无法挽回。但我如今倒有些失悔了,没有那一次坠梦的重拾,也许这不幸的消息给她的份量还要轻些?我又怀着一种隐忧:"树高千丈,落叶归根",母亲说过她愿意长眠在祖茔所在的乡土,她会不会再在晚年沦入奴隶的恶运,像她的旧侣一样,风前的残烛再使她作异乡的飘泊?

(原载 1939 年 1 月 12 日《自学旬刊》第 2 卷第 1 期)

囚绿记

陆 蠡

这是去年夏间的事情。

我住在北平的一家公寓里。我占据着高广不过一丈的小房间,砖铺的潮湿的地面,纸糊的墙壁和天花板,两扇木格子嵌玻璃的窗,窗上有很灵巧的纸卷帘,这在南方是少见的。

窗是朝东的。北方的夏季天亮得快,早晨五点钟左右太阳便照进我的小屋,把可畏的光线射个满室,直到十一点半才退出,令人感到炎热。这公寓里还有几间空房子,我原有选择的自由的,但我终于选定了这朝东房间,我怀着喜悦而满足的心情占有它,那是有一个小小理由。

这房间靠南的墙壁上,有一个小圆窗,直径一尺左右。窗是圆的,却嵌着一块六角形的玻璃,并且左下角是打碎了,留下一个大孔隙,手可以随意伸进伸出。圆窗外面长着常春藤。当太阳照过它繁密的枝叶,透到我房里来的时候,便有一片绿影。我便是欢喜这片绿影才选定这房间的。当公寓里的伙计替我提了随身小提箱,领我到这房间来的时候,我瞥见这绿影,感觉到一种喜悦,便毫不犹豫地决定下来,这样了截爽直使公寓里伙计都惊奇了。

绿色是多宝贵的啊!它是生命,它是希望,它是慰安,它是快乐。我怀念着绿色把我的心等焦了。我欢喜看水白,我欢喜看草绿。我疲累于灰暗的都市的天空,和黄漠的平原,我怀念着绿色,如同涸辙的鱼盼等着雨水!我急不暇择的心情即使一枝之绿也视同至宝。当我在这小房中安顿下来,我移徙小台子到圆窗下,让我的面朝墙壁和小窗。门虽是常开着,可没人来打扰我,因为在这古城中我是孤独而陌生。但我并不感到孤独。我忘记了困倦的旅程和已往的许多不快的记忆。我望着这小圆洞,绿叶和我对语。我了解自然无声的语言,正如它了解我的语言一样。

我快活地坐在我的窗前。度过了一个月,两个月,我留恋于这片绿色。我开始了解渡越沙漠者望见绿洲的欢喜,我开始了解航海的冒险家望见海面飘来花草的茎叶的欢喜。人是在自然中生长的,绿是自然的颜色。

我天天望着窗口常春藤的生长。看它怎样伸开柔软的卷须,攀住一根缘引它的绳索,或一茎枯枝;看它怎样舒开折叠着的嫩叶,渐渐变青,渐渐变老,我细细观赏它纤细的脉络,嫩芽,我以揠苗助长的心情,巴不得它长得快,长得茂绿。下雨的时候,我爱它淅沥的声音,婆婆的摆舞。

忽然有一种自私的念头触动了我。我从破碎的窗口伸出手去,把两枝浆液丰富的柔条牵进我的屋子里来,教它伸长到我的书案上,让绿色和我更接近,更亲密。我拿绿色来装饰我这简陋的房间,装饰我过于抑郁的心情。我要借绿色来比喻葱茏的爱和幸福,我要借绿色来比喻猗郁的年华。我囚住这绿色如同幽囚一只小鸟,要它为我作无声的歌唱。

绿的枝条悬垂在我的案前了,它依旧伸长,依旧攀缘,依旧舒放,并且比在外边长得更快。我好像发现了一种"生的欢喜",越过了任何种的喜悦。从前我有个时候,住在乡间的一所草屋里,地面是新铺的泥土,未除净的草根在我的床下茁出嫩绿的芽苗,蕈菌在地角上生长,我不忍加以剪除。后来一个友人一边说一边笑,替我拔去这些野草,我心里还引为可惜,倒怪他多事似的。

可是每天在早晨,我起来观看这被幽囚的"绿友"时,它的尖端总朝着窗外的方向。甚至于一枚细叶,一茎卷须,都朝原来的方向。植物是多固执啊!它不了解我对它的爱抚,我对它的善意。我为了这永远向着阳光生长的植物不快,因为它损害了我的自尊心。可是我囚系住它,仍旧让柔弱的枝叶垂在我的案前。

它渐渐失去了青苍的颜色,变成柔绿,变成嫩黄,枝条变成细瘦,变成娇弱,好像病了的孩子。我渐渐不能原谅我自己的过失,把天空底下的植物移锁到暗黑的室内;我渐渐为这病损的枝叶可怜,虽则我恼怒它的固执,无亲热,我仍旧不放走它。魔念在我心中生长了。

我原是打算七月尾就回南去的。我计算着我的归期,计算这"绿囚"出牢的日子。在我离开的时候,便是它恢复自由的时候。

芦沟桥事件发生了。担心我的朋友电催我赶速南归。我不得不变更我的计划,在七月中旬,不能再留连于烽烟四逼中的旧都,火车已经断了数天,我每日须得留心开车的消息。终于在一天早晨候到了。临行时我珍重地开释了这永不屈服于黑暗的囚人。我把瘦黄的枝叶放在原来的位置上,向它致诚意的祝福,愿它繁茂苍绿。

离开北平一年了。我怀念着我的圆窗和绿友。有一天,得重和它们见面的时候,会和我面生么?

(选自《囚绿记》,1940年8月文化生活出版社初版)

雅舍

梁实秋

到四川来,觉得此地人建造房屋最是经济。火烧过的砖,常常用来做柱子,孤零零的砌起四根砖柱,上面盖上一个木头架子,看上去瘦骨嶙嶙,单薄得可怜;但是顶上铺了瓦,四面编了竹篦墙,墙上敷了泥灰,远远的看过去,没有人能说不像是座房子。我现在住的"雅舍"正是这样一座典型的房子。不消说,这房子有砖柱,有竹篦墙,一切特点都应有尽有。讲到住房,我的经验不算少,什么"上支下摘","前廊后厦","一楼一底","三上三下","亭子间","茆草棚","琼楼玉宇"和"摩天大厦",各式各样,我都尝试过。我不论住在那里,只要住得稍久,对那房子便发生感情,非不得已我还舍不得搬。这"雅舍",我初来时仅求其能蔽风雨,并不敢存奢望,现在住了两个多月,我的好感油然而生。虽然我已渐渐感觉它是并不能蔽风雨,因为有窗而无玻璃,风来则洞若凉亭,有瓦而空隙不少,雨来则渗如滴漏。纵然不能蔽风雨,"雅舍"还是自有它的个性。有个性就可爱。

"雅舍"的位置在半山腰,下距马路约有七八十层的土阶。前面是阡陌螺旋的稻田。再远望过去是几抹葱翠的远山,旁边有高粱地,有竹林,有水池,有粪坑,后面是荒僻的榛莽未除的土山坡。若说地点荒凉,则月明之夕,或风雨之日,亦常有客到,大抵好友不嫌路远,路远乃见情谊。客来则先爬几十级的土阶,进得屋来仍须上坡,因为屋内地板乃依山势而铺,一面高,一面低,坡度甚大,客来无不惊叹,我则久而安之,每日由书房走到饭厅是上坡,饭后鼓腹而出是下坡,亦不觉有大不便处。

"雅舍"共是六间,我居其二。篦墙不固,门窗不严,故我与邻人彼此均可互通声息。邻人轰饮而乐,咿唔诗章,喁喁细语,以及鼾声,喷嚏声,吮汤声,撕纸声,脱皮鞋声,均随时由门窗户壁的隙处荡漾而来,破我岑寂。入夜则鼠子瞰灯,才一合眼,鼠子便自由行动,或搬核桃在地板上顺坡而下,或吸灯油而推翻烛台,或攀援而上帐顶,或在门框桌脚上磨牙,使得人不得安枕。但是对于鼠子,我很惭愧的承认,我"没有法子"。"没有法子"一语是被外国人常常引用着的,以为这话最足代表中国人的懒惰隐忍的态度。其实我的对付鼠子并不懒惰。窗上糊纸,纸一戳就破;门户关紧,而相鼠有牙,一阵咬便是一个洞洞。试问还有什么法子?洋鬼子住到"雅舍"里,不也是"没有法子"?比鼠子更骚扰的是蚊子。"雅舍"的蚊风之盛,是我前所未见的。"聚蚊成雷"真有其事!每当黄昏时候,满屋里磕头碰脑的全是蚊子,又黑又大,骨骼都像是硬的。在别处蚊子早已肃清的时候,在"雅舍"则格外猖獗,来客偶不留心,则两腿伤处累累隆起如玉蜀黍,但是我仍安之。冬天一到,蚊子自然绝迹,明年夏天——谁知道我还是住在"雅舍"!

"雅舍"最宜月夜——地较势高,得月较先。看山头吐月,红盘乍涌,一霎间,清光四射,天空皎洁,四野无声,微闻犬吠,坐客无不悄然!舍前有两株梨树,等到月升中天,清光从树间筛洒而下,地上阴影斑斓,此时尤为幽绝。直到兴阑人散,归房就寝,月光仍然逼进窗来,助我凄凉。细雨濛濛之际,"雅舍"亦复有趣。推窗展望,俨然米氏章法,若云若雾,一片弥漫。但若大雨滂沱,我就又惶悚不安了,屋顶湿印到处都有,起初如碗大,俄而扩大如盆,继则滴水乃不绝,终乃屋顶灰泥突然崩裂,如奇葩初绽,砉然一声而泥水下注,此刻满室狼藉,抢救不及。此种经验,已数见不鲜。

"雅舍"之陈设,只当得简朴二字,但洒扫拂拭,不使有纤尘。我非显要,故名公巨卿之照片不得入我室;我非牙医,故无博士文凭张挂壁间;我不业理发,故丝织西湖十景以及电影明星之照片亦均不能张我四壁。我有一几一椅一榻,酣睡写读,均已有着,我亦不复他求。但是陈设虽简,我却喜欢翻新布置。西人常常讥笑妇人喜欢变更桌椅位置,以为这是妇人天性喜变之一征。诬否且不论,我是喜欢改变的。中国旧式家庭,陈设千篇一律,正厅上是一条案,前面一张八仙桌,一边一把靠椅,两旁是两把靠椅夹一只茶几。我以为陈设宜求疏落参差之致,最忌排偶。"雅舍"所有,毫无新奇,但一物一事之安排布置俱不从俗。人人我室,即知此是我室。笠翁《闲情偶寄》之所论,正合我意。

"雅舍"非我所有,我仅是房客之一。但思"天地者万物之逆旅",人生本来如寄,我住"雅舍"一日,"雅舍"即一日为我所有。即使此一日亦不能算是我有,至少此一日"雅舍"所能给予之苦辣酸甜,我实躬受亲尝。刘克庄词:"客里似家家似寄。"我此时此刻卜居"雅舍","雅舍"即似我家。其实似家似寄,我亦分辨不清。

长日无俚,写作自遣,随想随写,不拘篇章,冠以"雅舍小品"四字,以示写作所在,且志因缘。

(原载1940年11月15日《星期评论》第1期)

蛇与塔

聂绀弩

白蛇与许仙,在中国是一个家喻户晓的传说,写这故事的有好几种书,我最爱《警世通言》上的"白娘子"。从那故事看来,白娘子是个极人情也就极人性的平凡的女性,她爱许仙,嫁给许仙,后来为法海收服;文情简单朴素,使人感到一点淡淡的无名的悲哀,是中国短篇中的杰作。别的书就铺张得厉害,什么水漫金山,压在雷峰塔下,许仕林祭塔等等。

蛇,纠缠,毒,用它比女人,是颇有些憎恶意思的。但这意思,在一般人中间,似乎并不怎样普遍,深刻。写白蛇故事书的人,讲,读,听这故事的人,就都不怎样憎恶她;刚刚相反,许多人似乎还同情她。用老话说,这叫做公道自在人心。水漫金山,当然会荼毒了许多生灵的吧,但人们还是并不憎恶,好像明白那责任该法海负。本来,你出家人,管人闺阃则甚?

把她压在雷峰塔下,而且永久压下去,实在是一件不平的事。她不过找她的丈夫,要她的丈夫回家,犯了什么法呢? 就叫她不见天日,身负重负,动也不能动一下,这日子怎么过呀! 这是我们愚民百姓所常常盘算的。

中国没有大悲剧的故事,什么都让它大团圆,善有善报,恶有恶报,大快人心。白蛇被压,还来个许仕林中状元,衣锦荣归,奉旨祭塔,也不脱此例。有人说这是不敢正视现实,是说谎,恐怕是不错的。但也可以有另外的说法,即我们中国人于是非善恶之间,取舍极严,关心极大。蛇已经被压下去了,没有任何法力的我们愚民百姓无法挽救,但对于她的含冤却耿耿在心,对于她的凄凉情况,又抱着无限同情,难道慰问一下也不可以吗? 于是产生了自己的创作:祭塔。状元公许仕林也者,何尝是白蛇与许仙的儿子呢,不过是我们愚民百姓派去的代表而已。探监,甚至到学校里访女同学,不都要说得沾亲带故的吗?

若干年前,雷峰塔倒了。倒的原因,据说,是因为人们偷砖。砖,可以造墙。纵然不过是砖吧,年深日久,就成了古董,可以赏玩,可以卖钱。甚至一说:塔是镇妖的,砖当然也可以避邪。所以偷。天乎冤哉,刚刚把偷砖者的本意忘掉了! 本意如何? 曰:要塔倒;要白蛇恢复自由。愚民百姓也自有愚民百姓的方法和力量。

一九四一·一·三一·于桂林

(选自《蛇与塔》,1941年8月桂林文献出版社初版)

爱尔克的灯光

巴 金

傍晚,我靠着逐渐黯淡的最后的阳光的指引,走过十八年前的故居。这街的一切,这建筑的一切开始在我眼前隐藏起来,像在躲避一个久别的旧友。但是它们的改变了的面貌于我还是十分亲切。我认识它们,就像认识我自己。还是那样宽的街,宽的房屋。巍峨的门墙代替了太平缸和石狮子,那对常常做我们坐骑的背脊光滑的雄狮也不知逃进了哪座荒山。然而大门开着,照壁上"长宜子孙"四个字却是原样地嵌在那里,似乎连颜色也不曾被风雨剥蚀。我望着那同样的照壁,我被一种奇异的感情抓住了,我仿佛要在这里看出过去的十九个年头,不,我仿佛要在这里寻找十八年以前的辽远的旧梦。

守门的武装兵士用疑惑的眼光看我。他不了解我的心情!他不会认识十八年前的少年人。他却用眼光驱逐一个人的许多亲密的回忆。

黑暗来了。我的眼睛失掉了一切。于是大门闪亮起灯光。灯光并不曾照亮什么,反而在我心上添加了黑暗。我只得失望地走了。我向着来时的路回去。已经走了四五步,我忽然不自主地掉回头,再看那建筑。依旧是阴暗中一丝微光。我好像看见一个盛满希望的水碗一下子就落在地上打碎了一般,我苦痛地在心里叫起来,在这被夜幕覆盖着的近代城市的静寂的街中,我仿佛看见了哈立希岛上的灯光。那应该是姊姊爱尔克点的灯笼,她用这灯来给她的航海的兄弟照路,每夜每夜灯光亮在她的窗前,她一直到死都在等待那个出远门的兄弟回来。最后她带着失望进入坟墓。

街道仍是静静的。忽然一个熟习的声音在我耳边轻轻地唱起了这个欧洲的古传说。在这里不会有人歌咏这样的故事。应该是书本在我心上留下的影响。但是这时候我想起了自己的事情。

十八年前在一个春天的早晨,我离开这同样城市,同样街道的时候,我也曾有一个姊姊,也曾答应过有一天回来看她,同她谈一些外面的事情。我相信着自己的约言。那时我的姊姊还是一个出阁才只一个多月的新嫁娘,都说她有一个性情温良的丈夫,因此也会有着长久的幸福的岁月。

然而人的安排终于被"偶然"毁坏了。这应该是一个"意外"。但是这"意外"却毫无怜悯地在年青的心上下着打击。我离家不过一年半光景,就接到了姊姊的死讯。我的哥哥用了颤抖的哭诉的笔叙说了一个善良的女性的悲惨的结局,还说到她死后所得着的冷落的待遇。从此那个作过她的丈夫的所谓温良的人改变了,他往一条丧失人性的路走去,他想往上爬,结果却不停地向下面落,终于到了用鸦片来延续生命的地步。对于姊姊,她生前我没有好好地爱过她,死后也不曾做过一件纪念她的事。她寂寞地活着,寂寞地死去。死带走了她的一切,这就是在我们那地方的旧式女子的命运。

我在外面一直跑了十八年。我从没有向人谈过我姊姊。只有偶尔在梦里我看见了爱尔克的灯光。一年前在上海我常常睁起眼睛做梦。我望着远远的在窗前发亮的灯,我面前横着一片大海,灯光在呼唤我,我恨不得腋下生出翅膀,即刻飞到那边去。沉重的梦压着我的心灵,我好像在同许多无形的魔手挣扎。我望着那灯光,路是那么远,我又没有翅膀。我只有一个渴望:飞!飞!那些熬煎着心的日子!那些可怕的梦魇!

但是我终于回来了。我越过那堆积着像山一样的十八年的长岁月,回到了生我养我而且让我刻印了无数儿时回忆的地方。我走了很多的路。

十九年,似乎一切全变了,又似乎都没有改变。死了许多人,毁了许多家。许多可爱的生命葬入黄土。接着又有许多新的人继续来演那不必要的悲剧。浪费,浪费,还是那许多不必要的浪费——生命,精力,感情,财富,甚至欢笑和眼泪。我去的时候是这样,回来时看见的还是一样情形。关在这个小圈子里我禁不住几次问我自己:难道这十八年全是白费?难道在这许多年中间所改变的就只是装束和名词!我苦痛地搓着自己的手,不敢给一个回答。

在这个我永不能忘记的城市里,我过了五十个傍晚。我花费了自己不少眼泪和欢笑,也消耗了别人不少眼泪和欢笑。我匆匆地来,也将匆匆地去。用留恋的眼光看我出生的房屋,这应该是最后的一次了。我的心似乎想在那里寻觅什么,但是我所要的东西不会在那里找到。我不会像我的一个姑母或嫂嫂,设法进到那所已经易了几个主人的公馆,对着园中花树垂泪,慨叹着一个家族的盛衰。摘吃自己栽种树上的苦果,这是一个人的本分。我没有跟着那些人走一条路,我当然在这里找不着自己的脚迹。几次走过这地方,我所看见的还只是那四个字"长宜子孙"。

"长宜子孙",这四个字的年龄比我的还不知要大了多少。这也该是我祖父留下的东西罢。最近在家里我还读到他的遗嘱。他用空空两手造就了一份家业。到临死还周到地为儿孙安排了舒适的生活。他叮嘱后人保留着他修建的房屋和他辛苦地搜集起来的书画。但是儿孙们回答他的还是同样的字:分和卖。我很奇怪,为什么这样聪明的老人还不明白一个浅显道理:财富并不"长宜子孙",倘使不给他们一个生活技能,不向他们指示一条道路?"家"这个小圈子只能摧毁年青心灵的发育成长,倘使不同时让他们睁起眼睛去看广大世界;财富只能毁灭崇高的理想和善良的气质,要是它只消耗在个人的享乐上面。

"长宜子孙",我恨不能削去这四个字!许多可爱的年青生命被摧残了,许多有为的年青心灵被囚禁了。许多人在这个小圈子里面憔悴地捱着日子。这就是"家!""甜蜜的家!"这不是我应该来的地方。爱尔克的灯光不会把我引到这里来的。

于是在一个春天的早晨,依旧是十八年前的那些人把我送到门口,这里面少了几个,也多了几个。还是和那次一样,看不见我姊姊的影子,那次是我没有等待她,这次是我找不着她的坟墓。一个叔父一个堂兄弟到车站送我,十八年前他们也送过我一段路程的。

我高兴地来,苦痛地去。汽车离站时我心里的确充满了留恋。但是清晨的微风,路上的尘土,马达的叫吼,车轮的滚动,和广大田野里一片盛开的菜子花,这一切覆盖了我的离愁。我不顾同行者的劝告,把头伸到车窗外面,去呼吸广大天幕下的新鲜空气。我很高兴,自己又一次离开了狭小的家,走向广大的世界中去!

忽然在前面田野里一片绿的蚕豆和黄的菜花中间,我仿佛又看见了一线光,一个亮,这还是我常常看见的灯光。这不会是爱尔克的灯里照出来的,我那可怜的姊姊已经死去了。这一定是我的心灵的灯,它永远给我指示着我应该走的路。

(原载1941年4月19日《新蜀报·蜀道》)

我的母亲

老 舍

母亲的娘家是北平德胜门外,土城儿外边,通大钟寺的大路上的一个小村里。村里一共有四五家人家,都姓马。大家都种点不十分肥美的地,但是与我同辈的兄弟们,也有当兵的,作木匠,作泥水匠的,和当巡察的。他们虽然是农家,却养不起牛马,人手不够的时候,妇女便也须下地作活。

对于姥姥家,我只知道上述的一点。外公外婆是什么样子,我就不知道了,因为他们早已去世。至于更远的族系与家史,就更不晓得了;穷人只能顾眼前的衣食,没有功夫谈论什么过去的光荣;"家谱"这字眼,我在幼年就根本没有听说过。

母亲生在农家,所以勤俭诚实,身体也好。这一点事实却极重要,因为假若我没有这样的一位母亲,我以为我恐怕也就要大大的打个折扣了。

母亲出嫁大概是很早,因为我的大姐现在已是六十多岁的老太婆,而我的大外甥女还长我一岁啊。我有三个哥哥,四个姐姐,但能长大成人的,只有大姐,二姐,三姐,三哥与我。我是"老"儿子。生我的时候,母亲已有四十一岁,大姐二姐已都出了阁。

由大姐与二姐所嫁入的家庭来推断,在我生下之前,我的家里,大概还马马虎虎的过得去。那时候定婚讲究门当户对,而大姐丈是作小官的,二姐丈也开过一间酒馆,他们都是相当体面的人。

可是,我,我给家庭带来了不幸:我生下来,母亲晕过去半夜,才睁眼看见她的老儿子——感谢大姐,把我揣在怀中,致未冻死。

一岁半,我把父亲"克"死了。

兄不到十岁,三姐十二三岁,我才一岁半,全仗母亲独力抚养了。父亲的寡姐跟我们一块儿住,她吸鸦片,她喜摸纸牌,她的脾气极坏。为我们的衣食,母亲要给人家洗衣服,缝补或裁缝衣裳。在我的记忆中,她的手终年是鲜红微肿的。白天,她洗衣服,洗一两大绿瓦盆。她作事永远丝毫也不敷衍,就是屠户们送来的黑如铁的布袜,她也给洗得雪白。晚间,她与三姐抱着一盏油灯,还要缝补衣服,一直到半夜。她终年没有休息,可是在忙碌中她还把院子屋中收拾得清清爽爽。桌椅都是旧的,柜门的铜活久已残缺不全,可是她的手老使破桌面上没有尘土,残破的铜活发着光。院中,父亲遗留下的几盆石榴与夹竹桃,永远会得到应有的浇灌与爱护,年年夏天开许多花。

哥哥似乎没有同我玩耍过。有时候,他去读书;有时候,他去学徒;有时候,他也去卖花生或樱桃之类的小东西。母亲含着泪把他送走,不到两天,又含着泪接他回来。我不明白这都是什么事,而只觉得与他很生疏。与母亲相依为命的是我与三姐。因此,她们作事,我老在后面跟着。她们浇花,我也张罗着取水;她们扫地,我就撮土……从这里,我学得了爱花,爱清洁,守秩序。这些习惯至今还被我保存着。

有客人来,无论手中怎么窘,母亲也要设法弄一点东西去款待。舅父与表哥们往往是自己掏钱买酒肉食,这使她脸上羞得飞红,可是殷勤的给他们温酒作面,又给她一些喜悦。遇上亲友家中有喜丧事,母亲必把大褂洗得干干净净,亲自去贺吊——份礼也许只是两吊小钱。到如今如我的好客的习性,还未全改,尽管生活是这么清苦,因为自幼儿看惯了的事情是不易改掉的。

姑母常闹脾气。她单在鸡蛋里找骨头。她是我家中的阎王。直到我入了中学,她才死去,我可是没有看见母亲反抗过。"没受过婆婆的气,还不受大姑子的吗?命当如此!"母亲在非解释一下不足以平服别人的时候,才这样说。是的,命当如此。母亲活到老,穷到老,辛苦到老,全是命当如此。她最会吃亏。给亲友邻居帮忙,她总跑在前面:她会给婴儿洗三——穷朋友们可以因此少花一笔"请姥姥"钱——她会刮痧,她会给孩子们剃头,她会给少妇们绞脸……凡是她能作的,都有求必应。但是吵嘴打架,永远没有她。她宁吃亏,不逗气。当姑母死去的时候,母亲似乎把一世的委屈都哭了出来,一直哭到坟地。不知道哪里来的一位侄子,声称有承继权,母亲便一声不响,教他搬走那些破桌子烂板凳,而且把姑母养的一只肥母鸡也送给他。

可是,母亲并不软弱。父亲死在庚子闹"拳"的那一年。联军入城,挨家搜索财物鸡鸭,我们被搜两次。母亲拉着哥哥与三姐坐在墙根,等着"鬼子"进门,街门是开着的。"鬼子"进门,一刺刀先把老黄狗刺死,而后入室搜索。他们走后,母亲把破衣箱搬起,才发现了我。假若箱子不空,我早就被压死了。皇上跑了,丈夫死了,鬼子来了,满城是血光火焰,可是母亲不怕,她要在刺刀下,饥荒中,保护着儿女。北平有多少变乱啊,有时候兵变了,街市整条的烧起,火团落在我们院中。有时候内战了,城门紧闭,铺店关门,昼夜响着枪炮。这惊恐,这紧张,再加上一家饮食的筹划,儿女安全的顾虑,岂是一个软弱的老寡妇所能受得起的?可是,在这种时候,母亲的心横起来,她不慌不哭,要从无办法中想出办法来。她的泪会往心中落!这点软而硬的个性,也传给了我。我对一切人与事,都取和平的态度,把吃亏看作当然的。但是,在作人上,我有一定的宗旨与基本的法则,什么事都可将就,而不能超过自己划好的界限。我怕见生人,怕办杂事,怕出头露面;但是到了非我去不可的时候,我便不得不去,正像我的母亲。从私塾到小学,到中学,我经历过起码有廿位教师吧,其中有给我很大影响的,也有毫无影响的,但是我的真正的教师,把性格传给我的,是我的母亲。母亲并不识字,她给我的是生命的教育。

当我在小学毕了业的时候,亲友一致的愿意我去学手艺,好帮助母亲。我晓得我应当去找饭吃,以减轻母亲的勤劳困苦。可是,我也愿意升学。我偷偷的考入了师范学校——制服,饭食,书籍,宿处,都由学校供给。只有这样,我才敢对母亲提升学的话。入学,要交十元的保证金。这是一笔巨款!母亲作了半个月的难,把这巨款筹到,而后含泪把我送出门去。她不辞劳苦,只要儿子有出息。当我由师范毕业,而被派为小学校校长,母亲与我都一夜不曾合眼。我只说了句:"以后,您可以歇一歇了!"她的回答只有一串串的眼泪。我入学之后,三姐结了婚。母亲对儿女是都一样疼爱的,但是假若她也有点偏爱的话,她应当偏爱三姐,因为自父亲死后,家中一切的事情都是母亲和三姐共同撑持的。三姐是母亲的右手。但是母亲知道这右手必须割去,她不能为自己的便利而耽误了女儿的青春。当花轿来到我们的破门外的时候,母亲的手就和冰一样的凉,脸上没有血色——那是阴历四月,天气很暖。大家都怕她晕过去。可是,她挣扎着,咬着嘴唇,手扶着门框,看花轿徐徐的走去。不久,姑母死了。三姐已出嫁,哥哥不在家,我又住学校,家中只剩母亲自己。她还须自晓至晚的操作,可是终日没人和她说一句话。新年到了,正赶上政府倡用阳历,不许过旧年。除夕,我请了两小时的假。由拥挤不堪的街市回到清炉冷灶的家中。母亲笑了。及至听说我还须回校,她愣住了。半天,她才叹出一口气来。到我该走的时候,她递给我一些花生,"去吧,小子!"街上是那么热闹,我却什么也没看见,泪遮迷了我的眼。今天,泪又遮住了我的眼,又想起当日孤独的过那凄惨的除夕的慈母。可是慈母不会再候盼着我了,她已入了土!

儿女的生命是不依顺着父母所设下的轨道一直前进的,所以老人总免不了伤心。我廿三岁,母亲要我结了婚,我不要。我请来三姐给我说情,老母含泪点了头。我爱母亲,但是我给了她最大的打击。时代使我成为逆子。廿七岁,我上了英国。为了自己,我给六十多岁的老母以第二次打击。在她七十大寿的那一天,我还远在异域。那天,据姐姐们后来告诉我,老太太只喝了两口酒,很早的便睡下。她想念她的幼子,而不便说出来。

七七抗战后,我由济南逃出来。北平又像庚子那年似的被鬼子占据了,可是母亲日夜惦念的幼子却跑西南来。母亲怎样想念我,我可以想象得到,可是我不能回去。每逢接到家信,我总不敢马上拆看,我怕,怕,怕,怕有那不祥的消息。人,即使活到八九十岁,有母亲便可以多少还有点孩子气。失了慈母便像花插在瓶子里,虽然还有色有香,却失去了根。有母亲的人,心里是安定的。我怕,怕,怕家信中带来不好的消息,告诉我已是失了根的花草。

去年一年,我在家信中找不到关于老母的起居情况。我疑虑,害怕。我想象得到,如有不幸,家中念我流亡孤苦,或不忍相告。母亲的生日是在九月,我在八月半写去祝寿的信,算计着会在寿日之前到达。信中嘱咐千万把寿日的详情写来,使我不再疑虑。十二月二十六日,由文化劳军的大会上回来,我接到家信。我不敢拆读。就寝前,我拆开信,母亲已去世一年了!

生命是母亲给我的。我之能长大成人,是母亲的血汗灌养的。我之能成为一个不十分坏的人,是母亲感化的。我的性格,习惯,是母亲传给的。她一世未曾享过一天福,临死还吃的是粗粮。唉!还说什么呢?心痛!心痛!

(原载1943年4月《半月文萃》第1卷第9、10期合刊)

清苦

王了一

抗战以前,常听人说大学教授是清高的。"高"字有三种意义,第一是品格高,第二是地位高,第三是薪金高。关于品格高,自不能一概而论,我们也就撇开不提。关于地位高,我们应该感谢达官贵人的尊贤礼士,使一个寒儒也常能与方面之权要乃至更高的官员分庭抗礼。关于薪金高呢?正薪四百至六百元,比国府委员的薪金只差二百元,比各省厅长的薪金高出一二百元不等,比中学教员的薪金高出五倍至十倍,比小学教员的薪金高出二十倍至三十倍。虽然住惯了外国的人对于区区每月四五百元的收入不觉得多,甚至于有"芸阁官微不救贫"之感,但是,像我们这些"知足"的人看来,每日有人送菜上门,每周有人送米上门,每月有人送煤上门,每隔一二十天有书贾送书上门,每逢春天有花匠送各种花卉上门,也就可以踌躇满志的了。

抗战两年后,大学教授的薪金,比小学教员只高四五倍;三年后,只高二三倍;四五年后,差不多一样的薪金;六年后某一些小学校的月薪已提到三千元以上,而同一地方的大学教授的月薪还滞留在二千至二千三百元之间。许多小学教员都是未婚的,而大多数的大学教授都是五口之家乃至八口之家的维持者。若以八口而论,每人每月只能消费二百五十元,比之一个单身的小学教员相差十倍以上。这好像冥冥之中有了报应;小学教员比大学教授辛苦多了,以前相差二三十倍的薪金太不公平了,"天道好还",现在该轮着大学教授吃苦给小学教员瞧。等着瞧吧,将来总有一天,天公也让小学教员的薪金比大学教授高出二三十倍。

现在一般人谈及大学教授的生活,已经由"清高"改为"清苦"。在交际场中和宴会席上听说你是一个大学教授,即刻问及你的薪津,跟着你的答复就是一声"太清苦了!"有些人还更省事,他对于你的薪津数目早已熟悉,或虽不熟悉,总觉其数目之小得可怜是不问可知的,所以当主人介绍了一句之后,那初次识面的韩荆州就直截了当地奉献给你这么一个形容词。有时候,座中并没有大学教授,或虽有一两个而未为众客所发觉,大家一谈到了大学教授也就津津有味。某国学大师两个星期吃一次荤,某经济学家全家吃粥,某莎士比亚专家所吸的香烟坏到每一枝要耗费十几根洋火,某科学权威拿着衣物沿街兜卖等等,一半事实,一半捏造,姑妄言之,姑妄听之。这种谈话资料,比之白杨村张二婶生了一个半头人身的怪物或挑扁担王五中了头奖更受人欢迎;而大学教授的清苦,也就妇孺皆知了。

别瞧"清高"和"清苦"只差一个字,它们所含的意味大有不同!从前所谓"清高",虽不见得是由衷的恭维,至少不令人觉得十分刺耳,因为那时的"清"字表示物质的享受虽然不够豪华,而所用的钱没有一文是肮脏的,所以就显得是"高"。现在"清苦"二字却实在太令人难堪了。在说话的人的心目中,"清"者乃是"无用"之别名,"苦"者乃是"可怜"之谓也。换句话说,清苦的大学教授就是无用的可怜虫。在承平时代,国家豢养名流,也不过是千金买骏骨的意思;现在是国难严重的时期,国家哪里还有闲钱,供给书虫去享清福?我们还想套扬子云的一句话来说:"为清于可清之时则从,为清于不可清之时则凶。"在衣帛食肉的时节而清,自然不失其为高;若在数米而炊,儿女啼饥号寒的时节而清,这并不是甘于为清,只是清惯了,要浊也不懂得浊,或浊不出什么花样来,这就不是"高",只是"苦"了。

达官贵人说你太清苦,是可怜你一月的收入还赶不上侍候一夜麻将的女佣的赏钱;大腹贾说你太清苦,是可怜你上谙天文,下通地理,三教九流无所不晓的大学者,在谋生的计划上还远不及他的账目和算盘。骐骥之袭既鹜,长门之赋难沽,空余歌凤之辞,终乏换鹅之帖。清固然矣,苦殊甚焉!"清苦"这两个字,表面上虽是同情的话,实际上却充分表现着说话的人优越之感。"清"有什么稀罕,"苦"则实在可怜。读书破万卷的人不如一个小工,令人觉得"万般皆上品,唯有读书低",而今以后,门前的春联该换上一句"要好儿孙不读书"了。

然而在清苦的人自己却不这样想。因为要清,所以愿苦!因为求清而吃苦,就不愿因苦而受人怜悯,受人帮助,以损及他们的清。古人不受嗟来之食,何况现在说"清苦"的话的人,竟等于不叫"来食"而仅吐出一声怜悯的"嗟"!"贫士无财有傲骨,愈穷傲骨愈突兀";他们在平时并不自鸣清高,在困时也不自怜清苦。不自怜的人自然也不受人怜;"清"字拜嘉,"苦"字敬请移赠沿门托钵的叫化子。

(原载 1943 年 8 月 22 日《生活导报》)

更衣记

张爱玲

如果当初世代相传的衣服没有大批卖给收旧货的,一年一度六月里晒衣裳,该是一件辉煌热闹的事罢。你在竹竿与竹竿之间走过,两边拦着绫罗绸缎的墙——那是埋在地底下的古代宫室里发掘出的甬道。你把额角贴在织金的花绣上。太阳在这边的时候,将金线晒得滚烫,然而现在已经冷了。

从前的人吃力地过了一辈子,所作所为,渐渐蒙上了灰尘;子孙晾衣裳的时候又把灰尘给抖了下来,在黄色的太阳里飞舞着。回忆这东西若是有气味的话,那就是樟脑的香,甜而稳妥,像记得分明的快乐,甜而怅惘,像忘却了的忧愁。

我们不大能够想象过去的世界,这么迂缓,安静,齐整——在满清三百年的统治下,女人竟没有什么时装可言! 一代又一代的人穿着同样的衣服而不觉得厌烦。开国的时候,因为"男降女不降",女子的服装还保留着显著的明代遗风。从十七世纪中叶直到十九世纪末,流行着极度宽大的衫裤,有一种四平八稳的沉着气象。领圈很低,有等于无。穿在外面的"大袄",在并非正式的场合,宽了衣,便露出"中袄"。"中袄"里面有紧窄合身的"小袄",上床也不脱去,多半是娇媚的,桃红或水红。三件袄子之上又加着"云肩背心",黑缎宽镶,盘着大云头。

削肩,细腰,平胸,薄而小的标准美女在这一层层衣衫的重压下失踪了。她的本身是不存在的,不过是一个衣架子罢了。中国人不赞成太触目的女人。历史上记载的耸人听闻的美德——譬如说,一只胳膊被陌生男子拉了一把,便将它砍掉——虽然博得普遍的赞叹,知识阶级对之总隐隐地觉得有点遗憾,因为一个女人不该吸引过度的注意;任是铁铮铮的名字,挂在千万人的嘴唇上,也在呼吸的水蒸气里生了锈。女人要想出众一点,连这样堂而皇之的途径都有人反对,何况奇装异服,自然那更是伤风败俗了。

出门时裤子上罩的裙子,其规律化更为彻底。通常都是黑色,逢着喜度年节,太太穿红的,姨太太穿粉红。寡妇系黑裙,可是丈夫过世多年之后,如有公婆在堂,她可以穿湖色或雪青。裙上的细褶是女人的仪态最严格的试验。家教好的姑娘,莲步姗姗,百褶裙虽不至于纹丝不动,也只限于最轻微的摇颤。不惯穿裙的小家碧玉走起路来便予人以惊风骇浪的印象。更为苛刻的是新娘的红裙,裙腰垂下一条条半寸来宽的飘带,带端系着铃。行动时只许有一点隐约的叮当,像远山上宝塔上的风铃。晚至一九二〇年左右,比较潇洒自由的宽褶裙入时了,这一类的裙子方才完全废除。

穿皮子,更是禁不起一些出入,便被目为暴发户。皮衣有一定的季节,分门别类,至为详尽。十月里若是冷得出奇,穿三层皮是可以的,至于穿什么皮,那却要顾到季节而不能顾到天气了。初冬穿"小毛",如青种羊,紫羔,珠羔;然后穿"中毛",如银鼠,灰鼠,灰脊,狐腿,甘肩,倭刀;隆冬穿"大毛",——白狐,青狐,西狐,玄狐,紫貂。"有功名"的人方能穿貂。中下等阶级的人以前比现在富裕得多,大都有一件金银嵌或羊皮袍子。

姑娘们的"昭君套"为阴森的冬月添上点色彩。根据历代的图画,昭君出塞所戴的风兜是爱斯基摩式的,简单大方,好莱坞明星仿制者颇多。中国十九世纪的"昭君套"却是颠狂冶艳的,——一顶瓜皮帽,帽檐围上一圈皮,帽顶缀着极大的红绒球,脑后垂着两根粉红缎带,带端缀着一对金印,动辄相击作声。

对于细节的过分的注意,为这一时期的服装的要点。现代西方的时装,不必要的点缀品未尝不花样多端,但是都有个目的——把眼睛的蓝色发扬光大起来,补助不发达的胸部,使人看上去高些或矮些,集中注意力在腰肢上,消灭臀部过度的曲线……古中国衣衫上的点缀品却是完全无意义的。若说它是纯粹装饰性质的罢,为什么连鞋底上也满布着繁缛的图案呢?鞋的本身就很少在人前露脸的机会,别说鞋底了,高底的边缘也冗塞着密密的花纹。

袄子有"三镶三滚","五镶五滚","七镶七滚"之别,镶滚之外,下摆与大襟上还闪烁着水钻盘的梅花,菊花。袖上另钉着名唤"阑干"的丝质花边,宽约七寸,挖空镂出福寿字样。

这样聚集了无数小小的有趣之点,这样不停地另生枝节,放恣,不讲理,在不相干的事物上浪费了精力,正是中国有闲阶级一贯的态度。惟有世界上最清闲的国家里最闲的人,方才能够领略到这些细节的妙处。制造一百种相仿而不犯重的图案,固然需要艺术与时间;欣赏它,也同样地烦难。

古中国的时装设计家似乎不知道,一个女人到底不是大观园。太多的堆砌使兴趣不能集中。我们的时装的历史,一言以蔽之,就是这些点缀品的逐渐减去。

当然事情不是这么简单。还有腰身大小的交替盈蚀。第一个严重的变化发生在光绪三十二三年。铁路已经不那么稀罕了,火车开始在中国人的生活里占一重要位置。诸大商港的时新款式迅速地传入内地。衣裤渐渐缩小,"阑干"与阔滚条过了时,单剩下一条极窄的。扁的是"韭菜边",圆的是"灯草边",又称"线香滚"。在政治动乱与社会不靖的时期——譬如欧洲的文艺复兴时代——时髦的衣服永远是紧匝在身上,轻捷利落,容许剧烈的活动。在十五世纪的意大利,因为衣裤过于紧小,肘弯膝盖,筋骨接榫处非得开缝不可。中国衣服在革命酝酿期间差一点就胀裂开来了。"小皇帝"登基的时候,袄子套在人身上像刀鞘。中国女人的紧身背心的功用实在奇妙——衣服再紧些,衣服底下的肉体也还不是写实派的作风,看上去不大像个女人而像一缕诗魂。长袄的直线延至膝盖为止,下面虚飘飘垂下两条窄窄的裤管,似脚非脚的金莲抱歉地轻轻踏在地上。铅笔一般瘦的裤脚妙在给人一种伶仃无告的感觉。在中国诗里,"可怜"是"可爱"的代名词。男子向有保护异性的嗜好,而在青黄不接的过渡时代,颠连困苦的生活情形更激动了这种倾向。宽袍大袖的,端凝的妇女现在发现太福相了是不行的,做个薄命人反倒于她们有利。

那又是一个各趋极端的时代。政治与家庭制度的缺点突然被揭穿。年轻的知识阶级仇视着传统的一切,甚至于中国的一切。保守性的方面也因为惊恐的缘故而增强了压力。神经质的论争无日不进行着,在家庭里,在报纸上,在娱乐场所。连涂脂抹粉的文明戏演员,姨太太们的理想恋人,也在戏台上向他们的未婚妻借题发挥,讨论时事,声泪俱下。

一向心平气和的古国从来没有如此骚动过。在那歇斯底里的气氛里,"元宝领"这东西产生了——高得与鼻尖平行的硬领,像缅甸的一层层叠至尺来高的金属项圈一般,逼迫女人们伸长了脖子。这吓人的衣领与下面的一捻柳腰完全不相称。头重脚轻,无均衡的性质正象征了那个时代。

民国初建立,有一时期似乎各方面都有浮面的清明气象。大家都认真相信卢骚的理想化的人权主义。学生们热诚拥护投票制度,非孝,自由恋爱。甚至于纯粹的精神恋爱也有人实验过,但似乎不会成功。

时装上也显出空前的天真,轻快,愉悦。"喇叭管袖子"飘飘欲仙,露出一大截玉腕。短袄腰部极为紧小。上层阶级的女人出门系裙,在家里只穿一条齐膝的短裤,丝袜也只到膝为止,裤与袜的交界处偶然也大胆地暴露了膝盖,存心不良的女人往往从袄底垂下挑拨性的长而宽的淡色丝质裤带,带端飘着排穗。

民国初年的时装,大部份的灵感是得自西方的。衣领减低了不算,甚至被蠲免了的时候也有。领口挖成圆形,方形,鸡心形,金刚钻形。白色丝质围巾四季都能用。白丝袜脚跟上的黑绣花,像虫的行列,蠕蠕爬到腿肚子上。交际花与妓女常常有戴平光眼镜以为美的。舶来品不分皂白地被接受,可见一斑。

军阀来来去去,马蹄后飞沙走石,跟着他们自己的官员,政府,法律,跌跌绊绊赶上去的时装,也同样地千变万化。短袄的下摆忽而圆,忽而尖,忽而六角形。女人的衣服往常是和珠宝一般,没有年纪的,随时可以变卖,然而在民国的当铺里不复受欢迎了,因为过了时就一文不值。

时装的日新月异并不一定表现活泼的精神与新颖的思想。恰巧相反。它可以代表呆滞;由于其他活动范围内的失败,所有的创造力都流入衣服的区域里去。在政治混乱期间,人们没有能力改良他们的生活情形。他们只能够创造他们贴身的环境——那就是衣服。我们各人住在各人的衣服里。

一九二一年,女人穿上了长袍。发源于满洲的旗装自从旗人入关之后一直是与中土的服装并行着的,各不相犯。旗下的妇女嫌她们的旗袍缺乏女性美,也想改穿较妩媚的袄裤,然而皇帝下诏,严厉禁止了。五族共和之后,全国妇女突然一致采用旗袍,倒不是为了效忠于满清,提倡复辟运动,而是因为女子蓄意要模仿男子。在中国,自古以来女人的代名词是"三绺梳头,两截穿衣"。一截穿衣与两截穿衣是很细微的区别,似乎没有什么不公平之处,可是一九二○年的女人很容易地就多了心。她们初受西方文化的薰陶,醉心于男女平权之说,可是四周的实际情形与理想相差太远了,羞愤之下,她们排斥女性化的一切,恨不得将女人的根性斩尽杀绝。因此初兴的旗袍是严冷方正的,具有清教徒的风格。

政治上,对内对外陆续发生的不幸事件使民众灰了心。青年人的理想总有支持不了的一天。时装开始紧缩。喇叭管袖子收小了。一九三○年,袖长及肘,衣领又高了起来。往年的元宝领的优点在它的适宜的角度,斜斜地切过两腮,不是瓜子脸也变了瓜子脸,这一次的高领却是圆筒式的,紧抵着下颔,肌肉尚未松弛的姑娘们也生了双下巴。这种衣领根本不可恕。可是它象征了十年前那种理智化的淫逸的空气——直挺挺的衣领远远隔开了女神似的头与下面的丰柔肉身。这儿有讽刺、有绝望后的狂笑。

当时欧美流行着的双排钮扣的军人式的外套正和中国人凄厉的心情一拍即合。然而恪守中庸之道的中国女人在那雄赳赳的大衣底下穿着拂地的丝绒长袍,袍叉开到大腿上,露出同样质料的长裤子,裤脚上闪着银色花边。衣服的主人翁也是这样的奇异的配搭,表面上无不激烈地唱高调,骨子里还是唯物主义者。

近年来最重要的变化是衣袖的废除。(那似乎是极其艰难危险的工作,小心翼翼地,费了二十年的工夫方才完全剪去。)同时衣领矮了,袍身短了,装饰性质的镶滚也免了,改用盘花钮扣来代替,不久连钮扣也被捐弃了,改用揿钮。总之,这笔账完全是减法——所有的点缀品,无论有用没用,一概剔去。剩下的只有一件紧身背心,露出颈项,两臂与小腿。

现在要紧的是人,旗袍的作用不外乎烘云托月忠实地将人体轮廓曲曲勾出。革命前的装束却反之,人属次要,单只注重诗意的线条,于是女人的体格公式化,不脱衣服不知道她与她有什么不同。

我们的时装不是一种有计划有组织的产业，不比在巴黎，几个规模宏大的时装公司如 Lelong's Schiaparelli's，垄断一切，影响及整个白种人的世界。我们的裁缝却是没主张的。公众的幻想往往不谋而合，产生一种不可思议的洪流。裁缝只有追随的份儿。因为这缘故，中国的时装更可以作民意的代表。

　　究竟谁是时装的首创者，很难证明，因为中国人素不尊重版权，而且作者也不甚介意，既然抄袭是最隆重的赞美。最近入时的半长不短的袖子，又称"四分之三袖"，上海人便说是香港发起的，而香港人又说是由上海传来的，互相推诿，不敢负责。

　　一双袖子翩翩归来，预兆形式主义的复兴。最新的发展是向传统的一方面走，细节虽不能恢复，轮廓却可尽量引用，用得活泛，一样能够适应现代环境的需要。旗袍的大襟采取围裙式，就是个好例子，很有点"三日入厨下"的风情，耐人寻味。

　　男装的近代史较为平淡。只有一个极短的时期，民国四年至八九年，男人的衣服也讲究花哨，滚上多道的如意头，而且男女的衣料可以通用，然而生当其时的人都认为是天下大乱的怪现状之一。目前中国人的西装，固然是谨严而黯淡，遵守西洋绅士的成规，即是中装也长年地在灰色，咖啡色，深青里面打滚，质地与图案也极单调。男子的生活比女子自由得多，然而单凭这一件不自由，我就不愿意做一个男子。

　　衣服似乎是不足挂齿的小事。刘备说过这样的话："兄弟如手足，妻子如衣服。"可是如果女人能够做到"丈夫如衣服"的地步，就很不容易。有个西方作家（是萧伯纳么？）曾经抱怨过，多数女人选择丈夫远不及选择帽子一般的，聚精会神，慎重考虑。再没有心肝的女子说起她"去年那件织锦缎夹袍"的时候，也是一往情深的。

　　直到十八世纪为止，中外的男子尚有穿红着绿的权利。男子服色的限制是现代文明的特征。不论这在心理上有没有不健康的影响，至少这是不必要的压抑。文明社会的集团生活里，必要的压抑有许多种，似乎小节上应当放纵些，作为补偿。有这么一种议论，说男性如果对于衣着感到兴趣些，也许他们会安份一点，不至于千方百计争取社会的注意与赞美，为了造就一己的声望，不惜祸国殃民。若说只消将男人打扮得花红柳绿的，天下就太平了，那当然是笑话。大红蟒衣里面戴着绣花肚兜的官员，照样会淆乱朝纲。但是预言家威尔斯的合理化的乌托邦里面的男女公民一律穿着最鲜艳的薄膜质的衣裤，斗篷，这倒也值得做我们参考的资料。

　　因为习惯上的关系，男子打扮得略略不中程式，的确看着不顺眼，中装加大衣，就是一个例子，不如另加上一件棉袍或皮袍来得妥当，便臃肿些也不妨。有一次我在电车上看见一个年轻人，也许是学生，也许是店伙，用米色绿方格的兔子呢制了太紧的袍，脚上穿着女式红绿条纹短袜，嘴里衔着别致的描花假象牙烟斗，烟斗里并没有烟。他吮了一会，拿下来把它一截截拆开了，又装上去，再送到嘴里去吮，面上颇有得色。乍看觉得可笑，然而为什么不呢，如果他喜欢？……秋凉的薄暮，小菜场上收了摊子，满地的鱼腥和青白色的芦粟的皮与渣。一个小孩骑了自行车冲过来，卖弄本领，大叫一声，放松了扶手，摇摆着，轻佻地掠过。在这一刹那，满街的人都充满了不可理喻的景仰之心。人生最可爱的当儿便在那一撒手罢？

一九四三年十二月

（原载 1943 年 12 月《古今》第 34 期）

简论市侩主义

冯雪峰

市侩和市侩主义，可以说是现在人类社会的"阿米巴"。市侩主义者是软体的，会变形的，善于营钻，无处不适合于他的生存。他有一个核心，包在软体里面，这就是利己主义，也就是无处不于他有利。这核心是永远不会变，包在软滑的体子里，也永远碾不碎。核心也是软滑的，可是坚韧。

市侩主义首先以聪明，灵活，敏感为必要。市侩主义者不仅心机灵活，并且眼光尖锐，准确，手段高妙，敏捷：凡有机，他是无不投上的，凡有利，他无不在先。

然而一切都做得很恰当，圆滑，天衣无缝。一切看去都是当然的，没有话可说。

但市侩主义又需以用力小而收获大为必要。市侩主义者心思是要挖的，可是力却不肯多用。因此他是属于吃得胖胖的一类里面。市侩主义，于是以能用"巧"为特征；因此，市侩主义者自然都是绝顶聪明的人，所以又天然属于"劳心者治人"的一类。

市侩主义者也决非完全的害人或绝端的损人主义者，他只绝端的利己主义者罢了；他决不做赤裸裸的"谋财害命"的事。他是要绝对地利己的，然而要绝对地万无一失的。

只要你能慷慨一点，他也会适可而止罢。但是即使你明明知道太上当了，你也无可奈何，他决不会留一个隙给你，还是要你过得去的。

但市侩主义也决非完全的欺骗主义；它还是不失为一种交换主义，不过总要拿进来的比拿出的多一点。

如果说是欺骗主义，也应该说是相互的，公开的欺骗主义，两方彼此心里都明白的。如果你不明白，只怪你自己太不聪明；这样的受骗，就算是活该，市侩主义者不算对不起你。

市侩主义产生于商业社会，尤其盛行于殖民地次殖民地，然而它决非是"洋奴"主义。它有时还俨然地显现为自尊的主人主义。他决不会失其主人的身份与尊严，而且无论何时都是文明人。假如推行外国文明是适当的时候，自然也于他是有利的时候，他便是外国文明的提倡者；但他决不会否定本国的文化，倒竭力"发扬"本国文化的，所以他决不是"洋奴"。假如本国的东西应该提倡了，他就是国粹主义者，然而他又决不顽固。

中外古今的道理，文明，物事，对于市侩主义者大抵都有用，有利。凡对于他有利的，都是有理的，但他无所信仰，因为利己主义是他唯一的神。

但市侩主义者也要高尚，也要雅，也要美名。他也要辩明他不是市侩主义者。可是等你要他拿出那美名所要兑现的东西来时,他又立刻申明他是市侩了。

文化、艺术、道德、国家、民族、人类、真理……这些名义他都要。当然,你真的要他拿出这些来,他便要责备你不识时务,不明了实情:他原是生意人,原是拿这些名在做生意;即使退一步说,"这个年头也不能不顾生意经呀。"

但这样的责备,也还算是客气的,否则,那便算你揭穿了他的高雅,伤了他的"自尊心",于他的面子过不去,即使不揍你一顿,也要给你一个脸色看,教你知道这一点是不好触到的:你明明知道他是市侩主义者,为什么又给他当面说穿呀。

是的,市侩主义者也是不好惹的。他虽然是软体,但触到了他的利害,他也蛮硬,也可以和你拼命。市侩主义就最忌"太认真",虽然他于利上是最认真的。他自然需要面子,名誉,自尊,你不可指说他,即使是"朋友"。何况他并不反对你也成为市侩主义者呀,你为什么要说他是市侩主义哪。

但市侩主义者所以是顽强,坚韧,还在于他对于一切都可以不固执,都可以客气,漂亮,让步;惟其如此,他对于利就能够永远地执着。他是永远都在打算的。他和"犹太人"一样顽强,坚韧;但他自然比"犹太人"大方,更漂亮,更聪明,而且他更有礼貌。

是的,市侩主义者是不好惹的,而且为了相同的利益也自然会大家联合起来战斗,所谓合伙,所谓"大家都是朋友",所谓行帮:形成一条战线呢。但他们又决不是市侩主义的主义同盟,这是它独有的特色。这是为了个人各自的利益所必需的,是一种个人主义的集体同盟;是矛盾的,然而是统一的。为了大家的方便,互相的照应。

互相吹拍,互相帮忙。可是大家心里都互相明白;彼此都不是真心的,彼此都给对方留一个地步;无论己帮人,人帮己,都是要打一个折扣的。因此,也彼此都不至"逼人太甚"。大家都心里明白,这就是他们间的"矛盾的统一"。

他们相互间自然也会起冲突,也会有近于"火并"之类的事,但彼此都是明白人,很快就会"消除误会",言归于好。

无论什么社会里,人互相间都要发生所谓"爱"这种关系。惟独在市侩主义社会,却没有爱。对于圈外的人类固然没有爱,他们相互间也没有爱。

市侩主义者对于社会也很少仇恨;因为无论怎样,他都是处于有利的地位的,它永远是胜利者。即使是失败了,也马上又胜利了。

但因此,他非天生地冷酷不可;他非仇恨仇恨市侩主义者不可。

它在有适当的温度的浑池里游泳着,那么自由,那么自在,那么愉快,那么满足。你吹它一口罢,它也许翻一下身;但早已在原地游泳着,而且更活泼,更灵快,也更惊人。

它成群的游泳着,互相照应,大家喜笑,彼此庆贺。你用石头击它一下罢,也许它要被冲散了一下,但立刻又复聚在一块了。

自然，只要你对他有些利益，至少对他没有什么不方便，还要你装一点傻，你也可以和市侩主义者相处，也可以处得很好。但你决不能和他贴得很紧，因为他的软滑的表皮原是用来保护他自己，也用来和你相隔的。你想探索他的灵魂或抓捏他的核心么？那也不可能的；软滑滑地，你不知道那里是他的核心，只像抓捏一个软橡皮的温水袋，滑得你全身毛骨悚然了。

哦，那里没有市侩主义呢！然而在我们这里是最多，最活跃。这就是因为我们这里有适当的温度，有适当的营养的社会液汁，这产生它，繁殖它，这适合它的生存，活动。

那么，这是不能再让它继续繁殖的时候了么？但有什么方法呢？必须比市侩主义者更聪明才行，可是有谁比他更聪明？你不听见市侩主义者也在照着你一样的说法："应该反对市侩主义"么？然而他胜利地说，"为了反对市侩主义，所以我们就非成为市侩主义不可呀！"

这样，简直没有办法，除了这也可算是聪明的一条：你自己不要被他的聪明所骗，也被拖下去成为和他一样了。但这其实又不能算是办法。

（选自《乡风与市风》，1944年11月重庆作家书屋初版）

戏剧
XI JU

一只马蜂

丁西林

剧中人

吉老太太　年约五十余岁,身材细小,体质强健,淡素服装,非常的清洁。

吉先生　吉老太太的儿子,年约二十六七,强健,活泼,极平常极自然的服装。

余小姐　年约二十五六,姿势美丽,面目富有表情,服装精致。

仆人

布景

一间小小长方形房子,后面墙壁中间,两扇宽门。门之左边置一衣架,靠墙一小桌,桌上置鲜花。右边靠墙一书柜,内藏成套的中西书籍。左壁的里边,开一独门,门之前为短门大窗,窗边置写字桌,上置文具。房之右壁,后半亦开一门,前半靠壁置书架,架上置装饰品。壁上悬字画。房子中央略偏前与右,置一小圆桌,上置茶具,桌之右侧置大椅(即安乐椅),左侧置可坐两人之长椅,两椅之间置一小椅,椅上皆置腰枕。

开幕时吉老太太睡卧在大椅上,脚下置高垫,手中报纸,落地上。

吉　　　(将左门徐徐推开,看老太太睡卧椅上。轻步走至衣架,取了一件薄大衣,走至椅前,轻轻盖在老太太身上。老太太醒觉。吉含笑问。)睡着了没有?

老太太　我本想闭了眼歇一会,不想一不留心,就睡着了。
　　　　(坐起。)

吉　　　老人家的眼睛,同小孩子的眼睛一样,闭不得的。一闭了,就不由你做主。(将报纸拾起,坐在小椅上。)

老太太　现在什么时候了?

吉　　　(由怀里取出一个表看了一看。)三点一刻。

老太太　你在那里一直到现在?

吉　　　在书房里写了两封信。

老太太　喔,不错,你替我把那封信写了吧。

吉　　　好,现在就写。(坐到写字桌,从抽屉里拿出信纸信封,瓶里倒了水,磨墨取笔,预备写字。)怎样写法?

老太太　随便的写几句好了。你把我们动身的日子告诉他们。叫他们雇一只船到港口接一接。

吉　　　你一面说,我一面写吧。一定下星期二动身么?

老太太　喔,已经不是日子,还再不动身!

吉	（一面写，一面念，一面说话。）……十九日起程回南。（停笔用手指计算日期。）十九，二十，二十一，（写）二十一日到港。叫张宏同江妈雇一只船到港口接一接。（问）是不是？
老太太	是，最好叫到李老四家的船，干净，要是李老四船出了门，叫邓祥发家的也可以。
吉	（写）最好叫到李老四家的船（一面写，一面口中作低声的念，）……邓祥发家的也可以。（问）还有什么？
老太太	（自己想她的心思。）这几天太阳已经很厉害，不如叫他们先把南房里的皮衣服拿出来晒一晒。
吉	好，还有什么？
老太太	没有什么。（自言自语。）王妈回家，说过了节，就回来，不知现在已经回来了没有？
吉	（继续的写信。）
老太太	余小姐，应该送她点礼物才好。
吉	（先写完了信，然后答话，再接着写信封。）你不是说送她一件衣料的么？（写完了信封。）好了，写完了。
老太太	（被吉打破她的深思。）写完了么？
吉	（走至椅前，将信送出。）要不要看一遍？
老太太	你念一念吧。
吉	（念信。）
	"二妹览
	'已经不是日子，还再不动身。'母亲说。
老太太	这是写的什么？
吉	这是写信的一个帽子。（继续一句一句的念信。）
	"母亲定于十九日动身。二十一日到港。叫张宏同江妈，雇一只船，到港口，接一接。最好叫到李老四家的船，干净，要是李老四家的船，出了门，叫邓祥发家的也可以。这几天太阳已经很厉害，不如叫他们先把南房里的皮衣拿出来晒一晒。
	王妈回家，说过了节就回来，不知现在已经回来了没有？"
	没有写错吧？
老太太	（笑）喔，你们现在写信，都是这样写么？
吉	这是最时行的直写式的白话文，有一句，说一句，你没有旁的话要说么？
老太太	没有。
吉	这下边是我的事。（继续念信。）
	"这次母亲在京，一切都好。惟有两件事，不大称心。……"
老太太	我有什么事不称心？
吉	（不答，继续读信。）
	"第一，她这次来京的目的，本想劝她的儿子，赶紧讨个媳妇，她可早点抱个孙儿。方头大耳，既肥且皙。嗳！不想来京两月，绝少成绩，媳妇，毫无影响。孙子，渺无消息。

第二,她满心满意,想亲上加亲。把姊妹改做亲家,侄儿变做女婿。不想她那不肖之女,又刚愎自用,不顺母意。因此上,这几日来,口中不言,心中闷闷。不过那位表侄先生,现已广托亲友,多方物色。夫诚能动神,勤能移山,况在佳人才子聚会之首都,求一称心合意之老婆乎。故数月之内,定有良缘。将来一杯喜酒,或能稍慰老年人愿天下有情人无情人都成眷属之美情也。"说得对不对?不要生气啊。

老太太 （稍有不快之意。）我有这些闲工夫来同你们生气!你们的事,我老早就对你们讲过,由你们自己去,我一概不管。你们爱怎么说,就怎么说。

吉 （将信封好。贴了邮票,走至椅旁,一手放椅背上,一手理她的头发。）妈,你是一个特殊的女人,你什么事都是非常。你是一个非常的良妻,一个非常的贤母。惟有这一件,你没有逃出了个母亲的公例。

老太太 把这件大衣挂起来。（吉将衣挂原处,老太太追想到她以前的生活。）贤妻良母,配不上这四个字。（吉坐到原处。）你父亲死的时候,你只有八岁。云儿只有五岁。那个时候,我就不相信那私塾先生的教书方法。——也一半舍不得你们去受那野蛮的管束——所以我就拿定主意,自己教你们。一直把你们教到十六岁。那时所有的产业,就是那分来的五十亩坏田。现在你们可以不愁穿,不愁吃。不是说句大话,要是你们不是每年上千块钱的学费用费,现在大约十倍那么多都不止了。

吉 所以我说你是一个特殊的女人。

老太太 是的,贤妻良母,有甚么稀奇?现在的一般小姐们不是一天到晚所鄙薄不屑得做的么?

吉 你要原谅她们。她们因为有几千年没有说过话,现在可以拿起笔来,做文章,她们只要说,说,说,连她们自己都不知道说的些什么。

老太太 现在这班小姐们,真教人看不上眼。不懂得做人,不懂得治家。我不知道她们的好处在甚么地方?

吉 她们都是些白话诗。既无品格,又无风韵。旁人莫名其妙,然而她们的好处,就在这个上边。

老太太 我问你,这样的人也不好,那样的人也不好,旧的你说她们是八股文,新的你又说她们是白话诗。……

吉 是的,同样的没有东西,没有味儿。

老太太 那末你到底要甚样的一个人,你就愿意?

吉 （耸肩。）坏的就是连我自己都不知道。要是找老婆如同找数学的未知数一样,能够立出一个代数方程式来,那倒容易办了。

老太太 怎么你们表兄弟两个,这样的不同!那一个就请这个,托那个,差不多今天等不到明天。你是总不把他当一件正经事看。

吉 不把他当一件正经事看!因为我把他看得太正经了,所以到今天还没有结婚。要是我把他当做配眼镜一样,那么你的孙子,已经进了中学。

老太太 （觉得他没有办法。）倒一杯茶给我。（吉倒了一杯茶送给老太太,自己亦倒了一杯,慢

	慢饮之,老太太沉思半晌。)你知道不知道,你的表兄已经同我说了几次,要我替他做媒?
吉	怎么不知道?
老太太	你知道他要说的是谁么?
吉	余小姐,是不是?你问过了她没有?
老太太	(很慢的答。)没有。
吉	为甚么不问她?
老太太	为甚么不问?我想今天问她。(略停。)好不好?(语时视吉。)
吉	很好,看护妇配医生,互助的原则,合作的精神,结婚时最好的演说资料。
老太太	(微微的叹了一口气。)
仆人	(推开左门。)老太太,余小姐来了。
老太太	请她进来。(仆人走出,吉放下茶杯,忙走至写字桌,整理笔砚,折好了桌上报纸。)
仆人	(由外面推开左门让余走进,自己随后收去了桌上茶具。)
余	(头戴草帽,手戴手套,一手提钱包,进来之后,一面与主人招呼,一面脱去手套,将钱包置门旁小桌上,解下草帽。)老太太,吉先生。
老太太 吉	余小姐。(吉接过草帽,挂衣架上。)
余	老太太,对不住得很,劳你们等了。
老太太	没有甚么,请坐。(让余坐大椅。)
余	喔,老太太坐,老太太不用客气,我这儿坐好。(扶老太太坐大椅,自坐小椅,吉自坐长椅上。)两点半钟就想来,忽然来了一个病人,要替他腾出一间房间来,忙了半天。还打算打电话,说不能来了,后来我想老太太就要回南,无论怎样忙,都要来陪老太太玩半天。
老太太	多谢你,我们也知道你医院事情很忙,所以一向不常请你出来。今天是因为我们快要回南,想请你来,我们好当面向你道谢。这一次实在劳苦了你。其先是我们吉先生,住了两个星期,都是你招呼,后来又是我自己,我们实在感激你的了不得。
余	老太太太客气,那是我们的职务。老太太这几天饮食可好一点?
老太太	胃口不强,我一向就是这样。那一次到北京来,因为在路上略微受了一点辛苦,所以觉得不大舒服,实在没有什么病。我们吉先生一定要我到医院,说医院里怎样的舒服,怎样的干净,我总是不想去。后来他又说我精神不好,一定是睡觉不好,非得到一个清静的地方去静养几天不可。我被他说不过了,方才住到医院。我出来的时候,他还要我再多住几天。
吉	我的母亲是不相信医院,不相信看护妇的。
老太太	我并没有说我不相信看护妇,我是因为常常听见讲医院里招呼不大周到。
吉	没有甚么,你现不但相信她们,并且喜欢她们。
余	我们也知道,外面有很多的人,说我们的坏话,现在不是我来替自己辩护,有时实在不

	是看护妇的疏忽,实在是这一班生病的太太小姐们的麻烦。我常时同其余的同事说了玩。说这些人甚么事不会做,连生病也不会生。……
吉	要生病生得好,本来不是一件容易的事。
余	她们第一,就不肯听医生的话。要这样,要那样,一天要压几十次铃子。你对她们说,教她们不要吃东西,她一回儿要到外边买些水果,一回儿想教家里送点鸡汤。你想,要教我们同平常人家的老妈子伺候太太小姐们一样,我们那里有这么许久工夫?我们平均每人要招呼十个人。喔,说也是无用,她们那里肯讲理?
吉	看护妇本来是一种很苦的职业,因为世界上最不讲理的是醉汉,其次就要算病人。
余	好笑得很,遇到一种奇怪的人,病快好的时候,他还要你陪他谈天。(看了吉一眼。)
吉	那真是可想而知的讨厌。要是个男人,还没有甚么,假若是个女人,那恐怕简直没有办法。
老太太	不过我终是不相信,其余的人,能够同你一样。纵然有你这样的能干,也一定不会有这样的和善,这样的体贴。
仆人	(由左门入,手里拿了一个盘,盘中置茶壶,茶杯,糖碟等物。)
余	(老太太欲倒茶。)老太太请坐,让我自己来倒。(倒一杯茶送老太太。)
老太太	喔,谢谢你。(吉倒一杯茶送余。)
余	(受吉之茶。)谢谢。(欲代吉倒茶。)
吉	谢谢,我不喝茶。
余	(一面喝茶。)老太太为什么不在北京多住几天,有吉小姐在家,难道还不放心么?
老太太	她倒甚么都能够,不过我这次离家已经很久。我本是因为吉先生病了,所以来看看。
余	我想吉小姐一定也是很能干。
老太太	甚么叫能干。不过一个女孩子应该知道的事,我不容她们不知道。
余	不过要想能同老太太一样的能干,恐怕不容易。
吉	做能干父母的子女,是一件很苦的事。暑假那么热的天气,回到家,只有两个星期,两个星期一过,就一个赶到乡里去种田,一个赶到厨房里去烧饭。
老太太	我是一个很顽固的人——我现在也有了年纪,也不怕人笑话,——一个人多知道一点事,一定不会有坏处。我不相信,一个女人会做了饭,就不会做文章。
吉	不错。不过困难的不是会做了饭的女人不会做文章,是会做了文章的女人就不会做饭。
余	吉小姐会到北京来么?我很想认识她,我想她一定是同老太太一样的和气,可爱。
吉	她旁的没有甚么好处,不过还直爽。就是我嫌她有点新的习气。
余	(高兴。)我想我们一定会变做好朋友,她来的时候,老太太一定要教她写信给我。
老太太	(向吉。)你有她的照片没有?
吉	有一张的,不知到那里去了。
余	(记起。)喔,吉先生信里,说老太太要我一张照片,我今天带来了。(走向小桌。)
老太太	(不解。)我没有说要照片。(向吉。)我几时?……

吉	你怎么没有讲,真是有了年纪的人,说过去的话,不要几天就忘了。
余	(装不听见,由钱包里取出一张小照片。)这一张不大好,不十分像,等以后有了好的时候,再送老太太吧。(以照片送给老太太。)
老太太	(看照片。)你已经长得很好看,这张照片更好。
吉	(向老太太取了照片,取笑老太太。)你平常最讲究会说话的,怎么今天自己把话说差了。你应该说,这张照片已经很好看,但是总不及照片的主人好看。(与余对看了一看。)
老太太	我是说的老实话。
吉	你们还坐一会儿才去?(向老太太。)我送你一个好看的照片框子。(带照片由左门走出。两人不语片刻,老太太对余注视,余不知所语,取了一块糖食之。)
老太太	余小姐,我有几句话,很久就想同你谈谈。(将椅移近,余忙将口里糖吞下,理了一理裙子,坐直了身子,用心的听。)我想你一定以为我是一个很爱舒服的人,你知道我年青的时候,很过了些辛苦的日子。我们吉先生,从小就没了父亲,家里大大小小的事情,都全靠我一个人去问,连他们的书,也都是我自己教他们。差不多吃了二十年的苦,才把他们带到这么大。现在他们甚么事都用不着我去担心。不过还有一件,我放不了心,就是他们还都没有成家。(余的身子略微的颤动了一下。)这一层,我也同吉先生说过好几次,他都不把他当一件事。我也不知道他到底是什么意思。现在子女的婚姻,本来也用不着父母去管,所以我也只好由他们自己去。(叹了一口气,略顿。)我有一个表侄。(余转了一转身子,恢复了自然的呼吸。)你大概也认识他,他到医院看过我,他虽然只看见过你几次,但是因为他时常听见我说你怎样的好,所以他很敬重你。他向我说了好多次,托我说媒。我都没有提过。因为我自己儿子的事,我都不管。我那里有工夫去管旁人家的事?不过他说,他一来不知道你的意思,所以不好对你有什么表示,二来就是想对你说,也没有个好的机会。他人是一个很好的人,他学的是医道,现在预备自己挂牌行医。他的脾气很好,也是一点坏的嗜好都没有。——喔,我知道我是一个很腐败的老太婆,说媒的事,是你们现在最不欢喜的,要是这样。我请你不要生气。
余	(如梦初觉。)我很感谢老太太的好意,那有生气的道理。
老太太	他还想,在我回南之前,得一个回信。我想这也不是立刻就要怎样的一件事,你如要细细想一想,你回来写封信告诉我,我想也没有什么不可以。(略顿。)你的意思怎么样?你有什么话,尽可对我说,你知道我差不多把你同自己的女儿一样的看待。
余	(思索了一会,打定了主意。)我想我们年青的人,一点经验没有,什么事都全靠年纪大一点的人到处指点教导。老太太的意思怎么样?
老太太	喔,这是你自己的事,总得你自己做主。
余	老太太的意思,如果觉得很好,那自然不会有错。
老太太	那我就说你很愿意?
余	不过我想总得写一封信回去,问问父母的意思。

老太太	不错不错,自然应该这样。那你就写封信回去,等你接到家里回信之后,再说吧。
余	我想单由我写信去,还不十分妥当。
老太太	那有什么不好?
余	可以不可以请吉先生写一封详细的信,把老太太的意思告诉家里,我再另外写一封信,一齐寄去?
老太太	不错不错,应该这样。回来我对吉先生说一说,教他写起一封信,写好了,我叫一个人送给你,你说好不好?
余	老太太的主意很好。
老太太	我们还是坐一会,还是就到公园去?
余	老太太意思怎么样?
老太太	我们就去好不好?我教他们去请吉先生去。(走去压电铃。)
余	我借你们电话用一用。
老太太	在那边院子里,你知道。(余由右门出,仆人由左门入。)你去请吉先生,就说我们现在到公园去。(仆人由左门去,老太太坐回原处,如有所思。)
吉	(由左门入,手里拿了一个照片,装好了框子。进来之后,将照片放在书架上,一看,移动一回。)余小姐那儿去了?
老太太	(沉思中。)打电话去了。
吉	(坐到小椅上,取了一块牛奶糖,慢慢去其外皮,随便的问。)你的媒做得怎么样,问了她没有?
老太太	问过了。
吉	她怎么样讲?(将糖送至嘴边。)
老太太	她很愿意。
吉	(将糖由嘴边拿回。)她很愿意?她说很愿意么?她怎样说?
老太太	她没有说什么。
吉	她没有说什么,你怎样知道她很愿意?
老太太	喔,这用不着说的。
吉	喔,不错,这一类的事是用不着明说的,是不是?同天气一样,只要看看气色就知道了。(老太太对他严厉的看了看。)那么,已经定了?
老太太	她还要写封信回去,问问她的父母,要等……
吉	问问她的父母!(解悟。)喔!(把一块糖投入口中。)
老太太	你笑什么?你笑她把她父母太看重了,是不是?我听了很欢喜。
吉	没有的事!我听了也很欢喜!(又拿一块放进嘴去。)她说了什么时候写信没有?
老太太	她要请你替她写。
吉	要我替她写!奇怪奇怪,我又不是她的亲兄弟、亲叔伯,她为甚么要请我替她写信,这不是奇而又奇的事?
老太太	你看了奇怪么?我看了一点也不奇怪。

吉	为甚么不奇怪？
老太太	因为你不知道，你不认识她。她是一个大户人家出来的女孩子，知道甚么是应说的，甚么是不应说的。她知道害羞。
吉	喔喔！女孩子！害羞！（又拿一块糖放进嘴去。）
老太太	怎么你向来不吃糖的人，今天爱吃起糖来了？
吉	今天的糖特别有味儿。（高兴，跳起。）你们现在就去公园么？
老太太	等余小姐打完了电话。
吉	（想了一想。）你不换一件衣服？
老太太	不过是到公园去坐一坐，谁再去换衣服？
吉	可是天气很凉，不换，也应该加一件，在那里？我替你去拿，好不好？
老太太	我自己去，你不知道。（吉开右门让老太太走出，将门关好，走到书架，取照片在手细细的审看。将照片放回，在房里走了两转。余由右门入。）
吉	电话打通没有？
余	打通了。（注意老太太不在房内，两人对看了一看。）
吉	（将长椅向前稍推。）老太太到后面去换一换衣服，教请你在这里等一会。请坐。
余	（由女人的直觉，知将有有趣的谈判发生，为准备抵御起见，先摩了一摩头发，理了一理裙子，选了长椅离小椅远的一边坐了。吉坐小椅上。）老太太真是一个很可佩服的人，那么大年纪，穿的衣服，比年青的小姐们还要讲究。
吉	一个人甚么都可以不讲究，惟有衣服不可以不讲究。
余	为什么？
吉	因为人是一个社会动物。一个人生在世上，所有的一切物质上的幸福，精神上的愉快，都是社会给他的。所以一个人对于社会，应当尽量的报答。
余	那与穿衣服有关系么？
吉	关系大得很！因为报答社会，有种种不同的方法。有职业的借他的职业，有技能的用他的技能。当兵的可以替我们杀人，做律师的可以替我们打官司，做医生的可以替我们治病。不过还有一种人——就像我们——既无职业，又无技能，最少也应该着几件好看的衣服，才不致走到人家面前，教人家看了难过。
余	（笑。）哈，我明白了。愈无用的人，愈应该穿好看的衣服。对不对？
吉	对，不过有用的人，也不应该着不好看的衣服。社会上没有一种职业，我们可以承认他有不顾装束的专利；一个人，自生至死，也没有一个时期，我们可以承认他有无须修饰的特权。假若一个女人，因为她已经结了婚，就不管她头发的高低，因为她生了儿子，就不管她袖子的长短，或是一个男人，因为他能够诌得几句诗词歌赋，就不洗清他的面孔，因为他能够画得几笔山水草虫，就不剃光他的下颌，拉直了他的袜筒，那都是社会的罪人。
余	这样讲，恐怕我们都是社会的罪人。
吉	你？喔！（欲言而止。）

余	我怎么样？
吉	你？两个月以前，你冤枉说我发烧的时候，我不是已经对你讲过么？
余	我冤枉说你发烧？
吉	自然是冤枉。什么温度三十九，脉跳一百多，那都是你造的谣言。是的。完全是谣言。——不过我很感激你，假使没有你的谣言，我如何能够住到两个星期？喔！那两个星期！那是我一生最快乐的两个星期！（叹。）嗳，无论怎样不会再有。
余	（回想那时的景况。）是的，也不知说了多少话。从来没有看见过这样爱说话的病人。
吉	是的，那都是些极真诚，极平常，极正当的话。为甚么平常我们不能讲？为甚么要男人装了病，方才可以讲，为甚么女人听了，一定要冤枉说他发烧？要是现在我说你眼睛生得怎样的动人，嘴唇怎样的可爱，你会装做没有听见，把我的额角摸一摸，枕头拥一拥，说一声"现在歇一会儿吧。你说话说得太多"？社会真是一个不自然的东西！这一类的话，有甚么说不得？为甚么现在不能说？
余	因为——因为你现在不发烧。
吉	你怎么知道我不发烧？我一年到头，没有一天不发烧。你要不相信，你现在替我试一试。（伸手放在长椅边上，余从长椅那一边，移到这一边，先理了一理裙子，然后用右手把脉，同时看左手上的腕表。约数秒钟无语。）我病的时候说了很多的话，是不是？（余点头。）说了些甚么？
余	你说中国是一个可怜的社会，男人尤其可怜。除了赌钱，遇不到人家的小姐太太，除了生病，得不到女人的一点意情。所以你一个星期要打一次牌，一个月要装一次病。
吉	对呀！这像生病人讲的话么？（余将手缩回。）发烧不发烧？
余	（犹豫。）七十七次。
吉	可见得是说谎。
余	为什么？
吉	因为你就没有数！
余	喔，一个人可以随便说谎么？
吉	自然不能"随便"。不过我们处在这个不自然的社会里面，不应该问的话，人家要问，可以讲的话，我们不能讲，所以只有说谎的一个方法，可以把许多丑事遮盖起来。
余	我们从小就知道说谎是不道德的。
吉	道德是没有标准的，随时代随个人而变的东西，平常"所谓"道德，不是多数人对于少数人的迷信，就是这班人对于那班人的偏见。
余	这样说，世界上没有善恶好坏的标准？
吉	世界上只有脏的习惯是坏习惯，丑的行为是恶行为。
余	所以什么谎都可以说，只要说得好听。做贼赌钱都可以做，只要做得好看？
吉	一点都不错。不过世界上美神经发达的人很少。做贼同赌钱的时候，大半都是不大十分雅观。说谎说得好的人很多，不过我最佩服的是你。
余	我向来不说谎。你说我说谎，你有什么证据？

吉	对呀！所以佩服你的缘故,就是因为拿不出证据来。不过一个人说谎说太多了,总有一天,转不过弯来,要露出马脚来。
余	我从来不欢喜说谎。
吉	好吧,白说是没有用的。我问你一件事。
余	什么事?
吉	老太太替你做媒没有?
余	（着急。）你不应该问这句话。
吉	为甚么不应该?
余	因为这一类的话,连自己的父兄都不应该问,朋友更加不应该。
吉	喔,新文化! 新文化! 不过你知道不知道？一个人的婚事,从前,是父母专制,现在因为用不着父母去管,所以用不着父母去问。（吉先生的意见,以为婚姻的事如其不要人帮忙则已,如要帮忙,父母应该是最重要的人物。现在所以不要他们过问,一则因为他们专制,一则也因为他们不能帮忙。这一层似乎还没有人见到,所以附带声明。）但是现在的婚姻是朋友专制,要想非靠朋友帮忙不行,所以你说朋友不应该过问,是完全错误。
余	我去看看老太太去。（起立欲走。）
吉	（起立阻之。）不要走,不要走,我还有一件要紧的事,没有对你说。请坐。（两人复坐。）我不在这里的时候,老太太同你讲了很多的话,是不是?
余	是的。
吉	她说到我不想结婚的话没有?
余	说了很多。
吉	你知道我不想结婚?
余	为甚么不想结婚?
吉	因为一个人最宝贵的是美神经。一个人一结了婚,他的美神经就迟钝了。
余	这样说,还是不结婚的好?
吉	是的,你可以不可以陪我?
余	陪你做甚么?
吉	陪我不结婚。（走至余前伸出两手。）陪我不要结婚!
余	（为他两目的诚意与爱所动。）可以。（以手与之。）
吉	给我一个证据。
余	你要什么证据?
吉	你让我抱一抱。（释其手,作欲抱状。）
余	（走开。）等你再生病的时候。
吉	不过我的母亲告诉我,说你已经答应了做她的侄媳妇,那怎样办?
余	（得意。）那没有甚么,我的父母不愿意我嫁给医生。
吉	对,我知道,我们是天生的说谎一对!（趁其不防,双手抱之。）

余	（大喊。）喔！（老太太由右门，仆人由左门，同时惊慌入。吉已释手。）
老太太	什么事，什么事？（余以一手掩面，面红不知所言。）
吉	（走至余前，将余手取下，视其面。）什么地方？刺了你没有？
老太太	什么事？什么一回事？
余	（呼了一口深气。）喔，一只马蜂！（以目谢吉。）（闭幕）

（原载1923年10月《太平洋》第4卷第3期）

北京人

曹禺

第三幕

第一景

在北平阴历九月梢尾的早晚，人们已经需要加上棉绒的寒衣。深秋的天空异常肃穆而爽朗。近黄昏时，古旧一点的庭园就有成群成阵像一片片墨点子似的老鸦在老态龙钟的榆钱树的树巅上来回盘旋，此呼彼和，噪个不休。再晚些，暮色更深，乌鸦也飞进了自己的巢，在苍茫的尘雾里，传来城墙上还未归营的号手吹着的号声。这来自遥远，孤独的角声打在人的心坎上说不出的熨贴而又凄凉，像一个多情的幽灵独自追念着那不可唤回的渺若烟云的已往，又是婉惜，又是哀伤，那样充满了怨望和依恋，在薄寒的空气中不住的振抖。

天渐渐的开始短了，不到六点钟，石牌楼后面的夕阳在西方一抹淡紫的山气中隐没下去。到了夜半就唰唰的刮起西风，园里半枯的树木飒飒的乱抖。赶到第二天一清早，阳光又射在屋顶辉煌的琉璃瓦上，天朗气清，地面上罩一层白霜，院子里，大街的人行道上都铺满了头夜的西风刮下来的黄叶。气候着实的凉了，大清早出来，人们的呼吸在寒冷的空气里凝成乳白色的热气，向菜市买来的菜蔬碰巧就结上一层薄薄的冰凌，在屋子里坐久了不动就觉得有些冻脚，窗纸边的苍蝇拖着迟重身子飞飞就无力的落在窗台上。在往日到了这种天气，比较富贵的世家如同曾家这样的门第，家里早举起了坑火，屋内暖洋洋的，绕着大厅的花槅扇与宽大的玻璃窗前放着许多盆盛开的菊花：有绿的，白的，黄的，宽瓣的，细瓣的，都是名种，它们有的放在花架上，有的放在地上，还有在糊着蓝纱的槅扇前的紫檀花架上的紫色千头菊悬崖一般的倒吊下来，这些都绚烂夺目的在眼前罗列着。主人高兴时就在花前饮酒赏菊，邀几位知己的戚友，吃着热气腾腾的羊肉火锅，或猜拳，或赋诗，酒酣耳热，顾盼自豪。真是无上的气概，无限的享受。

像往日那般欢乐和气概于今在曾家这间屋子里已找不出半点痕迹，惨淡的情况代替了当年的盛景。现在这深秋的傍晚——离第二幕有一个多月——更是处处显得零落衰败的样子，槅扇上的蓝纱都退了色，有一两扇已经撕去了换上普通糊窗子用的高丽纸，但也泛黄了。槅扇前地上放着一盆白菊花，枯黄的叶子，花也干的垂了头。靠墙的一张旧红木半圆桌上放着一个深蓝色大花瓶，里面也插了三四朵快开败的黄菊。花瓣儿落在桌子上，这败了的垂了头的菊花在这衰落的旧家算是应应节令。许多零碎的摆饰都淡了起来，墙上也只挂着一幅不知甚么人画的山水，裱的绫子已成灰暗色，下面的轴子只剩了一个。墙壁的纸已开始剥落。墙角倒悬那张七弦琴，琴上的套子不知拿去作了甚么，橙黄的穗子仍旧沉沉的垂下来，但颜色已不十分鲜明，蜘蛛在上面织了网又从那儿斜斜的织到屋顶。书斋的窗纸有些破了补上，补上又破了的。两张方凳随便的放在墙边，一张空着，一张放着一个作针线的簸箩。那扇八角窗的玻璃也许久没打磨过，灰尘尘的。窗前八仙桌上放一个茶壶两个茶杯，桌边有一把靠椅。

一片淡淡的夕阳透过窗子微弱地洒在落在桌子上的菊花瓣上，同织满了蛛网的七弦琴的穗子上，暗淡淡的，忽然又像回光返照一般的明亮起来，但接着又暗下去。外面一阵阵的噪着老鸦。独轮水车的轮声又在单调地"孜妞妞孜妞妞"的滚过去，太阳下了山，屋内渐渐的昏暗。

开幕时姑奶奶坐在靠椅上织着毛线坎肩，她穿着一件旧黑洋绉的驼绒袍子，黑绒鞋。面色焦灼，手不时的停下来，似乎在默默的等待着什么。离她远远地在一张旧沙发上歪歪的靠着江泰，他正在拿着一本《麻衣神相》，十分入神地读，左手还拿了一面用红头绳缠拢的破镜子，翻翻书又照照自己的脸，放下镜子又仔细研读那本线装书。

半响。

陈奶妈拿着纳了一半的鞋底子打开书斋的门走进来。她的头发更斑白，脸上仿佛又多了些皱纹，因为年纪大了怕冷，她已经穿上一件灰布的薄棉袄，青洋缎套裤扎着腿。看见她来，文彩立刻放下手里的毛线活计站起来。

彩　　（非常关心地低声问）怎么样啦？

陈　　（听见了话又止了步回头向窗外伫听。文彩满蓄忧愁的眼睛望着她，等待她的回话。陈无可奈何地摇摇头）没有走，人家还是不肯走。

彩　　（失望的叹息了一声，又坐下拿起毛线坎肩低头缓缓的织着）

江泰略回头，看了这两个妇人一眼，显着厌恶的神气又转过身读他的《麻衣神相》

陈　　（长长的嘘出一口气四面望了望，提起袖口擦抹一下眼角，走到方凳子前坐下，迎着黄昏的一点微光默默的纳起鞋底）

江　　（忽然搓顿着两只脚，浑身寒瑟瑟的）

彩　　（抬起头望江）脚冷吗？

江　　（心烦）唔！（又翻他的相书，彩又低下头织毛线）

半响。

彩　　（斜觑江泰一下再低下头织了两针，实在忍不住）泰！

江　　（若有所闻，但仍然看他的书）

彩　　（又温和的）泰，你在干什么？

江　　（不理她）

陈看江一眼，不满意地转过头去。

彩　　（放下毛线）泰，几点了，现在？

江　　（拿起镜子照着，头也不回）不知道。

彩　（只好看看外边的天色）有六点了吧？

江　（放下镜子,回过头,用手指了一下,冷冷地）看钟！

彩　钟坏了。

江　（翻翻白眼）坏了拿去修！（又拿起镜子）

彩　（怯弱地）泰,你再到客厅看看他们现在怎么样啦,好么？

江　（烦躁地）我不管,我管不着,我也管不了,你们曾家的事也太复杂,我没法管。

彩　（恳求）你再去看一下,好不好？看看他们杜家人究竟想怎么样？

江　怎么样？人家到期要曾家还钱,没有钱要你们府上的房子,没有房子要曾老太爷的寿木,那漆了几十年的楠木棺材。

彩　（无力地）可这寿木是爹的命,爹的命！

江　你既然知道这件事这么难办,你要我去干什么？

陈　（早已停下针在听,插进嘴）算了,就让大奶奶一个人对付他们去吧,反正钱是没有,房子要住——

江　那棺材——

彩　爸舍不得！

江　（瞪瞪文彩）明白啦？（又拿起镜子）

彩　（低头叹息,拿出手帕抹眼泪）

半晌。外面乌鸦噪声,水车"孜妞妞孜妞妞"滚过声。

陈　（纳着鞋底,时而把针放在斑白的头发上擦两下,又使劲把针扎进鞋底。这时她停下针,抬起头叹气）我走咯,走咯！明天我也走咯,可怜今天老爷子过的是甚么丧气生日！唉,像这样活下去倒不如那天晚上……（忽然）要是往年祖老太爷做寿的时候,家里请客唱戏,院子里,客厅里摆满了菊花,上上下下都开着酒席,哪儿哪儿都是拜寿的客人,几里噶拉儿（"角落"）满世界都是寿桃,寿面,红寿帐子,哪像现在——

彩　（一直在沉思着眼前的苦难,呆望着江泰,几乎没听见陈奶妈的话,此时打起精神对江泰又温和地提起话头）泰,你在干甚么？

江　（翻翻眼）你看我在干甚么？

彩　（勉强的微笑）我说你一个人照甚么？

江　（早已不耐烦,立起来）我在照我的鼻子！你听清楚,我在照我的鼻子！鼻子！鼻子！（拿起镜子和书走到一个更远的椅子上坐下）

彩　你不要再叫了吧,爹这次性命是捡来的。

江　（总觉文彩故意跟他为难,心里又似恼怒却又似毫无办法的样子,连连指着她）你看你！你看你！你看你！每次说话的口气,言外之意总像是我那天把你父亲气病了似的。你问问现在谁不知道是你那位令兄,令嫂——

彩　（只好极力辩解）谁这么疑心哪？（又低首下心,温婉地）我说,爹今天刚从医院回来,你就当着给他老人家拜寿,到上屋看看他,好吧？

江　（还是气鼓鼓地）我不懂,他既然不愿意见我,你为甚么非要我见他不可？就算那天我喝醉啦,说错了话得罪了他,上个月到医院也望了他一趟,他都不见我,不见我——

彩　(解释)唉,老人家现在心绪不好!

江　那我心绪就好?

彩　(困难地)可现在爹回了家,你难道就一辈子不见他?就当作客人吧,主人回来了,我们也该去问声好,何况你——

江　(理曲却气壮,走到她的面前又指又点)你,你,你的嘴怎么现在学得这么刁?这么刁?我,我躲开你!好不好?

江赌气拿着镜子由书斋小门走出去。

彩　(难过地)江泰?

陈　唉,随他——

江又匆匆进来在原处乱找。

江　我的《麻衣神相》呢?(找着)哦,这儿。

江又走出。

彩　江泰!

陈　(十分同情)唉,随他去吧,不见面也好。看见姑老爷,老爷子说不定又想起清少爷,心里更不舒服了。

彩　(无可奈何,只得叹了口气)您的鞋底纳好了吧?

陈　(微笑)也就差一两针了。(放下鞋底,把她的铜边老花镜取下来,揉揉眼睛)鞋倒是做好了,人又不在了。

彩　(勉强挣出一句希望的话)人总是要回来的。

陈　(顿了一下,两手提起衣裾擦泪水,伤心地)嗯,但——愿?

彩　(凄凉地)奶妈,您明天别走吧,再过些日子,哥哥会回来的。

陈　(一月来的烦忧使她的面色失了来时的红润。她颤巍巍摇着头,干巴巴的瘪嘴激动得一抽一抽的。她心里实在舍不得,而口里却固执地说)不,不,我要走,我要走的。(立起把身边的针线什物往簸箩里收,一面揉揉她的红鼻头)说等吧,也等了一个多月了,愿也许了,香也烧了,还是没音没信,可怜我的清少爷跑出去就穿了一件薄夹袍——(向外喊)小柱儿!小柱儿!

彩　小柱儿大概帮袁先生捆行李呢。

陈　(簸箩里取出一块小包袱皮,包着那双还未完全做好的棉鞋)要,要是有一天他回来了,就赶紧带个话给我,我好从乡下跑来看他。(又不觉眼泪汪汪的)打,打听出个下落呢,姑小姐就把这双棉鞋绱好给他寄去——(回头又喊)小柱儿!——(对彩)就说大奶妈给他做的,叫他给奶妈捎个信。(闪出一丝笑容)那天,只要我没死,多远也要去看他去。(忍不住又抽咽起来)

彩　(走过来抚慰着老奶妈)别,别这么难过!他在外面不会怎么样,(勉强的苦笑)三十六七快抱孙子的人,哪会——

陈　(泪眼婆娑)多大我也看他是个小孩子,从来也没出过门,连自己吃的穿的都不会料理的人——（一面喊一面走向通大客厅的门）小柱儿,小柱儿!

小柱儿的声音　哎,奶奶!

陈　你在干甚么哪?你还不收拾收拾睡觉,明儿格好赶路。

小柱儿的声音　愫小姐叫我帮她喂鸽子呢。

陈　（一面向大客厅走,一面唠叨）唉,愫小姐也是孤零零的可怜,可也白糟蹋粮食,这时候这鸽子还喂个甚么劲儿?

陈由大客厅门走出。

彩　（一半对着陈奶妈说一半是自语,喟然）喂也是看在那爱鸽子的人!

外面又一阵乌鸦噪,她打了个寒战,正拿起她的织物,——

江泰嗒然由书斋小门上。

江　（忘记了方才的气焰,像在黄霉天背上沾湿了雨一般,说不出的又是丧气,又是恼怒,又是悲哀的神色,连连的摇着头）没办法,没办法!真是没办法!这么大的一所房子,走东到西的没有一块暖和地方。到今儿格还不生火,脚冻得要死。你那位令嫂就懂得弄钱,你的父亲就知道他的棺材。我真不明白这样活着有甚么意义,有甚么意义?

彩　别埋怨了,怎么样日子总是要过的。

江　闷极了我也要革命!（从似乎是开玩笑又似乎是发脾气的口气而逐渐激愤的喊起来）我也反抗,我也打倒,我要学瑞贞那孩子交些革命党朋友,反抗,打倒,打倒,反抗!都滚他妈的蛋,革他妈的命!打一切都给他一个推翻!而,而,而——（突然摸着了自己的口袋,不觉挖苦挖苦自己,惨笑出来）我这口袋里,就剩下一块钱——（摸摸又眨眨眼）不,连一块钱也没有,——（翻眼想想,低声）看了相!

彩　江泰,你这——

江　（忽然摇头,"如丧考妣"的样子,长叹一声）要是我能发明一种像"万金油"似的药多好啊!多好啊!

彩　（哀切地）泰,不要再这样胡思乱想,顺嘴里扯,你这样会弄成神经病的。

江　（像没听见她的话,蓦地又提起精神）文彩,我告诉你,今天早上我逛市场,又看了一个相。那个看相的也说我现在正交鼻运,要发财,连夸我的鼻子生得好,饱满,藏财。（十分认真地）我刚才照照我的鼻子,倒是生得不错!（直怕文彩驳斥）看相大概是有点道理,不然怎么我从前的事都说的挺灵呢?

彩　那你也该出去找朋友啊!

江　（有些自信）嗯!我一定要找,我要找我那些阔同学。（仿佛用话来唤起自己的行动的勇气）我就要找,一会儿我就去找!我大概是要走运了。

彩　（鼓励地）江泰,只要你肯动一动你的腿,你不会不发达的。

江　（不觉高兴起来）真的吗?（突然）文彩,我刚才到上房看你爹去了。

彩　（也提起高兴）他,他老人家跟你说甚么?

江　（黠巧地）这可不怪我,他不在屋。

彩　他又出屋了?

江　嗯，不知道他——

　　陈奶妈由书斋小门上。

陈　（有些惶惶）姑小姐，你去看看去吧。

彩　怎么？

陈　唉！老爷子一个人拄着个棍儿又到厢房看他的寿木去了。

彩　哦——

陈　（哀痛地）老爷子一个人站在那儿，直对着那棺材流眼泪……

江　愫小姐呢？

陈　大概给大奶奶在厨房蒸甚么汤呢。——姑小姐，那棺材再也给不得杜家，您先去劝劝老爷子去吧。

彩　（泫然）可怜，爹，我，我去——（向书房走）

江　（讥诮地）别，文彩，你先去劝劝你那好嫂子吧。

彩　（一本正经）她正在跟杜家人商量着推呢。

江　哼，她正在跟杜家商量着送呢。你叫她发点良心，别尽想把押给杜家的房子留下来，等她一个人日后卖好价钱，你父亲的棺材就送不出去了。记着，你父亲今天出院的医药费都是人家愫小姐拿出来的钱。你嫂子一个躲在屋子里吃鸡，当着人装穷，就知道卖嘴，你忘了你爹那天进医院以前她咬你爹那一口啦，哼，你们这位令嫂啊，——

　　思懿由书斋小门上。

陈　（听见足步声，回头一望，不觉低声）大奶奶来了。

江　（默然，走在一旁）

　　思懿面色阴暗蹙着眉头，故意显得十分为难又十分哀恸的样子，她穿件咖啡色起黑花的长袖绒旗袍，靠胳膊肘的地方有些磨光了，领子上的钮扣没扣，青礼服呢鞋。

彩　（怯弱地）怎么样，大嫂？

思　（默默走向沙发那边去）

　　半响。

陈　（关切而又胆怯地）杜家人到底肯不肯？

思　（仍默然坐在沙发上）

彩　大嫂，杜家人——

思　（猛然扑在沙发的扶手上，有声有色的哭起来）文清，你跑到哪儿去了？文清，你跑了，扔下这一大家子，叫我一个人撑，我怎么办得了啊？你在家，我还有个商量，不在家，碰见这种难人的事，我一个妇道还有甚么主意哟！

　　江泰冷冷地站在一旁望着她。

陈　（受了感动）大奶奶，您说人家究竟肯不肯缓期呀？

思　（鼻涕眼泪抹着，抽咽着，数落着）你们想，人家杜家开纱厂的，鬼灵精！到了我们家这个时候，"墙倒众人推"，还会肯吗？他们看透了这家里没有一个男人，（江泰鼻孔哼了一声）老的老，小的小，他们不趁火打劫，逼得你非答应不可，怎么会死心啊！

彩　（绝望地）这么说，他们还是非要爹的寿木不可？

思　（直拿手帕擦着红肿的眼，依然抽动着肩膀）你叫我有甚么法子，钱，钱我们拿不出，房子，房子我们要住，一大家子的人张着嘴要吃。那寿木，杜家老太爷想了多少年，如今非要不可，非要——

江　（靠着自己卧室的门框冷言冷语地）那就送给他们得啦。

陈　（惊愕）啊，送给他们？

思　（不理江泰）并且人家今天就要——

彩　（倒吸一口气）今天？

思　嗯。他们说杜家老太爷病得眼看着就要断气，立了遗嘱，点明——

江　（替她说）要曾家老太爷的棺材！

彩　（立刻）那爹怎么会肯？

陈　（插嘴）就是肯，谁能去跟老太爷子说？

彩　（紧接）并且爹刚从医院回来。

陈　（岔进）今天又是老爷子的生日，——

思　（突然又嚎起来）我，我就是说啊！文清，你跑到哪儿去了？到了这个时候，叫我怎么办啊？我这公公也要顾，家里的生活也要管，我现在是"忠孝不能两全"。文清你叫我怎么哪！

　　在大奶奶的哭嚎声中，书斋的小门打开，曾皓挂着拐杖，巍巍然地走进来。他穿着藏青"线春"的丝棉袍子，上面罩件黑呢马褂，黑毡鞋。面色黄枯，形容惨沮，但在他走路的样子看来，似乎已经恢复了健康。他尽量保持自己仅余那点尊严，从眼里看得出他在绝望中再做最后一次挣扎，然而他又多么厌恶眼前这一帮人。

　　大家回过头都立起来。江泰一看见就偷偷沿墙溜进自己的屋里。

彩　爹，（跑过去扶他）

皓　（以手挥开，极力提起虚弱的嗓音）不要扶，让我自己走。（走向沙发）

思　（殷殷勤勤）爹，我还是扶您回屋躺着吧。

皓　（坐在沙发上对大家）坐下吧，都不要客气了。

皓　（四面望望）江泰呢？

彩　他，——（忽然想起）他在屋里，（惭愧地）等着爹，给爹赔不是呢。

皓　老大还没有信么？

思　（惨凄凄地）有人说在济南街上碰见他，又有人说在天津一个小客栈看见他——

彩　哪里都找到了，也找不到一点影子。

皓　那就不要找了吧。

彩　（打起精神安慰老人家）哥哥这次实在是后悔啦，所以这次在外面一定要创一番事业才——

皓　（摇首）"知子莫若父"，他没有志气，早晚他还是会——（似乎不愿再提起他，忽然对彩）你叫江泰进来吧。

彩　（走了一步，中心愧怍，不觉转身又向着父亲）爹，我，我们真没脸见爹，真是没——

皓　　唉,去叫他,不用说这些了。(对思)你也把霆儿跟瑞贞叫来。

彩至卧室前叫唤,思由书斋门走下。

彩　　江泰,江——

江泰立刻悄悄溜出来。

江　　(出门就看见曾皓正在望着他,不觉有些惭愧)爹,您,您——

皓　　(挥挥手)坐下,坐下吧。(江坐。皓对奶妈关心地)你告诉愫小姐,刚从医院回来,别去厨房再辛苦啦,歇一会去吧。

陈奶妈由通大客厅的门下。

彩　　(一直在望着江泰示意,一等陈奶妈转了身,低声)你还不站起来给爹赔个罪!

江　　(似立非立)我,我——

皓　　(摇手)过去的事我们不提了,不提了。

江又坐下。静默中,思懿领着霆儿与瑞贞由书斋小门上。瑞贞穿着一件灰底子小红花的布夹袍,霆儿的袍子上罩上一件蓝布大褂。

皓　　(指指椅子,他们都依次坐下,除了瑞贞立在文彩的背后。皓哀伤地望了望)现在座中大概就缺少老大,我们曾家的人都在这儿了。(望望屋子,微微咳了一下)这房子是从你们的太爷爷敬德公传下来的,我们累代是书香门第,父慈子孝,没有叫人说过一句闲话。现在我们家里出了我这种不孝的子孙——

思　　(有些难过)爹!——

大家肃然相望,又低下头。

皓　　败坏了曾家的门庭,教出一群不明事理,不肯上进,不知孝顺,连守成都做不到的儿女——

江　　(开始有些烦恶)

彩　　(抬起头来惭愧地)爹,爹,你——

皓　　这是我对不起我的祖宗,我没有面目再见我们的祖先敬德公!(咳嗽,瑞贞走过来捶背)

江　　(不耐,转身连连摇头,又唉声叹息起来,嘟哝着)哎,哎,真是这时候还演甚么戏?演甚么戏?

彩　　(低声)你又发疯了!

皓　　(徐徐推开瑞贞)不要管我。(转对大家)我不责备你们,责也无用。(满面绝望可怜的神色,而声调是恨恨的)都是一群废物,一群能说会道的废物。(忽然来了一阵勇气)江泰,你,你也是——

江似乎略有表示。

彩　　(怕他发作)泰,(江嘿然,又不做声)

皓　　(一半是责备,一半是发牢骚)成天地想发财,成天的做梦,不懂得一点人情世故,同老大一样,白读书,不知什么害了你们,都是一对——(不觉大咳,自己捶了两下)

彩　　唉,唉!

江　　(只好无奈何地连连出声)这又何必呢,这又何必呢!

彩　　爹!爹!

皓　思懿,你是有儿女的人,已经做了两年的婆婆,并且都要当祖母啦。(强压自己的愤怒)我不说你错误也是我种的根,错也不自今日始。(自己愈说愈凄惨)将来房子卖了以后,你们尽管把我当作死了一样,这家里没有我这个人,我,我——(泫然欲泣)

彩　(忍不住大哭)爹,爹!

思　(早已变了颜色)爹,我不明白爹的话。

皓　(没有想到)你,你,——

彩　(愤极)大嫂,你太欺侮爹了。

思　(反问)谁欺侮爹了?

彩　(老实人也逼得出了声)一个人不能这么没良心。

思　谁没良心?谁没良心?天上有雷,眼前有爹,妹妹,我问你,谁?谁?

霆　(同时苦痛地)妈?

彩　(被她的气势所夺,气得发抖)你,你逼得爹没有一点路可走了。

江　(无可奈何地)不要吵了,小姑子,嫂嫂们。

彩　你逼得爹连他老人家的寿木都要抢去卖,你逼得爹——

皓　(止住她)文彩!

思　(讥诮地)对了,是我逼他老人家,吃他老人家,(说说立起来)喝他老人家,成天在他老人家家里吃闲饭,一住就是四年,还带着自己的姑爷——

霆　(在旁一直随声劝阻,异常着急)妈,您别,——妈,您——妈

江　(也突然冒了火)你放屁,我给了钱!

皓　(急喘,镇止他们)不要喊了!

思　(同时)你给了钱?哼,你才——

皓　(在一片吵声中顿足怒喊)思懿,别再吵!(突然一变几乎是哀号)我,我就要死了!

大家顿时安静,只听见思懿哀哀低泣。

天开始暗下来,在肃静的空气中,愫方由大客厅门上。她穿着深米色的哔叽夹袍,面庞较一个月前略瘦,因而她的眼睛更显得大而有光彩,我们可以看得出在那里面含着无限镇静,和平,与坚定的神色。她右手持一盏洋油灯,左臂抱着两轴画。看见她进来,瑞贞连忙走近,替她接下手里的灯,同时低声仿佛在她耳旁微微说了一句话,愫方默默颔首,不觉悲哀地望望眼前那几张沉肃的脸,就把两轴画放进那只磁缸里,又回身匆忙地由书斋门下。瑞贞一直望着她。

皓　(叹息)你们这一群废物,啊!到现在还有甚么可吵的?

瑞　爷爷回屋歇歇吧!

皓　(感动地)看看瑞贞同霆儿还有甚么脸吵?(慨然)别再说啦,住在一起也没有几天了。思懿,你,你去跟杜家的管事说,说叫,——(有些困难)叫他们把那寿木抬走,先,先(凄惨地)留下我们这所房子吧。

彩　爹!

皓　杜家的意思刚才愫方都跟我说了。

彩　　哪个叫愫表妹对您说的？

思　　（挺起来）我！

皓　　不要再计较这些事情啦！

江　　（迟疑）那么您，还是送给他们？

皓　　（点头）

思　　（不好开口，却终于说出）可杜家人说今天就要。

皓　　好，好，随他们，让它给有福气的人睡去吧。（思就想出去说，不料皓回首对江）江泰，你叫他们赶快抬，现在就抬！（无限的哀痛）我，我不想明天再看见这晦气的东西！（低头不语，思只好停住脚）

江　　（怜悯之心油然而生）爹！（走了两步又停住）

皓　　去吧，去说去吧！

江　　（蓦然回头，走到皓的面前非常善意地）爹，这有甚么可难过的呢？人死就死了，睡个漆了几百道的棺材又怎么样呢？（原是语调里带着同情而又安慰的口气，但逐渐忘形，改了腔调，又按他一向的习惯，对着曾皓滔滔不绝地说起来）这种事您就没有看通，譬如说，您今天死啦，睡了就漆一道的棺材，又有甚么关系呢？

彩　　（知道他的话又来了）江泰！

江　　（回头对彩嫌厌地）你别吵！（又转脸对皓，和颜悦色，十分认真地劝解）那么您死啦，没有棺材睡又有甚么关系呢。（指着，点着）这都是一种习惯！一种看法！（说得逐渐高兴，渐次忘记了原来同情与安慰的善意，手舞足蹈地对着曾皓开了讲）譬如说，（坐在沙发上）我这么坐着好看，（灵机一动）那么，这么（忽然把条腿翘在椅背上）坐着，就不好看么？（对思）大嫂，（陶醉在自己的言词里像喝得微醺之后，几乎忘记方才的龃龉）我这是比方啊！（指着）你穿衣服好看，你不穿衣服就不好看么？

思　　姑老爷！

江　　（继续不断）这都未见得，未见得！这不过是一种看法！一种习惯！

皓　　（插嘴）江泰！

江　　（不容人插嘴，流水似地接下去）那么譬如我吧，（坐下）我死了，（回头对文彩，不知他是玩笑，还是认真）你就给我火葬？烧完啦，连骨头末都要扔在海里，再给它一个水葬，痛痛快快来一个死无葬身之地！（仿佛在堂上讲课一般）这不过也是一种看法，这也可以成为一种习惯！那么，爹，您今天——

皓　　（再也忍不住，高声拦住他）江泰！你自己愿意怎么死，怎么葬，都任凭尊便。（苦涩地）我大病刚好，今天也还算是过生日，这些话现在大可不必——

江　　（依然和平地，并不以为忤）好，好，好，您不赞成！无所谓，无所谓！人各有志！——其实我早知道我的话多余，我刚才说着的时候，心里就念叨着，"别说啊！别说啊！"（抱歉地）可我的嘴总不由得——

思　　（一直似乎在悲戚着）那姑老爷就此打住吧。（立起）那么爹，我，我（不忍说出的样子，擦擦自己的眼角）就照您的吩咐跟杜家人说吧？

皓　（绝望）好,也只有这一条路了。

思　唉!(走了两步)

彩　（痛心）爹呀!

江　（忽然立起）别,你们等等,一定等等!

　　江泰三脚两步跑进自己的卧室,思也停住了脚。

皓　（莫名其妙）这又是怎么?

　　张顺由通大客厅大门上。

张　杜家又来人说,阴阳先生看好那寿木要在今天下半夜寅时以前抬进杜公馆,他们问大奶奶——

彩　你——

　　江泰拿着一顶破呢帽,提着手杖,匆匆地走出来。

江　（对张兴高彩烈）你叫他们杜家那一批混帐王八蛋,再在客厅等一下,你就说钱就来,我们老太爷的寿木要留在家里当劈柴烧呢!

彩　你怎么——

江　（对皓,热烈地）爹,您等一下,我找一个朋友去。（对彩）常鼎斋现在当了公安局长,找他一定有办法。（对皓,非常有把握地）这个老朋友跟我最好,这点小事一定不成问题。（有条有理）第一,他可以立刻找杜家交涉,叫他们以后不准再在此地无理取闹。第二,万一杜家不听调度,临时跟他通融（轻藐的口气）这几个大钱也决无问题,决无问题。

彩　（几乎不相信自己的耳朵）泰,真的可以?

江　（敲敲手杖）自然自然,那么,爹,我走啦（对思扬扬手）大嫂,说在头里,我担保准成!（提步就走）

思　（一阵风暴使她也有些昏眩）那么爹,这件事——

彩　（欣喜）爹!

　　江跨进通大客厅的门槛一步,又匆匆回来。

江　（对彩,匆忙地把手一伸）我身上没钱!

彩　（连忙由衣袋里拿出一小卷钞票）这里!

江　（一看）三十……

　　江由通大客厅的门施施走出。

皓　（被他撩得头昏眼花,现在才喘出一口气）江泰这个东西是怎么回事?

彩　（一直是崇拜着丈夫的,现在惟恐人不相信,于是极力对皓）爹,您放心吧,他平时不怎么乱说话的。他现在说有办法,就一定有办法。

皓　（将信将疑）哦!

思　（管不住）哼,我看他——（忽然又制止了自己,转对曾皓,不自然地笑着）那么也好,爹,这棺木的事……

皓　（像是得了一点希望的安慰似的,那样叹息一声）也好吧,"死马当做活马医",就照他的意思办吧。

张　　（不觉也有些喜色）那么，大奶奶，我就对他们——

思　　（半天在抑压着自己的愠怒，现在不免颜色难看，恶声恶气地）去，要你去干甚么？

思懿有些气汹汹地向大客厅快步走去。

皓　　（追说）思懿，还是要和和气气对杜家人说话，请他们无论如何要等一等。

思　　嗐！

思懿由通大客厅的门下，张顺随着出去。

彩　　（满脸欣喜的笑容）瑞贞，你看你姑父有点疯魔吧，他到了这个时候才——

瑞　　（心里有事，随声应）嗯，姑姑。

皓　　（又燃起希望，紧接着彩的话）唉！只要把那寿木留下来就好了！（不觉回顾）霆儿，你看这件事有望么？

霆　　（也随声答应）有，爷爷。

皓　　（点头）但愿家运从此就转一转。——嗯，都说不定的。（想立起，瑞贞过来扶）你现在身体还好吧？

瑞　　好，爷爷。

皓　　（立起，望瑞，感慨地）你也是快当母亲的人喽！（文彩示意，叫霆儿也过来扶祖父，霆默默过来。皓望着孙儿和孙儿媳妇，忽然抱起无穷的希望）我瞧你们这一对小夫妻总算相得的，将来看你们两个撑起这个门户吧。

彩　　（对霆示意，叫他应声）霆儿！

霆　　（又应声，望望瑞贞）是，爷爷。

皓　　（对着曾家第三代人，期望的口气）这次棺木保住了，房子也不要卖，明年开了春，我为你们再出门跑跑看，为着你们的儿女我再当一次牛马！（用手帕擦着眼角）唉，只要祖先保佑我身体好，你们诚心诚意为我祷告吧！（向书斋走）

彩　　（过来扶着曾皓，凑着兴会）是啊，明年开了春，爹身体也好了，瑞贞也把重孙子给您生下来，哥哥也——

书斋小门打开，门前现出愫方。她像是刚刚插完花，——水淋淋的手还拿着两三朵插剩下的菊花。

愫　　（一只手轻轻掠开掉在脸前的头发，温和地）回屋歇歇吧，姨父，您的房间收拾好啦。

皓　　（快慰地）好，好！（一面对文彩点首应声，一面向外走）是啊，等明年开了春吧！——瑞贞，明年开了春，明年——

瑞贞扶着他到书斋门口，望着愫方回头暗暗地指了指这间屋子。愫方会意，点点头，接过曾皓的手臂扶他出去，后面随着文彩。

霆儿立在屋中未动，瑞贞望他，又从书斋门口默默走回来。

瑞　　（低声）霆！

霆　　（几乎不敢望她的眼睛，悲戚地）你明天一早就走么？

瑞　　（也不肯望他，低沉的声音，迟缓而坚定地）嗯。

霆　　是跟袁家的人一路？

瑞　　嗯，一同走。
霆　　（四面望望，在口袋里掏着甚么）那张字据我已经写好了。
瑞　　（凝视霆）哦。
霆　　（掏出一张纸，不觉又四面看一下，低声读着）"离婚人谢瑞贞曾霆，我们幼年结婚，意见不合，实难继续同居，今后二人自愿脱离夫妻——"
瑞　　（心酸）不要再念下去了。
霆　　（迟疑一下，想着仿佛是应该办的手续，嗫嚅）那么签字，盖章——
瑞　　回头在屋里办吧。
霆　　也，也好。
瑞　　（衷心哀痛）霆，真对不起你，要你写这样的字据。
霆　　（说不出话，从来没有像今天对她这般依恋）不，这两年你在我们家也吃够了苦。（忽然）那个孩子不要了，你告诉过愫姨了吧？
瑞　　（不愿提起的回忆）嗯！她给孩子做的衣服我都想还给她了。怎么？
霆　　我想家里有一个人知道也好。
瑞　　（关切地）霆，我走了以后，你，你干什么呢？
霆　　不知道。（寂寞地）学校现在不能上了。
瑞　　（同情万分）你不要失望啊。
霆　　不。
瑞　　（安慰）以后我们可以常通信的。
霆　　好。（泪流下来）
　　　外面圆儿嚷着"瑞贞！"
瑞　　（酸苦）不要难过，多少事情是要拿出许多痛苦才能买出一个"明白"呀。
霆　　这"明白"是真难哪！
　　　圆儿吹着口哨，非常高兴的样子由通大客厅的门走进。她穿着灰，蓝，白三种颜色混在一起的毛织品的裙子，长短正到膝盖，上身是一件从头上套着穿的印度红的薄薄的短毛衫，两只腿仍旧是光着的，脚上穿着一双白帆布运动鞋。她像是刚在忙着收拾东西，头发有些乱，两腮也红红的，依然是那样活泼可喜。她一手举一只鸟笼，里面关着那个鸽子"孤独"；一手提着那个大金鱼风筝，许多地方都撕破了；臂下还夹着用马粪纸铰好的二尺来长的"北京人"的剪影。
圆　　（大声）瑞贞，我父亲找了你好半天哪，他问你的行李——
瑞　　（忙止住她，微笑）请你声音小点，好吧？
圆　　（只顾高兴，这时才忽然想起来，两面望一下，伸伸舌头，立刻憋住喉咙，满脸顽皮相，全用气音嘶出，一顿一顿地）我父亲——问你——同你的朋友们——行李——收拾好了没有？
瑞　　（被她这种神气惹得也笑起来）收拾好了。
圆　　（还是嘶着喉咙）他说——只能——送你们一半路，——还问——（嘘出一口气，恢复原来的声音）可蹩扭死我了。还是跟我来吧，我父亲还要问你一大堆话呢。

瑞　（爽快地）好，走吧。
圆　（并不走，却抱着东西走向曾霆，"煞有介事"的样子）曾霆，你爹不在家，（举起那只破旧的"金鱼"纸鸢）这个破风筝还给你妈！（纸鸢靠在桌边，又举起那鸽笼）这鸽子交给愫小姐！（鸽笼放在桌上，这才举起那"北京人"的剪影，笑嘻嘻地）这个"北京人"我送你做纪念，你要不要？
霆　（似乎早已忘记了一个多月前对圆儿的情感，点点头）好。
圆　（眨眨眼，像是心里又在转甚么顽皮的念头）明天天亮我们走了，就给你搁在（指着通大客厅的门）这个门背后。（对瑞）走吧，瑞贞！
　　圆儿一手持着那剪影，一手推着瑞贞的背向通大客厅的门走出。
　　这时思懿也由那门走进，正撞见她们。瑞贞望着婆婆楞了一下，就被圆儿一声"走"，推出去。
　　霆望她们出了门，微微叹了一声。
思　（斜着眼睛回望一下，走近霆）瑞贞这些日子常不在家，总是找朋友，你知道她在干些什么？
霆　（望望她，又摇摇头）不知道。
思　（嫌她自己的儿子太不精明，但也毫无办法，抱怨地叹口气）哎！媳妇是你的呀，孩子，我也生不了这许多气了！（忽然）他们呢？
霆　到上房去了。
思　（诉说，委屈地）霆儿，你刚才看见妈怎么受他们的气了。
霆　（望望他的母亲，又低下头）
思　（掏出手帕）妈是命苦，你爷摔开我们跑了，你妈成天受这种气，都是为了你们哪！（擦擦泪润湿了的眼）
霆　妈，别哭了。
思　（抚着霆）以后甚么事都要告诉妈！（埋怨地）瑞贞有肚子要不是妈上个月看出来，你们还是不告诉我的。（指着）你们两个是存的甚么心哪！（关切地）我叫瑞贞喝的那付安胎的药她喝了没有？
霆　没有。
思　不，我说的前天我从罗太医那里讨来的那个方子。
霆　（心里难过，有些不耐）没有喝呀！
思　（勃然变色）为甚么不喝呢？（厉声）叫她喝，要她喝，她再不听话，你告诉我，看我怎么灌她喝！她要觉得她自己不是曾家的人，她肚子里那块肉可是曾家的。现在为她肚子里那孩子，甚么都由着她，她倒越说越来了。（忽然又低声）霆儿，你别糊涂，我看瑞贞这些日子是有点邪，鬼鬼祟祟，交些乱朋友，——（更低声）我怕她拿东西出去，夜晚前后门我都下了锁，你要当心啊，我怕——
　　愫方端着一个药罐由通书斋小门进。
愫　（温婉地）罗太医那方子的药煎好了。
思　（望望她）

愫　（看她不说话,于是又——）就在这儿吃么?
思　（冷冷地）先搁在我屋里的小炭炉上温着吧!
　　愫端着药由霆儿面前走过,进了思懿的屋子。
霆　（望望那药罐里的药汤,诧异而又不大明白的神色）妈,怎么罗太医那个方子,您,您也在吃?
思　（脸色略变,有些尴尬,但立刻又镇静下来,含含糊糊地）妈,妈现在身体也不大好,（找话说)这几天倒是亏了你愫姨照护着,——（但立时又改了口气,咳了一声）不过孩子,（脸上又是一阵暗云,狠恶地）愫姨这个人哪,（摇头）她呀,她才是——
　　愫方由卧室出。
愫　表嫂,姨父正叫着你呢!
思　（似理非理,点了点头。回头对霆）霆儿,跟我来。
　　霆儿随着思懿由书斋小门下。
　　天更暗了。外面一两声雁叫,凄凉而寂寞地掠过这深秋渐晚的天空。
愫　（轻轻叹息了一声,显出一点疲乏的样子。忽然看见桌上那只鸽笼,不觉伸手把它举起,凝望着那里面的白鸽,——那个名叫"孤独"的鸽子,——眼前似乎浮起一层湿润的忧愁,却又爱抚地对那鸽子微微露出一丝凄然的笑容——）
　　这时瑞贞提着一只装满婴儿衣服的小藤箱,把藤箱轻轻放在另外一张小桌上,又悄悄地走到愫方的身旁。
瑞　（低声）愫姨!
愫　（略惊,转身）你来了!（放下鸽笼）
瑞　你看见我搁在你屋里那封长信么?
愫　（点头）嗯。
瑞　你不怪我?
愫　（悲哀而慈爱地笑）不,——（忽然）真地要走了么?
瑞　（依依地）唉。
愫　（叹一口气,并非劝止,只是舍不得）别走吧!
瑞　（顿时激奋起来）愫姨,你还劝我忍下去?
愫　（仿佛在回忆着甚么,脸上浮起一片光彩,缓慢而坚决地）我知道,人总该有忍不下去的时候。
瑞　（眼里闪着期待的神色,热烈地握着她的苍白的手指）那么,你呢?
愫　（焕发的神彩又收敛下去,凄凄望着瑞贞,哀静地）瑞贞,不谈吧,你走了,我会更寂寞的。以后我也许用不着说甚么话,我会更——
瑞　（更紧紧地握着她的手,慢慢推她坐下）不,不,愫姨,你不能这样,你不能一辈子这样!（迫切地恳求）愫姨,我就要走了,你为甚么不跟我说几句痛快话?你为甚么不说你的——（暖暖的暮色里瞥见愫方含着泪光的大眼睛,突然抑止住自己）
愫　（缓缓地）你要我怎么说呢?

瑞　（不觉嗫嚅）譬如你自己,你,你,——（忽然）你为甚么不走呢?

愫　（落漠地）我上哪里去呢?

瑞　（兴奋地）可去的地方多的很。第一,你就可以跟我们走。

愫　（摇头）不,我不。

瑞　（坐近她的身旁,亲密地）你看见了我给你的书了么?

愫　看了。

瑞　说的对不对?

愫　对的。

瑞　（笑起来）那你为甚么不跟我们一道走呢?

愫　（声调低徐,却说得斩截）我不!

瑞　为甚么?

愫　（凄然望望她）不!

瑞　（急切）可为甚么呢?

愫　（想说,但又——这次只静静地摇摇头）

瑞　你总该说出个理由啊,你!

愫　（异常困难地）我觉得我,我在此地的事还没有了。（"了"字此处作"完结"讲）

瑞　我不懂。

愫　（微笑立起）不要懂吧,说不明白的呀。

瑞　（追上去,索性——）那么你为甚么不去找他?

愫　（有一丝惶惑）你说——

瑞　（爽朗）找爹!找他去!

愫　（又镇定下来,一半像在沉思,一半像在追省,呆呆望着前面）为甚么要找呢?

瑞　你不爱他吗?

愫　（低下头）

瑞　（一句比一句紧）那么为甚么不想找他?你为甚么不想?（爽快地）愫姨,我现在不像从前那样呆了。这些话一个月前我决不肯问的。你大概也知道我晓得。（沉重）我要走了,此地再没有第三个人,这屋子就是你同我。愫姨,告诉我,你为甚么不找他,为什么不?

愫　（叹一口气）见到了就快乐么?

瑞　（反问）那么你在这儿就快乐?

愫　我,我可以替他——（忽然觉得涩涩地说不出口,就这样顿住）

瑞　（急切）你说呀,我的愫姨,你说过你要跟我好好谈一次的。

愫　我,我说——（脸上逐渐闪耀着美丽的光彩,苍白的面颊,泛起一层红晕。话说得由开始的暗涩而终于畅适。衷心的感动使得她的声音都有些颤抖）——他走了,他的父亲我可以替他侍候;他的孩子我可以替他照料;他爱的字画我管;他爱的鸽子我喂;连他所不喜欢的人我都觉得该体贴,该喜欢,该爱,为着——

瑞　（插进,逼问愫——愫话略顿,但语气并未停止）为甚么……?

愫　（颤动地）为着他所不爱的也都还是亲近过他的！（一气说完，充满了喜悦。连自己都惊讶这许久关在心里如今才形诸语言的情绪原是这般难以置信的）

瑞　（倒吸一口气）所以你连霆的母亲，我那婆婆，你都拼出你的性命来照料，照护。

愫　（苦笑）你爹走了，她不也怪可怜吗？

瑞　（笑着但几乎流下泪）真地愫姨，你就忘了她从前，现在，待你那种——

愫　（哀矜地）为甚么要记得那些不快活的事呢？如果为着他，为着一个人，为着他——

瑞　（忍不住插嘴）哦，我的愫姨，这么一个苦心肠，你为甚么不放在大一点的事情上去？你为甚么处处忘不掉他？把你的心偏偏放在这么一个废人身上，这么一个无用的废——

愫　（如同刺着她的心一样，哀恳地）不要这么说你的爹呀。

瑞　（分辩）爷爷不也是这么说他？

愫　（心痛）不，不要这么说，没有人明白过他啊。

瑞　（喘一口气，哀痛地）那么你就这样预备一辈子不跟他见面啦？

愫　（突然慢慢低下头去）

瑞　（沉挚地）说呀，愫姨！

愫　（低到几乎听不见）嗯。

瑞　那当初你为甚么让他走呢？

愫　（似乎在回忆，声调里充满了同情）我，我看他在家里苦，我替他难过呀。

瑞　（不觉反问）那么他离开了，你快乐？

愫　（低微）嗯。

瑞　（叹息）唉，两个人这样活下去是为甚么呢？

愫　（哀静的脸上掠过一丝笑的波纹）看见人家快乐，你不也快乐么？

瑞　（深刻的关心，缓缓地）你在家里就不惦着他？

愫　（低下头）

瑞　他在外面就不想着你？

愫　（眼泪默默流在苍白的面颊上）

瑞　就一生，一生这样孤独下去——两个人这样苦下去？

愫　（凝神）苦，苦也许；但是并不孤独的。

瑞　（深切感动）可怜的愫姨，我懂，我懂，我懂啊！不过我怕，我怕爹也许有一天会回来。他回来了，甚么又跟从前一样，大家还是守着，苦着，看着，望着，谁也喘不出一口气，谁也——

愫　（打了一个寒战蓦然坚决地摇着头）不，他不会回来的。

瑞　（固执）可万一他——

愫　（轻轻擦去眼角上的泪痕）他不会，他死也不会回来的。（低头望着那块湿了的手帕，低声缓缓地）他已经回来见过我！

瑞　（吃了一惊）爹走后又偷偷回来过？

愫　嗯。

瑞　（诧异起来）哪一天？

愫　他走后第二天。

瑞　(未想到,嘘一口气)哦!

愫　(怜悯地)可怜,他身上一个钱也没有。

瑞　(猜想到)你就把你所有的钱都给了他?

愫　不,我手边的钱都给他了。

瑞　(略略有点轻蔑)他收下了。

愫　(温柔地)我要他收下了。(回忆)他说他要成一个人,死也不再回来,(感动得不能自止地说下去)他说他对不起他的父亲,他的儿子,连你他都提了又提。他要我照护你们,看守他的家,他的字画,他的鸽子。他说着说着就哭起来,他还说,他还说他最放心不下的是——(泪珠早已落下,却又忍不住笑起来)瑞贞,他还像个孩子,哪像个连儿媳妇都有的人哪!

瑞　(严肃地)那么从今以后你决心为他看守这个家?(以下的问答几乎是没有停顿,一气接下去)

愫　(又沉静下来)嗯。

瑞　(追问)成天陪着快死的爷爷?

愫　(默默点首)嗯。

瑞　(逼望着她)送他的终。

愫　(躲开瑞的眼睛)嗯。

瑞　(故意这样问)再照护他的儿子?

愫　(望瑞,微微皱眉)嗯。

瑞　侍候这一家子老小?

愫　(固执地)嗯。

瑞　(几乎是生了气)还整天看我这位婆婆的脸子?

愫　(不由得轻轻地打了一个寒战)喔!——嗯。

瑞　(反激)一辈子不出门?

愫　(又镇定下来)嗯。

瑞　不嫁人?

愫　嗯。

瑞　(迫问)受气?

愫　(低沉)嗯。

瑞　(逼近)吃苦?

愫　(凝视)嗯。

瑞　(狠而重)到死?

愫　(低头,用手摸着前额,缓缓地)到——死!

瑞　(暴发,哀痛地)可我的好愫姨,你这是为甚么呀?

愫　(抬起头)为着——

瑞　(质问的神色)嗯,为着——

愫　（困难地）为着，我不知道该怎么说，——（忽然脸上显出异样美丽的笑容）为着，这才是活着呀！

瑞　（逼出一句话来）你真地相信爹就不会回来么？

愫　（微笑）天会塌么？

瑞　你真准备一生不离开曾家的门，这个牢，就为着这么一个梦，一个理想，一个人——

愫　（悠悠地）也许有一天我会离开——

瑞　（迫待）甚么时候？

愫　（笑着）那一天，天真地能塌，哑巴都急得说了话！

瑞　（无限的悯切）愫姨，把自己的快乐完全放在一个人的身上是危险的，也是不应该的。（感慨）过去我是个傻子，愫姨你现在还——

室内一切渐渐隐入在昏暗的暮色里，乌鸦在窗外屋檐上叫两声又飞走了。在瑞贞说话的当儿由远远城墙上断续送来未归营的号手吹着的号声，在凄凉的空气中寂寞地荡漾，一直到闭幕。

愫　不说吧，瑞贞。（忽然扬头望着外面）你听，这远远吹的是甚么？

瑞　（看出她不肯再谈下去）城墙边上吹的号。

愫　（谛听）凄凉的很哪！

瑞　（点头）嗯，天黑了！过去我一个人坐在屋里就怕听这个，听着就好像活着总是灰惨惨的。

愫　（眼里涌出泪光）是啊，听着是凄凉啊！（猛然热烈地抓着瑞贞的手，低声）可瑞贞，我现在突然觉得真快乐呀！（抚摸自己的胸）这心好暖哪！真好像春天来了一样。（兴奋地）活着不就是这个调么？我们活着就是这么一大段又凄凉又甜蜜的日子啊！（感动地流下泪）叫你想想忍不住要哭，想想又忍不住要笑啊！

瑞　（拿手帕替愫擦泪，连连低声喊）愫姨，你怎么真地又哭了？愫姨你——

愫　（倾听远远的号声）不要管我，你让我哭哭吧！（泪光中又强自温静地笑出来）可我是在笑啊！瑞贞，——（瑞贞不由得凄然地低下头，用手帕抵住鼻端。愫方又笑着想扶起瑞贞的头）——瑞贞，你不要为我哭啊！（温柔地）这心里头虽然是酸酸的，我的眼泪明明是因为我太高兴啦！——（瑞贞抬头望她一下，忍不住更抽咽起来。愫抚摸瑞的手，又像是快乐，又像是伤心地那样低低地安慰着，申诉着）——别哭了，瑞贞，多少年我没说过这么多话了，今天我的心好像忽然打开了，又叫太阳照暖和了似的。瑞贞，你真好！不是你，我不会这么快活；不是你，我不会谈起了他，谈得这么多，又谈得这么好！（忽然更兴奋地）瑞贞，只要你觉得外边快活，你就出去吧，出去吧！我在这儿也是一样快活的。别哭了，瑞贞，你说这是牢吗？这不是呀，这不是呀，——

瑞　（抽咽着）不，不，愫姨，我真替你难过！我怕呀！你不要这么高兴！你的脸又在发烧，我怕——

愫　（恳求似的）瑞贞，不要管吧！我第一次这么高兴哪！（走进瑞放着小箱子的桌旁）瑞贞，这一箱小孩儿的衣服，你还是带出去。（哀悯地）在外面还是尽量帮助人吧！把好的送给人家，坏的留给自己。甚么可怜的人我们都要帮助，我们不是单靠吃来活着的啊！（打开那箱子)这些小衣服你用不着,就送给那些没有衣服的小孩子们穿吧。(忽然由里面抖出一件雪白的小毛线斗篷)你看这件斗篷好看吧?

瑞　好,真好看。

愫　(得意地又取出一顶小白帽子)这个好玩吧?

瑞　嗯,真好玩。

愫　(欣喜地又取出一件黄绸子小衣服)这件呢?

瑞　(也高起兴来,不觉拍手)这才真美哪!

愫　(更快乐起来,她的脸更显出美丽而温和的光彩)不,这不算好的,还有一件(忍不住笑,低头朝箱子里——)

凄凉的号声,仍不断地传来,这时通大客厅的门缓缓推开,暮色昏暗里显出曾文清。他更苍白瘦弱,穿一件旧的夹袍,臂里挟着那轴画,神色惨沮疲惫,低着头踽踽踱进来。

愫方背向他,正高兴地低头取东西。瑞贞面朝着那扇门——

瑞　(一眼看见,像中了梦魇似的,喊不出声来)啊,这——

愫　(压不下的欢喜,两手举出一个非常美丽的大洋娃娃,金黄色的头发,穿着粉红色的纱衣服。她满脸是笑,期待地望着瑞)你看!(突然看见瑞贞的苍白紧张的脸,颤抖地)谁?

瑞　(呆望)我看,天,天塌了。(突然回身,盖上自己的脸)

愫　(回头望见文清,文清正停顿着,仿佛看不大清楚似地向她们这边望)啊!

文清当时低下头,默默走进了自己的屋里。

他进去后,思懿就由书斋小门跑进。

思　(惊喜)是文清回来了么?

愫　(暗哑)回来了!

思立刻跑进自己的卧室。

愫方呆呆地楞在那里。

远远的号声随着风在空中寂寞的振抖。

(幕徐落——落后即起,表示到第二景经过相当的时间)

第二景

离第三幕第一景有十个钟头的光景,是黎明以前那段最黑暗的时候。一盏洋油灯扭得很大,照着屋子里十分明亮。那破金鱼纸鸢早不知扔在甚么地方了。但那只鸽笼还孤零零地放在桌子上,里面的白鸽子动也不动,把头偎在自己的毛羽里,似乎早已入了睡。屋里的空气十分冷,半夜坐着,人要穿上很厚的衣服才耐得住这秋尽冬来的寒气。外面西风正紧,院子里的白杨树响得像一阵阵的急雨,使人压不下一种悲凉凄苦的感觉。破了的窗纸也被吹的抖个不休。远远偶尔有更锣声,在西风的呼啸中,间或传来远处深巷里卖"硬面饽饽"的老人叫卖声,被那忽急忽缓的风,荡漾得时而清楚,时而模糊。

这一夜曾家的人多半没有上床,在曾家的历史中,这是一个最惨痛的夜晚。曾家老太爷整夜都未阖上眼,想着那漆了又漆,朝夕相处有多少年的好寿木再隔不到几个时辰就要拱手让给别人,心里真比在火边炙烤还要难忍。

杜家人说好要在"寅时"未尽——就是五点钟——以前"迎材",把寿木抬到杜府。因此杜家管事只肯等到五点以前,而江泰从头晚五点跑出去交涉借款到现在还未归来。曾文彩一面焦急着丈夫的下落,同时又要到上房劝慰父亲。一夜晚随时出来,一问再问,到处去打电话,派人找,而江泰依然是毫无踪影,其余的人看到老太爷这般焦灼,也觉得不好不陪。自然有的人是诚心诚意,望着江泰把钱借来,好把杜家这群狼虎一般的管事们赶走。有的呢,只不过是嘴上孝顺,倒是怕江泰归来,万一借着了钱把一笔生意打空了。同时在夜晚,曾家也有的人,暗地在房里忙着收拾自己的行李,流着眼泪,又怀着喜悦,抱着哀痛的心肠或光明的希望,追惜着过去,憧憬未来,这又是属于明日的"北京人"的事,和在棺木里打滚的人们不相干的。

在这间被凄凉与寒冷笼住了的屋子里,文清痴了一般的坐在沙发上,一动也不动。他换了一件深灰色杭绸旧棉袍,两手插在袖管里不作声。倦怠和绝望交替着在眼神里,眉峰间,嘴角边浮移,终于沉闷地听着远处的更锣声,风声,树叶声,和偶尔才肯留心到的身旁思懿无尽无休的言语。

思懿换了一件蓝毛噶的薄棉袍,大概不知已经说了多少话,现在似乎说累了,正期待地望着文清答话。她一手拿着一碗药,一手拿着一只空碗;两只碗互相倒过来倒过去,等着这碗热药凉了好喝,最后一口把药喝光,就拿起另一杯清水漱了漱口。

思　　(放下碗,又开始——)好了,你也算回来了。我也算对得起曾家的人了。(冷笑)总算没叫我们那姑奶奶猜中,没叫我把她哥哥逼走了不回来。

　　　　文清厌倦地抬头来望望她。

思　　(斜眼看着文清,似乎十分认真地)怎么样?这件事?——我可就这么说定了?(仿佛是不了解的神色)咦,你怎么又不说话呀?这我可没逼你老人家啊!

文　　(叹息,无可奈何地)你,你究竟又打算干甚么吧?

思　　(睁大了眼,像是又遭受不白之冤的样子)奇怪,顺你老人家的意思这又不对了。(做出那"把心一横"的神气)我呀,做人就做到家!今天我们那位姑奶奶当着爹,当着我的儿女,对我发脾气,我现在都为着你忍下去!刚才我也找她,低声下气地先跟她说了话,请她过来商量,大家一块儿来商量商量——

文　　(忍不住,抬头)商量甚么?

思　　咦,商量我们说的这件事啊?(认定自己看穿了文清的心思,讥刺地)这可不是小孩子见糖,心里想,嘴里说不要。我这个人顶喜欢痛痛快快的,心里想要甚么,嘴里就说甚么。我可不爱要吃羊肉又怕膻气的男人。

文　　(厌烦)天快亮了,你睡去吧!

思　　(当做没听见,接着自己的语气)我刚才就爽爽快快跟我们姑奶奶讲,——

文　　(惊愕)啊!你跟妹妹都说了——

思　　(咂咂嘴)怎么?这不能说?——

　　　　文彩由书斋小门上。她仍旧穿着那件驼绒袍子,不过加上了一件咖啡色毛衣。一夜没睡,形容更显憔悴,头发微微有些蓬乱。

彩　　（理着头发）怎么哥哥,快五点了,你现在还不回屋睡去?
文　　（苦笑）不。
彩　　（转对思,焦急地）江泰回来了没有?
思　　没有。
彩　　刚才我仿佛听见前边下锁开门。
思　　（冷冷地）那是杜家派的扛夫,抬寿木来啦。
彩　　唉！（心里逐渐袭来失望的寒冷,她打了一个寒战,蜷缩地坐在那张旧沙发里）哦,好冷！
思　　（谛听,忍不住故意地）你听,现在又上了锁了！（提出那问题）怎么样？（虽然称呼得有些硬涩,但脸上却堆满了笑容）妹妹,刚才我提了那件事,……
彩　　（心里像生了乱草,——茫然）甚么?
思　　（谄媚地笑着瞟了文清一眼）我说把愫小姐娶过来的事。
彩　　（想起来,却又不知思懿肚子里又在弄甚么把戏,只好苦涩地笑了笑）这不大合适吧。
思　　（非常豪爽地）这有甚么不合适的呢？（亲热地）妹妹,您可别把我这个做嫂子的心看得（举起小手指一比）这么"不钉点儿"大！我可不是那种成天要守着男人才能过日子的人。"贤慧"这两个字今生我也做不到,这一点点度量我还有。（又谦虚地）按说呢,这并谈不上甚么度量不度量,表妹妹嫁表哥,亲上加亲,这也是天公地道,到处都有的事。
彩　　（老老实实）不,我说也该问问愫表妹的意思吧。
思　　（尖刻地笑出声来）咳,这还用的着问？她还有甚么不肯的？我可是个老实人,爱说一个痛快话,愫表妹这番心思,也不是我一个人看得出来。表妹呢,道道地地是个好人,我不爱说亏心话。那么,（对文清似乎"恳切"的样子）"表哥",你现在也该说句老实话了吧？亲姑奶奶也在这儿,你至少也该在妹妹面前,对我讲一句明白话吧。
文　　（望望文彩,仍低头不语。）
思　　（追问）你说明白了我好替你办事啊！
彩　　（仿佛猜得出哥哥的心思,替他说）我看这还是不大好吧。
思　　（眼珠一转）这又有甚不大好的？妹妹,你放心,我决不会委屈愫表妹,只有比从前亲,不会比从前远！（益发表现自己的慷慨）我这个人最爽快不过,半夜里我就把从前带到曾家的首饰翻了翻,也巧,一翻就把我那付最好的珠子翻出来,这就算是我替文清给愫表妹下的定（说着由小桌上拿起一对从古老的簪子上拆下来的珠子,递到文彩面前）妹妹,你看这怎么样？
彩　　（只好接下来看,随口称赞）倒是不错。
思　　（逐渐说得高兴）我可急性子,连新房我都替文清看定了。一会袁家人上火车一走,空下屋子我就叫裱糊匠赶紧糊。大家凑个热闹,帮我个忙,到不了两三天妹妹也就可以吃喜酒啦。我呀,甚么事都想到啦,——（望着文清似乎是嘲弄,却又像是赞美的神气）我们文清心眼儿最好,他就怕亏待了他的愫表妹。我早就想过,以后啊,（索性说

	个畅快)哎,说句不好听的话吧,以后在家里就是"两头大",(粗鄙地大笑起来)我们谁也不委屈谁!
彩	(心里焦烦,但又不得不随着笑两声)是啊,不过我怕总该也问一问爹吧?
	张顺由书斋小门上,似乎刚从床上被人叫起来,睡眼朦胧的,衣服都没穿整齐。
张	(进门就叫)大奶奶!
思	(不理张顺,装做没听清楚彩的话)啊?
彩	我说该问问爹吧。
思	(更有把握地)嗐,这件事爹还用着问?有了这么个好儿媳妇,(话里有话)侍候他老人家,不更"名正言顺"啦吗?(忽然)不过就是一样,在家里爱怎么称呼她,就怎么称呼。出门在外,她还是称呼她的"愫小姐"好,不能也"奶奶,太太"的叫人听着笑话。——(又一转,瞥了文清一眼)其实我倒无所谓,这也是文清的意思,文清的意思。(文清刚要说话,她立刻转过头来问张)张顺甚么事?
张	老太爷请您。
思	老太爷还没有睡?
张	嗯,——
思	(对张)走吧,嗐!
	思懿急匆匆由书斋小门下,后面随着张顺。
彩	(望着思走出去,才站起来,走到文清面前非常同情的声调,缓缓地)哥哥,你还没有吃东西吧?
文	(望着她,摇摇头,又失望地出神)
彩	我给你拿点枣泥酥来。
文	(连忙摇手,烦躁地)不,不,不,(又倦怠地)我吃不下。
彩	那么哥哥,你到我屋里洗洗脸,睡一会好不好?
文	(失神地)不,我不想睡。
彩	(想问又不好问,但终于——)她,她这一夜晚为甚么不让你到屋子里去?
文	(惨笑)哼,她要我对她赔不是。
彩	你呢?
文	(绝望但又非常坚决的神色)当然不!(就阖上眼)
彩	(十分同情,却又毫无办法的口气)唉,天下哪有这种事:丈夫刚回来一会儿,好不到两分钟,又这样没完没了地——
	外面西风呼呼地吹着,陈奶妈由书斋小门上。她的面色也因为一夜的疲倦而显得苍白,眼睛也有些凹陷。她披着一件大棉袄,打着呵欠走进来。
陈	(看着文清低头闭上眼靠着,以为他睡着了,对着文彩,低声)怎么清少爷睡着了?
彩	(低声)不会吧。
陈	(走近文,文依然阖着眼,不想作声。陈看着他,怜悯地摇摇头,十分疼爱的,压住嗓子回头对彩)大概是睡着啦。(轻轻叹一口气,就把身上披的棉袄盖在他的身上)

彩	（声音低而急）别，别，您会冻着的，我去拿（向自己的卧室走）——
陈	（以手止住文彩，撕着声音，匆促地）我不要紧。得啦，姑小姐，您还是到上屋看看老爷子去吧！
彩	（焦灼地）怎么啦？
陈	（心痛地）叫他躺下他都不肯，就在屋里坐着又站起来，站起来又坐下，直问姑老爷回来了没有？姑老爷回来了没有？
彩	（没有了主意）那怎么办？怎么办呢？江泰到现在一夜晚没有个影，不知道他跑到——
陈	（摇头）唉，真造孽！（把彩拉到一个离文清较远的地方，怕吵醒他）说起可怜！白天说说把寿木送给人家容易，到半夜一想，这守了几十年的东西一会儿就要让人拿走，——您想，他怎么会不急！怎么会不——

张顺由书斋小门上。

张	姑奶奶！
陈	（忙指着似乎在沉睡着的文清，连连摇手）
张	（立刻把声音放低）老太爷请。
彩	唉！（走了两步回头）愫小姐呢？
陈	刚给老爷子捶完腿。——大概在屋里收拾甚么呢！
彩	唉。

文彩随着张顺由书斋小门下。

外面风声稍缓，树叶落在院子里，打着滚，发出沙沙的声音，更锣声渐渐地远了，远到听不见。隔巷又传来卖"硬面饽饽"苍凉单沉的叫卖声。陈奶妈打个呵欠，走到文清身边。

陈	（低头向文清，看他还是闭着眼，不觉微微叫出，十分疼爱地）可怜的清少爷！

文清睁开了眼，依然是绝望而厌倦的目光，用手撑起身子——

陈	（惊愕）清少爷，你醒啦？
文	（仿佛由惝恍的昏迷中唤醒，缓缓抬起头）是您呀，奶妈！
陈	（望着清，不觉擦着眼角）是我呀，我的清少爷！（摇头望着他，疼惜地）可怜，真瘦多了！你怎么在这儿睡着了？
文	（含含糊糊地）嗯，奶妈。
陈	唉，我的清少爷，这些天在外面真苦坏啦！（擦着泪）愫小姐跟我没有一天不惦记着你呀。可怜，愫小姐——
文	（忽然抓着陈奶妈的手）奶妈，我的奶妈！
陈	（忍不住心酸）我的清少爷，我的肉，我的心疼的清少爷！你，你回来了还没见着愫小姐吧？
文	（说不出口，只紧紧地握住陈奶妈干巴巴的手）奶妈！奶妈！
陈	（体贴到他的心肠，怜爱地）我已经给你找她来了。
文	（惊骇。非常激动地）不，不，奶妈！
陈	造孽哟，我的清少爷，你哪像个要抱孙子的人哪，清少爷。

文　　（惶惑）不,不,别叫她！您为甚么要——
陈　　（看见书斋小门开启）别,别,大概是她来了！
　　　愫方由书斋小门上。
　　　她换了一件黑毛巾布的旗袍,衬着长长的黑发,苍白的面容,冷静的神色,大的眼睛里稍稍露出难过而又疲倦的样子,像一个美丽的幽灵轻轻地走进房来。文此刻十分激动地站起来。
愫　　陈奶妈！
陈　　（故意做出随随便便的样子）愫小姐还没睡呀？
愫　　嗯,（想不出话来）我,我来看看鸽子来啦。（就向搁着鸽笼的桌子走）
陈　　（顺口）对了,看吧！（忽然想起）我也去瞅瞅孙少爷孙少奶奶起来没有,大奶奶还叫他们小夫妻俩给袁家人送行呢。（说着就向外面走）
文　　（举起她的棉袄,低低的声音）您的棉袄,奶妈！
陈　　哦！棉袄,（笑对他们）你们瞧我这记性！
　　　陈拿着棉袄,搭讪着由书斋小门下。
　　　天未亮之前,风又渐渐地刮大起来,白杨树又像急雨一般地响着,远处已经听见第一遍鸡叫,随着风在空中缭绕。
　　　二人默对,半天说不出话,文清愧恨地低下头,缓缓朝卧室走。
愫　　（眼睛才从那鸽笼移开）文清！
文　　（停步,依然不敢回顾）
愫　　奶妈说你在找——
文　　（转身,慢慢抬头望愫）
愫　　（又低下头去）
文　　愫方！
愫　　（不觉又痛苦地望着笼里的鸽子）
文　　（没有话说,凄凉地）这,这只鸽子还在家里。
愫　　（点头,沉痛地）嗯,因为他已经不会飞了！
文　　（楞一楞）我——（忽然明白,掩面抽咽）
愫　　（声音颤抖地）不,不——
文　　（依然在哀泣）
愫　　（略近前一步,一半是安慰,一半是难过的口气）不,不这样,为甚么要哭呢？唉！
文　　（大恸,扑在沙发上）我为甚么回来呀！我为甚么回来呀！明明晓得绝不该回来的,我为甚么又回来呀！
愫　　（哀伤地）飞不动,就回来吧！
文　　（抽咽,诉说）不,你不知道啊,——在外面——在外面的风浪——
愫　　文清！你（取出一把钥匙递给文清）——
文　　啊？

愫　　这是那箱子的钥匙！
文　　(不明白)怎么？
愫　　(冷静地)你的字画都放在那箱子里。(慢慢将钥匙放在桌子上)
文　　(惊惶)你要怎么样啊,愫方——
　　　半晌。外面风声,树叶声,——
愫　　你听！
文　　啊！
愫　　外面的风吹得好大啊！
　　　风声中屋外仿佛有人在叫着："愫姨！愫姨！"
愫　　(谛听)外面谁在叫我啊？
文　　(也听,听不见)没,没有吧？
愫　　(肯定,徐徐地)有,有！
　　　思懿由书斋小门上。
思　　(对愫,似乎在讥讽,又似乎是一句无心的话)啊！我一猜你就到这儿来啦？
　　　(亲热地)愫表妹,我的腰又痛起来啦,回头你再给我推一推,好吧？嗜,刚才我还忘了告诉你,你表哥回来了,倒给你带了一样好东西来了。
文　　(窘极)你——
思　　(不由分说,拿起桌上那对珠子,送到愫方面前)你看这对珠子多大呀,多圆哪！
文　　(警惕)思懿！
　　　张顺由通书斋小门上,在门口望见主人正在说话,就停住了脚。
思　　(同时——不顾文清的脸色,笑着)你表哥说,这是表哥送给表妹做——
文　　(激动得发抖,突然暴发,愤怒地)你这种人是甚么心肠呕！
　　　文清说完,立刻跑进自己的卧室。
思　　文清！
　　　卧室门砰地关上。
思　　(脸子一沉,冷冷地)哎,我真不知道我这个当太太的还该怎么做啦！
张　　(这时走上前,低声)大奶奶,杜家管事说寅时都要过啦,现在非要抬棺材不可了。
思　　好,我就去。
　　　张顺由通大客厅的门下。
思　　(突然)好,愫表妹,我们回头说吧。(向通书斋的小门走了两步,又回转身,亲热地笑着)愫表妹,我怕我的胃气又要犯,你到厨房给我炒一把热盐煋煋,好吧？
愫　　(低下头)
　　　思懿由书斋小门下。
愫　　(呆立在那里,望着鸽笼)
　　　外面风声。
　　　瑞贞由通大客厅的门上。

瑞　　　愫姨!
愫　　　(不动)嗯。
瑞　　　(急切)愫姨!
愫　　　(缓缓回头,对瑞,哀伤的惋惜)快乐真是不常的呀,连一个快乐的梦都这样短!
瑞　　　(同情的声调)不早了,愫姨,走吧!
愫　　　(低沉)门还是锁着的,钥匙在——
瑞　　　(自信地)不要紧!"北京人"会帮我们的忙。
愫　　　(不大懂)"北京人?"——

外面思懿在喊。

思懿的声音　　愫表妹!愫表妹!

瑞　　　(推开通大客厅的门,指着门内——)就是他!

门后屹然立着那小山一般的"北京人",他现在穿着一件染满机器上油泥的帆布工作服,棕黑的脸,钢轴似的胳膊,宽大的手里握着一把钢钳子,粗黑的眉毛下,目光炯炯,肃然可畏,但仔细看来却带着和穆坦挚的微笑和神色,又叫人觉得蔼然可亲。

思懿的声音　　(更近)愫表妹!愫表妹!

瑞　　　她来了!

瑞贞走到通大客厅的门背后躲起。"北京人"巍然站在门前。

思懿立刻由书斋小门上。

思　　　哦,你一个人还在这儿!爹要喝参汤,走吧。
愫　　　(点头,就要走)
思　　　(忽然亲热地)哦,愫表妹,我想起来了,我看我就现在对你说了吧?(说着走到桌旁,把放在桌上的那付珠子拿起来。忽然瞥见了"北京人",吃了一惊,对他)咦,你在这儿干甚么?
北京人　(森然望着她)
思　　　(惊疑)问你!你在这儿干甚么?
北京人　(又仿佛嘲讽而轻蔑地在嘴上露出个笑容)
愫　　　(沉静地)他是个哑巴。
思　　　(没有办法,厌恶地盯了"北京人"一眼,对愫)我们在外面说去吧。

思懿拉着愫方由书斋小门下。

瑞贞听见人走了,立刻又由通大客厅的门上。

瑞　　　走了?(望望,转对"北京人"指着外面,一边说,一边以手做势)门,——大门,——锁着,——没有钥匙!
北京人　(徐徐举起拳头,一字一字,粗重而有力地)我——们——打——开!
瑞　　　(略吃一惊)你,你——
北京人　(坦挚可亲地笑着)跟——我——来!(立刻举步向前走)
瑞　　　(大喜)愫姨!愫姨!(忽又转身对"北京人",亲切地)你在前面走,我们跟着来!

北京人	（点首）	

"北京人"像一个伟大的巨灵引导似的由通大客厅门走出。

同时愫方由书斋小门上，颜色非常惨白。

瑞　　（高兴地跑过来）愫姨！愫姨！我，我告——（忽然发现愫方惨白的脸）你怎么脸发了青？怎么？她对你说了甚么？

愫　　（微微摇摇头）

瑞　　（止不住那高兴）愫姨，我告诉你一件奇怪的事！哑巴真地说了话了！

愫　　（沉重地）嗯，我也应该走了。

外面忽然传来一阵非常热闹的吹吹打打的锣鼓唢呐响，掩住了风声。

瑞　　（惊愕，回头）这是干甚么？

愫　　大概杜家那边预备迎棺材呢。

瑞　　（又笑着问）你的东西呢？

愫　　在厢房里。

瑞　　拿走吧？

愫　　（点首）嗯。

瑞　　愫姨，你——

愫　　（凄然）不，你先走！

瑞　　（惊异）怎么，你又——

愫　　（摇头）不，我就来，我只想再见他一面！

瑞　　（以为是——不觉气愤）谁？

愫　　（恻然）可怜的姨父！

瑞　　（才明白了）哦！（也有些难过）好吧，那我先走，我们回头在车站上见。

外面文彩喊着，"江泰！江泰！"瑞贞立刻由通大客厅的门下。

愫方刚向书斋小门走了两步，文彩就由书斋小门上，满脸的泪痕。

彩　　（焦急地）江泰还没有回来？

愫　　没有。

彩　　他怎么还不回来？（说着就跌坐在沙发上呜咽起来）我的爹呀，我的可怜的爹呀！

愫　　（急切地）怎么啦？

彩　　（一边用手帕擦泪，一边诉说着）杜家的人现在非要抬棺材，爹一死儿不许！可怜，可怜他老人家像个小孩子似地抱着那棺材死也不肯放。（又抽咽）我真不敢看爹那个可怜的样子！（抬头望着满眼露出哀怜神色的愫方）表妹，你去劝爹进来吧，别再在棺材旁边看哪！

愫　　（凄然向书斋小门走）

愫方由书斋小门下。

彩　　（同时独自——）爹，爹，你要我们这种儿女干甚么哟？（立起，不由得）哥哥！哥哥！（向文清卧室走）我们这种人有甚么用，有甚么用啊！

忽然外面爆竹声大作。

彩	（不觉停住脚，回头望）
	张顺由书斋小门上，眼睛也红红的。
彩	这是甚么？
张	（又是气又是难过）杜家那边放鞭迎寿材呢！我们后门也打开啦，棺材已经抬起来了。
	在爆竹声中听见了许多杠夫抬着棺木，整齐的脚步声，和低沉地"唉喝，唉喝"的声音；同时还掺杂着杜家的管事们督促着照料着的叫喊声，书斋窗户里望见许多灯笼，匆忙地随着人来回摇动。
	这时陈奶妈和愫方扶着曾皓由书斋小门走进。曾皓面色白得像纸，眼睛里布满了红丝。在极度的紧张中，他几乎像颠狂了一般，说甚么也不肯进来。陈奶妈一边擦着眼泪，一边不住地劝慰，拉着，推着。愫方悲痛地望着曾皓的脸。他们后面跟着思懿。她也拿了手帕在擦着眼角，不知是在擦沙，还是擦泪水。
陈	（连连地）进来吧，老爷子！——别看了！进来吧，——
皓	（回头呼唤，声音喑哑）等等！叫他们再等等！等着！（颤巍巍转对思，言语失了伦次）你再告诉他们，说钱就来，人就来，钱就拿人来！等等！叫他们再等等！
愫	姨父你——
	愫方把皓扶在一个地方倚着，看见老人这般激动地喘息，忽然想起要为他拿甚么东西，立刻匆匆由书斋小门下。
陈	（不住地劝解）老爷子，让他们去吧，（恨恨地）让他们拿去挺尸去吧！
皓	（几乎是乞怜）你去呀，思懿！
思	（这时她也不免有些难过，无奈何地只得用仿佛在哄骗着小孩子的口气）爹！有了钱，我们再买付好的。
皓	（愤极）文彩，你去！你去！（顿足）江泰究竟来不来？他来不来？
彩	（一直在伤痛着——连声应）他来，他来呀，我的爹！
	外面爆竹声更响，抬棺木的脚步声仿佛越走越近，就要从眼前过似的。
皓	（不觉喊起来）江泰！江泰！（又像是对着文彩，又像是对着自己）他到哪儿去啦？他到哪儿去啦！
	这时通大客厅的门忽然推开，江泰满脸通红，头发散乱，衣服上一身的绉折，摇摇晃晃地走进来。
	爆竹声渐停。
皓	（几乎不相信自己的眼睛）江泰，你来了！
江	（小丑似地，似笑非笑，似哭非哭，不知是得意还是懊丧的神气，含糊地对着他点了点头）我——来——了！
皓	（忘其所以）好，来得好！张顺，叫他们等着！给他们钱，让他们滚！去，张顺。
	张顺立刻由书斋小门下。
彩	（同时走到江泰面前）借，借的钱呢！（伸出手）
江	（手一拍，兴高采烈）在这儿！（由口袋里掏出一卷"手纸"，"拍"一掷在她的手掌里）在

　　　　　这儿!
彩　　　你,你又——
江　　　(同时回头望门口)进来!滚进来!
　　　　　果然由通大客厅的门口走进一个警察,后面随着曾霆,非常惭愧的颜色,手里替他拿着半瓶"白兰地"。
江　　　(手脚不稳而理直气壮)就是他!(又指点着,清清楚楚地)就——是——他!(转身对曾家的人们申辩)我在北京饭店开了一个房间,住了一夜,可今天他们偏说我拿了东西,拿了他们的东西——
皓　　　这——
警　　　(非常懂事地)对不起,昨儿晚上委屈这位先生在我们的派出所——
江　　　你放屁!北京饭店!
警　　　(依然非常有礼貌地)派出所!
江　　　(大怒)北京饭店!(指着警察)你们的局长我认识!(说着走着,一刹时怒气抛到九霄云外)你看,这是我的家!我的老婆!(莫明其妙地顿时忘记了方才的冲突,得意地)我的岳父曾皓先生!(忽然抬头,笑起来)你看哪!(指屋)我的房子!(一面笑,望着警察,一面含含糊糊地指着点着,仿佛在引导人家参观)我的桌子!(到自己卧室门前)我的门!(于是就糊里糊涂走进去,嘴里还在说着)我的——
　　　　　忽然不很重的"扑通"一声——
彩　　　泰,你——(跑进自己的卧室)
警　　　诸位现在都看见了,我也跟这位少爷交待明白啦。(随随便便举起手行个礼)
　　　　　警察由通大客厅的门下。
外面的人　(高兴地)抬罢!(接着哄然一笑,立刻又响起沉重的脚步声)
皓　　　(突又转身)
陈　　　你干甚么?
皓　　　我看,——看,——
陈　　　得啦,老爷子,——
　　　　　曾皓走在前面,陈奶妈赶紧去扶,思懿也过去扶着。陈与皓由书斋小门下。
　　　　　外面的喧嚣声,脚步声,随着转弯抹角渐行渐远。
思　　　(将皓扶到门口,又走回来,好奇地)霆儿,那警察说甚么?
霆　　　他说姑爹昨天晚上醉醺醺地到洋铺子买东西,顺手就拿了人家一瓶酒。
思　　　叫人当面逮着啦?
霆　　　嗯,不知怎么姑爹一晚上在派出所还喝了一半,又不知怎么姑爹又把自己给说出来了,这,(举起那半瓶酒)这是剩下那半瓶"白兰地"!(把酒放在桌子上,就苦痛地坐在沙发上)
思　　　(幸灾乐祸)这倒好,你姑爹现在又学会一手啦?(向卧室门走)文清,(到门口)文清,刚才我已经跟你的愫表妹说了,看她样子倒也挺高兴。以后好啦,你也舒服,我也舒

服。你呢,有你的愫表妹陪你;我呢,坐月子的时候,也有个人伺候!	
霆	(母亲的末一句话像一根钢针戳入他的耳朵里,触电一般蓦然抬起头)妈,您说甚么?
思	(不大懂)怎么——
霆	(徐徐立起)您说您也要——呃——
思	(有些惭色)嗯?——
霆	(恐惧地)生?
思	(脸上表现出那件事实)怎么?
霆	(对他母亲绝望地看了一眼,半晌,狠而重地)唉!生吧!
	霆突然由通大客厅的门跑下。
思	霆儿!(追了两步)霆儿!(痛苦地)我的霆儿!
	彩由卧室匆匆地出来。
彩	爹呢?
思	(呆立)送寿木呢!
	彩刚要向书斋小门走去,陈奶妈扶着曾皓由书斋小门上。皓在门口不肯走,向外望着,喊着。彩立刻追到门前,外面的灯笼稀少了,那些杠夫们已经走得很远。
皓	(脸向着门外,遥遥地喊)不成,那不成!不是这样抬法!
陈	(同时)得啦,老爷子,得啦!
彩	(不住地)爹!爹!
皓	(依依瞭望着那正在抬行的棺木,叫着,指着)不成!那碰不得呀!(对陈奶妈)叫他们别碰着那土墙!那寿木盖子是四川漆!不能碰!碰不得!
思	别管啦,爹,碰坏了也是人家的。
皓	(被她提醒,静下来发愣,半晌,忽然大恸)亡妻呀!我的亡妻呀!你死得好,死得早,没有死的,连,连自己的棺木都——(顿足)活着要儿孙干甚么哟!要这群像耗子似的儿孙干甚么哟!(哀痛地跌坐在沙发上)
	訇然一片土墙倒塌声。
	大家沉默。
彩	(低声)土墙塌了。
	静默中,江泰由自己的卧室摇摇晃晃又走出来。
江	(和颜悦色,抱着极大的善意,对着思懿)我告诉过你,八月节我就告诉过你,要塌!要塌!现在,你看,是不是——
	思厌恶地看他一眼,陡然转身由书斋小门走下。
江	(摇头)哎,没有人肯听我的话!没有人理我的哟!没有人理我的哟!
	江泰一边说着,一边顺手又把桌上那半瓶"白兰地"拿起来,又进了屋。
彩	(着急)江泰!(跟着进去)
	远远鸡又在叫。
陈	唉!

这时仿佛隔壁忽然传来一片女人的哭声。愫方一只手腕上搭着自己要带走的一条毯子,一手端了一碗参汤,由书斋小门进。

皓　（抬头）谁在哭？
陈　大概杜家老太爷已经断了气了,我瞧瞧去。（皓又低下头）
　　陈奶妈匆匆由书斋小门下。
　　鸡叫。
愫　（走近皓,静静地）姨父！
皓　（抬头）啊？
愫　（温柔地）您要的参汤！（递过去）
皓　我要了么？
愫　嗯！（搁在皓的手里）
　　圆儿突然由通大客厅的门悄悄上。她仍然穿着那身衣服,只是上身又加了一件跟裙子一样颜色的短大衣,脖子上松松地系着一块黑底子白点子的绸方巾,手里拿着那"北京人"的剪影。
圆　（站在门口,低声,急促地）天就亮了,快走吧！
愫　（点点头）
　　圆笑嘻嘻的立刻拿着那剪影缩回去,关上门。
皓　（喝了一口,就把参汤放在沙发旁边的桌上,微弱地长嘘了一声）唉！（低头阖上眼）
愫　（关心地）你好点吧！
皓　（含糊地）嗯,嗯。——
愫　（哀怜地）我走了！姨父！
皓　（点头）你去歇一会儿吧。
愫　喔,（缓缓地）我去了！
皓　（疲惫到极点像要睡的样子,轻微地）嗯！
　　愫转身走了两步回头望望那衰弱的老人的可怜的样子,忍不住又回来把自己要带走的毯子轻轻地给他盖上。
皓　（忽然又含糊地）回头就来呀。
愫　（满眼的泪光）就来！
　　愫一面退着走一面望着皓。
皓　（闭着眼）再来给我捶捶。
愫　（泪止不住的流下来）嗯,再来给您捶！再来给您捶！——再来——（似乎听见又有甚么人要进来,立刻转向通大客厅的门走）
　　愫方刚一走出,文彩由卧室进。
彩　（看见皓在打瞌睡,轻轻地）爹,把参汤喝了吧,凉了！
皓　不,我不想喝。
彩　（悲哀地安慰着）爹,别难过了！怎么样的日子都是要过的。（流下泪来）等吧,爹。等到明年开了春！爹的身体也好了，重孙子也抱着了，江泰的脾气也改过来了，哥哥也回来找着好事了，——

文清卧室内忽然仿佛有人"哼"了一声，从床上掉下的声音。

彩　（失声）啊！（转对皓）爹，我去看看去。

彩立刻跑进文清的卧室。

陈由书斋小门上。

皓　（虚弱地）杜家——死了？

陈　死了，完啦。

皓　眼睛好痛啊！给我把灯捻小了吧！

陈把洋油灯捻小，屋内暗下来，通大厅的槅扇上逐渐显出那猿人模样的"北京人"的巨影和在第二幕时一样。

陈　（抬头看着自语）这个皮猴袁小姐！临走临走还——

彩慌张跑出。

彩　（低声急促地）陈奶妈，陈奶妈！

陈　啊！

彩　（惧极，压住喉咙）您先不要叫！快告诉大奶奶！哥哥吞了鸦片烟，脉都停了。

陈　（惊恐）啊！（要哭，——）

彩　（急止她）别哭，奶妈，老太爷再经不住事了。快去！

陈由书斋小门跑下。

彩　（强自镇定，走向皓）爹，天就要亮了，我扶着您睡去吧。

皓　（立起，走了两步）刚才那屋里是甚么？

彩　（哀痛地）耗子，闹耗子。

皓　哦。

文彩扶着皓，向通书斋小门缓缓地走。门外面鸡又叫，天开始亮了，隔巷有骡车慢慢地滚过去，远远传来两声尖锐的火车汽笛声。

（幕徐落）

（选自《北京人》，1941年12月文化生活出版社初版）

上海屋檐下

夏　衍

第二幕

同日下午。

客堂间，——彩玉伏在桌上啜泣，匡复反背着手，垂着头，无目的地踱着，二人沉默。

客堂楼上，——小天津躺在施小宝的床上，脸上浮着不怀好意的微笑，抽着烟，施小宝哭丧着脸，在梳妆台前打扮，沉默。

亭子间，——夹在小孩哭声里面，黄家楣大声地在和他父亲谈话，言语不很清楚，不一刻，桂芬带着紧张的表情，拿了热水瓶慢慢地下楼来，她耸着耳朵在听他们父子间的谈话，开后门出去。

灶披间，——赵妻在缝衣服，无言。

一分钟之后。

太阳一闪，灿然的阳光斜斜地射进了这浸透了水气的屋子，赵妻很快地站起身来，把湿透了的洋伞拿出来撑开，再将一竹竿的衣服拿出来晒。

黄父	（声）瞧，不是出太阳了吗？（一手推开窗）
黄	（声）爸，再住几天，晚上天晴了去看《火烧红》……（咳嗽）
黄父	（声）下了半个月的雨，低的几亩田，怕已经氽掉啦，不回去补种，今年吃什么？

（赵妻好容易将衣服晒好，回到室内坐定拿起针线，太阳一暗，又是一阵大点子的骤雨，连忙站起来，收进。）

赵妻	（怨恨之声）唧！
匡	（踱到彩玉面前站定）那么你说……你跟志成的同居……
彩玉	……
匡	（独白似的）你跟他的同居，单是为着生活，而并不是感情上的……
彩玉	（无言，不抬起头来，右手习惯地摸索了一下手帕。）……（匡复从地上拾起手帕，无言地交给她，沉默。门外卖物声，阿香悄悄地从后门推门进来，好像耽心着踏湿了的鞋子似的，不敢进来。）
匡	唔，生活，为了生活！（点头，颓然地坐下，一刻。又像讥讽，又像在透漏他蕴积了许久的感慨。）短短的十年，使我们全变啦，十年之前，为着恋爱而抛弃了家庭，十年之前，为着恋爱而不怕危险地嫁了我这样一个穷光蛋，可是，十年之后……大胆的恋爱至上主义者，变成了小心的家庭主妇了！
彩玉	（无言，揩了一下眼泪，望着他。）……
匡	彩玉！怕谁也想不到吧，你能这样的……（不讲下去）
彩玉	（低声）你，还在恨我吗？
匡	不，我谁也不恨！
彩玉	那么，你一定在冷笑，……一定在看不起我吧。当自己爱着的丈夫在监牢里受罪的时候，将结婚当做职业，将同情当做爱情，小心谨慎地替人管着家。……
匡	彩玉！
彩玉	（提高一些声调）但是，在责备我之前，你得想象一下，这十年来的生活！我跟你结婚之后，就不曾过过一日平安的生活，贫穷，逃避，隔绝了一切朋友和亲戚，那时候，可以说，为着你的理想，为着大多数人的将来，我只是忍耐，忍耐，……可是你进去之后，你的朋友，谁也找不到，即使找到了，尽管嘴里不说，态度上一看就知道，只怕我连累他

们,好啦,我是匡复的妻子,我得自个儿活下去,我打定了主意,找职业吧,可是葆珍缠在身边,那时候她才五岁,什么门路都走遍,什么方法都想尽啦,你想,有人肯花钱用一个带小孩的女人吗?在柏油路粘脚底的热天,葆珍跟着我在街上走,起初,走了不多的路就喊脚痛,可是,日子久了,当我问她,"葆珍,还能走吗"的时候,她会笑着跟我说:"妈!我走惯啦,一点也不累。"……(禁不住哭了)这是——生活!

匡　　(痛苦地走过去抚着她的肩膀)彩玉,我一点也没有责备你的意思,我只是说……

彩玉　你说,这世界上有我们女人做事的机会吗?冷笑,轻视,排挤,轻薄,用一切的方法逼着,逼着你嫁人!逼着你乖乖的做一个家庭里的主妇……

匡　　彩玉!过去的事,不用讲啦,反正讲了也是没有法子可以挽回来,你得冷静一下,我们倒不妨谈谈别的问题。

彩玉　……(一刻)别的问题?(回转身来)

匡　　唔……(沉默,踱着。)

(桂芬泡了开水回来,手里托着几个烧饼,阿香艳羡地跟着进来,桂芬上楼去,一刻,家楣与桂芬出来,站在楼梯上,家楣带怒地。)

黄　　方才我出去的时候,你跟爸爸说了些什么?

桂芬　(摇头)

黄　　没有说?那为什么上半天还是高高兴兴的,一会儿就会要回去呢?他说今晚上要回去了!

桂芬　今晚上?(吃惊)不是讲过了去看戏吗?

黄　　(恨恨地)已经自个儿在收拾行李啦,还装不知道。

桂芬　装不知道?你说什么?

黄　　我说你赶他走的!

桂芬　我……赶……他……走!家楣!你讲话不能太任性,我为什么要赶走他?我用什么赶走他?

黄　　(冷冷地)为什么,为着我当了你的衣服;用什么,用你的眼泪,用你那副整天皱着眉头的神气。他聋了耳朵,但是他的眼睛没有瞎,你故意的愁穷叹苦,使他……使他不能住下去!……

桂芬　我故意的?……

黄　　我爸爸老啦,你,你,你……

桂芬　(被激起的反驳)你不能这样不讲理!你别看了别人的样,将我当作你的出气洞。你希望你爸爸多住几天,我懂得,这是人情,可是我问你,这样多住了几天,对他,对你,有什么好处?你这样只是逼死大家,大家死在一起,……我,(带哭声)我为什么要赶走……他……

黄　　……(无言,以手猛抓自己的头发。)

桂芬　(委婉地)家楣!你自己的身体……

(亭子间小儿哭声)

黄父	噢,别哭别哭,我来抱,好,好……
	(桂芬用衣袖揩了一下眼泪,家楣很快地拿自己的手帕替她揩干,让桂芬回房间去,家楣垂着头,跟在后面。)
匡	(听完了他们的话)那么——你们现在的生活……
彩玉	(苦笑)你看!
匡	我看,志成也很苍老了,也许,我今天来得太意外,方才看见他的时候,觉得在他从小就有的忧郁症之外,现在又加了焦躁病啦。……
彩玉	……
匡	他在厂里的境遇?
彩玉	(摇头)……
匡	依旧是不结人缘?
彩玉	(点头,一刻。)你看,我呢? 我老了吧!
匡	(有点难以置答)唔……
彩玉	老啦?
匡	(望着她)
彩玉	你说啊,我——
匡	……
彩玉	(佯笑)不说,唔,已经不是十年前的彩玉啦!
匡	(仓皇)不,不,我在想……
	(沉默。)
彩玉	想? 唔,那么你看,我幸福吗?
匡	我希望!
彩玉	你讲真话! 你看,他能使我幸福吗?
匡	我希望,他能够。
彩玉	(冷笑,避开他的视线。)你说我变了,我看,你也变啦,你已经没有以前的天真,没有以前的爽快啦。
匡	什么? 你说……
彩玉	(很快地接上去)假使我现在告诉你,志成不能使我幸福,我现在很苦痛,葆珍跟我一样的也是受着别人的欺负,那你打算……(凝视着他)
匡	……
彩玉	他在厂里不结人缘,受人欺负,被人当作开玩笑的对象,他的后辈一个个的做了他的上司,整天的耽忧着饭碗的会被打破,回到家里来,把外面受来的气加倍地发泄在我的身上,一点儿不对,嘟着嘴不讲话,三天五天的做哑巴,……复生! 你以为这样的生活,——可以算幸福吗?
匡	(痛苦地)彩玉,我对不住你……
	(后门推开,葆珍很性急地回来,赵妻看见她,很快地对她招手,好像要报告她一些什

么消息,可是葆珍好像全不注意,大踏步的闯进客堂间里,二人的谈话中断,匡复反射地站起身来。)

彩玉	葆珍,过来,这是……(碍口)
匡	(抢着)是葆珍吗?(以充满了情爱的眼光望着)
葆珍	(吃惊)认识我?先生尊姓?
彩玉	葆珍!……(语阻)
匡	(笑着)我姓匡……
葆珍	(很快)Kúan?怎么写?(天真烂漫)
匡	(用手指在桌上写着)这样一个匚里面,一个王字。
葆珍	匡?(做着夸大的吃惊的表情)有这样奇怪的姓吗?这个字作什么解释?
匡	(给她一问便问住了)那倒——
葆珍	(很快地跑到桌子边去找出一本小小的字典,翻着。)匚部,一、二、三、四,……有啦,喔,Kuang,匡正,改正的意思,可是匡先生,这样的字,现在还有人用吗?
匡	(始终以惊奇而爱惜的眼光望着她)唔,用是用,可是已经很少啦。
葆珍	没有用的字,先生说,就要废掉,对吗?
彩玉	葆珍!
匡	唔!你很对!(笑着)我今后就废掉它。
葆珍	那好极啦,妈,为什么老望着我?快,给我一点儿点心,我要去上课啦。
匡	为什么,不是才下课吗?
葆珍	不,(骄傲地)方才先生教我,此刻我去教人,我是"小先生",教人唱歌,识字。
匡	"小先生?"

(彩玉拿了几块饼干给她,她接着边吃边说。)

葆珍	"小先生"不懂吗?小先生的精神,就是"即知即传人",自己知道了,就讲给别人听……啊,时候不早啦,再会!(跳跳而去,至门口,嘴里唱着)"走私货真便宜!"
赵妻	(低声而有力地)葆珍!……

(葆珍不理而去)

匡	(不自觉地,跟了一两步,望她出去之后才回头来。)唔,日子真快!
彩玉	(怀旧之感)你看,她的脾气,不是跟你年青的时候完全一样吗?你做学生的时候,不是为了一问代数,几晚上不睡觉,后来弄出了一场病吗?她也是一样,什么事,都要寻根究底的!
匡	可是现在我已经没有这种精神了,……(沉吟了一下,想起似的。)彩玉!我此刻倒觉得安心了。当我在里面脚气病利害的时候,我已经绝望,在这一世,怕总不能再和你们见面啦,可是现在,我亲眼的看见了葆珍,居然跟我年青的时候一样。……
彩玉	你安心啦?你以为葆珍很幸福吗?
匡	不,我不是这意思……
彩玉	(忧郁地)在她洁白的记忆里面,也已经留下了一点洗刷不掉的黑点了,别的小孩们叫

	她……(望着匡复)
匡	什么？连她也有——
	(这时候后门口小孩子争吵之声,赵妻望着门外。)
阿牛	(声)拿出来!拿出来!
阿香	(声)这是我的!姆妈(大声地叫)
赵	(从学校里回来的模样,两手拦着两个孩子进来。)到里面去!到里面去!(阿牛和阿香扭在一起)哈哈……
阿牛	拿出来!(回头对他爸爸)这是我的"劳作",她把我弄掉了,拿出来!
阿香	妈给我玩的!是我的!
	(二人扭打,赵始终不加干涉,带笑地望着,赵妻连忙放了针线出来。)
赵妻	阿牛!(看见赵的那副神气,虎虎地。)尽看!打死了人也不管!(去扯阿牛)
赵	(神色自若)不会不会,黄梅天,让他们运动运动也好!
赵妻	不许打,阿牛你这死东西!(阿牛一拳将阿香打哭了)
赵	哈哈哈……
赵妻	(死命的将阿牛扯开)你还笑,(赵机械地,有点儿做作,忍住了笑,这时候阿牛猛扑过去,从阿香手里夺回了一张纸板细工。)什么,你抢,抢,……(扯着阿牛进房去)
赵	(蹲下来,拿出手帕来替阿香揩眼泪,一边用教员特有的口吻。)别哭啦,我跟你讲过的,打胜了不要笑,打败了不许哭,哭的就是脓包!(顾虑着他妻子听见,低声地。)明天再来过!(带着阿香进房间去)我跟你哥哥讲的故事你也听过的,拿破仑充军到爱尔伐岛去的时候,他怎么说?唔,唔……啊,你瞧!阿牛已经在笑啦。(大声地)哈哈哈……(前楼,——施小宝已经打扮好了,听见赵振宇的笑声,想起了什么似的望楼下走。)
小天津	(狠狠地)那儿去?
施	(举起她穿着拖鞋的脚)我又不会逃,急什么?(下楼,走到灶披间门口,对赵悄悄地招手。)
	赵先生!
赵	喔,你在家?(走过去,赵妻怒目而视,望着。)
施	(低声地)请你替我查一查这几天报……
赵	什么事?(赵妻起身站在灶披间门口)
施	请你替我查一查,Johnie——那死胚的船什么时候回到上海来?
赵	喔喔,(回身去拿报,又想起了似的。)那船叫什么名字啊?
施	那倒……唔,有个丸字的。
赵	哈哈……有个丸字的船可多得很呐,譬如说……
施	那么——
赵妻	(故意使她听见)不要脸的!
赵	你们先生快回来啦?

施	（回身，忧郁地。）能回来倒好啦！（上楼去，一想，又回下来，走向客堂间，看见有客，踌躇。）喔，对不住，林先生不在家？
彩玉	嗳，有什么事吗？
施	（难以启口）林师母！我跟你讲一句话。
彩玉	（走到门边）什么？
施	林先生就回来吗？
彩玉	有什么事吗？……可以跟我说。
施	（迟疑了一下，决然，但是低声地。）您可以替我把我房间里的那流氓赶走吗？
彩玉	什么？流氓？（匡复站起来）
施	他，他要我，……我不高兴去，过一天我那死胚回来了会麻烦……
彩玉	我不懂啊，那一位是你的……？
小天津	（有点怀疑，站起来，走到楼梯口。）小宝！
施	（吃惊，很快地。）他是白相人，他逼着我到——
小天津	（大声）小宝！
施	（回身，上楼去，哀求似的。）假使林先生回来啦，请他……（上去）
匡	（看她走了之后）什么事？
彩玉	我也不知道啊！（二人仰望着楼上）
施	急什么，又不去报死！
小天津	人家等着，走啦！
施	（勉强地坐下，穿高跟鞋。）烟卷儿。
小天津	（摸出烟盒，已经空了，随手将自己吸着的一支递给她。）
施	（接过来深深地吸了一口，就将它丢了，故示悠闲地。）你可知道，Johnie明天要回来啦。
小天津	（若无其事）
施	你不怕他打麻烦？
小天津	（不理会，突的站起来。）走！
施	（做个媚眼）可是，这也要把话讲明白了再走啊！（接近他，做个媚态。）
小天津	你要我动身吗？（虎虎地将她拉开）
施	（掩饰内心的狼狈）那么我明天会一五一十的告诉他，反正你是有种的。（起身，小天津威胁着她下楼。）
小天津	（在楼梯上）告诉你，Johnie此刻在花旗，懂吗？
	（施小宝不语，二人出去，赵妻怒目送之，回头来要发话，但是没有对手，只能罢了。）
	（门外卖物声，天骤然阴暗，桂芬走到平台上，叫。）
桂芬	林师母！请您把电灯的总门开一开！
	（彩玉无言地去开了电灯总门，亭子间骤然明亮，远远的雷声，以下在匡复与彩玉讲话间，亭子间与灶披间的住户们开始作晚餐的准备。）
彩玉	你还没有回答我方才的话啊，你看，我们现在的生活，过得很幸福吗？

匡	……
彩玉	假使,你真心说,假使你以为我跟葆珍的生活都很不幸,那么……
匡	……
彩玉	你能安心吗?
匡	(痛苦无言)……
彩玉	(走近一步)你为什么不讲话呀?你当初不是跟我说,你要用你一切的力量使我幸福吗?——
匡	(痛苦地)彩玉,你别催逼我!我的头脑混乱了,我不知应该怎么办,我,我……(站起来无目的地踱着)
彩玉	(沉默了片刻之后)唔,复生!你记得黛莎的事吗?
匡	(站住)黛莎?
彩玉	唔,我们在小沙渡路的时候,我害了伤寒,你坐在我床边跟我讲的一个故事,小说里的那女人不是叫黛莎吗?
匡	啊啊,……
彩玉	那时候你嫌我软弱,讲到黛莎的时候,你总说,彩玉要学黛莎,黛莎多勇敢啊!那叫什么书?我记不起啦!
匡	唔,那是,……那书的名字是叫《水门汀》吧。
彩玉	对啦,《水门汀》,你现在觉得黛莎那样的女人怎么样?
匡	(不语)
彩玉	你跟我讲的许多故事里面,不知怎么的,我老也忘不了黛莎,也许——
匡	(拦住她)彩玉,你别说啦,我懂得你的意思,可是……
彩玉	我当然不能比黛莎,可是你不是说,永远永远地要使我幸福吗?只要你活着。
匡	……
彩玉	(进一步地)你说,我不能学黛莎吗?像那小说里面一样,当她丈夫回来的时候,……
匡	(惨然)可是,你可以做黛莎,而我早已经不是格莱普啦,黛莎再遇见她丈夫的时候,她丈夫是一个战胜归来的勇士,可是我(很低地)已经只是一个人生战场的残兵败卒啦。
彩玉	复生!
匡	方才你说,我也变啦,对,这连我自己也知道,我也变啦,当初我将世上的事情件件看得很简单,什么人都跟我一样,只要有决心,什么事情都可以成就,可是,这几年我看到太多,人事并不这样简单,卑鄙,奸诈,损人利己,像受伤了的野兽一样的无目的地伤害他人,这全是人做的事!……(突然想起似的)喔,可是你别误会,这,我绝不是说志成,他跟我一样,他也是弱者里面的一个!
彩玉	(感到异样)复生,这是你讲的话吗?弱者,你现在已经承认是一个弱者了吗?你当初不是几次几次的说……
匡	所以,我坦白地承认我已经变啦,你瞧我的身体,这几年的生活,毁坏了我的健康,沮丧了我的勇气,对于生活,我已经失掉了自信。……你看,像我这样的一个残兵败卒,

	还有使人幸福的资格吗？
彩玉	那么你说……我们之间的……
匡	（绝望地）我方才跟志成说，我反悔不该来看你们，我简直是多此一举啦。
彩玉	复生！这是你的真心话吗？以前，你是从来也不说谎话的！
匡	……
彩玉	（含着怒意）那么，你太自私，你欺骗我！从你和我结婚的那时候起。
匡	什么？（走近一步）
彩玉	问你自己！
匡	彩玉！我没有这意思，我只是说对于生活，我已经失掉了自信，我没有把握，可以使你和葆珍比现在更——……
彩玉	那么我问你，很简单，假定，这八年半里面，你没有志成这么一个朋友，我跟他也没有现在一样的关系，那么很当然，假定我跟葆珍现在已经沦落在街头，也许，两个里面已经死了一个，假定，在那样的情形之下，你找到了我，我要求你帮助，那时候，你也能跟方才一样地说："我已经没有使你们幸福的自信，我只能让你们饿死在街上"吗？
匡	（一句话被问住了，混乱。）那……那……
彩玉	那么我只能说，要不是你太残酷，那就是你在嫉妒！
匡	（茫然自失）彩玉！
彩玉	要是在别的情形之下，你一定会对我说，彩玉，我回来啦，别怕，我们从新再来过的，可是现在，——你你已经厌弃我了！——为着我要生活……
匡	彩玉，别这么说，我，我应该怎么办呢？我简直不能再想啦！（焦躁苦痛）
	（弄内性急地叫喊着"大晚夜报"的呼声，赵振宇急忙忙地买报。）
彩玉	（央求地）复生！你不能再离开我，不能再离开那被人看作没有父亲的葆珍，为着葆珍，为着我们唯一的……
匡	（吟沉了一下）这，这不使志成……不使志成更苦痛吗？
彩玉	（沉默了一下）可是，我早就跟你说，这只是为着生活……
匡	（垂头，无力地）彩玉！……
彩玉	（捏着他的手）打起勇气来，……从前你跟我讲的话，现在轮着我对你讲啦。（笑，扶起他的头。）你还年青呐，（摸着他的下巴）好啦，把胡子剃一剃！……（一边说，一边从抽斗里找出志成的安全剃刀等等。）复生！别多想啦，今天是应该快活的，对吗？
匡	（充满了蕴积着的爱情，爆发般的）彩玉！（将头埋在她的胸口。）
彩玉	（抚着他的头发）复生！你，你……（感极而泣，二人依偎着。）
	（天色渐暗，砂嗓子的老枪没气力地喊着《大晚夜报》《新闻夜报》"无线电节目"……从前门外经过，尖喉咙的女人喊着"夜报！"等等。）
	（灶披间点了电灯）
	（突然，前门猛烈地敲门声，匡复和彩玉反射地分开。）
彩玉	谁？（一边去开门）

(厂里的一个青年职员,带着一个工头模样的人进来,满头大汗。)

青年 快,叫林先生快去!

彩玉 他没有回来啊。

青年 (差不多要闯进来搜寻似的姿势)林师母,您帮帮忙,工务课长已经在发脾气啦,这不干我的事啊,(大声地)林先生!

彩玉 (惊奇)真的他没有回来啊,上半天出去了,就没有回来过! 有什么事吗?

青年 (焦躁地)事可多呐,……林师母,当真……那么您知道他到那儿去吗?

彩玉 (着急)我怎么知道,……他什么时候走的? 有什么事吗?……

青年 (不回答她,回头对工头)那您赶快到二厂去看一看,(工头将匡上下地望了一下,下场。)林师母,事情很要紧,要是他不去,……(揩一揩额上的汗)好啦,他回来,立刻请他来,大老板也在等他。(匆匆而下)

彩玉 喂喂,……(看见他走了,关了门,担忧地望着匡复。)

匡 (紧张地)什么事?

彩玉 近来厂里常常不安静,可是……

匡 他到哪儿去啦?……(不安地)他不会做出……

彩玉 (低头)不会吧,可是……(也感到不安)

(后门外一阵笑声,骂声,门推开,李陵碑喝醉了酒,带跌带撞地进来,嘴里哼着,后门好像跟了一大群看热闹的小孩和妇女,阿香夹在里面,匡复耸耳听,但是彩玉却早知道这是李陵碑的日常功课了,看了一看方才拿出了的安全剃刀,去替他倒水。)

李 (醉了的声音)要我唱,我就唱,这有什么……(唱)"金乌坠,玉兔升,黄昏时候……盼娇儿,不由人,珠泪双流……"

门外人声一 好! 马连良老板差不多!

门外人声二 再来一个!

门外人声三 李陵碑! 你的娇儿死啦! 死啦!

李 (突然旋转身来)妈的,谁说,谁说,咱们阿清在当司令,也许是师长,督办,也许,……也许……

人声一 也许已经是炮灰!

人声二 别打岔,让他唱下去!

李 (用拳头威胁门旁的小孩)妈的,你们也敢欺负我,(小孩们一哄而走,笑声,但是一下又重新集合起来。)阿清当了司令回来,我就是……(舌头不大灵便)老太爷啦,妈的……(走近赵振宇身边,不客气地将他在看的报纸夺来,指着。)赵……赵……赵先生,报上有李司令,李阿清司令到上海来的消息吗? (赵带笑地望着他)登出来的时候,你……你告诉我,我,我请你喝酒! (将报纸还给他)妈的,有朝一日,阿清回来……(跌跌撞撞地上楼去,苍凉地唱。)"含悲泪,进大营,双眉愁皱,腹内饥身又冷,遍体飕飕……"

赵 (起身来将闲人遣走)没有什么好看! ……(回头来见阿香,一把抓住。)你也看,我跟你说过,李陵碑来的时候,不准笑,你……你,(不管阿香懂不懂地)你简直是幸灾乐祸啦,这,这……

(天色愈暗,彩玉开电灯,给匡复倒了脸水,望着他。)

匡　　怎么回事?

彩玉　阁楼上的房客,怪人,他有一个单生子,在"一二八"打仗的时候去投军,打死啦,找不到尸首,可是他一定说,儿子还活着,在当司令,有点儿神经病啦。

匡　　唔……(感慨系之,剃须。)

李　　(声)(苍凉的歌声)"……不由人,珠泪双流……"

(黄父抱了小孩下来,远雷。)

桂芬　(从亭子间门口)爸爸,晚啦,别抱他出去!

黄父　(根本不曾听见,看见赵振宇殷勤地和他招呼。)

赵　　老先生!天要下雨啦!

黄父　(依旧是答非所问)今晚上要回去啦,多抱一抱,哈哈……(多少的在态度上已经有一点忧郁了。)

赵　　什么,回乡下去?不是说,(回头问他妻子)今晚上去看戏吗?(家楣从窗口探出头来)

黄父　今年雨水太多,低的田春苗要补种了。……

赵　　多玩几天呐,上海好玩的地方还多呐。

黄父　(哄着小孩,自言自语地。)好,好,外面去买东西给你吃。……(正要出门的时候,电光一闪,一个响雷,他只能回转,望了望天,对赵)所以说,这个世界是变啦,咱们年纪轻的时候,天上打闪,总有雷的声音的,可是变了民国,打闪也没有声音啦,对吗?有人说:雷公敲的鼓破啦。

赵　　什么,方才不是……(一想就明白了)哈哈!……(大声地)老先生!雷公的鼓没有破,还是很响的,你老先生的耳朵不便啦,所以听不见啊,哈哈哈……

黄父　什么,我说,不打雷,地上的春花就要……

赵　　(好容易制止了笑,对他妻子)你听见吗?他说变了民国,天就不打雷啦,哈哈哈——(又诚恳地对黄父)天上的雷,是电气,换了朝代也要响的,……(又是远雷声)诺诺,又响啦。

黄父　(摸不着头脑)什么?天上……

赵　　(大声)天上的雷,不是菩萨,是电气,(对他耳朵)电气……

黄父　(还是不懂)生气?我……我不生气。

赵　　(大声)电气,电灯的……

赵妻　酱油没有了去买!

赵　　(大声地)天上的云里面,有一种电气,电……

赵妻　(将酱油瓶拿到他的鼻子前面)去买酱油!

赵　　(忘其所以,用更大的声音对他妻子)叫阿牛去买!

赵妻　(一惊,狠狠地)我又不聋!

（始终忧郁着的家楣，这时候也不禁破颜一笑。）

赵　　（省悟）啊，对啦，（低声）叫阿牛去买吧！（又回头对黄父，同样低声地）天上有一种电气，……

赵妻　（狠狠地）阿牛在念书。（把酱油瓶塞在他手里）

赵　　（无法可想对黄父，大声地）等一等，我就来。（出去）

黄父　（莫明其妙，对赵妻）他说什么？唔，耳朵不方便……（回身上楼去。）

桂芬　（正拿了铅桶下来，在楼梯上）爸爸，当心。（开了楼梯上的电灯。）

黄父　（一怔）唔，……（望着电灯，上楼去。）

赵妻　（看见桂芬下来）喂，为什么老先生今晚上要回去了？

桂芬　（点头无言）

赵妻　有了什么要紧的事？家里……

桂芬　老年人多有点儿怪！说起要走，今晚上就要走啦。

赵妻　（鬼鬼祟祟）你知道，（指着客堂间低声）林师母从前的男人……

赵　　（回来，看见那种神气）改不好的脾气，我跟你说，人家的事，不要管，人家的丈夫也好……

赵妻　（狠狠地制止了他）嘘，（低声地）那你为什么要来管我呐？

赵　　（搔着头进去，忽然想起）啊，楼上的老先生呢？方才的话没有讲完呐。

赵妻　（依旧鬼鬼祟祟地对桂芬）方才我听见姓林的跟他说，葆珍怎么怎么样……（阿香走过来听，赵妻狠狠地）听什么？小鬼！（继续对桂芬）姓林的跑走啦，方才我听见女的在哭，啊哟，这事情真糟糕吗？那男的你看见过没有？

桂芬　（摇头）还在吗？

赵妻　（点头）唔，穿得破破烂烂的，像戏里做出来的薛平贵……（正要讲下去的时候，林志成带着兴奋的表情，从后门进来，她很快地将要讲的话咽下，若无其事。）

（林志成手里拿了一瓶酒和一些熟食之类的东西，照旧谁也不理会地望里面走。）

赵　　（看见他）噢，林先生！（站起来，用手指着晚报上的记事）你们厂里今天——（林好像不听见似的走过，只能重新坐下，赵妻兴奋地望着林的背影。）

彩玉　（望着修好了面的匡复）瞧，不是年轻了很多吗？

（林志成无言地进去，彩玉和匡离开了一步，匡多少的觉得有点狼狈。）

彩玉　方才厂里的小陈来过啦，说要你——

林　　（沉重地）我知道。（将酒瓶和熟食交给彩玉）

彩玉　厂里有什么事吗？说要你立刻就去……

林　　我知道，家里没有什么菜，到弄口的小馆子里去叫几样，（对匡）今晚上喝一点儿酒吧。

匡　　志成，你——

林　　（强自振作，态度很不自然）复生！咱们已经很久不在一块儿吃饭啦，你不喝酒，可是今晚上也得喝一杯，我也很久不喝啦，我今天很愉快，你要替我欢喜，我解放啦。

匡　　（苦痛）志成，你别这么说……

林	不,不,今天真痛快,我从一方面受人欺负,一方面又得欺负人的那种生活里面解放出来啦。(大声)我打破了饭碗,可是从今以后,我可以不必对不住自己良心地去欺负别人啦。
匡 彩玉	(差不多同时地)什么,你……
林	笑话,要我去收买流氓,打人,哼,我为什么要这样下流,我可以不干!哼,真痛快,什么工务课长,平常那么威风,(渐渐兴奋)今天又给我看到了!(对彩玉)你去预备饭吧。
匡	(关心地)志成,你休息一下,我看你很倦了!
林	不,不,我很高兴,压在心上的一块大石头,今天才拿掉啦!复生!这不是很奇怪吗?以前,我尽是害怕着丢饭碗,厂里闹着裁人的时候,每天进厂,都要看一看厂务主任的脸色,主任差人来叫的时候,全身的血,会奔到脸上来,可是今天,当他气青了脸,拍着桌子说:"你给我滚蛋"的时候,我一点也不怕,我很镇静,这差不多连我自己也不相信。……
彩玉	(端了一盆水给他)你……
林	(兴奋未退)工场管理本来不是人做的,上面的将你看成一条牛,下面的将你看做一条狗,从朝到晚,上上下下没有一个肯给你看一点好脸色,可是现在,我可以不必代人受过,可以不必被人看做狗啦,(歇斯底里地)哈哈哈。
匡	志成,你别太兴奋!……
林	可是,第一,你得先替我高兴啊,我从这样的生活里面逃出来……
彩玉	(不自禁地)那么你今后……
林	今后,唔。(不语,洗脸。)
	(这时候赵妻偷一个空,又来窥探,一方面阿香看见母亲不在,便一溜烟的望门外跑出。)
赵	阿香,阿香!(赵妻回头看了一眼)
	(送包饭的拿了饭篮从后门进来,一径望楼上走,到前楼门外叩门,不应,偷偷的从门缝里张了一下,将饭篮放在门口,下。)
林	(洗了脸,彩玉去预备夜饭,走到匡面前,欲言又止)唔,复生!
匡	什么?
林	我们还能跟从前一样的……做朋友吗?
匡	那当然……可是,这事情,我还得跟你……不,嗳,我不知怎么说才好!……
	(林颓然地坐下,赵妻回去,看见阿香不在,跑到门口。)
赵妻	阿香,阿香!(出门去,一会儿就扯着阿香进来)死东西!整天的野在外面,你不要吃饭吗?
	(桂芬在平台上用打气炉烧饭,彩玉拿了钱出去买菜。)
林	(习惯地)什么,葆珍还没有回来吗?彩玉,去找一找葆珍!(门外卖物声,静静地。)

——幕下

(选自《上海屋檐下》,1940年4月现代戏剧出版社初版)

屈原

郭沫若

第五幕　第二景

东皇太一庙之正殿。与第二幕明堂相同,四柱三间,唯无帘幕。三间靠壁均有神坛。中间供神鬼六尊。正中东皇太一与云中君并坐,其前左右二侧山鬼与国殇跪侍。右手东君骑黄马,左手河伯乘龙,均斜向。马首向左,龙首向右。左右二室各供二尊。左室为一龙船,船首向右,湘君坐船中吹笙,湘夫人立船尾摇橹。右室于一片云彩之上现着大司命与少司命。左右二室后壁靠外侧均有门,左者开放,右者掩闭。各室均有灯,光甚昏暗,室外雷电交加,时有大风咆哮。

屈原手足已戴桎梏,脚上并系有长链,仍着其白日所着之玄衣,披发,在殿中徘徊。因有脚镣行步甚有限制,时而伫立睥睨,目中含有怒火。手有举动时因有手铐,必两手同时举出。如无举动时,则拳曲于胸前。

屈原　（向风及雷电独白）风！你咆哮吧！咆哮吧！尽力地咆哮吧！在这暗无天日的时候,一切都睡着了,都沉在梦里,都死了的时候,正是应该你咆哮的时候,应该尽力咆哮的时候！

尽管你是怎样的咆哮,你也不能把他们从梦中叫醒,不能把死了的吹活转来,不能吹掉这比铁还沉重的眼前的黑暗,但你至少可以吹走一些灰尘,吹走一些砂石,至少可以吹动一些花草树木。你可以使那洞庭湖,使那长江,使那东海,为你翻波涌澜,和你一同地大声咆哮呵！

啊,我思念那洞庭湖,我思念那长江,我思念那东海,那浩浩荡荡的无边无际的波澜呀！那浩浩荡荡的无边无际的伟大的力呀！那是自由,是跳舞,是音乐,是诗！

啊,这宇宙中的伟大的诗！你们风,你们雷,你们电,你们在这黑暗中咆哮着的,闪耀着的一切的一切,你们都是诗,都是音乐,都是跳舞。你们宇宙中伟大的艺人们呀,尽量发挥你们的力量吧。发泄出无边无际的怒火,把这黑暗的宇宙,阴惨的宇宙,爆炸了吧！爆炸了吧！

雷！你那轰隆隆的,是你车轮子滚动的声音？你把我载着拖到洞庭湖的边上去,拖到长江的边上去,拖到东海的边上去呀！我要看那滚滚的波涛,我要听那鞺鞺鞳鞳的咆哮,我要飘流到那没有阴谋、没有污秽、没有自私自利的没有人的小岛上去呀！我要和着你,和着你的声音,和着那茫茫的大海,一同跳进那没有边际的没有限制的自由里去！

啊,电！你这宇宙中最犀利的剑呀！我的长剑是被人拔去了,但是你,你能拔去我有形的长剑,你不能拔去我无形的长剑呀。电,你宇宙中的剑,也正是我心中的剑。你劈吧,劈吧,劈吧!把这比铁还坚固的黑暗,劈开,劈开,劈开,虽然你劈它如同劈水一样,你抽掉了,它又合拢了来,但至少你能使那光明得到暂时间的一线的显现。哦,那多么灿烂、多么眩目的光明呀!

光明呀,我景仰你,我景仰你,我要向你拜手,我要向你稽首。我知道,你的本身就是火,你,你这宇宙中的最伟大者呀,火!你在天边,你在眼前,你在我的四面,我知道你就是宇宙的生命,你就是我的生命,你就是我呀!我这熊熊地燃烧着的生命,我这快要使我全身炸裂的怒火,难道就不能迸射出光明了吗?

炸裂呀,我的身体!炸裂呀,宇宙!让那赤条条的火滚动起来,像这风一样,像那海一样滚动起来,把一切的有形,一切的污秽,烧毁了吧,烧毁了吧,把这包含着一切罪恶的黑暗烧毁了吧!

把你这东皇太一烧毁了吧,把你这云中君烧毁了吧!你们这些土偶木梗,你们高坐在神位上有什么德能?你们只是产生黑暗的父亲和母亲!

你,你东君,你是什么个东君?别人说你是太阳神,你,你坐在那马上丝毫也不能驰骋。你,你红着一个面孔,你也害羞吗?啊,你,你完全是一片假!你,你这土偶木梗,你这没心肝的、没灵魂的,我要把你烧毁,烧毁你的一切,特别要烧毁你那匹马,你假如是有本领,就下来走走吧。

什么个大司命,什么个少司命,你们的天大的本领就只晓得播弄人!什么个湘君,什么个湘夫人,你们的天大的本领也就只晓得痛哭几声。哭,哭有什么用?眼泪,眼泪有什么用?顶多让你们哭出几笼湘妃竹吧!但那湘妃竹不是主人们用来打奴隶的刑具么?你们滚下船来,你们滚下云头来,我都要把你们烧毁!烧毁!烧毁!!

哼,还有你这河伯!……哦,你河伯!你,你是我最初的一个安慰者!我是看得很清楚的呀!当我被人们押着,押上了一个高坡,卫士们要息脚,我也就立在高坡上面望着龙门。我是看得很清楚,很清楚的呀!我看见婵娟被人虐待,我看见你挺身而出,你指天画地有所争论,结果,你是被人押进了龙门,婵娟她也被人押进了龙门。

但是我——我没有眼泪,宇宙——宇宙也没有眼泪呀!眼泪有什么用呵?我们只有雷霆,只有闪电,只有风暴,我们没有拖泥带水的雨!这是我的意志,宇宙的意志。鼓动吧,风,咆哮吧,雷!闪耀吧,电!把一切沉睡在黑暗怀里的东西,毁灭,毁灭,毁灭呀!

此时郑太卜詹尹,一位瘦削而阴沉的老人,左手提灯,右手执爵,由湘夫人神像左侧之门入场。

郑詹尹　三闾大夫,你又在做诗吗?你的声音比风还要宏大,比雷霆还要霹雳啦。啊,像这样雷电交加的深夜,实在可怕。我连庙门都不敢去关了。你怎么老是不去睡呢?是的,我看你好像朗诵了好长的一首诗啦。你的口恐怕渴了吧。我给你备了一杯甜酒来,虽然没有下酒的东西,请你润润喉,也好啦。

屈　原　多谢你。请你放在神案上吧,手足不方便,对不住得很。

郑詹尹　唉,真是不知要成个什么世界了,本来是"刑不上大夫,礼不下庶人"的,这个体统也弄

	得扫地无存了。连我们的三闾大夫,也要让他戴脚镣手铐。三闾大夫,这镣铐假如是有钥匙,我一定要替你打开的啦。可恨的是他们把钥匙都带走了啦。
屈　原	多谢你,这脚镣手铐我倒并不感觉痛苦,有这些东西在身上,倒反而增加了我的精神,不过行动不方便些罢了。
郑詹尹	我看你恐怕还是渴得很吧,这酒我捧着让你喝。恐怕也还要睡睡才天亮呢。
屈　原	多谢你,我现在口不渴。我本来也是不喜欢喝酒的。不过我回头口渴了,一定领你的盛情好了。
郑詹尹	(将爵放在神案上)慢慢喝也好,其实酒倒也并不是坏东西。只要吃得少一点,有个节制,倒也是很好的东西啦。
屈　原	是的,我也明白。我的吃亏处,便是大家都醉而我偏不醉,马马虎虎的事体我总做不来。
郑詹尹	真的,这些地方正是好人们吃亏的地方啦。说起你吃亏的事情上来,我倒是感觉着对你不住呢!
屈　原	怎么的?
郑詹尹	三闾大夫,你忘记了吧,郑袖是我的女儿啦。
屈　原	哦,是的,可是差不多一般的人都把这事情忘记了。
郑詹尹	也是应该的啦。她母亲早死,我又干着这占筮卜卦的事体,对于她的教育没有做好。后来她进了宫廷,我更和她断绝了父女的关系了。她近来简直是愈闹愈不成个体统,她把你这样忠心耿耿的人都陷害成这个样子了。
屈　原	太卜,请你相信我,我现在对于南后倒并不怎样怨恨。她平常也很喜欢我的诗,她在国王面前也很帮着了我。今天的事情我起初不大明白,后来我才知道那是张仪在作怪啦。一般的人也使我很不高兴,总是人云亦云,张仪说我是疯子,大家也就说我是疯子,这简直是把凤凰当成鸡,把麒麟当成羊子啦。这叫我怎么能够忍受呢?所以别人愈要同情我,我便愈觉得恶心,我要那无价值的同情来做什么?
郑詹尹	真的啦,一般的老百姓真是愚而不可救的。
屈　原	不过我的心境也很复杂,我虽然不高兴他们的愚蠢,但我又爱他们的愚蠢。又如南后的聪明吧。我虽然能够佩服,但也感觉着不喜欢。我想这矛盾是可以调和的吧?我想要的是又聪明又愚蠢,又素朴又绚烂,亦圣亦狂,即狂即圣,个个老百姓都成为绝顶聪明,你看我这个见解是不是可以成立的呢?
郑詹尹	这是所谓"大智若愚,大巧若拙"的话啦。
屈　原	唉,可是我办不到。我的性情太激烈了,我自己也觉得有点偏,要想矫正却不能够。你看我怎样的好呢?我去学农夫吧?我又拿不来锄头。我跑到外国去吧?我又舍不得丢掉楚国。我去向南后求情,请她容恕我吧?她能和张仪合作,我却不能和张仪合作。你看我怎样办的好呢?
郑詹尹	三闾大夫,对不住。你把这些话来问我,我也拿着没有办法。其实卜卦的事体老早就不灵了。不怕我是在做太卜的官。恐怕也是我在做太卜的官,所以才愈见晓得它的

不灵吧。古时候似乎灵验过来,现在是完全不行了。认真说:我就是在这儿骗人啦。但是对于你,我是不好骗得的。三闾大夫,像我这样骗人的生活,假使你能够办得到,恐怕也是好的吧。我们是做到了"大愚若智,大拙若巧"的地步,呵哈哈哈哈……风似乎稍微止息了一点,你还是请进里面去休息一下吧,怎么样呢?

屈　原　不,多谢你,我也不想睡,请你自己方便吧。

郑詹尹　酒喝一点怎么样呢?

屈　原　我回头一定领情的啦,太卜。

郑詹尹　好的,你慢慢喝也好,我还想去躺一会儿。

屈　原　请你方便。

郑詹尹复提着灯笼由原道下场。

大风渐息,雷电亦止,月光复出,斜照殿上。

屈　原　啊,宇宙,你也恬淡起来了。真也奇怪,我现在的心境又起了一个不可思议的变换。我想,怕究竟还是人是最可亲爱的。不怕就是你所不高兴的人,在你极端孤寂的时候和他说了几句话,似乎也是镇定精神的良药啦。(复在殿中徘徊)啊,河伯!(徘徊有间之后,在河伯前伫立)请让我还是把你当成朋友,让我再和你谈谈心曲吧。你知道么?现在我所最担心的是我的婵娟呀!那明明是被人家抓去了的。她是很尊敬我的一个人,她把我当成了她的父亲、她的老师,她把我看待得比她自己的性命还要贵重。(稍停)她最能够安慰我,我也把她当成我自己的女儿,当成我自己最珍爱的弟子啦。唉,我今天实在不应该抛撇了她,跑了出来。她虽然在后园子里面看着那些人胡闹,她虽然把我的衣裳拿了一件出去,但我相信那一定是宋玉要她做的,宋玉那孩子,疑心他是不可靠的。他是太阴柔了。(将神案上的酒爵拿起将饮,复搁置)唉,这酒的气味,我终究是不高兴。河伯,你是不是喜欢喝酒的呢?你现在的情形又是怎样?我也明明看见,别人也把你抓去了。你明明是为我而受难,为正义而受难呀。啊,我真不知道该怎样报答你的好呵!(复在神殿中徘徊。)

此时卫士甲与婵娟由右首出场。屈原瞥见人影,顿吃一惊。

屈　原　是谁?

婵　娟　啊,先生在这儿啦,我婵娟啦!(用尽全力,踉跄奔上神殿,跪于屈原前,拥抱其膝,仰头望之,似笑,又似干哭。)

屈　原　(呈极凄绝之态)啊,婵娟,你怎么来的?你脸上怎么有伤呀?你怎么这样的装束?

婵　娟　(断续地)先生,我高兴得很。……你请……不要问我。……我……我是什么话都不想说。我只想……就这样……就这样抱着先生的脚,……抱着先生的脚,……就这样……死了去吧。

屈原不禁潸然,两手抚摩着婵娟的头,昂头望着天。如此有间。婵娟始终仰望屈原,喘息甚烈。

屈　原　(俯首安慰)婵娟,我没有想到还能够看见你,你一定是逃走出来的,你是超过了死线了。你知道宋玉是怎样吗?

婵　娟　（仍喘息）他……他跟着公子子兰……搬进宫里去了。

屈　原　那也由他去吧。谁能够不怕艰险，谁才可以登上高山。正义的路是崎岖的路，它只欢迎勇敢的人。……那位钓鱼的人呢？

婵　娟　听说丢进监里去了。

屈　原　（沉默一忽之后）婵娟，你口渴吧？

　　　　婵娟点头。

屈　原　（两手移去，将案上酒爵取来）这儿有杯甜酒，你喝了它吧。

　　　　婵娟就爵，一饮而尽，饮之甚甘，自己仍跪于地，紧紧拥抱着屈原的两膝，昂首望之。屈原以两手置爵于神案上之后，仍抚摩其头。俄而婵娟脸色渐变，全身痉挛。

屈　原　（屈膝俯身，以两手套其颈，拥之于怀）啊，婵娟，你怎样？你怎样？

婵　娟　（凝目摇头）先生，……那酒……那酒……有毒。……可我……我真高兴……我……真高兴！（振作起来）我能够代替先生，保全了你的生命，我是多么地幸运呵！……先生，我是一个普通人家的女儿，我受了你的感化，知道了做人的责任。我始终诚心诚意地服侍着你，因为你就是我们楚国的柱石。……我爱楚国，我就不能不爱先生。……先生，我经常想照着你的指示，把我的生命献给祖国。可我没有想到，我今天是果然作到了。（渐渐衰弱）我把我这微弱的生命，代替了你这样可宝贵的存在。先生，我真是多么地幸运呵！……啊，我……我真高兴！……真高兴！……

屈　原　（紧紧拥抱着婵娟）婵娟！你要活下去呵！活下去呵！婵娟！婵娟！……

婵　娟　（更衰弱）……啊，我……真高兴！……（喘息与痉挛愈烈。终竟作最大痉挛一次，死于屈原怀中，殿上灯火全体熄灭，只余月光。）

　　　　屈原无言，拥着婵娟尸体，昂首望天，眼中复燃起怒火。

　　　　卫士甲在前直静立于殿下，至此始上殿至屈原之前。

卫士甲　三闾大夫，请你告诉我，那酒是谁个送给你的？

屈　原　（回顾，含怒而平淡地）是这儿的太卜郑詹尹。（说罢复其原有姿态。）

卫士甲　哼，就是那南后的父亲吗？我是认识他的。（急骤地向左侧房屋走入。）

　　　　屈原仍如塑像一般，寂立不动。

　　　　少顷，卫士甲复急骤而出。

卫士甲　三闾大夫，请你容恕我，我把那恶人郑詹尹刺杀了。在他的身上还搜出了一通密令，我念给你听。"太卜执事：比奉南后意旨，望执事于今夜将狂人毒死，放火焚庙，以灭其迹。上官大夫靳尚再拜。"密令是这样，因此我也就照着南后的意旨，在郑詹尹的床上放了一把火，这罪恶的神庙看看也就要和那罪恶的尸体一道消灭了。

屈　原　那很好，我还希望你帮助我，把婵娟安放在神坛上，我们应该给她举行一个庄严的火葬。

卫士甲　待我先解除先生的镣铐。（解除其刑具）婵娟姑娘穿的还是更夫的衣裳，应该给她脱掉啦。

屈　原　（起立先解婵娟之衣）哦，戴得有这样的花环。（更进行其它动作。）

卫士甲　（一面帮助，一面诉说）先生，这还是你编的花环呢。在东门外被南后给你要去了，后来南后又给了她……。她一身都是挨了鞭打的，你看这手上都有伤，脸上都有伤，鞭打得很厉害。南后更打算明天便处死她，把她装在囚槛里，由我看守的啦。……夜半将近的时分，你的两位弟子宋玉与公子子兰走来劝婵娟，要她听从公子子兰的要求，做他的侍女。他们便打救她。但是婵娟始终不肯。……她所说的话和她的精神太使我感动了，因此我就决心救她。从宋玉口中听说你今晚上也有生命的危险，所以，我也就决心陪着她来救你。我们是从宫中逃出来的，就是用了一点诡计，把一个更夫来顶替了婵娟。在我替她换上更夫装束的时候，婵娟姑娘她还坚决地不肯把你这花环丢掉呢！

　　　　　二人已经将婵娟妥置于神案，头在左侧。

屈　原　多谢你啦，朋友，那位钓鱼的不知道怎样了？（整理婵娟胸部，自其怀中取出帛书一卷，展视之）哦，这是我清早写的《橘颂》啦。我是写给宋玉的，是宋玉又给了你吧！婵娟，你倒是受之无愧的。唉，我真没有想出，我这《橘颂》才完全是为你写出的哀辞呀。

卫士甲　先生，那么，你好不就拿给我念，我们来向婵娟姑娘致祭。

屈　原　好的，你就从这后半读起好了。（授书并指示）一首一尾你要加些什么话，也由你斟酌好了。

　　　　　屈原移至婵娟脚次，垂拱而立，左翼已有火光及烟雾冒出。

卫士甲　（立于屈原之右，在神案右后隅，展读哀辞）维楚大夫屈原率其仆夫致祭于婵娟之前而颂曰：

　　　　　　呵，年青的人，你与众不同。
　　　　　　你志趣坚定，竟与橘树同风。
　　　　　　你心胸开阔，气度那么从容！
　　　　　　你不随波逐流，也不故步自封。
　　　　　　你谨慎存心，决不胡思乱想。
　　　　　　你至诚一片，期与日月同光。
　　　　　　我愿和你永做个忘年的朋友。
　　　　　　不挠不屈，为真理斗到尽头！
　　　　　　你年纪虽小，可以为世楷模。
　　　　　　足比古代的伯夷，永垂万古——哀哉尚飨。

　　　　　屈原再拜，卫士甲亦移至其后再拜。礼毕，卫士甲将帛书卷好，奉还屈原。

屈　原　现在一切都完毕了，请问你究竟叫什么名字？

卫士甲　先生，你不必问我的姓名，我要永远做你的仆人，你就叫我"仆夫"吧。

屈　原　你今后打算要我怎样？

卫士甲　先生，你怎么这样问我呢？

屈　原　因为我现在的生命是你和婵娟给我的，婵娟她已经死了，我也就只好问你了。

卫士甲　先生，我们楚国需要你，我们中国也需要你，这儿太危险了，你是不能久呆的。我是汉

	北的人,假使先生高兴,我要把先生引到汉北去。
屈　原	好的,我遵从你的意思。你赶快把服装换掉啦。那儿有现成的衣帽。(指示更夫衣帽。)
卫士甲	哦,我真糊涂,简直没有想到,幸好有这一套啦。(换衣。)
	火光烟雾愈燃愈烈。
屈　原	(高举手中帛书)啊,婵娟,我的女儿! 婵娟,我的弟子! 婵娟,我的恩人呀! 你已经发了火,你把黑暗征服了。你是永远永远的光明的使者呀!(执帛书之一端向婵娟抛去,帛书展布于尸上。)

——幕徐徐下

幕后唱《礼魂》之歌:

　　　　唱着歌,打着鼓,
　　　　手拿着花枝齐跳舞。
　　　　我把花给你,你把花给我,
　　　　心爱的人儿,歌舞两婆娑。
　　　　春天有兰花,秋天有菊花,
　　　　馨香百代,敬礼无涯。

1942年1月11日夜

(原载1942年2月6日、7日《中央日报》)